全唐詩

第 一 册

卷一 —— 卷五四

中 华 书 局

图书在版编目（CIP）数据

全唐诗:增订本/中华书局编辑部点校. —北京:中华书局,1999.1(2024.8重印)

ISBN 978-7-101-01716-8

Ⅰ.全… Ⅱ.中… Ⅲ.唐诗 Ⅳ.I222.742

中国版本图书馆 CIP 数据核字(98)第 01126 号

书　　名	全唐诗(增订本)(全十五册)	
点 校 者	中华书局编辑部	
责任编辑	刘　明	
责任印制	陈丽娜	
出版发行	中华书局	
	(北京市丰台区太平桥西里 38 号　100073)	
	http://www.zhbc.com.cn	
	E-mail:zhbc@zhbc.com.cn	
印　　刷	三河市中晟雅豪印务有限公司	
版　　次	1999 年 1 月第 1 版	
	2024 年 8 月第15次印刷	
规　　格	开本/850×1168 毫米　1/32	
	印张 438⅝　字数 8806 千字	
印　　数	26501－27500册	
国际书号	ISBN 978-7-101-01716-8	
定　　价	1280.00元	

增订重印本前言

傅璇琮

《全唐诗》共九百卷,是清康熙时任江宁织造的曹寅奉康熙帝之命,起用当时已退居于扬州的彭定求、杨中讷等十位翰林编纂的。康熙四十四年(1705)三月开始编,次年十月成书。以不足两年的时间,编成这样一部大书,共收整个唐五代诗四万八千九百多首,作者二千二百馀人,不能不说是一次修书盛举。

据清朝乾隆时编修的《四库全书总目提要》所记,当时纂修《全唐诗》,是以明末胡震亨的《唐音统签》作稿本,再参考清朝宫廷内所藏《全唐诗集》,"又旁采残碑、断碣、稗史、杂书之所载",因此能以如此短促的时间编成。据现在学者研究,这所谓内府所藏《全唐诗集》,即是清初季振宜所编的《全唐诗》。胡震亨、季振宜是明清之际有名的藏书家,又都是精鉴名家,他们分别采集宋元以来所刊刻、传抄的唐人别集,并搜求遗佚,补辑散落,又详作校勘,辑集有关诗人生平及诗集流传等材料,遂成为网罗面较广的唐诗总集。胡震亨的《唐音统签》共一千三百三十三卷,季振宜的《全唐诗》七百十七卷。有了这两部书作基础,确实能在较短的时间内编成有唐一代的诗歌总集了。

我们知道,唐人的诗,除各个作家的专集以外,在唐宋两代就有人注意做汇辑编集的工作。唐代人自己编本朝人的诗,所谓唐人选唐诗，据现在研究者考证，有一百数十种，现在存世的有十馀种。宋代人所编，著名的有王安石《唐百家诗选》，洪迈《万首唐人绝句》，南宋末人的《分类唐歌诗》等。明朝人所编更多。但这些书所收都不全。清康熙年间所编的这部《全唐诗》，应当说是相当"全"的，它继承了在它以前的各种唐诗汇辑本的成果，并在这个基础上，搜罗了唐五代三百多年间无论成集的或零星的篇章单句的诗歌，使我们较能概见唐诗的全貌。《全唐诗》是迄今为止古典诗歌总集中篇幅最大、影响最广的一种，它对于研究我国唐代的历史、文化和文学，无疑有极大的参考价值。它的成书距今已将近三百年，可以毫不夸张地说，这部书是培育了一代又一代的唐诗爱好者和研究者的。

但是，这部卷帙浩繁的大书在编纂上还是存在不少问题的。同时期的大学者朱彝尊在此书编成后不久，即写有《全唐诗未备书目》(《潜在堂书目四种》之一)，列出了可以补充的一百四十种左右的集子，虽然朱氏所列大多采自志书，且有些书未必存世，但由此也可见《全唐诗》有待补遗者正复不少。因为《全唐诗》名义上是御定的书，当时朱彝尊即已有"业经进呈，成书不说"之叹(见《全唐书未备书目》后冯登府记)。有清一代，考据之学颇盛，但由于这是官修书，因此学者们多不愿涉足于此。本世纪初以来，治唐代文史者，才渐渐就书中的错讹提出磋商，如刘师培《读全唐诗书后》、闻一多《全唐诗校法举例》、岑仲勉《读全唐诗札记》、俞大纲《读唐音统签》、李嘉言《改编全唐诗草案》等。八十年代以来，国内唐诗研究取得很大的进展，更有不少文章就《全唐诗》的辑佚甄辨工作，作了方面甚广的探讨。

根据已有的研究成果，可以确定《全唐诗》大体上存有这样一些问题：一、误收。据研究者考证，《全唐诗》误收了唐以前人所作，宋及宋以后人所作，凡诗七百八十二首，句五十三，词三十四篇，所涉作者一百十五人（见陈尚君《全唐诗误收诗考》，《文史》第二十四辑）。又据湘潭师院陶敏教授所考，书中卷467的整整一卷牟融的诗，完全是明人伪作。二、漏收。漏收的诗篇也不少，这方面除单篇论文指出外，成书的有王重民、孙望、童养年及陈尚君等的辑本（详见后）。三、作家作品重出。重出的作品，有时互注，有时无注。四、小传舛误。诗人小传过于简略，且疏失之处甚多。五、编次不当。全书的排列次序，以皇帝、后妃及宗室列首，反映封建等级观念；前面集中编列"郊庙乐章"、"乐府"，后面诗篇中又有重复。

以上这些错失，对于编成于三百年前的一部规模较大的书籍来说，是完全可以理解的。如果我们今天真正要对此书下一番工夫，那就应该作彻底的改编整理，也就是修纂一部"新编全唐诗"。这一工作现在已有一些唐代文学研究者在做。但这是一项十分艰巨的工程，不是短时期内所能完成的。为满足读者阅读和研究的需要，现实的办法是就清代所编的这部《全唐诗》，作一定的修订增补，加以重印。

中华书局曾于五十年代中期，请王仲闻先生（王国维次子）等根据扬州诗局刻本《全唐诗》加以校点（校点工作我也参加，并于1959年起草写了"点校说明"，署名"王全"），除断句外，还改正了某些明显的错误，并在后面附录日本上毛市河世宁纂辑的《全唐诗逸》三卷（据《知不足斋丛书》本）。过去的《全唐诗》的刻本都是按函册分的，查阅不便，中华书局就不分函册，概以卷分，全书前加卷次、作者目录，每一分册前编加诗篇目录，以便查检。应当说这是本世纪以来对《全唐诗》所作的第一次较为认真的整理，出版后受到好评，从六十年代起，三十多年来，不断重印。

　　1982 年,中华书局曾将王重民先生的《补全唐诗》、《补全唐诗拾遗》,孙望先生的《全唐诗补逸》,童养年先生的《全唐诗续补遗》几部著作合为一书出版,起名为《全唐诗外编》。出版以后,随着唐诗研究领域的拓展与深入,陆续发现《外编》收录佚诗仍未完备,且考订亦有未确之处。因此就请复旦大学中文系陈尚君先生作一次全面的校订和续补。陈尚君一方面订正王重民等书中的某些误失,同时又增补了不少佚诗,共辑得逸诗四千六百多首(其中新见作者八百多人)。中华书局于 1992 年以《全唐诗补编》为书名出版了王、孙、童、陈等几位辑佚、校订之作,这可以说是清代中期以来唐诗辑集的最大成果。

　　我们这次的增订重印本,就用中华书局六十年代初出版的点校本,并改正了某些排印错字。在全书之后,把陈尚君先生修订、增辑的《全唐诗补编》全部列入。这样做,可以说是至今为止有关《全唐诗》补遗的最大数量了,也是最全的一部《全唐诗》了。

　　这里还要说明的是,中华书局六十年代的点校本以及 1992 年的《补编》本,都是繁体竖排,我们这次则是一律改为简体横排,这在形式上是一次较大的更动。按过去的古籍整理常规来说,整理校点本一般是用繁体字的。我们认为,用繁体字的做法是符合古籍整理体例的,特别是一些专业性、资料性较强的古籍著作,确应这样做。但古籍整理也要随客观形势的发展而有所变化。我们应当考虑如何更好地利用古籍为现实服务,更贴近现代生活和环境,这就要考虑尽可能用现代人所习惯的形式使文学古籍更好地走向大众,更易为广大读者所接受。繁体、简体,只是一种印刻形式,繁体能较多地保持古籍面貌,当然应该肯定,但现在一般读者确较习惯于简体,繁体字在没有注释的情况下会造成阅读上的一定困难。我们的宗旨,是要消除阅读上不必要的障碍,使读者直接阅读原文,以便真正理解和欣赏古典作品的思想内涵和艺术表现。只要我们保证文字无误、校点准确,那末采取今天读者易于接受的简体、横排的方式,在一定意义上说也是一种观念上的更新。

本书末附作者索引(包括《全唐诗补编》所收的作者),以便读者检索。

1997 年 11 月

御制全唐诗序

　　诗至唐而众体悉备，亦诸法毕该，故称诗者，必视唐人为标准，如射之就彀率，治器之就规矩焉。盖唐当开国之初，即用声律取士；聚天下才智英杰之彦，悉从事于六义之学，以为进身之阶。则习之者，固已专且勤矣，而又堂陛之赓和，友朋之赠处，与夫登临宴赏之即事感怀，劳人迁客之触物寓兴，一举而托之于诗。虽穷达殊途，悲愉异境，而以言乎摅写性情，则其致一也。夫性情所寄，千载同符，安有运会之可区别？而论次唐人之诗者，辄执初、盛、中、晚，岐分疆陌，而抑扬轩轾之过甚，此皆后人强为之名，非通论也。

　　自昔唐人选唐诗，有殷璠、元结、令狐楚、姚合数家，卷帙未为详备。至宋初，撰辑《英华》，收录唐篇什极盛，然诗以类从，仍多脱漏，未成一代巨观。朕兹发内府所有全唐诗，命诸词臣，合《唐音统签》诸编，参互校勘，搜补缺遗，略去初、盛、中、晚之名，一依时代分置次第。其人有通籍登朝，岁月可考者，以岁月先后为断；无可考者，则援据诗中所咏之事，与所同时之人系焉。得诗四万八千九百馀首，凡二千二百馀人，厘为九百卷。于是唐三百年诗人之菁华，咸采撷荟萃于一编之内，亦可云大备矣。

　　夫诗盈数万，格调各殊，溯其学问木原，虽悉有师承指授，而其精思独悟，不屑为苟同者，皆能殚其才力所至，沿寻风雅，以卓然自成其家。又其甚者，宁为幽僻奇诡，杂出于变风变雅之外，而绝不致有蹈袭剽窃之弊，是则唐人浑浩极诣之能事也。学者问途于此，探珠于渊海，选才于邓林，博收约守而不自失其性情之正，则真能善学唐人者矣。岂其漫无持择,泛求优孟之形似者,可以语诗也哉!

是用制序卷首,以示刻《全唐诗》嘉与来学之旨。海内诵习者,尚其知朕意焉。

康熙四十六年四月十六日

全唐诗凡例

一、唐高祖赐秦王诗云："圣德合皇天，五宿连珠见。和风拂世民，
上下同欢宴。"见于《册府元龟》。明胡震亨谓唐初无五星联聚
之事，疑其伪托，今删去。断自太宗始，且一代文章之盛，有所
自开。

一、序次，首诸帝，次后妃，次宗室诸王，次公主宫嫔，略依唐史序
例。至南唐、吴越、闽、蜀诸国主，附诸王之后，妃附宫嫔之后。

一、郊庙乐章及乐府歌诗分载各集者，仍汇编一集，以存一代乐制。

一、唐人新乐府，虽见郭茂倩《乐府诗集》，但一时纪事所作，非当时
公私常奏之曲，既已各载本集，应删。

一、无爵里世次可考者，另编。

一、唐人有正集者，既自成卷，其或诗止数首，不能成卷者，另编。
其或虽不成卷，而可以相附者，如崔涤、崔液附崔湜，王勔附王
勃之类，并附入集后。

一、释道、外国、名媛、仙鬼诗，各另编。

一、联句分载各集，未免冗复，应另编一集。至于柏梁赓和，分载诸
帝集中，不必编入。

一、填词同谣谚、酒令、蒙求，另编。

一、唐人世次前后最为冗杂，向来别无善本，《全唐诗》及《唐音统
签》亦多讹谬，应以登第之年为主。其未曾登第，及虽登第而无
考者，以入仕之年为主；处士则以其卒岁为主；若更无卒岁可

考,则就其赠答唱和之人先后附入。其他或同赋一体,或同应省试,并以类相从,不必仍初盛中晚之旧,割裂年代,前后悬殊。

一、六朝人诗误收入《全唐》者,如陈昭及沈氏、卫敬瑜妻、吴兴神女之类,并应刊正。

一、六朝人诗原集误收,如吴均《姜安所居》、刘孝胜《武陵深行》误作曹邺诗,薛道衡《昔昔盐》误作刘长卿诗之类,并应刊正。

一、唐并无其人而考其诗乃六朝人作,如杨慎即陈阳慎,沈烟即陈沈炯,概删。

一、唐并无其人而误认题中字为撰人姓氏者,如上官仪集中《高密公主挽词》作高密诗;亦有其人姓名在诗题中而误认为撰人者,如王维集中《慕容承携素馔见过》诗作慕容承诗之类,概删。

一、《唐音统签》有道家章咒、释氏偈颂二十八卷,《全唐诗》所无,本非歌诗之流,删。

一、诗前小传但略序其人历官始末,至于生平大节,自有史传,不必冗录。

一、诗集有善本可校者,详加校定。如善本难觅,仍照《全唐》、《统签》旧本,以俟考正。

一、全唐诗集,或分体,或分类,或编年,止缘唐人撰集及宋人校刻体例不一,当时缮写悉依所见本集,今仍照《全唐》写本。其太冗杂者,略为诠次,不必更张。

一、全唐诗集,有一诗而互见数集者,止于题下注一作某诗;若确有考据可以定其为何人之诗,若司空图乐府误入崔橹集之类,则删彼归此,不必互见。

一、《全唐诗》有一人一诗,而多一二句则入古诗,少一二句便入律诗,如张说《偃松篇》之类;亦有同此诗而增减一二句并换题者,如李白《白云歌》之类,应附注一诗之末,不必重出。

一、集外逸诗,或见于他书,或传之石刻,应旁加搜采,次第补入,以成全书。

一、古词止五七言绝句,故《柳枝》、《竹枝》、《浪淘沙》诸作,《花间》、《尊前》二集,皆收入词类。但《清平调》、《欸乃曲》之类,止于七绝,应兼存以备一体。至于七绝之外,别有长短句调者,应将七绝概删,以省繁复。

一、词家相传吕岩《梧桐影》,乃当时所作,《全唐》未收,既应补入。至于他作,乃乩师所录,传授承讹,有不谐调者,亦删去。

全唐诗总目

第二册

第十一册

第十二册

全唐诗第一册目次

卷一

太宗皇帝

卷二

高宗皇帝

卷四

肃宗皇帝

德宗皇帝

卷一三

郊庙歌辞

卷一四

郊庙歌辞

卷一七

乐府杂曲

卷一九

相和歌辞

卷二〇

相和歌辞

卷二一

相和歌辞

卷二四

杂曲歌辞

卷二五

杂曲歌辞

卷二七

杂曲歌辞

卷二八

杂曲歌辞

卷二九

杂歌谣辞

卷三〇

王 珪

陈叔达

卷三二

褚 亮

卷三三

于志宁

卷三四

卷三五

许敬宗

卷三六

虞世南

卷三八

萧德言

郑世翼

卢照邻

卷四二

卢 照 邻

卷四三

李百药

卷四四

刘祎之

李敬玄

张大安

元万顷

郭正一

胡元范

任希古

裴守真

杨思玄

王德真

郑义真

萧楚材

李怀远

崔日用

宗楚客

苏 瓌

卷四七

张九龄

卷四八

张九龄

卷四九

张九龄

卷五〇

杨　炯

卷五一

宋之问

卷五二

宋之问

卷五三

宋之问

卷五四

崔 湜

全唐诗卷一

太宗皇帝

帝姓李氏，讳世民，神尧次子，聪明英武。贞观之治，庶几成康，功德兼隆，由汉以来，未之有也。而锐情经术，初建秦邸，即开文学馆，召名儒十八人为学士。既即位，殿左置弘文馆，悉引内学士，番宿更休。听朝之间，则与讨论典籍，杂以文咏。或日昃夜艾，未尝少怠。诗笔草隶，卓越前古。至于天文秀发，沉丽高朗，有唐三百年风雅之盛，帝实有以启之焉。在位二十四年，谥曰文。集四十卷。《馆阁书目》：诗一卷，六十九首。今编诗一卷。

帝京篇十首 并序

予以万几之暇，游息艺文。观列代之皇王，考当时之行事。轩昊舜禹之上，信无间然矣。至于秦皇周穆，汉武魏明，峻宇雕墙，穷侈极丽；征税殚于宇宙，辙迹遍于天下；九州无以称其求，江海不能赡其欲，覆亡颠沛，不亦宜乎？予追踪百王之末，驰心千载之下，慷慨怀古，想彼哲人。庶以尧舜之风，荡秦汉之弊，用咸英之曲，变烂慆之音；求之人情，不为难矣。故观文教于六经，阅武功于七德。台榭取其避燥湿，金石尚其谐神人，皆节之于中和，不系之于淫放。故沟洫可悦，何必江海之滨乎？麟阁可玩，何必两（一作山）陵之间乎？忠良可接，何必海上神仙乎？丰镐可游，何必瑶池之上乎？释实求华，以人从欲，乱于大道，君子耻之。故述《帝京篇》以明雅志云尔。

秦川雄帝宅，函谷壮皇居。绮殿千寻起，离宫百雉馀。连甍遥接汉，飞观迥凌虚。云日隐层阙，风烟出绮疏。

岩廊罢机务，崇文聊驻辇。玉匣启龙图，金绳披凤—作鸟篆。韦编断仍—作方续，缥帙舒还卷。对此乃淹留—作忘忧，欹案观坟典。

移步出词林，停舆欣武—作载宴。雕弓写明月，骏马疑流电。惊雁落虚弦，啼猿悲急箭。阅赏诚多美，于兹乃忘倦。

鸣笳临乐馆，眺听欢芳节。急管韵朱弦，清—作长歌凝白雪。彩凤肃来仪—作下，玄鹤纷成列。去兹郑卫声，雅音方可悦。

芳辰追—作开逸趣，禁苑信多奇。桥形通汉上，峰势接云危。烟霞交隐映，花鸟自参差。何如肆辙迹，万里赏瑶池。

飞盖去芳园，兰桡游翠渚。萍—作梁间日彩乱，荷处香风举。桂楫满中川，弦歌振长屿。岂必—作独汾河曲，方为欢宴所。

落日双阙昏，回舆九重暮。长烟散—作引初碧，皎月澄轻素。搴幌玩琴书，开轩引云雾。斜—作银汉耿层阁，清风摇玉树。

欢乐难再逢，芳辰良可惜。玉酒泛云罍，兰肴陈绮席。千钟合尧禹，百兽谐金石。得志重寸阴，忘怀轻尺璧。

建章欢赏夕，二八尽妖妍。罗绮昭阳殿。芬芳玳瑁筵。佩移星正动，扇掩月初圆。无劳上悬圃，即此对神仙。

以兹游观极，悠然独长想。披卷—作襟览前踪，抚躬寻既往。望古茅茨约，瞻今兰殿广。人—作入道恶—作虑高危，虚心戒盈荡。奉天竭诚敬，临民思惠养。纳善察忠谏，明科慎刑赏。六五诚难继，四三非易仰。广待淳化敷，方嗣云亭响。

饮马长城窟行

塞外悲风切，交河冰已结。瀚海百重波，阴山千里雪。迥戍危烽火，层峦引高节。悠悠卷旆旌，饮马出长城。寒沙连骑迹，朔吹断边声。胡尘清玉塞，羌笛韵金钲。绝漠干戈戢，车徒振原隰。都尉反龙堆，将军旋马邑。扬麾氛雾静，纪石功名立。荒裔一戎衣，灵_{一作云台}凯歌入。

执契静三边

执契静三边，持衡临万姓。玉彩辉关烛，金华流日镜。无为宇宙清，有美璇玑正。皎佩星连景，飘衣云结庆。戢武_{一作戈}耀七德，升文辉九功。烟波澄旧碧，尘火息前红。霜野韬莲剑，关城罢月弓。钱缀榆天合，新城柳塞空。花销葱岭雪，縠尽流沙雾。秋驾转競怀，春冰弥轸虑。书绝龙庭羽，烽休凤穴戍。衣宵寝二难，食旰餐三惧。翦暴兴先废，除凶存昔亡。圆盖归天壤_{一作坏}，方舆入地荒。孔海池京邑，双河沼帝乡。循_{一作修}躬思励己，抚俗愧时康。元首仁盐梅，股肱惟辅弼。羽贤崆岭四，翼圣襄城七。浇俗庶反淳，替文聊就质。已知隆至道，共欢区宇一。

正　日　临　朝

条风开献节，灰律动初阳。百蛮奉遐赆，万国朝未央。虽无舜禹迹，幸欣天地康。车轨同八表，书文混四方。赫奕俨冠盖，纷纶盛服章。羽旄飞驰道，钟鼓震岩_{一作修}廊。组练辉霞色，霜戟耀_{一作照}朝光。晨宵怀至理，终愧抚遐荒。

幸武功庆善宫

《乐府诗题》作唐功成庆善乐舞辞。一曰九功舞，殿庭朝会所奏文舞
也。《新唐书·礼乐志》曰：太宗生于武功之庆善宫。贞观六年，幸之。宴
从臣，赏赐闾里，同汉沛宛，帝欢甚。赋诗，吕才被之管弦，名曰《功成庆
善乐》。以童儿六十四人，冠进德冠，紫裤褶，长袖漆髻，屣履而舞。《旧
书·乐志》曰：庆善乐，太宗所造也，名九功之舞。舞蹈安徐，以像文德洽
而天下安乐也。冬正享燕及国有大庆，与七德舞偕奏于庭。

寿丘惟旧迹，鄜邑乃前基。粤予承累圣，悬弧亦在兹。弱龄逢运
改，提剑郁匡时。指麾八荒定，怀柔万国夷。梯山咸一作盛入款，驾
海亦来思。单于陪武帐，日逐卫文楯。端扆朝四岳，无为任百司。
霜节明秋景，轻冰结水湄。芸黄遍原隰，禾颖积京畿一作坻。共乐
还乡一作谯宴，欢比大风诗。

重 幸 武 功

代马依朔吹，惊禽愁昔丛。况兹承眷一作睿德，怀旧感深衷。积善
忻馀庆，畅武悦成一作阖神功。垂衣天下治，端拱车书同。白水巡
前迹，丹陵幸旧宫。列筵欢故老，高宴聚新丰。驻跸抚田畯，回舆
访牧童。瑞一作王气萦丹阙，祥烟散碧空。孤屿含霜白，遥山带日
红。于焉欢击筑，聊以咏南风。

经破薛举战地 义宁元年，击举于扶风，败之。

昔年怀壮气，提戈初仗节。心随朗日高，志与一作比秋霜洁。移锋
惊电起，转战长河决。营碎落星沉，阵卷横云裂。一挥氛沴静，再
举鲸鲵灭。于兹俯旧原，属目驻华轩。沉沙无故迹，减灶有残痕。
浪霞穿水净，峰雾抱一作拖莲昏。世途亟流易，人事殊今昔。长想

眺前踪,抚躬聊自适。

过旧宅二首

新丰停翠辇,谯邑驻鸣笳。园荒一径断,苔古一作台平半阶斜。前池消旧水,昔树发今花。一朝辞此一作北地,四海遂为一作成家。

金舆巡白水,玉辇驻新丰。纽落藤披架,花残菊破丛。叶铺一作铺庭荒草蔓,流竭半池空。纫珮兰凋一作生径,舒圭叶翦桐。昔地一蕃内,今宅九围中。架海波澄镜,韬戈器反农。八表文同轨,无劳歌大风。

还 陕 述 怀

慨然抚长剑,济世岂邀名。星旗纷电举,日羽肃天行。遍野屯万骑,临原驻五营。登山麾武节,背水纵神兵。在昔戎戈动,今来宇宙平。

入 潼 关

崤函称地险,襟带壮两京。霜峰直临道,冰河曲绕城。古木参差影,寒猿断续声。冠盖往来合,风尘朝夕惊。高谈先马度,伪晓预鸡鸣。弃繻怀远志,封泥负壮情。别一作向有真人气,安知名不名。

于 北 平 作

翠野驻戎轩,卢龙转征旆。遥山丽如绮,长流萦似带。海气百重楼,岩松千丈盖一作二尺人。兹焉可游赏,何必襄城外。

辽 城 望 月

玄兔月初明,澄辉照辽碣。映云光暂隐,隔树花如缀。魄满桂枝圆，轮亏镜彩缺。临城却影散，带晕重围结。驻跸俯九都，停一作伫观妖氛灭。

春日登陕州城楼俯眺原野回丹一作回舟碧缀烟霞密翠斑红芳菲花柳即目川岫聊以命篇

碧原开雾隰，绮岭峻霞城。烟峰高下翠，日浪浅深明。斑红妆蕊树，圆青压溜荆。迹岩劳傅想，窥野访莘情一作清。巨川何以济，舟楫伫时英。

春日玄武门宴群臣

韶光开令序，淑气动芳年。驻辇华林侧，高宴柏梁前。紫庭文珮一作树满，丹墀衮绂连。九夷簉瑶席，五狄列琼筵。娱宾歌湛露，广乐奏钧天。清一作盈尊浮绿醑，雅曲韵朱弦。粤余君一作临万国，还惭抚一作俯八埏。庶几保贞固，虚己厉求贤。

登三台言志

未央初壮汉，阿房昔侈秦。在危犹骋丽，居奢遂役人。岂如家四海，日宇罄一作整朝伦一作轮。扇天裁户旧，砌地翦基新。引月擎一作繁宵桂，飘云逼曙鳞。露除光炫玉，霜阙映雕银。舞接花梁燕，歌迎鸟路尘。镜池波太液，庄苑丽宜春。作异甘泉日，停非路寝辰。念劳惭逸己，居旷返劳神。所欣成大厦，宏材伫一作宠临停渭滨。

出　猎

楚王云梦泽，汉帝长杨宫。岂若因农暇，阅武出辕嵩。三驱陈锐

卒，七萃列材雄。寒野霜氛—作气白，平原烧火红。雕戈夏服箭，羽
骑绿沉弓。怖兽潜幽壑，惊禽散翠空。长烟晦落景，灌木振—作偃
严风。所为除民瘼，非是悦林丛。

冬　狩

烈烈寒风起，惨惨飞云浮。霜浓凝广隰，冰厚结清流。金鞍移上
苑，玉勒骋平畴。旌旗四望合，置罗一面求。楚踣争兕—作麋殪，秦
亡角—作解鹿愁。兽忙投密树，鸿惊起砾洲。骑敛原尘静，戈回岭
日收。心非—作悲洛汭逸，意在渭滨游。禽荒非所乐，抚辔更招忧。

春 日 望 海

披襟眺沧海，凭轼玩春芳。积流横地纪—作轴，疏派引天潢。仙气
凝三岭，和风扇—作散八荒。拂潮—作晓云布色，穿浪日舒光。照岸
花分彩，迷云雁断行。怀卑运深广，持满守灵长。有形非易测，无
源讵可量。洪涛经变野，翠岛屡成桑。之罘思汉帝，碣石想秦皇。
霓裳非本意，端拱且图王。

临 洛 水

春搜驰—作骋骏骨，总辔俯长河。霞处流萦—作云锦，风前漾卷罗。
水花—作光翻照树，堤兰倒插波。岂必汾阴曲，秋云发棹歌。

望 终 南 山

重峦俯渭水，碧嶂插遥天。出红扶岭日，入翠贮岩烟。叠松朝若
夜，复岫阙疑全。对此恬千虑，无劳访九仙。

元　日

高轩暖春色,邃阁媚朝光。彤庭飞彩斾一作眊,翠幌曜明珰。恭己临四极,垂衣驭八荒。霜戟列丹陛,丝竹韵长廊。穆矣熏风茂,康哉帝道昌。继文遵后轨,循古鉴前王。草秀故春色,梅艳昔年妆。巨川思欲济,终以寄舟航。

初春登楼即目观作述怀

凭轩俯兰阁,眺瞩散灵襟。绮峰含翠雾,照日蕊红林。镂丹霞锦一作铺岫,残素雪斑岑。拂浪堤垂柳,娇花鸟续吟。连甍岂一拱,众干如千寻。明非独材力,终藉栋梁深。弥怀矜乐志,更惧戒盈心。愧制劳居逸,方规十产金。

首　春

寒随穷律变,春逐鸟声开。初风飘带柳,晚一作晓雪间花梅。碧林青旧竹,绿沼翠新苔。芝田初雁去,绮树巧一作未莺来。

初　晴　落　景

晚霞聊自怡,初晴弥可喜。日晃一作光百花色,风动千林翠。池鱼跃不同,园鸟声还异。寄言博通者,知予物外志。

初　夏

一朝春一作初夏改,隔夜鸟花迁。阴阳深浅叶,晓夕重轻烟。哢莺犹响殿,横丝正网天。珮高兰影接,绶细草纹连。碧鳞惊棹侧,玄燕舞檐前。何必汾阳处,始复有山泉。

度 秋

夏律昨留灰，秋箭今移晷。峨嵋岫初出，洞庭波渐起。桂白发幽岩，菊黄开灞涘。运流方可叹，含毫属微理。

仪鸾殿早秋

寒惊蓟门叶，秋发小山枝。松阴背日转，竹影避风移。提壶菊花岸，高兴芙蓉池。欲知凉气早，巢空燕不窥。

秋 日 即 目 《英华》作秋日即事

爽气浮丹阙，秋光澹紫宫。衣碎荷疏影，花明菊点丛。袍轻低草露，盖侧舞松风。散岫飘云叶，迷路飞烟鸿。砌冷兰凋佩，闺寒树陨桐。别鹤栖琴里，离猿啼峡中。落野飞星箭，弦虚半月弓。芳菲夕雾起，暮色满房栊。

山 阁 晚 秋

山亭秋色满，岩牖凉风度。疏兰尚染烟，残菊犹承露。古石衣新苔，新巢封古树。历览情无极，咫尺—作只畏轮光暮。

秋 暮 言 志

朝光浮烧野，霜华净碧空。结浪冰初镜，在径菊方丛。约岭烟深翠，分旗霞散红。抽思滋泉侧，飞想傅岩中。已获千箱庆，何以继熏风。

喜 雪

碧昏朝合雾，丹卷暝韬霞。结叶繁云色，凝琼遍雪华。光楼皎若粉,映幕集疑沙。泛柳飞飞絮,妆梅片片花。照璧台圆月,飘珠箔穿露。瑶洁短长阶,玉丛高下树。映桐珪累白,萦峰莲抱素。断续气将沉,徘徊岁云暮。怀珍愧隐德,表瑞仁丰年。蕊间飞禁苑,鹤处舞一作舞处忆伊川。傥咏幽兰曲,同欢黄竹篇。

秋日敩庾信体 出《淳化阁帖》

岭衔宵月桂,珠穿晓露丛。蝉啼觉树冷,萤火不温风。花生圆菊蕊,荷尽戏鱼通。晨浦鸣飞雁,夕渚集栖鸿。飒飒高天吹,氛澄下炽空。

赋　尚　书

崇文时驻步,东观还停辇。辍膳玩三坟,晖本作辉,《初学记》作留。灯披五典。一作日昃玩百篇,临灯披五典。寒心睹肉林,飞魄看沉湎。一作夏康既逸豫,商辛亦流湎。纵情昏主多,克己明君鲜。灭身资累恶,成名由积善。既承百王末一作来,战兢随岁转。

咏司马彪续汉志

二仪初创一作构象,三才乃分位。非惟树司牧,固亦垂文字。绵代更膺期,芳图无辍记。炎汉承君道,英谟纂神器。潜龙既可跃,逵一作术,或作株,或作置。兔奚难致。前史殚妙词,后昆沉雅思。书言扬盛迹,补阙兴洪志。川谷犹旧途,郡国开新意。梅山未觉朽,谷水谁云异。车服随名表,文物因时置。凤戟翼康衢,銮舆一作衡总柔辔。清浊必能澄,洪纤幸无弃。观仪不失序,遵礼方由事。政宣竹律和,时平玉条备。文囿雕奇彩,艺门蕴深致。云飞星共流,风扬月兼一作徐至。类禋遵令典,坛墠资良地。五胜竟无违,百司诚有庇。粤予承暇景,谈丛引泉一作众秘。讨论穷义府,看核披经笥。

大辨良难仰,小学终先匮。闻道谅知荣,含毫孰忘愧。

咏 风

萧条起关塞,摇飏下蓬瀛。拂林花乱彩,响谷鸟分声。披云罗影散,泛水织文生。劳歌大风曲,威加四海清。

咏 雨

罩云飘远岫,喷雨泛长河。低飞昏岭腹,斜足洒岩阿。泫丛珠缔叶,起溜镜图一作圆波。濛柳添丝密,含吹织空罗。

咏 雪

洁野凝晨曜,装墀带夕晖。集条分树玉,拂浪影泉玑。色洒妆台粉,花飘绮席衣。入扇萦离一作虚匣,点素皎残机。

赋得夏首启节

北阙三春晚,南荣九夏初。黄莺弄渐变,翠林花落馀。瀑流还响谷一作石,猿啼自应虚。早荷向心卷,长杨就影舒。此时欢不极,调轸坐相於。

赋得白日半一作傍西山

红轮不暂驻,乌飞岂复停。岑霞渐渐落,溪阴寸寸生。藿叶随光转,葵心逐照倾。晚烟含树色,栖鸟杂流声。

置酒坐飞阁

高轩临碧渚,飞檐迥架空。馀花攒镂一作漏槛,残柳散雕栊一作宫。岸菊初含蕊,园梨始带红。莫一作却虑昆山暗,还一作不共尽一作酒杯中。

采 芙 蓉

结伴戏方—作芳塘,携手上雕航。船移分细浪,风散动浮香。游莺
无定曲,惊凫有乱行。莲稀钏声断,水广棹歌长。栖乌还密树,泛
流归建章。

赋 得 樱 桃 春字韵

华林满芳景,洛阳遍阳—作遍宜春。朱颜含远日,翠色影长津。乔
柯啭娇鸟,低枝映美人。昔作园中实,今来—作为席上珍。

赋 得 李

玉衡流桂圃,成蹊正可寻。莺啼密—作绿叶外,蝶戏脆—作晚花心。
丽景光朝彩,轻霞—作烟散夕阴。暂顾晖—作奎章侧,还—作远眺灵山
林。

赋 得 浮 桥

岸曲非千里,桥斜异七星。暂低逢辇度,还高值—作逐浪惊。水摇
文鹢动,缆转锦花萦。远近随轮影,轻重应人行。

谒并州大兴国寺诗

回銮游福地,极目玩芳晨。梵钟交二响,法日转双轮。宝刹遥承
露,天花近足春。未佩兰犹小,无丝柳尚新。圆光低月殿,碎影乱
风筠。对此留馀想,超然离俗尘。

咏兴国寺佛殿前幡

拂霞疑电落，腾虚状写虹。屈伸烟雾里，低举白云中。纷披乍依
迥，掣曳或随风。念兹轻薄质，无翅强摇空。

望送魏徵葬

阊阖总金鞍，上林移玉辇。野郊怆新别，河桥非旧饯。惨日映峰
沉，愁云随盖转。哀笳时断续，悲旌乍舒卷。望望情何极，浪浪泪
空泫。无复昔时人，芳春共谁遣。

伤辽东战亡

凿门初奉律，仗战始临戎。振鳞方跃浪，骋翼正凌风。未展六奇
术，先亏一篑功。防身岂乏智，殉命有馀忠。

月　晦

晦魄移中律，凝暄起丽城。罩云朝盖上，穿露晓珠呈。笑树花分
色，啼枝鸟合声。披襟欢—作还眺望，极目畅春情。

秋日—作夜翠微宫

秋日凝翠—作紫岭，凉吹肃离宫。荷疏一盖缺，树冷半帷空。侧阵
移鸿影，圆花钉菊丛。摅怀俗尘外，高眺白云中。

初秋夜坐

斜廊连绮阁，初月照宵帏。塞冷鸿飞疾，园秋蝉噪迟。露结林疏
叶，寒轻菊吐滋。愁心逢此节，长叹独含悲。

秋日二首

菊散金风起，荷疏玉露圆。将秋数行雁，离夏几林蝉。云凝愁半
岭，霞碎缬高天。还似成都望，直见峨一作蛾眉前。

爽气澄兰沼，秋风动桂林。露凝千片玉，菊散一丛金。日岫高低
影，云空点缀阴。蓬瀛不可望，泉石且娱心。

冬宵各为四韵

雕一作彤宫静龙漏，绮阁宴公侯。珠帘烛焰动，绣柱月光浮。云一作
尘起将歌发，风停与管遒。琐除一作池任多士，端扆竟何忧。

冬日临昆明池

石鲸分玉溜，劫烬隐平沙。柳影冰无叶，梅心冻有花。寒野凝朝
雾，霜天散夕霞。欢情犹未极，落景遽西斜。

望　雪

冻云宵遍岭，素雪晓凝华。入牖千重碎，迎风一半斜。不妆空散
粉，无树独飘花。萦空惭夕照，破彩谢晨霞。

守　岁 一作董思恭诗

暮景斜芳殿，年华丽绮宫。寒辞去冬雪，暖带入春风。阶馥舒梅
素，盘花卷烛一作卷烛花红。共欢新故岁，迎送一宵中。

除　夜 一作董思恭诗

岁阴穷暮纪，献节启新芳。冬尽今宵促，年开明日长。冰消出镜
水，梅散入风香。对此欢终宴，倾壶待曙光。

咏　雨

和气一作风吹绿野，梅雨洒芳田。新一作细流添旧涧，宿雾足朝烟。
雁湿行无次，花沾色更鲜。对此欣登岁，披襟弄五弦。

赋得含峰云

翠楼含晓雾，莲峰带晚云。玉叶依岩聚，金枝触石分。横天结阵
影，逐吹起罗文。非复阳台下，空将惑楚君。

三层阁上置音声

绮筵移暮景，紫阁引宵烟。隔栋歌尘合，分阶舞影连。声流三处
管，响乱一作匝一重弦。不似秦楼上，吹箫空学仙。

远山澄碧雾

残云收翠岭，夕雾结长空。带岫凝全碧，障霞隐半红。仿佛分初
月，飘飘度晓风。还因三里处，冠盖远相通。

赋得花庭雾

兰气已熏宫，新蕊半妆丛。色含轻重雾，香引去来风。拂树浓舒
碧，萦花薄蔽红。还当杂行雨，仿佛隐遥空。

春 池 柳

年柳变池台，隋堤曲直回。逐浪丝一作分阴去，迎风带影来。疏黄
一鸟弄，半翠几眉开。紫雪临春岸，参差间早梅。

芳　兰

春晖开紫_{一作禁}苑,淑景媚兰场。映庭含浅色,凝露泫浮光。日丽
参差影,风传_{一作和}轻重香。会须君子折,佩里作芬芳。

咏　桃_{一作董思恭诗}

禁苑春晖_{一作光丽},花蹊绮_{一作几树}妆。缀条深浅色,点露参差光。
向日分千笑,迎风共一香。如何仙岭侧,独秀隐遥芳。

赋　帘

参差垂玉阙,舒卷映兰宫。珠光_{一作花}摇素月,竹影乱清风。彩散
银钩上,文斜桂户中。惟当杂罗绮,相与_{一作为}媚房栊。

咏乌代陈师道

凌晨丽城去,薄暮上林栖。辞枝枝暂起,停树树还低。向日终难
托,迎风讵肯迷。只待纤纤手,曲里作宵啼。

咏 饮 马

骏骨饮长泾,奔流洒络缨。细纹连喷聚,乱荇绕蹄萦。水光鞍上
侧,马影溜中横。翻似天池里,腾波龙种生。

赋 得 残 菊

阶兰凝曙霜,岸菊照晨光。露浓晞晚_{一作晓笑},风劲浅_{一作摇}残香。
细叶凋轻翠,圆花飞碎黄。还持_{一作将}今岁色,复结后年芳。

赋秋日悬清光赐房玄龄

秋露凝高掌，朝光上翠微。参差丽双阙，照耀满重闱。仙驭随轮转，灵乌带影飞。临一作照波无定彩，入隙有圆一作光晖。还当葵藿志，倾叶自相依。

琵　琶《纪事》作董思恭诗

半月无双影，全一作金花有四时。摧藏千里态，掩抑几重悲。促节萦红袖，清音满翠帷。驶弹风响急，缓曲钏声迟。空馀关陇恨，因此代相思。

宴　中　山

驱马出辽阳，万里转旗常。对敌六奇举，临戎八阵张。斩鲸澄碧海，卷雾扫扶桑。昔去兰萦翠，今来桂染芳。云芝浮碎叶，冰镜上朝光。回首长安道，方欢宴柏梁。

饯中书侍郎来济 一作宋之问诗，非。

暖暖去尘昏灞岸，飞飞轻盖指河梁。云峰衣结千重叶，雪岫花开几树妆一作芳。深悲黄一作白鹤孤舟远，独叹青山别路长。聊将分袂沾巾泪，还用持添离席觞。

于太原召侍臣赐宴守岁

四时运灰琯，一夕变冬春。送寒馀雪尽，迎岁早梅新。

咏　烛　二　首

焰听一作折，或作畏。风来动，花开不待春。镇下千行泪，非是为思人。

九龙蟠焰动,四照逐花生。即此流高殿,堪持待－作代月明。

咏　弓　《纪事》作董思恭诗

上弦明月半,激箭流星远。落雁带书惊,啼猿映枝转。

赋得早雁出云鸣

初秋玉露清,早雁出一作生空鸣一作出云鸣。隔云时乱影,因风乍含一作合声。

赋得临池柳

岸曲丝阴聚,波移带影疏。还将眉里翠,来就镜中舒。

赋得临池竹

贞条障曲砌,翠叶贯一作负寒霜。拂牖分龙影,临池待凤翔。

赋得弱柳鸣秋蝉

散影玉阶柳,含翠隐鸣蝉。微形藏叶里,乱响出一作生风前。

探　得　李　一作咏李,《纪事》作董思恭诗。

盘根直一作植盈一作瀛渚,交干横倚天。舒华光四海,卷叶荫三川。

咏　小　山

近谷交紫蕊,遥峰对出莲。径细无全磴,松小未含烟。

赐萧瑀

疾风知劲草,板荡识^{一作昏日辨}诚臣。勇夫安^{一作宁}识义,智者必怀仁。

赐房玄龄

太液仙舟迥,西园隐上才。未晓征车度,鸡鸣关早开。

辽东山夜临秋

烟生遥岸隐,月落半崖阴。连山惊鸟乱,隔岫断猿吟。

赐魏徵诗

　　魏徵善治酒。有名曰醽醁,曰翠涛,世所未有。太宗赐诗曰:
醽醁胜兰生,翠涛过玉薤。千日醉不醒,十年味不败。兰生,汉武帝百味旨酒;玉薤,隋炀帝酒名也。

两仪殿赋柏梁体

　　《两京记》:贞观五年,太宗破突厥,宴突利可汗于两仪殿,赋七言诗柏梁体。
绝域降附天下平^帝,八表无事悦圣情^{淮安王}。云披雾敛天地明^{长孙无忌},登封日观禅云亭^{房玄龄},太常具礼方告成^{萧瑀}。

句

雪耻酬百王,除凶报千古。《本纪》云:贞观二十年秋,帝幸灵州,破薛延陀。时铁勒诸部遣使相继入贡。请置吏,北荒悉平。帝为五言诗,勒石于灵州,以序其事。今止存此。

昔乘匹马去,今驱万乘来。《题河中府逍遥楼》　江邻几《〔杂〕志》

近日毛虽暖,闻弦心已惊。《咏乌》《海录碎事》

《玉海》云:帝赐褚亮诗,有隔阔相思之句,今无考。又《翰府名谈》云:唐庄宗尝引太宗诗句,"待余心肯日,是汝命通时"。似又出后人附会,非帝诗也。姑记诸此。

全唐诗卷二

高宗皇帝

　　帝讳治,文皇第九子,始封晋王。贞观十七年,立为皇太子。在位三十四年。谥曰天皇大帝。集八十六卷,今失传。存诗八首。

太子纳妃太平公主出降

　　咸亨四年,太子弘纳妃裴氏,有司奏赞用白雁,适苑中获之。

龙楼光曙景,鲁馆启朝扉。艳日浓妆影,低星降婺辉。玉庭浮瑞色,银榜藻祥徽。云转花萦盖,霞飘叶缀旗。雕轩回翠陌,宝驾归丹殿。鸣珠佩晓一作绕衣,镂璧轮开一作初扇。华冠列绮筵,兰醑申芳宴。环阶凤乐陈,玳席珍羞荐。蝶舞袖香新,歌分落素尘。欢凝欢懿戚,庆叶庆初姻。暑阑炎气息,凉早吹疏频。方期六合泰,共赏万年春。

七夕宴悬圃二首

羽盖飞天汉,凤驾越层峦。俱叹三秋阻,共叙一宵欢。璜亏夜月落,靥碎晓星残。谁能重操杼,纤手濯清澜。

霓裳转云路,凤驾俨一作临天潢。亏星凋夜靥,残月落朝璜。促欢今夕促,长离别后长。轻梭聊驻织,掩泪独悲伤。

过　温　汤

温渚停仙跸,丰郊驻晓旌。路曲回轮影,岩虚传漏声。暖溜惊湍
驶,寒空碧雾轻。林黄疏叶下,野白曙霜明。眺听良无已,烟霞断
续生。

九　月　九　日

端居临玉扆,初一作永律启金商。凤阙澄秋色,龙闱引夕凉。野净
山气敛,林疏风露长。砌兰亏半影,岩桂发全香。满盖荷凋翠,圆
花菊散黄。挥鞭争电烈,飞羽乱星光。柳空穿石碎,弦虚侧月张。
怯猿啼落岫,惊雁断分行。斜轮低夕景,归旆拥通庄。

谒慈恩寺题奘法师房

时帝为太子,题诗帖之于户,见奘法师传。旧作太宗诗,误。

停轩观福殿,游目眺皇畿。法轮含日转,花盖接云飞。翠烟香绮
阁,丹霞光宝衣。幡虹遥合彩,定水迥分晖。萧然登十地,自得会
三归。

谒大慈恩寺

日宫开万一作百仞,月殿耸千寻。花盖飞团影,幡虹曳曲阴。绮霞
遥笼帐,丛珠细网林。寥廓烟云表,超然物外心。

守　岁　第六句缺一字

今宵冬律尽,来朝丽景新。花馀凝地雪,条含暖吹分。绶吐芽犹
嫩,冰□已镂津。薄红梅色冷,浅绿柳轻春。送迎交两节,暄寒变
一辰。

咸亨殿宴近臣诸亲柏梁体

《玉海》：仪凤三年七月丁巳，宴近臣诸亲于九成宫之咸亨殿。上谓霍王元轨等曰："甘雨频降，夏麦丰熟，秋稼滋荣，思与叔等同为此欢。"因赋七言，效柏梁体。皇太子霍王相王侍臣并和。

屏欲除奢政返淳帝。 霍王以下和句亡。

中宗皇帝

帝讳显，高宗第七子。始封周王。仪凤二年，徙封英王，改名哲。永隆元年，立为皇太子。及即位，太后临朝称制，废帝为庐陵王。神龙元年，复辟。在位六年。谥曰孝和。帝于景龙中，置修文馆学士，盛引词学之臣，从侍游宴。春幸梨园，并渭水祓除，则赐细柳圈辟恶；夏宴蒲萄园，赐朱樱；秋登慈恩浮图，献菊花酒称寿；冬幸新丰，历白鹿观，上骊山，赐浴汤池，给香粉兰泽，从行给翔麟马，品官黄衣各一。帝有所感，即赋诗，学士皆属和焉。集四十卷，失传。今存诗及联句诗七首。

九月九日幸临渭亭登高得秋字 并序

陶潜盈把，既浮九酝之欢；毕卓持螯，须尽一生之兴。人题四韵，同赋五言。其最后成，罚之引满。

九日正乘秋，三杯兴已周。泛桂迎尊满，吹花向酒浮。长房萸早熟，彭泽菊初收。何藉龙沙上，方得恣淹留。《纪事》云：时景龙三年。是宴也，韦安石、苏瑰诗先成。于经野、卢怀慎最后成，罚酒。

登骊山高顶寓目

四郊秦汉国，八水帝王都。闾阖一作闾阎雄里闬，城阙壮规模。贯

渭称天邑,含岐实奥区。金门披玉馆,因此识皇一作黄图。《纪事》云:
帝自题序。末云,人题四韵,后罚三杯。日暮,成者五六人,馀皆罚酒。

幸秦始皇陵 景龙三年十二月十八日

眷言君失德,骊邑想秦馀。政烦方改篆,愚俗乃焚书。阿房久已
灭,阁道遂成墟。欲厌东南气,翻伤掩鲍车。

立春日游苑迎春

神皋福地三秦邑,玉台金阙九仙家。寒光犹恋甘泉树,淑景偏临建
始花。彩蝶黄莺未歌一作欲舞,梅香柳色已矜一作堪夸。迎春正启
流霞席,暂嘱曦轮勿遽斜。

十月诞辰内殿宴群臣效柏梁体联句

润色鸿业寄贤才帝,叨居右弼愧盐梅李峤。运筹帷幄荷时来宗楚客,
职掌图籍滥蓬莱刘宪。两司谬忝谢钟裴崔湜,礼乐铨管效涓埃郑愔。
陈师振旅清九垓赵彦昭,欣承顾问侍天杯李適。衔恩献寿柏梁台苏
颋,黄缣青简奉康哉卢藏用。鲰生侍从忝王枚李乂,右掖司言实不才
马怀素。宗伯秩礼一作祀天地开薛稷,帝歌难续仰昭回《景龙文馆记》作谬
司考能宸纲该。宋之问。微臣捧日变寒灰陆景初,远惭班左愧游陪上官婕
好。《纪事》云:帝谓侍臣曰:"今天下无事,朝野多欢,欲与卿等词人,时赋诗宴乐,可识
朕意,不须惜醉。大学士李峤、宗楚客等跪奏曰:"臣等多幸,同遇昌期。谬以不才,策
名文馆。思励驽朽,庶裨河岳。既陪天欢,不敢不醉。"此后每游别殿,幸离宫,驻跸芳
苑,鸣笳仙禁;或戚里宸筵,王门壸席,无不毕从。

景龙四年正月五日移仗蓬莱宫御大明殿
会吐蕃骑马之戏因重为柏梁体联句

大明御宇临万方帝,顾惭内政翊陶唐皇后。鸾鸣凤舞向平阳长宁公

主,秦楼鲁馆沐恩光安乐公主。无心为子辄求郎太平公主,雄才七步谢陈王温王重茂。当熊让辇愧前芳上官昭容,再司铨管恩可忘吏部侍郎崔湜。文江学海思济航著作郎郑愔,万邦考绩臣所详考功员外郎武平一。著作不休出中肠著作郎阎朝隐,权豪屏迹肃严霜御史大夫窦从一。铸鼎开岳造明堂将作大匠宗晋卿,玉醴由来献寿觞吐蕃舍人明悉猎。《纪事》云:时上疑窦从一、宗晋卿素不属文,未即令续,二人固请,许之。吐蕃舍人明悉猎请令授笔,与之。悉猎云云,上大悦,赐与衣服。

石　淙 太子时作

三阳本是标灵纪,二室由来独擅名。霞衣霞锦千般状,云峰云岫百重生。水炫珠光遇泉客,岩悬石镜厌山精。永愿乾坤符睿算,长居膝下属欢情。

睿宗皇帝

帝讳旦,高宗第八子,中宗母弟,封相王。景龙四年,即皇帝位。帝谦恭孝友,好学,工草隶,尤爱文字训诂之书。在位三年。谥曰大圣贞皇帝。诗一首。

石　淙 相王时作

奇峰嶾嶙箕山北,秀嶂岩峣嵩镇南。地首地肺何曾拟,天目天台倍觉惭。树影蒙茏郛叠岫,波深汹涌落悬潭。□愿紫宸居得一,永欣丹宬御通三。第七句缺一字。

全唐诗卷三

明皇帝

　　帝讳隆基，睿宗第三子。始封楚王，后为临淄郡王。景云元年，进封平王，立为皇太子。英武多能。开元之际，励精政事，海内殷盛。旁求宏硕，讲道艺文。贞观之风，一朝复振。在位四十七年。谥曰明。诗一卷。

过 晋 阳 宫

缅想封唐处，实惟建国初。俯察伊晋野，仰观乃参虚。井邑龙斯跃，城池凤翔馀。林塘犹沛泽，台榭宛旧居。运革祚中否，时迁命兹符。顾循承丕构，怵惕多忧虞。尚恐威不逮，复虑化未孚。岂徒劳辙迹，所期训戎车。习俗问黎人，亲巡慰里闾。永言念成功，颂德临康衢。长怀经纶日，叹息履庭隅。艰难安可忘，欲去良踟蹰。

行次成皋途经先圣擒建德之
所缅思功业感而赋诗

有隋政昏虐，群雄已交争。先圣按剑起，叱咤风云生。饮马河洛竭，作气嵩华惊。克敌睿图就，擒俘帝道亨。顾惭嗣宝历，恭承天下平。幸过翦鲸地，感慕神且英。

校猎义成喜逢大雪率题九韵以示群官

弧矢威天下，旌旗游近县。一面施鸟罗，三驱教人战。暮云成积雪，晓色开行殿。皓然原隰同，不觉林野变。北风勇士马，东日华组练。触地银獐出，连山缟鹿见。月兔落高罾，星狼下急一作飞箭。既欣盈尺兆，复忆磻溪便。岁丰将遇贤，俱荷皇天眷。

赐诸州刺史以题座右

开元十六年，帝自择廷臣为诸州刺史。许景先虢州，源光裕郑州，寇泚宋州，郑温琦邠州，袁仁恭杭州，崔志廉襄州，李升期邢州，郑放定州，蒋挺湖州，裴观沧州，崔诚遂州，凡十一人行。诏宰相诸王御史以上祖道洛滨，盛供具，奏太常乐，帛舫水嬉。赐诗令题座右，且给笔纸，令自赋焉。

眷言思共理，鉴梦一作古想维良。犄狄此推择，声一作评绩著周行。贤能既俟进，黎献实伫康。视人当如子，爱人亦如伤。讲学试诵论，阡陌劝耕桑。虚誉不可饰，清知不可忘。求名迹易见，安贞德自彰。讼狱必以情，教民贵有常。恤惸且存老，抚弱复绥强。勉哉各祗命，知予眷万方。

送忠州太守康《纪事》作唐昭远等

端拱临中枢，缅怀共予理。不有台阁英，孰振循良美。分符侯甸内，拜手明庭里。誓节期饮冰，调人方导水。嘉声驰九牧，惠化光千祀。时雨俸昔贤，芳猷贯前史。伫尔颂中和，吾将令卿士。

送李邕之任滑台

汉家重东郡，宛彼白马津。黎庶既蕃殖，临之劳近臣。远别初首路，今行方及春。课成应第一，良牧尔当仁。

端午三殿宴群臣探得神字 并序

　　律中蕤宾，献酬之象著；火在盛德，文明之义焯。故以式宴陈诗，上和下畅者也。朕宵衣旰食，辑声教于万方；卜战行师，总兵钤于四海。勤贪日给，忧忘心劳。闻蝉声而悟物变，见槿花而惊候改。所赖济济朝廷，视成鹓鹭；桓桓边塞，责办熊罴。喜麦秋之有登，玩梅夏之无事。时雨近霁，西郊霢霂而一色；炎云作峰，南山嵯峨而异势。正当召儒雅，宴高明。广殿肃而清气生，列树深而长风至。厨人尝散热之馔，酒正行逃暑之饮。庖捐恶鸟，俎献肥龟。新筒裹练，香芦角黍。恭俭之仪有序，慈惠之意溥洽。讽味黄老，致息心于真妙；抑扬游夏，涤烦想于诗书。超然玄览，自足为乐。何止柏枕桃门，验方术于经记；彩花命缕，观问遗于风俗。感婆娑于孝女，悯枯槁之忠臣而已哉！叹节气之循环，美君臣之相乐。凡百在会，咸可赋诗。五言纪其日端，七韵成其火数。岂独汉武之殿，盛朝士之连章，魏文之台，壮辞人之并作云尔。

五月符天数，五音调夏钧。旧来传五日，无事不称神。穴枕通灵气，长丝续命人。四时花竞巧，九子粽争新。方殿临华节，圆宫宴雅臣。进对一言重，遒文六义陈。股肱良足咏，风化可还淳。

温汤对雪

北风吹同云，同云飞白雪。白雪乍回散，同云一作北风何惨烈。未见温泉冰，宁知火井灭。表瑞良在兹，庶几可怡悦。

登蒲州逍遥楼

长榆息烽火，高柳静风尘。卜征巡九洛，展豫出三秦。昔是潜龙地，今为上理辰。时平乘一作承道泰，聊赏遇年春。黄河分地络一作脉，飞观接天津。一览遗芳翰，千载肃如神。

经河上公庙

昔闻有耆叟，河上独遗荣。迹与尘嚣隔，心将道德并。讵以天地
累，宁为宠辱惊。矫然翔寥廓，如何屈坚贞。玄玄妙门启，肃肃祠
宇清。冥漠无先后，那能纪一作记姓名。

过 王 濬 墓

吴国分牛斗，晋室命龙骧。受任敌已灭，策勋名不彰。居美未尽
善，矜功徒自伤。长戟今何在，孤坟此路傍。不观松柏茂，空馀荆
棘场。叹嗟悬剑陇，谁识梦刀祥。

初入秦川路逢寒食

洛阳一作川芳树映天津，灞岸一作上垂杨窣地新。直为经过行处乐，
不知虚度两京春。去年馀一作有闰今春早，曙色和风著花草。可怜
寒食与清明，光辉并在长安道。自从关路一作内入秦川，争道何人
不戏鞭。公子途中妨一作方蹴鞠，佳人马上废一作戏秋千。渭水长
桥今欲渡，葱葱渐见新丰树。远看骊岫入云霄，预想汤池起烟雾。
烟雾氛氲水殿开，暂拂香轮归去来。今岁清明行已晚，明年寒食更
相陪。

春 台 望

暇景属三春，高台聊四望。目极千里际，山川一何壮。太华见重
岩，终南分叠嶂。郊原纷绮错，参差多异状。佳气满通沟，迟步入
绮楼。初莺一一鸣红树，归雁双双一作迟迟去绿洲。太液池中下黄
鹤，昆明水上映牵牛。闻道汉家全盛日，别馆离宫趣非一。甘泉逶
迤亘明光，五柞连延接未央。周庐徼道纵横转，飞阁回轩左右长。

须念作劳居者逸，勿言我一作身后焉能恤。为想雄豪壮柏梁，何如俭陋卑茅室。阳乌黯黯向山沉，夕鸟喧喧入上林。薄暮赏馀回步辇，还念中人罢百金。

过大哥宅探得歌字韵

鲁卫情先重，亲贤爱转多。冕旒丰暇日，乘景暂经过。戚里申高宴，平台奏雅歌。复寻为善乐，方验保山河。

同玉真公主过大哥山池

地有招贤处，人传乐善名。鸳池临一作寻九达，龙岫对层一作重城。桂月先秋冷，蘋风向晚清。凤楼遥可见，仿佛玉箫声。

经邹鲁祭孔子而叹之

夫子何为者，栖栖一代中。地犹鄹氏邑，宅即鲁王宫。叹凤嗟身否，伤麟怨道穷。今看两楹奠，当与梦时同。

惟此温泉是称愈疾岂予独受其福思与兆人共之乘暇巡游乃言其志

桂殿与山连，兰汤涌自然。阴崖含秀色，温谷吐潺湲。绩为蠲邪著，功因养正宣。愿言将亿兆，同此共昌延。

旋师喜捷一作平胡

边服胡尘起，长安汉将飞。龙蛇开阵法，貔虎振军威。诈虏脑涂地，征夫血染衣。今朝书奏入，明日凯歌归。

过老子庙

仙居怀圣德，灵庙肃神心。草合人踪断，尘浓鸟迹深。流沙丹灶没，关路紫烟沉。独伤千载后，空馀松柏林。

途次陕州

境出三秦外，途分二陕中。山川入虞虢，风俗限西东。树古棠阴在，耕馀让畔空。鸣笳从此去，行见洛阳宫。

野次喜雪

拂曙辟行宫，寒皋野望通。繁云低远岫，飞雪舞长空。赋象恒依物，萦回屡逐风。为知勤恤意，先此示年丰。

送贺知章归四明 并序

天宝三年，太子宾客贺知章鉴止足之分，抗归老之疏，解组辞荣，志期入道。朕以其年在迟暮，用循挂冠之事，俾遂赤松之游。正月五日，将归会稽，遂饯东路。乃命六卿庶尹大夫，供帐青门，宠行迈也。岂惟崇德尚齿，抑亦励俗劝人。无令二疏，独光汉册，乃赋诗赠行。

遗荣期入道，辞老竟抽簪。岂不惜贤达，其如高尚心。寰中得秘要，方外散幽襟。独有青门饯，群僚—作英怅别深。

轩游宫十五夜

行迈离秦国，巡方赴洛师。路逢三五夜，春色暗中期。关外长河转，宫中淑气迟。歌钟对明月，不减旧游时。

观拔河俗戏 并序

俗传此戏，必致年丰。故命北军，以求岁稔。

壮徒恒贾勇,拔拒抵长河。欲练英雄志,须明胜负多。噪齐山岌
嶫,气作水腾波。预期年岁稔,先此乐时和。

同刘晃喜雨

节变寒初尽,时和气已春。繁云先合寸,膏雨自依旬。飒飒飞平
野,霏霏静暗尘。悬知花叶意,朝夕望中新。

千秋节赐群臣镜

铸得千秋镜,光生百炼金。分将赐群后,遇象见清心。台上冰华
澈,窗中月影临。更衔长绶一作寿带,留意感人深。

赐道士邓紫阳

太乙三门诀,元君六甲符。下传金版术,上刻玉清书。有美探真
士,囊中得秘书。自知一作兹三醮后,翊我灭残胡。

幸蜀西至剑门

剑阁横云峻,銮舆出狩回。翠屏千仞合,丹嶂五丁开。灌木萦旗
转,仙云拂马来。乘时方在德,嗟尔勒铭才。肃宗至德二年,普安郡守贾
深勒石。

答司马承祯上剑镜

宝照含天地,神剑合阴阳。日月丽光景,星斗裁文章。写鉴表容
质,佩服为身防。从兹一赏玩,永德保龄长。

送赵法师还蜀因名山奠简

道家奠灵简,自昔仰神仙。真子今将命,苍生福可传。江山寻故

国,城郭信依然。二室遥相望,云回洞里天。《纪事》云:法师观宇在今蜀州新津县也。

送道士薛季昌还山

洞府修真客,衡阳念旧居。将成金阙要,愿奉玉清书。云路三天近,松溪万籁虚。犹期传秘诀,来往候仙舆。

送玄同真人李抱朴谒灊山仙祠

城阙天中近,蓬瀛海上遥。归期千载鹤,春至一来朝。采药逢三秀,餐霞卧九霄。参同如有旨,金鼎待君烧。

春日出苑游瞩 太子时作,一作张说诗。

三阳丽景早芳辰,四序佳园物候新。梅花百树一作殷障去路,垂柳千条暗回津。鸟飞直为惊风叶,鱼没都由怯岸人。惟愿圣主南山寿,何愁不赏万年春。

春晚一作晓宴两相及礼官
丽正殿学士探得风字 并序

朕以薄德,祗膺历数。正天柱之将倾,纫地维之已绝。故得承奉宗庙,垂拱岩廊。居海内之尊,处域中之大。然后祖述尧典,宪章禹绩,敦睦九族,会同四海。犹恐烝黎未乂,徭戍未安;礼乐之政亏,师儒之道丧。乃命使者,衣绣服,行郡县,因人所利,择其可劳,所以便亿兆也;乃命将士,擐介胄,砺矢石,审山川之向背,应岁月之孤虚,所以静边陲也;乃命礼官,考制度,稽典则,序文昭武穆,享天地神祇,所以申严洁也。乃命学者,缮落简,绪遗编,纂鲁壁之文章,缀秦坑之煨烬,所以修文教也。故能使流寓返枌榆之业,戎狄称藩屏之臣,神祇歆其禋祀,庠序阐其经术。既家六合,时巡两京。函秦则委输斯远,鼎邑则朝宗所利。封畿四塞，从来测景之都；城阙千门，自昔交风之地。阴阳代谢，日月相推，岂可使春色虚捐，韶华并歇。乃置旨酒，命英贤，有文苑之高才，有披垣之良佐，举杯称庆，何乐如之。同吟湛露之篇，宜振凌云之藻。于时岁在乙丑，开元十三年三月二十七日。

乾道运无穷，恒将人代工。阴阳调历象，礼乐报玄穹。介胄清荒外，衣冠佐域中。言谈延国辅，词赋引文雄。野霁伊川绿，郊明巩树红。冕旒多暇景，诗酒会春风。

首夏花萼楼观群臣宴宁王山亭
回楼下又申之以赏乐赋诗 并序

万物莫不气兆乎上，而形视乎下。铁石异品，云蒸并湿。草木无心，春来咸喜。故圣人弘道，先王法天。酒星主献酬之义，需卦陈饮食之象。近命群官（一作臣），欣时乐宴。尽九春之丽景，匝三旬之暇日。畅饮桂山，棹歌沁水。醇以养德，味以平心。本将导达阳和，助成长育，亦朝廷多庆，军国馀闲者也。前月之晦，细风飘雨。繁弦中止，列席半醉。佳辰易失，绝兴难追，良可惋也。今年带闰，节候全晚。暑气犹清，芳草未歇。申布雅意，复叙初筵。披乐善之虞邸，坐忘忧之观。东郊跬步，南山在目。足以缔夏首之新赏，补春馀之坠欢。朕登览上宫，俯临长陌，畅众心之怡，欢归骑之逶迤。鼓之以琴瑟，侑之以筐筐。衢尊意洽，场藿思苗。赋我有嘉宾之诗，奏君臣相悦之乐。踟蹰西日，吟玩乘风，不知衷情之发于翰墨也。

今年通闰月，入夏展春辉。楼下风光一作晚一作媚，城隅宴赏归。九歌扬政要，六舞散朝一作征衣。天喜时相合，人和事不违。礼中推意厚，乐处感心微。别赏阳台乐，前旬暮雨飞。

同二相已下群官乐游园宴 二相谓张说、宋璟。

撰一作巽日岩廊暇，需云宴乐初。万方朝玉帛，千品会簪裾。地入南山近，城分北斗馀。池一作林塘垂柳密，原隰野一作野杂花疏。帝幕看逾暗，歌钟听自虚。兴阑归骑转，还奏弼违书。

集贤书院成送张说上集贤学士赐宴得珍字

广学开书院一作殿，崇儒引席珍。集贤招一作昭衮职，论道命台臣。礼乐沿今古，文章革旧新。献酬尊俎列，宾主位班陈。节变云初夏，时移气尚春。所希光史册，千载仰兹晨。

王屋山送道士司马承祯还天台

紫府求贤士，清溪祖逸人。江湖与城阙，异迹且殊伦。间一作闻有幽栖者，居然厌俗尘。林泉先得性，芝一作松桂欲调神。地道逾稽一作鸡岭，天台接海滨一作濒。音徽从此间，万古一芳春。

早度蒲津关

钟鼓严更曙，山河野望通。鸣銮下蒲坂，飞斾入秦中。地险关逾壮，天平镇尚雄。春来一作深津树合，月落戍楼空。马色分朝景，鸡声逐晓风。所希常道泰，非复候一作俟，又作弃。缗同。

途经华岳

饬驾去京邑，鸣銮指洛川。循一作修途经太华，回跸暂周旋。翠嶂留斜影，悬岩冒一作凝夕烟。四方皆石壁，五位配金天。仿佛看高掌，依稀听子先。终当铭岁月，从此记灵仙。

喜　雪

日观卜先征，时巡顺物情。风行未备礼，云密遽飘霙。委树寒花发，萦空落絮轻。朝如玉已会，庭似月犹明。既睹肤先合，还欣尺有盈。登封何以报,因此谢功成。

幸凤泉汤

西狩观周俗,南山历汉宫。荐鲜知路近,省敛觉年丰。阴谷含神爨,汤泉养圣功。益龄仙井合,愈疾醴源通。不重鸣岐凤,谁矜陈宝雄。愿将无限泽,沾沐众心同。

南出雀鼠谷答张说

《纪事》云:帝登封泰山,南出雀鼠谷,张说献诗,帝答之,仍命群臣应制。

雷出应一作膺乾象,风行顺一作训国人。川途犹在晋,车马渐归秦。背陕一作硖关山险,横汾鼓吹频一作震。草依阳谷变,花待北岩春。闻有鹓鸾客,清词雅调新。求音思欲报,心迹竟难陈。

赐崔日知往潞州

潞国开新府,壶关宠旧林。妙旌一作精循吏德,持一作特悦庶氓心。礼乐中朝贵,神明列郡钦。扬风非赠扇,易俗是张琴。藩镇讴谣满一作洽,行宫雨露深。会书丞相策,先赐颍川金。

为赵法师别造精院过院赋诗 并序

秋九月,听政观风,存乎游息。退朝之后,历西上阳,入清虚院,则法师所居之地也。法师得玄元之法,养浩然之气。故法此仙家,特建真宇。紫房对耸,绿竹罗生。既亲重其人,每经过其地,以怡神洗雪,进德修业,何必斋心累月,远在顺风。因而赋诗,用适其(一作真)意云尔。

宗师心物外,为道运虚舟。不恋岩泉赏,来从宫禁游。探玄知几岁,习静更宜秋。烟树辨朝色,风湍闻夜流。坐朝繁听览,寻胜在清幽。欲广无为化，因兹庶可求。

端　午　一作端午武成殿宴群臣

端午临中夏，时清日复长。盐梅已佐鼎，曲蘖且传觞。事古人留
迹，年深缕积一作续长。当轩知槿茂，向水觉芦香。亿兆同归寿，群
公共保昌。忠贞如不替，贻厥后昆芳。

春中兴庆宫酺宴 并序

　　夫抱器怀才，含仁蓄德，可以坐而论道者，我于是乎辟重门以纳之；
作扞四方，折冲万里，可运筹帷幄者，我于是乎悬重禄以待之。是故外
无金革之虞，朝有搢绅之盛。所以岩廊多暇，垂拱无为，不言而海外知
归，不教而寰中自肃。元亨之道，其在兹乎？况乎天地交而万物通，阴
阳和而四时序，所宝者粟，所贵者贤。故以宵旰为怀，黎元在念。尽力
沟洫，不知宫室之已卑；致敬鬼神，不知饮食之斯薄。往以仲冬建子，南
至初阳，爰诏司存，式陈郊祀。挹夷夏之诚请，答人神之厚眷。烟归太
乙，礼congratulate上玄。足以申昭报之情，足以极严禋之道。然心融万类，归雷
雨之先春；庆洽百僚，象云天而高宴。岁二月，地三秦，水泛泛而龙池
满，日迟迟而凤楼曙。青门左右，轩庭映梅柳之春；紫陌东西，帝幕动烟
霞之色。撞钟伐鼓，云起雪飞。歌一声而酒一杯，舞一曲而人一醉。诗
以言志，思吟湛露之篇；乐以忘忧，惭运临汾之笔。

九达长安道，三阳别馆春。还将听朝暇，回作豫游辰。不战要荒
服，无刑礼乐新。合酺覃土宇，欢宴接群臣。玉斝飞千日，琼筵荐
八珍。舞衣云曳影，歌扇月开轮。伐鼓鱼龙杂，撞钟角抵陈。曲终
酣兴晚，须有醉归人。

千 秋 节 宴 并序

　　令节肇开，情兼感庆。率题八韵，以示群臣。

兰殿千秋节,称名一作君万寿一作岁觞。风传率土庆,日表继天祥。玉宇开花萼,宫一作金县动会昌。衣冠白鹭一作露下,帝幕翠云长。献遗一作寿成新俗,朝仪入旧章。月衔花绶镜,露缀彩丝囊。处处祠田祖,年年宴杖乡。深思一德事,小获万人康。开元十八年,礼部奏请秋社会并就千秋节,先赛白帝,报田祖,然后坐饮散之,故诗云云。

左丞相说右丞相璟太子少傅乾曜同日上官命宴东一作都堂赐诗

赤帝收三杰,黄轩举二臣。由来丞相重,分掌国之钧一作均。我有握中璧,双飞席上珍。子房推道要,仲子讶风神。复辍台衡老,将为调护人。鹓鸾同拜日,车骑拥行尘。乐聚南宫宴,觞连北斗醇。俾予成百揆,垂一作端拱问彝伦。

早登太行山中言志

清跸度河阳,凝笳上太行。火龙明鸟道,铁骑绕羊肠。白雾埋阴壑,丹霞助晓光。涧泉含宿冻,山木一作草带馀霜。野老茅为屋,樵人薜作裳。宣风问耆艾,敦俗劝耕桑。凉德惭先哲,徽猷慕昔皇。不因今展义,何以一作必冒垂堂。

平　胡 并序

戎羯不虔,窃我荒服。命偏师之俘翦,彼应期而咸殄。一麾克定,告捷相仍。爰作是诗,聊以言志。

杂虏忽猖狂,无何敢乱常。羽书朝继入,烽火夜相望。将出凶门勇,兵因死地强。蒙轮皆突骑,按剑尽鹰扬。鼓角雄山野,龙蛇入战场。流膏润沙漠,溅血染锋铓。雾扫清玄塞,云开静朔方。武功今已立,文德愧前王。

游兴庆宫作 并序　一作暇日与兄弟同游兴庆宫作

暇日，与兄弟同游兴庆宫。登勤政务本及华萼相辉之楼。所以观风俗而劝人，崇友于而敦睦。诗以言志，歌以永言。情发于衷，率题此什。

代邸青门右，离宫紫陌陲。庭如过沛日，水若渡江时。绮观连鸡岫，朱楼接雁池。从来敦棣萼，今此茂荆枝。万叶传馀庆，千年志不移。凭轩聊属目，轻辇共追随。务本方崇训，相辉保羽仪。时康俗易渐，德薄政难施。鼓吹迎飞盖，弦歌送羽卮。所希覃率土，孝弟一同规。

送张说巡边

端拱复垂裳，长怀御远方。股肱申教义，戈剑靖要荒。命将绥边服，雄图出庙堂。三台入武帐，八座起文昌。宝一作瑶胄匡韩主，华宗辅汉王。茂先惭博物，平子谢文章。尽节恢时佐，输诚御寇场。三军临朔野，驷马即戎行。鼓吹威夷狄，旌轩溢洛阳。云台先著美，今日更贻芳。

饯王晙巡边

振武威荒服，扬文肃远墟。金坛申将礼，玉节授军符。免胄三方外，衔刀万里馀。昔时吴会静，今日虏庭虚。分阃仍推毂，援桴且训车。风扬旌旆远，雨洗甲兵初。坐见台阶谧，行闻袄祲除。檄来虽插羽，箭去亦飞书。舟楫功须著，盐梅望匪疏。不应陈七德，欲使化先敷。

巡省途次上党旧宫赋 并序

朕昔在初九，佐贰此州。未遇扶摇之力，空俟海沂之咏。泊大横入兆，出处斯易。一挥宝剑，遽履瑶图。承历数而顺讴谣，著天衣而御区夏。嗟乎！向时沉默，驾四马而朝京师；今日逍遥，乘六龙而问风俗。爰因巡省，途次旧居。山川宛然，人事无间。忽其鼎革，周游馆宇。触目依然，虽迹异汉皇，而地如丰邑。击筑慷慨，酌桂（《纪事》作杯）留连。空想大风，题兹短什。

三千初击浪，九万欲抟空。天地犹惊否，阴阳始遇蒙。存贞一作身期历试，佐贰仁昭融。多谢时康理，良惭实赖一作宝剑功。长怀问鼎气，夙负拔山雄。不学刘琨舞，先歌汉祖风。英髦既包括，豪杰自牢笼。人事一朝异，讴歌一作谣四海同。如何昔朱邸，今此作离宫。雁沼澄澜翠，猿岩落照红。小山秋一作馀桂馥，长坂旧兰丛。即是淹留处，乘欢乐未穷。

潼关口号

河曲回千里，关门限二京。所嗟非恃德，设险到一作致天平。

千秋节赐群臣镜

瑞露垂花绶，寒冰澈宝轮。对兹台上月，聊以庆佳辰。

续薛令之题壁

　　《本事诗》云：开元中，东宫官僚清淡，薛令之题诗自悼，有"无以谋朝夕，何由保岁寒"句。上幸东宫，览之，索笔题其傍云云。令之遂谢病归。

啄木觜距长，凤皇羽毛短。苦一作若嫌松桂寒，任逐桑榆暖。

送胡真师还西山 《真仙通鉴》

仙客厌人间，孤云比性闲。话离情未已，烟水万重山。

过大哥山池题石壁

澄潭皎镜石崔巍，万壑千岩暗绿苔。林亭—作台自有幽贞趣，况复秋深爽气来。

题梅妃画真

忆昔娇妃在紫宸，铅华不御得天真。霜绡虽似当时态，争奈娇波不顾人。

鹡 鸰 颂 并序 俯同魏光乘作

朕之兄弟，唯有五人。比为方伯，岁一朝见。虽载崇藩屏，而有睽谈笑。是以辍牧人而各守京职，每听政之后，延入宫掖。申友于之志，咏《棠棣》之诗。邕邕如，怡怡如，展天伦之爱也。秋九月辛酉，有鹡鸰千数，栖集于麟德殿之庭树。竟旬焉，飞鸣行摇，得在原之趣。昆季相乐，纵目而观者久之。逼之不惧。翔集自若。朕以为常鸟，无所志怀。左清道率府长史魏光乘，才雄白凤，辩壮碧鸡。以其宏达博识，召至轩槛。预观其事，以献其颂。夫颂者，所以揄扬德业，褒赞成功。顾循虚昧，诚有负矣。美其彬蔚，俯同颂云。

伊我轩宫，奇树青葱，蔼周庐兮。冒霜停雪，以茂以悦，恣卷舒兮。
连枝同荣，吐绿含英，曜春初兮。蒂收御节，寒露微结，气清虚兮。
桂宫兰殿，唯所息宴，栖雍渠兮。行摇飞鸣，急难有情，情有馀兮。
顾惟德凉，夙夜兢惶，惭化疏兮。上之所教，下之所效，实在予兮。
天伦之性，鲁卫分政，亲贤居兮。爱游爱处，爱笑爱语，巡庭除兮。
观此翔禽，以悦我心，良史书兮。

傀 儡 吟 一作梁锽咏木老人诗

刻木牵丝作老翁，鸡皮鹤发与真同。须臾弄罢寂无事，还似人生一梦中。《纪事》云：明皇为李辅国迁于西内，曾咏此诗。

句

昔见漳滨卧，言将人事违。今逢庆诞日，犹谓学仙归。棠棣花重
发，鸰原鸟再飞。薛王疾瘳，置酒，更为初生之欢。见《旧唐书》

德比代云布，心如晋水清。钱裴宽为太原尹

王象之《舆地碑记》载明皇《昭州丹霄驿诗》："驿前南面架危桥，久欲登临畏路遥。今日
偶然寻得到，直从平地上丹霄。"疑后人妄托，附记。

全唐诗卷四

肃宗皇帝

　　帝讳亨,明皇第三子。初名嗣昇,封陕王。开元十五年,更名浚,徙封忠王。二十三年,又更名玙。明年,立为皇太子。二十八年,又更名绍。天宝三载,乃更名亨。明皇幸蜀,即位于灵武。聪明强记,属词典丽。在位七年。谥曰宣。诗四首。

延英殿玉灵芝诗三章章八句

　　上元二年七月甲辰,延英殿御座上生玉灵芝,一茎三花,上亲制诗。
玉殿肃肃,灵芝煌煌。重英发秀,连叶分房。宗庙之福,垂其耿<small>一作</small>景光。　此章缺二句。

元气产芝,明神合德。紫微间采,白蘋呈色。载启瑞图,庶符皇极。天心有眷,王道惟直。

幸生芳本<small>一作卉</small>,当我宸<small>作宸旒</small>。效<small>作放</small>此灵质,贲其王猷。神惟不爱,道亦无求。端拱思惟,永荷天休。

赐梨李泌与诸王联句

　　《邺侯外传》云:肃宗尝夜坐,召颍、信、益三王,同就地炉食。以泌多绝粒,帝自烧二梨赐之。颍王固求,不与;请三弟共乞一颗,亦不与;别命他果赐之。王曰:"先生恩渥如此。"臣等请联句,以为他日故事。颍王名璬,信王名璜,益王史失传。

先生年几许,颜色似童儿颖王。夜抱九仙骨,朝披一品衣信王。不
食千钟粟,唯餐两颗梨益王。天生此间气,助我化无为帝。

德宗皇帝

　　帝讳适,代宗长子。初封奉节郡王。乾元元年,进封鲁
王;八月,徙封雍王。广德二年,立为皇太子。善属文,尤长于
篇什。每与学士言诗于浴堂殿,夜分不寐。三令节,御制诗敕
群臣赓和,品第优劣。四方贡艺者,帝多亲试,或有乖谬,浓点
笔抹之;称旨,即翘足朗吟。诧宰相,此朕门生,无不服帝之藻
鉴焉。在位二十五年,谥曰孝文。集不传,今存诗十五首。

中和节日宴百僚赐诗

　　帝移晦日为中和节。《邺侯家传》云:夜梦见赐御制中和节诗于金花
笺上,第二对首忘一字云。兹中和节,式庆天地春。及中和日,百僚会曲
江亭。赐御制诗曰,肇兹中和节云云。其金花笺上花云,皆梦所见者。
奉诏同用春字。

韶年启仲序,初吉谐良辰。肇兹中和节,式庆天地春。欢酺朝野
同,生德区宇均。云开洒膏露,草疏芳河津。岁华今载阳,东作方
肆勤。惭非熏风唱,曷用慰吾人。

中和节赐百官燕集因示所怀

至化恒一作常在宥,保和兹息人。推诚抚诸夏,与物长为春。仲月
风景暖,禁城花柳新。芳时协金奏,赐宴同一作锡宴周群臣。丝竹岂
云乐,忠贤惟所亲。庶洽朝野意,旷然天地一作下均。

重阳日赐宴曲江亭赋六韵诗用清字 并序

朕在位仅将十载，实赖忠贤左右，克致小康。是以择三令节，锡兹宴赏，俾大夫卿士得同欢洽也。夫共其戚者同其休，有其初者贵其终。咨尔群僚，顺朕不暇，乐而能节，职思其忧。咸若时则，庶乎理矣。因重阳之会，聊示所怀。

早衣一作依对庭燎，躬化勤意诚。时此万机暇，适与佳节并。曲池洁寒流，芳菊舒金英。乾坤爽气满，台殿秋光一作老清。朝野庆年丰，高会多欢声。永怀无荒戒，良士同斯一作其情。因诏曰：卿等重阳会宴，朕想欢洽，欣慰良多，情发于中，因制诗序，令赐卿等一本。可中书门下简定文词士三五十人应制，同用清字，明日内于延英门进来。宰臣李泌等虽奉诏简择，难于取舍，由是百僚皆和。上自考其诗，以刘〔太〕(大)真及李纾等四人为上等，鲍防、于邵等四人为次等，张濛、殷亮等二十三人为下等。而李晟、马燧、李泌三宰相之诗，不加考第。时贞元四年九月也。

九月十八赐百僚追赏因书所怀

雨霁霜气肃，天高云日明。繁林已坠叶，寒菊仍舒荣。懿此秋节时，更延追赏情。池台列广宴，丝竹传新声。至乐非外奖，浃欢同中诚。庶敦朝野意，永使风化清。

送徐州张建封还镇

贞元十三年，徐州节度使张建封来朝。及命归镇，上御制诗以赐之。

牧守寄所重，才贤生为时。宣风自淮甸，授钺膺藩维。入觐展遐恋，临轩慰来思。忠诚在方寸，感激陈情词。报国尔所向，恤人予是资。欢宴不尽怀，车马当还期。谷雨将应候，行春犹未迟。勿以千里遥，而云无己知。于时藩镇，马燧、浑瑊、刘元佐、李抱真等，勋宠卓越，未有以诗饯，独建封获赐。

麟德殿宴百僚

忧勤承圣绪,开泰喜时康。恭己临群后,垂衣御八荒。务闲春向暮,朝罢日犹长。紫殿初筵列,彤庭广乐张。成功归辅弼,致理赖忠良。共此欢娱事,千秋乐未央。

元日退朝观军仗归营

献岁视元朔,万方咸在庭。端旒揖群后,回辇阅师贞。彩仗宿华殿,退朝归禁营。分行左右出,转旆风云生。历历趋复道,容容映层城。勇馀矜捷技,令肃无喧声。眷此戎旅节,载嘉良士诚。顺时倾宴赏,亦以助文经。

中和节赐群臣宴赋七韵

　　　　贞元五年初〔置〕(制)中和节,帝制诗,写本赐戴叔伦于容州。

东风变梅柳,万汇生春光。中和纪月令,方与天地长。耽乐岂予尚,懿兹时景良。庶遂亭育恩,同致寰海康。君臣永终始,交泰符阴阳。曲沼水新碧,华林桃稍芳。胜赏信多欢,戒之在无荒。

三日书怀因示百僚

　　　　贞元六年三月庚子,百僚宴曲江亭,上赋上巳诗一篇赐之。

佳节上元巳,芳时属暮春。流觞想兰亭,捧剑得金人。风轻水初绿,日晴花更新。天文信昭回,皇道颇敷陈。恭己每从俭,清心常保真。戒兹游衍乐,书以示群臣。

重阳日中外同欢以诗言志因示群官 馀字韵

〔爽〕(炎)节在重九,物华新雨馀。清秋黄叶下,菊散金潭初。万实

行就稔,百工欣所如。欢心畅遐迩,殊俗同车书。至化自敦睦,佳
辰宜宴胥。锵锵间丝竹,济济罗簪裾。此乐匪足耽,此诚期永孚。

重阳日即事

令节晓澄霁,四郊烟霭空。天清白露洁,菊散黄金丛。寡德荷天
贶,顺时休百工。岂怀歌钟乐,思为君臣同。至化在亭育,相成资
始终。未知康衢咏,所仰惟年丰。

丰年多庆九日示怀

贞元十八年九月癸亥重阳,御制诗赐群臣。

爽气肃时令,早衣闻朔鸿。重阳有佳节,具物欣年丰。皎洁暮潭
色,芬敷新菊丛。芳尊满衢室,繁吹凝烟空。惠合信吾道,保和惟
尔同。推诚至玄化,天下期为公。

七月十五日题章敬寺

贞元七年七月癸酉,幸章敬寺,赋诗九韵。皇太子与群臣毕和,题之
寺壁。

招提迩皇邑,复道连重城。法筵会早秋,驾言访禅扃。尝闻大仙
教,清净宗无生。七物一作珍匪吾宝,万行先求成。名相既双寂,繁
华奚所荣。金风扇微凉,远烟凝翠晶。松院静苔色,竹房深磬声。
境幽真虑恬,道胜外物轻。意适本非说,含毫空复情。

中春麟德殿会百僚
观新乐诗一章章十六句

贞元十四年二月戊午,上制《中春麟德殿会百僚观新乐诗》,令太子
书示百官。序曰:朕以中春之首,纪为令节。听政之暇,韵于歌诗。象中

和之容,作中和之舞,聊复成篇。其诗八韵。中书门下谢赐诗,请颁示天
下,编入乐府。

芳岁肇佳节,物华当仲春。乾坤既昭泰,烟景含氤氲。德浅荷玄
贶,乐成思治—作恩治人。前庭列钟鼓,广殿延群臣。八卦随舞意,
五音转曲新。顾非咸池奏,庶协南风熏。式宴礼所重,浃欢情必
均。同和谅在兹,万国希可亲。

九 日 绝 句

禁苑秋来爽气多,昆明风动起沧波。中流箫鼓诚堪赏,讵假横汾发
棹歌。

文宗皇帝

　　帝讳昂,穆宗第二子。初名涵,封江王。宝历二年,即位。
恭俭儒雅,听政之暇,博通群籍。顾谓左右曰:"若不甲夜视
事,乙夜观书,何以为人君?"每试进士,亲裁题目。及所司进
所试,披览吟咏,终日忘倦。延学士于内庭,讨论经义。好制
五言,古调清峻。常欲置诗博士。李珏言:"今翰林学士皆能
文词,且古今篇什,足可怡悦圣情。"乃止。又尝与宰相论诗之
工拙。郑覃曰:"诗之工者,无若三百篇,皆国人作之以刺美时
政,王者采之以观风俗。后代词人,华而不实,无补于事。"帝
甚重其言。在位十三年,谥曰昭献。今存诗七首。

暮春喜雨诗 开成元年三月,观内人赛雨赋。

风云喜际会,雷雨遂流滋。荐币虚陈礼,动天实精思。渐侵九夏
节,复在三春时。震霖垂朱阙,飘飖入绿墀。郊坰既沾足,黍稷有

丰期。百辟同康乐,万方伫雍熙。

题程修己竹障

　　修己,冀州人,学周昉画,尝画竹障于文思殿。帝赐以诗,朝士皆奉
诏继和。

良工运精思,巧极似有神。临窗忽睹繁阴合,再盼真假殊未分。后
二句一作"临窗时乍睹,繁阴合再明"。

宫 中 题

　　太和九年李训、郑注败后,仇士良愈专恣。上登临游幸,未尝为乐。
或瞠目独语,左右莫敢进问。因赋此诗。

辇路生春一作秋草,上林花发时一作满枝。凭高何限意,无复侍臣知。

上巳日赐裴度

　　裴度拜中书令,以疾未任朝谢。上巳曲江赐宴,群臣赋诗。帝遣中
使赐度诗,仍赐御札曰:"朕诗集中要有卿倡和诗,故令示此。卿疾未差,
可异日进来。"御札及门而度薨。

注想待元老,识君恨不早。我家柱石衰,忧来学丘祷。

上元日二首

上元高会集群仙,心斋何事欲祈年。丹诚傥彻玉帝座,且共吾人庆
大田。

冀生三五叶初齐,上元羽客出桃蹊。不爱仙家登真诀,愿蒙四海福
黔黎。

夏 日 联 句

　　开成三年夏日,与学士联句。时五学士属和,帝独谓柳公权词清意

足。

人皆苦炎热，我爱夏日长_帝。熏风自南来，殿阁生微凉_{柳公权}。

宣宗皇帝

　　帝讳忱，宪宗第十三子。初名怡，封光王。会昌六年，立为皇太叔。恭俭好善，虚襟听纳。大中之政，有贞观风。每曲宴，与学士倡和；公卿出镇，多赋诗饯行。重科第，留心贡举。常微行，采舆论，察知选士之得失。其对朝臣，必问及第与所试诗赋题。主司姓氏，苟有科名对者，必大喜。或佳人物偶不中第，必叹息移时。常于内自题乡贡进士李道龙云。在位十三年，谥曰献文。诗六首。

百 丈 山

　　《庚溪诗话》：帝为光王时，为武宗所忌，多晦迹为方外游，至百丈山作诗云。

大雄真迹枕危峦，梵宇层楼耸万般。日月每从肩上过，山河长在掌中看。仙峰不间三春秀，灵境何时六月寒。更有上方人罕到，暮钟朝磬碧云端。

吊 白 居 易

缀玉联珠六十年，谁教冥路作诗仙。浮云不系名居易，造化无为字乐天。童子解吟长恨曲，胡儿能唱琵琶篇。文章已满行人耳，一度思卿一怆然。

幸华严寺

云散晴山几万重，烟收春色更冲融。帐殿出空登碧汉，遐川俯望色蓝笼。林光入户低韶景，岭气通宵展霁风。今日追游何所似，莫惭汉武赏汾中。

重阳锡宴群臣 时收复河湟

款塞旋征骑，和戎委庙贤。倾心方倚注，叶力共安边。

题泾县水西寺 一作题嘉兴水西寺

大殿连云接爽一作赏溪，钟声还与鼓声齐。长安若问江南事，说道风光在水西。

瀑布联句

《诗史》云：帝游方外，至黄檗，与黄檗禅师同观瀑布联句。《佛祖统纪》云：帝至庐山，与香严闲禅师咏。时黄檗在海昌，《诗史》误。

千岩万壑不辞劳，远看方知出处高黄檗。溪涧岂能留得住，终归大海作波涛帝。

句

海岳宴咸通。《南部新书》云：宣皇〔制〕（置）《〔泰〕（秦）边陲曲》，有此句。后懿皇以咸通建号，其先兆也。

七载秉钧调四序，一方狱市获来苏。大中九年七月甲午，崔铉由左仆射为淮南节度，帝于太液亭宴饯，赐诗有"七载秉钧"之句，儒者荣之。

昭宗皇帝

　　帝讳晔，懿宗第七子。初名杰，封寿王。文德元年，立为皇太弟。在位十四年。帝攻书好文，而承广明寇乱之后，唐祚日衰，遗诗只韵，皆其播迁所制也。

咏　雷　句

　　《纪事》云：天复元年，帝为凤翔兵劫幸岐城。一日大雷雨，牛马震死，街西古槐、殿东鸱吻立碎。帝为诗云：

只解劈牛兼劈树，不能诛恶与诛凶。《纪事》又云：帝在洛，日忧不测，与皇后内人唯沉饮自宽。尝歌云："纥干山头冻杀雀，何不飞去生处乐。"此古语，帝述之者。附记。

全唐诗卷五

文德皇后

太宗后,长孙氏,河南洛阳人,隋左骁卫将军晟之女。武德九年,立为皇后。喜图传,视古今善恶以自鉴。矜尚礼法,常采古妇人事,作《女则》一篇。今存诗一首。

春 游 曲

上苑桃一作杏花朝日明,兰闺艳妾动春情。井上新桃偷面色,檐边嫩柳学身轻。花中来去看舞蝶,树上长短听啼莺。林下何须远借问,出众风流旧有名。

则天皇后

高宗后,武氏,并州文水人,荆州都督士彟之女。永徽六年,立为皇后。中宗即位,称皇太后。临朝,寻自称皇帝,改国号曰周,自名曌,在位二十二年。中宗反正,谥则天顺圣皇后。有《垂拱集》百卷,《金轮集》六卷。今存诗四十六篇。

曳 鼎 歌

万岁通天元年,铸九鼎成,上各写本州山川物产之象。令著作郎贾

膺福、殿中丞薛昌容、凤阁主事李元振、司农录事钟绍京等分题，左尚令
曹元廓画。令南北卫士十馀万人并仗内大牛白象曳之，自玄武门入。后
自制蔡州永昌鼎歌，见《唐会要》。

羲农首出，轩昊膺期。唐虞继踵，汤禹乘时。天下光宅，海内雍熙。
上玄降鉴，方建隆基。中有隆基字。开元中，姚崇等以启运休兆，请宣付史馆。

唐享昊天乐

第　一

太阴凝至化，真耀蕴轩仪。德迈娥台敞，仁高〔姒〕(似)幄披。扪天
遂启极，梦日乃升曦。

第　二

瞻紫极，望玄穹。翘至恳，馨深衷。听虽远，诚必通。垂厚泽，降云
宫。

第　三

乾仪混成冲邃，天道下济高明。阊阳晨披紫阙，太一晓降黄庭。圜
坛敢申昭报，方璧冀展虔情。丹襟式敷衷恳，玄鉴庶察微诚。

第　四

巍巍睿业广，赫赫圣基隆。菲德承先顾，祯符萃眇躬。铭开武岩
侧，图荐洛川中。微诚讵幽感，景命忽昭融。有怀惭紫极，无以谢
玄穹。

第　五

朝坛雾卷，曙岭烟沉。爰设筐一作筐币，式表诚心。筵辉丽璧，乐畅
和音。仰惟灵鉴，俯察翘襟。

第　六

昭昭上帝，穆穆下临。礼崇备物，乐奏锵金。兰羞委荐，桂醑盈斟。

敢希明德,幸馨庄心。

第　七

尊浮九酝,礼备三周。陈诚菲奠,契福神猷。

第　八

奠璧郊坛昭大礼,锵金拊石表虔诚。始奏承云娱帝赏,复歌调露畅韶英。

第　九

荷恩承顾托,执契恭临抚。庙略静边荒,天兵曜神武。有截资先化,无为遵旧矩。祯符降昊穹,大业光寰宇。

第　十

肃肃祀典,邕邕礼秩。三献已周,九成斯毕。爰撤其俎,载迁其实。或升或降,惟诚惟质。

第 十 一

礼终肆类,乐阕九成。仰惟明德,敢荐非馨。顾惭菲奠,久驰云耕。瞻荷灵泽,悚恋兼盈。

第 十 二

式乾路,辟天扉。回日驭,动云衣。登金阙,入紫微。望仙驾,仰恩徽。

唐明堂乐章

外 办 将 出

总章陈昔典,衢室礼惟神。宏规则天地,神用叶陶钧。负扆三春回,充庭万宇宾。顾已诚虚薄,空惭驭一作亿兆人。

皇 帝 行

仰膺历数,俯顺讴歌。远安迩肃,俗阜时和。化光玉镜,讼息金科。

方兴典礼,永戢干戈。

皇嗣出入升降

至人光俗,大孝通神。谦以表性,恭惟立身。洪规载启,茂典方陈。
誉隆三善,祥开万春。

迎 送 王 公

千官肃事,万国朝宗。载延百辟,爰集三宫。君臣德合,鱼水斯同。
睿图方永,周历长隆。

登 歌

礼崇宗祀,志表严禋。笙镛合奏,文物惟新。敬遵茂典,敢择良辰。
絜诚斯著,奠谒方申。

配 飨

笙镛间玉宇,文物昭清辉。晬影临芳奠,休光下太微。孝思期有
感,明絜庶无违。

宫 音

履艮包群望,居中冠百灵。万方资广运,庶品荷财成。神功谅匪
测,盛德实难名。藻奠申诚敬,恭祀表惟馨。

角 音

出震位,开平秩。扇条风,乘甲乙。龙德盛,鸟星出。荐珪篚,陈诚
实。

徵 音

赫赫离精御炎陆,滔滔炽景开隆暑。冀延神鉴俯兰尊,式表虔襟陈
桂俎。

商 音

律中夷则,序应收成。功宣建武,义表惟明。爰申礼奠,庶展翘诚。
九秋是式,百谷斯盈。

羽　音

葭律肇启隆冬,蕤一作蕴藻攸陈飨祭。黄钟既陈玉烛,红粒方殷稔岁。

唐大飨拜洛乐章

《唐书·乐志》曰:则天皇后永昌元年大享拜洛乐。礼设用昭和,次致和,次咸和;乘舆初行,用九和;次拜洛受图,用显和;登歌用昭和;迎俎用敬和;酌献用钦和;送文舞出,迎武舞入,用齐和;武舞用德和;撤俎用禋和;辞神用通和;送神用归和。按《乐志》又有归和一章,亦送神词也。

昭　和

九玄眷命,三圣基隆。奉成先旨,明台毕功。宗祀展敬,冀表深衷。永昌帝业,式播淳风。

致　和

神功不测兮运阴阳,包藏万宇兮孕八荒。天符既出兮帝业昌,愿临明祀兮降祯祥。

咸　和

坎泽祠容备举,坤坛祭典爰申。灵眷遥行秘躅,嘉贶荐委殊珍。肃礼恭禋载展,翘襟邈志逾殷。方期交际悬应。下一句逸。

九　和

祇荷坤德,钦若乾灵。惭惕罔置,兴居匪宁。恭崇礼则,肃奉仪形。惟凭展敬,敢荐非馨。

拜　洛

菲躬承睿顾,薄德忝坤仪。乾乾遵后命,翼翼奉先规。抚俗勤虽切,还淳化尚亏。未能弘至道,何以契明祇。

显　和

顾德有惭虚菲,明祇屡降祯符。泛水初呈秘象,温洛荐表昌图。玄泽流恩载洽,丹襟荷渥增愉。

昭　和

舒云致养,合大资生。德以恒固,功由永贞。升歌荐序,垂币翘诚。
虹开玉照,凤引金声。

敬　和

兰俎既升,蘋羞可荐。金石载设,咸英已变。林泽斯总,山川是遍。
敢用敷诚,实惟忘倦。

齐　和

沉潜演赜分三极,广大凝祯总万方。既荐羽旌文化启,还呈干戚武
威扬。

德　和

夕惕同一作司龙契,晨兢当凤宸。崇儒习旧规,偃伯循先旨。绝壤
飞冠盖,遐区丽山水。幸承三圣馀,忻属千年始。

禋　和

百礼崇容,千官肃事。灵降舞一作无兆,神凝有粹。奠享咸周,威仪
毕备。奏夏登列,歌雍撤肆。

通　和

皇皇灵眷,穆穆神心。暂动凝质,还归积阴。功玄枢纽,理寂高深。
衔恩佩德,耸志翘襟。

归　和

言旋云洞兮蹑烟涂,永宁中宇兮安下都。包涵动植兮顺荣枯,长贻
宝祚兮赞璇图。

归　和

调云阕兮神座兴,骖云驾兮俨将升。腾绛霄兮垂景祜,翘丹恳兮荷
休征。

唐武氏享先庙乐章

先德谦抷冠昔，严规节素超今。奉国忠诚每竭，承家至孝纯深。追崇惧乖尊意，显号恐玷徽音。既迫王公屡请，方乃俯遂群心。有限无由展敬，奠醑每阙亲斟。大礼虔申典册，蘋藻敬荐翘襟。

早 春 夜 宴

九春开上节，千门敞夜扉。兰灯吐新焰，桂魄朗圆辉。送酒惟须满，流杯不用稀。务使霞浆兴，方乘泛洛归。

游 九 龙 潭

山窗游玉女，洞户对琼峰。岩顶翔双凤，潭心倒九龙。酒中浮竹叶，杯上写芙蓉。故验家山赏，惟有风入松一作入松风。

赠 胡 天 师 见许旌阳传

高人叶高志，山服往山家。迢迢间风月，去去隔烟霞。碧岫窥玄洞，玉灶炼丹砂。今日星津上，延首望灵槎。

从驾幸少林寺 并序

睹先妃营建之所，倍切茕衿，逾凄远慕。聊题即事，用述悲怀。
陪銮游禁苑，侍赏出兰闱。云偃攒峰盖，霞低插浪旗。日宫疏涧户，月殿启岩扉。金轮转金地，香阁曳香衣。铎吟轻吹发，幡摇薄雾霏。昔遇焚芝火，山红连一作匝野飞。花台无半影，莲塔有全辉。实赖能仁力，攸资善世威。慈缘兴福绪，于此罄一作欲归依。风枝不可静，泣血竟何追。

石　淙 即平乐涧

三山十洞光玄篆,玉峤金峦镇紫微。均露均霜标胜壤,交风交雨列皇畿。万仞高岩藏日色,千寻幽涧浴云衣。且驻欢筵赏仁智,雕鞍薄晚杂尘飞。

腊日宣诏幸上苑

> 天授二年腊,卿相欲诈称花发,请幸上苑,有所谋也。许之,寻疑有异图,乃遣使宣诏云云。于是凌晨名花布苑,群臣咸服其异,后托术以移唐祚,此皆妖妄,不足信也。大凡后之诗文,皆元万顷、崔融等为之。

明朝游上苑,火急报春知。花须连夜发,莫待晓风吹。

如　意　娘

> 《乐苑》曰:《如意娘》,商调曲,唐则天皇后所作也。

看朱成碧思纷纷,憔悴支离为忆君。不信比来长下泪,开箱验取石榴裙。

制袍字赐狄仁杰 狄公家传

敷政术,守清勤。升显位,励相臣。

徐贤妃

> 妃名惠,湖州长城人。生五月能言,四岁通《论语》、《诗》,八岁自晓属文,辞致赡蔚,又无淹思,太宗召为才人,再迁充容。常上疏论时政,帝善其言,优赐之。永徽元年,赠贤妃。

诗五首。

拟 小 山 篇

《唐书·本传》:妃八岁,父孝德使拟《离骚》,为《小山篇》云云。孝德
大惊,知不可掩,于是所著遂盛传。太宗知之,召入宫。

仰幽岩而流盼,抚桂枝以凝想。将千龄兮此遇,荃何为兮独往。

长 门 怨

旧爱柏梁台,新宠昭阳殿。守分辞芳一作方辇,含情泣团扇。一朝
歌舞荣,夙昔诗书贱。颓恩诚已矣,覆水难重荐。

秋风函谷应诏

秋风起函谷,劲一作朔气动河山。偃松千岭上,杂雨二陵间。低云
愁广隰,落日惨重关。此时飘紫气,应验真人还。

赋得北方有佳人

由来称独立,本自号倾城。柳叶眉间发,桃花脸上生。腕摇金钏
响,步转玉环鸣。纤腰宜宝袜,红衫艳织成。悬知一顾重,别觉舞
腰轻。

进 太 宗

《纪事》云:长安崇圣寺有贤妃妆殿,太宗曾召妃,久不至,怒之,因进
是诗。

朝来临镜台,妆罢暂裴回。千金始一笑,一召讵能来。

上官昭容

　　昭容名婉儿,西台侍郎仪之孙。天后时,配入掖庭。天性韶警,善文章。年十四,后召见。自通天以来,内掌诏命。中宗即位,大被信任,进拜昭容。劝帝侈大书馆,增学士员,引大臣名儒充选。数赐宴,赋诗,君臣赓和。婉儿常代帝及后长宁安乐二主,众篇并作,词旨益新。又差第群臣所赋,赐金爵,故朝廷靡然成风。当时属辞者,大抵虽浮艳,然皆有可观,婉儿力也。临淄王兵起,被诛。开元初。哀次其文章,诏张说题篇。集二十卷,今失传。存诗三十二篇。

奉和圣制立春日侍宴内殿出翦彩花应制

密叶因裁吐,新花逐翦舒。攀条虽不谬,摘蕊讵知虚。春至由来发,秋还未肯疏。借问桃将李,相乱欲何如。

九月九日上幸慈恩寺
登浮图群臣上菊花寿酒

帝里重阳节,香园万乘来。却邪萸入一作结佩,献寿菊传杯。塔类承天涌,门疑待佛开。睿词悬日月,长得仰昭回。

彩 书 怨 一云彩毫怨

叶下洞庭初,思君万里馀。露浓香被冷,月落锦屏虚。欲奏江南曲,贪封蓟北书。书中无别意,惟怅久离居。

驾幸三会寺应制 景龙二年十月三日

释子谈经处，轩臣刻字留。故台遗老识，残简圣皇一作君求。驻跸
怀千古，开襟望九州。四山缘塞合，二水夹城流。宸翰陪瞻仰，天
杯接献酬。太平词藻盛，长愿纪鸿休。

驾幸新丰温泉宫献诗三首

景龙三年十二月十二日，中宗皇帝驾新丰温泉宫，敕蒲州刺史徐彦
伯入仗，同学士例，因与武平一等献诗。上官昭容亦赋绝句三首以献。

三冬季月景〔龙〕(隆)年，万乘观风出灞川。遥看电跃龙为马，回瞩
霜原玉作田。

鸾旗掣曳拂空回，羽骑骖驔蹑景来。隐隐骊山云外耸，迢迢御帐日
边开。

翠幕珠帏敞月营，金罍玉斝泛兰英。岁岁年年常扈跸，长长久久乐
升一作承平。

游长宁公主流杯池二十五首

长宁公主，韦庶人所生，下嫁杨睿交。皇帝制曰，门下特进行右散骑
常侍驸马都尉观国公杨睿交，分荣戚里，藉宠公门。恭肃著于立身，协勤
效于从政。凤皇楼上，宛符琴瑟之欢；乌鹊桥边，载协松萝之契。宜覃茅
土，式广山河。因造第于东都，府财几竭。又取西京高士廉第，左金吾卫
废营，改为宅，作三重楼，筑山浚池。帝及后数临幸，令昭容赋诗，群臣属
和。

逐仙赏，展幽情，逾昆阆，迈蓬瀛。

游鲁馆，陟秦台。污山壁，愧琼瑰。

檀栾竹影，飙风松声。不烦歌吹，自足娱一作怡情。

仰循茅宇，俯昒乔枝。烟霞问讯，风月相知。

枝条郁郁，文质彬彬。山林作伴，松桂为邻。

清波汹涌，碧树冥蒙。莫怪留步，因攀桂丛。

莫论圆峤，休说方壶。何如鲁馆，即是仙都。

玉环腾远创，金埒荷殊荣。弗玩珠玑饰，仍留仁智情。凿山便作室，凭树即为楹。公输与班尔，从此遂韬声。

登山一长望，正遇九春初。结驷填街术一作衔，间阎满邑居。斗雪梅先吐，惊风柳未舒。直愁斜日落，不畏酒尊虚。

雾晓气清和，披襟赏薜萝。玟瑅凝春色，琉璃漾水波。跂石聊长啸，攀松乍短歌。除非物外者，谁就此经过。

暂尔游山第，淹留惜未归。霞一作水窗明月满，涧户白云飞。书引藤为架，人将薜作衣。此真攀玩所一作桂府，临睨赏光辉。

放旷出烟云，萧条自不群。漱流清意府，隐几避嚣氛。石画妆苔色，风梭织水文。山室一作空何为贵，唯馀兰桂熏。

策杖临霞岫，危步下霜蹊。志逐深山静，途随曲涧迷。渐觉心神逸，俄看云雾低。莫怪人题树，只为赏幽栖。

攀藤招逸客，偃桂协幽情。水中看树影，风里听松声。

携琴侍叔夜，负局访安期。不应题石壁，为记赏山时。

泉石多仙趣，岩壑写奇形。欲知堪悦耳，唯听水泠泠。

岩壑恣登临，莹目复怡心。风篁类长笛，流水当鸣琴。

懒步天台路，惟登地肺山。幽岩仙桂满，今日恣情攀。

暂游仁智所，萧然松桂情。寄言栖遁客，勿复访蓬瀛。

瀑溜晴疑雨，丛篁昼似昏。山中真可玩，暂请报王孙。

傍池聊试笔，倚石旋题诗。豫弹山水调，终拟从钟期。

横铺豹皮褥，侧带鹿胎巾。借问何为者，山中有逸人。

沁水田园先自多，齐城楼观更无过。情语张骞莫辛苦，人今从此识天河。

参差碧岫耸莲花,潺湲绿水莹金沙。何须远访三山路,人今已到九仙家。

凭高瞰险一作迥足怡心,菌阁桃源不暇寻。馀雪依林成玉树,残霓点岫即瑶岑。

句

势如连璧友,心似臭兰人。咏后苑双头牡丹　见《龙城录》

杨贵妃

　　妃,蒲州永乐人,丐籍女官,号太真。善歌舞,邃晓音律,智算警颖,恩幸无比,宫中号娘子。天宝初,进册贵妃,十五载。西幸至马嵬,缢路祠下。有诗一篇。

赠张云容舞

　　云容,妃侍儿,善为霓裳舞,妃从幸绣岭宫时,赠此诗。

罗袖动香香不已,红蕖袅袅秋烟里。轻云岭上乍摇风,嫩柳池边初拂水。

江　妃

　　妃名采蘋,莆田人。开元初,高力士选归,侍明皇,大见宠幸。善属文,自比谢女,所居悉植梅花。帝因其所好,戏名梅妃。有诗一篇。

谢　赐　珍　珠

上在花萼楼,封珍珠一斛,密赐妃,妃不受。

桂叶双眉久不描,残妆和泪污红绡。长门尽日无梳洗,何必珍珠慰寂寥。

全唐诗卷六

章怀太子

　　太子名贤,字明允,高宗第六子。容止端重。甫数岁,读书一览辄不忘。上元二年,立为皇太子。尝诏集诸儒张大安等注《后汉书》。武后以明崇俨为盗所杀,疑出太子之谋,诬构而废之。后得政,遂遇害。诗一首。

黄 台 瓜 辞

　　初,武后杀太子弘,立贤为太子。后贤疑隙浸开,不能保全,无由敢言,乃作是辞,命乐工歌之,冀后闻而感悟。

种瓜黄台下,瓜熟子离离。一摘使瓜好,再摘使—作令瓜稀。三摘犹—作尚自可,摘绝抱蔓归。

韩王元嘉

　　王,高祖第十一子。少好学,聚书至万卷,皆以古文字参定同异。闺门修整,当世称之。中宗废居房陵,王与越王贞父子谋举兵反正,未发而泄,为武后所杀。有诗一首。

奉和同太子监守违恋 高宗为太子也

乾象开层构,离明启少阳。卜征从献吉,守器属元良。逖矣凌周
诵,遥哉掩汉庄。好士倾南洛,多才盛北场。地分丹鹫岭,途间白
云乡。储诚虔晓夕,宸爱积炎凉。珠璧连霄汉,万物仰重光。

越王贞

　　王,太宗第八子。善骑射,涉文史,有吏干,为宗室材王。
垂拱中,王与韩王元嘉等谋举兵反正,事败,仰药卒。有诗一
首。

奉和圣制过温汤

凤辇腾宸驾,骊篱次乾游。坎德疏温液,山隈派暖流。寒氛空外
拥,蒸气沼中浮。林凋帷影散,云敛盖阴收。霜郊畅玄览,参差落
景遒。

信安王祎

　　信安王祎,太宗孙,吴王恪次子,特封嗣江王。开元时,徙
封信安,历兵部尚书,朔方节度使。坐事,除衢州刺史。天宝
初,以太子少师致仕。诗一首。

石　桥

　　在衢之烂柯山,即王质看仙人弈棋处也。诗有贞元二年严绶石刻

记。诗内缺二十一字。

别有经行所, 迥跨重峦侧。粤因求瘼馀, 倏想寻真域。放情恣披拂, 杖策聊□□。□□□□□, □□□□色。乱幡雾中见, 雁塔云间识。薄烟幂远郊, 遥峰没归翼。仙桥危石架, 幽洞乘□□。□□□□□, □□□易测。二教无先后, 一相平而直。冀兹捐俗心, 永怀依妙力。

全唐诗卷七

宜芬公主

公主本豆卢氏女,有才色。天宝四载,奚霫无主,安禄山请立其质子,而以公主配之。上遣中使护送,至虚池驿,悲愁作诗一首。

虚池驿题屏风

出嫁辞乡国,由来此别难。圣恩愁远道,行路泣相看。沙塞容颜尽,边隅粉黛残。妾心何所断,他日望长安。

女学士宋氏若华

贝州宋廷芬,之问裔孙也。生一男五女,男独愚,不可教,而五女皆警慧,善属文。曰若华、若昭、若伦、若宪、若荀。若昭文尤高,且悉禀性贞素,不愿归人,欲以学名家。贞元中,并召入宫,帝与侍臣赓和,五人者咸预,高其风操,不以妾侍命之,呼学士。伦、荀先卒。自贞元七年,秘禁图籍,诏若华总领。元和末,赠河内郡君。诗一首。

嘲陆畅

云安公主下降，畅为傧相。才思敏捷，应对如流，六宫大异之。畅吴音，以诗嘲焉。一云若昭作。

十二层楼倚翠空，凤鸾相对立梧桐。双成走报监门卫，莫使吴歈入汉宫。

尚宫宋氏若昭

穆宗拜若昭尚宫，嗣若华秩。历穆敬文三朝，皆呼先生。进封梁国夫人。诗一首。

奉和御制麟德殿宴百僚应制

垂衣临八极，肃穆四门通一作雍。自是无为化，非关辅弼一作相功。修文招隐伏，尚武殄妖凶。德炳一作立韶光炽一作被，恩沾雨露浓。衣冠陪御宴，礼乐盛朝宗。万寿称觞举一作日，千年一作官信一同。

尚宫宋氏若宪

宝历初，若昭卒，若宪复代司宫籍。诗一首。

奉和御制麟德殿宴百官 一作若荀诗

端拱承休命，时清荷圣皇。四聪闻受谏，五服远朝王。景媚莺初啭，春残日更长。命一作御筵多济济，盛乐复锵锵。酆镐谁将敌，横汾未可方。愿齐山岳寿，祉福永无疆。

鲍氏君徽

鲍君徽，字文姬，鲍徽君女。善诗，与尚宫五宋齐名。德宗尝召入宫，与侍臣赓和，赏赉甚厚。存诗四首。

奉和麟德殿宴百僚

应制 一作奉和御制麟德殿燕百僚

睿泽先寰海，功成展武韶。戈铤清外垒，文物盛中朝。圣祚山河固，宸章日月昭。玉筵鸾鹄集，仙管凤皇调。御柳新低绿，宫莺乍啭娇。愿将〔亿〕(忆)兆庆，千祀奉神尧。

关 山 月

高高秋月明，北照辽阳城。塞迥光初满，风多晕更生。征人望乡思，战马闻鼙惊。朔风悲边草，胡沙暗一作昏虏营。霜凝匣中剑，风惫原上旌。早晚谒金阙，不闻刁斗声。

惜 花 吟

枝上花，花下人，可怜颜色俱青春。昨日看花花灼灼，今朝看花花欲落。不如尽此花下欢，莫待春风总吹却。莺歌蝶舞韶光长，一作韶景长，又作媚韶光。红炉煮茗松花香。妆成罢吟一作吟罢，又作曲罢。恣游后一作乐，独把芳一作花枝归洞房。

东 亭 茶 宴

闲朝向晓一作晚出帘栊，茗宴东亭四望通。远眺城池山色里，俯聆弦管水声中。幽篁引沼新抽翠，芳槿低檐欲吐红。坐久此中无限兴,更怜团扇起清风。

萧 妃

萧妃,武陵郡王伯良妃。诗一首。

夜 梦

昨日梦君归,贱妾下鸣机。极知意气薄,不著去时衣。故言如梦里,赖得雁书飞。

全唐诗卷八

南唐先主李昪

昪，字正伦，徐州人，杨行密养为子。以乞徐温，初冒姓徐，名知诰。代温秉政，受杨氏禅。僭帝位，谥烈祖，传国三十九年。诗一篇。

咏 灯

《诗史》云：九岁在温家作。温阅之叹赏，遂不以常儿遇之。

一点分明值万金，开时惟怕冷风侵。主人若也勤挑拨，敢向尊前不尽心？

嗣主璟

璟，字伯玉，烈祖子。风度高秀，善属文。谥元宗。诗二首。

游后湖赏莲花

蓼花蘸水火不灭，水鸟惊鱼银梭投。满目荷花千万顷，红碧相杂敷清流。孙武已斩吴宫女，琉璃池上佳人头。《摭遗》云：识者谓非吉语。

保大五年元日大雪同太弟景
遂汪王景逖齐王景逵进士李建勋
中书徐铉勤政殿学士张义方登楼赋

珠帘高卷莫轻遮,往往相逢隔岁华。春气昨宵飘律管,东风今日放梅花。素姿好把芳姿掩,落势还同舞势斜。坐有宾朋尊有酒,可怜清味属侬家。

句

灵槎思浩荡,老鹤倚崆峒。《古今诗话》:璟割江之后,迁都豫章,每北望忽忽不乐。作诗有此句。

苍苔迷古道,红叶乱朝霞。庐山百花亭刊石

栖凤枝梢犹软弱,化龙形状已依稀。十岁咏新竹

后主煜

　　煜,字重光,南唐元宗子。仁孝,善属文,工书画,妙于音律。置澄心堂于内苑,引文士居其间。尝著杂说百篇,时人以为可继《典论》。开宝中,封陇西公,赠吴王。集十卷,诗一卷,失传。今存诗十八首。

九月十日偶书

晚雨秋阴洒乍醒,感时心绪杳难平。黄花冷落不成艳,红叶飕飀竞鼓声。背世返能厌俗态,偶缘犹未忘多情。自从双鬓斑斑白,不学安仁却自惊。

秋　莺

残莺何事不知秋，横过幽林尚独游。老舌百般倾耳听，深黄一点入烟流。栖迟背世同悲鲁，浏亮如笙碎在喉。莫更留连好归去，露华凄冷蓼花愁。

病起题山舍壁

山舍初成病乍轻，杖藜巾褐称闲情。炉开小火深回暖，沟引新流几曲声。暂约彭涓安朽质，终期宗远问无生。谁能役役尘中累，贪合鱼龙构强名。

送邓王二十弟从益牧宣城

> 后主自为诗序以送之，其略云：秋山滴翠，暮壑澄空。爱公此行，畅乎遐览。

且维轻舸更迟迟，别酒重倾惜解携。浩浪侵愁光荡漾，乱山凝恨色高低。君驰桧楫情何极，我凭阑干日向西。咫尺烟江几多地，不须怀抱重凄凄。

渡中江望石城

> 泣下《江表志》作吴让皇杨溥诗，题作《泰州永宁宫》。

江南江北旧家乡，三十年来梦一场。吴苑宫闱今冷落，广陵台殿已荒凉。云笼远岫愁千片，雨打归舟泪万行。兄弟四人三百口，不堪闲坐细思量。

挽　辞

> 宣城公仲宣，后主子，小字瑞保，年四岁卒。母昭惠先病，哀苦增剧，

遂至于殂，故后主挽辞，并其母子悼之。

珠碎眼前珍，花凋世外春。未销心里恨，又失掌中身。玉笥犹残药，香奁已染尘。前哀将后感，无泪可沾巾。

艳质同芳树，浮危道略同。正悲春落实，又苦雨伤丛。秾丽今何在，飘零事已空。沉沉无问处，千载谢东风。

悼　诗

仲宣卒，后主哀甚。然恐重伤昭惠，常默坐饮泣而已。因为诗以写志。吟咏数四，左右为之泣下。

永念难消释，孤怀痛自嗟。雨深秋寂莫，愁引病增加。咽绝风前思，昏濛眼上花。空王应念我，穷子正迷家。

感　怀

后主昭惠后周氏，小字娥皇，年二十九殂。后主哀苦骨立，杖而后起，每于花朝月夕，无不伤怀。

又见桐花发旧枝，一楼烟雨暮凄凄。凭阑惆怅人谁会，不觉潸然泪眼低。

层城无复见娇姿，佳节缠哀不自持。空有当年旧烟月，芙蓉城上哭蛾眉。

梅　花

后主尝与周后移植梅花于瑶光殿之西，及花时而后已殂，因成诗见意。

殷勤移植地，曲槛小栏边。共约重芳日，还忧不盛妍。阻风开步障，乘月溉寒泉。谁料花前后，蛾眉却不全。

又

失却烟花主,东君自不知。清香更何用,犹发去年枝。

书灵筵手巾

浮生共憔悴,壮岁失婵娟。汗手遗香渍,痕眉染黛烟。

书琵琶背

　　周后通书史,善音律,尤工琵琶。元宗赏其艺,取所御琵琶时谓之烧槽者赐焉。烧槽,即蔡邕焦桐之义,或谓焰材而斫之,或谓因燕而存之。后临殂,以琵琶及常臂玉环亲遗后主。

侁自肩如削,难胜数缕绦。天香留凤尾,馀暖在檀槽。

病 中 感 怀

憔悴年来甚,萧条益自伤。风威侵病骨,雨气咽愁肠。夜鼎唯煎药,朝髭半染霜。前缘竟何似,谁与问空王。

病 中 书 事

病身坚固道情深,宴坐清香思自任。月照静居唯捣药,门扃幽院只来禽。庸医懒听词何取,小婢将行力未禁。赖问空门知气味,不然烦恼万涂侵。

赐宫人庆奴

　　《墨庄漫录》云:煜尝书黄罗扇上,至今藏在贵人家。

风情渐老见春羞,到处消魂感旧游。多谢长条似相识,强垂烟态拂人头。

题金楼子后 并序

梁元帝谓，王仲宣昔在荆州，著书数十篇，荆州坏，尽焚其书。今在者一篇，知名之士咸重之。见虎一毛，不知其斑。后西魏破江陵，帝亦尽焚其书。曰："文武之道，尽今夜矣。"何荆州坏焚书二语，先后一辙也。诗以慨之。

牙签万轴裹红绡，王粲书同付火烧。不于祖龙留面目，遗篇那得到今朝。《枫窗小牍》云：此诗同书藏内库，今朝误作金朝，徽庙恶而抹之，后竟如谶入金。

句

迢迢牵牛星，杳在河之阳。粲粲黄姑女，耿耿遥相望。《癸辛杂识》

莺狂应有恨，蝶舞已无多。落花《老学庵笔记》云：作此未久，亡国。

揖让月在手，动摇风满怀。咏扇《石林燕语》：宋太祖尝因曲宴，使煜诵其得意诗，举此，太祖曰："好一个翰林学士。"

病态如衰弱，厌厌向五年。以下《律髓注》

衰颜一病难牵复，晓殿君临颇自羞。

冷笑秦皇经远略，静怜姬满苦时巡。

鬓从今日添新白，菊是去年依旧黄。以下《翰府名谈》

万古到头归一死，醉乡葬地有高原。煜岁暮乘醉书此于牖，醒而见之，大悔。不久谢世。

人生不满百，刚作千年画。《野客丛谈》

日映仙云薄，秋高天碧深。《海录碎事》

乌照始潜辉，龙烛便争秉。以下《孔帖》

凝珠满露枝。

游飏日已西，肃穆寒初至。

九重开扇鹄，四牖炳灯鱼。

羽觞无算酌。

倾碗更为寿，深厄递酬宾。

韩王从善

从善，字子师，元宗第七子，宋改封楚国公。诗一首。

蔷薇诗一首十八韵呈东海侍郎徐铉

绿影覆幽池，芳菲四月时。管弦朝夕兴，组绣百千枝。盛引墙看遍，高烦架屡移。露轻濡彩笔，蜂误拂吟髭。日照玲珑幔，风摇翡翠帷。早红飘藓地，狂蔓挂蛛丝。嫩刺牵衣细，新条窣草垂。晚香难暂舍，娇自态相窥。深浅分前后，荣华互盛衰。尊前留客久，月下欲归迟。何处繁临砌，谁家密映篱。绛罗房灿烂，碧玉叶参差。分得殷勤种，开来远近知。晶荧歌袖袂，柔弱舞腰支。膏麝谁将比，庭萱自合嗤。匀妆低水鉴，泣泪滴烟霏。画拟凭梁广，名宜亚楚姬。寄君十八韵，思拙愧新奇。

吉王从谦

从谦，元宗第九子，后主母弟也。风采峭整，动有规诲。喜为律诗。宋改封鄂国公。诗一首。

观　棋

后主燕间，尝与侍臣弈，从谦甫数岁，侍侧，后主命赋观棋诗。

竹林二君子，尽日竞沉吟。相对终无语，争先各有心。恃强斯有失,守分固无侵。若算机筹处,沧沧海未深。

蜀高祖王建

建,字光图,许州舞阳人。少无赖,为忠武军卒,稍迁队将。杨复光讨黄巢,建为都头。僖宗使将神策军宿卫。文德元年,为招讨牙内都指挥使。大顺二年,检校司徒、成都尹、节度剑南西川、招抚云南八国等使。天复三年,封蜀王,遂并有两川、山南西道三峡之地。梁既篡唐,僭即帝位,卒号高祖。诗一首。

赠别唐太师道袭

卝岁便将为肘腋,二纪何曾离一日。更深犹尚立案前,敷奏柔和不伤物。今朝荣贵慰我心,双旌引向重城出。褒斜旧地委勋贤,从此生灵永泰息。

后主衍

衍,字化源,建之子。知学问,能为浮艳词。为后唐所灭。诗五首。

幸秦川上梓潼山

乔岩簇冷烟,幽径上寒天。下瞰峨眉岭,上窥华岳巅。驱驰非取乐,按幸为忧边。此去如登陟,歌楼路几千。

题 剑 门

缓辔逾双剑,行行蹑石棱。作千寻壁垒,为万祀依凭。道德虽无取,江山粗可矜。回看城阙路,云叠树层层。

过白卫岭和韩昭

先朝神武力开边,画断封疆四五千。前望陇山屯剑戟,后凭巫峡锁烽烟。轩皇尚自亲平寇,嬴政徒劳爱学仙。想到隗宫寻胜处,正应莺语暮春天。

宫 词

《蜀梼杌》云:嘉王宗寿每谏净,衍不乐。燕会,衍命〔宫〕(工)人李玉箫歌其所撰宫词。送宗寿酒,宗寿惧祸,乃饮。佞臣潘在迎曰:"嘉王闻玉箫〔歌〕即饮,请以玉箫赐之。"衍曰:"王必不纳。"其词曰:

辉辉赫赫浮玉云,宣华池上月华新。月华如水浸宫殿,有酒不醉真痴人。

醉 妆 词

者边走,那边走,只是寻花柳。那边走,者边走,莫厌金杯酒。

句

不缘朝阙去,好此结茅庐。《北梦琐言》云:衍俘入秦,至剑阁,阅山水之美作,时人笑之。

吴越王钱镠

镠,字具美,临安人。唐末,以乡兵讨平刘汉宏、董昌,奄有十三州,建国称王。好吟咏,通图纬学,喜作正书。谥武肃。诗二篇。

巡衣锦军制还乡歌

《吴越备史》:镠生临安石镜乡临水里,有大木,镠幼与群儿戏其下。坐大石,指麾为队伍。镠既贵,昭宗改其乡曰广义,里曰勋贵,所居营为衣锦营。俄又升为衣锦军,号大木为衣锦将军。天复元年,镠于其地大会故老宾客,山林树木,皆复以锦幄,表衣锦之荣。开平四年,镠游〔衣锦〕(锦衣)军,作还乡歌。

三节还乡兮挂锦衣,碧天朗朗兮爱日晖。功成道上兮列旌旗,父老远来兮相追随。家山乡眷兮会时稀,今朝设宴兮觥散飞。斗牛无孛兮民无欺,吴越一王兮驷马归。《湘山野录》云:时父老不解此歌,王复以吴音歌云:你辈见侬底欢喜,别是一般滋味子,长在我侬心子里。至今狂童游女能效之。

没了期歌

《晋公谈录》,武肃所言,皆可律下。忽一日,杂役兵士于公署壁题云云。部辖者皆怒,王曰:不必怒,续书云云。卒伍见之,怡然力役,不复怨咨。

没了期,没了期,营基才了又仓基。军士题

没了期,没了期,春衣才了又冬衣。武肃续

句

须将一片地,付与有心人。题湖州婴兰堂。《备史》:镠欲命高彦为刺史,故先示意。后彦为州十一载,政果有声。彦,海盐人也。

黄河信有澄清日,后代应难继此才。罗隐寝疾,镠临问,题其壁云云。隐以红纱罩其上。谢诗有“壁间章句动风雷”,此也。隐身后无文嗣,镠诗为之谶。

传语龙王并水府,钱塘借与筑钱城。镠筑捍海塘,函诗一章置海门,其末句云云。以上并见《备史》。

后王钱俶

俶,字文德。嗣位三十二年。纳土归宋,赠秦王,谥忠懿。好吟咏,自编其诗为《正本集》,陶毂为序。今存一首。

宫　中　作　汝帖

廊庑周遭翠幕遮,禁林深处绝喧哗。界开日影怜窗纸,穿破苔痕恶笋芽。西第晚宜供露茗,小池寒欲结冰花。谢公未是深沉量,犹把输赢局上夸。

后蜀嗣主孟昶

昶,字保元,蜀主知祥第三子。明德元年,立为太子。在位二十八年,国亡,降宋,封秦国公。卒,赠楚王,谥恭惠。诗一篇。

避暑摩诃池上作

冰肌玉骨清无汗,水殿风来暗香暖一作满。帘开明月独窥人,欹枕钗横云鬓乱。起来琼一作庭户寂无声,时见疏星渡河汉。屈指西风几时来,只恐流年暗中换。

闽王王继鹏

闽王审知之孙。诗一首。

批叶翘谏书纸尾 榕阴新检

春色曾看紫陌头,乱红飞尽不禁愁。人情自厌芳华歇,一叶随风落御沟。

全唐诗卷九

蜀太后徐氏

　　成都徐耕,生二女,皆有国色。能为诗,蜀王建纳之。姊为贤妃,娣为淑妃。王衍即位,册贤妃为顺圣太后,淑妃为翊圣太妃。咸康元年,衍奉太后太妃同祷青城山,凡游历之处,各赋诗刻于石,共十六首。

丈　人　观

早与元妃慕至化一作玄,同跻灵岳访真仙。当时信有壶中景,今一作此日亲来洞里天。仪仗影空寥廓外,金丝声揭翠微巅。惟惭未致华胥理,徒卜一作祝升平万万年。

玄　都　观

千寻绿嶂夹流溪,登眺因知海一作众岳低。瀑布迸春青石碎,轮囷横翦翠峰齐。步黏苔藓龙桥滑,日闭烟罗一作峦鸟径迷。莫道穹天无路到,此山便是碧云梯。

丈人观谒先帝御容

圣帝归梧野,躬来谒圣颜。旋登三径路,似陟九嶷山。日照堆岚迥,云横积翠间。期修封禅礼,方俟再跻攀。

题 金 华 宫

再到金华顶，玄都访道回。云披分景象，黛锁_{一作敛}显楼台。雨涤前山净，风吹去路开。翠屏夹流水，何必羡蓬莱。

丹景山至德寺

周回云水游丹景，因与真妃眺上方。晴日晓升金晃曜，寒泉夜落玉丁当。松梢月转琴栖影，柏径风牵麝食香。虔爇六铢宜铸祝，惟祈圣祉保遐昌。

题彭州阳平化

寻真游胜境，巡礼到阳平。水远波澜碧，山高气象清。殿严孙氏貌，碑暗系师名。夜月登坛醮_{一作夜醮古坛月}，松风森磬声。

三学山夜看圣灯

虔祷游灵境，元妃凤志同。玉香焚静夜，银烛炫辽空。泉漱云根月，钟敲桧杪风。印金标圣迹，飞石显神功。满望天涯极，平临日脚红。猿来斋石上，僧集讲筵中。顿作超三界，浑疑证六通。愿成修偃化，社稷保延洪。

题 天 回 驿

周游灵境散幽情，千里江山暂得行。所恨风_{一作烟}光看未足，却驱金翠入龟城。

蜀太妃徐氏

丈 人 观

获陪翠辇喜殊常，同涉仙坛岂厌长。不羡乘鸾入烟雾，此中便是
五云乡。

玄 都 观

登寻丹壑到玄都，接日红霞照座隅。即向周回岩下看，似看曾进画
图无。

游丈人观谒先帝御容

共谒御容仪，还同在禁闱。笙歌—作箫喧宝殿，彩仗耀金徽。清泪
沾罗袂，红霞拂绣衣。九疑山水远，无路继湘妃。

题 金 华 宫

碧烟—作云红雾漾—作扑人衣，宿雾苍—作沾苔石径危。风巧解吹松
上曲，蝶娇频采脸边脂。同寻僻境思携手，暗指遥山学画眉。好把
身心清净处—作出，角冠霞帔事希夷。

和题丹景山至德寺

丹景山头宿梵宫，玉轮—作轩金辂驻虚空。军持无水注寒碧，兰若
有花开晚红。武士尽排青嶂下，内人皆在讲筵中。我家帝子传王
业，积善终期四海同。

题彭州阳平化

云浮翠辇届阳平，真似骖鸾到上清。风起半厓闻虎啸，雨来当面见龙行。晚寻水涧听松韵，夜上星坛看月明。长恐前身居此境，玉皇教向锦城生。

三学山夜看圣灯

圣灯千万炬，旋向碧空生。细雨湿一作沥不暗，好风吹更明。磬敲金地响，僧唱梵天声。若说无心法，此光如有情。

题　天　回　驿

翠驿红亭近玉京，梦魂犹是在青城。比来出看江山景，却被江山看出行。

全唐诗卷一〇

郊庙歌辞

祀圜丘乐章

《唐书·乐志》曰:贞观二年,祖孝孙修定雅乐,取《礼记》大乐与天地同和,故制十二和之乐。祭天神奏豫和之乐,祭地祇奏顺和,祭宗庙奏永和,登歌、奠玉帛奏肃和,皇帝行及临轩奏太和,王公出入、送文舞出、迎武舞入奏舒和,皇帝食举及饮酒奏休和,皇帝受朝奏正和,皇太子轩悬出入奏承和,正至皇帝礼会、登歌奏昭和,郊庙俎入奏雍和,酌献、饮福酒奏寿和。六年冬至,祀昊天于圜丘。乐章,褚亮、虞世南、魏徵等作。大历十四年,改豫和为元和,以避讳也。按唐初作十二和,以法天数。其后增造非一,颇无法度,皆随时制名云。

豫　和

上灵眷命膺会昌,盛德殷荐叶辰良。景福降兮圣德远,玄化穆兮天历长。

太　和

穆穆我后,道应千龄。登三处大,得一居贞。礼惟崇德,乐以和声。百神仰止,天下文明。

肃　和

阊阳播气,甄曜垂明。有赫圜宰,深仁曲成。日丽苍璧,烟开紫营。

聿遵乾享,式降鸿祯。

雍 和

钦惟大帝,〔载〕(戴)仰皇穹。始命田烛,爰启郊宫。云门骇听,雷鼓鸣空。神其介祀,景祚斯融。

寿 和

八音斯奏,三献毕陈。宝祚惟永,晖光日新。

舒 和

叠璧凝影皇坛路,编珠流彩帝郊前。已奏黄钟歌大吕,还符宝历祚昌年。

凯 安

《新唐书·礼乐志》曰:贞观初,舞隋文舞曰治康,武舞曰凯安,郊庙朝会同用之。舞者各六十四人,文舞左籥右翟,著委貌,冠黑素,绛领广袖,白裤,革带,乌皮履。武舞左干右戚,服平冕,馀同文舞。朝会,则武弁平巾帻,广袖金甲,豹文裤,乌皮靴,执干戚。馀同郊庙。凡初献作文舞,亚献终献作武舞,太庙降神以文舞。后改治康舞曰化康,避高〔宗〕(祖)讳也。《旧书·乐志》曰:凯安舞,贞观中造,凡有六变,一变象龙兴参野,二变象克靖关中,三变象东夷宾服,四变象江淮宁谧,五变象狁皆服,六变复位以崇,象兵还振旅,亦如周之大武。六成乐止,按贞观礼。享郊庙日,文舞奏豫和、顺和、永和等乐。麟德二年十月,文舞改用功成庆善乐,武舞改用神功破阵乐。并改器服,后以庆善乐不可降神,破阵乐不入雅乐,复用治康、凯安如故。

昔在炎运终,中华乱无象。酆郊赤乌见。邙山黑云上。大赍下周车,禁暴开殷网。幽明同叶赞,鼎祚齐天壤。

豫 和

歌奏毕兮礼献终,六龙驭兮神将升。明德感兮非黍稷,降福简兮祚休征。

郊天旧乐章

《唐书·乐志》曰：太乐旧有郊天送神辞一章，不详所起。

豫　和

蘋蘩〔一作登铏〕礼著，黍稷诚微。音盈凤管，彩驻龙旂。洪歆式就，介福攸归。送乐有阕，灵驭遄飞。

武后大享昊天乐章 十二首，并载本集。

大阴凝至化，真耀蕴轩仪。德迈娥台敞，仁高姒幄披。扪天遂启极，梦日乃升曦。

瞻紫极，望玄穹。翘至恳，罄深衷。听虽远，诚必通。垂厚泽，降云宫。

乾仪混成冲邃，天道下济高明。闾阳晨披紫阙，太一晓降黄庭。圆坛敢〔申〕(由)昭报，方璧冀展虔情。丹襟式敷衷恳，玄鉴庶察微诚。

巍巍睿业广，赫赫圣基隆。菲德承先顾，祯符萃眇躬。铭开武岩侧，图荐洛川中。微诚讵幽感，景命忽昭融。有怀惭紫极，无以谢玄穹。

朝坛雾卷，曙岭烟沉。爰设筐〔一作筐〕币，式表诚心。筵辉丽璧，乐畅和音。仰惟灵鉴，俯察翘襟。

昭昭上帝，穆穆下临。礼崇备物，乐奏锵金。兰羞委荐，桂醑盈斟。敢希〔明〕(灵)德，聿罄庄心。

樽浮九酝，礼备三周。陈诚菲奠，契福神猷。

奠璧郊坛昭大礼，锵金拊石表虔诚。始奏承云娱帝赏，复歌调露畅韶英。

荷恩承顾托，执契恭临抚。庙略静边荒，天兵耀神武。有截资先化，无为遵旧矩。祯符降昊穹，大业光寰宇。

肃肃祀典，邕邕礼秩。三献已周，九成斯毕。爰撤其俎，载迁其实。
或升或降，唯诚唯质。

礼终肆类，乐阕九成。仰惟明德，敢荐菲馨。顾惭菲奠，久驻云辂。
瞻荷灵泽，悚恋兼盈。

式乾路，辟天扉。回日驭，动云衣。登金阙，入紫微。望仙驾，仰恩
徽。

中宗祀昊天乐章

《唐书·乐志》曰：景龙三年，亲祀昊天上帝。降神用豫和，皇帝行用
　太和，登歌用肃和，迎俎用雍和，酌献用福和，送文舞出、迎武舞入用舒
　和，武舞作用凯安。

豫　和

天之历数归睿唐，顾惟菲德钦昊苍。撰吉日兮表殷荐，冀神鉴兮降
闾阳。

太　和

恭临宝位，肃奉瑶图。恒思解网，每轸泣辜。德惭巢燧，化劣唐虞。
期我良弼，式赞嘉谟。

告　谢

得一流玄泽，通三御紫宸。远叶千龄运，遐销九域尘。绝瑞骈阗
集，殊祥络绎臻。登年庆栖亩，稔岁贺盈囷。

肃　和

悠哉广覆，大矣曲成。九玄著象，七曜贞一作甄明。珪璧是奠，酝酎
斯盈。作乐崇德，爰畅咸英。

雍　和

郊坛展敬，严配因心。孤竹箫管，空桑瑟琴。肃穆大礼，铿锵八音。
恭惟上帝，希降灵歆。

福　和

九成爰奏,三献式陈。钦承景福,恭托明禋。

中宫助祭升坛

坤元光至德,柔训阐皇风。芣苢芳声远,螽斯美化隆。睿范超千载,嘉猷备六宫。肃恭陪盛典,钦若荐禋宗。

亚　献

三灵降飨,三后配神。虔敷藻奠,敬展郊禋。

舒　和

已陈粢盛敷严祀,更奏笙镛协雅声。璇图宝历欣宁谧,晏俗淳风乐太平。

凯　安

堂堂圣祖兴,赫赫昌基泰。戎车盟津偃,玉帛涂山会。舜日启祥晖,尧云卷征旆。风猷被有截,声教覃无外。

明皇祀圜丘乐章

《唐书·乐志》曰:开元十一年,祀昊天于圜丘。降神用豫和,六变,辞同。皇帝行用太和,登歌、奠玉帛用肃和,迎俎用雍和,皇帝酌献天神、酌献配座、饮福酒并用寿和,送文舞出、迎武舞入用舒和,武舞用凯安,礼毕送神用豫和,皇帝还大次用太和。

豫　和

至矣丕构,烝哉太平。授牺膺箓,复禹继明。草木仁化,凫鹥颂声。祀宗陈德,无愧斯诚。

太　和

郊坛斋帝,礼乐祀天。丹青寰宇,宫徵山川。神祇毕降,行止重旋。融融穆穆,纳祉洪延。

肃　和

止奏潜聆，登仪宿㠯。太玉躬奉，参钟首奠。篚篚聿升，牺牲递荐。
昭事颙若，存存以俔。

雍　和

烂云普洽，律风无外。千品其凝，九宾斯会。裸尊晋烛，纯牺涤汰。
玄覆攸广，鸿休汪涉。

寿　和

六变爰阕，八阶载虔。祐我皇祚，于万斯年。

寿　和

於赫圣祖，龙飞晋阳。底定万国，奄有四方。功格上下，道冠农黄。
郊天配享，德合无疆。

寿　和

崇崇泰畤，肃肃严裸。粢盛既洁，金石毕陈。上帝来享，介福爰臻。
受釐合祉，宝祚维新。

舒　和

祝史正辞，人神叶庆。福以德招，享以诚应。六变云备，百礼斯浃。
祀事孔明，祚流万叶。

凯　安

馨香惟后德，明命光天保。肃和崇圣灵，陈信表皇道。玉铖初蹈
厉，金铙既静好。一本此下有"介福何穰穰，精诚格穹昊"二句。

豫　和

大号成命，思文配天。神光肸蚃，龙驾言旋。眇眇阊阖，昭昭上玄。
俾昌而大，于斯万年。

太　和

六成既阕，三荐云终。神心具醉，圣敬愈崇。受釐皇邸，回跸帷宫。

穰穰之福,永永无穷。

封泰山乐章

《唐书·乐志》曰:开元十三年,明皇封泰山祀天乐。降神用豫和,六变、迎送皇帝用太和,登歌、奠玉帛用肃和,迎俎用雍和,酌献、饮福并用寿和,送文舞出、迎武舞入用舒和,终献、亚献用凯安,送神用豫和。中书令张说制辞。

豫　和

款泰坛,柴泰清。受天命,报天成。辣皇心,荐乐声。志上达,歌下迎。

亿上帝,临下庭。骑日月,陪列星。嘉祝信,大糈馨。濋神心,醉皇灵。

相百辟,贡八荒。九歌叙,万舞翔。肃振振,铿皇皇。帝欣欣,福穰穰。

高在上,道光明。物资始,德难名。承眷命,牧苍生。寰宇谧,太阶平。

天道无亲,至诚与邻。山川遍礼,宫徵维新。玉帛非盛,聪明会真。正斯一德,通乎百神。

飨帝飨亲,维孝维圣。缉熙懿德,敷扬成命。华夷志同,笙镛礼盛。明灵降止,感此诚敬。

太　和

孝敬中发,和容外彰。腾华照宇,如升太阳。贞璧就奠,玄灵垂光。礼乐具举,济济洋洋。

肃　和

奠祖配天,承天享帝。百灵咸秩,四海来祭。植我苍璧,布我玄制。华日裴回,神烟容裔。

雍 和

俎豆有馥,粢盛洁丰。亦有和羹,既戒既平。钟鼓管磬,肃唱和鸣。
皇皇后祖,来〔一作赍〕我思成。

寿 和

烝烝我后,享献惟寅。躬酌郁鬯,跪奠明神。孝莫孝乎,配上帝亲。
敬莫敬乎,教天下臣。

寿 和

皇祖严配,配享皇天。皇皇降嘏,天子万年。

舒 和

六钟翕协六变成,八佾倘佯八风生。乐九〔韶〕(歆)兮人神感,美七
德兮天地清。

凯 安

烈祖顺三灵,文宗威四海。黄钺诛群盗,朱旗扫多罪。截兵天下
安,约法人心改。大哉干羽意,长见风云在。

豫 和

乐已终,〔烟〕(禋)燎上。怀灵惠,结皇想。归风疾,回风爽。百〔福〕
(神)来,众神往。

祈谷乐章

《唐书·乐志》曰:贞观中,正月上辛,祈谷于南郊。降神用豫和,皇帝
行用太和,登歌、奠玉帛用肃和,迎俎用雍和,送文舞出、迎武舞入用舒
和,武舞用凯安,送神用豫和。褚亮作。其豫和、太和、寿和、凯安五章,
词同《冬至圜丘》。按贞观礼,祀感生帝同用此词。显庆以后,同用《冬至
圜丘》词。

肃 和

履艮斯绳,居中体正。龙运垂祉,昭符启圣。式事严禋,聿怀嘉庆。

惟帝永锡,时皇休命。

雍　和

殷荐乘春,太坛临曙。八簋盈和,六瑚登御。嘉稷匪歆,德馨斯饫。
祝嘏无易,灵心有豫。

舒　和

玉帛牺牲申敬享,金丝戚羽盛音容。庶俾亿龄禔景福,长欣万宇洽
时邕。

明堂乐章

> 《唐书·乐志》曰:季秋,享上帝于明堂。降神用豫和,皇帝行用太和,
> 登歌、奠玉帛用肃和,迎俎用雍和,酌献、饮福用寿和,送文舞出、迎武舞
> 入用舒和,武舞用凯安,送神用豫和。其豫和、太和、寿和、凯安五章,词
> 同《冬至圜丘》。贞观中褚亮等作。

肃　和

象天御宇,乘时布政。严配申虔,宗禋展敬。樽罍盈列,树羽交映。
玉币通诚,祚隆皇圣。

雍　和

八牖晨披,五精朝奠。雾凝璇篚,风清金县。神涤备全,明粢丰衍。
载絜彝俎,陈诚以荐。

舒　和

御宸合宫承宝历,席图重馆奉明灵。偃武修文九围泰,沉烽静柝八
荒宁。

武后明堂乐章 并载本集

外办将出

总章陈昔典,衢室礼惟神。宏规则天地,神用叶陶钧。负扆三春

旦,充庭万宇宾。顾已诚虚薄,空惭亿兆人。

皇帝行

仰膺历数,俯顺讴歌。远安迩肃,俗阜时和。化光玉镜,讼息金科。
方兴典礼,永戢干戈。

皇嗣出入升降

至人光俗,大孝通神。谦以表性,恭惟立身。洪规载启,茂典方陈。
誉隆三善,祥开万春。

迎送王公

千官肃事,万国朝宗。载延百辟,爰集三宫。君臣德合,鱼水斯同。
睿图方永,周历长隆。

登　歌

礼崇宗祀,志表严禋。笙镛合奏,文物维新。敬遵茂典,敢择良辰。
絜诚斯著,奠谒方申。

配　飨

笙镛间玉宇一作鸣玉,文物昭清晖。晬影临芳奠,休光下太微。孝
思期有感,明絜庶无违。

宫　音

履艮包群望,居中冠百灵。万方资广运,庶品荷财成。神功谅匪
测,盛德实难名。藻奠申诚敬,恭祀表惟馨。

角　音

出震位,开平秩。扇条风,乘甲乙。龙德盛,鸟星出。荐珪筐,陈诚
实。

徵　音

赫赫离精御炎陆,滔滔炽景开隆暑。冀延神鉴俯兰樽,式表虔襟陈
桂俎。

商　音

律中夷则,序应收成。功宣建武,义表惟明。爰申礼奠,庶展翘诚。
九秋是式,百谷斯盈。

羽　音

葭律肇启隆冬,蘋—作蕴藻攸陈飨祭。黄钟既陈玉烛,红粒方殷稔
岁。

雩祀乐章

《唐书·乐志》曰:孟夏,雩祀上帝于南郊。降神用豫和,皇帝行用太
和,登歌、奠玉帛用肃和,迎俎用雍和,酌献、饮福用寿和,送文舞出、迎武
舞入用舒和,武舞用凯安,送神用豫和。其豫和、太和、寿和、凯安五章,
词同《冬至圜丘》。贞观中褚亮等作。

肃　和

朱鸟开辰,苍龙启映。大帝昭飨,群生展敬。礼备怀柔,功宣舞咏。
旬液应序,年祥协庆。

雍　和

绀筵分彩,宝图吐绚。风—作凤管晨凝,云歌晓啭。肃事兰羞,虔申
桂奠。百谷斯登,万箱攸荐。

舒　和

凤曲登歌调令序,龙雩集舞泛祥风。彩旆云回昭睿德,朱干电发表
神功。

雩祀乐章

《唐书·乐志》曰:大乐旧有雩祀降送神辞二章,不详所起,或云开元
中造。

豫 和

鸟纬迁序,龙星见辰。纯阳在律,明德崇禋。五方降帝,万宇安人。
恭以致享,肃以迎神。

豫 和

祀遵经设,享缘诚举。献毕于樽,彻临于俎。舞止干戚,乐停柷敔。
歌以送神,神还其所。

全唐诗卷一一一

郊庙歌辞

五郊乐章

《唐书·乐志》曰:祀五方上帝五郊乐。祀黄帝,降神奏宫音,皇帝行用太和,登歌、奠玉帛用肃和,迎俎用雍和,酌献、饮福用寿和,送文舞出、迎武舞入用舒和,武舞用凯安,送神用豫和。其太和、寿和、凯安、豫和四章,辞同《圜丘》。祀青帝,降神奏角音;祀赤帝,降神奏徵音;祀白帝,降神奏商音;祀黑帝,降神奏羽音;馀同黄帝,并贞观中魏徵等作。

黄 帝 宫 音

黄中正位,含章居贞。既长六律,兼和五声。毕陈万舞,乃荐斯牲。
神其下降,永祚休平。

肃 和

眇眇方舆,苍苍圜盖。至哉枢纽,宅中图大。气调四序,风和万籁。
祚我明德,时雍道泰。

雍 和

金县夕肆,玉俎朝陈。飨荐黄道,芬流紫宸。乃诚乃敬,载享载禋。
崇荐斯在,惟皇是宾。

舒 和

御征乘宫出郊甸,安歌率舞递将迎。自有云门符帝赏,犹持雷鼓答天成。

青帝角音

鹤云旦起,鸟星昏集。律候新风,阳开初蛰。至德可飨,行潦斯挹。
锡以无疆,蒸人乃粒。

肃　和

玄鸟司春,苍龙登岁。节物变柳,光风转蕙。瑶席降神,朱弦飨帝。
诚备祝嘏,礼殚珪币。

雍　和

大乐稀音,至诚简礼。文物棣棣,声明济济。六变有成,三登无体。
乃眷丰洁,恩覃恺悌。

舒　和

笙歌簫舞属年韶,鹭鼓凫钟展时豫。调露初迎绮春节,承云遽践苍
霄驭。

赤帝徵音

青阳告谢,朱明戒序。延长是祈,敬陈椒醑。博硕斯荐,笙镛备举。
庶尽肃恭,非馨稷黍。

肃　和

离位克明,火中宵见。峰云暮起,景风晨扇。木槿初荣,含桃可荐。
芬馥百品,铿锵三变。

雍　和

昭昭丹陆,奕奕炎方。礼陈牲币,乐备篪簧。琼羞溢俎,玉醑浮觞。
恭惟正直,歆此馨香。

舒　和

千里温风飘绛羽,十枝炎景剩朱干。陈觞荐俎歌三献,拊石抈金会
七盘。

白 帝 商 音

白藏应节，天高气清。岁功既阜，庶类收成。万方静谧，九土和平。
馨香是荐，受祚聪明。

肃　和

金行在节，素灵居正。气肃霜严，林凋草劲。豺祭隼击，潦收川镜。
九谷已登，万箱流咏。

雍　和

律应西成，气躔南吕。珪币咸列，笙竽备举。苾苾兰羞，芬芬桂醑。
式资宴贶，用调霜序。

舒　和

璿仪气爽惊缇籥，玉吕灰飞含素商。鸣鞞奏管芳羞荐，会舞安歌荣
眊扬。

黑 帝 羽 音

严冬季月，星回风厉。享祀报功，方祚来岁。

肃　和

律回一作周玉琯，星周一作回金度。次极阳乌，纪穷阴兔。火林霰
雪，阳泉凝冱。八蜡已登，三农息务。

雍　和

阳月斯纪，应钟在候。载洁牲牷，爰登俎豆。既高既远，无声无臭。
静言格思，惟神保祐。

舒　和

执籥持羽初终曲，朱干玉戚始分行。七德九功咸已畅，明灵降福具
穰穰。

五 郊 乐 章

《唐书·乐志》曰：大乐旧有五郊迎送神辞十章，不详所起。

黄 郊 迎 神

朱明季序,黄郊王辰。厚以载物,甘以养人。毓金为体,禀火成身。
宫音式奏,奏以迎神。

送 神

春末冬暮,徂夏杪秋。土王四月一作季,时季一周。黍稷已享,笾豆
宜收。送神有乐,神其赐休。

青 郊 迎 神

缇幕移候,青郊启蛰。淑景迟迟,和风习习。璧玉宵备,旌旄曙立。
张乐以迎,帝神其入。

送 神

文物流彩,声明动色。人竭其恭,灵昭其饬。歆荐不已,垂祯无极。
送礼有章,惟神还轼。

赤 郊 迎 神

青阳节谢,朱明候改。靡草凋华一作花,含桃流彩。虡列钟磬,筵陈
脯醢。乐以迎神,神其如在。

送 神

炎精式降,苍生攸仰。羞列豆笾,酒陈牺象。昭祀有应,冥期一作令
仪不爽。送乐张音,惟灵之往。

白 郊 迎 神

序移玉律,节应金商。天严杀气,吹警秋方。橚燎既积,稷奠并芳。
乐以迎奏,庶降神光。

送 神

祀遵五礼,时属三秋。人怀肃敬,灵降祯休。奠歆旨酒,荐享珍羞。
载张送乐,神其上游。

黑 郊 迎 神

玄英戒序,黑郊临候。掌礼陈彝,司筵执豆。寒氛敛色,沍泉凝漏。

乐以迎神,八音斯奏。

送　神

北郊时冽,南陆辉处。奠本虔诚,献弥恭虑。上延祉福,下承欢豫。
广乐送神,神其整驭。

朝日乐章

《唐书·乐志》曰:贞观中朝日乐,降神用豫和,皇帝行用太和,登歌、
奠玉帛用肃和,迎俎用雍和。酌献、饮福用寿和,送文舞出、迎武舞入用
舒和,武舞用凯安,送神用豫和。其豫和、太和、寿和、凯安五章,辞同
《冬至圜丘》。

肃　和

惟圣格天,惟明飨日。帝郊肆类,王宫戒吉。珪奠春舒,钟歌晓溢。
礼云克备,斯文有秩。

雍　和

晨仪式荐,明祀惟光。神物爰止,灵晖载扬。玄端肃事,紫幄兴祥。
福履攸假,于昭允王。

舒　和

崇牙树羽延调露,旋宫扣律掩承云。诞敷懿德昭神武,载集丰功表
睿文。

朝　日　乐　章

《唐书·乐志》曰:太乐旧有朝日迎送神辞二章,不详所起。

迎　神

太阳朝序,王宫有仪。蟠桃彩驾,细柳光驰。轩祥表合,汉历彰奇。
礼和乐备,神其降斯。

送　神

五齐兼酌，百羞具陈。乐终广奏，礼毕崇禋。明鉴万宇，照临兆人。永流洪庆，式动曦轮。

夕月乐章

《唐书·乐志》曰：贞观中夕月乐，降神用豫和，皇帝行用太和，登歌、奠玉帛用肃和，迎俎用雍和，酌献、饮福用寿和，送文舞出、迎武舞入用舒和，武舞用凯安，送神用豫和。其豫和、太和、寿和、凯安五章，辞同《冬至圜丘》。

肃　和

测妙为神，通微曰圣。坎祀贻则，郊禋展敬。璧荐登光，金歌动映。以载嘉德，以流曾庆。

雍　和

朏晨争举，天宗礼辟。夜典凉秋，阴明湛夕。有酹斯旨，有牲斯硕。穆穆其晖，穰穰是积。

舒　和

合吹八风金奏动，分容万舞玉鞘惊。词昭茂典光前列，夕曜乘功表盛明。

祀九宫贵神乐章

唐天宝中祀九宫贵神乐。降神用豫和，六变；皇帝行用太和，登歌用肃和，迎俎用雍和，酌献用寿和，饮福酒用福和，退文舞、迎武舞用舒和，亚献、终献用凯安，登歌、撤豆用肃和，送神用豫和。

豫　和

于昭上穹，临下有光。羽翼五佐，周流八荒。谁其飨之，时文对扬。虞经夏典，兹礼未遑。

黑帝旋驭,青蹕导日。金箓上玄,玉堂初吉。钩陈夕次,銮和先跸。
蔼蔼群灵,昭昭咸秩。
帝临中坛,受釐元神。皇灵萃止,羽旄肃陈。摄提运衡,招摇移轮。
光光宇宙,电耀雷震。
夜如何其,明星煌煌。天清容卫,露结坛场。树羽幢幢,佩玉锵锵。
凝精驻目,瞻望神光。
九位既肃,万灵毕会。天门启扃,日驭飞盖。焕兮芩离,傧兮暗霭。
如山之福,惟圣时对。
崇崇泰坛,灵具临兮。铿锽大乐,振动心兮。神之降矣,卿云郁兮。
神之至止,清风肃兮。

太　和

帝在灵坛,大明登光。天回云粹,穆穆皇皇。金奏九夏,圭陈八茇。
旷哉动植,如熙春阳。

肃　和

歌工既奏,神位既秩。天符众星,运行太一。声和十管,气应中律。
肃肃明廷,介兹元吉。

雍　和

俎豆有践,黄流在尊。九宫之祀,三代莫存。乐变六宫,坛开八门。
圣皇昭对,祐我黎元。

寿　和

时文哲后,肃事严禋。馨我明德,享于一作我贵神。大庖载盈,旨酒
斯醇。精意所属,期于利人。

福　和

祀既云毕,明灵告旋。礼洽和应,神歆福延。一作福至神虔。动植咸
若,阴阳不愆。锡兹纯嘏,天子万年。

舒　和

羽籥既阕干戚陈,八音克谐六变新。愉贵神兮般以乐,保皇祚兮万斯春。

凯　安

盛德陈万舞,威棱畅九垓。风云交律候,日月丽昭回。行庆休祥发,乘和春气来。百神肃临享,荡荡天门开。

肃　和

精意严恭,明祠一作祀丰洁。献酬既备,俎豆斯撤。日丽天仪,风和乐节。事光祀典,福覃有截。

豫　和

享申百礼,庆洽百灵。上排阊阖,洞入杳冥。奠玉高坛,燔柴广庭。神之降福,万国咸宁。

祀风师乐章 包佶撰辞

迎　神

太皞御气,句芒肇功。苍龙青旗,爰候祥风。律以和应,神以感通。鼎俎修奠,时惟礼崇。

奠币登歌

旨酒告絜,青蘋应候。礼陈瑶币,乐献金奏。弹弦自昔,解冻惟旧。仰瞻肸蚃,群祥来凑。

迎俎酌献

德盛昭临,迎拜巽方。爰候发生,式荐馨香。酌醴具举,工歌载扬。神歆六律,恩降百祥。

亚献终献

肯芗备,玉帛陈。风动物,乐感神。三献终,百神臻。草木荣,天下春。

送 神

微穆敷华能应节,飘扬发彩宜行庆。送迎灵驾神心享,跪拜灵坛礼容盛。气和草木发萌芽,德畅禽鱼遂翔泳。永望翠盖逐流云,自兹率土调春令。

祀雨师乐章 包佶撰辞

迎 神

陟降左右,诚达幽圜一作玄。作解之功,乐惟有年。云轷戾止,洒雾飘烟。惟馨展礼,爰列豆笾。

奠 币 登 歌

岁正朱明,礼布元一作玄制。惟乐能感,与神合契。阴雾离披,灵驭摇裔。膏泽之庆,期于稔岁。

迎 俎 酌 献

阳开幽蛰,躬奉郁鬯。礼备节应,震来灵降。动植求声,飞沉允望。时康气茂,惟神之贶。

亚 献 终 献

奠既备,献将终。神行令,瑞飞空。迎乾德,祈岁功。乘烟燎,俨从风。

送 神

整驾升车望寥廓,垂阴荐祉荡昏氛。飨时灵贶俨如在。乐罢馀声遥可闻。饮福陈诚礼容备,撤俎终献曙光分。跪拜临坛结空想,年年应节候油云。

全唐诗卷一二

郊庙歌辞

祭方丘乐章

《唐书·乐志》曰:贞观中,夏至祭皇地祇于方丘。迎神用顺和,皇帝行用太和,登歌、奠玉帛用肃和,迎俎用雍和,酌献、饮福用寿和,送文舞出、迎武舞入用舒和,武舞用凯安。其太和、寿和、凯安三章,词同《冬至圜丘》。并褚亮等作。

顺　和

万方资以化,交泰属升平。易从业惟简,得一道斯宁。具仪光玉帛,送舞变咸英。黍稷良非贵,明德信惟馨。

肃　和

至矣坤德,皇哉地祇。开元统纽,合大承规。九宫肃列,六典相仪。永言配命,长保无亏。

雍　和

柔而能方,直而能敬。载厚以德,大亨以正。有涤斯牷一作牲,有馨斯盛。介兹景福,祚我休庆。

舒　和

玉币牲牷分荐享,羽旄干戚递成容。一德惟宁两仪泰,三才保合四时邕。

顺　和

阴祇协赞,厚载方贞。牲币具举,箫管备成。其礼惟肃,其德惟明。神之听矣,式鉴虔诚。

武后大享拜洛乐章

《唐书·乐志》曰:则天皇后永昌元年大享拜洛乐。礼设用昭和,次致和,次咸和,乘舆初行用九和,次拜洛、受图用显和,登歌用昭和,迎俎用敬和,酌献用钦和,送文舞出、迎武舞入用齐和,武舞用德和,撤俎用禋和,辞神用通和,送神用归和。按《乐志》又有归和一章,亦送神词也,并载本集,逸酌献二章。

昭　和

九玄眷命,三圣基隆。奉承先旨,明台毕功。宗祀展敬,冀表深衷。永昌帝业,式播淳风。

致　和

神功不测兮运阴阳,包藏万宇兮孕八荒。天符既出兮帝业昌,愿临明祀兮降祯祥。

咸　和

坎泽祠容备举,坤坛祭典爰申。灵眷遥行秘躅,嘉贶荐委殊珍。肃礼恭禋载展,翘襟邈志逾殷。方期交际悬应。 下一句逸。

九　和

祇荷坤德,钦若乾灵。惭惕罔寘,兴居匪宁。恭崇礼则,肃奉仪形。惟凭展敬,敢荐非馨。

显和 拜洛

菲躬承睿顾,薄德忝坤仪。乾乾遵后命,翼翼奉先规。抚俗勤虽切,还淳化尚亏。未能弘至道,何以契明祇。

显和 受图

顾德有惭虚菲,明祗屡降祯符。汜水初呈秘象,温洛荐表昌图。玄泽流恩载洽,丹襟荷渥增愉。

昭　和

舒阴致养,合大资生。德以恒固,功由永贞。升歌荐序,垂币翘诚。虹开玉照,风引金声。

敬　和

兰俎既升,蘋羞可荐。金石载设,咸英已变。林泽斯总,山川是遍。敢用敷诚,实惟忘倦。

齐　和

沈潜演赜分三极,广大凝祯总万方。既荐羽旌文化启,还呈干戚武威扬。

德　和

夕惕司龙契,晨兢当凤扆。崇儒习旧规,偃伯循先旨。绝壤飞冠盖,遐区丽山水。幸承三圣馀,忻属千年始。

禋　和

百礼崇容,千官肃事。灵降无兆,神凝有粹。奠享咸周,威仪毕备。奏夏登列,歌雍彻肆。

通　和

皇皇灵眷,穆穆神心。暂动凝质,还归积阴。功玄枢纽,理寂高深。衔恩佩德,耸志翘襟。

归　和

言旋云洞兮蹑烟途,永宁中宇兮安下都。包涵动植兮顺荣枯,长贻徽宝^{一作徽宝}觊兮赞璇图。

又 归 和

调云阕兮神座兴,骖云驾兮俨将升。腾绛霄兮垂景祐,翘丹恳兮荷休征。

祭方丘乐章

《唐书·乐志》曰:睿宗太极元年,祭皇地祇于方丘。迎神用顺和。八变,加金奏。皇帝行用太和,登歌、奠玉帛用肃和,迎俎及酌献用雍和,送文舞出、迎武舞入用舒和,武舞用凯安,送神用顺和。太和、凯安词同贞观《冬至圜丘》,肃和、雍和词同贞观太庙,舒和词同皇帝朝群臣。

顺 和

坤厚载物,德柔垂祉。九域咸雍,四溟为纪。敬因良节,虔修阴祀。广乐式张,灵其降止。

金 奏

坤元至德,品物资生。神凝博厚,道协高明。列镇五岳,环流四瀛。于何不载,万宝斯成。

顺 和

乐备金石,礼光尊俎。大享爰终,洪休是举。雨零感节,云飞应序。缨绂载辞,皇灵具举。

祭汾阴乐章

《唐书·乐志》曰:明皇开元十一年,祭皇地祇于汾阴。迎神用顺和,八变。皇帝行用太和,登歌、奠玉帛用肃和,迎俎用雍和,酌献、饮福用寿和,送文舞出、迎武舞入用舒和,武舞用凯安,送神用顺和。

顺和 林钟宫　黄门侍郎韩思复作

大乐和畅,殷荐明神。一降通感,八变必臻。有求斯应,无德不亲。降灵醉止,休征万人。

太　簇　角 中书侍郎卢从愿作

坤元载物,阳乐发生。播殖资始,品汇咸亨。列俎棋布,方坛砥平。
神歆禋祀,后德惟明。

姑　洗　徵 司勋郎中刘晃作

大君出震,有事郊禋。斋戒既肃,馨香毕陈。乐和礼备,候暖风春。
恭惟降福,实赖明神。

南　吕　羽 礼部侍郎韩休作

於穆濬哲,维清缉熙。肃事昭配,永言孝思。涤濯静嘉,馨香在兹。
神之听之,用受福釐。

太　　和 吏部尚书王坚信晙作

於穆圣皇,六叶重光。太原刻颂,后土疏场。宝鼎呈符,歊云孕祥。
礼乐备矣,降福穰穰。

肃　　和 刑部侍郎崔玄童作

聿修严配,展事禋宗。祥符宝鼎,礼备黄琮。〔祝〕(祀)词以信,明德
惟聪。介兹景福,永永无穷。

雍　　和 徐州刺史贾曾作

蠲我饎馆,絜我肴芗。有豆孔硕,为羞既臧。至诚无昧,精意惟
芳。神其醉止,欣欣乐康。

寿　　和 礼部尚书苏颋作

礼物斯具一作备,乐章乃陈。谁其作主,皇考圣真。对越在天,圣明
佐神。育然汾上,厚泽如春。

舒　　和 太常少卿何鸾作

乐奏云阕,礼章载虔。禋宗于地,昭假于天。惟馨荐矣,既醉歆焉。
神之降福,永永万年。

凯　安 主爵郎中蒋挺作

维岁之吉，维辰之良。圣君绂冕，肃事坛场。大礼已备，大乐斯〔张〕(章)。神其醉止，降福无疆。

顺　和 尚书右丞源光裕作

方丘既膳，嘉飨载谧。齐敬毕诚，陶匏贵质。秀毕一作簋丰荐，芳一作芬俎盈实。永永福流，其升如日。

禅社首乐章

《唐书·乐志》曰：明皇开元十三年禅社首山祭地祇乐。迎神用顺和，皇帝行用太和，登歌、奠玉帛用肃和，迎俎入用雍和，初献用寿和，饮福用福和，还宫用太和，送神用灵具醉以代顺和。前七章，太常少卿贺知章撰。后送神一章，侍中源乾曜撰。

顺　和

至哉含柔德，万物资以生。常顺称厚载，流谦通变盈。圣心事能察，增广陈厥诚。黄祇傥如在，泰折俟咸亨。

太　和

肃我成命，于昭黄祇。裘冕而祀，陟降在斯。五音克备，八音聿施。缉熙肆靖，厥心匪离。

肃　和

黄祇是〔祇〕(祇)，我其夙夜。寅畏诚絜，匪遑宁舍。礼以琼玉，荐厥茅藉。念兹降康，胡宁克暇。

雍　和

夙夜宥密，不敢宁宴。五齐既陈，八音在县。粢盛以洁，房俎斯荐。惟德惟馨，尚兹克遍。

寿　和

惟以明发，有怀载殷。乐盈而反，礼顺其禋。立清以献，荐欲是亲。

於穆不已,哀对斯臻。

福　和

穆穆天子,告成岱宗。大裘如濡,执珽有颙。乐以平志,礼以和容。
上帝临我,云胡肃邕。

太　和

昭昭有唐,天俾万国。列祖应命,四宗顺则。申锡无疆,宗我同德。
曾孙继序,享神配极。

灵　具　醉

灵具醉,杳熙熙。灵将往,眇禠禠。顾明德,吐正辞。烂遗光,流
祯祺。

祭神州乐章

《唐书·乐志》曰:贞观中,祭神州于北郊。迎神用顺和,皇帝行用太
和,登歌、奠玉帛用肃和,迎俎用雍和,酌献、饮福用寿和,送文舞出、迎武
舞入用舒和,武舞用凯安,送神用顺和。顺和词同《夏至方丘》,太和、寿
和、凯安词〔同〕(用)《冬至圜丘》。并褚亮等作。

肃　和

大矣坤仪,至哉神县。包含日域,牢笼月窦。露絜三清,风调六变。
皇祇介祉,式歆恭荐。

雍　和

泰折严享,阴郊展敬。礼以导神,乐以和性。黝牲在列,黄琮俯映。
九土既平,万邦贻一作遗庆。

舒　和

坤道降祥和庶品,灵心载德厚群生。水土既调三极泰,文武毕备九
区平。

祭神州乐章

《唐书·乐〔志〕(章)》曰:太乐旧有祭神州迎送神词二章,不详所起。

迎　神

黄舆厚载,赤寰归德。含育九区,保安万国。诚敬无怠,禋祀有则。
乐以迎神,其仪不忒。

送　神

神州阴祀,洪恩广济。草树沾和,飞沉沐惠。礼修鼎俎,奠歆瑶币。
送乐有章,灵轩其逝。

祭太社乐章

《唐书·乐志》曰:贞观中祭太社乐。迎神用顺和,皇帝行用太和,登
歌、奠玉帛用肃和,迎俎用雍和,酌献、饮福用寿和,送文舞出、迎武舞入
用舒和,武舞用凯安,送神用顺和。顺和词同《夏至方丘》,太和、寿和、凯
安词〔同〕(用)《冬至圜丘》。并褚亮等作。

肃　和

后土凝德,神功协契。九域底平,两仪交际。戊期应序,阴墉展币。
灵车少留,俯歆樽桂。

雍　和

美报崇本,严恭展事。受露疏坛,承风启地。絜粢登俎,醇牺入馈。
介福远流,群生毕遂。

舒　和

神道发生敷九稼,阴极乘仁畅八埏。纬武经文隆景化,登祥荐祉启
丰年。

祭太社乐章

《唐书·乐志》曰:太乐旧有太社迎送神词二章,不详所起。

迎　神

烈山有子，后土有臣。播种百谷，济育兆人。春官缉礼，宗伯司禋。
戊为吉日，迎享兹辰。

送　神

吉祥式就，酬功载毕。亲地尊天，礼文经术。觊征令序，福流初日。
神驭爰归，祠官其出。

蜡百神乐章

　　《唐书·乐志》曰：贞观中蜡百神乐。降神用豫和，皇帝行用太和，登歌、奠玉帛用肃和，迎俎用雍和，酌献、饮福用寿和，送文舞出、迎武舞入用舒和，武舞用凯安，送神用豫和。其豫和、太和、寿和、凯安五章，词同《冬至圜丘》。

肃　和

序迫岁阴，日躔星纪。爰稽茂典，聿崇清祀。绮币霞舒，瑞珪虹起。
百祀一作礼，一作灵。垂裕，万灵荐一作方受祉。

雍　和

缇籥劲序，玄英晚候。姬蜡开仪，幽歌入奏。蕙馥雕俎，兰芬玉酎。
大享明祇，永绥多祐。

舒　和

经纬两仪文化洽，削平方域武功成。瑶弦自乐乾坤泰，玉戚长欢一作歌区宇宁。

蜡百神乐章

　　《唐书·乐志》曰：太乐旧有蜡百神迎送神词二章，不详所起。

迎　神　此词废不行用。

八蜡开祭，万物合祀。上极天维，下穷坤纪。鼎俎流芬一作馥。樽彝荐美。有灵有祇,咸希来止。

送　神 _{此词后尚行用}

十旬欢洽,一日祠_{一作祀}终。澄彝拂俎,报德酬功。虑虔容肃,礼缛仪丰。神其降祉,整驭随风。

享先农乐章

《唐书·乐志》曰:贞观中享先农乐。迎神用咸和,皇帝行用太和,登歌、奠玉帛用肃和,迎俎用雍和,酌献、饮福用寿和,送文舞出、迎武舞入用舒和,武舞用凯安,送神用咸和。其太和、寿和、凯安词同《冬至圜丘》,并褚亮等作。

咸　和

粒食伊始,农之所先。古今攸赖,是曰人天。耕斯帝籍,播厥公田。式崇明祀,神其福焉。

肃　和

樽彝既列,瑚簋方荐。歌工载登,币礼斯奠。肃肃享祀,颙颙缨弁。神之听之,福流寰县。

雍　和

前夕视牲,质明奉俎。沐芳整弁,其仪式序。盛礼毕陈,嘉乐备举。歆我懿德,非馨稷黍。

舒　和

羽籥低昂文缀已,干戚蹈厉武行初。望岁祈农神所听,延祥介福岂云虚。

享先农乐章

《唐书·乐志》曰:太乐旧有享先农送神乐章,不详所起。

咸 和

三推礼就,万庾祈凝。黄宾志远,蘸衮惟兴。降歆肃荐,垂祐祗膺。
送神有乐,神其上升。

享先蚕乐章

《唐书·乐志》曰:显庆中,皇后亲蚕,内出享先蚕乐章。迎神用永和,
亦曰颂德;皇后升坛用肃和,登歌、奠币用展敬,迎俎用絜诚,饮福、送神
用昭庆。

永 和

芳春开令序,韶苑畅和风。惟灵申广祐,利物表神功。绮会周天
宇,黼黻藻寰中。庶几承庆节,歆奠下帷宫。

肃 和

明灵光至德,深功掩百神。祥源应节启,福绪逐年新。万宇承恩
覆,七庙仁恭禋。于一作一兹申至恳,方期远庆臻。

展 敬

霞庄列宝卫,云集动和声。金卮荐绮席,玉币委芳庭。因心罄丹
款,先己励苍生。所冀延明福,于兹享至诚。

絜 诚

桂筵开玉俎,兰圃荐琼芳。八音调凤历,三献奉鸾觞。絜粢申大
享,庭宇冀降祥。神其覃有庆,契福永无疆。

昭 庆

仙坛礼既毕,神驾俨将升。仁属深祥起,方期庶绩凝。虔诚资宇
内,务本勖黎蒸。灵心昭备享,率土洽休征。

释奠文宣王乐章

《唐书·乐志》曰:皇太子亲释奠。迎神用诚和,亦曰宣和;皇太子行

用承和,登歌、奠币用肃和,迎俎用雍和,送文舞出、迎武舞入用舒和,武舞用凯安,词同《冬至圜丘》。送神用诚和,词〔同〕(用)迎神。《通典》曰:开元中又造三和乐,一曰祴和,三公升降及行则奏之;二曰丰和,享先农则奏之;三曰宣和;祭孔宣父、齐太公则奏之。

诚　和

圣道日用,神几一作机不测。金石以陈,弦歌载陟。爰释其菜,匪馨于稷。来顾来享,是宗是极。

承　和

万国以贞光上嗣,三善茂德表重轮。视膳寝门尊要道,高辟崇贤引正人。

肃　和

粤惟上圣,有纵自天。傍周万物,俯应千年。旧章允著,嘉赞孔虔。王化兹首,儒风是宣。

雍　和

堂献瑶筐,庭敷璆县。礼备其容,乐和其变。肃肃亲享,雍雍执奠。明德惟馨,蘋蘩可荐。

舒　和

隼集龟开昭圣烈,龙蹲凤跱肃神仪。尊儒敬业宏图阐,纬武经文盛德施。

享孔子庙乐章

《唐书·乐志》曰:太乐旧有孔子庙迎送神词二章,不详所起。

迎　神

通吴表圣,问老探真。三千弟子,五百贤人。亿龄规法,万载嗣禋。洁诚以祭,奏乐迎神。

送　神

醴溢牺象,羞陈俎豆。鲁壁类闻,泗川如觌。里校覃福,胄筵承祐。雅乐清音,送神具奏。

释奠武成王乐章

郭茂倩《乐府》云:唐释奠武成王,旧以文宣王乐章用之。德宗贞元中,诏于邵补造。

迎　神

卜畋不从,兆发非熊。乃倾荒政,爰佐一戎。盛烈载垂,命祀惟崇。日练上戊,宿严閟宫。迎奏嘉至,感而遂通。

奠币登歌

管磬升,膻芗集。上公进,嘉币执。信以通,俀如及。恢帝功,锡后邑。四维张,百度立。绵亿载,邈难挹。

迎俎酌献

五齐洁,九牢硕。梡橛循,罍罋涤。进具物,扬鸿绩。和奏发,高灵寂。虔告终,繁祉锡。昭秩祀,永无易。

亚献终献

贰觞以献,三变其终。顾此非馨,尚达斯衷。茅缩可致,神歆载融。始神翊周,拯溺除凶。时维降祐,永绝兴戎。

送　神

明祀方终,备乐斯阕。黝纁就瘗,豆笾告撤。肸蚃尚馀,光景云灭。返归虚极,神心则悦。

享龙池乐章

《唐书·乐志》曰:明皇龙潜时,宅隆庆坊。宅南坊人所居,忽变为池,望气者异焉。故中宗季年，泛舟池中。明皇正位，以坊为宫。池水逾大，弥温数里。因为龙池乐以歌其祥。《新书·礼乐志》曰：龙池乐，舞者十二人，冠芙蓉冠，摄履。备用雅乐，唯无钟磬。《唐逸史》曰：明皇在东都，昼寝，梦一女子，容艳异常，梳交心髻，大袖宽衣。帝曰："汝何人?"曰："妾凌波池中龙女也，卫宫护驾，妾实有功。今陛下洞晓钧天之乐，愿赐一曲，以光族类。"帝于梦中为鼓胡琴，倚歌为凌波池之曲，龙女拜谢而去。及寤，尽记之，命禁乐自御琵琶，习而翻之。因宴于凌波宫，临池奏新声，忽池波涌起，有神女出于波心，乃梦中之女也。望拜御坐，良久乃没。因置祠池上，每岁祀之。《会要》曰：开元元年，内出祭龙池乐章。十六年，筑坛于兴庆宫，以仲春月祭之。

第 一 章　紫微令姚崇作

恭闻帝里生灵沼，应报明君鼎业新。既协翠泉光宝命，还符白水出真人。此时舜海潜龙跃，此地尧河带马巡。独有前池一小雁，叩承旧惠入天津。

第 二 章　左拾遗蔡孚作

帝宅王家大道边，神马龙龟涌圣泉。昔日昔时经此地，看来看去渐成川。歌台舞榭宜正月，柳岸梅洲胜往年。莫言波上春云少，只为从龙直上天。

第 三 章　太府少卿沈佺期作

龙池跃龙龙已飞，龙德〔光〕(先)天天不违。池开天汉分黄道，龙向天门入紫微。邸第楼台多气色，君王凫雁有光辉。为报寰中百川水，来朝此地莫东归。

第 四 章　黄门侍郎卢怀慎作

代邸东南龙跃泉，清漪碧浪远浮天。楼台影就波中出，日月光疑镜里悬。雁沼回流成舜海，龟书荐祉应尧年。大川既济惭为楫，报德空思奉细涓。

第　五　章 殿中监姜皎作

龙池初出此龙山，常经此地谒龙颜。日日芙蓉生夏水，年年杨柳变春湾。尧坛宝匣馀烟雾，舜海渔舟尚往还。愿似飘飖五云影，从来从去九天间。

第　六　章 吏部尚书崔日用作

龙兴白水汉兴符，圣主时乘运斗枢。岸上丰茸五花树，波中的皪千金珠。操环昔闻迎夏启，发匣先来瑞有虞。风色云光随隐见，赤云神化象江湖。

第　七　章 紫微侍郎苏颋作

西京凤邸跃龙泉，佳气休光镇在天。轩后雾图今已得，秦王水剑昔常传。恩鱼不似昆明钓，瑞鹤长如太液仙。愿侍巡游同旧里，更闻箫鼓济楼船。

第　八　章 黄门侍郎李乂作

星分邑里四人居，水溽源流万顷馀。魏国君王称象处，晋家藩邸化龙初。青蒲暂似游梁马，绿藻还疑宴镐鱼。自有神灵滋液地，年年云物史官书。

第　九　章 工部侍郎姜晞作

灵沼萦回邸第前，浴日涵天一作春写曙天。始见龙台升凤阙，应如霄汉起神泉。石匮渚傍还启圣，桃李初生更有仙。欲化帝图从此受，正同河变一千年。

第　十　章 兵部郎中裴璀作

乾坤启圣吐龙泉，泉水年年胜一年。始看鱼跃方成海，即睹龙飞利在天。洲渚遥将银汉接，楼台直与紫微连。休气荣光常不散，悬知此地是神仙。

全唐诗卷一三

郊庙歌辞

享太庙乐章

《唐书·乐志》曰:贞观中享太庙乐。迎神用永和,九变,词同。皇帝行用太和,登歌、酌鬯用肃和,迎俎用雍和,献皇祖宣简公、皇祖懿王同用长发之舞,景皇帝用大基之舞,元皇帝用大成之舞,高祖用大明之舞,皇帝饮福用寿和,送文舞出、迎武舞入用舒和,武舞用凯安,撤俎用雍和,送神用永和。其太和、凯安词同《冬至圜丘》,并魏徵、褚亮等作。

永　和

於穆烈祖,弘此丕基。永言配命,子孙保之。百神既洽,万国在兹。是用孝享,神其格思。

肃　和

大哉至德,允兹明圣。格于上下,聿遵诚敬。嘉乐斯登,鸣球以咏。神其降止,式隆景命。

雍　和

崇兹享祀,诚敬兼至。乐以感灵,礼以昭事。粢盛咸絜,牲牷孔备。永言孝思,庶几不匮。

长　发　舞

《唐会要》曰:贞观十四年,诏用颜师古许敬宗议,皇祖宣简公懿王庙并奏长发之舞。取诗云"浚哲惟商，长发其祥"也。

睿哲维唐，长发其祥。帝命斯祐，王业克昌。配天载德，就日重光。
本支百代，申锡无疆。

大 基 舞

猗与祖业，皇矣帝先。翦商德厚，封唐庆延。在姬犹稷，方晋喻宣。
基我鼎运，于万斯年。

大 成 舞

周称王季，晋美帝文。明明盛德，穆穆齐芬。藏用四履，屈道三分。
铿锵钟石，载纪鸿勋。

大 明 舞

《唐会要》曰：贞观十四年，诏用颜师古等议，高祖庙奏大明之舞。取
《易》曰"大明终始，六位时成"。诗有《大明》之篇，称文王有明德也。

五纪更运，三正递升。勋华既没，禹汤勃兴。神武命代，灵眷是膺。
望云彰德，察纬告征。上纽天维，下安地轴。征师涿野，万国咸服。
偃伯灵台，九官允穆。殊域委赆，怀生介福。大礼既饰，大乐已和。
黑章扰囿，赤字浮河。功宣载籍，德被咏歌。克昌厥后，百禄是荷。

寿 和

八音斯奏，三献毕陈。宝祚惟永，晖光日新。

舒 和

圣敬通神光七庙，灵心荐祚和万方。严禋克配鸿基远，明德惟馨凤
历昌。

雍 和

於穆清庙，聿修严祀。四县载陈，三献斯止。笾豆彻荐，人祇介祉。
神维格思，锡祚不已。

永 和

肃肃清祀，悉悉孝思。荐享昭备，虔恭在兹。雍歌彻俎，祝嘏陈辞。

用光武志,永固鸿基。

享太庙乐章

《唐书·乐志》曰:高宗永徽已后,续造享太庙乐章。献太宗用崇德之舞,高宗用钧天之舞,中宗用太和之舞,睿宗用景云之舞,皇祖宣皇帝用光大之舞,旧乐章宣元二宫同用长发,其词亦同。开元十年,始别造词,而宣帝更用光大云。

崇 德 舞

五运改卜,千龄启圣。彤云晓聚,黄星夜映。叶闿珠囊,基开后为图开玉镜。下临万宇,上齐七政。雾开三象,尘清九服。海漾星晖,远安迩肃。天地交泰,华夷辑睦。翔泳归仁,中外禔福。绩逾黜夏,勋高翦商。武陈七德,刑设三章。祥禽巢阁,仁兽游梁。卜年惟永,景福无疆。

钧 天〔舞〕(乐)

承天抚箓,纂圣登皇。遐清万宇,仰协三光。功成日用,道济时康。
璇图载永,宝历斯昌。日月扬晖,烟云烂色。河岳修贡,神祇效职。
舜风攸偃,尧曦先就。睿感通寰,孝思浃宙。奉扬先德,虔遵曩狩。
展义天扃,飞英云岫。化逸王表,神凝帝先。乘云厌俗,驭日登玄。

太 和 舞

广乐既备,嘉荐既新。述先惟德,孝飨惟亲。七献具举,五齐毕陈。
锡兹祚福,于万斯春。

景 云 舞

惟睿作圣,惟圣登皇。精感耀魄,时膺会昌。舜惭大孝,尧推让王。
能事斯极,振古谁方。文明履运,车书同轨。巍巍赫赫,尽善尽美。
衢室凝旒,大庭端扆。释负之寄,事光复子。脱屣高天,登遐上玄。
龙湖超忽,象野芊绵。游衣复道,荐果初年。新庙奕奕,明德配天。

光　大　舞

大业龙祉，徽音骏尊。潜居皇德，赫嗣天昆。展仪宗祖，重诚孝孙。
春秋无极，享奏存存。

享太庙乐章

《唐书·乐志》曰：太乐旧有享太庙、迎神次金奏及送神辞三章，不详
所起。

迎　神

七庙观德，百灵攸仰。俗荷财成，物资含养。道光执契，化笼提象。
肃肃雍雍，神其来飨。

金　奏

肃肃清庙，巍巍盛唐。配天立极，累圣重光。乐和管磬，礼备烝尝。
永惟来格，降福无疆。

送　神

五声备奏，三献终祠。车移凤辇，旆转虹旗。礼周笾豆，诚效虔祇。
皇灵徙跸，簪绅拜辞。

武后享清庙乐章十首

第　一

建清庙，赞玄功。择吉日，展禋宗。乐已变，礼方崇。望神驾，降仙
宫。

第　二

隆周创业，宝命惟新。敬宗茂典，爰表虔禋。声明已备，文物斯陈。
肃容如在，恳志方申。

第　三　登歌

肃敷大礼，上谒尊灵。敬〔陈〕（申）筐币，载表丹诚。

第四迎神

敬奠蘋藻,式罄虔襟。洁诚斯展,伫降灵歆。

第五饮福

爰陈玉醴,式奠琼浆。灵心有穆,介福无疆。

第六送文舞

帝图草创,皇业初开。功高佐命,业赞云雷。

第七迎武舞

赫赫玄功被穹壤,皇皇至德洽生灵。开基拨乱妖氛廓,佐命宣威海内清。

第八武舞作

荷恩承顾托,执契恭临抚。庙略静边荒,天兵耀神武。

第九彻俎

登歌已阕,献礼方周。钦承景福,肃奉鸿休。

第十送神

大礼言毕,仙卫将归。莫申丹恳,空瞻紫微。

享太庙乐章

《唐书·乐志》曰:中宗神龙元年享太庙乐。迎神用严和,九变,词同。皇帝行用升和,登歌、裸鬯用虔和,迎俎用歆和,光皇帝酌献用长发,景皇帝酌献用大基,元皇帝酌献用大成,高祖酌献用大明,太宗酌献用崇德,五室舞词并同贞观。高宗酌献用钧天舞,词同光宅。孝敬皇帝酌献用承光,皇帝饮福用延和,送文舞出、迎武舞入用同和,武舞用宁和,撤俎用恭和,送神用通和,皇后助享、皇后行用正和,词同贞观中宫朝会。登歌、奠鬯用昭和,皇后酌献、饮福用诚敬,撤俎用肃和,送神用昭感。

严 和

肃肃清庙,赫赫玄猷。功高万古,化奄十洲。中兴丕业,上荷天休。

祗奉先构,礼备怀柔。

升　和

顾惟菲薄,纂历应期。中外同轨,夷狄来思。乐用崇德,礼以陈词。
夕惕若厉,钦奉弘基。

虔　和

礼标荐鬯,肃事祠庭。敬申如在,敢托非馨。

歆　和

崇禋已备,粢盛聿修。洁诚斯展,钟石方遒。

承　光　舞

金相载穆,玉裕重辉。养德清禁,承光紫微。乾宫候色,震象增威。
监国方永,宾天不归。孝友自衷,温文性与。龙楼正启,鹤驾斯举。
丹宸流念,鸿名式序。中兴考室,永陈彝俎。

延　和

巍巍累圣,穆穆重光。奄有区夏,祚启隆唐。百蛮饮泽,万国来王。
本枝亿载,鼎祚逾长。

同　和

惟圣配天敷盛礼,惟天为大阐洪名。恭禋展敬光先德,蘋藻申虔表
志诚。

宁　和

炎驭失天一作王纲,土德承天命。英猷被寰宇,懿躅隆邦政。七德
已绥边,九夷咸底定。景化覃遐迩,深仁洽翔泳。

恭　和

礼周三献,乐阕九成。肃承灵福,悚惕兼盈。

通　和

祠容既毕,仙座爰兴。停停凤举,霭霭云升。长隆宝运,永锡休征。

福覃贻厥,恩被黎蒸。

昭　和

道洽二仪交泰,时休四宇和平。环珮肃于庭实,钟石扬乎颂声。

诚　敬

顾惟菲质,忝位椒宫。虔奉蘋藻,肃事神宗。敢申诚絜,庶罄深衷。
睟容有裕,灵享无穷。

肃　和

月礼已周,云和将变。爰献其醋,载迁其奠。明德逾隆,非馨是荐。
泽沾动植,仁覃宇县。

昭　感

铿锵韶濩,肃穆神容。洪规赫赫,祠典雍雍。已周三献,将乘六龙。
虔诚有托,恳志无从。

享太庙乐章

　　《唐书·乐志》曰:明皇开元七年享太庙乐。迎神用永和,皇帝行用太
和,登歌、酌瓒用肃和,迎俎用雍和,皇帝酌醴齐用文舞,献宣皇帝用光大
舞,光皇帝用长发舞,景皇帝用大政舞,元皇帝用大成舞,高祖用大明舞,
太宗用崇德舞,高宗用钧天舞,中宗用大和舞,睿宗用景云舞,皇帝饮福、
受脤用福和,送文舞出、迎武舞入用舒和,亚献、终献、行事、武舞用凯
安,撤豆用登歌,送神用永和。按景皇帝旧用大基,至是改用大政云。乐
章并特进行尚书左丞相燕国公张说撰。

永 和 三 章

肃九室,谐八音。歌皇慕,动神心。礼宿设,乐妙寻。声明备,裸奠
临。

律迓气,音入玄。依玉几,御黼筵。聆怃息,偃周旋。九韶遍,百福
传。

信工祝,永颂声。来祖考,听和平。相百辟,贡九瀛。神休委,帝孝成。

太　和

时文圣后,清庙肃邕。致诚勤荐,在貌思恭。玉节肆夏,金锵五钟。绳绳云步,穆穆天容。

肃　和

天子享孝,工歌溥将。躬祼郁鬯,乃焚脊芗。臭以达阴,声以求阳。奉时烝尝,永代不忘。

雍 和 二 章

在涤嘉豢,丽碑敬牲。角握之牡,色纯之骍。火传阳燧,水溉阴精。太公胖俎,傅说和羹。

俎豆有馥,粢盛絜丰。亦有和羹,既戒既平。鼓钟管磬,肃唱和鸣。皇皇后祖,来我思成。

文　舞

圣谟九德,真言五千。庆集昌胄,符开帝先。高文杕钺,克配彼天。三宗握镜,六合焕然。帝其承祀,率礼罔愆。图书雾出,日月清悬。舞形德类,咏谂功传。黄龙蜿蟺,彩云蹁跹。五行气顺,八佾风宣。介此百禄,于皇万年。

光 大 舞

肃肃艺祖,滔滔浚源。有雄玉剑,作镇金门。玄王贻绪,后稷谋孙。肇禋九庙,四海来尊。

长 发 舞

具礼崇德,备乐承风。魏推幢主,周赠司空。不行而至,无成有终。神兴王业,天归帝功。

大 政 舞

於赫元命,权舆帝文。天齐八柱,地半三分。宗庙观德,笙镛乐勋。

封唐之兆,成天下君。

大　成　舞

帝舞_{一作符}季历,龙_{一作袭}圣生昌。后歌有娇,胎炎孕黄。天地合
德,日月齐光。肃雍孝享,祚我万方。

大　明　舞

赤精乱德,四海困穷。黄旗举义,三灵会同。旱望春雨,云披大风。
溥天来祭,高祖之功。

崇　德　舞

皇合一德,朝宗百神。削平天地,大拯生人。上帝配食,单于入臣。
戎歌陈舞,晔晔震震。

钧　天　舞

高皇迈道,端拱无为。化怀獯鬻,兵赋_{一作戢}句骊。礼尊封禅,乐盛
来仪。合位娲后,同称伏羲。

大　和　舞

退居江水,郁起丹陵。礼物还旧,朝章中兴。龙图友及,骏命恭膺。
鸣球香瓒,大糦是承。

景　云　舞

景云霏烂,告我帝符。噫帝冲德,与天为徒。笙镛遥远,俎豆虚无。
春秋孝献,回复此都。

福　和

备礼用乐,崇亲致尊。诚通慈降,敬彻爱存。献怀称寿,啐感承恩。
皇帝孝德,子孙千亿。大包天域,长亘不极。

舒　和

六钟翕协六变成,八佾徜徉八风生。乐九韶兮人神感,美七德兮天
地清。

凯 安 四 章

瑟彼瑶爵,亚惟上公。室如屏气,门不容躬。礼殷其本,乐执其中。
圣皇永慕,天地幽通。

礼匝三献,乐遍九成。降循轩陛,仰歆皇情。福与仁合,德因孝明。
百年〔神畏〕(福位),四海风行。

总总干戚,填填鼓钟。奋扬争气,坐作为容。离若鸷鸟,合如战龙。
万方观德,肃肃雍雍。

烈祖顺三灵,文宗威四海。黄钺诛群盗,朱旗扫多罪。戢兵天下
安,约法人心改。大哉干羽意,长见风云在。

登 歌

止笙磬,撤豆笾。廓无响,窅入玄。主在室,神在天。情馀慕,礼罔
愆。喜黍稷,屡丰年。

永 和

眇嘉乐,授灵爽。感若来,思如往。休气散,回风上。返寂寞,还惚
恍。怀灵驾,结空想。

享太庙乐章

　　《唐书·乐志》曰:〔肃〕(代)宗宝应已后,续造享太庙乐章。献明皇用
广运之舞,肃宗用惟新之舞,代宗用保大之舞,德宗用文明之舞,顺宗用
大顺之舞,宪宗用象德之舞,穆宗用和宁之舞,武宗用大定之舞,昭宗用
咸宁之舞。宣宗、懿宗,有舞词而名不传。

广 运 舞 司徒中书令汾阳王郭子仪撰

於赫皇祖,昭明有融。惟文之德,惟武之功。河海静谧,车书混同。
虔恭孝飨,穆穆玄风。

惟 新 舞 吏部尚书平章事彭城郡公刘晏撰

汉祚惟永,神功中兴。风驱氛祲,天覆黎蒸。三光再朗,庶绩其凝。

重熙累洽,景命是膺。

保 大 舞 尚父郭子仪撰

於穆文考,圣神昭章。肃一作萧勺一作清群慝,含光远方。万物茂遂,九夷宾王。愔愔云韶,德音不忘。

文 明 舞 尚书左丞平章事郑馀庆撰

开邸除暴,时迈勋尊。三元告命,四极骏奔。金枝翠叶,辉烛瑶琨。象德亿载,贻庆汤孙。

大 顺 舞 中书侍郎平章事郑絪撰

於穆时文,受天明命。允恭玄默,化成理定。出震嗣德,应乾传圣。猗欤缉熙,千亿流庆。

象 德 舞 中书侍郎平章事段文昌撰

肃肃清庙,登显至德。泽周八荒,兵定四极。生物咸遂,群盗灭息。明圣钦承,子孙千亿。

和 宁 舞 中书侍郎平章事牛僧孺撰

湜湜颎颎,融昭德辉。不纽不舒,贯成九围。武烈文经,敷施当宜。纂尧付启,亿万熙熙。

大 定 舞 门下侍郎平章事李回撰

受天明命,敷佑下土。化时以俭,卫文以武。氛消夷夏,俗臻往古。亿万斯年,形于律吕。

宣 宗 室 舞 门下侍郎夏侯孜撰

於铄令主,圣祚重昌。兴起教义,申明典章。俗尚素朴,人皆乐康。积德可报,流庆无疆。

懿 宗 室 舞 中书侍郎平章事萧仿撰

圣祚无疆,庆传乐章。金枝繁茂,玉叶延长。海渎常〔晏〕(宴),波涛不扬。汪汪美化,垂范今王。

咸宁 一作亨舞 不详作者

於铄丕嗣,惟帝之光。羽籥象德,金石荐祥。圣系无极,景命永昌。
神降上哲,维天配长。

全唐诗卷一四

郊庙歌辞

太清宫乐章

《唐书·礼仪志》曰：明皇开元二十年正月，诏两京诸州置玄元庙。天宝二年三月，以西京玄元庙为太清宫。其乐章，降仙圣奏煌煌，登歌、发炉奏冲和，上香毕奏紫极舞，撤醮奏登歌，送仙圣奏真和。《会要》曰：太清宫荐献圣祖玄元皇帝，奏混成紫极之舞。

煌　煌

煌煌道宫，肃肃太清。礼光尊祖，乐备充庭。磬竭诚至，希夷降灵。云凝翠盖，风焰红旌。众真以从，九奏初迎。永惟休祐，是锡和平。

冲　和

虚无结思，钟磬和音。歌以颂德，香以达心。礼殊祼鬯，义感昭临。灵车至止，庆垂愔愔。

香　初　上

肃肃我祖，绵绵道宗。至感潜达，灵心暗通。云辂御气，芝盖随风。四时禋祀，万国来同。

再　上

仙宗绩一作积道，我李承天。庆深虚极，符光象先。俗登仁寿，化阐蟬涓。五千贻范，亿万斯年。

终 上

不宰元功,无为上圣。洪源长发,诞受天命。金奏迎真,璇宫展盛。
备礼周乐,垂光储庆。

紫 极 舞

至道生元气,重圆法混成。无为观大象,冲用体常名。仙乐临丹
阙,云车出玉京。灵符百代应,瑞节九贞迎。宝运开皇极,天临映
太清。长垂一德庆,永庇万方宁。

序入破第一奏

真宗开妙理,冲教统清虚。化演无为日,言昭有象初。瑶台肃灵
瑞,金阙映仙居。一奏三清乐,长回八景舆。

第 二 奏

虚极仙宗本,希夷象帝先。百灵朝太上,万法祖重圆。善贷惟冲
德,功成谓自然。云门达和气,思用合钧天。

第 三 奏

元符传紫极,宝祚启高真。道德先垂裕,冲和已化淳。人风齐太
古,天瑞叶惟新。仙乐清都上,长明交泰辰。

登 歌

严禋展事,理洁烝尝。皇矣圣祖,德惟馨香。盛荐既撤,工歌载扬。
大来之庆,降福穰穰。

真 和

玉磬含香,金炉既馥。风驭泠泠,云坛肃肃。杳归大象,霈流嘉福。
俾宁万邦,无思不服。

德明兴圣庙乐章

《唐书·礼仪志》曰:明皇天宝二年三月,追尊皋繇为德明皇帝,凉武

　　昭王为兴圣皇帝。其庙乐,第一迎神,第二登歌、奠币,第三迎俎,第四酌
献,第五亚献、终献,第六送神。乐章并吏部侍郎李舒撰。

迎　神

元尊九德,佐尧光宅。烈祖太宗,方周作伯。响怀霜露,乐变金石。
白云清风,仿佛来格。

登 歌 奠 币

四时有典,百事来祭。尊祖奉宗,严禋大帝。礼先苍璧,奠币黝制。
于斯万年,熙成帝系。

迎　俎

盛牲实俎,涓选休成。鼎燖阳燧,玉盥阴精。有饛嘉豆,既和大
羹。侑以清乐,细齐人情。

德 明 酌 献

清庙奕奕,和乐雍雍。器尊牺象,礼属宗公。白水方裸,黄流在中。
谟明之德,万古清风。

兴 圣 酌 献

闷宫静谧,合乐周张。泰奠始献,百末重觞。震澹存诚,庶几迪尝。
遥源之祚,天汉灵长。

亚 献 终 献

惟清惟肃,靡闻靡见。举备九成,俯终三献。庆彰曼寿,胙彻嘉荐。
瘗玉埋牲,礼神斯遍。

送　神

元精回复,灵贶繁滋。风洒兰路,云摇桂旗。高丘缅邈,凉部逶迟。
瞻望靡及,缠绵永思。

仪坤庙乐章

　　《唐书·乐志》曰:仪坤庙乐。迎神用永和,次金奏;皇帝行用太和,酌

献、登歌用肃和,迎俎用雍和,肃明皇后室酌献用昭升,昭成皇后室酌献用坤贞,饮福用寿和,送文舞出、迎武舞入用舒和,武舞用安和,撤俎用雍和,送神用永和。

永　和　散骑常侍昭文馆学士徐彦伯作

猗若清庙,肃肃荥荥。国荐严祀,坤兴淑灵。有几在室,有乐在庭。临兹孝享,百禄惟宁。

金　奏　不详作者,一本无此章。

阴灵曜祉,轩曜降精。祥符淑气,庆集柔明。瑶俎既列,雕桐发声。徽猷永远,比德皇英。

太　和　左谕德昭文馆学士丘说作

孝哉我后,冲乎乃圣。道映重华,德辉文命。慕深视篚,情殷抚镜。万国移风,兆人承庆。

肃　和　太子洗马昭文馆学士张齐贤作

祼圭既灌,郁邑既陈。画幕云举,黄流玉醇。仪充献酌,礼盛众禋。地察惟孝,愉焉飨亲。

雍　和　大中大夫昭文馆学士郑善玉作

酌郁既灌,芬萧方爇。笾豆静器一作嘉,簠簋芬苾。鱼腊荐美,牲牷表洁。是戢是将,载迎载列。

昭　升　礼部尚书昭文馆学士薛稷作

阳灵配德,阴魄昭升。尧坛凤下,汉室龙兴。佪天作对,前旒是凝。化行南国,道盛西陵,造舟集灌,无德而称。我粢既絜,我醴既澄。阴阴灵庙,光灵若凭。德馨惟享,孝思烝烝。

坤　贞　不详作者

乾道既亨,坤元以贞。肃雍攸在,辅佐斯成。外睦九族,内光一庭。克生睿哲,祚我休明。钦若徽范,悠哉淑灵。建兹清宫,于彼上京。

缩茅以献，絜秬惟馨。实受其福，期乎一作斯千亿龄。

寿　和 太子詹事崇文馆学士徐坚作

於穆清庙，肃雍严祀。合福受釐，介以繁〔祉〕(社)。

舒　和 银青光禄大夫崇文馆学士胡雄作

送文迎武递参差，一始一终光圣仪。四海生人歌有庆，千龄孝享肃无亏。

安　和 秘书少监崇文馆学士刘子玄作

妙算申帷幄，神谋及庙庭。两阶文物备，七德武功成。校猎长杨苑，屯军细柳营。将军献凯入，歌舞溢重城。

雍　和 银青光绿大夫崇文馆学士员半千作

孝享云毕，惟彻有章。云感玄羽，风凄素商。瞻望神座，祗恋匪遑。礼终乐阕，肃雍锵锵。

永　和 金紫光绿大夫崇文馆学士祝钦明作

閟宫实实，清庙微微。降格无象，馨香有依。式昭纂庆，方融嗣徽。明禋是享，神保聿归。

仪坤庙乐章

《唐书·乐志》曰：太乐又有仪坤庙乐章，与前略同。而有迎神送神二章，无徐彦伯祝钦明之词。

迎　神

月灵降德，坤元授光。娥英比秀，任姒均芳。瑶台荐祉，金屋延祥。迎神有乐，歆此嘉芗。

送　神

玉帛仪大，金丝奏广。灵应有孚，冥征不爽。降彼休福，歆兹禋享。送乐有章，神麾其上。

昭德皇后庙乐章

《唐书·乐志》曰：昭德皇后庙，迎神用永和，登歌、酌鬯用肃和，迎俎
用雍和，酌献用坤元，饮福用寿和，送文舞出、迎武舞入用舒和，武舞用凯
安，撤俎用雍和，送神用永和，其词内出。

永　和

穆清庙，荐严禋。昭礼备，和乐新。望灵光，集元辰。祚无极，享万
春。

肃　和

诚心达，娱乐分。升箫背，郁氛氲。茅既缩，鬯既薰。后来思，福如
云。

雍　和

我将我享，尽明而诚。载芬黍稷，载涤牺牲。懿矣元良，万邦以贞。
心乎爱敬，若睹容声。

坤　元

於穆先后，丽圣称崇。母临万宇，道〔被〕(备)六宫。昌时协庆，理内
成功。殷荐明德，传芳国风。

寿　和

工祝致告，徽音不遏。酒醴咸旨，馨香具嘉。受釐献祉，永庆邦家。

舒　和

金枝羽部彻清歌，瑶台肃穆笙磬罗。谐音遍响合明意，万类昭融灵
应多。

凯　安

辰位列四星，帝功参十乱。进贤勤内辅，扈跸清多难。承天厚载
均，并耀宵光灿。留徽蔼前躅，万古披图焕。

雍　和

公尸既起,享礼载终。称歌进彻,尽敬餥衷。泽流惠下,大小咸同。

永　和

昭事终,幽享馀。移月御,返仙居。璇庭寂,灵帷虚。顾裴回,感皇储。

全唐诗卷一五

郊庙歌辞

让皇帝庙乐章 吏部侍郎李舒撰

迎 神

皇矣天宗，德先王季。因心则友，克让以位。爰命有司，式遵前志。
神其降灵，昭飨祀事。

奠 币

惟帝时若，去而上仙。祀用商舞，乐备宫悬。白璧加荐，玄纁告虔。
子孙拜后，承兹吉蠲。

迎 俎

祀盛体荐，礼协粢盛。方周假庙，用鲁纯牲。捧彻祇敬，击拊和鸣。
受釐归胙，既戒而平。

酌 献

八音具举，三寿既盟。洁兹宗彝，瑟彼圭瓒。兰肴重错，椒醑飘散。
降胙维城，永为藩翰。

亚 献 终 献

秩礼有序，和音既同。九仪不忒，三揖将终。孝感藩后，相维辟公。
四时之典，永永无穷。

送　神

奠献已事，昏昕载分。风摇雨散，灵卫绷缊。龙驾帝服，上腾五云。泮宫复闼，寂寞无闻。

享隐太子庙乐章

《唐书·乐志》曰：贞观中享隐太子庙乐。迎神用诚和，登歌、奠玉帛用肃和，迎俎用雍和，送文舞出、迎武舞入用舒和，武舞用凯安，送神用诚和，词同迎神。

诚　和

道闶鹤关，运缠鸠里。门集大命，俾歆嘉祀。礼亚六瑚，诚殚二簋。有诚颙若，神斯戾止。

肃　和

岁肇春宗，乾开震长。瑶山既寂，戾园斯享。玉肃其事，物昭其象。弦诵成风，笙歌合响。

雍　和

明典肃陈，神居邃启。春伯联事，秋官相礼。有来雍雍，登歌济济。缅维主鬯，庶歆芳醴。

舒　和

三县已判歌钟列，六佾将开羽戚分。尚想燕飞来蔽日，终疑鹤影降凌云。

凯　安

天步昔将开，商郊初欲践。抚戎金阵廓，贰极瑶图阐。鸡戟遂崇仪，龙楼期好善。弄兵嚣震业，启圣隆嗣典。

隐太子庙乐章

《唐书·乐志》曰：太乐旧有隐太子庙迎送神辞二章，不详所起。

迎　神

苍震有位,黄离蔽明。江充祸结,戾据灾成。衔冤昔痛,赠典今荣。
享灵有秩,奉乐以迎。

送　神

皇情悼往,祀议增设。钟鼓铿锵,羽旄昭晰。掌礼云备,司筵告彻。
乐以送神,灵其鉴阕。

享章怀太子庙乐章

《唐书·乐志》曰:神龙初享章怀太子庙乐章,第一迎神,第二登歌、酌
鬯,第三迎俎及酌献,第四送文舞出、迎武舞入,第五武舞作,第六送神。
词同隐庙。

迎　神

副君昭象,道应黄离。铜楼备德,玉裕成规。仙气霭霭,灵从师师。
前驱戾止,控鹤来仪。

登　歌　酌　鬯

忠孝本著,羽翼先成。寝门昭德,驰道为程。币帛有典,容卫无声。
司存既肃,庙享惟清。

迎　俎　酌　献

通三锡胤,明两承英。太山比赫,伊水闻笙。宗祧是寄,礼乐其亨。
嘉辰荐俎,以发声明。

送文舞迎武舞

羽籥崇文礼以毕,干戚奋武事将行。用舍蒵来其有致,壮志宣威乐
太平。

武　舞　作

绿林炽炎历,黄虞格有苗。沙尘惊塞外,帷幄命嫖姚。七德干戈

止,三边云雾消。宝祚长无极,歌舞盛今朝。

享懿德太子庙乐章

《唐书·乐志》曰:神龙初享懿德太子庙乐章,第一迎神,第二登歌、酌
鬯,第三迎俎及酌献,第四送文舞出、迎武舞入,第五武舞作,第六送神。
词同隐庙。

迎 神

甲观昭祥,画堂升位。礼绝群后,望尊储贰。启诵惭德,庄丕掩粹。
伊浦凤翔,缑峰鹤至。

登 歌 酌 鬯

誉阐元储,寄崇明两。玉裕虽晦,铜楼可想。弦诵辍音,笙歌罢响。
币帛言设,礼容无爽。

迎 俎 酌 献

雍雍盛典,肃肃灵祠。宾天有圣,对日无期。飘飖羽服,掣曳云旗。
眷言主鬯,心乎怆兹。

送文舞迎武舞

八音协奏陈金石,六佾分行整礼容。沧溟赴海还称少,素月开轮即
是重。

武 舞 作

隋季昔云终,唐年初启圣。纂戎将禁暴,崇儒更敷政。威略静三
边,仁恩覃万姓。

享节愍太子庙乐章

《唐书·乐志》曰:景云中享节愍太子庙乐章,第一迎神,第二登歌、酌
鬯,第三迎俎及酌献,第四送文舞出、迎武舞入,第五武舞作,第六送神。
词同隐庙。

迎　神

储后望崇，元良寄切。寝门是仰，驰道不绝。仙袂云会，灵旗电晰。煌煌而来，礼物攸设。

登歌酌鬯

灼灼重明，仰承元首。既贤且哲，惟孝与友。惟孝虽遥，灵规不朽。礼一作祀因诚致，备絜玄酒。

迎俎酌献

嘉荐有典，至诚莫骞。画梁云亘，雕俎星连。乐器周列，礼容备宣。依稀如在，若未宾天。

送文舞出迎武舞入

邕邕阐化凭文德，赫赫宣威藉武功。既执羽旄先拂吹，还持玉戚更挥空。

武舞作

武德谅雍雍，由来扫寇戎。剑光挥作电，旗影列成虹。雾廓三边静，波澄四海同。睿图今已盛，相共舞皇风。

享文敬太子庙乐章

请　神 许孟容作

觞牢具品，管磬有节。祝道贪恭，神仪昭晰。桐圭早贵，象辂追设。声达乐成，降歆丰洁。

登　歌 陈京作

歌以德发，声以乐贵。乐善名存，追仙礼异。鸾旌拱修，凤鸣合吹。神听皇慈，仲月皆至。

迎俎酌献 冯伉作

撰日瞻景，诚陈乐张。礼容秩秩，羽舞煌煌。肃将涤濯，祗荐芬芳。

永锡繁祉,思深飨尝。

送文舞迎武舞 不详作者

干旄羽籥相亏蔽,一进一退殊行缀。昔献三雍盛礼容,今陈六佾崇
仪制。

亚 献 终 献 崔邠作

醴齐泛尊彝,轩县动干戚。入室俨如在,升阶虔所历。奋疾合威
容,定利舒皦绎。方崇庙貌礼,永被君恩锡。

送 神 张荐作

三献具举,九旗将旋。追劳表德,罢享宾天。风引仙管,堂虚画筵。
芳馨常在,瞻望悠然。

享惠昭太子庙乐章

请 神 归登作

嘉荐既陈,祀事孔明。闲歌在堂,万舞在庭。外则尽物,内则尽诚。
凤笙如闻,歌其洁精。

登 歌 杜羔作

因心克孝,位震遗芬。宾天道茂,轸怀气分。发祗乃祀,咳叹如闻。
二歌斯升,以咏德薰。

迎 俎 酌 献 李逢吉作

既洁酒醴,聿陈熟腥。肃将震念,昭格储灵。展矣礼典,薰然德馨。
愔愔管磬,亦具是听。

送文舞出迎武舞入 孟简作

喧喧金石容既缺,肃肃羽驾就行列。缑山遗响昔所闻,庙庭进旅今
攸设。

亚 献 终 献 裴度作

重轮始发祥,齿胄方兴学。冥然升紫府,铿尔荐清乐。奠斝致馨

香,在庭纷羽籥。礼成神既醉,仿佛猴山鹤。

送　神　王涯作

威仪毕陈,备乐将阕。苞茅酒缩,肯萧香彻。宫臣展事,肃雍在列。迎精送往,厥鉴昭晰。

武后崇先庙乐章 载本集

先德谦抏冠昔,严规节素超今。奉国忠诚每竭,承家至孝纯深。追崇惧乖尊意,显号恐玷徽音。既迫王公屡请,方乃俯遂群心。有限无由展敬,莫醻每阙亲斟。大礼虔申典册,蘋藻敬荐翘襟。

褒德庙乐章

　　《唐书·乐志》曰:神龙中,中宗为皇后韦氏祖考立庙,曰褒德。其庙乐,迎神用昭德,登歌用进德,俎入、初献用褒德,次武舞作、亚献及送神用彰德,词并内出。

昭　德

道赫梧宫,悲盈蒿里。爰赐徽烈,载敷嘉祀。享洽四时,规陈二簋。灵应昭格,神其庆止。

进　德

涂山懿戚,妫汭崇姻。祠筵肇启,祭典方申。礼以备物,乐以感神。用隆敦叙,载穆彝伦。

褒　德

家著累仁,门昭积善。瑶篚既列,金县式展。

武　舞　作

昭昭竹殿开,奕奕兰宫启。懿范隆丹掖,殊荣辟朱邸。六佾荐徽容,三簋陈芳醴。万石覃贻厥,分珪崇祖祢。

彰　德

名隆五岳,秩映三台。严祠已备,〔睟〕(晬)影方回。

舞曲歌辞

功成庆善乐舞词

一曰九功舞,殿庭朝会所奏文舞也。《新唐书·礼乐志》曰:太宗生于武功之庆善宫。贞观六年幸之,宴从臣,赏赐闾里,同汉沛宛。帝欢甚,赋诗。吕才被之管弦,名曰《功成庆善乐》。以童儿六十四人,冠进德冠,紫袴褶长袖,漆髻屐履而舞。《旧书·乐志》曰:庆善乐,太宗所造也,名九功之舞,舞蹈安徐,以象文德洽而天下安乐也。冬正享宴,及国有大庆,与七德舞偕奏于庭。

寿丘惟旧迹,鄷邑乃前基。粤余承累圣,悬弧亦在兹。弱龄逢运改,提剑郁匡时。指麾八荒定,怀柔万国夷。梯山盛入款,驾海亦来思。单于陪武帐,日逐卫文棍。端扆朝四岳,无为任百司。霜节明秋景,轻冰结水湄。芸黄遍原隰,禾颖积京坻。共乐还谯宴,欢此大风诗。

中和乐舞词

《唐会要》曰:贞元十四年,德宗以中和节,自制中和舞,舞中成八卦。又叙其舞曰:朕以中春之首纪为令节,象中和之容,作中和之舞。按此曲盖因继天诞圣乐而作也。

芳岁肇佳节,物华当仲春。乾坤既昭泰,烟景含氤氲。德浅荷玄觊,乐成思治人。前庭列钟鼓,广殿延群臣。八卦随舞意,五音转曲新。顾非咸池奏,庶协南风薰。式宴礼所重,浃欢情必均。同和谅在兹,万国希可亲。

凯 乐 歌 辞

《唐书·乐志》曰:唐制,凡命将出征,有大功,献俘馘,其凯乐用铙吹二部,乐器有笛、筚篥、箫、笳、铙、鼓,(歌七种)迭奏破阵乐等四曲。一破阵乐,二应圣期,三驾圣欢,四君臣同庆乐。初,太宗平东都,破宋金刚,其后苏定方执贺鲁,李勣平高丽,皆备军容凯歌以入,而贞观显庆开元礼并无仪注。太常旧有破阵乐应圣期两曲歌词,至太和三年,始具仪注,又补撰二曲为四曲云。

破 阵 乐

受律辞元首,相将讨叛臣。咸歌破阵乐,共赏太平人。

应 圣 期

圣德期昌运,雍熙万宇清。乾坤资化育,海岳共休明。辟土欣耕稼,销戈遂偃兵。殊方歌帝泽,执贽驾升平。

贺 圣 欢

四海皇风被,千年德水清。戎衣更不著,今日告功成。

君臣同庆乐

主圣开昌历,臣忠奉大猷。君看偃革后,便是太平秋。

全唐诗卷一六

郊庙歌辞

梁郊祀乐章

《五代会要》曰:梁开平二年正月,太常奏定郊庙乐曲。南郊降神奏庆和之乐,舞崇德之舞;皇帝行奏庆顺,奠玉币、登歌奏庆平,迎俎奏庆肃,酌献奏庆熙,饮福酒奏庆隆,送文舞、迎武舞奏庆融,亚献、终献奏庆休,送神奏庆和。

庆　和　赵光逢撰辞

就阳位,升圆丘。佩双玉,御大裘。膺天命,拥神休。万灵感,百禄遒。

秉黄钺,建朱旗。震八表,清二仪。帝业显,王道夷。受景命,启皇基。

开九门,怀百神。通肸蚃,接氤氲。明粢荐,广乐陈。奠嘉璧,燎芳薪。

膺宝图,执左契。德应天,圣飨帝。荐表衷,荷灵惠。寿万年,祚百世。

惟德动天,有感必通。秉兹一德,禋于六宗。钦膺宝命,恭肃礼容。来顾来享,永穆皇风。

天惟佑德,辟乃奉天。交感斯在,昭事罔愆。岁功已就,王道无偏。

于焉报本,是用告虔。

庆　顺

圣皇庚止,天步舒迟。乾乾睿相,穆穆皇仪。进退必肃,陟降是祇。
六变克协,万灵协随。

庆　平

天命降鉴,帝德惟馨。享祀不忒,礼容孔明。奠璧布币,荐神献精。
神祐以答,敷锡永宁。

庆　肃 张荟撰词

笾豆簠簋,黍稷非馨。懿兹彝器,厥德惟明。金石匏革,以和以平。
繇此无体一作疆,期乎永宁。

庆　熙

哲后躬享,旨酒斯陈。王恭无斁,严祀维寅。皇祖以配,大孝以振。
宜锡景福,永休下民。

庆　隆

恭祀上帝,于国之阳。爵醴是荷,鸿基永昌。

庆　融

道和气兮袭氤氲,宣皇规兮彰圣神。服遐裔兮敷质文,格苗扈兮息
烟尘。

庆　休

大业来四夷,仁风和万国。白日体无私,皇天辅有德。七旬罪已
服,六月师方克。伟哉帝道隆,终始常作则。

庆　和

烟燎升,礼容彻。诚感达,人神悦。灵贶彰,圣情结。玉座寂,金炉
歇。

周郊祀乐章

《五代史·乐志》曰:太祖广顺元年,边蔚议改汉十二成为十二顺之
乐。祭天神奏昭顺之乐,祭地祇奏宁顺之乐,祭宗庙奏肃顺之乐,登歌、
奠玉帛奏感顺之乐,皇帝行及临轩奏治顺之乐,王公出入、送文舞、迎武
舞奏忠顺之乐,皇帝食举奏康顺之乐,皇帝受朝、皇后入宫奏雍顺之乐,
皇太子轩悬出入奏温顺之乐,正至皇帝礼会登歌奏礼顺之乐,郊庙俎入
奏禋顺之乐,酌献、饮福奏福顺之乐,祭孔宣父、齐太公,降神同用礼顺之
乐,三公升降及行同用忠顺之乐,享藉田同用宁顺之乐。

昭　顺　乐

五兵勿用,万国咸安。告功圆盖,受命云坛。乐鸣凤律,礼备鸡竿。
神光欲降,众目遐观。

治　顺　乐

羽卫离丹阙,金轩赴泰坛。珠旗明月色,玉佩晓霜寒。黼黻龙衣
备,琼璜宝器完。百神将受职,宗社保长安。

感　顺　乐

明君陈大礼,展币祀圆丘。雅乐声齐发,祥云色正浮。

禋　顺　乐

黄彝将献,特牲预迎。既修昭事,潜达明诚。

福　顺　乐

相承五运,取法三才。大礼爰展,率土咸来。卿云秘室,甘泉宝台。
象樽初酌,受福不回。

福　顺　乐

昊天成命,邦国盛仪。多士齐列,六龙载驰。坛升泰一,乐奏咸池。
高明祚德,永致昌期。

福顺乐

上天垂景贶，哲后举鸾觞。明德今方祚，邦家万世昌。

忠顺乐

木铎敷音文德昌，朱干成列武功彰。雷鼗鹭羽今休用，玉戚相参正发扬。

武舞乐

圭瓒方陈礼，干旄乃象功。成文非羽籥，猛势若罴熊。

昭顺乐

云门孤竹，苍璧黄琮。既祀天地，克配祖宗。虔修盛礼，仰答玄功。神归碧落，神降无穷。

梁太庙乐舞辞

《五代会要》曰，梁开平二年正月，太常奏定享太庙乐。迎神舞开平之舞，迎俎奏庆肃之乐，酌献奏庆熙，饮福酒奏庆隆，送文舞、迎武舞奏庆融，亚献、终献奏庆休。《唐馀录》曰：梁宗庙乐，迎神奏开平舞，次皇帝行，次帝盥，次登歌。献肃祖奏大合之舞，恭祖奏象功之舞，宪祖奏来仪之舞，列祖奏昭德之舞，次饮福，次撤豆，次送神。

开平舞

黍稷馨，醴醉清。牲牷洁，金石铿。恭祀事，结皇情。神来格，歌颂声。

皇帝行

莫高者天，攀跻弗克。陟天有方，累仁积德。祖宗隆之，子孙履之。配天明祀，永永孝思。

帝盥

庄肃莅事，周旋礼容。裸鬯严洁，穆穆雍雍。

登　歌

於赫我皇,建中立极。动以武功,静以文德。昭事上帝,欢心万国。
大报严禋,四海述职。

大　合　舞

於穆皇祖,浚哲雍熙。美溢中夏,化被南陲。后稷累德,公刘创基。
肇兴九庙,乐合来仪。

象　功　舞

天地合德,睿圣昭彰。累赠太傅,俄登魏王。雄名不朽,奕叶而光。
建国之兆,君临万方。

来　仪　舞

於赫帝命,应天顺人。亭育品汇,宾礼一作穆百神。洪基永固,景命
惟新。肃恭孝享,祚我生民。

昭　德　舞

肃肃文考,源浚派长。汉称诞季,周实生昌。奄有四海,超彼百王。
笙镛迭奏,礼物荧煌。

饮　福

戛玉拟金永颂声,柷丝孤竹和且清。灵歆醉止牺象盈,自天降福千
万龄。

撤　豆

笙镛洋洋,庭燎煌煌。明星有烂,祝史下堂。〔笾〕(蓬)豆斯撤,礼容
有章。克勤克俭,无怠无荒。

送　神

其降无从,其往无踪。黍稷非馨,有感必通。赫奕令德,仿佛睟容。
再拜慌忽,遐想昊穹。

后唐宗庙乐舞辞

《唐馀录》曰：后唐并用唐乐，无所变更，惟别造六室舞辞。懿祖室奏昭德之舞，献祖室奏文明之舞，太祖室奏应天之舞，昭宗室奏永平之舞，庄宗室奏武成之舞，明宗室奏雍熙之舞。

昭 德 舞

懿彼明德，赫赫煌煌。名高闉域，功著旗常。道符休泰，运叶祺祥。庆传万祀，以播耿光。

文 明 舞

帝业光扬，皇图翕赫。圣德孔彰，神功不测。信及豚鱼，恩沾动植。懿范鸿名，传之万亿。

应 天 舞

晋国肇兴，雄图再固。黼黻帝道，金玉王度。皇天无亲，惟德是辅。载诞英明，永光圣祚。

永 平 舞

庆传瓒祚，位正瑶图。功宣四海，化被八区。静彰帝道，动合乾符。千秋万祀，永荷昭苏。

武 成 舞 崔居俭撰词

艰难王业，返正皇唐。先天再造，却日重光。汉绍世祖，夏资少康。功成德茂，率祀无疆。

雍 熙 舞 卢文纪撰词

仁君御宇，寰海谧清。运符武德，道协文明。九成式叙，百度惟贞。金门积庆，玉叶传荣。

汉宗庙乐舞辞

《五代史·乐志》曰：汉宗庙酌献乐舞，文祖室奏灵长之舞，德祖室奏积善之舞，翼祖室奏显仁之舞，显祖室奏章庆之舞，高祖室奏观德之舞。《唐馀录》曰：高祖追尊四祖庙，且远引汉之二祖为六室。张昭因傅会其礼，乃曰太祖高皇帝创业垂统室，奏武德之舞。世祖光武皇帝再造丕基室，奏大武之舞，自如其旧。而大武即用东平王苍词云。

武德舞

明明我祖，天集休明。神母夜哭，彤云昼兴。笾豆有践，管籥斯登。孝孙致告，神其降灵。

灵长舞

天降祥，汉祚昌。火炎上，水灵长。建庙社，洁蒸尝。罗钟石，俨珩璜。陈玉豆，酌金觞。气昭感，德馨香。祗洛汭，瞻晋阳。降吾祖，福穰穰。

积善舞

黍稷斯馨，祖德惟明。蛇告赤帝，龟谋大横。云行雨施，天成地平。造我家邦，斡我璿衡。陶匏在御，醍盎惟精。或戛或击，载炮载烹。饮福受胙，舞降歌迎。滔滔不竭，洪惟水行。

显仁舞

运极金行谢，天资水德隆。礼神鄗畤馆，布政未央宫。诘旦备明祀，登歌答茂功。云轩临降久，星俎荐陈丰。霭霭沉檀雾，锵锵环佩风。荧煌升藻藉，肸蚃转珠栊。尊祖咸韶备，贻孙书轨同。京坻长有积，宗社享无穷。

章庆舞

罘罳晓唱鸡人，三牲八簋斯陈。雾集瑶阶琐闼，香生绮席华茵。珠佩貂珰熠爚，羽旄干戚纷纶。酌鬯既终三献，凝旒何止千春。阿阁长栖彩凤，郊宫叠奏祥麟。赤伏英灵未泯，玄圭运祚重新。玉斝牺樽潋滟，龙旂凤辖逡巡。瞻望月游冠冕，犹疑苍野回轮。

观　德　舞 张昭撰词

高庙明灵再启图，金根玉辂幸神都。巢阿丹凤衔书命，入昴飞星献宝符。正换熏弦娱赤子，忽登仙驾泣苍梧。荐樱鹤馆箛箫咽，酌鬯金楹剑佩趋。星俎云罍兼鲁礼，朱干象箾杂巴渝。氤氲龙麝交青琐，仿佛锡銮下蕊珠。荐豆奉觞亲玉几，配天合祖耀璿枢。受釐饮酒皇欢洽，仰俟馀灵泰九区。

周宗庙乐舞辞

《唐馀录》曰：周宗庙乐，降神奏肃顺，皇帝行奏治顺，献信祖室奏肃雍之舞，僖祖室奏观成之舞，太祖室奏明德之舞，世宗室奏定功之舞，酌献、登歌奏感顺，迎俎奏裸顺，饮福奏福顺，送文舞、迎武舞奏忠顺，武舞奏善顺，撤俎奏礼顺，送神奏肃顺。

肃　顺

我后至孝，祗谒祖先。仰瞻庙貌，凤设宫悬。朱弦疏越，羽舞回旋。神其来格，明祀惟虔。

治　顺

清庙将入，衮服是依。载行载止，令色令仪。永终就养，空极孝思。瞻望如在，顾复长违。

肃　雍　舞

周道载兴，象日之明。万邦咸庆，百谷用成。於穆圣祖，祗荐鸿名。祀于庙社，陈其牺牲。进旅退旅，皇武之形。一倡三叹，朱弦之声。以妥以侑，既和且平。至诚潜达，介福攸宁。

章　德　舞

清庙新，展严禋。恭祖德，厚人伦。雅乐荐，礼器陈。俨皇尸，列虞宾。神如在，声不闻。享必信，貌惟夤。想龙服，奠牺樽。礼既备，庆来臻。

善　庆　舞

卜世长,帝祚昌。定中国,服四方。修明祀,从旧章。奏激楚,转清商。罗俎豆,列簠簋。歌累累,容皇皇。望来格,降休祥。祝敢告,寿无疆。

观　成　舞

穆穆王国一作皇图,奕奕神功。毖祀载展,明德有融。彝樽斯满,簠簋斯丰。纷绤旄一作旌羽,锵洋磬钟。或升或降,克和克同。孔惠之礼,必肃之容。锡以纯嘏,祚其允恭。神保是飨,万世无穷。

明　德　舞

惟彼岐阳,德大流光。载造周室,泽及遐荒。於铄圣祖,上帝是皇。乃圣乃神,知微知彰。新庙奕奕,丰年穰穰。取彼血膋,以往蒸尝。黍稷惟馨,笾豆大房。工祝致告,受福无疆。

咸　顺

万舞咸列,三阶克清。贯珠一倡,击石九成。盈觞虽酌,灵坐无形。永怀我祖,达其孝诚。

禋　顺

旨酒既献,嘉殽乃迎。振其鼗鼓,洁以铏羹。肇禋肇祀,或炮或烹。皇尸俨若,保飨是明。

福　顺

新庙奕奕,金奏洋洋。享于祖考,循彼典章。清酤特满,嘉玉腾光。神醉既告,帝祉无疆。

忠　顺

称文既表温柔德,示武须成蹈厉容。缀兆疾舒皆应节,明明我祖乐无穷。

善　胜　舞

《五代史·乐志》曰:周广顺元年,改郊庙朝会舞名,乃改汉治安为政

　　和之舞,振德为善胜之舞,观象为崇德之舞,讲功为象成之舞。
圣祖累功,福钟来裔。持羽执干,舞文不废。

禋　顺

礼毕祀先,香散几筵。罢舞干戚,收撤豆笾。

肃　顺

乐奏四顺,福受万年。神归碧天,庭馀瑞烟。

晋朝飨乐章

　　《五代会要》曰:晋天福四年十二月,太常奏正至王公上寿。皇帝举
酒奏玄同之乐,皇帝三饮,皆奏文同之乐;食举奏昭德之舞,次奏成功之
舞;皇帝降坐奏大同之乐,其辞并崔棁等造。《唐馀录》曰:天福五年十一
月冬至,朝群臣。举觯奏玄同,三爵、登歌奏文同,四爵、登歌作,群臣饮,
宫县乐作,又奏龟兹及霓裳法曲,以须食毕。于时众闻龟兹法曲,雅郑杂
糅,固已非之。明年正旦上寿,登歌发声,悲离烦惣,如虞殡薤露之音,观
者以为不祥。

初举酒文同乐

赫矣昌运,明哉圣王。文兴坠典,礼复旧章。鸳鸾济济,鸟兽跄跄。
一人有庆,万福无疆。

举　酒

大明御宇,至德动天。君臣庆会,礼乐昭宣。剑佩成列,金石在悬。
椒觞再献,宝历万年。

再举酒

朝野无事,寰瀛大康。圣人有作,盛礼重光。万国执玉,千官奉觞。
南山永固,地久天长。

四举酒

八表欢无事,三秋贺有成。照临同日远,渥泽并云行。河变千年

色,山呼万岁声。愿修封岱礼,方以称文明。

群臣酒行歌

剑佩俨如林,齐倾拱北心。渥恩颁美禄,咸涘听和音。一德君臣
合,重瞳日月临。歌时兼乐圣,唯待赞泥金。

万国咸归禹,千官共祝尧。拜恩瞻凤扆,倾耳听云韶。运启金行
远,时和玉烛调。酒酣齐抃舞,同贺圣明朝。

令节陈高会,群臣侍御筵。玉墀留爱景,金殿霭祥烟。振鹭涵天
泽,灵禽下乐悬。圣明无一事,何处让尧年。

周朝飨乐章

《唐馀录》曰:周元正冬至明飨乐。公卿入奏忠顺,皇帝坐奏治顺,群
臣上寿奏福顺,皇帝举寿酒、登歌奏康顺,群臣降阶、公卿出并奏忠顺。

忠　顺

岁迎更始,节及朝元。冕旒仰止,冠剑相连。八音合奏,万物齐宣。
常陈盛礼,愿永千年。

忠　顺

明君当宁,列辟奉觞。云容表瑞,日影初长。衣冠济济,钟磬洋洋。
令仪克盛,嘉会有章。

治　顺

庭陈大乐,坐当太微。凝旒负扆,端拱垂衣。鸳鸾成列,簪组相辉。
御炉香散,郁郁霏霏。

福　顺

圣皇端拱,多士输忠。蛮觞共献,臣心毕同。声齐嵩岳,祝比华封。
千龄万祀,常保时雍。

康　顺

鸿钧广运,嘉节良辰。列辟在位,万国来宾。干旌屡舞,金石咸陈。

礼容既备,帝履长春。

忠　　顺

礼成三爵,乐毕九成。共离金扆,复列彤庭。

忠　　顺

明庭展礼,为龙为光。咸韶息韵,鹓鹭归行。

晋昭德成功舞歌

《唐馀录》曰:晋天福五年,诏有司复修正至朝会二舞之制,以文舞为昭德之舞,武舞为成功之舞。十一月冬至,遂奏之。于时二舞久废,众喜于复兴,而乐工舞员杂取教坊以满之。声节靡曼,缀兆合节,而无远促迟速之累。及明年正旦再奏,声容蹐厉,进退无列,议者非之。《五代史·乐志》曰:文舞六十四人,左手执籥,右手执翟,冠进贤冠,服黄纱袍,白妙中单,皂领襟,白练襈裆,白布大口袴,革带,乌皮履,白布袜。武舞六十四人,左手执干,右手执戚,服弁平巾帻金支,绯丝布大袖,绯丝布裲裆,甲金饰,白练襈裆,锦腾蛇起梁带,豹文大口布袴,乌皮靴。

昭德舞歌二首

圣代修文德,明庭举旧章。两阶陈羽籥,万舞合宫商。剑佩森鸳鹭,箫韶下凤凰。我朝青史上,千古有辉光。

淮海干戈戢,朝廷礼乐施。白驹皆就絷,丹凤复来仪。德备三苗格,风行万国随,小臣同百兽,率舞贺昌期。

武功舞歌二首

拨乱资英主,开基自晋阳。一戎成大业,七德焕前王。炎汉提封远,姬周世祚长。朱干将玉戚,全象武功扬。

睿算超前古,神功格上圆。百川留禹迹,万国戴尧天。既已橐弓矢,诚宜播管弦。跄跄随鸟兽,共乐太平年。

全唐诗卷一七

乐府杂曲

鼓吹曲辞

汉有朱鹭等二十二曲，列于鼓吹，谓之铙歌。魏使缪袭改其十二曲，而十曲并仍旧名。是时吴亦使韦昭改制十二曲，其十曲亦因之。晋傅玄制二十二曲，惟二曲之名不改〔汉旧〕（旧汉）。宋齐并用汉曲，又充庭十六曲。梁高祖乃去其四，留其十二。北齐二十曲皆改古名。后周革前代鼓吹制为十五曲。隋制列鼓吹为四部。唐则又增为五部，部各有曲。

朱 鹭 张籍

翩翩兮朱鹭，来泛集作浴春塘栖绿树。羽毛如剪色如染，远飞欲下双翅敛。避人引子入深莛，动处水纹开滟滟。谁知豪家网尔躯，不如饮啄江海隅。

艾 如 张 李贺

锦襜褕，绣裆襦，强强集无下强字饮啄哺尔雏。陇东卧穟满风雨，莫信一作逐龙媒陇西去。齐人一作入织网如素空，张在野春集作田平碧中。网丝漠漠无形影，误尔触之伤首红。艾叶绿花谁剪刻，中藏祸机不可测。

上 之 回 卢照邻

回中道路险，萧关烽候多。五营屯北地，万乘出西河。单于拜玉
玺，天子按雕戈。振旅汾川曲，秋风横大歌。

同　前 李白

三十六离宫，楼台与天通。阁道步行月，美人愁烟空。恩疏宠不
及，桃李伤春风。淫乐意何极，金舆向回中。万乘出黄道，千旗扬
彩虹。前军细柳北，后骑甘泉东。岂问渭川老，宁邀襄野童。秋暮
一作但慕瑶池宴，归来乐未穷。

同　前 李贺

上之回，大旗喜。悬虹彗集作云，挞凤尾。剑匣破，舞蛟龙。蚩尤
死，鼓逢逢。天高庆雷齐坠地，地无惊烟海千里。

战 城 南 卢照邻

将军出紫塞，冒顿在乌贪。笳喧雁门北，阵翼龙城南。雕弓夜宛
转，铁骑晓参潭。应须驻白日，为待战方酣。

同　前 李白

去年战桑干源，今年战葱河道。洗兵条支海上波，放马天山雪中
草。万里长征战，三军尽衰老。匈奴以杀戮为耕作，古来唯见白骨
黄沙田。秦家筑城备胡处，汉家还有烽火燃。烽火燃不息，征战一
作长征无已时。野战格斗死，败马号鸣向天悲。乌鸢啄人肠，衔飞
上挂枯树枝一作上枯枝。士卒涂草莽，将军空尔为。乃知兵者是凶
器，圣人不得已而用之。

同　前　刘驾

城南征战多,城北无饥鸦。白骨马蹄下,谁言皆有家。城前水声苦,倏忽流万古。莫争城外地,城里有闲土。

同　前　二　首　僧贯休

万里桑干傍,茫茫古蕃壤。将军貌憔悴,抚剑悲年长。胡兵尚陵逼,久住亦非强。邯郸少年辈,个个有伎俩。拖枪半夜去,雪片大如掌。

碛中_{一作石}有阴兵,战马时惊蹶。轻猛李陵心,摧残苏武节。黄金锁子甲,风吹色如铁。十载不封侯,茫茫向谁说。

巫　山　高　郑世翼

巫山凌太清,岩峣类削成。霏霏暮雨合,霭霭朝云生。危峰入鸟道,深谷泻猿声。别有幽栖客,淹留攀桂情。

同　前　二　首　沈佺期

巫山峰十二,环合_{集作合沓}隐昭回。俯眺琵琶峡,平看云雨台。古槎天外倚,瀑水日边来。何忽啼猿夜,荆王枕席开。

神女向高唐,巫山下夕阳。裴回作行雨,婉娈逐荆王。电影江前落,雷声峡外长。霁云无处所,台馆晓苍苍。

同　前　卢照邻

巫山望不极,望望下朝氛_{集作氛}。莫辨啼猿树,徒看神女云。惊涛乱水脉,骤雨暗峰文。沾裳即此地,况复远思君。

同 前 张循之

巫山高不极，沓一作合沓状奇新。暗谷疑风雨，幽岩若鬼神。月明三峡曙集作晓，潮满二集作九江春。为问阳台夕集作客，应知入梦人。

同 前 刘方平

楚国巫山秀，清猿日夜啼。万重春树合，十二碧峰齐。峡出朝云下，江来暮雨西。阳台归路直，不畏向家迷。

同 前 皇甫冉

巫峡见巴东，迢迢半出空。云藏神女馆，雨到楚王宫。朝暮泉声落，寒暄树色同。清猿不可听，偏在九秋中。

同 前 李端

巫山十二峰，皆在碧虚中。回合云藏日集作月，霏微雨带风。猿声寒过水集作涧，树色暮连空。愁向高唐望，清秋见楚宫。

同 前 于濆

何山无朝云，彼云亦悠扬。何山无暮雨，彼雨亦苍茫。宋玉恃才者，凭云构高唐。自重集作垂文赋名，荒淫归楚襄。峨峨十二峰，永作妖鬼乡。

同 前 二 首 孟郊

巴山上峡重复重，阳台碧峭十二峰。荆王猎时逢暮雨，夜卧高丘梦神女。轻红流烟湿艳姿，行云飞去明星稀。目极魂断望不见，猿啼三声泪沾衣。

见尽数万里,不闻三声猿。但飞萧萧雨,中有亭亭魂。千载楚襄一作王恨,遗文宋玉言。至今青冥里集作晴明天,云结深闺门。

同　前 李贺

碧丛丛,高一作齐插天,大江翻澜神曳烟。楚魂寻梦风飔一作飙然,晓风飞雨生苔钱。瑶姬一去一千年,丁香筇竹啼老猿。古祠近月蟾桂寒,椒花坠红湿云间一作端。

同　前 僧齐己

巫山高,巫女妖,雨为暮兮云为朝,楚王憔悴魂欲销。秋猿嗥嗥日将夕,红霞紫烟凝老壁。千岩万壑花皆坼,但恐芳菲无正色。不知今古行人行,几人经此无秋情。云深庙远不可觅,十二峰头插天碧。

将　进　酒 李白

君不见黄河之水天上来,奔流到海不复回。君不见高堂明镜悲白发,朝如青丝暮成雪。人生得意须尽欢,莫使金尊空对月。天生我材必有用,千金散尽还复来。烹羊宰牛且为乐,会须一饮三百杯。岑夫子,丹丘生,将进酒,杯一作君莫停。与君歌一曲,请君为我侧耳听。钟鼓馔玉不足贵,但愿长醉不复醒。古来圣贤一作贤达皆寂寞,惟有饮者留其名。陈王昔时宴平乐,斗酒十千恣欢谑。主人何为言少钱,径须酤取一作酒对君酌。五花马,千金裘,呼儿将出换美酒,与尔同销万古愁。

同　前 元稹

将进酒,将进酒,酒中有毒鸩主父,言之主父伤主母。母为姜地父妾天,仰天俯地不忍言。佯为僵踣主父前,主父不知加妾鞭。旁人知妾为主说,主将泪洗鞭头血。推摧_{集作椎}主母牵下堂,扶妾遣升堂上床。将进酒,酒中无毒令主寿,愿主回思_{一作恩}归主母,遣妾如此事_{一作由}主父。妾为此事人偶知,自惭不密方自悲。主今颠倒安置妾,贪天僭地谁不为。

同　前 李贺

琉璃钟,琥珀浓,小槽酒滴真珠红。烹龙炮凤玉脂泣,罗屏绣幕围香风。吹龙笛,击鼍鼓,皓齿歌,细腰舞。况是青春日将暮,桃花乱落如红雨。劝君终日酩酊醉,酒不到刘伶坟上土。

君　马　黄 李白

君马黄,我马白,马色虽不同,人心本无隔。共作游冶盘,双行洛阳陌。长剑既照曜,高冠何赩赫。各有千金裘,俱为五侯客。猛虎落陷阱,壮夫时屈厄。相知在急难,独好亦_{一作知}何益。

芳　树 沈佺期

何地早芳菲,宛在长门殿。夭桃色若绶,秾李光如练。啼鸟弄花疏,游蜂饮香遍。叹息春风起,飘零君不见。

同　前 卢照邻

芳树本多奇,年华复在斯。结翠成新幄,开红满旧_{集作故}枝。风归花历乱,日度影参差。容色朝朝落,思君君不知。

同　前 徐彦伯

玉花珍簟上,金缕画屏开。晓月怜筝柱,春风忆镜台。筝柱春风吹晓月,芳树落花朝暝歇。藁砧刀头未有时,攀条拭泪坐相思。

同 前 韦应物

迢迢芳园树,列映清池曲。对此伤人心,还如故时绿。风条洒馀
霭,露叶承新旭。佳人不再攀,下有往来躅。

同 前 元稹

芳树已寥落,孤英尤可嘉。可怜团团叶,盖覆深深花。游蜂竞攒
刺,斗雀亦纷拏。天生细碎物,不爱好光华。非无牙旷法,念尔有
生涯。春雷一声发,惊燕亦惊蛇。清池养神蔡,已复长虾蟆。雨露
贵平施,吾其春草芽。

同 前 罗隐

细蕊集作蕚慢逐风,暖香闲破鼻。青帝固有心,时时动人集作漏天意。
去年高枝犹压地,今年低枝已憔悴,吾所以见造化之权,变通之理。
春夏作头,秋冬为尾,循环反复无穷已。今集作人生长短同一轨,若
使威可以制,力可以止,秦皇不肯敛手下沙丘,孟贲不合低头入蒿
里。伊人强猛犹如此,顾我劳生何足恃。但愿开素袍,倾绿蚁,陶
陶兀兀大醉于青冥集作宵白昼间。任他上是天,下是地。

有 所 思 沈佺期

君子事行役,再空芳岁期。美人旷延伫,万里浮云思。园槿绽红
艳,郊桑柔绿滋。坐看长夏晚,秋月生集作照罗帏。

同 前 李白

我思仙一作佳人,乃在碧海之东隅。海寒多天风,白波连山一作天倒

蓬壶。长鲸喷涌不可涉,抚心茫茫泪如珠。西来青鸟东飞去,愿寄
一书谢麻姑。

同　前 孟郊

桔槔烽火昼不灭,客路迢迢信难越。古镇刀攒万片霜,寒江浪起千
堆雪。此时西去定如何,空使南心远凄切。

同　前 卢仝

当时我醉美人家,美人颜色娇如花。今日美人弃我去,青楼珠箔天
之涯。天涯娟娟常娥月,三五二八盈又缺。翠眉蝉鬓生别离,一望
不见心断绝。心断绝,几千里,梦中醉卧巫山云,觉来泪滴湘江水。
湘江两岸花木深,美人不见愁人心。含愁更奏绿绮琴,调高弦绝无
知音。美人兮美人,不知为暮雨兮为朝云,相思一夜梅花发,忽到
窗前疑是君。

同　前 韦应物

借问江集作堤上柳,青青为谁春。空游昨日地,不见昨日人。缭绕
万家井,往来车马尘。莫道无相识,要非心所亲。

同　前 刘氏云

朝亦有所思,暮亦有所思。登楼望君处,蔼蔼浮云飞。集作蔼蔼萧关
道。浮云遮却阳关道,向晚谁知妾怀抱。集作掩泪向浮云,谁知妾怀抱。
玉井苍苔春集作青院深,桐花落地集作尽无人扫。

雉　子　班 李白

辟邪伎作鼓吹惊,雉子班之奏曲成,喔咿振迅欲飞鸣。扇锦翼,雄

风生，双雌同饮啄，趑悍谁能争。乍向草中耿介死，不求黄金笼下生。天地至广大，何惜遂物情。善卷让天子，务光亦逃名。所贵旷士怀，朗然合太清。

临 高 台 褚亮

高台暂俯临，飞翼耸轻音。浮光随日度，漾影逐波深。迥瞰周平野，开怀畅远襟。独此三休上，还伤千岁心。

同 前 王勃

临高台，高台迢递绝浮埃，瑶轩绮构何崔嵬，鸾歌凤吹清且哀。俯瞰长安道，萋萋御沟草，斜对甘泉路，苍苍茂陵树。高台四望同，帝乡佳气郁葱葱。紫阁丹楼纷照曜，璧房锦殿相玲珑。东弥长乐观，西指未央宫。赤城映朝日，绿树摇春风。旗亭百队开新市，甲第千甍分戚里。朱轮翠盖不胜春，叠树层一作重楹相对起。复有青楼大道中，绣户文窗雕绮栊。锦衣昼集作衾夜不襞，罗帏夕集作书未空。歌屏朝掩翠，妆镜晚窥红。为吾集作君安宝髻，蛾眉罢花丛。狭路尘间黯将暮，云间月色明如素。鸳鸯池上两两飞，凤凰楼下双双度。物色正如此，佳期那不顾。银鞍绣毂盛繁华，可怜今夜宿倡家。倡家少妇不须嚬，东园桃李片时春。君看旧日高台处，柏梁铜雀生黄尘。

同 前 僧贯休

凉风吹远念，使我升高台。宁知数片云，不是旧山来。故人天一涯，久客殊未回。雁来不得书，空寄声哀哀。

黄 雀 行 庄南杰

穿屋穿墙不知止，争树争巢入营死。林间公子挟弹弓，一丸致毙花丛里。小雏黄口未有知，青天不解高高飞。虞人设网当要路，白日啾嘲祸万机。

钓 竿 篇 沈佺期

朝日敛红烟，垂竿向绿川。人疑天上坐，鱼似镜中悬。避楫时惊透，猜钩每误牵。湍危不理辖，潭静欲留船。钓玉君徒尚，征金我未贤。为看芳一作方饵下，贪得会无全集作筌。

凯 歌 六 首 岑参

天宝中，回纥寇边，〔封〕常清出师征之。及破播仙，奏捷献凯，乃作凯歌。

汉将承恩西破戎，捷书先奏未央宫。天子预开麟阁待，只今谁数贰师功。

官军西出过楼兰，营幕傍临月窟寒。蒲海晓霜凝剑集作马尾，葱山夜雪扑旌竿。

鸣笳擂集作叠鼓拥回军，破国平蕃昔未闻。大夫鹊印摇边月，天集作大将龙旗掣海云。

月落辕门鼓角鸣，千群面缚出蕃城。洗兵鱼海云迎阵，秣马龙堆月照营。

蕃军遥见汉家营，满谷连山遍哭声。万箭千刀一夜杀，平明流血浸空城。

暮雨旌旗湿未干，胡尘集作烟白草日光寒。昨夜将军连晓战，蕃军只见马空鞍。

鼓吹铙歌 柳宗元

按此十二曲史书不载，疑宗元私作而未尝奏，或虽奏而未尝用，故不
被于歌。

晋 阳 武

《晋阳武》，言隋乱既极，唐师起晋阳，平奸豪，为生人义主，以仁兴武
也。第一。

晋阳武，奋义威。炀之渝，德焉归。氓毕屠，绥者谁。皇烈烈，专天
机。号以仁，扬其旗。日之升，九土晞。斥田圻，流洪辉。有其二，
翼馀隋。斩枭鹜，连熊螭。枯以肉，勅者羸。后土荡，玄穹弥。合
之育，莽然施。惟德辅，庆无期。

《晋阳武》二十六句，句三字。

兽 之 穷

《兽之穷》，言李密自邙山之败，其下皆贰。霸王之业，知天授在唐，
遂归于有道，享我爵命也。第二。

兽之穷，奔大麓。天厚黄德，狙犷服。甲之櫜弓，弭矢箙。皇旅靖，
敌逾蹙。自亡其徒，匪予戮。屈赟猛，虔栗栗。縻以尺组，啖以秩。
黎之阳，土茫茫。富兵戎，盈仓箱。乏者德，莫能享。驱豺兕，授我
疆。

《兽之穷》二十二句，其十八句句三字，四句句四字。

战 武 牢

《战武牢》，言太宗师讨王充，窦建德助逆，师奋击武牢下，擒之，遂降
充也。第三。

战武牢，动河朔。逆之助，图掎角。怒毂觳，抗乔岳。翘萌牙，傲霜
雹。王谋内定，申掌握。铺施芟夷，二主缚。惮华戎，廓封略。命
之瞢，卑以断。归有德，唯先觉。

《战武牢》十八句,其十六句句三字,二句句四字。

泾 水 黄

《泾水黄》,言薛举据泾以死,其子仁杲尤勇以暴,师平之也。第四。

泾水黄,陇野茫。负太白,腾天狼。有鸟鸷立,羽翼张。钩喙决前,钜_{一作距}趯傍;怒飞饥啸,翮不可当。老雄死,子复良。巢岐饮渭,肆翱翔。顿地纮,提天纲。列缺掉帜,招摇耀铓。鬼神来助,梦嘉祥。脑涂原野,魂飞扬。星辰复,恢一方。

《泾水黄》二十四句,其十五句句三字,九句句四字。

奔 鲸 沛

《奔鲸沛》,言辅氏凭江淮,竟东海,命将平之也。第五。

奔鲸沛,荡海垠。吐霓翳日,腥浮云。帝怒下顾,哀垫昏。〔授〕(受)以神柄,推元臣。手援天矛,截修鳞。披攘蒙霜,开海门。地平水静,浮天垠_{集作根}。羲和显耀,乘清氛。赫炎溥畅,融大钧。

《奔鲸沛》十八句,其十句句三字,八句句四字。

苞 栎

《苞栎》,言梁之馀,保荆衡巴巫,穷南越,良将取之,不以师也。第六。

苞栎黩矣,惟根之蟠。弥巴蔽荆,负南极以安。曰我旧梁氏,辑绥艰难。江汉之阻,都邑固以完。圣人作,神武用,有臣勇智,奋不以众。投迹死地,谋猷纵。化敌为家,虑则中。浩浩海裔,不威而同。系缧降王,定厥功。澶漫万里,宣唐风。蛮夷九译,咸来从。凯旋金奏,象形容。震赫万国,罔不龚。

《苞栎》二十八句,其十六句句四字,三句句五字,九句句三字。

河 右 平

《河右平》,言李轨保河右,师临之不克变,或执以降也。第七。

河右澶漫,顽为之魁。王师如雷震,昆仑以颓。上聋下聪,鸷不可回。助仇抗有德,惟人之灾。乃溃乃奋,执缚归厥命。万室蒙其仁,一夫则病。濡以鸿泽,皇之圣。威畏德怀,功以定。顺之于理,物咸遂厥性。

《河右平》十八句,其十一句句四字,五句句五字,二句句三字。

铁 山 碎

《铁山碎》,言突厥之大,古夷狄莫强焉,师大破之,降其国,告于庙也。第八。

铁山碎,大漠舒。二虏劲,连穹庐。背北海,专坤隅。岁来侵边,或傅于都。天子命元帅,奋其雄图。破定襄,降魁渠。穷竟窟宅,斥余吾。百蛮破胆,边氓苏。威武辉耀,明鬼区。利泽弥万祀,功不可逾。官臣拜手,惟帝之谟。

《铁山碎》,二十二句,其十一句句三字,九句句四字,二句句五字。

靖 本 邦

《靖本邦》,言刘武周败裴寂,咸有晋地,太宗灭之也。第九。

本邦伊晋,惟时不靖。根柢之摇,枝叶攸病。守臣不任,勚于神圣。惟钺之兴,翦焉则定。洪惟我理,式和以敬。群顽既夷,庶绩咸正。皇谟载大,惟人之庆。

《靖本邦》十四句,句四字。

吐 谷 浑

《吐谷军》,言李靖灭吐谷浑于西海上也。第十。

吐谷浑盛强,背西海以夸。岁侵扰我疆,退匿险且遐。帝谓神武师,往征靖皇家。烈烈旆其旗,熊虎杂龙蛇。王旅千万人,衔枚默无哗。束刃逾山徼,张翼纵漠沙。一举刈膻腥,尸骸积如麻。除恶务本根,况敢遗萌芽。洋洋西海水,威命穷天涯。系虏来王都,犒乐穷休嘉。登高望还师,竟野如春华。行者靡不归,亲戚谨要遮。凯旋献清庙,万国思无邪。

《吐谷浑》二十六句,句五字。

高　昌

《高昌》,言李靖灭高昌也。第十一。

麴氏雄西北,别绝臣外区。既恃远且险,纵傲不我虞。烈烈王者师,熊螭以为徒。龙旂翻海浪,驲骑驰坤隅。贲育搏婴儿,一扫不复馀。平沙际天极,但见黄云驱。臣靖执长缨,智勇伏囚拘。文皇南面坐,夷狄千群趋。咸称天子神,往古不得俱。献号天可汗,以覆我国都。兵戎不交害,各保性与躯。

《高昌》二十二句,句五字。

东　蛮

《东蛮》,言既克东蛮,群臣请图蛮夷状,如《周书·王会》也。第十二。

东蛮有谢氏,冠带理海中。已言我异世,虽圣莫能通。王卒如飞翰,鹏鷞骇群龙。轰然自天坠,乃信神武功。系虏君臣人,累累来自东。无思不服从,唐业如山崇。百辟拜稽首,咸愿图形容。如周王会书,永永传无穷。睢盱万状乖,咿嗢九译重。广轮抚四海,浩浩知皇风。歌诗铙鼓间,以壮我元戎。

《东蛮》二十二句,句五字。

全唐诗卷一八

横吹曲辞

横吹曲，其始亦谓之鼓吹，马上奏之，盖军中之乐也。其后分为二部，有箫笳者为鼓吹，用之朝会道路，亦以给赐；有鼓角者为横吹，用之军中。自隋以后，始以横吹与鼓吹列为四部，以供大驾及皇太子王公等。唐制，太常鼓吹令掌鼓吹施用调习之节，以备卤簿之仪，而分五部。一曰鼓吹部，其乐器有枹鼓、金钲、大鼓、小鼓、长鸣角、次鸣角六种。枹鼓一曲十叠，大鼓十五曲，严用三曲，警用十二曲。金钲无曲，以为鼓节。小鼓九曲，上马用一曲，严警用八曲。长鸣一曲三声，上马严警用之。中鸣一曲三声，用与长鸣同。二曰羽葆部，其乐器有歌、鼓、箫、笳、铙于五种，凡十八曲。三曰铙吹部，其乐器与羽葆部同，凡七曲。四曰大横吹部，其乐器有角、节、鼓笛、箫、笮篥、笳、桃皮笮篥七种，凡二十四曲。五曰小横吹部，其乐器有角、笛、箫、笮篥、笳、桃皮笮篥六种，其曲不见，疑同用大横吹曲也。凡大驾行幸，则夜警晨严。大驾夜警十二曲，中警七曲，晨严三通。皇太子夜警九曲，公卿以下夜警七曲，晨严并三通，夜警众一曲，转次而振也。

陇　头 张籍 一曰陇头水

陇头已集作路断人不行，胡骑夜入凉州城。汉家处处格斗死，一朝尽没陇西地。驱我边人胡中去，散放牛羊食禾黍。去年中国养子孙，今著毡裘学胡语。谁能更使李轻车，收取凉州属集作入汉家。

陇 头 吟 王维

长安少年游侠客,夜上戍楼看太白。陇头明月迥临关,陇上行人夜
吹笛。关西老将不胜愁,驻马听之双泪流。身经大小百馀战,麾下
偏裨万户侯。苏武才为典属国,节旄空尽落尽海西头。

同 前 翁绶

陇水潺湲陇树黄,征人陇上尽思乡。马嘶斜日朔风急,雁过寒云边
思长。残月出林明剑戟,平沙隔水见牛羊。横行俱足一作是封侯
者,谁斩楼兰献未央。

陇 头 水 杨师道

陇头秋月明,陇水带关城。笛添离别曲,风送断肠声。映雪峰犹
暗,乘冰马屡惊。雾中寒雁至,沙上转蓬轻。天山传羽檄,汉地急
征兵。阵开都护道,剑聚伏波营。于兹觉无度,方共濯胡缨。

同 前 卢照邻

陇坂高无极,征人一望乡。关河别去水,沙塞断归肠。马系千年
树,旌悬九月霜。从来共呜咽,皆是为勤王。

同 前 王建

陇水何年陇头别,不在山中亦呜咽一作呜亦咽。征人塞耳马不行,未
到陇头闻水声。谓是西流入蒲海,还闻北海一作去绕龙城。陇东陇
西多屈曲,野麋饮水长簇簇。胡兵夜回水傍住,忆著来时磨剑处。
向前无井复无泉,放马回看陇头树。

同　前 于濆

借问陇头水,终年恨何事。深疑呜咽声,中有征人泪。昨日上山下,达曙不能寐。何处接长波,东流入清渭。集本前四句与罗隐诗全同。

同　前 僧皎然

陇头心欲绝,陇水不堪闻。碎影摇枪垒,寒声咽帐军。素从盐海积,绿带柳城分。日落天边望,逶迤入塞云。
秦陇逼氐羌,征人去未央。如何幽咽水,并欲断君肠。西注悲穷漠,东分忆故乡。旅魂声搅乱,无梦到辽阳。

同　前 鲍溶

陇头水,千古不堪闻。生归苏属国,死别李将军。细响风凋草,清哀雁落云。

同　前 罗隐

借问陇头水,年年恨何事。全疑呜咽声,中有征人泪。自古无长策,况我非深智。何计谢潺湲,一宵空不寐。

出　关 魏徵

中原还集作初逐鹿,投笔事戎轩。纵横计不就,慷慨志犹存。策杖谒天子,驱马出关门。请缨羁集作系南越,凭轼下东藩。郁纡陟高岫,出没望平原。古木吟寒鸟,空山啼夜猿。既伤千里目,还惊九折魂。岂不惮艰险,深怀国士恩。季布无二诺,侯嬴重一言。人生感意气,功名谁复论。

入 关 贾驰

河上微风来,关头树初湿。今朝关城吏,又见孤客入。上国谁与
期,西来徒自急。

同 前 张祜

都城连百二集作三百里,雄险北一作此回环。地势遥尊岳,河流侧让
关。秦皇曾虎视,汉祖亦集作昔龙颜。何事枭凶辈,干戈自不闲。

出 塞 窦威

匈奴屡不平,汉将欲纵横。看云方结阵,却月始连营。潜军渡马
邑,扬旆掩龙城。会勒燕然石,方传车骑名。

同 前 陈子昂

忽闻天上将,关塞重横行。始返楼兰国,还向朔方城。黄金装战
马,白羽集神兵。星月开天阵,山川列地营。晚风吹画角,春色耀
飞旌。宁知班定远,独集作犹是一书生。

同 前 张易之

侠客重恩光,骢集作骏马饰金装。暂闻传羽檄,驰突救边荒。转战
磨笄地,横行戴斗乡。将军占太白,小妇怨流黄。骘衰青丝骑,娉
婷红粉妆。一春莺度曲,八月雁成行。谁堪坐秋思,罗袖拂空床。

同 前 沈佺期

十年通大漠,万里出长平。寒日生戈剑,阴云摇旆旌。饥乌啼旧
垒,疲马恋空城。辛苦〔皋兰〕(兰皋)北,胡霜损汉兵。

同 前 王维

居延城外猎天骄,白草连天野火烧。暮云空碛时驱马,秋日平原好射雕。护羌校尉朝乘障,破虏将军夜渡辽。玉靶角弓珠勒马,汉家将赐霍嫖姚。

同 前 王昌龄

秦时明月汉时关,万里长征人未还。但使龙城飞将在,不教胡马度阴山。

白花垣上望京师,黄河水流无尽时。穷秋旷野行人绝,马首东来知是谁。

同 前 马戴

金带连环束战袍,马头冲雪度临洮。卷旗夜劫单于帐,乱斫胡兵集作儿缺宝刀。

前出塞九首 杜甫

戚戚去故里,悠悠赴交河。公家有程期,亡命婴祸罗。君已富土境,开边一何多。弃绝父母恩,吞声行负戈。

出门日已远,不受徒旅欺。骨肉恩岂断,男儿死无时。走马脱辔头,手中挑青丝。捷下万仞冈,俯身试搴旗。

磨刀鸣咽水,水赤刃伤手。欲轻肠断声,心绪乱已久。丈夫誓许国,愤惋复何有。功名图麒麟,战骨当速朽。

送徒既有长,远戍亦有身。生死向前去,不劳吏怒嗔。路逢相识人,附书与六亲。哀哉两决绝,不复同苦辛。

迢迢万馀里,领我赴三军。军中异苦乐,主将宁尽闻。隔河见胡骑，倏忽数百群。我始为奴仆，几时树功勋。

挽弓当挽强，用箭当用长。射人先射马，擒贼先擒王。杀人亦有限，列国自有疆。苟能制侵陵，岂在多杀伤。

驱马天雨雪，军行入高山。径危抱寒石，指落曾冰间。已去汉月远，何时筑城还。浮云暮南征，可望不可攀。

单于寇我垒，百里风尘昏。雄剑四五动，彼军为我奔。虏其名王归，系颈授辕门。潜身备行列，一胜何足论。

从军十年馀，能无分寸功。众人贵苟得，欲语羞雷同。中原有斗争，况在狄与戎。丈夫四方志，安可辞固穷。

后出塞五首 杜甫

男儿生世间，及壮当封侯。战伐有功业，焉能守旧丘。召募赴蓟门，军动不可留。千金买马鞭一作鞍，百金装刀头。闾里送我行，亲戚拥道周。斑白居上列，酒酣进庶羞。少年别有赠，含笑看吴钩。

朝进东门营，暮上河阳桥。落日照大旗，马鸣风萧萧。平沙列万幕，部伍各见招。中天悬明月，令严夜寂寥。悲笳数声动，壮士惨不骄。借问大将谁，恐是霍嫖姚。

古人重守边，今人重高勋。岂知英雄主，出师亘长云。六合已一家，四夷且孤军。遂使猰虎士，奋身勇所闻。拔剑击大荒，日牧一作收胡马群。誓开玄冥北，持以奉吾君。

献凯日继踵，两蕃静无虞。渔阳豪侠地，击鼓吹笙竽。云帆转辽海，粳稻来东吴。越罗与楚练，照耀舆台躯。主将位益崇，气骄陵上都。边人不敢议，议者死路衢。

我本良家子，出师亦多门。将骄益愁思，身贵不足论。跃马二十年，恐辜明主恩。坐见幽州骑，长驱河洛昏。中夜间道归，故里但空村。恶名幸脱免，穷老无儿孙。

出 塞 皇甫冉

吹角出塞门,前瞻即胡地。三军尽回首,皆洒望乡泪。转念关山长,行看风景异。由来征戍客,各负集作负得轻生义。

同 前 王之涣

黄砂直集作河远上白云间,一片孤城万仞山。羌笛何须怨杨柳,春光不度玉门关。

同 前 耿〔沣〕(纬)

汉家边事重,窦宪出临戎。绝漠秋山在,阳关旧路通。列营依茂草,吹角向高风。更就燕然石,看铭破集作行看奏虏功。

同 前 张籍

秋塞雪初下,将军远出师。分营长记火,放马不收旗。月冷边帐湿,沙昏夜探迟。征人皆白首,谁见灭胡时。

同 前 刘驾

胡风不开花,四气多作雪。北人尚冻死,况我本南越。古来犬羊地,巡狩无遗辙。九土耕不尽,武皇犹征伐。中天有高阁,图画何时歇。坐恐塞上山,低于砂中骨。

出 塞 曲 刘济

将军在重围,音信绝不通。羽书如流星,飞入甘泉宫。倚是并州儿,少年心胆雄。一朝随召募,百战争王公。去年桑干北,今年桑乾东。死是征人死,功是将军功。汗马牧秋月,疲兵卧霜风。仍闻左贤王,更欲图云中。

同　前 于鹄

微雪将军集作军将出,吹箈天未明。观兵登古戍,斩将对双旌。分阵瞻山势,潜军集作兵制马鸣。如今新集作青史上,已有灭胡名。

单于骄爱猎,放火到军城。待集作乘月调新弩集作马,防秋置远营。

空山朱戟影,寒碛铁衣声。逢著降集作度水逢胡说,阴山有伏兵。

同　前 僧贯休

扫尽狂胡迹,回戈集作头望故关。相逢唯死斗,岂易得生还。纵宴参胡乐,收兵过雪山。不封十万户,此事亦应闲。

玉帐将军意,殷勤把酒论。功高宁在我,阵没与招魂。塞色干戈束,军容喜气屯。男儿今始是,敢出玉关门。

回首陇山头,连天草木秋。圣君应入梦,半路遣封侯。水不担阴雪,柴令倒戍楼。归来麟阁上,春色满皇州。

入　塞 刘希夷

将军陷虏围,边务息戎机。霜雪交河尽,旌旗入塞飞。晓光随马度,春色伴人归。课绩朝明主,临轩拜武威。

入　塞　曲 耿〔沣〕(纬)

将军带十围,重锦制戎衣。猿臂销弓力,虬须长剑威。首登平乐宴,新破大宛归。楼上姝姬笑,门前问客稀。暮烽玄菟急,秋草紫骝肥。未奉君王诏,高槐昼掩扉。

同　前 _{僧贯休}

单于烽火动，都护去天涯。别赐黄金甲，亲临白玉墀。塞垣须静
谧，师旅审安危。定远条支宠，如今胜古时。

方见将军贵，分明对冕旒。圣恩如远被，狂虏不难收。臣节唯期
死，功勋敢望侯。终辞修里第，从此出皇州。

百里精兵动，参差便渡辽。如何好白日，亦照此天骄。远树深疑
贼，惊蓬迥似雕。凯歌何日唱，碛路共天遥。

同　前 _{沈彬}

欲为皇王服远戎，万人金甲鼓鼙中。阵云暗塞三边黑，兵血愁天一
片红。半夜翻营旗搅月，深秋防戍剑磨风。谤书未及明君燕，卧骨
将军已殁功。

苦战沙间卧箭痕，戍楼闲上望星文。生希国泽分偏将，死夺河源答
圣君。鸢觑败兵眠白草，马惊边鬼哭阴云。功多地远无人纪，汉阁
笙歌日又曛。

折杨柳 _{卢照邻}

　　《唐书·乐志》曰：梁乐府有胡吹歌，即鼓角横吹曲《折杨柳》是也。按
　古乐府又有《小折杨柳》，相和大曲有《折杨柳行》，清商四曲有《月节折杨
　柳歌》十三曲，与此不同。

倡楼启曙扉，园_{集作杨}柳正依依。鸟鸣知岁隔，条变识春归。露叶
疑啼脸_{集作愁黛}，风花乱舞衣。攀折聊将寄，军中书_{集作音}信稀。

同　前 _{沈佺期}

玉窗朝日映，罗帐春风吹。拭泪攀杨柳，长条宛地垂。白花飞历

乱,黄鸟思参差。妾自肝肠断,旁人那得知。

同　前 乔知之

可怜濯濯春杨柳,攀折将来就纤手。妾容与此同盛衰,何必君恩独
能久。

同　前 刘宪

沙塞三河道,金闺二月春。碧烟杨柳色,红粉绮罗人。露叶怜啼
脸,风花思舞巾。攀持君不见,为听曲中新。

同　前 崔湜

二月风光半,三边戍不还。年华妾自惜,杨柳为君攀。落絮缘集作
萦衫袖,垂条拂髻鬟。那堪音信断,流涕望阳关。

同　前 韦承庆

万里边城地,三春杨柳节。叶似镜中眉,花如关外雪。征人远乡
思,倡妇高楼别。不忍掷年华,含情寄攀折。

同　前 欧阳瑾

垂柳拂妆台,葳蕤叶半开。年华枝上见,边思曲中来。嫩色宜新
雨,轻花伴落梅。朝朝倦攀折,征戍几时回。

同　前 张祜

红粉青楼曙,垂杨仲月春。怀君重攀折,非妾妒腰身。舞带萦丝
断,娇娥向叶嚬。横吹凡几曲,独自最愁人。

同　前 张九龄

纤纤折杨柳,持此寄情人。一枝何足贵,怜是故园春。迟景那能久,流芳不及新。更愁征戍客,鬓老边城尘。

同　前 余延寿

大道连国门,东西种杨柳。葳蕤君不见,袅娜垂来久。缘枝栖暝禽,雄去雌独吟。馀花怨春尽,微月起秋阴。坐望窗中蝶,起攀枝上叶。好风吹长条,婀娜何如妾。妾见柳园新,高楼四五春。莫吹胡塞一作笛曲,愁杀陇头人。

同　前 李白

垂杨拂绿水,摇艳一作艳裔东风年。花明玉关雪,叶暖金窗烟。美人结长恨集作想,想对集作对此心凄然。攀条折春色,远寄龙庭前一作龙沙边。

同　前 孟郊

杨柳多短枝,短枝多别离。赠远累集作屡攀折,柔条安得垂。青春有定节,离别无定时。但恐人别促,不怨来迟迟。莫言短枝条,中有长相思。朱颜与绿杨,并在别离期。
楼上春风过,风前杨柳歌。枝疏缘别苦,曲怨为年多。花惊燕地雪,叶映楚池波。谁堪别离此,征戍在交河。

同　前 李端

东城攀柳叶,柳叶低著草。少壮莫轻年,轻年有人集作衰老。柳发遍川岗,登高堪断肠。雨烟轻漠漠,何树近君乡。赠君折杨柳,颜色岂能久。上客莫沾巾,佳人正回首。新柳送君行,古柳伤君情。突兀临荒渡,婆娑出旧营。隋家两岸尽,陶宅五株平集作荣。日暮偏愁望,春山有鸟声。

同　前 翁绶

紫陌金堤映绮罗,游人处处动离歌。阴移古戍迷荒草,花带残阳落远波。台上少年吹白雪,楼中思妇敛青蛾。殷勤攀折赠行客,此去关山雨雪多。

望 行 人 王建

自从江树秋,日日上一作望江楼。梦见离珠浦,书来在桂州。不一作愿同鱼比目,终恨水分流。久不开明镜,多应是白头。

同　前 张籍

秋风窗下起,旅雁向南飞。日日出门望,家家行客归。无因见边使,空待寄寒衣。独闭集作倚青楼暮,烟深鸟雀稀。

关 山 月 卢照邻　按相和曲有《度关山》,亦类此也。

塞垣通碣石,虏障抵祁连。相思在万里,明月正孤悬。影移金岫北,光断玉门前。寄书集作言谢中妇,时看鸿雁天。

同　前 沈佺期

汉月生辽海,瞳昽出半晖。合昏玄兔一作菟郡,中夜白登围。晕落关山迥,光含霜霰微。将军听晓角,战马欲南归。

同　前 李白

明月出天山,苍茫云海间。长风几万里,吹度玉门关。汉下白登道,胡窥青海湾。由来征战地,不见有人还。戍客望边色一作邑,思归多苦颜。高楼当此夜,叹息未应闲。

同　前 长孙佐辅

凄凄还切切,戍客多离别。何处最伤心,关山见秋月。关月竟如何,由来远近过。始经玄兔一作菟塞,终绕白狼河。忽忆秦楼妇,流光应共有。已得并蛾眉,还知揽纤手。去岁照同行,比翼复连形。今宵照独立,顾影自茕茕。馀晖渐西落,夜夜看如昨。借问映旌旗,何如鉴帷幕。拂晓朔风悲,蓬惊雁不飞。几时征戍罢,还向月中归。

同　前 耿〔沣〕(纬)

月明边徼静,戍客望乡时。塞古柳衰尽,关寒榆发迟。苍苍万里道,戚戚十年悲。今夜青楼上,还应照一作有所思。

同 前 二 首 戴叔伦

月出照关山,秋风人未还。清光无远近,乡泪半书间。
一雁过连营,繁霜覆古城。胡笳在何处,半夜起边声。

同　前 崔融

月生西海上,气逐边风壮。万里度关山,苍茫非一状。汉兵开郡国,胡马窥亭障。夜夜闻悲笳,征人起南望。

同　前 李端

露湿月苍苍,关头榆叶黄。回轮照海远,分彩上楼长。水冻频移幕,兵疲数望乡。只应城影外,万里共如集作胡霜。

同　前 王建

关山月,营开道白前军发。冻轮当碛光悠悠,照见三堆两堆骨。边风割面天欲明,金莎一作沙岭西看看没。

同　前 张籍

秋月朗朗关山上,山中行人马蹄响。关山秋来雨雪多,行人见月唱边歌。海边漠漠天气白,胡儿夜度黄龙碛。军中探骑暮出城,伏兵暗处低旌戟。溪水连地集作天霜草平,野驼寻水碛中鸣。陇头风急雁不下,沙场苦战多流星。可怜万国关山道,年年战骨多秋草。

同　前 翁绶

裴回汉月满边州,照尽天涯到陇头。影转银河寰海静,光分玉塞古今愁。笳吹远戍孤烽灭,雁下平沙万里秋。况是故园摇落夜,那堪少妇独登楼。

同　前 鲍氏君〔徽〕(微)

高高秋月明,北照辽阳城。塞迥光初满,风多晕更生。征人望乡思,战马闻鞭惊一作声。朔风悲边草,胡沙昏一作暗虏营。霜疑匣中剑,风惫原上旌。早晚谒金阙,不闻刁斗声一作鸣。

洛　阳　道 于武陵

浮世若浮云,千回故复新。旋添青草冢,更有白头人。岁暮客将老,雪晴山欲春。行行车与马,不尽洛阳尘。

同　前 郑渥

客亭门外路东西,多少喧腾事不齐。杨柳惹鞭公子醉,纻麻掩泪鲁人迷。通宵尘土飞山月,是处经营夹御堤。顷刻知音几存殁,半回依约认轮蹄。

洛　阳　陌 李白

白玉谁家郎,回车渡天津。看花东上陌一作陌上,惊动洛阳人。

长　安　道 崔颢

长安甲第高入云,谁家居住霍将军。日晚朝回拥宾从,路傍拜揖集作揖拜何纷纷。莫言炙手手可热,须臾火尽灰亦灭。莫言贫贱即可欺,人生富贵自有时。一朝天子赐颜色,世上悠悠应始知。

同　前 孟郊

胡风激秦树,贱子风中泣。家家朱门开,得见不可入。长安十二衢,投树鸟亦急。高阁何人家,笙簧正喧吸。

同　前 顾况

长安道,人无衣,马无草,何不归来山中老。

同 前 聂夷中

此地无驻马，夜中犹走轮。所以路旁草，少于衣上尘。

同 前 韦应物

汉家宫殿含云烟，两宫十里相连延。晨霞出没弄丹阙，春雨依微自甘泉。春雨依微春尚早，长安贵游爱芳草。宝马横来下建章，香车却转避驰道。贵游谁最贵，卫霍世难比。何能蒙主恩，幸遇边尘起。归来甲第拱皇居。朱门峨峨临九衢，中有流苏合欢之宝帐，一百二十凤皇罗列含明珠。下有锦铺翠被之粲烂，博山吐香五云散。丽人绮阁情飘飖，头上鸳钗双翠翘，低鬟曳袖回春雪，聚黛一声愁碧霄。山珍海错弃藩篱，烹犊炰羔如折葵。既请列侯封部曲，还将金印授庐儿。欢荣若此何所苦，但苦白日西南驰。

同 前 白居易

花枝缺处青楼开，艳歌一曲酒一杯。美人劝我急行乐，自古朱颜不再来，君不见外州客，长安道，一回来，一回老。

同 前 薛能

汲汲复营营，东西连两京。关缠古若在，山岳累应成。各自有身事，不相知姓名。交驰喧集作兼众类，分散入重城。此路集作去去无尽，万方人始集作旋生。空馀片言苦，来往觅刘桢。

同 前 僧贯休

憧憧合合，八表一辙。黄尘雾合，车马火热。名汤风雨，利辗霜雪。千车万驮，半宿关月。上有尧禹，下有夔契。紫气银轮兮常覆金阙,仙掌捧日兮浊河澄澈。愚将草木兮有言,与华封人兮不别。

同　前 沈佺期

秦地平如掌,层城出集作入云汉。楼阁九衢春,车马千门旦。绿柳开复合,红尘聚还散。日晚斗鸡回,经过狭斜看。

梅 花 落 卢照邻

《梅花落》,本笛中曲也。按唐大角曲亦有《大梅花》、《小梅花》等曲。

梅岭花初发,天山雪未开。雪处疑花满,花边似雪回。因风入舞袖,杂粉向妆台。匈奴几万里,春至不知来。

同　前 沈佺期

铁骑几时回,金闺怨早梅。雪中一作寒花已落,风暖叶应开。夕逐新春管,香迎小岁杯。感集作盛时何足贵,书里报轮台。

同　前 刘方平

新岁芳梅树,繁苞集作花四面同。春风吹渐落,一夜几枝空。小集作少妇今如此,长城恨不穷,莫将辽海雪,来比后庭中。

紫 骝 马 卢照邻

骝马照金鞍,转战入皋兰。塞门风稍急,长城水正寒。雪暗鸣珂重,山长喷玉难。不辞横绝漠,流血几时干。

同　前 李白

紫骝行且嘶,双翻碧玉蹄。临流不肯渡,似惜锦障泥。白雪关山一作城远,黄云海树一作戍迷。挥鞭万里去,安得念一作变春闺。

同 前 李益

争场看斗鸡,白鼻紫骝_{一作骊嘶}。漳水春归晚,丛台日向低。歇鞍珠作汗,试剑玉如泥。为谢红梁燕,年年妾独栖。

同 前 秦韬玉

渥洼奇骨本难求,况是豪家重紫骝。髆大宜悬银压铐_{一作胯}。力浑欺却_{集作著}玉衔头。生狞弄影风随起_{集作步},躞蹀冲尘汗满沟。若遇丈夫皆调御_{集作能控驭},任从骑_{一作驱}取觅封侯。

骢 马 李群玉 _{一曰骢马驱}

浮云何权奇,绝足势_{一作世}未知。长嘶青_{集作清}海风,躞蹀振云丝。由来渥洼种,本是苍龙儿。穆满不再活,无人昆阆骑。君_{集作若}识跃峤怯,宁劳耀金羁。青刍与白水,空笑驽骀肥。伯乐傥一见,应惊耳长垂。当思八荒外,逐日向瑶池。

骢 马 曲 纪唐夫

连钱出塞蹋沙蓬,岂比当时御史骢。逐北自谙深碛路,连嘶谁念静边功。登山每与青云合,弄影应_{一作因}知碧草同。今日虏平将换妾,不如_{一作知}罗袖舞春风。

雨 雪 曲 李端

天山一丈雪,杂雨夜霏霏。湿马胡歌乱,经烽汉火微。丁零苏武别,疏勒范羌归。若著_{集作看}关头过_{集作下},长榆叶定稀。

同　前 翁绶

边声四合殷河流,雨雪飞来遍陇头。铁岭探人迷鸟道,阴山飞将湿貂裘。斜飘旌斾过戎帐,半杂风沙入戍楼。一自塞垣无李蔡,何人为解北门忧。

刘　生 卢照邻

刘生气不平,抱剑欲专征。报恩为豪侠,死难在横行。翠羽装剑鞘,黄金饰马缨。但令一顾重,不吝百身轻。

雍 台 歌 温庭筠

太子池南楼百尺,八一作入窗新树疏帘隔。黄金铺首画钩陈,羽葆亭童集作停幢拂交戟。盘纡阑楯临高台,帐殿临流鸾扇开。早雁声鸣细波起,映花卤簿龙飞回。

捉 搦 歌 张祜

门上关,墙上棘,窗中女子声唧唧,洛阳大道徒自直。女子心在婆舍侧,呜呜笼鸟触四隅。养男男娶妇,养女女嫁夫。阿婆六十翁七十,不知女子长日泣,从他嫁去无悒悒。

幽州胡马客歌 李白

幽州胡马客,绿眼虎皮冠。笑拂两只箭,万人不可干。弯弓若转月,白雁落云端。双双掉鞭行,游猎向楼兰。出门不顾后,报国死何难。天骄五单于,狼戾好凶残。牛马散北海,割鲜若虎餐。虽居燕支山,不道朔雪寒。妇女马上笑,颜如赪玉盘。翻入集作飞射鸟兽,花月醉雕鞍。旄头四光芒,争战若蜂攒。白刃洒赤血,流沙为之丹。名将古谁是，疲兵良可叹。何时天狼灭，父子得闲安一作安闲。

白 鼻 騧 李白

银鞍白鼻騧，绿地障泥锦。细雨春风花落时一作春风细雨落花时，挥鞭且一作直就胡姬饮。

同 前 张祜

为底胡姬酒，长来白鼻騧。摘莲抛水上，郎意在浮花。

全唐诗卷一九

相和歌辞

　　相和旧曲,丝竹更相和,执节者歌。本一部,魏明帝分为二,晋谓之清商三调。《唐书·乐志》曰:平调、清调、瑟调,皆周房中曲之遗声。又有楚调、侧调。楚调者,汉房中乐也;侧调者,生于楚调,与前三调总谓之相和。凡相和,其器有笙、笛、节歌、琴、瑟、琵琶、筝七种。

箜　篌　引 李贺

　　相和有四引:一曰箜篌引,二曰商引,三曰徵引,四曰羽引。古有六引,其宫引、角引二曲阙。宋唯箜篌引有辞。梁具五引,有歌有辞。

公乎公乎,提壶将焉如。屈平沉湘不足慕,徐衍入海诚为愚。公乎公乎,床有菅席盘有鱼,北里有贤兄,东邻有小姑,陇亩油油黍与葫,瓦瓯浊醪蚁浮浮一作瓦瓶浊酒醪蚁浮。黍可食,醪可饮,公乎公乎其奈居,被发奔流竟何如?贤兄小姑哭呜呜。

公　无　渡　河 李白　一曰箜篌引

黄河西来决昆仑,咆吼集作哮万里触龙门。波滔天,尧咨嗟,大禹理百川,儿啼不窥家。杀湍湮洪水,九州始蚕麻。其害乃去。茫然风沙,被发之叟狂而痴。清晨径集作临流欲奚为,旁人不惜妻止之,公无渡河苦渡之。虎可搏，河难凭，公果溺死流海湄，有长鲸白齿若雪山。公乎公乎，挂骨于其间，箜篌所悲竟不还。

同　前 王建

渡头恶天两岸远，波涛塞川如叠坂。幸无白刃驱向前，何用将身自弃捐。蛟龙啮尸集作骨鱼食血，黄泥直下无青天。男儿纵轻妇人语，惜君性命还须取。妇人无力挽断衣，舟沉身死悔难追。公无渡河公集作须字自为。

同　前 温庭筠

黄河怒浪连天来，大响谼谼如殷雷。龙伯驱风不敢上，百川喷雪高崔嵬。二十五集作三弦何太哀，请公勿渡立裴回。下有狂蛟锯为尾，裂帆截棹磨霜齿。神锥凿石塞神潭，白马趁趋赤尘起。公乎跃马扬玉鞭，灭没高蹄日千里。

同　前 王睿

浊波洋洋兮凝晓雾，公无渡河兮公苦集作竟渡。风号水激兮呼不闻，提壶看入兮中流去。浪摆衣裳兮随步没，沉尸深入兮蛟螭窟。蛟螭尽醉兮君血干，推出黄沙兮泛君骨。当时君死妾何适，遂就波澜合魂魄。愿持精卫衔石心，穷取河源塞泉脉。

江　南　曲 宋之问

妾住越城南，离居不自堪。采花惊曙鸟，摘叶喂春蚕。懒结茱萸带，愁安玳瑁簪。侍臣集作待君消瘦尽，日暮碧江潭。

同　前 刘眘虚

美人何荡漾，湖上风月集作日长。玉手欲有赠，裴回双鸣集作明珰。
歌声随渌水，怨色起朝集作青阳。日暮还家望，云波横洞房。

同　前 丁仙芝

长干斜路北，近浦是儿家。有意来相访，明朝出浣纱。发向横塘
口，船开值急流。知郎旧时意，且请拢船头。昨暝逗南陵，风声波
浪阻。入浦不逢人，归家谁信汝。未晓已成妆，乘潮去茫茫。因从
京口渡，使报邵陵王。始下芙蓉楼，言发琅邪岸。急为打船开，恶
许傍人见。集作截句五首。

同 前 八 首 刘希夷

暮宿南洲草，晨行北岸林。日悬沧海阔，水隔洞庭深。烟景无留
意，风波有异浔。岁游难极目，春戏易为心。朝夕无荣遇，芳菲已
满襟。

艳唱潮初落，江花露未晞。春洲惊翡翠，朱服弄芳菲。画舫烟中
浅，青阳日际微。锦帆冲浪湿，罗袖拂行衣。含情罢所采，相叹惜
流晖。

君为陇西客，妾遇江南春。朝游含灵果，夕采弄风蘋。果气时不
歇，蘋花日自新。以此江南物，持赠陇西人。空盈万里怀，欲赠竟
无因。

皓如楚江月，霭若吴岫云。波中自皎镜，山上亦氛一作氤氲。明月
留照妾，轻云持赠君。山川各离散，光气乃殊分。天涯一为别，江
北自集作不相闻。

舣舟乘潮去，风帆振草凉。潮平见楚甸，天际望维扬。洄溯经千

里,烟波接两乡。云明江屿出,日照海流长。此中逢岁晏,浦树落花芳。

暮春三月晴,维扬吴楚城。城临大江氾,回映洞浦清。晴云曲金阁,珠楼碧烟里。月明芳树群鸟飞,风过长林杂花起。可怜离别谁家子,于此一至情何已。

北堂红草盛丰茸,南湖碧水照芙蓉。朝游暮起金花尽,渐觉罗裳珠露浓。自惜妍华三五岁,已叹关山千万重。人情一去无还日,欲赠怀芳怨不逢。

忆昔江南年盛时,平生怨在长洲曲。冠盖星繁湘一作江水上,冲风摽落洞庭渌。落花舞袖红纷纷,朝霞高阁洗晴云。谁言此处婵娟子,珠玉为心以奉君。

同　前 于鹄

偶向江边采白蘋,还随女伴赛江神。众中不敢分明语,暗掷金钱卜远人。

同　前 李益

嫁得瞿塘贾,朝朝误妾期。早知潮有信,嫁与弄潮儿。

同　前 李贺

汀洲白蘋草,柳恽乘马归。江头楂树香,岸上蝴蝶飞。酒杯若叶露,玉轸蜀桐虚。朱楼通水陌,沙暖一双鱼。

同　前 李商隐

郎船安两桨,依舸动双桡。扫黛开宫额,裁裙约楚腰。乖期方积思,临醉欲拼娇。莫以采菱唱,欲羡秦台箫。

同　前 韩翃

长乐花枝雨点消，江城日暮好相邀。春楼不闭葳蕤锁，绿水回通宛转桥。

同　前 温庭筠

妾家白蘋浦，日上芙蓉楫。轧轧摇桨声，移舟入菱叶。溪长菱叶深，作底难相寻。避郎郎不见，鸂鶒自浮沉。拾萍萍无根，采莲莲有子。不作浮萍生，宁作集作为藕花死。岸傍骑马郎，乌帽紫游缰。含愁复含笑，回首问横塘。妾住金陵步集作浦，门前朱雀航。流苏持作帐，芙蓉持作梁。出入金犊幰，兄弟侍中郎。前年学歌舞，定得郎相许。连娟眉绕山，依约腰如杵。凤管悲若咽，鸾弦娇欲语。扇薄露红铅，罗轻压金缕。明月西南楼，珠帘玳瑁钩。横波巧能笑，弯蛾不识愁。花开子留树，草长根依土。早闻金沟远，底事归郎许。不学杨白花，朝朝泪如雨。

同　前 张籍

江南人家多橘树，吴姬舟上织白纻。土地卑湿饶虫蛇，连木为牌入江住。江村亥日长为市，落帆渡桥来浦里。青莎覆城竹为屋，无井家家饮潮水。长江午日酤春酒，高高酒旗悬江口。倡楼两岸悬水栅，夜唱竹枝留北客。江南风土欢乐多，悠悠处处尽经过。

同　前 罗隐

江烟湿雨鲛绡软，漠漠远山眉黛浅。水国多愁又有情，夜槽压酒银船满。绷丝采怨集作细柳摇烟凝晓空，吴王台榭春梦中。鸳鸯鸂鶒唤不起，平铺渌水眠东风。西陵路边月悄悄，油壁轻车嫁苏小。集作香车苏小小。

同　前 陆龟蒙

为爱江南春，涉江聊采蘋。水深烟浩浩，空对双车轮。车轮明月团，车盖浮云盘。云月徒自好，水中行路难。遥遥洛阳道，夹岸生春草。寄语棹船郎，莫夸风浪好。

同　前 陆龟蒙　广古辞为五解

鱼戏莲叶间，参差隐叶扇。鸡鹕鹕玛窥，潋滟无因见。
鱼戏莲叶东，初霞射红尾。傍临谢山侧，恰值清风起。
鱼戏莲叶西，盘盘舞波急。潜依曲岸凉，正对斜光入。
鱼戏莲叶南，欹危午烟叠。光摇越鸟巢，影乱吴娃楫。
鱼戏莲叶北，澄阳动微涟。回看帝子渚，稍背鄂君船。

度 关 山 李端

雁塞日初晴，胡 集作孤 关雪复平。危竿 集作楼 缘广漠，古窦傍长城。拔 集作拂 剑金星出，弯弧玉羽鸣。谁知系虏者，贾谊是书生。

关 山 曲 马戴

金锁 集作甲 耀兜鍪，黄云 集作金 拂紫骝。叛羌旗下戮，陷壁夜中收。霜霰戎衣故，关河碛气秋。箭创殊未合，更遣击兰州。
火发龙山北，中宵易左贤。勒兵临汉水，惊雁散胡天。木落防河急，军孤受敌偏。犹闻汉皇怒，按剑待开边。

登高丘而望远 李白

登高丘而 集无而字 望远海，六鳌骨已霜，三山流安在？扶桑半摧折，白日沉光彩。银台金阙如梦中,秦皇汉武空相待。精卫费木石,鼋鼍无所凭。君不见骊山茂陵尽灰灭,牧羊之子来攀登。盗贼劫宝玉,精灵竟何能。穷兵黩武今如此,鼎湖飞龙安可乘?

蒿　里　僧贯休

兔不迟,乌更急,但恐穆王八骏,著鞭不及。所以蒿里,坟出蕻蕻。气凌云天,龙腾凤集。尽为风消土吃,狐掇蚁拾。黄金不啼玉不泣,白杨骚屑。乱风愁月,折碑石人,莽秽榛没,牛羊窸窣。时见牧童儿,弄枯骨。

挽　歌　赵微明

寒日蒿上明,凄凄郭东路。素车谁家子,丹旐引将去。原下荆棘丛,丛边有新墓。人间痛伤别,此是长别处。旷野何萧条,青松白杨树。

同 前 二 首　于鹄

阴风吹黄蒿,挽歌渡秋水。车马却归城,孤坟月明里。
双辙出郭门,绵绵东西道。送死多于生,几人得终老。见人切肺肝,不如归山好。不闻哀哭声,默默安怀抱。时尽从物化,又免生忧扰。世间寿者稀,尽为悲伤恼。

同　前　孟云卿

草草门巷喧,涂车俨成位。冥寞何所须,尽我生人意。北邙路非一作不远,此别终天地。临穴频抚棺,至哀反无泪。尔形未衰老,尔息犹集作才童稚。骨肉不一作安可离,皇天若容易。房帷即虚张集作灵帐,庭宇为哀次。薤露歌若斯,人生尽如寄。

同 前 白居易

丹旐何飞扬,素骖亦悲鸣。晨光照闾巷,辒车俨欲行。萧条九月
天,哀挽出重城。借问送者谁,妻子与弟兄。苍苍上古原,峨峨开
新茔。含酸一恸哭,异口同哀声。旧垄转芜绝,新坟日罗列。春风
草绿北邙山,此地年年生死别。

对 酒 崔国辅

行行日将夕,荒村古冢无人迹。朦胧集作蒙笼荆棘一鸟飞,屡唱提
壶酤酒吃。古人不达酒不足,遗恨精灵传此曲。寄言当代诸少年,
平生且尽杯中渌。

同 前 二 首 李白

松子栖金华,安期入蓬海。此人古之仙,羽化竟何在。浮生速流
电,倏忽变光彩。天地无凋换,容颜有迁改。对酒不肯饮,含情欲
谁待。

劝君莫拒杯,春风笑人来。桃李如旧识,倾花向我开。流莺啼碧
树,明月窥金罍。昨来集作日朱颜子,今日白发催。棘生石虎殿,鹿
走姑苏台。自古帝王宅,城阙闭黄埃。君若不饮酒,昔人安在哉。

陌 上 桑 李白

美女渭桥东一作缃绮衣,春还事蚕作。五马如飞龙一作飞如花,青丝结
金络。不知谁家子,调笑来相谑。妾本秦罗敷,玉颜艳名都。绿条
映素手,采桑向城隅。使君且不顾,况复论秋胡。寒螀爱碧草,鸣
凤栖青梧。托心自有处,但怪傍人愚。徒令白日暮,高驾空踟蹰。

同　前 常建

翳翳陌上桑，南枝交北堂。美人金梯出，素手自提筐。非但畏蚕饥，盈盈娇路傍。

同　前 陆龟蒙

皓齿还如贝色一作光含，长眉亦似烟华贴一作帖。邻娃尽著绣裆襦，独自提筐采蚕叶。

采　桑 郎大家宋氏

春来南雁归，日去西蚕远。妾思纷何极，客游殊未返。

同　前 刘希夷

杨柳送行人，青青西入秦。秦集作谁家采桑女，楼上不胜春。盈盈瀫水曲，步步春芳绿。红脸耀明珠，绛唇含白玉。回首渭桥东，遥怜树一作春色同。青丝娇落日，缃绮弄春风。携笼长叹息，逶迤恋春色。看花若有情，倚树疑无力。薄暮思悠悠，使君南陌头。相逢不相识，归去梦青楼。

同　前 李彦昉

采桑畏日高，不待春眠足。攀条有馀愁，那矜貌如玉。千金岂不赠，五马空踯躅。何以变真性，幽篁雪中绿。

同　前 王建

鸟鸣桑叶间，叶绿条复柔集作绿条复柔柔。攀看去手近，放下长长钩。黄花盖野田，白马少年游。所念岂回顾，良人在高楼。

日 出 行 李白

日出东方隈,似从地底来。历天又入海,六龙所舍安在哉?其始与终古不息一作其行终古不休息。人非元气安能与之久裴回。草不谢荣于春风,木不怨落于秋天,谁挥鞭策驱四运,万物兴歇皆自然。羲和羲和,汝奚汩没于荒淫之波。鲁阳何德,驻景挥戈,逆道违天,矫诬实多。吾将囊括大块,浩然与溟涬同科。

同 前 李贺

白日下昆仑,发光如舒丝。徒照葵藿心,不照游子悲。折折黄河曲,日从中央转。旸谷耳曾闻,若木眼不一作不可见。奈何集作尔铄石,胡为销人。羿弯弓属矢那不中,足令久不得奔,讵教晨光夕昏。

王 昭 君 崔国辅

此本中朝旧曲,唐为吴声,盖吴人传授讹变使然也。此后并吟叹曲。

汉使南还尽,胡中妾独存。紫台绵望绝,秋草不堪论。

同 前 崔国辅

一回望月一回悲,望月月移人不移。何时得见汉朝使,为妾传书斩画师。

同 前 卢照邻

合殿恩中绝,交河使渐稀。肝肠辞玉辇,形影向金微。汉宫草应绿,胡庭沙正飞。愿逐三秋雁,年年一度归。

同　前 骆宾王

敛容辞豹尾，缄怨度龙鳞。金钿明汉月，玉箸染胡尘。妆镜菱花暗，愁眉柳叶颦。惟有清箫曲，时闻芳树春。

同　前 沈佺期

非君惜鸾殿，非妾妒蛾眉。薄命由骄虏，无情是画师。嫁来胡地恶集作日，不并汉宫时。心苦无聊赖，何堪上马辞。

同　前 梁献

图画失天真，容华坐误人。君恩不可再，妾命在和亲。泪点关山月，衣销边塞尘。一闻阳鸟至，思绝汉宫春。

同　前 上官仪

玉关春色晚，金河路几千。琴悲桂条上，笛怨柳花前。雾掩临妆月，风惊入鬓蝉。缄书待还使，泪尽白云天。

同　前 董思恭

琵琶马上弹，行路曲中难。汉月正南远，燕山直北寒。鬌鬟风拂散一作乱，眉黛雪沾残。斟酌红颜尽集作改，何劳镜里看。

同　前 顾朝阳

莫将铅粉匣，不用镜花光。一去边城路，何情更画妆。影销胡地月，衣尽汉宫香。妾死非关命，只一作都缘怨断肠。

同 前 三 首 东方虬

汉道初全盛，朝廷足武臣。何须薄命妾，辛苦远_{集作事}和亲。
掩涕_{集作泪}辞丹凤，衔悲向白龙。单于浪惊喜，无复旧时容。
胡地无花草，春来不似春。自然衣带缓，非是为腰身。

同 前 三 首 郭元振

自嫁单于国，长衔汉掖悲。容颜日憔悴，有甚画图时。
厌践冰霜域，嗟为边塞人。思从汉_{集作漠}南猎，一见汉家尘。
闻有南河信，传闻杀画师。始知君惠_{集作念}重，更遣画_{集作肯惜}蛾眉。

同 前 刘长卿

自矜妖艳色，不顾丹青人。那知粉缋能相负，却使容华翻误身。上
马辞君嫁骄虏，玉颜对人啼不语。北风雁急浮清_{一作云}秋，万里独
见黄河流。纤腰不复汉宫宠，双蛾长向胡天愁。琵琶弦中苦调多，
萧萧羌笛声相和。可怜一曲传乐府，能使千秋伤绮罗。

同 前 二 首 李白

汉家秦地月，流影照_{一作送}明妃。一上玉关道，天涯去不归。汉月
还从东海出，明妃西嫁无来日。燕支长寒雪作花，蛾眉憔悴没胡
沙。生乏黄金枉图画，死留青冢使人嗟。
昭君拂玉鞍，上马啼红颊。今日汉宫人，明朝胡地妾。

同 前 储光羲

日暮惊沙乱雪飞，傍人相劝易罗衣。强来前帐_{集作殿}看歌舞，共待
单于夜猎归。

同　前 僧皎然

自倚婵娟望主恩，谁知美恶忽相翻。黄金不买汉宫貌，青冢空埋胡地魂。

同 前 二 首 白居易

满面胡沙满鬓风，眉销残黛脸销红。愁苦辛勤憔悴尽，如今却似画图中。

汉使却回凭寄语，黄金何日赎蛾眉。君王若问妾颜色，莫道不如宫里时。

同　前 令狐楚

锦车天外去，毳幕云中开。魏阙苍龙远，萧关赤雁哀。

同　前 张仲素

仙娥今下嫁，骄子自同和。剑戟归田尽，牛羊绕塞多。

同　前 李商隐

毛延寿画欲通神，忍为黄金不为集作顾人。马上琵琶行万里，汉宫长有隔生春。

明 妃 曲 王偃

北望单于日半斜，明君马上泣胡沙。一双泪滴黄河水，应得东流入汉家。

昭 君 词 张文琮

戒途飞万里,回首望三秦。忽见天山雪,还疑上苑春。玉痕垂泪粉一作粉泪,罗袂拂胡尘。为得胡中曲,还悲远嫁人。

同 前 陈昭

跨鞍今永诀,垂泪别亲宾。汉地行将远,胡关逐望新。交河拥塞路,陇首暗沙尘。唯有孤明月,犹能远送人。

同 前 戴叔伦

汉宫若远近,路在沙塞集作寒沙上。到死不得归,何人共南望。

同 前 李端

李陵初送子卿回,汉月明明照帐集作惆怅来。忆著长安旧游处,千门万户玉楼台。

楚 妃 叹 张籍

湘云初起江沉沉,君王遥在云梦林。江南雨多旌旗暗,台下朝朝春水深。章华殿前朝万国,君心独自终无集作无终极。楚兵满地能逐禽,谁用一身继集作骋筋力。西江若翻云梦中,麋鹿死尽应还宫。

楚 妃 怨 张籍

梧桐叶下黄金井,横架辘轳牵素绠。美人初起天未明,手拂银瓶秋水冷。

王子乔 宋之问

王子乔,爱神仙,七月七日上宾天。白虎摇瑟凤吹笙,乘骑云气吸日精。吸日精,长不归,遗庙今在而人非。空望山头草,草露湿君_{集作人}衣。

蜀国弦 李贺

四弦,古有四曲,其张女四弦、李延年四弦、严卯四弦三曲阙,止传蜀国四弦一曲。

枫香晚华静,锦水南山影。惊石坠猿哀,竹云愁半岭。凉月生秋浦,玉沙鳞鳞_{集作粼粼}光。谁家红泪客,不忍过瞿塘。

长歌行 李白

此后并平调曲,其器有笙、笛、筑、瑟、琴、筝、琵琶七种,歌弦六部。

桃李得_{集作待}日开,荣华照当年。东风动百物,草木尽欲言。枯枝无丑叶,涸水吐清泉。大力运天地,羲和无停鞭。功名不早著,竹帛将何宣。桃李务青春,谁能贯白日。富贵与神仙,蹉跎成两失。金石犹销铄,风霜无久质。畏落日月后,强欢歌与酒。秋霜不惜人,倏忽侵蒲柳。

同　前 王昌龄

旷野饶悲风,飕飕黄_{一作多}蒿草。系马停白杨,谁知我怀抱。所是同袍者,相逢尽衰_{一作哀}老。况登汉家陵,南望长安道。下有枯树根,上有颙_{一作颟}鼠窠。高皇子孙尽,千古无人过。宝玉频发掘,精灵其奈何。人生须达命,有酒且长歌。

短 歌 行 聂夷中 长歌、短歌，其歌声有长短。

八月木荫_{集作阴}薄，十叶三堕枝。人生过五十，亦已同此时。朝出东郭门，嘉树郁参差。暮出西郭门，原草已离披。南邻好台榭，北邻善歌吹。荣华忽消歇，四顾令人悲。生死与荣辱，四者乃常期。古人耻其名，没世无人知。无言鬓似霜，勿谓发_{集作事}如丝。耆年无一善，何殊食乳儿。

同 前 李白

白日何短短，百年苦易满。苍穹浩茫茫，万劫太极长。麻姑垂两鬓，一半已成霜。天公见玉女，大笑亿千场。吾欲揽六龙，回车挂扶桑。北斗酌美酒，劝龙各一觞。富贵非所愿，为一作与人驻颜一作流，集作颜光。

同 前 六 首 顾况 《英华》作三首

城边路，今人犁田昔人墓。岸上沙，昔时_{集作日}江水今人家。今人昔人共长叹，四气相催节回换。明月皎皎入华池，白云离离度清_{集作霄汉}。

我欲升天天隔霄，我思渡水水无桥。我欲上山山路险，我欲汲井井泉遥。越人翠被今何夕，独立沙边江皋碧。紫燕西飞欲寄书，白云何处逢来客。以上二首，《英华》合作一首。

新系青丝百尺绳，心在君家辘轳上。我心皎洁君不知，辘轳一转一惆怅。

何处春风吹晓幕，江南绿水通朱阁。美人二八面如花，泣向东_{集作春风畏花落}。

临春风，听春鸟，别时多，见时少。愁人夜永一作一夜不得眠，瑶井玉绳相向晓。以上三首，《英华》合为一首。

轩辕皇帝初得仙，鼎湖一去三千年。周流三十六洞天，洞中日月星
辰连。骑龙驾景游八极，轩辕弓剑无人识，东海青童寄消息。

同　前 王建

人初生，日初出，上山迟，下山疾。百年三万六千朝，夜里分将强半
日。有歌有舞间集作须早为，昨日健于今日时。人家见生男女好，
不知男女催人老。短歌行，无乐声。

同　前 张籍

青天荡荡高且虚，上有白日无根株。流光暂出还入地，催我少年不
须臾。与君相逢不寂寞，衰老不复如今乐。玉卮盛酒置君前，再拜
愿君千万年。

同 前 二 首 白居易

曈曈太阳如火色，上行千里下一刻。出为白昼入为夜，围转如珠住
不得。住不得，可奈何，为君举酒歌短歌。歌声苦，词亦苦，四座少
年君听取。今夕未竟明夕催，秋风才往春风回。人无根蒂时不驻，
朱颜白日相隳颓。劝君且强笑一面，劝君复集作且强饮一杯。人生
不得长欢乐，年少须臾老到来。

世人求富贵，多为身集作奉嗜欲。盛衰不自由，得失常相逐。问君
少年日，苦学将干禄。负笈尘中游，抱书雪前宿。布衾不周体，藜
茹集作茹才充腹。三十登宦集作仕途，五十被朝服。奴温已集作新挟
纩，马肥初食粟。未敢议欢游，尚为名检束。耳目聋暗后，堂上调
丝竹。牙齿缺落时，盘中堆酒肉。彼来此已去，外馀中不足。少壮
与荣华，相避如寒燠。青云去地远，白日终集作经天速。从古无奈

何,短歌听一曲。

同　前 陆龟蒙

爪牙在身上,陷阱犹可制。爪牙在胸中,剑戟无所畏。人言畏猛
虎,谁是撩头毙。只见古来心,奸雄暗相噬。

同　前 僧皎然

古人若不死,吾亦何所悲。萧萧烟雨九原上,白杨青松葬者谁。贵
贱同一尘,死生同一指。人生在世共如此,何异浮云与流水。短歌
行,短歌无穷日已倾。邺宫梁苑徒有名,春草秋风伤我情。何为不
学金仙侣,一悟空王无死生。

铜　雀　台 王无竞

北登铜雀上,西望青松郭。缥帐空苍苍,陵田纷漠漠。平生事已
变,歌吹宛犹昨。长袖拂玉尘,遗情结罗幕。妾怨在朝露,君恩岂
中薄。高台奏曲终,曲终泪横落。

同　前 郑愔

日斜漳浦望,风起邺台寒。玉座平生晚,金尊妓吹阑。舞馀依帐
泣,歌罢向陵看。萧索松风暮,愁烟入井阑。

同　前 刘长卿

娇爱更何日,高台空数层。含啼映双袖,不忍看西陵。漳河东流无
复来,百花荜路为苍苔。青楼月夜长寂寞,碧云日暮空裴回。君不
见邺中万事非昔时,古人何集作不在今人悲。春风不逐君王去,草
色年年旧宫路。宫中歌舞已浮云,空指行人往来处。

同　前　贾至

日暮铜雀静，西陵鸟雀归。抚弦心断绝，听管泪霏霏。灵几临朝奠，空床卷夜衣。苍苍川上月，应照妾魂飞。

同　前　罗隐

强歌强舞竟难胜，花落花开泪满缯。只合当年伴君死，免教憔悴望西陵。

同　前　薛能

魏帝当时铜雀台，黄花深映棘丛开。人生富贵须回首，此地岂无歌舞来。

同　前　张氏琰

君王冥寞不可见，铜雀歌舞空裴回。西陵唧唧悲宿鸟，空集作高殿沉沉闭青苔。青苔无人迹，红粉空相集作自哀。

同　前　梁氏琼

歌扇向陵开，齐行奠玉杯。舞时飞燕列，梦里片云来。月色空馀恨，松声暮更哀。谁怜未死妾，掩袂下铜台。

铜　雀　妓　王勃

妾本深宫妓，曾城闭九重。君王欢爱尽，歌舞为谁容。锦衾不复襞，罗衣谁再缝。高台西北望，流涕向青松。
金凤邻铜雀，漳河望邺城。君王无处所，台榭若平生。舞筵纷可集作何就，歌梁俨未倾。西陵松槚冷，谁见绮罗情。

同　前　沈佺期

昔年分鼎地，今日望陵台。一旦雄图尽，千秋遗令开。绮罗君不见，歌舞妾空来。恩共漳河水，东流无重回。

同　前　乔知之

金阁惜分香，铅华不重妆。空馀歌舞地，犹是为君王。哀弦调已绝，艳曲不须长。共看西陵暮，秋烟生集作起白杨。

同　前　王適

日暮铜雀迥，幽声一作深玉座清。萧森松柏望，委郁绮罗情。君恩不再重一作得，妾舞为谁轻。

同　前　欧阳詹

萧条登古台，回首黄金屋。落叶不归林，高陵永为谷。妆容徒自丽，舞态阅谁目。惆怅缤帷前集作空，歌声苦于哭。

同　前　袁晖

君爱本相饶，从来事一作似舞腰。那堪攀玉座，肠断望陵朝。怨著情无主，哀凝曲不调。况临松日暮，悲吹坐萧萧。

同　前　刘商

魏主矜蛾眉，美人美于玉。高台无昼夜，歌舞竟未足。盛色如转圜，夕阳落深一作空谷。仍令身殁后，尚足集作纵平生欲。红粉横泪痕集作泪纵横，调弦空向集作向空屋。举头君不在，唯见西陵木。玉辇岂再来，娇鬟为谁绿。那堪秋风里，更舞阳春曲。曲终一作罢情不胜,阑干向西哭。台边生野草,来去胃罗縠。况复陵寝间,双双见麋鹿。

同 前 李贺

佳人一壶酒,秋容满千里。石马卧新烟,忧来何所似。歌声且潜弄,陵树风自起。长裾压高台,泪眼看花机。

同 前 吴烛

秋色西陵满绿芜,繁弦一作红急管强欢娱。长舒罗袖不成舞,却向风前承泪珠。

同 前 朱光弼

魏王铜雀妓,日暮管弦清。一见西陵树,悲心舞不成。

同 前 朱放

恨唱歌声咽,愁翻舞袖迟。西陵日欲暮,是妾断肠时。

同 前 僧皎然

强开尊酒向陵看,忆得君王旧日欢。不觉馀歌悲自断,非关艳曲转声难。

雀 台 怨 马戴

魏宫歌舞地,蝶戏鸟还鸣。玉座人难到,铜台雨滴平。西陵树不见,漳浦草空生。万恨尽埋此,徒悬千载名。

同 前 程氏文长

君王去后行人绝，箫竽集作竿不响歌喉咽。雄剑无威光彩沉，宝琴零落金星灭。玉阶寂寂坠秋露，月照当时歌舞处。当时歌舞人不回，化为今日西陵灰。

置 酒 行 李益

置酒命所欢，凭觞遂为戚。日往不再来，兹辰坐成昔。百龄非长久，五十将半百。胡为劳我形，已须还复白。西山鸾鹤顾集作群，矫矫烟雾翩。明霞发金丹，阴洞潜水碧。安得凌风羽，崦嵫驻灵魄。兀集作无然坐衰老，惭叹东陵柏。

同 前 陆龟蒙

落尘花片排香痕，阑珊醉露栖愁魂。洞庭波色惜不得，东风领入黄金尊。千筠掷毫春谱大，碧舞红啼相唱和。安知寂寞西海头，青复未垂孤凤饿。

长歌续短歌 李贺

长歌破衣襟，短歌断白发。秦王不可见，且夕成内热。渴饮壶中酒，饥拔陇头粟。凄凄四月兰，千里一时绿。夜峰何离离，月明落石底。裴回沿石寻，照出高峰外。不得与之游，歌成鬓先改。

猛 虎 行 储光羲

寒亦不忧雪，饥亦不食人。人血集作肉岂不甘，所恶伤明神。太室为我宅，孟门为我邻。百兽为我膳，五龙为我宾。蒙马一何威，浮江亦集作一以仁。彩章耀朝日，牙爪雄武臣。高云逐气浮，厚地随声振集作震。君能贾馀勇，日夕长相亲。

同　前 李白

朝作猛虎行，暮作猛虎吟。肠断非关陇头水，泪下不为雍门琴。旌旗一作旍旆缤纷两河道，战鼓惊山欲倾集作颠倒。秦人半作燕地囚，胡马翻衔洛阳草。一输一失关下兵，朝降夕叛幽蓟城。巨鳌未斩海水动，鱼龙奔走安得宁。颇似楚汉时，翻覆无定止。朝过博浪沙，暮入淮阴市。张良未遇韩信贫，刘项存亡在两臣。暂到下邳受兵略，来投漂母作主人。贤哲栖栖古如此，今时亦弃青云士。有策不敢犯龙鳞，窜身南国避胡尘。宝书长一作玉剑挂高阁，金鞍骏马散故人。昨日方为宣城客，掣铃交通二千石。有时六博快壮一作寸心，绕床三匝呼一掷。楚人每道张旭奇，心藏风云世莫知。三吴邦伯多一作皆顾盼，四海雄侠皆相推一作两追随。萧曹曾作沛中吏，攀龙附凤当有时。溧阳酒楼三月春，杨花漠漠一作茫茫愁杀人。胡人集作雏绿眼吹玉笛，吴歌白纻飞梁尘。丈夫相见一作到处且为乐，槌牛挝鼓会众宾。我从此去钓东海，得鱼笑寄情相亲。

同　前 韩愈

猛虎虽云恶，亦各有匹俦。群行深谷间，百兽望风低。身食黄熊父，子食赤豹麛。择肉于熊罴集作豹，肯视兔与狸。正昼当谷眠，眼有百步威。自矜无当对，气性纵以乖。朝怒杀其子，暮还飧一作食其妃。匹俦四散走，猛虎还孤栖。狐鸣门四旁，乌鹊从噪之。出逐猴一作猱入居，虎不知所归。谁云猛虎恶，中路正悲啼。豹来衔其尾，熊来攫其颐。猛虎死不辞，但惭前所为。虎坐无助死，况如汝细微。故当结以信，亲当结以私。亲故且不保，人谁信汝为。

同　前 _{张籍}

南山北山树冥冥,猛虎白日绕林行。向晚一身当道食,山中麋鹿尽无声。年年养子在深谷,雌雄上山不相逐。谷中近窟有山村,长向村家取黄犊。五陵年少不敢射,空来林下看行迹。

同　前 _{李贺}

长戈莫舂,强_{集作长}弩莫烹_{集作抨}。乳孙哺子,教得生狞。举头为城,掉尾为旌。东海黄公,愁见夜行。道逢驺虞,牛哀不平。生何用尺刀,壁上雷鸣。泰山之下,妇人哭声。官家有程,吏不敢听。

同　前 _{僧齐己}

磨尔牙,错尔爪,狐莫威,兔莫狡。饮来吞噬取肠饱,横行不怕日月明,皇天产尔为生狞。前村半夜闻吼声,何人按剑灯荧荧。

君　子　行 _{僧齐己}

圣人不生,麟龙何瑞;梧桐不高,凤皇何止。吾闻古之有君子,行藏以时,进退求己;荣必为天下荣,耻必为天下耻。苟进不如此,_{集有退不如此四字}。亦何必用虚伪之文章,取荣名而自美。

燕　歌　行 _{高适}

汉家烟尘在东北,汉将辞家破残贼。男儿本自重横行,天子非常赐颜色。㧹金伐鼓下榆关,旌旗逶迤碣石间。校尉羽书飞瀚海,单于猎火照狼山。山川萧条极边土,胡骑凭凌杂风雨。战士军前半死生,美人帐下犹歌舞。大漠穷秋塞草衰_{集作腓},孤城落日斗兵稀。身当恩遇常_{集作恒}轻敌,力尽关山未解围。铁衣远戍辛勤久,玉箸应啼别离后。少妇城南欲断肠。征人蓟北空回首。边风飘飘_{集作}飙那可度，绝域苍茫更何_{一作无所}有。杀气三日_{集作时作}阵云，寒声一夜传刁斗。相看白刃血纷纷，死节从来岂顾勋。君不见沙场征战苦，至今犹忆李将军。

同　前　_{贾至}

国之重镇惟幽都，东威九夷制北_{集作北制}胡。五军精卒三十万，百战百胜擒单于。前临滹沱后沮_{集作易}水，崇山沃野亘千里。昔时燕王重贤士，黄金筑台从隗始。倏忽兴王定蓟丘，汉家又以封王侯。萧条魏晋为横流，鲜卑窃据朝五州。我唐区夏馀十纪，军容武备赫万祀。彤弓黄钺授元帅，垦耕大漠为内地。季秋胶折边草腓，治兵羽猎因出师。千营万队连旌旗，望之如火忽雷_{一作电}驰。匈奴慑窜穷发北，大荒万里无尘飞。_{此下集有君不见三字。}隋家昔为天下宰，穷兵黩武征辽海。南风不竞多死声，鼓卧旗折黄云横。六军将士皆死尽，战马空鞍归故营。时迁_{集作移}道革天下平，白环入贡沧海清。自有农夫已高枕，无劳校尉重横行。

同　前　_{陶翰}

请君留楚调，听我吟燕歌。家在辽水头，边风意气多。出自为汉将，正值戎未和。雪中凌天山，冰上渡交河。大小百馀战，封侯竟蹉跎。归来霸陵下，故旧无相过。雄剑委尘匣，空门唯_{集作垂}雀罗。玉簪还赵女，宝瑟付齐娥。昔日不为乐，时哉今奈何。

从军行二首　_{虞世南}

涂山烽候惊，弭节度龙城。冀马楼兰将，燕犀上谷兵。剑寒花不落，弓晓月逾明。凛凛严霜节，冰壮黄河绝。蔽日卷征蓬，浮天散

飞雪。全兵值月满,精骑乘胶折。结发早驱驰,辛苦事旌麾。马冻
重关冷,轮摧九折危。独有西山将,年年属数奇。

爓一作烽火发金微,连营出武威。孤城寒云起,绝阵虏尘飞。侠客
吸龙剑,恶少缦胡衣。朝摩骨都垒,夜解谷蠡围。萧关远无极,蒲
海广难依。沙磴离旌断,晴川候马归。交河梁已毕,燕山旆欲飞集
作挥。方知万里相,侯服有光辉。

同　前 骆宾王

平生一顾念一作重,意气溢三军。野日分戈影,天星合剑文。弓弦
抱汉月,马足践胡尘。不求生入塞,唯当死报君。

同　前 刘希夷

秋来集作天风瑟瑟集作飒飒,群马胡集作胡马行疾。严城昼不开,伏兵
暗相失。天子庙堂拜,将军玉集作凶门出。纷纷伊洛间集作道,戎马
数千集作几万匹。军门压黄河,兵气冲白日。平生怀伏集作仗剑,忼
慨既集作即投笔。南登汉月孤,北走燕集作代云密。近取韩彭计,早
知孙吴术。丈夫清万里,谁能扫一室。

同　前 乔知之

南庭结白露,北风扫黄叶。此时鸿雁来,惊鸣催思妾。曲房理针
线,平砧捣文练。鸳绮裁易成,龙乡信难见。窈窕九重闺,寂寞十
年啼。纱窗白云宿,罗幌月光栖。云月晓集作隐微微,愁思集作夜上
流黄机。玉霜冻珠履,金吹薄罗衣。汉家已得地,君去将何事。宛
转结衰书,寂寞无雁使。生平荷恩信,本为容华进。况复落红颜,
蝉声催绿鬓。

同 前 李颀

白日登山望烽火,昏黄集作黄昏饮马傍交河。行人刁斗风砂暗,公
主琵琶幽怨多。野营集作云万里无城郭,雨雪纷纷连大漠。胡雁哀
鸣夜夜飞,胡儿眼泪双双落。闻道玉门犹被遮,应将性命逐轻车。
年年战骨埋荒外,空见蒲萄入汉家。

同 前 三 首 李约

看图闲教阵,画地静论边。乌垒天西戍,鹰姿塞上川。路长须集作
唯算日集作月,书远每题年。无复生还望,翻思未别前。
栅高集作壕三面斗,箭尽举烽频。营柳和烟暮,关榆带雪春。边城
多老将,碛路少归人。点集作杀尽三集作金河卒,年年添塞尘。
候火起雕城,尘砂拥战声。游军藏汉帜,降骑说蕃情。霜降灄池集
作落溏沱浅,秋深太白明。嫖姚方虎视,不觉请集作说添兵。

同 前 戎昱

昔从李都尉,双鞬照马蹄。擒生黑山北,杀敌黄云西。太白沉虏
地,边草复萋萋。归来邯郸市,百尺青楼梯。感激然诺重,平生胆
力齐。芳筵暮歌发,艳粉轻鬓低。半醉集作酣秋风起,铁骑门前嘶。
远戍报烽火,孤城严鼓鼙。挥鞭望尘去,少妇莫含啼。

同 前 厉玄

边草早集作旱不春,剑花增泞集作野尘。广集作战场收骥尾,清瀚怯龙
鳞。帆色已归越,松声厌避秦。几时逢范蠡,处处是通津。

同 前 二 首 李白

从军玉门道,逐虏金微山。笛奏梅花曲,刀开明月环。鼓声鸣海上,兵气拥云间。愿斩单于首,长驱静铁关。

百战沙场碎铁衣,城南已合数重围。突营射杀呼延将,独领残兵千骑归。

同 前 王维

吹角动行人,喧喧行人起。笳鸣集作悲马嘶乱,争渡金河水。日暮沙漠垂,战声烟尘里。尽系名王颈,归来报集作献天子。

同 前 王昌龄

向夕临大荒,朔风轸归虑。平沙万里馀,飞鸟宿何处。虏骑猎长原,翩翩傍河去。边声摇白草,海气生黄雾。百战苦风尘,十年履霜露。虽投定远笔,未坐将军树。早知行路难,悔不理章句。

烽火城西百尺楼,黄昏独上海风秋。更吹横集作羌笛关山月,谁解集作无那金闺万里愁。

琵琶起舞换新声,总是关山旧别情。撩乱边愁弹集作听不尽,高高秋月下长城。

青海长云暗雪山,孤城遥望雁一作玉门关。黄沙百战穿金甲,不破楼兰终不还。

同 前 卢纶

二十在边城,军中得勇名。卷旗收败马,断集作占碛拥残兵。覆阵乌鸢起,烧山草木明一作鸣。塞闲思远猎,师老厌分营。雪岭无人迹,冰河足一作有雁声。李陵甘此没,惆怅汉公卿。

同 前 六 首 刘长卿

回看虏骑合,城下汉兵稀。白刃两相向,黄云愁不飞。手中无尺铁,徒欲突重围。

落日更萧条,北方_{集作风}动枯草。将军追虏骑,夜失阴山道。战败仍树勋,韩彭但空老。

草枯秋塞上,望见渔阳郭。胡马嘶一声,汉兵泪双落。谁为呦痈_{集作疮}者,此事令人薄。

目极雁门道,青青边草春。一身事征战,匹马同辛勤_{集作苦辛}。末路成白首,功归天下人。

倚剑白日暮,望乡登戍楼。北风吹羌笛,此夜关山愁。回首不无意,滹河空自流。

黄沙一万里,白首无人怜。报国剑已折,归乡身幸全。单于古台下,边色寒苍然。

同 前 杜颀

秋草马蹄轻,角弓持弦急。去为龙城候,正值胡兵袭。军气横大荒,战酣日将入。长风金鼓动,白雾_{集作露}铁衣湿。四起愁边声,南辕时伫立。断蓬孤自转,寒雁飞相及。万里云沙涨,路平_{集作平川}冰霰涩_{集作溢}。夜闻汉使归,独向刀环泣。

同 前 僧皎然

候骑出纷纷,元戎霍冠军。汉鞭秋耵地,羌火昼烧云。万里戍城合,三边羽檄分。乌孙驱未尽,肯顾辽阳勋。

汉斾拂丹霄,汉军新破辽。红尘驱卤簿,白羽拥嫖姚。战苦军犹乐,功高将不骄。至今丁令塞,朔吹空萧萧。

百万逐呼韩，频年不解鞍。兵屯绝漠暗，马饮浊河干。破虏功未录，劳师力已殚。须防肘腋下，飞祸出无端。

飞将下天来，奇谋阃外裁。水心龙剑动，地肺雁山开。望气燕师锐，当锋虏阵摧。从今射雕骑，不敢过云堆。

黄纸君王诏，青泥校尉书。誓师张虎落，选将撮犀渠。雾暗津浦_{集作蒲失}，天寒塞柳疏。横行十万骑，欲扫虏尘馀。

同　前 王建

汉军逐单于，日没处河曲。浮云道傍起，行子车下宿。枪城围鼓角，毡帐依山谷。马上悬壶浆，刀头分顿_{集作颊肉}。来时高堂上，父母亲结束。回首_{一作面}不见家，风吹破衣服。金创生_{集作在}肢节，相与拔_{一作取}箭镞。闻道西凉州，家家妇人_{集作女}哭。

同　前 张祜

少年金紫就光辉，直指边城虎翼飞。一卷旌_{一作旆}收千骑虏，万全身出百重围。黄云断塞寻鹰去，白草连天射雁归。白首汉廷刀笔吏，丈夫功业本相依。

同 前 五 首 令狐楚

荒鸡隔水啼，汗马逐风嘶。终日随旌旆，何时罢鼓鼙。

孤心眠夜雪，满眼是秋沙。万里犹防塞，三年不见家。

却望冰河阔，前登雪岭高。征人几多在，又拟战临洮。

胡风千里惊，汉月五更明。纵有还家梦，犹闻出塞声。

暮雪连青海，阴云覆白山。可怜班定远，出入玉门关。

同前三首 王涯

旌_{集作戈}甲从军久，风云识阵难。今朝韩信计，日下斩成安。

燕颔多奇相，狼头敢犯边。寄言班定远，正是立功年。

旄头夜落捷书飞，来奏金门著赐衣。白马将军频破敌，黄龙戍卒几时归。

从军有苦乐行 李益

魏王粲《从军行》曰："从军有苦乐，但问所从谁。"因以为题也。

劳者且勿_{集作莫}歌，我欲送君觞。从军有苦乐，此曲乐未央。仆本居_{一作起，集作居在}陇上，陇水断人肠。东过秦宫路，宫路入咸阳。时逢汉帝出，谏猎至长杨。讵驰游侠窟，非结少年场。一旦承嘉惠，轻命_{集作身}重恩光。秉笔参帷帟，从军至朔方。边地多阴风，草木自凄凉。断绝海云去，出没胡沙长。参差引雁翼，隐辚腾军装。剑文夜如水，马汗冻成霜。侠气五都少，矜功六郡良。山河起目前，睢盱死路傍。北逐驱獯虏，西临复旧疆。昔还赋徭资，今出乃赢粮。一矢殪夏服，我弓不再张。寄言_{集作语}丈夫雄，苦乐身自当。

苦哉远征人 鲍溶

晋陆机《从军行》曰："苦哉远征人，飘飘穷四遐。"宋颜延年《从军行》曰："苦哉远征人，毕力干时艰。"因以为题。又有《苦哉行》、《远征人》，皆出于《从军行》也。

征人歌古曲，携手上河梁。李陵死别处，杳_{集作宵}杳玄冥乡。忆昔从此路，连年征鬼方。久行迷汉历，三洗_{集作死}毡衣裳。百战身且在，微功信难忘。远承云台议，非势孰敢当。落日吊李广，白身_{集作首}过河阳。闲弓失月影，劳剑无龙光。去日始束发，今来发成霜。

虚名乃闲事,生见父母乡。掩抑大风歌,裴回少年场。诚哉古人言,鸟尽良弓藏。

苦哉行五首 戎昱

彼鼠侵我厨,纵狸授粱肉。鼠虽为君却,狸食自须足。冀雪大国耻,翻是大国辱。膻腥逼绮罗,砖瓦杂珠玉。登楼非骋望,目笑是心哭。何意天乐中,至今奏胡曲。

官军收洛阳,家住洛阳里。夫婿与兄弟,目前见伤死。吞声不许哭,还遣衣罗绮。上马随匈奴,数秋黄尘里。生为名家女,死作塞垣鬼。乡国无还期,天津哭流水。

登楼望天衢,目极泪盈睫。强笑无笑容,须妆旧花靥。昔年买奴仆,奴仆来碎叶。岂意未死间,自为匈奴妾。一生忽至此,万事痛苦业。得出塞垣飞,不如彼蜂蝶。

姜家青河边,七叶承貂蝉。身为最小女,偏得浑家怜。亲戚不相识,幽闺十五年。有时最远出,只到中门前。前年狂胡来,惧死翻生全。今秋官军至,岂意遭戈铤。匈奴为先锋,长鼻黄发拳。弯弓猎生人,百步牛羊膻。脱身落虎口,不及归黄泉。苦哉难重陈,暗哭苍苍天。

可汗奉亲诏,今月归燕山。忽如乱刀剑,搅妾心肠间。出户望北荒,迢迢玉门关。生人为死别,有去无时还。汉月割妾心,胡风凋妾颜。去去断绝魂,叫天天不闻。

鞠 歌 行 李白

玉不自言如桃李,鱼目笑之卞和耻。楚国青蝇何太多,连城白璧遭谗毁。荆山长号泣血人,忠臣死为刖足鬼。听曲知宁戚,〔夷〕(奚)吾因小妻。秦穆五羊皮,买死百里奚。洗拂青云上,当时贱如泥。

朝歌鼓刀叟,虎变蟠溪中。一举钓六合,遂荒营丘东。平生渭水曲,谁识<small>一作数</small>此老翁。奈何今之人,双目送征<small>一作老鸿</small>。

全唐诗卷二〇

相和歌辞

前苦寒行二首 杜甫

以后并清调曲。其器有笙、笛下声弄、高弄、游弄、篪、节、琴、瑟、筝、琵琶八种,歌弦四部。

汉时长安雪一丈,牛马毛寒缩如猬。楚江巫峡冰入怀,虎豹哀号又堪记。秦城老翁荆扬客,惯习炎蒸岁𫄧绤。玄冥祝融气或交,手持白羽未敢释。

去年白帝雪在山,今年白帝雪在地。冻埋蛟龙南浦缩,寒刮肌肤北风利。楚人四时皆麻衣,楚天万里无晶辉。三足之乌足恐断,羲和送将安集作何所归。

后苦寒行二首 杜甫

南纪巫庐瘴不绝,太古已来无尺雪。蛮夷长老怨苦寒,昆仑天关冻应折。玄猿口噤不能啸,白鹄翅垂眼流血,安得春泥补地裂。

晚来江门失大木,猛风中夜吹白屋。天兵断斩集作斩断青海戎,杀气南行动坤轴,不尔苦寒何人酷。巴东之峡生凌澌,彼苍回轩人得知。

苦　寒　行 刘驾

严寒动八荒,蒴蒴集作剌剌无休时。阳乌不自暖,雪压扶桑枝。岁
暮寒益壮,青春安得归。朔雁到南海,越禽何处飞。谁言贫士叹,
不为身无衣。

同　前 僧贯休

北风北风,职何严毒,摧壮士心,缩金乌足。冻云嚣嚣碍雪,一片下
不得。声绕枯桑,根在沙塞。黄河彻底,顽直到海。一气搏束,万
物无态。唯有吾庭前杉松树枝,枝枝健在。

同　前 僧齐己

冰峰撑空寒矗矗,云凝水冻埋海陆。杀物之性,伤人之欲,既不能
断绝蒺藜荆棘之根株,又不能展凤皇麒麟之拳跼。如此则何如为
和煦,为膏雨,自然天下之荣枯,融融于万户。

北　上　行 李白

北上何所苦,北上缘太行。磴道盘且峻,巉岩凌穹苍。马足蹶侧
石,车轮摧高冈。沙尘接幽州,烽火连朔方。杀气毒剑戟,严风裂
衣裳。奔鲸夹黄河,凿齿屯洛阳。前行无归日,返顾思旧乡。惨戚
冰雪里,悲号绝中肠。尺布不掩体,皮肤剧枯桑。汲水涧谷阻,采
薪陇坂长。猛虎又掉尾,磨牙皓秋霜。草木不可餐,饥饮零露浆。
叹此北上苦,停骖为之伤。何日王道平,开颜睹天光。

豫　章　行 李白

胡风吹代马一作燕人攒示月,北拥鲁阳关。吴兵照海雪,西讨何时还。

半渡上辽津，黄云惨无颜。老母与子别，呼天野草间。白马一作百鸟绕旌旗，悲鸣相追攀。白杨秋月苦，早落豫章山。本为休明人，斩虏素不闲。岂惜战斗死，为君扫凶顽。精感石没羽，岂忘集作云悼险艰。楼船若鲸飞，波荡落星湾。此曲不可奏，三军鬓成斑。

董逃行 元稹

董逃董逃董卓逃，揩铿戈甲声劳嘈。剡剡深脐脂焰焰，人皆数叹曰，尔独不忆年年取我身上膏。膏销骨尽烟火死，长安城中贼毛起。城门四走公卿士，走劝刘虞作天子。刘虞不敢作天子，曹瞒篡乱从此始。董逃董逃人莫喜，胜负翻一作环相枕倚。缝缀难成裁破易，何况曲针不能伸巧指，欲学裁缝须准拟。

同前 张籍

洛阳城头火曈曈，乱兵烧我天子宫。宫城南面有深山，尽将老幼藏其间。重岩为屋橡为食，丁男夜行候消息。闻道官军犹掠人，旧里如今归未得。董逃行，汉家几时重太平。

相逢行 崔颢

妾年初二八，家住洛桥头。玉户临驰道，朱门近御沟。使君何假问，夫婿大长秋。女弟新承宠，诸兄近拜侯。春生百子殿，花发五城楼。出入千门里，年年乐未休。

同前二首 李白

朝骑五花马，谒帝出银台。秀色谁家子，云车一作中珠箔开。金鞭遥指点，玉勒近迟回。夹毂相借问，疑一作知从天上来。怜肠愁欲断，斜日复相催。下车何轻盈，飘然似落梅。集无此四句。邀集作蹩入青绮门一作娇羞初解佩，当歌一作语笑共衔杯。衔杯映歌扇，似月云中见。相见不相亲，不如不相见。相见情已深，未语可知心。胡为守空闺，孤眠愁锦衾。锦衾与罗帏，缠绵会有时。春风正澹荡一作纠结，暮雨一作青鸟来何迟。愿因三青鸟，更报长相思。光景不待人，须臾发成丝。当年失行乐，老去徒伤悲。持此道密意，无令旷佳期。

相逢红尘内，高揖黄金鞭。万户垂杨里，君家阿那边。

同　前 韦应物

二十登汉朝，英声迈今古。适从东方来，又欲谒明主。犹酣新丰酒，尚带霸陵雨。邂逅两相逢，别来间集作问寒暑。宁知白日晚，暂向花间语。忽闻长乐钟，走马东西去。

三妇艳诗 董思恭

大妇裁纨素，中妇弄明珰。小妇多姿态，登楼红粉妆。丈人且安坐，初日渐流光。

中妇织流黄 虞世南

寒闺织素锦，含怨敛双蛾。综新交缕涩，经脆断丝多。衣香逐举袖，钏动应鸣梭。还恐裁缝罢，无信达交河。

难忘曲 李贺

夹道开洞门，弱杨低画戟。帘影竹叶集作华起，箫声吹日色。蜂语绕妆镜，拂蛾学春碧。乱系丁香梢，满阑花向夕。

塘 上 行 李贺

藕花凉露湿，花缺藕根涩。飞下雌鸳鸯，塘水声溢溢集作溢溢。

苦 辛 行 戎昱

且莫奏短歌，听余苦辛词：如今刀笔士，不及屠酤儿。少年无事学诗赋，岂意文章复相误。东西南北少知音，终年竟岁悲行路。仰面诉天天不闻，低头告地地不言。天地生我尚如此，陌上他人何足论。谁谓西江深，涉之固无忧；谁谓南山高，可以登之游。险巇惟有世间路，一向令人堪白头。贵人立意不可测，等闲桃李成荆棘。风尘之士深可亲，心如鸡犬能依人。悲来却忆汉天子，不弃相如家旧贫。此下集有劝君且三字。饮酒酒能散羁愁，谁家有酒判一醉，万事从他江水流。

秋 胡 行 高適

妾本邯郸未嫁时，容华倚翠人未知。一朝结发从君子，将妾迢迢东路陲。时逢大道无难阻，君方游宦从陈汝。蕙楼独卧频度春，彩落集作阁辞君几徂暑。三月垂杨蚕未眠，携笼结侣南陌边。道逢行子不相识，赠妾黄金买少年。妾家夫婿轻离久，寸心誓与长相守。愿言行路莫多情，送集作道妾贞心在人口。日暮蚕饥相命归，携笼端饰来庭闱。劳心苦力终无恨，所冀君恩那集作即可依。闻说行人已归止，乃是向来赠金子。相看颜色不复言，相顾怀惭有何已。从来自隐无疑背，直为君情也相会。如何咫尺仍有情，况复迢迢千里外。此时集作誓将顾恩不顾身，念君此日赴河津。莫道向来不得意，故欲留规诫后人。

善 哉 行 僧贯休

以后并瑟调曲,其器有笙、笛、节、琴、瑟、筝、琵琶七种,歌弦六部。
有美一人兮婉如清扬,识曲别音兮令姿煌煌。绣袂捧琴兮登君子
堂,如彼萱草兮使我忧忘。欲赠之以紫玉尺,白银珰,久不见之兮
湘水茫茫。

同 前 僧齐己

大鹏刷翮谢溟渤,青云万层高突出。下视秋涛空渺弥,旧处鱼龙皆
细物。人生在世何容易,眼浊心昏信生死。愿除嗜欲待身轻,携手
同寻列仙事。

来 日 大 难 李白

来日一身,携粮负薪。道长食尽,苦口焦唇。今日醉饱,乐过千春。
仙人相存,诱我远学。海陵三山,陆憩五岳。乘龙上三 集无此二字
天,飞目瞻两角。授以神 集作仙 药,金丹满握。蟪蛄蒙恩,深愧短
促。思填东海,强衔一木。道重天地,轩师广成。蝉翼九五,以求
长生。下士大笑,如苍蝇声。

当 来 日 大 难 元稹

当来日大难行,前有坂,后有坑,大梁侧,小梁倾。两轴相绞,两轮
相撑。大牛竖,小牛横。乌啄牛背,足跌力狞。当来日大难行,太
行虽险,险可使平。轮轴自挠,牵制不停。泥潦渐久,荆棘旋生。
行必不得,不如不行。

陇 西 行 王维

十里一走马，五里一扬鞭。都护军书至，匈奴围酒泉。关山正飞雪，烽戍断无烟。

同 前 耿〔沣〕(纬)

雪下阳关路，人稀陇戍头。封狐犹未斮，边将岂无羞。白草三冬色，黄云万里愁。因思李都尉，毕竟不封侯。

同 前 长孙佐辅

阴云凝朔气，陇上正飞雪。四月草不生，北风劲如切。朝来羽书急，夜救长城窟。道隘行不前，相呼抱鞍歇。人寒指欲堕，马冻蹄亦裂。射雁旋充饥，斧冰还止渴。宁辞解围斗，但恐乘疲没。早晚望边候空{一作望}，归来养羸卒。

东 门 行 柳宗元

汉家三十六将军，东方雷动横阵云。鸡鸣函谷客如雾，貌同心异不可数。赤丸夜语飞电光，徼巡司隶眠如羊。当街一叱百吏走，冯敬胸中函匕首。凶徒侧耳潜慑心，悍臣破胆皆杜口。魏王卧内藏兵符，子西掩袂真无辜。羌胡毂下一朝起，敌国舟中非所拟。安陵谁辨削砺功，韩国讵明深井里。绝咽断骨那下补，万金宠赠不如土。

饮马长城窟行 太宗皇帝

塞外悲风切，交河冰已结。瀚海百重波，阴山千里雪。迥戍危烽火，层峦引高节。悠悠卷旆旌，饮马出长城。寒沙连骑迹，朔吹断边声。胡尘清玉塞，羌笛韵金钲。绝漠干戈戢，车徒振原隰。都尉

反龙堆,将军旋马邑。扬麾氛雾静,纪石功名立。荒裔一戎衣,云
集作灵台凯歌入。

同 前 虞世南

驰马渡河干,流深马渡难。前逢锦车使,都护在楼兰。轻骑犹衔
勒,疑兵尚解鞍。温池下绝涧,栈道接危峦。拓地勋未赏,亡城律
讵集作岂宽。有月关犹暗,经春陇尚寒。云昏无复影,冰合不闻湍。
怀君不可遇,聊持报一餐。

同 前 袁朗

朔风动秋草,清跸长安道。长城连不穷,所以隔华戎。规模惟圣
作,荷负集作负荷晓成功。鸟庭已向内,龙荒更凿空。玉关尘卷静,
金微路已通。汤征随北怨,舜咏起南风。画野集作地功初立,绥边
事云集。朝服践狼居,凯歌旋马邑。山响传凤吹,霜华藻琼钺。属
国拥节归,单于款关入。日落寒云集作风起,惊沙集作蓬被原隰。零
落叶已寒,河流清且急。四时徭役尽,千载干戈戢。太平今若斯,
汗马竟无施。惟当事笔研,归去草封禅。

同 前 王翰

长安少年无远图,一生惟羡执金吾。骐骥前殿拜天子,走马为君西
击集作西击长城胡。胡沙猎猎吹人面,汉虏相逢不相见。遥闻鼙鼓
动地来,传道单于夜犹战。此时顾恩宁顾身,为君一行摧万人。壮
士挥戈回白日,单于溅血染朱轮。回集作归来饮马长城窟,长安道
傍多白骨。问之耆老何代人,云是秦王筑城卒。黄昏塞北无人烟,
鬼哭啾啾声沸天。无罪见诛功不赏,孤魂流落此城边。当昔秦王
按剑起,诸侯膝行不敢视。富国强兵二十年,筑怨兴徭九千里。秦

王筑城何太愚,天实亡秦非北胡。一朝祸起萧墙内,渭水咸阳不复都。

同　前 王建

长城窟,长城窟边多马骨。古来此地无井泉,赖得秦家筑城卒。征人饮马愁不回,长城变作望乡堆。蹄迹集作踪未干人去近,续后马来泥污尽。枕弓睡著待水生,不见阴山在前阵。马蹄足脱装马头,健儿战死谁封侯。

同　前 僧子兰

游客长城下,饮马长城窟。马嘶闻水腥,为浸征人骨。岂不是流泉,终不成潺湲。洗尽骨上土,不洗骨中冤。骨若比流水,四海有还魂。空流呜咽声,声中疑是言。

上　留　田 李白

行至上留田,孤坟何峥嵘。积此万古恨,春草不复生。悲风四边来,肠断白杨声。借问谁家地,埋没蒿里茔。古老向余言,言是上留田,蓬科马鬣今已平。昔之弟死兄不葬,他人于此举铭旌。一鸟死,百鸟鸣;一兽死,百兽惊。桓山之禽别离苦,欲去回翔不能征。田氏仓卒骨肉分,青天白日摧紫荆。交柯之木本同形,东枝憔悴西枝荣。无心之物尚如此,参商胡乃寻天兵。孤竹延陵,让国扬名;高风缅邈,颓波激清。尺布之谣,塞耳不能听。

同　前 僧贯休

父不父,兄不兄,上留田,蝥贼生。徒陟冈,泪峥嵘。我欲使诸凡鸟雀,尽变为鹡鸰;我欲使诸凡草木,尽变为田荆。邻人歌,邻人歌,古风清,清风生。

安 乐 宫 李贺

深一作漆井桐乌起,尚复牵清水。未盥邵陵王集作爪,瓶中弄长翠。
新城安乐宫,宫如凤皇翅。歌回蜡版鸣,大绾集作左悄提壶使一作伎。
绿繁悲水曲,茱萸别秋子。

放 歌 行 王昌龄

南渡洛阳津,西望十二楼。明堂坐天子,月朔朝诸侯。清乐动千
门,皇风被九州。庆云从东来,泱漭抱日流。升平贵论道,文墨将
何求。有诏征草泽,微臣献谋猷集作将献谋。冠冕如星罗,拜揖曹与
周。望尘非吾事,入赋且迟留。幸蒙国士识,因脱负薪裘。今者放
歌行,以慰梁父愁。但营数斗禄,奉养毋集作每丰羞。若得金膏遂,
飞云亦可俦。

野田黄雀行 李白

游莫逐炎洲翠,栖莫近吴宫燕。吴宫火起焚尔集作巢窠,炎洲逐翠
遭网罗。萧条两翅蓬蒿下,纵有鹰鹯奈若何。

同 前 储光羲

喷喷野田雀,不知躯体微。闲穿深蒿里,争食复争飞。穷老一颓
舍,枣多桑树稀。无枣犹可食,无桑何以衣。萧条空仓暮,相引时
来归。邪路岂不捷,渚田岂不肥。水长路且坏,恻恻与心违。

同 前 僧贯休

高树风多,吹尔巢落。深蒿叶暖,宜尔依薄。莫近鸰类,珠集作蛛网

亦恶。饮野田之清水,食野田之黄粟。深花中睡,垍土里浴。如此即全,胜啄太仓之谷,而更穿人_{集有之字}屋。

同　前　<small>僧齐己</small>

双双野田雀,上下同饮啄。暖去栖蓬蒿,寒归傍篱落。殷勤避罗网,乍可遇雕鹗。雕鹗虽不仁,分明在寥廓。

雁门太守行　<small>李贺</small>

黑云压城城欲摧,甲光向月<small>一作日</small>金鳞开。角声满天秋色里,塞上燕支凝夜紫。半卷红旗临易水,霜重鼓寒声<small>一作声寒</small>不起。报君黄金台上意,提携玉龙为君死。

同　前　<small>张祜</small>

城头月没霜如水,趑趄蹋沙人似鬼。灯前拭泪试香裘,长引一声残漏子。驼囊泻酒酒一杯,前头嗟<small>集作滴</small>血心不回。寄语年少妻莫哀,鱼金虎竹天上来,雁门山边骨成灰。

同　前　<small>庄南杰</small>

旌旗闪闪摇天末,长笛横吹虏尘阔。跨下嘶风白练狞,腰间切玉青蛇活。击革拟金燧牛尾,犬羊兵败如山死。九泉寂寞葬秋虫,湿云荒草啼秋思。

飞来双白鹤　<small>虞世南</small>

飞来双白鹤,奋翼远凌烟。双栖集紫盖,一举背青田。飓影过伊洛,流声入管弦。鸣群倒景外,刷羽阆风前。映海疑浮雪,拂涧泻飞泉。燕雀宁知去,蜉蝣不识还。何言别俦侣,从此间山川。顾步已相失,裴回反_{集作各自怜}。危心犹警露,哀响讵闻天。无因振六翮,轻举复随仙。

门有车马客行 <small>虞世南</small>

财雄<small>集作陈遵</small>重交结,戚里擅豪华。曲台临上路,高门<small>集作轩</small>抵狭斜。赭汗千金马,绣毂五香车。白鹤随飞盖,朱鹭入鸣箫。夏莲开剑水,春桃发露<small>集作绶</small>花。轻裙染回雪,浮蚁泛流霞。<small>集无此二句。</small>高谈辨飞兔,摛藻握灵蛇。逢恩借羽翼<small>集作出毛羽</small>,失路委泥沙。暖暖风烟晚,路长归骑远。日斜青琐第,尘飞金谷苑。危弦促柱奏巴渝,遗簪堕珥解罗襦。如何守直道,翻使谷名愚。

同　前 <small>李白</small>

门有车马客,金鞍曜朱轮。谓从丹<small>一作云</small>霄落,乃是故乡亲。呼儿扫中堂,坐客论悲辛。对酒两不饮,停筋泪盈巾。叹我万里游,飘飖<small>集作飘</small>三十春。空谈霸<small>集作帝</small>王略,紫绶不挂身。雄剑藏玉匣,阴符生素尘。廓落无所合,流离湘水滨。借问宗党间,多为泉下人。生苦百战役,死托万鬼邻。北风扬胡沙,埋翳周与秦。大运且如此,苍穹宁匪仁。恻怆竟何道,存亡任大钧。

蜀　道　难 <small>张文琮</small>

梁山镇地险,积石阻云端。深谷下寥廓,层岩上郁盘。飞梁架绝岭,栈道接危峦。揽辔独长息,方知斯路难。

同　前 <small>李白</small>

噫吁嚱,危乎高哉! 蜀道之难难于上青天。蚕丛及鱼凫,开国何茫然。尔来四万八千岁,乃<small>一作不</small>与秦塞通人烟。西当太白有鸟道,可以横绝峨眉巅。地崩山摧壮士死,然后天梯石栈方一作相钩连。上有六龙回日之高标一作横河断海之浮云,下有冲波逆折之回川。黄鹤之飞尚不得一作过,猿猱欲度愁攀缘。青泥何盘盘,百步九折萦岩峦。扪参历井仰胁息,以手抚膺坐长叹。问君西游何时还,畏途巉岩不可攀。但见悲鸟一作鸣号枯一作古木,雄飞呼雌一作雌从绕林间。又闻子规啼夜月,愁空山。蜀道之难难于上青天,使人听此凋朱颜。连峰去天不盈尺一作入烟几千〔尺〕(里),枯松倒挂倚绝壁。飞湍瀑流相喧豗,砯崖转石万壑雷。其险也若此,嗟尔远道之人胡为乎来哉!剑阁峥嵘而崔嵬,一夫当关,万夫莫开。所守或匪亲一作人,化为狼与豺。朝避猛虎,夕避长蛇,磨牙吮血,杀人如麻。锦城虽云乐,不如早还家。蜀道之难难于上青天,侧身西望长咨一作令人嗟。

棹 歌 行 骆宾王

写月图集作涂黄罢,凌波拾翠通。镜花摇芰日,衣麝入荷风。叶密舟难荡,莲疏浦易空。凤媒羞自托,鸳翼恨难穷。秋帐灯花翠,倡楼粉色红。相思无别曲,并在棹歌中。

同 前 徐坚

棹女饰银钩,新妆下翠楼。霜丝青桂楫,兰枻紫霞舟。水落金陵曙,风起洞庭秋。扣船过曲浦,飞帆越回流。影入桃花浪,香飘杜若洲。洲长殊未返,萧散云霞晚。日下大江平,烟生归岸远。岸远闻潮波,争途游戏多。因声赵津女,来听采菱歌。

胡 无 人 行 徐彦伯

十月繁霜下,征人远凿空。云摇锦更集作车节,海照角端弓。暗碛埋砂树,冲飙卷塞蓬。方随膜拜入,歌舞玉门中。

同　前 聂夷中

男儿徇大义,立节不沽名。腰间悬陆离,大歌胡无行。不读战国书,不览黄石经。醉卧咸阳楼,梦入受降城。更愿生羽翼,飞身入青冥。请携天子剑,斫下旄头星。自然胡无人,虽有无战争。悠哉典属国,驱羊老一生。

同　前 李白

严风吹霜海草凋,筋干精坚胡马骄。汉家战士三十万,将军兼领一作谁者霍嫖姚。流星白羽腰间插,剑花秋莲光出匣。天兵照雪下玉关,虏箭如沙射金甲。云龙风虎尽交回,太白入月敌可摧。敌可摧,旄头灭,履胡之肠涉胡血。悬胡青天上,埋胡紫塞旁。胡无人,汉道昌,陛下之寿三千霜。但歌大风云飞扬,安得猛士兮守四方。胡无人,汉道昌。一本无此六字。集无陛下之寿五句。

同　前 僧贯休

霍嫖姚,赵充国,天子将之平朔漠。肉胡之肉,烬胡帐幄,千里万里,惟留胡之空壳。边风萧萧,榆叶初落,杀气昼赤,枯骨夜哭。将军既立殊勋,遂有胡无人曲。我闻之天子富有四海,德被无垠。但令一物得所,八表来宾,亦何必令彼胡无人。

白　头　吟 刘希夷

楚调曲,其器有笙、笛弄、节、琴、筝、琵琶、瑟七种。

洛阳城东桃李花,飞来飞去落谁家。洛阳女儿惜颜色,行逢集作坐见落花长叹息。今年花落颜色改,明年花开复谁在。已见松柏摧为薪，更闻桑田变成海。古人无复洛城东，今人还对落花风。年年岁岁花相似，岁岁年年人不同。寄言全盛红颜子，须集作应怜半死白头翁。此翁白头真可怜，伊昔红颜美少年。公子王孙芳树下，清歌妙舞落花前。光禄池台文集作开锦绣，将军楼阁画神仙。一朝卧病无人识，三春行乐在谁边。宛转蛾眉能几时，须臾白集作鹤发乱如丝。但看旧集作古来歌舞地，惟有黄昏鸟雀悲。

同前二首 李白

锦水东北流，波荡双鸳鸯。雄巢汉宫树，雌弄秦草芳。宁同万死碎绮翼，不忍云间两分张。此时阿娇正娇妒，独坐长门愁日暮。但愿君恩顾妾深，岂惜黄金将买赋一作买词赋。相如作赋得黄金，丈夫好新多异心，一朝将聘茂陵女，文君因赠一作赋白头吟。东流不作西归水，落花辞条归故林。兔丝固无情，随风任颠倒。谁使女萝枝，而来强萦抱。两草犹一心，人心不如草。莫卷龙须席，从他生网丝。且留琥珀枕，或有梦来时。覆水再收岂满杯，弃妾已去难重回。古时得意不相负，只今惟见青陵台。

锦水东流碧，波荡双鸳鸯。雄巢汉宫树，雌弄秦草芳。相如去蜀谒武帝，赤车驷马生辉光。一朝再览大人作，万乘忽欲凌云翔。闻道阿娇失恩宠，千金买赋要君王。相如不忆贫贱日，官高金多聘私室。茂陵姝子皆见求，文君欢爱从此毕。泪如双泉水，行堕紫罗襟。五起鸡三唱，清晨白头吟。长吁不整绿云鬓，仰诉青天哀怨深。城崩杞梁妻，谁道土无心。东流不作西归水，落花辞枝羞故林。头上玉燕钗，是妾嫁时物，赠君表相思，罗袖幸时拂。莫卷龙须席，从他生网丝，且留琥珀枕，还有梦来时。鸂鶒裛在锦屏上，自君一挂无由披。妾有秦楼镜，照心胜照井。愿持照新人，双对可怜影。覆水却收不满杯，相如还谢文君回。古来得意不相负，只今惟有青陵台。

同　前 张籍

请君膝上琴，弹我白头吟。忆昔君前娇笑语，两情宛转如萦素。宫中为我起高楼，更开华池种芳树。春天百草秋始衰，弃我不待白头时。罗襦玉珥色未暗，今朝已道不相宜。扬州青铜作明镜，暗中持照不见影。人心回互自无穷，眼前好恶那能定。君恩已去若再返，菖蒲花生_{集作开}月长满。

反白头吟 白居易

鲍照作《白头吟》，居易反其致，为《反白头吟》。

炎炎者烈火，营营者小蝇。火不热真玉，蝇不点清冰。此苟无所受，彼莫能相仍。乃知物性中，各有能不能。古称怨报_{集作恨死}，则人有所惩。惩淫或应可，在道未为弘。譬如蜩鷃徒，啾啾啅龙鹏。宜当委之去，寥廓高飞腾。岂能泥尘下，区区酬怨憎。胡为坐自苦，吞悲仍抚膺。

决绝〔词〕(调)三首 元稹

乍可为天上牵牛织女星，不愿为庭前红槿枝。七月七日一相见，故心终不移。那能朝开暮飞去，一任东西南北吹。分不两相守，恨不两相思。对面且如此，背面当何知。春风撩乱伯劳语，_{此下集有况是二字。}此时抛去时。握手苦相问，竟不言后期。君情既决绝，妾意已参差。借如死生别，安得长苦悲。

噫春冰之将泮，何余怀之独结。有美一人，于焉旷绝。一日不见，比一日于三年，况三年之旷别。水得风兮小而已波，筝在苞兮高不见节。矧桃李之当春，竞众人之_{集作而}攀折。我自顾悠悠而若云，又安能保君皓皓集作皑皑之如雪。感破镜之分明，睹泪痕之馀血。
幸他人之既不我先，又安能使他人之终不我夺。已焉哉，织女别黄
姑，一年一度暂相见，彼此隔河何事无。
夜夜相抱眠，幽怀尚沉结。那堪一年事，长遣一宵说。但感久相
思，何暇暂相悦。虹桥薄夜成，龙驾侵晨列。生憎野鹊往集作鹤性
迟回，死恨天鸡识时节。曙色渐曈昽集作曈，华星次集作欲明灭。一
去又一年，一年何时一作可彻。有此迢递期，不如生死集作死生别。
天公隔是妒相怜，何不便教相决绝。

梁　甫　吟　李白

长啸梁甫吟，何时见阳春？君不见朝歌屠叟辞棘津，八十西来钓渭
滨。宁羞白发照渌集作清水，逢时吐一作壮气思经纶。广张三千六
百钓，风雅暗与文王亲。大贤虎变愚不测，当年颇似寻常人。君不
见高阳酒徒起草中，长揖山东隆准公。入门不拜一作开说骋雄辨，
两女辍洗来趋风。东下齐城七十二，指麾楚汉如旋蓬。狂生落拓
尚如此，何况壮士当群雄！我欲攀龙见明主，雷公砰訇震天鼓，帝
旁投壶多玉女。三时大笑开电光，倏烁晦冥起风雨。阊阖九门不
可通，以额叩关阍者怒。白日不照吾精诚，杞国无事忧天倾。猰貐
磨牙竞人肉，驺虞不折生草茎。手接飞猱搏雕虎，侧足焦原未言
苦。智者可卷愚者豪，世人见我轻鸿毛。力排南山三壮士，齐相杀
之费二桃。吴楚弄兵无剧孟，亚夫咍尔为徒劳。梁父吟，梁父吟，
声正悲。张公两龙剑，神物合有时。风云感会起屠钓，大人岴屼
当安之。

东　武　吟　李白

好古笑流俗，素闻贤达风。方希佐明主，长揖辞成功。白日在高

天,回光烛微躬。恭承凤皇诏,欻起云萝中。清切紫霄迥,优游丹禁通。君王赐颜色,声价凌烟虹。乘舆拥翠盖,扈从金城东。宝马丽绝景,锦衣入新丰。倚岩望松雪,对酒鸣丝桐。因学扬子云,献赋甘泉宫。天书美片善,清芬播无穷。归来入咸阳,谈笑皆王公。一朝去金马,飘落成飞蓬。宾友集客日疏散,玉尊亦已空。才力犹可倚一作待,不惭世上雄。闲作东武吟,曲尽情未终。书此谢知己,吾寻黄绮翁一作扁舟寻钓翁。

怨 诗 二 首 薛奇童

日晚梧桐落,微寒入禁垣。月悬三雀观,霜度万秋门。艳舞矜新宠,愁容泣旧恩。不堪深殿里,帘外欲黄昏。

禁苑春风起,流莺绕合欢。玉窗通日气,珠箔卷轻寒。杨叶垂金一作阴砌,梨花入井阑。君王好长袖,新作舞衣宽。

同 前 张汯

去年离别雁初归,今夜裁缝萤已飞。征客去集作近来音信断,不知何处寄寒衣。

同 前 刘元济

玉关芳信断,兰闺锦字新。愁来好自抑,念切已含嚬。虚牖风惊梦,空床月厌人。归期傥可促,勿度柳园春。

同 前 三 首 李暇

罗敷初总髻,蕙芳正娇小。月落始归船,春眠恒著晓。

何处期郎游,小苑花台间。相忆不可见,且复乘月还。

别来花照路,别后露垂叶。歌舞须及时,如何坐悲妾。

同 前 二 首 崔国辅

楼前桃李疏,池上芙蓉落。织锦犹未成,虫声入罗幕。
妾有罗衣裳,秦王在时作。为舞春风多,秋来不堪著。

同 前 孟郊

试妾与君泪,两处滴池水。看取芙蓉花,今年为谁死。

同 前 刘义

君莫嫌丑妇,丑妇死守贞。山头一怪石,长作望夫名。鸟有并翼
飞,兽有比肩行。丈夫不立义,岂如鸟兽情。

同 前 鲍溶

女萝寄松柏集作青松,绿蔓花绵绵。三五定君婚,结发早移天。肃
肃羊雁礼,泠泠琴瑟篇。恭承采蘩祀,敢效同居集作车贤。皎日不
留景,良时集作辰如逝川。秋集作愁心还遗集作忽移爱,春貌无归妍。
翠袖洗朱集作皓朱粉,碧阶对绮集作绿钱。新人易如玉,废瑟难为弦。
寄羡集作谢蓬华木,荣名香阁前。岂无摇落苦,贵与根蒂连。希君
旧光景,照妾薄暮年。

同 前 白居易

夺宠心那惯,寻思倚殿门。不知移旧爱,何处作新恩。

同 前 二 首 姚氏月华

春水悠悠春草绿,对此思君泪相续。羞将离恨向东风,理尽秦筝不
成曲。

与君形影分胡越, 玉枕终年对离别。登台北望烟雨深, 回身泣向寥天月。

怨 歌 行 虞世南

紫殿秋风冷, 雕甍白集作落日沉。裁纨凄断曲, 织素别离心。掖庭羞改画, 长门不惜金。宠移恩稍薄, 情疏恨转深。香销翠羽帐, 弦断凤皇琴。镜前红粉歇, 阶上绿苔侵。谁言掩歌扇, 翻作白头吟。

同　前 李白

十五入汉宫, 花颜笑春红。君王选玉色, 侍寝金一作锦屏中。荐枕娇夕月, 卷衣恋春一作香风。宁知赵飞燕, 夺宠恨无穷。沉忧能伤人, 绿鬓成霜蓬。一朝不得意, 世事徒为空。鹔鹴换美酒, 舞衣罢雕笼。寒苦不忍言, 为君奏丝桐。肠断弦亦绝, 悲心夜忡忡。

同　前 吴少微　此诗中有逸句

城南有怨妇, 含怨倚兰集作傍芳丛。自谓二八时, 歌舞入汉宫, 皇恩弄幸玉堂中。集作皇恩数流盼, 承幸玉堂中。绿陌集作柏黄花催夜酒, 锦衣罗袂逐春风。建章西宫焕若神, 燕赵美女二集作三千人。君王厌德不忘新, 况群艳冶纷来陈。是时别君不再见, 三十三春长信殿。长信重门昼掩关, 清房晓帐幽且闲。绮窗虫网氛尘色, 文轩莺对桃李颜。天王贵宫不贮老, 浩然泪陨集作含泪今来还。自怜集有春色二字转晚暮, 试逐佳游芳草路。小腰丽女夺人奇, 金鞍少年曾不顾。归来谁为夫, 请谢西家妇, 莫辞先醉解罗襦。

明月照高楼 雍陶

朗月何高高, 楼中帘影寒。一妇独含叹, 四坐谁成欢。时节屡已移,游旅杳不还。沧溟倘未涸,妾泪终不干。君若无定云,妾若不动山。云行出山易,山逐云去难。愿为边塞尘,因风委君颜。君颜良洗多,荡妾浊水间。

长门怨 徐贤妃

旧爱柏梁台,新宠昭阳殿。守分辞方集作芳辇,含情泣团扇。一朝歌舞荣,夙昔诗书贱。颓恩诚已矣,覆水难重荐。

同前 沈佺期

月皎风泠泠,长门次掖庭。玉阶闻坠叶,罗幌见飞萤。清露凝珠缀,流尘下翠屏。妾心君未察,愁叹剧繁星。

同前 吴少微

月出映曾城,孤圜上太清。君王春集作眷爱歇,枕席凉风生。怨咽不能寝,踟蹰步前楹。空阶白露色,百草寒虫鸣。念昔金房里,犹嫌玉座轻。如何娇所误,长夜泣恩情。

同前 张修之

长门落景尽,洞房秋月明。玉阶草露积,金屋网尘生。妾妒今应改,君恩昔未平。寄语临邛客,何时作赋成。

同前 裴交泰

自闭长门经几秋,罗衣湿尽泪还流。一种蛾眉明月夜,南宫歌管北宫愁。

同　前 刘阜

宫殿沉沉月欲分，昭阳更漏不堪闻。珊瑚枕上千行泪，不是思君是恨君。

同　前 袁晖

早知君爱歇，本自无紫妒。谁使恩情深，今来反相误。愁眠罗帐晓，泣坐金闺暮。独有梦中魂，犹言意如故。

同　前 刘言史

独坐炉边结夜愁，暂时恩集作思去亦难留一作收。手持金箸垂红泪，乱拨寒灰不举头。

同 前 二 首 李白

天回北斗挂西楼，金屋无人萤火流。月光欲到长门殿，别作深宫一段愁。

桂殿长愁不记春，黄金四屋起秋尘。夜悬明镜青天上，独照长门宫里人。

同　前 李华

弱体鸳鸯荐，啼妆翡翠衾。鸦鸣秋殿晓，人静禁门深。每忆椒房宠，那堪永巷阴。日惊罗带缓，非复旧来心。

同　前 岑参

君王嫌妾妒，闭妾在长门。舞袖垂新宠，愁眉结旧恩。绿钱生履迹，红粉湿啼痕。羞被桃花笑，看春独不言。

同　前 齐澣

茕茕孤思逼,寂寂长门夕。妾妒亦非深,君恩那不惜。携琴就玉阶,调悲声未谐。将心托明月,流影入君怀。

同　前 刘长卿

何事长门闭,珠帘只自垂。月移深殿早,春向后宫迟。蕙草生闲地,梨花发旧枝。芳菲自恩幸,看却集作著被风吹。

同　前 僧皎然

春风日日闭长门,摇荡春心自集作似梦魂。若遣花开只笑妾,不如桃李正无言。

同　前 卢纶

空宫集作空古廊殿,寒月照斜晖。卧听未央曲,满箱歌舞衣。

同　前 戴叔伦

自忆专房宠,曾居第一流。移恩向何集作他处,暂妒不容收。夜久丝管集作静管弦绝,月明宫殿秋。空将旧时意,长望凤皇楼。

同　前 刘驾

御泉长绕凤皇楼,只是恩波别处流。闲揲舞衣归未得,夜来砧杵六宫秋。

同　前　二首 高蟾

天上何劳万古春,君前谁是百年人。魂销尚愧金炉烬,思起犹惭玉

辇尘。烟翠薄情攀不得,星芒浮艳采无因。可怜明镜来相向,何似
恩光朝夕新。

天上凤皇休寄梦,人间鹦鹉旧堪悲。平生心绪无人识,一只金梭万
丈丝。

同　前　张祜

日映宫墙柳色寒,笙歌遥指碧云端。珠铅滴尽无心语,强把花枝冷
笑看。

同　前　二　首　郑谷

闲把罗衣泣凤皇,先朝曾教舞霓裳。春来却羡庭花落,得逐晴风出
禁墙。

流水君恩共不回,杏花争忍扫成堆。残春未必多烟雨,泪滴闲阶长
绿苔。

同　前　二　首　刘氏媛

雨滴梧桐秋夜长,愁心和雨到昭阳。泪痕不学君恩断,拭却千行更
万行。

学画蛾眉独出群,当时人道便承恩。经年不见君王面,花落黄昏空
掩门。

阿　娇　怨　刘禹锡

望见葳蕤举翠华,试开金屋扫庭花。须臾宫女传来信,云一作言幸
平阳公主家。

班婕妤 徐彦伯

君恩忽断绝,妾思终未央。巾栉不可见,枕席空馀香。窗暗网罗白,阶秋苔藓黄。应门寂已闭,流涕向昭阳。

同 前 严识玄

贱妾如桃李,君王若岁时。秋风一已劲,摇落不胜悲。寂寂苍苔满,沉沉绿草滋。荣一作繁华非此日,指辇竟何辞。

同前三首 王维

玉窗萤影度,金殿人声绝。秋夜守罗帏,孤灯耿不灭。
宫殿生秋草,君王恩幸疏。那堪闻凤吹,门外度金舆。
怪来妆阁闭,朝下不相迎。总向春园里,花间语笑声。

婕妤怨 崔湜

不分君恩断,新妆视镜中。容华尚春日,娇爱已秋风。枕席临窗晓,帏屏向月空。年年后庭树,荣落在深宫。

同 前 崔国辅

长信宫中草,年年愁处生。故侵珠履迹,不使玉阶行。

同 前 张烜

贱妾裁纨扇,初摇明月姿。君王看舞席,坐起秋风时。玉树清御路,金陈翳垂丝。昭阳无分理,愁寂任前期。

同 前 刘方平

夕殿别君王，宫深月似霜。人愁集作幽在长信，萤出向昭阳。露裛红兰死集作湿，秋凋碧树伤。惟当合欢扇，从此箧中藏。

同 前 王沈

长信梨花暗欲栖，应门上籥草萋萋。春风吹花乱扑户，班婕集作班绝车声不至啼。

同 前 皇甫冉

由来咏团扇，今与值秋风。事逐时皆往，恩无日再中。早鸿闻上苑，寒露下深宫。颜色年年谢，相如赋岂工。

同 前 陆龟蒙

妾貌非倾国，君王忽然宠。南山掌上来，不及新恩重。后宫多窈窕，日日学新声。一落君王耳，南山又须轻。

同 前 翁绶

谗谤潜来起百忧，朝承恩宠暮仇雠。火烧白玉非因玷，霜翦红兰不待秋。花落昭阳谁共辇，月明长信独登楼。繁华事逐东流水，团扇悲歌万古愁。

同 前 刘氏云

君恩不可见，妾岂如秋扇。秋扇尚有时，妾身永微贱。莫言朝花不复落，娇容几夺昭阳殿。

长　信　怨 王谌

飞燕倚身轻，争人巧笑名。生君弃妾意，增妾怨君情。日落昭阳殿，秋来长信城。寥寥金殿里，歌吹夜无声。

同　　前 王昌龄

金井梧桐秋叶黄，珠帘不卷夜来霜。金炉_{集作熏笼}玉枕无颜色，卧听南宫_{一作宫中}清漏长。

奉帚平明金殿开，暂_{集作且}将团扇共_{集作暂}裴回。玉颜不及寒鸦色，犹带昭阳日影来。

同　　前 李白

月皎昭阳殿，霜清长信宫。天行乘玉辇，飞燕与君同。更有留情处，承恩乐未穷。谁怜团扇妾，独坐怨秋风。

蛾　眉　怨 王翰

君不见宜春苑中九华殿，飞阁连连直如发。白日全含朱鸟窗，流云半入苍龙阙。宫中彩女夜无事，学凤吹箫弄清越。珠帘北卷待凉风，绣户南开向明月。忽闻天子忆蛾眉，宝凤衔花揲两蜺。传声走马开金屋，夹路鸣环上玉墀。长乐彤庭宴华寝，三千美人曳_{集作花}光_锦。灯前含笑更罗衣，帐里承恩荐瑶枕。不意君心半路回，求仙别作望仙台。仓_{集作琳琅}禁闼遥相忆，紫翠岩房昼不开。欲向人间种桃实，先从海底觅蓬莱。蓬莱可求不可上，孤舟缥缈知何往。黄金作盘铜作茎，晴_{集作青}天白露掌中擎。王母嫣然感君意，云车雨旆欲相迎。飞廉观前空怨慕，少君何事须相误。一朝埋没茂陵田，贱妾蛾眉不重顾。宫车晚出向南山，仙卫逶迤去不还。朝晡泣对麒麟树,树下苍苔日渐斑。人生百年夜将半,对酒长歌莫长叹。剩_{集作情}知白日不可思,一死一生何足算。

玉 阶 怨 李白

玉阶生白露,夜久侵罗袜。却下水精帘,玲珑望秋月。

宫 怨 长孙佐辅

窗前好树名玫瑰,去年花落今年开。无情春色尚识返,君心忽断何时来。忆昔妆成候仙仗,宫琐玲珑日新上。拊心却笑西子嚬,掩鼻谁忧郑姬谤。草染文章衣下履,花粘甲乙床前帐。三千玉貌休自夸,十二金钗独相向。盛衰倾夺欲何如,娇爱翻悲逐佞谀。重远岂能惭沼鹄,弃前方见泣船鱼。看笼不记熏龙脑,咏扇空曾秃鼠须。始意一作喜类萝新托柏,终伤如荠却甘荼。深院_{集作院深}独开还独闭,鹦鹉惊飞苔覆地。满箱旧赐前日衣,渍枕新垂夜来泪。痕多开镜照还悲,绿鬒青蛾尚未衰。莫道新缣长绝比,犹逢故剑会相追。

同 前 李益

露湿晴花宫_{集作春殿}香,月明歌吹在昭阳。似将海水添宫漏,共滴长门一夜长。

同 前 于濆

姜家望江口,少年家财厚。临江起珠楼,不卖文君酒。当年乐贞独,巢燕时为友。父兄未许人,畏妾事姑舅。西墙邻宋玉,窥见妾眉宇。一旦及天聪,恩光生户牖。谓言入汉宫,富贵可长久。君王纵有情,不奈陈皇后。谁怜颊似桃,孰知腰胜柳。今日在长门,从来不如丑。

同　前　柯崇

尘满金炉不炷香，黄昏独自立重廊。笙歌何处承恩宠，一一随风入上阳。

长门槐柳半萧疏，玉辇沉思恨有馀。红泪旋销倾国态，黄金谁为达相如。

杂 怨 三 首　聂夷中

生在绮罗下，岂识渔阳道。良人自戍来，夜夜梦中到。渔阳万里远，近于中门限。中门逾有时，渔阳常在眼。

良人昨日去，明日又不还一作明月又不圞。别时各有泪，零落青楼前。君泪濡罗巾，妾泪滴路尘。罗巾今在手，日得随妾身。路尘如因飞，得上君车轮。

同 前 三 首　孟郊

夭桃花清晨，游女红粉新。夭桃花薄暮，游女红粉故。树有百年一作度花，人无一定颜。花送人老尽，人悲花自闲。

贫女镜不明，寒花日少容。暗蚕有虚织，短线无长缝。浪水不可照，狂夫不可从。浪水多散影，狂夫多异踪。持此一生薄，空成百集作万恨浓。

忆人莫至悲，至悲空自衰。寄人莫羁衣，羁衣未必归。朝为双一作同蒂花，暮为四散飞。花落却绕树，游子不顾期。

全唐诗卷二一

相和歌辞

子夜春歌 王翰

以后并清商曲。其器有钟、磬、琴、瑟、击琴、琵琶、箜篌、筑、筝、节鼓、笙、笛、箫、篪、埙等十五种,为一部。唐又增吹叶而无埙。长安以后,工伎浸缺,与吴音转远。开元中,刘贶以为宜取吴人,使之传习,以问歌工李郎子。郎子北人,学于江都俞才生。后郎子亡去,清乐之歌遂阙。

春气满林香,春游不可忘。落花吹欲尽,垂柳折还长。桑女淮南曲,金鞍塞北装。行行小垂手,日暮渭川阳。

子夜冬歌 崔国辅

寂寥抱冬心,裁罗又褧褧。夜久频挑灯,霜寒剪刀冷。

同 前 薛耀

朔风扣群木,严霜凋百草。借问月中人,安得长不老。

子夜四时歌六首 郭元振

春 歌 二 首

青楼含日光,绿池起风色。赠子同心花,殷勤此何极。

陌头杨柳枝，已被春风吹。妾心正断绝，君怀那得知。

秋 歌 二 首

邀欢空伫立，望美频回顾。何时复采菱，江中密相遇。

辟恶茱萸囊，延年菊花酒。与子结绸缪，丹心此何有。

冬 歌 二 首

北极严气升，南至温风谢。调丝竞短歌，拂枕怜长夜。

帷横双翡翠，被卷两鸳鸯。婉态不自得，宛转君王床。

子夜四时歌四首 李白

春 歌

秦地罗敷女，采桑绿水边。素手青条上，红妆白日鲜。蚕饥妾欲去，五马莫留连。

夏 歌

镜湖三百里，菡萏发荷花。五月西施采，人看隘若邪。回舟不待月，归去越王家。

秋 歌

长安一片月，万户捣衣声。秋风吹不尽，总是玉关情。何日平胡虏，良人罢远征。

冬 歌

明朝驿使发，一夜絮征袍。素手抽针冷，那堪把剪刀。裁缝寄远道，几日到临洮。

子夜四时歌四首 陆龟蒙

春 歌

山连翠羽屏，草接烟华席。望尽南飞燕，佳人断信一作消息。

夏　歌

兰眼抬露斜,莺唇映花老。金龙倾漏尽,玉井敲冰早。

秋　歌

凉汉清沕寥,衰林怨风雨。愁听络纬唱,似与羁魂语。

冬　歌

南光走冷圭,北籁号空木。年年任霜霰,不减筼筜绿。

大子夜歌二首 陆龟蒙　次首本古曲辞

歌谣数百种,子夜最可怜。慷慨吐清音,明转出天然。
丝竹发歌响,假器扬清音。不知歌谣妙,声势出口心。

子夜警歌二首 陆龟蒙　次首本古曲辞

镂碗传绿酒,雕炉熏紫烟。谁知苦寒调,共作白雪弦。
恃爱如欲进,含羞出不前。朱口发艳歌,玉指弄娇弦。

丁督护歌 李白

云阳上征去,两岸饶商贾。吴牛喘月时,拖船一何苦。水浊不可
饮,壶浆半成土。一唱都集作督护歌,心摧泪如雨。万人凿盘石,无
由达江浒。君看石芒砀,掩泪悲千古。

团扇郎 张祜

白团扇,今来此去捐。愿得入郎手,团圆郎眼前。

同　前 刘禹锡

团扇复团扇,奉君清暑殿。秋风入庭树,从此不相见。上有乘鸾
女,苍苍虫网遍。明年入怀袖,别是一作有机中练。

碧 玉 歌 李暇

碧玉上宫妓,出入千花林。珠被玳瑁床,感郎情意深。

懊 恼 曲 温庭筠

藕丝作线难胜针,蕊粉染黄那得深。玉白兰芳不相顾,倡一作青楼
一笑轻千金。莫言自古皆如此,健剑刜钟铅绕指。三秋庭绿尽迎
霜,惟有荷花守红死。西一作庐江小吏朱斑轮,柳缕吐芽香玉春。
两股金钗已相许,不令独作空城集作成尘。悠悠楚水流如马,恨紫
愁红满平野。野土千年怨不平,至今烧作鸳鸯瓦。

读曲歌五首 张祜

窗中独自起,帘外独自行。愁见蜘蛛织,寻思直到明。
碓上米不舂,窗中丝罢络。看渠驾去车,定是无四角。
不见心相许,徒云脚漫勤。摘荷空摘叶,是底采莲人。
窗外山魈立,知渠脚不多。三更机底下,摸著是谁梭。
郎去摘黄瓜,郎来收赤枣。郎耕种麻地,今作西舍道。

春江花月夜二首 张子容

林花发岸口,气色动江新。此夜江中月,流光花上春。分明石潭
里,宜照浣纱人。
交甫怜瑶佩,仙妃难重期。沉沉绿江晚,惆怅碧云姿。初逢花上
月,言是弄珠时。

同 前 张若虚

春江潮水连海平,海上明月共潮生。滟滟随波千万里,何处春江无

月明。江流宛转绕芳甸,月照花林皆似霰。空里流霜不觉飞,汀上白沙看不见。江天一色无纤尘。皎皎空中孤月轮。江畔何人初见月,江月何年初照人。人生代代无穷已,江月年年望_{集作只}相似。不知江月待何人,但见长江送流水。白云一片去悠悠,青枫浦上不胜愁。谁家今夜扁舟子,何处相思明月楼。可怜楼上月裴回,应照离人妆镜台。玉户帘中卷不去,捣衣砧上拂还来。此时相望不相闻,愿逐月华流照君。鸿雁长飞光不度,鱼龙潜跃水成文。昨夜闲潭梦落花,可怜春半不还家。江水流春去欲尽,江潭落月复西斜。斜月沉沉藏海雾,碣石潇湘无限路。不知乘月几人归,落月摇情满江树。

同　前 <small>温庭筠</small>

玉树歌阑海云黑,花庭忽作青芜国。秦淮有水水无情,还向金陵漾春色。杨家二世安九重,不御华芝嫌六龙。百幅锦帆风力满,连天展尽金芙蓉。珠翠丁星复明灭,龙头劈浪哀笛发。千里涵空照水魂,万枝破鼻团香雪。漏转霞高沧海西,颇黎枕上闻天鸡。蛮弦代雁曲如语,一醉昏昏天下迷。四方倾动烟尘起,犹在浓香梦魂里。后主荒宫有晓莺,飞来只隔西江水。

玉树后庭花 <small>张祜</small>

轻车何草草,独唱后庭花。玉座谁为主,徒悲张丽华。

堂　堂 <small>温庭筠</small>

钱塘岸上春如织,淼淼寒潮带晴色。淮南游客马连嘶,碧草迷人归不得。风飘客意如吹烟,纤指殷勤伤雁弦。一曲堂堂红烛筵,金_{集作长}鲸泻酒如飞泉。

三阁词四首 刘禹锡

贵人三阁上，日晏未梳头。不应有恨事，娇甚却成集作生愁。
珠箔曲琼钩，子细见扬州。北兵那得度，浪语集作话判悠悠。
沉香帖阁柱，金缕画门集作阁楣。回首降幡下，已见黍离离。
三人出皆井，一身登槛车。朱门漫临水，不可见鲈鱼。

神 弦 曲 李贺

西山日没东山昏，旋风吹马马踏云。画弦素管声浅繁，花裙綷縩
步秋尘。桂叶刷风桂坠子，青狸哭血寒狐死。古壁彩虬金帖尾，雨
工骑入秋一作公夜骑入潭水。百年老鸮成木魅，笑声碧火巢中起。

神 弦 别 曲 李贺

巫山一作阳小女隔云别，松花春风一作春风松花山上发。绿盖独穿香
径归，白马花竿前孑孑。蜀江风澹水如罗，堕兰谁泛相经过。南山
桂树为君死，云衫残集作浅污红脂花。

祠渔山神女歌 王维

迎 神

坎坎击鼓，渔山之下。吹洞箫，望极浦。女巫进，纷屡舞。陈瑶席，
湛清酤。风凄凄，又集作兮夜雨。不知神之来兮不来，使我心兮苦
复苦。

送 神

纷进舞兮堂前，目眷眷兮琼筵。来不言兮意不传，作暮雨兮愁空
山。悲急管兮思繁弦，神之驾兮俨欲旋。倏云收兮雨歇，山青青兮
水潺湲。

祠 神 歌 王睿

迎 神

蓮草头花椰叶裙,蒲葵树下舞蛮云。引领望江遥滴酒,白蘋风起水生文。

送 神

柊柊山响答琵琶,酒湿青莎肉饲鸦。树叶无声神去后,纸钱灰出木绵花。

乌 夜 啼 杨巨源

　　以后并西曲歌,本出于荆郢樊邓之间,故其声节送和与吴歌亦异。

可怜杨叶复杨花,雪净烟深碧玉家。乌栖不定枝条弱,城头夜半声哑哑。浮萍摇集作流荡门前水,任胃芙蓉莫堕沙。

同 前 李白

黄云城边乌欲栖,归飞哑哑枝上啼。机中织锦秦川女一作闺中织妇秦家女,碧纱如烟隔窗语。停梭怅然忆远人,独宿孤房泪如雨。一作停梭向人问故夫,欲说辽西泪如雨。

同 前 二 首 顾况

玉房掣锁声翻叶,银箭添泉绕霜堞。毕逋发刺月衔城,八九雏飞其母惊。此是天上老鸦鸣,人间老鸦无此声。摇集有风字杂佩,耿华烛,良夜羽人弹此曲,东方曈曈赤日旭。

月出江林西,江林寂寂城鸦啼。昔人何处为此曲,今人何处听不足。城寒月晓驰思深,江上青草为谁绿。

同 前 李群玉

曾波隔梦渚，一望青枫林。有乌在其间，达晓自悲吟。是时月黑
天，四野烟雨深。如闻生离哭，其声痛人心。
悄悄夜正长，空山响哀音。远客不可听，坐愁华发侵。既非蜀帝
魂，恐是恒山禽。四子各分散，母声犹至今。

同 前 聂夷中

众鸟各归枝，乌乌尔不栖。还应知妾恨，故向绿窗啼。

同 前 白居易

城上归时晚，庭前宿处危。月明无叶树，霜滑有风枝。啼涩饥喉
咽，飞低冻翅垂。画堂鹦鹉鸟，冷暖不相知。

同 前 王建

庭树乌，尔何不向别处栖？夜夜夜半当户啼。家人把烛出洞户，惊
栖失群飞落树。一飞直欲飞上天，回回不离旧栖处。未明重绕主
人屋，欲下空中黑相触。风飘雨湿亦不移，君家树头多好枝。

同 前 张祜

忽忽南飞返，危弦共怨凄。暗霜移树宿，残夜绕枝啼。咽绝声重
叙，惝泽思乍迷。不妨还报喜，误使玉颜低。

乌 栖 曲 李白

姑苏台上乌栖时，吴王宫里醉西施。吴歌楚舞欢未毕，青山犹*集作*
欲衔半边日。银箭金壶*一作金壶*丁丁漏水多，起看秋月坠江波，东方

渐高奈乐一作尔何。

同　前 李端

白马逐牛集作朱车, 黄昏入狭斜。柳树乌争宿, 争枝集作宿未得飞上
屋。东房少妇婿从军, 每听乌啼知夜分。

同　前 王建

章华宫人夜上楼, 君王望月西山头。夜深宫殿门不锁, 白露满山山
叶堕。

同　前 张籍

西山作宫潮满池, 宫乌晓鸣茱萸枝。吴姬自唱采莲一作采莲自唱曲,
君王昨夜舟中宿。

栖乌曲二首 刘方平

蛾眉曼脸倾城国, 鸣环动佩新相识。银汉斜临白玉堂, 芙蓉行障掩
灯光。
画舸双艑锦为缆, 芙蓉花发莲叶暗。门前月色映横塘, 感郎中夜渡
潇湘。

莫　愁　乐 张祜

侬居石城下, 郎到石城游。自郎石城出, 长在石城头。

莫　愁　曲 李贺

草生陇坂下, 鸦噪城堞头。何人此城里, 城角栽石榴。青丝系五
马, 黄金络双牛。白鱼驾莲船, 夜作十里游。归来无人识, 暗上沉

香楼。罗床倚瑶瑟,残月倾帘钩。今日槿花落,明朝梧_{集作桐}树秋。若负平生意,何名作_{集作何}莫愁。

估 客 乐 <small>李白</small>

海客乘天风,将船远行役。譬如云中鸟,一去无踪迹。

同 前 <small>元稹</small>

估客无住著,有利身即_{集作则}行。出门求火伴,入户辞父兄。父兄相教示,求利莫求名。求名有所避,求利无不营。火伴相勒缚,卖假莫卖诚。交关少_{集作但}交假,交假本生轻_{集作本生得失轻}。自兹相将去,誓死意不更。一_{集作亦}解市头语,便无乡里情。鍮石打臂钏,糯米炊项璎。归来村中卖,敲作金玉声。村中田舍娘,贵贱不敢争。所费百钱本,已得十倍赢。颜色转光净,饮食亦甘馨。子本频蓄息,货赂_{集作贩}日兼并。求珠驾沧海,采玉上荆衡。北买党项马,西擒吐蕃鹦。炎洲布火浣,蜀地锦织成。越婢脂肉滑,奚僮眉眼明。通算衣食费,不计远近程。经营_{集作游}天下遍,却到长安城。城中东西市,闻客次第迎。迎客兼说客,多财为势倾。客心本明黠,闻语心已惊。先问十常侍,次求百公卿。侯家与主第,点缀无不精。归来始安坐,富与王家_{集作者勃}。市卒酒肉臭,县胥家舍成。岂惟绝言语,奔走极使令。大儿贩材木,巧识梁栋形。小儿贩盐卤,不入州县征。一身偃市利,突若截海鲸。钩距不敢下,下则牙齿横。生为估客乐,判尔乐一生。尔又生两子,钱刀何岁平。

贾 客 乐 <small>张籍</small>

金陵向西贾客多,船中生长乐风波。欲发移船近江口,船头祭神各浇酒。停杯共说远行期,入蜀经蛮远_{集作谁别离}。金多众中为上客,夜夜算缗眠独迟。秋江初月猩猩语,孤帆夜发满_{集作潇湘渚}。
水工持楫防暗滩,直过山边及前侣。年年逐利西复东,姓名不在县
籍中。农夫税多长辛苦,弃业长为贩卖_{一作宝翁}。

贾　客　词 　刘禹锡

贾客无定游,所游惟利并。眩俗杂良苦,乘时知重轻。心计析秋
毫,摇钩俟悬衡。锥刀既无弃,转化日已盈。邀福祷波神,施财游
化城。妻约雕金钏,女垂贯珠缨。高赀比封君,奇货通幸卿。趋时
鸷鸟思,藏镪盘龙形。大艑浮通川,高楼次旗亭。行止皆有乐,关
梁似_{一作自}无征。农夫何为者,辛苦事寒耕。

同　　前 　刘驾

贾客灯下起,犹言发已迟。高山有疾路,暗行终不疑。寇盗伏其
路,猛兽来相追。金玉四散去,空囊委路岐。扬州有大宅,白骨无
地归。少妇当此日,对镜弄花枝。

襄　阳　乐 　张祜

大堤花月夜,长江春水流。东风正上信,春夜特来_{一作待郎游}。

襄阳曲二首 　崔国辅

蕙草娇红萼,时光舞碧鸡。城中美年少,相见白铜鞮。
少年襄阳地,来往襄阳城。城中轻薄子,知妾解秦筝。

同　　前 　施肩吾

大堤女儿郎莫寻,三三五五结同心。清晨对镜冶_{集作理容色},意欲
取郎千万金。

同　前 李端

襄阳堤路长,草碧杨柳集作柳枝黄。谁家女儿临夜妆,红罗帐里有灯光。雀钗翠羽动明珰,欲出不出脂粉香。同居女伴正衣裳,中庭寒月白如霜。贾生十八称才子,空得门前一断肠。

大　堤　曲 张柬之

南国多佳人,莫若大堤女。玉床翠羽帐,宝袜莲花炬。魂处自一作在目成,色授开心许。迢迢不可见,日暮空愁予。

同　前 杨巨源

二八婵娟大堤女,开炉相对依江渚。待客登楼向水看,邀郎卷幔临花语。细雨濛濛湿芰荷,巴东商侣挂帆多。自传芳酒浣红袖,谁调妍妆回翠蛾。珍簟华灯夕阳后,当炉理瑟矜纤手。月落星微五鼓声,春风摇荡窗前柳。岁岁逢迎沙岸间,北人多识绿云鬟。无端嫁与五陵少,离别烟波伤玉颜。

同　前 李白

汉水临一作横襄阳,花开大堤暖。佳期大堤下,泪向南云满。春风复无集作无复情,吹我梦魂散。不见眼中人,天长音信断。

同　前 李贺

妾家住横塘,红纱满桂香。青云教绾头上髻,明月与作耳边珰。莲风起,江畔春。大堤上,留北人。郎食鲤鱼尾,妾食猩猩唇。莫指襄阳道,绿浦归帆少。今日菖蒲花,明朝枫树老。

大 堤 行 孟浩然

大堤行乐处，车马相驰突。岁岁春草生，踏青二三月。王孙挟珠
弹，游女矜罗袜。携手今莫同，江花为谁发。

三 洲 歌 温庭筠

团圆莫作波中月，洁白莫为枝上雪。月随波动碎潾潾，雪似梅花不
堪折。李娘十六青丝发，画带双花为君结。门前有路轻离别一作别
离，惟恐归来旧香灭。

拔 蒲 歌 张祜

拔蒲，倚歌也，凡倚歌悉用铃鼓，无弦有吹。

拔蒲来，领郎镜湖边。郎心在何处，莫趁新莲去。拔得无心蒲，问
郎看好无。

杨 叛 儿 李白

君歌杨叛儿，妾劝新丰酒。何许最关人，乌啼白门柳。乌啼隐杨
花，君醉留妾家。博山炉中沉香火，双咽集作烟一气凌紫霞。

常 林 欢 温庭筠

宜城酒熟花覆桥，沙晴绿鸭鸣咬咬。秾桑绕舍麦如尾，幽轧鸣机双
燕巢。马声特特荆门道，蛮水扬光色如草。锦荐金炉梦正长，东家
呃集作呷喔鸡鸣早。

江 南 弄 王勃

江南弄，巫山连楚梦，行雨行云几相送。瑶轩金谷上春时，玉童仙

女无见期。紫露香烟眇难托，清风明月遥相思。遥相思，草徒绿，
为听双飞凤凰曲。

同　前 李贺

江中绿雾起凉波，天上叠巘红嵯峨。水风浦云生老竹，渚暝蒲帆如
一幅。鲈鱼千头酒百斛，酒中倒卧南山绿。吴歈越吟未终曲，江上
团团帖寒玉。

采 莲 曲 崔国辅

玉溆花红集作争发，金塘水碧集作乱流。相逢畏相失，并著采莲舟。

同　前 徐彦伯

妾家越水边，摇艇入江烟。既觅同心侣，复采同心莲。折藕丝能
脆，开花叶正圆。春歌弄明月，归棹落花前。

同　前 李白

若耶溪边采莲女，笑隔荷花共人语。日照新妆水底明，风飘香袖集
作袂空中举。岸上谁家游冶郎，三三五五映垂杨。紫骝嘶入落花
去，见此踟蹰空断肠。

同　前 贺知章

稽山罢雾郁嵯峨，镜水无风也自波。莫言春度芳菲尽，别有中流采
芰荷。

同 前 三 首 王昌龄

吴姬越艳楚王妃，争弄莲舟水湿衣。来时浦口花迎入，采罢江头月

送归。

荷叶罗裙一色裁，芙蓉向脸两边开。乱入池中看不见，闻歌始觉有
人来。

越女作桂舟，还将桂为楫。湖上水渺漫，清江初_{集作}不可涉。摘取
芙蓉花，莫摘芙蓉叶。将归问夫婿，颜色何如妾。

同 前 二 首 <small>戎昱</small>

虽听采莲曲，讵识采莲心。漾楫爱花远，回船愁浪深。烟生极浦
色，日落半江阴。同侣怜波静，看妆堕玉簪。

涔阳女儿花满头，毵毵同泛木兰舟。春_{集作秋}风日暮南湖里，争唱
菱歌不肯休。

同 前 <small>储光羲</small>

浅渚荷_{集作荇}花繁，深塘_{集作潭}菱叶疏。独往方自得，耻邀淇上姝。
广江无术阡，大泽_{一作罗}绝方隅。浪中海童语，流下鲛人居。春雁
时隐舟，新荷_{集作萍}复满湖。采采乘日暮，不思贤与愚。

同 前 二 首 <small>鲍溶</small>

弄舟揭来南塘水，荷叶映身摘莲子。暑衣清_{一作鲜}净鸳鸯喜，作浪
舞花惊不起。殷勤护惜纤纤指，水菱初熟多新刺。

采莲揭来水无风，莲潭如镜_{集作鉴}松如龙。夏衫短袖交斜红，艳歌
笑斗新芙蓉，戏鱼住_{集作往}听莲花东。

同 前 <small>张籍</small>

秋江岸边莲子多，采莲女儿凭船歌。青房圆实齐戢戢，争前竞折荡
漾_{集作漾微波}。试牵绿茎下寻藕，断处丝多刺伤手。白练束腰袖半

卷，不插玉钗妆梳浅。船中未满度前洲，借问谁家<small>集作阿谁家住远。</small>归时共待暮潮上，自弄芙蓉还荡桨。

同　前 <small>白居易</small>

菱叶萦波荷飐风，荷花深处小船通。逢郎欲语低头笑，碧玉搔头落水中。

同　前 <small>僧齐己</small>

越江女，越江莲，齐菡萏，双婵娟。嬉游向何处，采摘且同船。浩唱发容与，清波生漪涟。时逢岛屿泊，几共鸳鸯眠。襟袖既盈溢，馨香亦相传。薄暮归去来，苎罗生碧烟

采 莲 归 <small>王勃</small>

采莲归，绿水芙蓉衣，秋风起浪凫雁飞。桂棹兰桡下长浦，罗裙玉腕摇轻橹。叶屿花潭极望平，江讴越吹相思苦。相思苦，佳期不可驻。塞外征夫犹未还，江南采莲今已暮。今已暮，摘<small>集作采</small>莲花，今渠<small>集作渠今</small>那必尽倡家。官道城南把桑叶，何如江上采莲花。莲花复莲花，花叶何重<small>集作稠</small>叠。叶翠本羞眉，花红强如颊。佳人不兹期<small>集作在兹</small>，怅望别离时。牵花怜共蒂，折藕爱连丝。故情何<small>集作无</small>处所，新物徒<small>集作从</small>华滋。不惜南<small>集作西</small>津交佩解，还羞北海雁书迟。采莲歌有节，采莲夜未歇。正逢浩荡江上风，又值徘徊江上月。<small>集有徘徊二字。</small>莲浦夜相逢，吴姬越女何丰茸。共问寒江千里外，征客关山更<small>集作路</small>几重。

采 莲 女 <small>阎朝隐</small>

采莲女，采莲舟，春日春江碧水流。莲衣承玉钏，莲刺罥银钩。薄

暮敛容歌一曲,氛氲香气满汀洲。

湖边采莲妇 李白

小姑织白纻,未解将人语。大嫂采芙蓉,溪湖千万重。长兄行不在,莫使外人逢。愿学秋胡妇,真心比古松。

张静婉采莲曲 温庭筠

兰膏坠发红玉春,燕钗拖颈抛盘云。城西_{一作边}杨柳向娇晚,门前沟水波潾潾。麒麟公子朝天客,珮_{集作珂}马珰珰度春陌。掌中无力舞衣轻,翦断鲛绡破春碧。抱月飘烟一尺腰,麝脐龙髓怜娇饶。秋罗拂衣_{集作水}碎光动,露重花多香不销。鸂鶒胶胶_{集作交交}塘水满,绿萍如_{一作芒}金粟莲茎短。一夜西风送雨来,粉痕零落愁红浅。船头折藕丝暗牵,藕根莲子相留连。郎心似月月易_{一作未}缺,十五十六清光圆。

凤 笙 曲 沈佺期

忆昔王子晋,凤笙游云空。挥手弄白日,安能恋青宫。岂无婵娟子,结念罗帐_{集作帏}中。怜寿不贵色,身世两无穷。

凤 吹 笙 曲 李白

仙人十五爱吹笙,学得昆丘彩凤鸣。始闻炼气餐金液,复道朝天赴玉京。玉京迢迢几千里,凤笙去去无边_{集作穷}已。欲叹离声发绛唇,更嗟别调流纤指。此时惜别讵堪闻,此地相看未忍分。重吟真曲和清吹,却奏仙歌响绿云。绿云紫气向函关,访道应寻缑氏山。莫学吹笙王子晋,一遇浮丘断不还。

采 菱 曲 储光羲

浊水菱叶肥,清水菱叶鲜。义不游浊水,志士多苦言。潮没具区
薮,潦深云梦田。朝随北风去,暮逐南风还。浦口多渔家,相与邀
我船。饭稻以终日,羹莼将永年。方冬水物穷,又欲休山樊。尽室
相随从,所贵无忧患。

采 菱 行 刘禹锡

白马湖平秋日光,紫菱如锦彩鸾一作鸯翔。荡舟游女满中央,采菱
不顾马上郎。争多逐胜纷相向,时转兰桡破轻浪。长鬟弱袂动集作
披参差,钗影钏文浮荡漾。笑语哇咬顾晚晖,蓼花绿集作缘岸扣舷
归。归来共到市桥步,野蔓系船萍满衣。家家竹楼临广陌,下有连
樯多估客。携觞荐芰夜经过,醉踏大堤相应歌。屈平祠下沅江水,
月照寒波白烟起。一曲南音此地闻,长安北望三千里。

阳 春 歌 李白

长安白日照春空,绿杨结烟桑集作垂袅风。披香殿前花始红,流芳
发色绣户中。绣户中,相经过,飞燕皇后轻身舞,紫宫夫人绝世歌。
圣君三万六千日,岁岁年年奈乐何。

阳 春 曲 温庭筠

云母空窗晓烟薄,香昏龙气凝辉阁。霏霏雾雨杏花天,帘外春威著
罗幕。曲栏伏槛金麒麟,沙苑芳郊连翠茵,厩马何能啮芳草,路人
不敢随流尘。

同　前 庄南杰

紫锦红囊香满风,金鸾玉轼摇丁冬。沙鸥白羽翦晴碧,野桃红艳烧
春空。芳草绵延锁平地,垅蝶双双舞幽翠。凤叫龙吟白日长,落花
声底仙娥醉。

同　前 僧贯休

为口莫学阮嗣宗,不言是非非至公。为手须似朱云辈,折槛英风至
今在。男儿结发事君亲,须斅前贤多慷慨。历数雍熙房与杜,魏公
姚公宋开府。尽向天上仙宫闲处坐,何不却辞上帝下下土,忍见苍
生苦苦苦。

朝 云 引 郎大家宋氏

巴西巫峡指巴东,朝云触石上朝空。巫山巫峡高何已,行雨行云一
时起。一时起,三春暮,若言来,且就阳台路。

上 云 乐 李白

金天之西,白日所没。康老胡雏,生彼月窟。巉岩仪容,戌削　骨。
碧玉炅炅双目瞳,黄金拳拳两鬓红。华盖垂下睫,嵩岳临上唇。不
睹谲诡貌,岂知造化神。大道是文康之严父,元气乃文康之老亲。
抚顶弄盘古,推车转天轮。云见日月初生时,铸冶火精与水银。阳
乌未出谷,顾兔半藏身。女娲戏黄土,团作愚下人。散在六合间,
濛濛若沙尘。生死了不尽,谁明此胡是仙真。西海栽若木,东溟植
扶桑。别来几多时,枝叶万里长。中国有七圣,半路颓鸿荒。陛下
应运起,龙飞入咸阳。赤眉立盆子,白水兴汉光。叱咤四海动,洪
涛为簸扬。举足蹋紫微,天关自开张。老胡感至德,东来进仙倡。

五色师子,九苞凤凰。是老胡鸡犬,鸣舞飞帝乡。淋漓飒沓,进退
成行。能胡歌,献汉酒,跪双膝,并_{集作立}两肘,散花指天举素手。
拜龙颜,献圣寿,北斗戾,南山摧。天子九九八十一〔万〕岁,长倾万
岁_{一作年}杯。

同 前 _{李贺}

飞香走红满天春,花龙盘盘上紫云。三千宫女列金屋,五十弦瑟海
上闻。大江_{集作天河}碎碎银沙路,嬴女机中断烟素。断烟素,缝舞
衣_{集作衣缕},八月一日君前舞。

凤 台 曲 _{王无竞}

凤台何逶迤,嬴女管参差。一旦彩云至,身去无还期。遗曲此台
上,世人多学吹。一吹一落泪,至今怜玉姿。

同 前 _{李白}

尝闻秦帝女,传得凤凰声。是日逢仙子,当时别有情。人吹彩箫
去,天借绿云迎。曲在身不返,空馀弄玉名。

凤 凰 曲 _{李白}

嬴女吹玉箫,吟弄天上春。青鸾不独去,更有携手人。影灭彩云
断,遗声落西秦。

君 道 曲 _{李白}

白自云:梁之雅歌有五篇,今作一章。按梁雅歌无《君道曲》,疑应王
受图曲是也。

大君若天覆,广运无不至。轩后爪牙常先太山稽,如心之使臂。小

白鸿翼于夷吾,刘葛鱼水本无二。土扶^{集作校}可成墙,积德为厚地。

全唐诗卷二二

舞曲歌辞

　　自汉以后,乐舞浸盛。有雅舞,有杂舞。雅舞用之郊庙朝飨,杂舞用之宴会。前世乐饮酒酣,必自起舞。汉武帝乐饮,长沙定王起舞是也。自是已后,尤重以舞相属。相属者,代起舞,犹世饮酒以杯相属也。灌夫起舞以属田蚡,晋谢安舞以属桓嗣是也。

吴俞儿舞歌 陆龟蒙

　　此后并杂舞歌辞。杂舞者,公莫、巴渝、槃舞、鞞舞、铎舞、拂舞、白纻之类是也。始皆出自方俗,后浸陈于殿庭。虽非正乐,亦皆前代旧声。太宗贞观中,始造燕乐,其后又分为立坐二部。堂下立奏,谓之立部伎;堂上坐奏,谓之坐部伎。武后、中宗之世,大增造立坐部伎诸舞,随亦寝废。开元中,又有凉州、绿腰、苏合香、屈柘枝、团乱旋、回波乐、兰陵王、春莺啭、半社渠、〔借〕(借)席、乌夜啼之属,谓之软舞。大祁阿连、剑器、胡旋、胡腾、阿辽、柘枝、黄獐、拂菻、大渭州、达摩支之属,谓之健舞。文宗时,教坊又进霓裳羽衣舞,女三百人,凡此皆杂舞也。

剑 俞

枝月喉,棹霜脊,北斗离离在寒碧。龙魂清,虎尾白,秋照海心同一色。矗影吒沙干影侧。神豪发直,四睨之人股佶栗,欲定不定定不得。春牍残，儿且止，狄胡有胆大如山，怖亦死。

矛　俞

手盘风，头背分，电光战扇，欲刺敲心留半线。缠肩绕脰，襹合眩旋，卓植赴列，夺避中节。前冲函礼穴，上指孛彗灭，与君一用来有截。

弩　俞

牛来开弦，人为置镞。捩机关，迸山谷。鹿骇涩，隼击迟。析毫中睫，洞腋分龟。达坚垒，残雄师，可以冠猛乐壮曲。抑扬蹈厉，有裂犀兕之气者非公与。

东海有勇妇 李白

魏鞞舞五曲，李白作此篇，以代《关中有贤女》。

梁山感杞妻，恸器为之倾。金石忽暂开，都由激深情。东海有勇妇，何惭苏子卿。学剑越处子，超腾集作然若流星。捐躯报夫仇，万死不顾生。白刃耀素雪，苍天感精诚。十步两蹬跃，三呼一交兵。斩首掉国门，蹴踏五藏行。割此伉俪愤，粲然大义明。北海李使君，飞章奏天庭。舍罪警风俗，流芳播沧瀛。志集作名在列女籍，行帛已光荣。淳于免诏狱，汉主为缇萦。津妾一棹歌，脱父于严刑。十子若不肖，不如一女英。豫让斩空衣，有心竟无成。要离杀庆忌，壮夫素所集作所素轻。妻子亦何辜，焚之买虚名。岂如东海妇，事立独扬名。

章和二年中 李贺　鞞舞曲

云萧索，风拂拂，一作正云萧索，田风拂拂。麦芒如篲黍和粟。关中父老百领襦，关东吏人乏诟租。健犊春耕土膏黑，菖蒲丛丛沿水脉。殷勤为我下田钼，百钱携赏集作偿丝桐客。游春漫光坞花白，野林散香神降席。拜神得寿献天子，七星贯断姮娥死。

公莫舞歌 李贺　巾舞曲

方花古一作石础排九楹，刺豹淋血盛银罂。华一作军筵鼓吹无桐竹，长刀直立割鸣筝。横楣粗锦生红纬，日炙锦嫣王未醉。腰下三看宝玦光，项庄掉箭拦前起。材官小臣公莫舞，座上真人赤龙子。芒砀云瑞抱天回，咸阳王气清如水。铁枢铁楗重束关，大旗五丈撞双环。汉王今日须秦印，绝膑刳肠臣不论。

拂舞辞 李贺

吴娥声绝天，空云闲裴回。门外满车马，亦须生绿苔。尊有乌程酒，劝君千万寿。全胜汉武锦楼上，晓望晴寒饮花露。东方日不破，天光无老时。丹成作蛇乘白雾，千年重化玉井龟。从蛇作龟二千载一作玉井龟二千载，吴堤绿草年年在。背有八卦称神仙，邪鳞顽甲滑腥涎。

白鸠辞 李白

　　鞞铎巾拂四舞，梁并夷则格。钟磬鸠拂和，故白拟之，为夷则格上白鸠拂舞辞。

铿鸣钟，考朗鼓。歌白鸠，引拂舞。白鸠之白谁与邻，霜衣雪襟诚可珍。含哺七子能平均。食不咽，性安驯。首农政，鸣阳春。天子刻玉杖，镂形赐耆人。白鹭亦集作之白非纯真，外洁其色心匪仁。阙五德，无司晨，胡为啄我葭下之紫鳞。鹰鹯雕鹗，贪而好杀。凤凰虽大圣，不愿以为臣。

独 漉 篇 李白　拂舞曲

独漉水中泥，水浊不见月。不见月尚可，水深行人没。越鸟从南来，胡鹰亦北度。我欲弯弓向天射，惜其中道失归路。落叶别树，飘零随风。客无所托，悲与此同。罗帷舒卷，似有人开。明月直入，无心可猜。雄剑挂壁，时时龙鸣。不断犀象，绣涩苔生。国耻未雪，何由成名。神鹰梦泽，不顾鸱鸢。为君一击，抟鹏集作鹏抟九天。

独 漉 歌 王建

独独漉漉，鼠食猫肉。乌日中，鹤露宿，黄河水直人心曲。

白 纻 辞 二 首 崔国辅　白纻，吴舞也。

洛阳梨花落如霰，河阳桃叶生复齐。坐恐集作惜玉楼春欲尽，红绵一作锦粉絮裛妆啼。

董贤女弟在椒风，窈窕繁华贵后宫。璧带金钉皆翡翠，一朝零落变成空。

同 前 二 首 杨衡

玉缨翠珮杂轻罗，香汗微渍朱颜酡。为君起唱白纻歌，清声袅云思繁集作繁思多，凝笳哀琴一作瑟时相和。金壶半倾芳夜促，梁尘霏霏暗红烛。令君安坐听终曲，坠叶飘花难再复。

蹑珠履，步琼筵。轻身起舞红烛前，芳姿艳态妖且妍。回眸转袖暗催弦，凉风萧萧流集作漏水急。月华泛艳红莲湿，牵裙揽带翻成泣。

同　前 李白

扬清歌一作音，发皓齿，北方佳人东邻子。且吟白纻停渌水，长袖拂面为君起。寒云夜卷霜海空，胡风吹天飘塞鸿。玉颜满堂乐未终，馆娃日落歌吹濛。

月寒江清夜沉沉，美人一笑千黄金，垂罗舞縠扬哀音。郢中白雪且莫吟，子夜吴歌动君心。动君心，冀君赏，愿作天池双鸳鸯，一朝飞去青云上。

吴刀翦彩一作绮缝舞衣，明妆丽服夺春辉，扬眉转袖若雪飞。倾城独立世所稀，激楚结风醉忘归。高堂月落烛已微，玉钗挂缨君莫违。

白纻歌二首 王建

天河漫漫北斗粲，宫中乌啼知夜半。新缝白纻舞衣成，来迟邀得吴王迎。低鬟转面掩双袖，玉钗浮动秋风生。酒多夜长夜未晓，月明灯光两相照，后庭歌声更窈窕。

馆娃宫中春日暮，荔枝木瓜花满树。城头乌栖休击鼓，青娥弹瑟白纻舞。夜天煌煌不见星，宫中火照西江明。美人醉起无次第，堕钗遗佩满中庭。此时但愿可君意，回昼为宵亦不寐，年年奉君君莫弃。

同　前 张籍

皎皎白纻白且鲜，将作春衫集作衣称少年。裁缝长短不能定，自持刀尺向姑前。复恐兰膏污纤指，常遣傍人收堕珥。衣裳著时寒食下，还把玉鞭鞭白马。

同　前 柳宗元

翠帷双卷出倾城,龙剑破匣霜月明。朱唇掩抑悄无声,金簧玉磬宫中生。下沉秋水激太清,天高地迥凝日晶,羽觞荡漾何事倾。

冬白纻歌 元稹　四时白纻舞曲

吴宫夜长宫漏款,帘幕四垂灯焰暖。西施自舞王自管,雪纻翻翻鹤翎散,促节牵繁舞腰懒。舞腰懒,王罢饮,盖覆西施凤花锦,身作匡床臂为枕。朝佩拟拟 集作玉 王晏寝,酒 集作寝 醒阍报门无事。子胥死后言为讳,近王之臣谕王意。共笑越王穷惴惴,夜夜抱冰寒不睡。

霓裳辞十首 王建

　　一曰霓裳羽衣曲。罗公远多秘术,尝与明皇至月宫。仙女数百,皆素练霓衣,舞于广庭。问其曲,曰霓裳羽衣。帝晓音律,因默记其音调。及归,但记其半。会西凉府节度杨敬述进婆罗门曲,声调相符,遂以月中所闻为散序,敬述所进为曲,而名霓裳羽衣。按王建辞云:"弟子部中留一色,听风听水作霓裳。"刘禹锡诗云:"三乡陌上望仙山,归作霓裳羽衣曲。"然则非月中所闻矣。

弟子部中留一色,听风听水作霓裳。散声未足重来授,直到床前见上皇。

中管五弦初半曲,遥教合上隔帘听。一声声向天头落,效得仙人夜唱经。

自直梨园得出稀,更番上曲不教归。一时跪拜霓裳彻,立地阶前赐紫衣。

旋翻新谱声初足,除却梨园未教人。宣与书家分手写,中官走马赐功臣。

伴教霓裳有贵妃,从初直到曲成时。日长耳里闻声熟,拍数分毫错总知。

弦索拟拟隔彩云,五更初发一山一作满宫闻。武皇自送西王母,新换霓裳月色裙。

敕赐宫人澡浴回,遥看美女院门开。一山星月霓裳动,好字先从殿里来。

传呼法部按霓裳,新得承恩别作行。应是一作日晚贵妃楼上看,内人舁下彩罗箱。

朝元阁上山风一作风初起,夜听霓裳玉露寒。宫女月中更替立,黄金梯滑并行难。

知向一作在华清年月满,山头山底种长生。去时留下霓裳曲,总一作半是离宫别馆声。

柘 枝 词 失撰人名

健舞曲有羽调柘枝,软舞曲有商调屈柘枝,此舞因曲为名。用二女童,帽施金铃,抃转有声。其来也,于二莲花中藏,花坼而后见,对舞相占,实舞中雅妙者也。

将军奉命即须行,塞外领强兵。闻道烽烟动,腰间宝剑匣中鸣。

同 前 三 首 薛能

同营三十万,震鼓伐西羌。战血粘秋草,征尘搅夕阳。归来人不识,帝里独戎装。

悬军征拓羯,内地隔萧关。日色昆仑上,风声朔漠间。何当千万骑,飒飒贰师还。

意气成功日,春风起絮天。楼台新邸第,歌舞小婵娟。急破催摇曳,罗衫半脱肩。

屈 柘 词 温庭筠

杨柳萦桥绿,玫瑰拂地红。绣衫金骒衮,花髻玉珑璁。宿雨香潜润,春流水暗通。画楼初梦断,晴一作晓日照湘风。

全唐诗卷二三

琴曲歌辞

古琴曲有五曲、九引、十二操,自是已后,作者相继。

白 雪 歌 僧贯休 《唐书·乐志》曰:白雪,周曲也。

列鼎佩金章,泪眼看风枝。却思食藜藿,身作屠沽儿。负米无远近,所希升斗归。为人无贵贱,莫学鸡狗肥。斯言如不忘,别更无光辉。斯言如或忘,即安用人为。

湘 妃 刘长卿

帝子不可见,秋风来暮思。婵娟湘江月,千载空蛾眉。

同 前 李贺

筋竹千年老不死,长伴秦一作神娥盖湘水。蛮娘吟弄满寒空,九山静绿泪花红。离鸾别凤烟梧中,巫云蜀雨遥相通。幽愁秋气上青枫,凉夜波间吟古龙。

湘 妃 怨 孟郊

南巡竟不返,帝子一作二妃怨逾积。万里丧蛾眉,潇湘水空碧。冥冥荒山下,古庙收贞魄。乔木深青春,清光满瑶席。寨芳徒有荐,灵意殊脉脉。玉佩不可亲,裴回烟波夕。

同 前 陈羽

二妃怨处云沉沉,二妃哭处湘水深。商人酒滴庙前草,萧飒集作索风生斑竹林。

湘妃列女操 鲍溶

有虞夫人哭虞后,淑女何事又伤离。竹上泪迹生不尽,寄哀云和五十丝。云和经奏钧天曲,乍听宝琴遥嗣续。三湘测测流急绿,秋夜露寒蜀帝飞。枫林月斜楚臣宿,更疑川宫日黄昏。暗携女手殷勤言,环佩玲珑有无间。终疑既远双悄悄,苍梧旧云岂难召,老猿心寒不可啸。目眴眴兮意蹉跎,魂腾腾兮惊秋波。曲一尽兮忆再奏,众弦不声且如何。

湘 夫 人 邹绍先

枫叶下秋渚,二妃愁渡湘。疑山空杳霭,何处望君王。日落水云里,油油集作悠悠心自伤。

同 前 李颀

九嶷日已暮,三湘云复愁。窅霭罗袂色,潺湲江水流。佳期来北渚,捐玦集作珮在芳洲。

同 前 郎士元

娥眉对湘水,遥哭苍梧间集作山。万乘既已殁,孤舟谁忍还。至今楚山上,犹有泪痕斑。南有涔阳路,渺渺多新愁。昔神降回集作桂酒神降时,风波集作回风江上秋。彩云忽无处,碧水空安流。南有涔阳路以下,集另作一首。

霹 雳 引 沈佺期

岁七月,火伏而金生。客有鼓瑟于门者,奏霹雳之商声。始戛羽以骁君,终扣宫而砰驱。电耀耀兮龙跃,雷阗阗兮雨冥。气鸣唅以会雅,态欻翕以横生。有如驱千旗,制五兵,截荒虺,斫长鲸。孰与广陵比,意别鹤俦精而已。俾我雄子魄动,毅夫发立,怀恩不浅,武义双辑。视胡若芥,羁羯如拾。岂徒慨慷中筵,备群娱之翕习哉。

拘 幽 操 韩愈

一曰文王哀羑里。文王拘于羑里而作。

目掩掩集作窈窈兮其凝其盲,耳肃肃兮听不闻声。朝不日出兮夜不见月与星,有知无知兮为死为生。呜呼! 臣罪当诛兮天王圣明。

越 裳 操 韩愈 越裳献白雉。周公作。

雨之施,物以孳。我何意于彼为? 自周之先,其艰其勤。以有疆宇,私我后人。我祖在上,四方在下。厥临孔威,敢戏以侮。孰荒于门,孰治于田。四海既均,越裳是臣。

岐 山 操 韩愈

序云,周公为太王作。

我家于豳,自我先公。伊我承绪集作序,敢有不同。今狄之人,将土我疆。民为我战,谁使死伤。彼岐有岨,我往独处。人莫一作莫尔余追,无思我悲。

履　霜　操 韩愈

序云，尹吉甫子伯奇无罪，为后母谗而见逐，自伤作。

父兮儿寒，母兮儿饥。儿罪当笞，逐儿何为。儿在中野，以宿以处。
四无人声，谁与儿语。儿寒何衣，儿饥何食。儿行于野，履霜以足。
母生众儿，有母怜之。独无母怜，儿宁不悲。

雉 朝 飞 操 李白

雉朝飞者，犊沐子七十无妻，出薪于野，见雉雄雌相随而飞，感之而
作。

麦陇青青三月时，白雉朝飞挟两雌。锦衣绮翼何离褷，犊牧采薪感
之悲。春天和，白日暖，啄食饮泉勇气满，争雄斗死绣颈断。雉子
班奏急管弦，心倾美酒 集作倾心酒美 尽玉碗。枯杨枯杨尔生荑 集作稊，
我独七十而孤栖。弹弦写恨意不尽，瞑目归黄泥。

同　前 韩愈

雉之飞，于朝日。群雌孤雄，意气横出。当东而西，当啄而飞。随
飞随啄，群雌粥粥。嗟我虽人，曾不如彼雉鸡。生身七十年，无一
妾与妃。

同　前 张祜

朝阳陇东泛暖景，双啄双飞双顾影。朱冠锦襦聊日整，漠漠雾中如
衣裦。伤心卢女弦，七十老翁长独眠。雄飞在草雌在田，衷肠结愤
气呵天。圣人在上心不偏，翁得女妻甚可怜。

思 归 引 张祜

一曰离拘操。卫女于深宫思归不得而作。

重重作闺清旦镝，两耳深声长不彻。深宫坐愁百年身，一片玉中
生愤血。焦桐罢弹_{集作弹罢}丝自绝，漠漠暗魂愁夜月。故乡不归谁
共穴，石上作蒲蒲九节。

猗 兰 操 韩愈

一曰幽兰操。孔子伤不逢时作。

兰之猗猗，扬扬其香。不采而佩，于兰何伤。今天之旋，其曷为然。
我行四方，以日为年。雪霜贸贸，荠麦之茂。子如不伤，我不尔觏。
荠麦之茂，荠麦之有。君子之伤，君子之守。

幽 兰 崔涂

幽植众能_{集作春风}知，贞芳只暗持。自无君子佩，未是国香衰。白
露沾长早，青春_{集作春风}每到迟。不知当路草，芳馥欲何为。

将 归 操 韩愈

一曰聊操。孔子之赵，闻杀鸣犊作。

秋之水兮其色幽幽，我将济兮不得其由。涉其浅兮石啮我足，乘其
深兮龙入我舟。我济而悔兮将安归尤。归乎归乎，无与石斗兮无
应龙求。

龟 山 操 韩愈

序云，孔子以季桓子受齐女乐，谏不从，望龟山而作。

龟之气兮不能云_{一作为}雨，龟之枅兮不中梁柱，龟之大兮只以奄鲁。

知将隳兮哀莫余伍,周公有鬼兮嗟余归辅。

残 形 操 韩愈

序云,曾子梦见一狸不见其首作。

有兽维狸兮我梦得之,其身孔明兮而头不知。吉凶何为兮觉坐而
思,巫咸上天兮识者其谁。

双 燕 离 李白　河间新歌

双燕复双燕,双飞令人羡。玉楼珠阁不独栖,金窗绣户长相见。柏
梁失火去,因入吴王宫。吴宫又焚荡,雏尽巢亦空。憔悴一身在,
媚雌忆故雄。双飞难再得,伤我寸心中。

列 女 操 孟郊　列女引,楚樊姬作。

梧桐相待老,鸳鸯会双死,贞妇贵徇夫,舍生亦如此。波澜誓不起,
妾心井中水。

别 鹄 操 韩愈

一曰别鹤操。商陵穆子娶妻五年无子,父母欲其改娶。其妻闻之,
中夜悲啸,穆子感之而作。

雄鹄衔枝来,雌鹄啄泥归。巢成不生子,大义当乖离。江汉水之
大,鹄身鸟之微。更无相逢日,安集作且可集有绕树二字相随飞。

别 鹤 杨巨源

海鹤一为别,高程方杳然。影摇江海集作汉路,思结潇湘天。皎然
仰白日,真姿栖紫烟。含情九霄际,顾侣五云前。遐心属清都,凄
响激朱弦。超摇间云雨,迢递各山川。东南信多水,会合当有年。

雄_{集作雌}飞庆冥寞，此意何由传。

同　　前 _{王建}

主人一去池水绝，池鹤散飞不相别。青天漫漫碧海_{集作水重}，知向
何山风雪中。万里虽然音影在，向心终是死生同。池边巢破松树
死，树头年年乌生子。

同　　前 _{张籍}

双鹤出云谿，分飞各自迷。空巢在松杪_{集作顶}，折羽落江泥。寻水
终不饮，逢林亦未栖。别离应易老，万里两_{集作雨}凄凄。

同　　前 _{杜牧}

分飞共所从，六翮势摧_{集作催}风。声断碧云外，影孤明月中。青田
归路远，月_{集作丹}桂旧巢空。矫翼知何处，天涯不可穷。

走 马 引 _{李贺}

　　　一曰天马引。樗里牧恭为父报怨杀人，逃入沂泽中作。
我有辞乡剑，玉锋堪截云。襄阳_{一作长安}走马客，意气自生春。朝
嫌剑光_{集作花}静，暮嫌剑花_{集作光}冷。能持剑向人，不解持照身_{一作解}
_{持照身影}。

昭 君 怨 _{白居易}

明妃风貌最娉婷，合在椒房应四星。只得当年备宫掖，何曾专夜奉
帏屏。见疏从道迷图画，知屈那教配房庭。自是君恩薄如纸，不须
一向恨丹青。

同前二首 张祜

万里边城远，千山行路难。举头惟见月_{集作日}，何处是长安。

汉庭无大议，戎虏几先和。莫羡倾城色，昭君恨最多。

同前 梁氏琼

自古无_{集作有}和亲，贻灾到妾身。胡_{集作朔}风嘶去马，汉月吊_{集作出}行轮。衣薄狼山雪，妆成虏塞春。回看父母国，生死毕胡尘。

明妃怨 杨凌

汉国明妃去不还，马驼弦管向阴山。匣中纵有菱花镜，羞对单于照旧颜。

蔡氏五弄

五弄，游春、渌水、幽居、坐愁、秋思，并宫调，蔡邕所作也。

游春曲二首 王涯

万树江边杏，新开一夜风。满园深浅色，照在绿波中。

上苑何穷树，花开次第新。香车与丝骑，风静亦生尘。

游春辞二首 王涯

曲江丝柳变烟条，寒骨_{集作谷}冰随暖气销。才见春光生绮陌，已闻清乐动云韶。

经过柳陌与桃蹊，寻逐风光著处迷。鸟度时时冲絮起，花繁衮衮压枝低。

同 前 三 首 令狐楚

晚游临碧殿,日上望春亭。芳树罗仙仗,晴山展翠屏。
一夜好风吹,新花一万枝。风前调玉管,花下簇金羁。
闾阖春风起,蓬莱雪水消。相将折杨柳,争取最长条。

渌 水 曲 李白

渌水明秋月,南湖采白蘋。荷花娇欲语,愁杀荡舟人。

渌 水 辞 李贺

今宵好风月,阿侯在何处。为有倾城色—作人,翻成足愁苦。东湖
采莲叶,南湖拔蒲根—作折蒲茸。未持寄小姑,且持感愁魂—作秋风。

幽 居 弄 顾况

苔衣生,花露滴,月入西林荡东壁。扣商占角两三声,洞户谿窗一
冥寂。独去沧洲无四邻,身婴世网此何身。关情命曲寄惆怅,久别
江集作山南山里人。

秋 思 二 首 李白

春阳如昨日,碧树鸣黄鹂。芜然蕙草暮,飒尔凉风吹。天秋木叶
下,月冷莎鸡悲。坐愁群芳歇,白露凋华滋。
阏氏集作燕支黄叶落,妾望白集作自登台。月出—作海上碧云断,蝉声
—作单于秋色来。胡兵沙塞合,汉—作望使玉关回。征客无归日,空
悲蕙草摧。

同 前 二 首 鲍溶

胡风吹雁翼，远别无人乡。君近雁来处，几回断君肠。昔奉千日
书，抚心怨星霜。无书又千日，世路重茫茫。燕国有佳丽，蛾眉富
春光。自然君归晚，花落君空堂。君其若不然，岁晚双鸳鸯。顾兔
蚀残月，幽光不如星。女儿晚事夫，颜色同秋萤。秋日边马思，武
夫不遑宁。燕歌易水怨，剑舞蛟龙腥。风折连枝树，水翻无蒂萍。
立身多户门，何必燕山铭。生世不如鸟，双双比翼翎。顾兔蚀残月以
下，集另作一首。

季秋天地间一作闲，万物生意足。我忧长于生，安得及草木。试从
古人愿，致酒歌秉烛。燕赵皆世人，讵能长似玉。俯怜老期近，仰
视日车速。萧飒御风君，魂梦愿相逐。百年夜销半，端为垂缨束。

同 　 前 司空曙

静与懒相偶，年将衰共催。前途欢不集，往事恨空来。昼景委红
叶，月华铺绿苔。沉思更何有，结坐集作坐结玉琴哀。

同 　 前 司空图

身病时亦危，逢秋多恸哭。风波一摇荡，天地几翻覆。孤萤出荒
池，落叶穿破屋。势利长草草，何人访幽独。

同 前 二 首 王涯

网轩凉吹动轻衣，夜听更长玉漏稀。月渡天河光转湿，鹊惊秋树叶
频飞。

宫连太液见苍波，暑气微清集作消秋意多。一夜轻风蘋末起，露珠
翻尽满池荷。

胡笳十八拍 刘商　大胡笳十八拍、小胡笳十九拍,并蔡琰作。

第 一 拍

汉室将衰兮四夷不宾,动干戈兮征战频。哀哀父母生育我,见离乱兮当此辰。纱窗对镜未经事,将谓珠帘能蔽身。一朝虏骑入中国,苍黄处处逢胡人。忽将薄命委锋镝,可惜红颜随虏尘。

第 二 拍

马上将余向绝域,厌生求死死不得。戎羯腥膻岂是人,豺狼喜怒难姑息。行尽天山足霜霰,风土萧条近胡国。万里重阴鸟不飞,寒沙莽莽无南北。

第 三 拍

如羁囚兮在缧绁,忧虑万端无处说。使余力集作刀兮剪余发,食余肉兮饮余血。诚知杀身愿如此,以余为妻不如死。早被蛾眉累此身,空悲弱质柔如水。

第 四 拍

山川路长谁记得,何处天涯是乡国。自从惊怖少精神,不觉风霜损颜色。夜中归梦来又去,朦胧岂解传消息。漫漫胡天叫不闻,明明汉月应相识。

第 五 拍

水头宿兮草头坐,风吹汉地衣裳破。羊脂沐发长不梳,羔子皮裘领仍左。狐襟貉袖腥复膻,昼披行兮夜披卧。毡帐时移无定居,日月长兮不可过。

第 六 拍

怪得春光不来久,胡中风土无花柳。天翻地覆谁得知,如今正南看北斗。姓名音信两不通,终日经年常闭口。是非取与在指㧑,言语传情不如手。

第 七 拍

男儿妇人带弓箭，塞马蕃羊卧霜霰。寸步东西岂自由，偷生乞死非
情愿。龟兹觱篥愁中听，碎叶琵琶夜深怨。竟夕无云月上天，故乡
应得重相见。

第 八 拍

忆昔私家恣娇小，远取珍禽学驯扰。如今沦弃念故乡，悔不当初放
林表。朔风萧萧寒日暮，星河寥落胡天晓。旦夕思归不得归，愁心
想似笼中鸟。

第 九 拍

当日苏武单于问，道是宾鸿解传信。学他刺血写得书，书上千重万
重恨。犎胡少年能走马，弯弓射飞无远近。遂令边雁转怕人，绝域
何由达方寸。

第 十 拍

恨凌辱兮恶腥膻，憎胡地兮怨胡天。生得胡儿欲弃捐，及生母子情
宛然。貌殊语异憎还爱，心中不觉常相牵。朝朝暮暮在眼前，腹生
手养宁不怜。

第 十 一 拍

日来月往相推迁，迢迢星岁欲周天。无冬无夏卧霜霰，水冻草枯为
一年。汉家甲子有正朔，绝域三光空自悬。几回鸿雁来又去，肠断
蟾蜍亏复圆。

第 十 二 拍

破瓶落井空永沉，故乡望断无归心。宁知远使问姓名，汉语泠泠传
好音。梦魂几度到乡国，觉后翻成哀怨深。如今果是梦中事，喜过
悲来情不任。

第 十 三 拍

童稚牵衣双在侧,将来不可留又忆。还乡惜别两难分,宁弃胡儿归旧国。山川万里复边戍,背面无由得消息。泪痕满面对残阳,终日依依向南北。

第 十 四 拍

莫以胡儿可羞耻,思情亦各言其子。手中十指有长短,截之痛惜皆相似。还乡岂不见亲族,念此飘零隔生死。南风万里吹我心,心亦随风渡辽水。

第 十 五 拍

叹息襟怀无定分,当时怨来归又恨。不知愁怨意若何,似有锋铓扰方寸。悲欢并行情未快,心意相尤自相问。不缘生得天属亲,岂向仇雠结恩信。

第 十 六 拍

去时只觉天苍苍,归日始知胡地长。重阴白日落何处,秋雁所向应南方。平沙四顾自迷惑,远近悠悠随雁行。征途未尽马蹄尽,不见行人边草黄。

第 十 七 拍

行尽胡天千万里,惟见黄沙白云起。马饥跑雪衔草根,人渴敲冰饮流水。燕山仿佛辨烽戍,鼙鼓如闻汉家垒。努力前程是帝乡,生前免向胡中死。

第 十 八 拍

归来故乡见亲族,田园半芜春草绿。明烛重然煨烬灰,寒泉更洗沉泥玉。载持巾栉礼仪集作义好,一弄丝桐生死足。出入关山十二年,哀情尽在胡笳曲。

飞龙引二首 李白

黄帝铸鼎于荆山,炼丹砂,丹砂成黄金,骑龙飞上太清家,云愁海思令人嗟。宫中彩女颜如花,飘然挥手凌紫霞。从风纵体登銮车。登銮车,侍轩辕,遨游青天中,其乐不可言。

鼎湖流水清且闲,轩辕去时有弓剑。古人传道留其间,后宫婵娟多花颜。乘鸾飞烟亦不还,骑龙攀天造天关。造天关,闻天语,长云河车载玉女。载玉女,过紫皇,紫皇乃赐白兔所捣之药集有方字,后天而老凋三光。下视瑶池见王母,蛾眉萧飒如秋霜。

乌 夜 啼 引 张籍

何晏系狱,有二乌止于舍上。其女曰:"乌有喜声,父必免。"遂作此操。

秦乌啼哑哑,夜啼长安吏人家。吏人得罪囚在狱,倾家卖产将自赎。少妇起听夜啼乌,知是官家有赦书。下床心喜不重寐,未明上堂贺舅姑。少妇语啼乌,汝啼慎勿虚。借汝庭树作高巢,年年不令伤尔雏。

宛 转 歌 郎大家宋氏

晋王敬伯遇女郎刘妙容,命小婢弹箜篌,作《宛转歌》。凡八曲,敬伯惟忆二曲。

风已清,月朗琴复鸣。掩抑非千态,殷勤是一声。歌宛转,宛转和且长。愿为双鸿鹄,比翼共翱翔。

日已暮,长檐鸟应度。此时望君君不来,此时思君君不顾。歌宛转,宛转那能异栖宿。愿为形与影,出入恒相逐。

同 前 二 首 刘方平

星参差，集有明字。月二八，灯五枝。黄鹤瑶琴将别去，芙蓉羽帐惜空垂。歌宛转，宛转恨无穷。愿为波与浪，俱起碧流中。

晓将近，黄姑织女银河尽。九华锦衾无复情，千金宝镜谁能引。歌宛转，宛转伤别离。愿作杨与柳，同向玉窗垂。

宛 转 行 张籍

华屋重翠幄，绮席雕象床。远漏微更疏，薄衾中夜凉。炉氲集作气暗裴回，寒灯背斜光。妍姿结宵态，寝臂幽梦长。宛转复宛转，忆忆集作君更未央。

王 敬 伯 歌 李端

妾本舟中客集作女，闻君江上琴。君初感妾叹集作意，妾亦感君心。遂出合欢被，同为交颈禽。传杯惟畏浅，接膝犹嫌远。侍婢奏箜篌，女郎歌宛转。宛转怨如何，中庭霜渐多。霜多叶可惜，昨日非今夕。徒结万里集作重欢，终成一宵客。王敬伯，渌水青山从此隔。

三峡流泉歌 李季兰　三峡流泉，晋阮咸作。

妾家本住巫山云，巫山流水常自闻。玉琴弹出转寥夐，直似当时梦中听。三峡流泉几千里，一时流入深闺里。巨石奔崖指下生，飞波走浪弦中起。初疑喷涌含雷风，又似呜咽流不通。回湍曲濑势将尽，时复滴沥平沙中。忆昔阮公为此曲，能使仲容听不足。一弹既罢复一弹，愿似流泉镇相续。

风 入 松 歌 僧皎然　风入松,晋嵇康作。

西岭松声落日秋,千枝万叶风飕飗。美人援琴弄成曲,写得松间声断续。声断续,清我魂,流波坏陵安足论。美人夜坐月明里,含少商兮照集作点清微。风何凄兮飘飀集作飘,搅寒松兮又夜起。夜未央,曲何长,金徽更促声泱泱。何人此时不得意,意苦弦悲闻客堂。

秋 风 引 刘禹锡

何处秋风至,萧萧送雁群。朝来入庭树,孤客最先闻。

明 月 引 卢照邻

洞庭波起兮鸿雁翔,风瑟瑟兮野苍苍。浮云卷霭,明月流光。荆南兮赵北,碣石兮潇湘。澄清规于万里,照离思于千行。横桂枝于西第,绕菱花于北堂。高楼思妇,飞盖君王。文姬绝域,侍子他乡。见胡鞍之似练,知汉剑之如霜。试登高而极目集作骋,莫不变而回肠。

明 月 歌 阎朝隐

梅花雪白柳叶黄,云雾四起月苍苍,箭水泠泠刻漏长。挥玉指,拂罗裳,为君一奏楚明光。

绿 竹 引 宋之问

青溪绿潭潭水侧,修竹婵娟同一色。徒生仙实凤不游,老死空山人讵识。妙年秉愿逃俗纷,归卧嵩丘弄白云。含情傲集有睨字慰心目,何可一日无此君。

山 人 劝 酒 李白

苍苍云松,落落绮皓。春风尔来为阿谁,胡蝶忽然满芳草。秀眉霜雪颜桃花一作雪霜桃花貌,骨青髓绿一作青髓绿发长美好。称是秦时避世人,劝酒相欢不知老。各守兔集作麋鹿志,耻随龙虎争。欻起佐太子,汉王一作皇乃复惊。顾谓戚夫人,彼翁羽翼成。归来南一作商山下,泛若云无情。举觞酹巢由,洗耳何独一作太清。浩歌望嵩岳,意气还一作遍相倾。

幽 涧 泉 李白

拂彼白石,弹吾素琴。幽涧愀兮流泉深,善手明徽高张清。心寂历似千古,松飕飗兮万寻。中见愁猿吊影而危处兮,叫秋木而长吟。客有哀时失志而听者,泪淋浪以沾襟。乃缉商缀羽,潺湲成音。吾但写声发情于妙指,殊不知此曲之古今。幽涧泉,鸣深林。

龙 宫 操 顾况 大历壬子癸丑大水时在滁作

龙宫月明光参差,精卫衔石东飞时,鲛人织绡采藕丝。翻江倒海倾吴蜀,汉女江妃杳相续,龙王宫中水不足。

飞 鸢 操 刘禹锡

鸢飞杳杳青云里,鸢鸣萧萧风四起。旗尾飘扬势渐高,箭头春划声相似。长空悠悠霁日悬,六翮不动凝飞集作风烟。游鵾翔雁出其下,庆云清景相回旋。忽闻饥乌一噪聚,瞥下云中争腐鼠。腾音砺吻相喧呼,仰天大吓疑鸳雏。畏人避犬投高处,俯啄无声犹屡顾。青鸟自爱玉山禾,仙禽徒贵华集作山亭露。朴樕集作棘危巢向暮时,毽毽饱腹蹲枯枝。游童挟弹一麾肘,臆碎羽分人不悲。天生众禽各有类,威凤文章在仁义。鹰隼仪形蝼蚁心,虽能戾天何足贵。

升 仙 操 李群玉

嬴女去秦宫,琼箫生 集作飞 碧空。凤台闭烟雾,鸾吹飘天风。复闻
周太子,亦遇浮丘公。丛篁发仙弄,轻举紫霞中。浊世不久住,清
都路何穷。一去霄汉上,世人那得逢。

司马相如琴歌 张祜

凤兮凤兮非无凰,山重水阔不可量。梧桐结阴在朝阳,濯羽弱水鸣
高翔。

霍 将 军 崔颢

长安甲第高入云,谁家居住霍将军。日晚朝回拥宾从,路傍揖拜何
纷纷。莫言炙手手可热,须臾火尽灰亦灭。莫言贫贱即可欺,人生
富贵自有时。一朝天子赐颜色,世上悠悠应 一作始 自知。

琴 歌 顾况

琴调秋些,胡风绕雪。峡泉声咽,佳人愁些。

全唐诗卷二四

杂曲歌辞

诗之流有八名,曰行,曰引,曰歌,曰谣,曰吟,曰咏,曰怨,曰叹,皆六义之馀也。至其协声律,播金石,总谓之曲。

秦女休行 李白

西门秦氏女,秀色如琼花。手挥白杨刀,清昼杀仇家。罗袖洒赤血,英声_{集作气}凌紫霞。直上西山去,关吏相邀遮。婿为燕国王,身被诏狱加。犯刑若履虎,不畏落爪牙。素颈未及断,摧眉伏泥沙。金鸡忽放赦,大辟得宽赊。何惭聂政姊,万古共惊嗟。

出门行二首 孟郊

长河悠悠去无极,百龄同此可叹息。秋风白露沾人衣,壮心凋落夺颜色。少年出门将诉谁,川无梁兮路无岐。一闻陌上苦寒奏,使我伫立惊且悲。君今得意厌粱肉,岂复念我贫贱时。

海风萧萧天雨霜,穷愁独坐夜何长。驱车旧忆太行险,始知游子悲故乡。美人相思隔天阙,长望云端不可越。手持琅玕欲有赠,爱而不见心断绝。南山峨峨白石烂,碧海之波浩漫漫。参辰出没不相待,我欲横天无羽翰。

同　前 元稹

兄弟同出门,同行不同志。凄凄分岐路,各各营所为。兄上荆山
巅,翻石辨虹气。弟沉沧海底,偷珠待龙睡。出门不数年,同归亦
同遂。俱用私所珍,升沉自兹异。献珠龙王宫,值龙觅珠次。但喜
复得珠,不求珠所自。酬客双龙女,授客六龙辔。遣充行雨神,雨
泽随客意。雩夏钟鼓繁,禜秋玉帛积。彩色画廊庙,奴僮被珠翠。
骥骤千万双,鸳鸯七十二。言者禾稼枯集作未摇舌,无人敢轻议。其
兄因献璞,再刖不履地。门户亲戚疏,匡床妻妾弃。铭心有所待,
视足无所愧。持璞自枕头,泪痕双血渍。一朝龙醒寤,本问偷珠
事。因知行雨偏,妻子五刑备。仁兄捧尸哭,势友掉头讳。丧车黔
首葬,吊客青蝇至。楚有望气人,王前忽长跪。贺王得贵宝,不远
王所莅。求之果如言,剖则集作出浮云集作笃腻。白珩无颜色,垂棘
有瑕累。在楚列地封,入赵连城贵。秦遣李斯书,书为传国瑞。秦
亡汉魏传,传者得神器。卞和名永永,与宝不相坠。劝尔出门行,
行难莫行易。易得还易失,难同亦难离。善贾识贪廉,良田无稙
稚。磨剑莫磨锥,磨锥成小利。

出自蓟北门行 李白

虏阵横北荒,胡星曜精芒。羽书速惊电,烽火昼连光。虎竹救边
急,戎车森已行。明主不安席,按剑心飞扬。推毂出猛将,连旗登
战场。兵威冲绝漠,杀气凌穹苍。列卒一作阵赤山下,开营紫塞傍。
途集作穷冬沙风集作风沙紧,旌旗飒凋伤。画角悲海月,征衣卷天霜。
挥刃斩楼兰,弯弓射贤王。单于一平荡,种落自奔亡。收功报天
子,行歌一作歌舞归咸阳。

蓟门行五首 高適

边城十一月，雨雪乱霏霏。元戎号令严，人马亦轻肥。羌胡无尽日，征战几人归。

幽州多骑射，结发重横行。一朝事将军，出入有声名。纷纷猎秋草，相向角弓鸣。

蓟门逢古老，独立思氛氲。一身既零丁，头鬓白纷纷。勋庸今已矣，不识霍将军。

茫茫_{集作黯黯}长城外，日没更烟尘。胡骑虽凭陵，汉兵不顾身。古树满空塞，黄云愁杀人。

汉家能用武，开拓穷异域。戍卒厌糠核，降胡饱衣食。开亭试一望，吾欲涕_{集作泪}沾臆。

同　　前 李希仲

旄头有精芒，胡骑猎秋草。羽檄南渡河，边庭用兵早。汉家爱征战，宿将今已老。辛苦羽林儿，从戎榆关道。一身救边速，烽火连_{集作通}蓟门。前军鸟飞_{集作飞鸟}断，格斗尘沙昏。寒日鼓声急，单于夜火_{集作将奔}。当须徇忠义，身死报国恩。_{一身救边速以下，集另作一首。}

君子有所思行 李白

紫阁连终南，青冥天倪色。凭崖望咸阳，宫阙罗北极。万井惊画出，九衢如弦直。渭水清银河_{集作银河清}，横天流不息。朝野盛文物，衣冠何翕赩。厩马散连山，军容威绝域。伊皋运元化，卫霍输筋力。歌钟乐未休，荣去老还逼。圆光过满缺，太阳移中昃。不散东海金，何争西辉_{集作飞匿}。无作牛山悲，恻怆泪沾臆。

同　　前 僧贯休

我爱正考甫，思贤作商颂。我爱扬子云，理乱皆如凤。振衣中夜
起，露花香旖旎。扑碎骊龙明月珠，敲出凤凰五色髓。陋巷萧萧风
浙浙，缅想斯人胜珪璧。寂寥千载不相逢，无限区区尽虚掷。君不
见沈约道，佳人不在兹，春光为谁惜。

安得龙猛笔，点石为黄金。散问一作向酷吏家，使无贪残心。甘棠
密叶成翠幄，颍风不来天地塞。所以集有倾国二字倾城人，如今集有如
今二字不可得。

伤 歌 行 张籍　侧调曲

黄门诏下促收捕，京兆君一作尹系御史府。出门无复部曲随，亲戚
相逢不容语。辞成谪尉南海州，受命不得须臾留。身著青衫骑恶
马，东门之东集作外无送者。邮夫防吏急喧驱，往往惊堕马蹄下。
长安里中荒大宅，朱门已除十二载。高堂舞榭锁管弦，美人遥望西
南天。

同　　前 孟郊

众毒蔓贞松，一枝难久荣。岂知黄庭客，仙骨生不成。春色舍芳
蕙，秋风绕枯茎。弹琴不成曲，始觉知音倾。馆月改旧照，吊宾写
馀情。还舟空江上，波浪送铭旌。

同　　前 庄南杰

兔走乌飞不相见，人事依稀速如电。王母夭桃一度开，玉楼红粉千
回变。车驰马走咸阳道，石家旧宅空荒草。秋雨无情不惜花，芙蓉
一一惊香倒。劝君莫谩栽荆棘，秦皇虚费一作负驱山力。英风一去

更无言,白骨沉埋暮山碧。

悲 歌 李白

悲来乎,悲来乎,主人有酒且莫斟,听我一曲悲来吟。悲来不吟还
不笑,天下无人知我心。君有数斗酒,我有三尺琴。琴鸣酒乐两相
得,一杯不啻千钧金。悲来乎,悲来乎,天虽长,地虽久,金玉满堂
应不守。富贵百年能几何,死生一度人皆有。孤猿坐啼坟上月,且
须一尽杯中酒。悲来乎,悲来乎,凤鸟不至河无图,微子去之箕子
奴。汉帝不忆李将军,楚王放却屈大夫。悲来乎,悲来乎,秦家李
斯早追悔,虚名拨向身之外。范子何曾爱五湖,功成名遂身自退。
剑是一夫用,书能知姓名。惠施不肯干万乘,卜式未必穷一经。还
须黑头取方伯,莫谩白首为儒生。

悲 哉 行 孟云卿

孤儿去慈亲,远客丧主人。莫吟苦辛曲,谁忍闻可闻。集作此曲谁忍
闻。可闻不可说,去去无期别。行人念前程,不待参辰没。朝亦常
苦饥,暮亦常苦饥。飘飘万馀里,贫贱多是非。少年莫远游,远游
多不归。

同 前 白居易

悲哉为儒者,力学不能集作知疲。读书眼欲暗,秉笔手生胝。十上
方一第,成名常苦迟。纵有宦达者,两鬓已成丝。可怜少壮日,适
在穷贱时。丈夫老且病,焉用富贵为。沉沉朱门宅,中有乳臭儿。
状貌如妇人,光明膏粱肌。手不把书卷,身不擐戎衣。二十袭封
爵,门承勋戚资。春来日日出,服御何轻肥。朝从博徒饮,暮有倡
楼期。评集作平封还酒债,堆金选蛾眉。声色狗马外,其馀一无知。

山苗与涧松,地势随高卑。古来无奈何,非君独伤悲。

同　前 鲍溶

促促晨复昏,死生同一源。贵年不惧老,贱老伤久存。朗朗哭前歌,绛旌引幽魂。来为千金子,去卧百草根。黄土塞生路,悲风送回辕。金鞍旧良马,四顾不出集作入门。生结千岁念,荣及百代孙。集作荣华及百孙。黄金买性命,白刃仇集作酬一言。宁知北山上,松柏侵田园。

妾 薄 命 崔国辅

虽入秦帝宫,不上秦帝床。夜夜玉窗里,与他卷罗集作衣裳。

同　前 武平一

有女妖且丽,裴回湘水湄。水湄兰杜芳,采之将寄谁。瓠犀发皓齿,双蛾噘翠眉。红脸如开莲,素肤若凝脂。绰约多逸态,轻盈不自持。常矜绝代色,复恃倾城姿。子夫前入侍,飞燕复当时。正悦掌中舞,宁哀团扇诗。洛川昔云遇,高唐今尚违。幽阁禽雀噪,闲阶草露滋。流景一何速,年华不可追。解佩安所赠,怨咽空自悲。

同　前 李百药

团扇秋风起,长门夜月明。羞闻拊背入,恨说舞腰轻。太常应集作先已醉,刘君恒带醒。横陈每虚设,吉梦竟何成。

同　前 杜审言

草绿长门闭集作掩,苔青永巷幽。宠移新爱夺,泣下故情留。啼鸟惊残梦,飞花搅独愁。自怜春色罢,团扇复迎秋。

同 前 刘元淑

自从离别守空闺，遥闻征战起集作赴云梯。夜夜愁集作思君辽海外集作北，年年弃妾渭桥西。阳春白日照空暖，紫燕衔花向庭满。彩鸾琴里怨声多，飞鹊镜前妆梳断。谁家夫婿不从征，应是渔阳别有情。莫道红颜燕地少，家家还似洛阳城。且集作旦逐新人殊未归，还令秋至夜霜飞。北斗星前横度集作旅雁，南楼月下捣寒衣。夜深闻雁肠欲绝，独坐缝衣灯又灭。暗啼罗帐空自怜，梦度阳关向谁说。每怜容貌宛如神，如何薄命不胜人。愿君朝夕燕山至，好作明年杨柳春。

同 前 李白

汉帝重一作宠阿娇，贮之黄金屋。咳唾落九天，随风生珠玉。宠极爱还歇，妒深情却疏。长门一步地，不肯暂回车。雨落不上天，水覆难再一作重难收。君情与妾意，各自东西流。昔日芙蓉花，今成断根草。以色事他人，能得几时好。

同 前 孟郊

不惜十指弦，为君千万弹。常恐新声至一作发，坐使一作使我故声一作曲残。弃置今日悲，即是昨日欢。将新变故易，持故为新难。青山有蘼芜，泪叶长不干。空令后代人，采掇幽思攒一作思幽兰。

同 前 张籍

薄命如，良家了，无事从军去万里。汉家天子平四夷，护羌都尉裹尸归。念君此行为死别，对君裁缝泉下衣。与君一日为夫妇，千年万岁亦相守。君爱龙城征战功，妾愿青楼欢乐同。人生各各有所欲,讵得将心入君腹。

同 前 三 首 李端

忆妾初嫁君,花鬟如绿云。回灯入绮帐,对_{一作转}面脱罗裙。折步
教人学,偷香与客熏。容颜南国重,名字北方闻。一从失恩意,转
觉身憔悴。对镜不梳头,倚窗空落泪。新人莫恃新,秋至会无春。
从来闭在长门者,必是宫中第一人。

玉垒城边争走马,铜蹄_{集作驼}市里共乘舟。鸣环动佩思无尽,掩袖
低巾泪不流。畴昔将歌邀客醉,如今欲舞对君羞。忍怀贱妾平生
曲,独上襄阳旧酒楼。

自从君弃妾,憔悴不羞人。惟馀坏粉泪,未免映衫匀。

同 前 卢纶

妾年初二八,两度嫁狂夫。薄命今犹在,坚贞扫地无。

同 前 卢弼

君恩已断尽成空,追想娇欢恨莫穷。长为舜华光晓日,谁知团扇送
秋风。黄金买赋心徒切,清路飞尘信莫通。闲凭玉栏思旧事,几回
春暮泣残红。

同 前 胡曾

阿娇初失汉皇恩,旧赐罗衣亦罢熏。欹枕夜悲金屋雨,卷帘朝泣玉
楼云。宫前叶落鸳鸯瓦,架上尘生翡翠裙。龙骑不巡时渐久,长门
长_{集作空}掩绿苔文。

同　前 王贞白

薄命头欲白，频年嫁不成。秦娥未十五，昨夜事公卿。岂有机杼力，空传歌舞名。妾专修妇德，媒氏却相轻。

羽 林 行 王建

长安恶少出名字，楼下劫商楼上醉。天明下直明光宫，散入五陵松柏中。百回杀人身合死，赦书尚有收城功。九衢一日消息定，乡吏籍中重改姓。出来依旧属羽林，立在殿前射飞禽。

同　前 孟郊

朔雪寒断指，朔风劲裂冰。胡中射雕者，此日犹不能。翩翩羽林儿，锦臂飞苍鹰。挥鞭决集作快白马，走出黄河凌。

同　前 鲍溶

朝出羽林宫，入参云台议。独请万里行，不奏和亲事。君王重年少，深纳开边利。宝马雕玉鞍，一朝从万骑。煌煌都门外，祖帐光七贵。歌钟乐行军，云物惨别地。箫笳整部曲，幢盖动郊次。临风亲戚怀，满袖儿女泪。行行复何赠，长剑报恩字。

白 马 篇 李白

龙马花雪毛，金鞍五陵豪。秋霜切玉剑，落日明珠袍。斗鸡事万乘，轩盖一何高。弓摧宜集作南山虎，手接泰山猱。酒后竞风彩，三杯弄宝刀。杀人如翦草，剧孟同游遨。发愤去函谷，从军向临洮。叱咤万战场一作经百战，匈奴尽波涛集作奔逃。归来使酒气，未肯拜萧曹。羞入原宪室，荒径集作淫隐蓬蒿。

升 天 行 僧齐己

身不沉,骨不重。驱青鸾,驾白凤。幢盖飘飘入冷空,天风瑟瑟星
河动。瑶阙参差阿母家,楼台戏闭凝彤霞。五三仙子集作三五乘龙
车,堂前碾烂蟠桃花。回头却顾蓬山集作莱顶,一点浓岚在深井。

神 仙 曲 李贺

碧峰海面藏灵书,上帝拣作神仙居。晴时集作清明笑语闻空虚,斗
乘巨浪骑鲸鱼。春罗翦字邀王母,共宴红楼最深处。鹤羽冲风过
海迟,不如却使青龙去。犹疑王母不相许,垂露娃鬟更传语。

北 风 行 李白

烛龙栖寒门,光曜犹旦开。日月照之何不及此,惟有北风怒号天上
来。燕山雪花大如席,片片吹落轩辕台。幽州思妇十二月,停歌罢
笑双蛾摧。倚门望行人,念君长城苦寒良可哀。别时提剑救边去,
遗此虎文金鞞釰集作鞞韨。中有一双白羽箭,蜘蛛结网生尘埃。箭
空在,人今战死不复回。不忍见此物,焚之已成灰。黄河捧土尚可
塞,北风雨雪恨难裁一作哉。

苦 热 行 王维

赤日满天地,火云成山岳。草木尽焦卷,川泽皆竭涸。轻纨觉衣
重,密树苦阴薄。莞簟不可近,绤绤再三濯。思出宇宙外,旷然在
寥廓。长风万里来,江海荡烦浊。却顾身为患,始知心未觉。忽入
甘露门,宛然清凉乐。

同　前 王毂

祝融南来鞭火龙，火旗焰焰烧天红。日轮当午凝不去，万国如在洪炉中。五岳翠乾云彩灭，阳侯海底愁波竭。何当一夕金风发，为我扫却天下热。

同　前 僧皎然

六月金数伏，兹辰日在庚。炎曦曝集作烁肌肤，毒雾昏檐楹集作性情。安得奋翅集作轻翮，超遥出云征。不知天地心，如何匠生成。火德烧百卉，瑶草不及荣。省客当此时，忽贻怀中琼。捧玩烦袂涤，啸歌美风生。迟君佐元气，调使四序平。中令霜不袄，火馀气常贞。江南诗骚客，休吟苦热行。

同　前 僧齐己

离宫划开赤帝怒，喝起六龙奔日驭。下土熬熬若煎煮，苍生惶惶无处处。火云峥嵘焚泬寥，东皋老农肠欲焦。何当一雨苏我苗，为君击壤歌帝尧。

太行苦热行 刘长卿

迢迢太行路，自古称险恶。千骑俨欲前，群峰望如削。火云从中起集作出，仰视飞鸟落。汗马卧高原，危旌倚长薄。清风何不至，赤日方煎烁。石露集作枯山木焦，鳞穷水泉涸。九重今旰食，万里传明略。诸将候轩车，元凶愁鼎镬。何劳短兵接，自有长缨缚。通越事岂难，渡泸功未博。朝辞羊肠坂，夕望贝丘郭。漳水斜绕营，常山遥入幕。永怀姑苏下，因集作遥寄建安作。白雪和诚难，沧波意空托。陈琳书记好，王粲从军乐。早晚归汉庭，随君集作公上麟阁。

同　前 独孤及

驷马上太行，修途亘辽碣。王程无留驾，日昃未遑歇。请问此何
时，恢台朱明月。长蛇稽天讨，上将方北伐。明主命使臣，皇华得
时杰。已忘羊肠险，岂惮温_{集作湿}风入_{集作热}。摇策汗滂沱_{集作沧}，
登崖_{集作岸}思纡结。炎云如烟火，溪谷将恐竭。昼景灺可畏，凉飙
何由发。山长飞鸟堕，目极行车绝。赵魏方假扰，安危俟明哲。归
路岂不怀，饮冰有苦节。会同传檄至，疑议立谈决。况有阮元瑜，
翩翩秉书札。起予歌赤坂，永好逾白雪。维念剖竹人，无因执羁
绁。

春 日 行 李白

深宫高楼入紫清，金作蛟龙盘绣_{一作绣作楹}。佳人当窗弄白日，弦
将手语弹鸣筝。春风吹落君王耳，此曲乃是升天行。因出天池泛
蓬瀛，楼船蹙沓波浪惊。三千双蛾献歌笑，挝钟考鼓宫殿倾，万姓
聚舞歌太平。我无为，人自宁。三十六帝欲相迎，仙人飘翩下云
軿。帝不去，留镐京。安能为轩辕，独往入窅冥。小臣拜献南山
寿，陛下万古垂鸿名。

同　前 张籍

春日融融池上暖，竹牙出土兰心短。草堂晨起酒半醒，家僮报我园
花满。头上皮冠未曾整，直入花间不寻径。树树殷勤尽绕行，举<sub>集
作攀</sub>枝未遍春日暝。不用积金著青天，不用服药求神仙。但愿园里
花长好，一生饮酒花前老。

朗　月　行 李白

小时不识月,呼作白玉盘。又疑瑶台镜,飞在青_{集作白}云端。仙人垂两足,桂树作团团。白兔捣药成,问言与谁餐。蟾蜍蚀圜影,天明夜已残。羿昔落九乌,天人清且安。阴精此沦惑,去去不足观。忧来其如何,恻_{集作凄}怆摧心肝。

前有一尊酒行二首 李白

春风东来忽相过,金尊绿酒生微波。落花纷纷稍觉多,美人欲醉朱颜酡。青轩桃李能几何,流光欺人忽蹉跎。君起舞,日西夕,当年意气不肯倾_{集作平},白发如丝叹何益。

琴奏龙门之绿桐,玉壶美酒清若空。催弦拂柱与君饮,看朱成碧颜始红。胡姬貌如花,当炉笑春风。笑春风,舞罗衣,君今不醉欲_{集作将}安归。

缓　歌　行 李颀

小来托身攀贵游,倾财破产无所忧。暮拟经过石渠署,朝将出入铜龙楼。结交杜陵轻薄子,谓言可生复可死。一沉一浮会有时,弃我翻然如脱屣。男儿立身须自强,十五闭户颍水阳。业就功成见明主,击钟鼎食坐华堂。二八蛾眉梳堕马,美酒清歌曲房下。文昌宫中赐锦衣,长安陌上退朝归。五侯_{集作陵}宾从莫敢视,三省官僚揖者稀。早知今日读书是,悔作从来_{集作前}任侠非。

结客少年场行 虞世南

韩魏多奇节,倜傥遗名_{集作声}利。共矜然诺心,各负纵横志。结友_{集作交}一言重,相思_{集作期}千里至。绿沈明月弦,金络浮云辔。吹箫入吴市,击筑游燕肆。寻源博望侯,结客远相求。少年重_{集作怀一}顾,长驱背陇头。焰焰霜戈_{集作戈霜}动,耿耿剑虹浮。天山冬夏雪,交河南北流。云起龙沙暗,木落雁行_{集作门}秋。轻生殉知己,非是为身谋。

同　前 _{虞羽客}

幽并侠少年,金络控连钱。窃符方救赵,击筑正怀燕。轻生辞凤阙,挥袂上祁连。陆离横宝剑,出没惊_{集作鹙狚狖}。蒙轮恒顾敌,超乘忽争先。摧枯逾百战,拓地远三千。骨都魂已散,楼兰首复传。龙城含晓雾,瀚海隔_{集作接}遥天。歌吹金微返,振旅玉门旋。烽火今已息,非复照甘泉。

同　前 _{卢照邻}

长安重游侠,洛阳富才雄。玉剑浮云骑,金鞍_{集作鞭}明月弓。斗鸡过渭北,走马向关东。孙宾遥见待,郭解暗相通。不受千金爵,谁论万里功。将军下天上,虏骑入云中。烽火夜似月,兵气晓成虹。横行徇知己,负羽远从戎。龙旌昏朔雾,鸟阵卷寒风。追奔瀚海咽,战罢阴山空。归来谢天子,何如马上翁。

同　前 _{李白}

紫燕黄金瞳。啾啾_{一作棱棱}摇绿骢。平明相驰逐,结客洛门东。少年学剑术,凌轹白猿公。珠袍曳锦带,匕首插吴鸿。由来万夫勇,挟此生雄风。托交从剧孟,买醉入新丰。笑尽一杯酒,杀人都市中。羞道易水寒,从令日贯虹。燕丹事不立,虚没秦帝宫。舞阳死灰人,安可与成功。

同　前 沈彬

重义轻生一剑知，白虹贯日报仇归。片心惆怅清平世，酒市无人问布衣。

少年子 李百药

少年飞翠盖，上路动集作勒金镳。始酌文君酒，新吹弄玉箫。少年不欢乐，何以尽芳朝。千金笑里面，一搦抱集作掌中腰。挂冠集作缨岂惮宿，迎拜一作落珥不胜娇。寄语少年子，无辞归路遥。

同　前 李白

青云少年子，挟弹章台左。鞍马四边开，突如流星过。金丸落飞鸟，夜入琼楼卧。夷齐是何人，独守西山饿。

少年乐 李贺

芳草落花如锦地，二十长游醉乡里。红缨不重集作动白马骄，垂柳金丝香拂水。吴娥未笑花不开，绿鬓耸堕兰云起。陆郎倚醉牵罗袂，夺得宝钗金翡翠。

同　前 张祜

二十便封侯，名居第一流。绿鬟深小院，清管下高楼。醉把金船掷，闲敲玉镫游。带盘红鼹鼠，袍砑紫犀牛。锦袋归调箭，罗鞋起拨球。眼前长贵盛，那信世间愁。

少年行三首 李白

击筑饮美酒，剑歌易水湄。经过燕太子，结托并州儿。少年负壮气,奋烈自有时。因声集作击鲁句践,争情一作博勿相欺。

五陵年少金市东,银鞍白马度春风。落花踏尽游何处,笑入胡姬酒
肆中。

君不见淮南少年游侠客,白日球猎夜拥掷。呼卢百万终不惜,报仇
千里如咫尺。少年游侠好经过,浑身装束皆绮罗。兰蕙相随喧妓
女,风光去处满笙歌。骄矜自言不可有,侠士堂中养来久。好鞍好
马乞与人,十千五千旋沽酒。赤心用尽为知己,黄金不惜栽桃李。
桃李栽来几度春,一回花落一回新。府县尽为门下客,王侯皆是平
交人。男儿百年且乐命,何须徇书受贫病。男儿百年且荣身,何须
徇节甘风尘。衣冠半是征战士,穷儒浪作林泉民。遮莫枝根长百
丈,不如当代多还往。遮莫姻亲连帝城,不如当身自簪缨。看取富
贵眼前者,何用悠悠身后名。

同 前 四 首 王维

新丰美酒斗十千,咸阳游侠多少年。相逢意气为君饮,系马高楼垂
柳边。

汉家君臣欢宴终,高议云台论战功。天子临轩赐侯印,将军佩出明
光宫。

出身仕汉羽林郎,初随骠骑战渔阳。孰知不向边庭苦,纵死犹闻侠
骨香。

一身能臂集作擘两雕弧,虏骑千群集作重只似无。偏坐金鞍调白羽,
纷纷射杀五单于。

同 前 二 首 王昌龄

西陵侠年少,送客过长亭。青槐夹两路集作道,白马如流星。闻道
羽书急,单于寇井陉。气高轻赴难,谁顾燕山铭。

走马还_{集作远}远相寻,西楼下夕阴。结交期一剑,留意赠千金。高阁歌声远,重关柳色深。夜闲须尽醉,莫负百年心。

同　前 张籍

少年从出猎_{集作猎出}长杨,禁中新拜羽林郎。独到辇前射双虎,君王手赐黄金铛_{集作珰}。日日斗鸡都市里,赢得宝刀重刻字。百里报仇夜出城,平明还在倡楼醉。遥闻虏到平陵下,不待诏书行上马。斩得名王献桂宫,封侯起第一日中。不为六郡良家子,百战始取边城功。

同 前 三 首 李嶷

十八羽林郎,戎衣事_{集作侍}汉王。臂鹰金殿侧,挟弹玉舆旁。驰道春风起,陪游出建章。

侍猎长杨下,承恩更射飞。尘生马影灭,箭落雁行稀。薄暮归随_{集作随天}仗,联翩入琐闱。

玉剑膝边横,金杯马上倾。朝游茂陵道,暮宿凤凰城。豪吏多猜忌,无劳问姓名。

同　前 刘长卿

射飞夸侍猎,行乐爱联镳。荐枕青娥艳,鸣鞭白马骄。曲房珠翠合,深巷管弦调。日晚春风里,衣香满路飘。

同 前 四 首 令狐楚

少小边州惯放狂,骣骑蕃马射黄羊。如今年事无筋力,犹倚营门数雁行。

家本清河住五城,须凭弓箭得功名。等闲飞鞚秋原上,独向寒云试射声。

弓背霞明剑照霜，秋风走马出咸阳。未收天子河湟地，不拟回头望故乡。

霜满中庭月过_{集作满}楼，金尊玉柱对清秋。当年称意须为乐，不到天明未肯休。

同　前　二　首 _{杜牧}

官为骏马监，职帅羽林儿。两绶藏不见，落花何处期。猎敲白玉镫，怒袖紫金锤。田窦长留醉，苏辛曲护_{集作让岐}。豪持出塞节，笑别远山眉。捷报云台贺，公卿拜寿卮。

连环羁玉声光碎，绿锦蔽泥虹卷高。春风细雨走马去，珠落璀璀白罽袍。

同　前　三　首 _{杜甫}

莫笑田家老瓦盆，自从盛酒长儿孙。倾银注瓦惊人眼，共醉终同卧竹根。

巢燕养雏浑去尽，红花结子已无多。黄衫年少来宜数，不见堂前东逝波。

马上谁家白面_{一作薄媚}郎，临阶下马坐人床。不通姓字粗豪甚，指点银瓶索酒尝。

同　　前 _{张祜}

少年足_{集作年少好}风情，垂鞭卖眼_{集作眄睐}行。带金师子小，裘锦骐骥狞。选_{集作拣}匠装金_{集作银}镫，推_{集作堆}钱买〔钿〕_(细)筝。李陵虽效死，时论得虚名。

同　前 韩翃

千点斓斒喷玉 集作玉勒 骢,青丝结尾绣缠骎。鸣鞭晚 集作晓 出章台
路,叶叶春依 集作衣 杨柳风。

同　前 施肩吾

醉骑白马走空衢,恶少皆称电不如。五凤街头闲勒辔,半垂衫袖揖
金吾。

同 前 三 首 僧贯休

锦衣鲜华手擎鹘,闲行气貌多轻忽。稼穑艰难总不知,五帝三皇是
何物。

自拳五色球,迸入他人宅。却捉苍头奴,玉鞭打一百。

面白如削玉,猖狂曲江曲。马上黄金鞍,适来新赌得。

同　前 韦庄

五陵豪客多,买酒黄金贱。醉下酒家楼,美人双翠幰。挥剑邯郸
市,走马梁王苑。乐事殊未央,年华已云晚。

汉宫少年行 李益

君不见上宫警夜营八屯,鼙鼙街鼓朝朱轩。玉阶霜仗拥未合,少年
排入铜龙门。暗闻弦管九天上,宫漏沉沉清吹繁。才明走马绝驰
道,呼鹰挟弹通缭垣。玉笼金琐养黄口,探雏取卵伴王孙。分曹六
博快 ·掷,迎欢先意笑语喧。巧为柔媚学优孟,儒衣嬉戏冠沐猿。
晚来香街经柳市,行过倡市宿桃根。相逢杯酒一言失,回朱点白闻
至尊。金张许史伺颜色,王侯将相莫敢论。岂知人事无定势,朝欢

暮戚如掌翻。椒房宠移子爱夺,一夕秋风生庈园。徒用黄金将买赋,宁知白玉暗成痕。持杯收水水已覆,徙薪避火火更燔。欲求四老张丞相,南山如天不可上。

长乐少年行 崔国辅

遗却珊瑚鞭,白马骄不行。章台折杨柳,春草集作日路旁情。

长安少年行 李廓

金紫少年郎,绕街鞍马光。身从左中尉,官属右春坊。划戴扬州帽,重熏异国香。垂鞭踏青草,来去杏园芳。

追逐轻薄伴,闲游不著绯。长拢出猎马,数换打球衣。晓日寻花去,春风带酒归。青楼无昼夜,歌舞歇时稀。

日高春睡足,帖马赏年华。倒插银鱼袋,行随金犊车。还携新市酒,远醉曲江花。几度归侵黑,金吾送到家。

好胜耽长行,天明烛满楼。留人看独脚,赌马换偏头。乐奏曾无歇,杯巡不暂休。时时遥冷笑,怪客有春愁。

遨游携艳妓,装束似男儿。杯酒逢花住,笙歌簇马吹。莺声催曲急,春色讶集作送归迟。不以闻街鼓,华筵待月移。

赏春惟逐胜,大宅可曾归。不乐还逃席,多狂惯衩衣。歌人踏月起,语燕卷帘飞。好妇集作妇好惟相妒,倡楼不醉稀。

戟门连日闭,苦饮惜残春。开琐通新客,教姬屈醉人。请集作倩歌牵白马,自舞踏红茵。时辈皆相许,平生不负身。

新年高殿上,始见有光辉。玉雁排方带,金鹅立仗衣。酒深和碗赐,马疾打珂飞。朝下人争看,香街意气归。

游市慵骑马,随姬入坐车。楼边听歌吹,帘外市钗集作见莺花。乐眼从人闹,归心畏日斜。苍头来去报,饮伴到倡家。

小妇教鹦鹉,头边唤醉醒。犬娇眠玉簟,鹰掣撼金铃。碧地攒花障,红泥待客亭。虽然长按曲,不饮不曾听。

同 前 僧皎然

翠楼春酒虾蟆陵,长安少年皆共矜。纷纷半醉绿槐道,蹀躞花骢骄不胜。

渭城少年行 崔颢

洛阳二集作三月梨花飞,秦地行人春忆归。扬鞭走马城南陌,朝逢驿使秦川客。驿使前日发章台,传道长安春早来。棠梨宫中燕初至,葡萄馆里花正开。念此使人归更早,三月便达长安道。长安道上春可怜,摇风荡日曲河边。万户楼台临渭水,五陵花柳满秦川。秦川寒食盛繁华,游子春来喜见花集作不见花。斗鸡下杜尘初合,走马章台日半斜。章台帝城称贵里,青楼日晚歌钟起。贵里豪家白马骄,五陵年少不相饶。双双挟弹来金市,两两鸣鞭上渭桥。渭城桥头酒新熟,金鞍白马谁家宿。可怜锦瑟筝琵琶,玉台清酒就君集作倡家。小妇春来不解羞,娇歌一曲杨柳花。

邯郸少年行 高適

邯郸城南游侠子,自矜生长邯郸里。千场纵博家仍富,几度报仇身不死。宅中歌笑日纷纷,门外车马如云屯集作常如云。未知肝胆向谁是,令人却忆平原君。君不见今人交态薄,黄金用尽还疏索。以兹感激一作叹辞旧游,更于时事无所求。且与少年饮美酒,往来射猎西山头。

同　前 郑锡

霞鞍金口骝，豹袖紫貂裘。家住丛台下_{集作近}，门前漳水流。唤人呈楚舞，借客试吴钩。见说秦兵至，甘心赴国仇。

全唐诗卷二五

杂曲歌辞

轻 薄 篇 李益

豪不必驰千骑，雄不在垂双鞭。天生俊气自相逐，出与雕鹗同飞翻。朝行九衢不得意，下鞭走马城西原。忽闻燕雁一声去，回鞭挟弹平陵园。归来青楼曲未半，美人玉色当金尊。淮阴少年不相下，酒酣半笑倚市门。安知我有不平色，白日欲顾集作落红尘昏。死生容易如反掌，得意失意由一言。少年但饮莫相问，此中报仇亦报恩。

同 前 二 首 僧贯休

绣林锦野，春态相压。谁家少年，马蹄蹋蹋。斗鸡走狗夜不归，一掷赌却如花妾。惟集作谁云不颠不狂，其名不彰，悲夫！

木落萧萧，蛩鸣唧唧。不觉朱蔫脸红，霜劫鬓漆。世途多事，泣向秋日。方吟少壮不努力，老大徒伤悲，如何？

轻 薄 行 僧齐己

玉鞭金镫骅骝蹄，横眉吐气如虹霓。五陵春暖芳草齐，笙歌到处花成泥。日沉月上且斗鸡，醉来莫问天高低。伯阳道德何涕唾，仲尼礼乐徒卑栖。

灞上轻薄行 孟郊

长安无缓步,况值天景暮。相逢灞浐间,亲戚不相顾。自叹方拙身,忽随轻薄伦。常恐失所避,化为车辙尘。此中生白发,疾走亦未歇。

游 侠 篇 崔颢

少年负胆气,好勇复知机。仗剑出门去,孤城逢合围。杀人辽水上,走马渔阳归。错落金锁甲,蒙茸貂鼠衣。还家行且猎,弓矢速如飞。地迥鹰犬疾,草深狐兔肥。腰间悬集作带两绶,转盻生光辉。顾谓今日战,何如随建威。

游 侠 行 孟郊

壮士性刚决,火中见石裂。杀人不回头,轻生如暂别。岂知眼有泪,肯白头上发。平生无恩酬,剑闲一百月。

侠 客 行 李白

赵客缦胡缨,吴钩霜雪明。银鞍照白马,飒沓如流星。十步杀一人,千里不留行。事了拂衣去,深藏身与名。闲过信陵饮,脱剑膝前横。将炙啖朱亥,持觞劝侯嬴。三杯吐然诺,五岳倒为轻。眼花耳热后,意气素霓生。救赵挥金槌,邯郸先震惊。千秋二壮士,烜赫大梁城。纵死侠骨香,不惭世上英。谁能书阁下,白首太玄经。

同 前 元稹

侠客不怕死,怕在事不成。事成不肯藏姓名,我非窃贼谁夜行。白日堂堂杀袁盎，九衢草草人面青。此客此心师海鲸，海鲸露背横沧溟。海滨分作两处生，海鲸分海减海力。侠客有谋人不测，三尺铁蛇延二国。

同　前 温庭筠

欲出鸿都门，阴云蔽城阙。宝剑黯如水，微红湿馀血。白马夜频嘶一作惊，三更霸陵雪。

行行游且猎篇 李白

边城儿，生年不读一字书，但知游猎夸轻趫。胡马秋肥宜白草，骑来蹑影何矜一作可怜骄。金鞭拂云挥鸣鞘，半酣呼鹰出远郊。弓弯满月不虚发，双鸧迸落连飞髇。海边观者皆辟易，猛气英风振沙碛。儒生不及游侠人，白首下帷复何益。

游　子　吟 孟郊

慈母手中线，游子身上衣。临行密密缝，意恐迟迟归。谁言寸草心，报得三春晖。

同　前 顾况

故枥思疲马，故巢思迷禽。浮云蔽我乡，踯躅游子吟。游子悲久滞，浮云郁东岑。客堂无丝桐，落叶如秋霖。艰哉远游子，所以悲滞淫。一为浮云词，愤塞谁能禁。驰晖集作归百年内，惟愿展所钦。胡为不归欤，坐使年病侵。未老霜绕鬓，非狂火烧心。太行何艰哉，北斗不可斟。夜晴星河出，耿耿辰与参。佳人夐青天，尺素重于金。沉寥群动异，眇默诸境森。苔衣上闲阶，蜻蛚集作蟋蟀催寒砧。立身计几误，道险无容针。三年不还家，万里遗锦衾。梦魂无重阻,离忧因_{集作罔}古今。胡为不归欤,孤负丘中琴。腰下是何物,牵缠旷登寻。朝与名山期,夕宿楚水阴。楚水殊演漾,名山杳岖嵚。客从洞庭来,婉娈潇湘深。橘柚在南国,鸿雁遗秋音。下有碧草洲,上有青橘林。引烛窥洞穴,凌波睥天琛。蒲荷影参差,凫鹤雏淋涔。浩歌惜芳杜,散发轻华簪。胡为不归欤,泪下沾衣襟。鸾飞戾霄汉,蝼蚁制鳣鲟。赫赫大圣朝,日月光照临。圣主虽启迪,奇人分堙沉。层城发_{集作登}云韶,玉_{集作王}府锵球琳。鹿鸣志丰草,况复虞人箴。

同　前 李益

女羞夫婿荡,客耻主人贱。遭遇同众流,低回愧相见。君非青铜镜,何事空照面。莫以衣上尘,不谓心如练。人生当荣盛,待士勿言倦。君看白日驰。何异弦上箭。

壮 士 吟 贾岛

壮士不曾悲,悲即无回期。如何易水上,未歌先泪垂。

壮 士 行 刘禹锡

阴风振寒郊,猛虎正咆哮。徐行出烧地,连吼入黄茆。壮士走马去,镫前弯玉弰。叱之使人立,一发如铍交。悍睛忽星坠,飞血溅林梢。彪炳为我席,膻腥充我庖。里中欣害除,贺酒纷号咷_{集作呶}号。明日长桥上,倾城看斩蛟。

同　前 鲍溶

西方太白高,壮士羞病死。心知报恩处,对酒歌易水。砂鸿嗥天末,横剑别妻子。苏武执节归,班超束书起。山河不足重,重在遇知己。

同　前 施肩吾

一斗之胆撑脏腑，如碌之筋碍臂骨。有时误入千人丛，自觉一身横突兀。当今四海无烟尘，胸襟被压不得伸。冻枭残蛩我不取，污我匣里青蛇鳞。

浩　歌 李贺

南风吹山作平地，帝遣天吴移海水。王母桃花千遍红，彭祖巫咸几回死。青毛骢马参差钱，娇春杨柳含细一作缃烟。筝人劝我金屈卮，神血未凝身问谁。不须浪饮一作乱舞丁督护，世上英雄本无主。买丝绣作平原君，有酒惟浇赵州土。漏催水咽玉蟾蜍，卫娘发薄不胜梳。看一作羞见秋眉换深集作新绿，二十男儿那刺促。

浩　歌　行 白居易

天长地久无终毕，昨夜今朝又明日。鬓发苍浪牙齿疏，不觉身年四十七。前去五十有几年，把镜照面心茫然。既无长绳系白日，又无大药驻朱颜。朱颜日渐不如故，青史功名在何处。欲留年少待富贵，富贵不来年少去。去复去兮如长河，东流赴海无回波。贤愚贵贱同归尽，北邙冢墓高嵯峨。古来一作今如此非独我，未死有酒且醅歌。颜回短命伯夷饿，我今所得亦已多。功名富贵须待命，命若不来知一作争奈何。

归　去　来　引 张炽

归去来，归期不可违。相见故明月，浮云共我归。

丽 人 曲 崔国辅

红颜称绝代,欲并真无侣。独有镜中人,由来自相许。

丽 人 行 杜甫

三月三日天气新,长安水边多丽人。态浓意远淑且真,肌理细腻骨
肉匀。绣一作画罗衣裳照暮春,蹙金孔雀银麒麟。头上何所有,翠
微一作匋一作匋叶垂鬓唇。背后何所见,珠压腰衱稳称身。就中
云幕椒房亲,赐名大国虢与秦。紫驼之峰一作珍出翠釜,水晶之盘
行素鳞。犀箸厌饫久未下,鸾刀缕切空纷纶。黄门飞鞚不动尘,御
厨丝络一作骆驿送八珍。箫鼓一作管哀吟感鬼神,宾从杂遝实要津。
后来鞍马何逡巡,当轩一作道下马入锦茵。杨花雪落覆白蘋,青鸟
飞去衔红巾。炙手可热势一作世绝伦,慎莫近一作向前丞相嗔。

东飞伯劳歌 张柬之

青田白鹤丹山凤,婺女姮娥两相送。谁家绝世绮帐前,艳粉芳脂映
宝钿。窈窕玉堂褰翠幕,参差绣户悬珠箔。绝世三五爱红妆,冶袖
长裾兰麝香。春去花枝俄易改,可叹年光不相待。

同 前 李峤

传书青鸟迎箫凤,巫岭荆台数通梦。谁家窈窕住园楼,五马千金照
陌头。罗裙一作裾玉佩当轩出,点翠施红竞春日。佳人二八盛舞
歌,羞将百万呈双娥。庭前芳树朝夕改,空驻妍华欲谁待。

同 前 李暇

秦王龙剑燕后琴,珊瑚宝匣镂双心。谁家女儿抱香枕,开奁灭烛愿

侍寝。琼窗半上金缕帏，轻罗隐_{集作掩}面不障_{集作遮}羞。青绮帏中
坐相忆，红罗镜里见愁色。檐花照月莺对栖，空将可怜暗中啼。

鸣　雁　行 _{李白}

胡雁鸣，辞燕山，昨发委羽朝度关。一一衔芦枝，南飞散落天地间，
连行接翼往复还。客居烟波寄湘吴，凌霜触雪毛体枯，畏逢矰缴惊
相呼。闻弦虚坠良可吁，君更弹射何为乎。

同　　前 _{韩愈}

嗷嗷鸣雁鸣且飞，穷秋南去春北归。去寒就暖识所处_{一作依}，天长
地阔栖息稀。风霜酸苦稻粱微，羽毛摧落身不肥。徘徊反顾群侣
违，哀鸣欲下洲_{一作渊渚}非。江南水阔朝_{一作朔}云多，草长沙软无网
罗，闲飞静集鸣相和。违忧怀息_{一作惠性匪他}，凌风一举君谓何。

同　　前 _{鲍溶}

七月朔方雁心苦，联影翻空落南土。八月江南阴复晴，浮云绕天难
夜行。羽翼劳痛心虚惊，一声相呼百处鸣。楚童夜宿烟波侧，沙上
布罗连草色。月暗风悲欲下天，不知何处容栖息。楚童胡为伤我
神，尔不曾作远行人。江南羽族本不少，宁得网罗此客鸟。

同　　前 _{陆龟蒙}

朔风动地来，吹起沙上声。闺中有边思，玉箸此时横。莫怕儿女
恨，主人烹不鸣。

空　城　雀 _{李白}

嗷嗷空城雀，身计何戚促。本与鹪鹩群，不随凤凰族。提携四黄

口，饮乳未尝足。食君糠秕馀，常恐乌鸢逐。耻涉太行险，羞营覆车粟。天命有定端，守分绝所欲。

同 前 王建

空城雀，何不飞来人家住，空城无人种禾黍。土间生子草间长，满地蓬蒿幸无主。近村虽有高树枝，雨中无食长苦饥。八月小儿挟弓箭，家家畏我集作向田头飞。但能不出空城里，秋时百草皆有子。黄口集作报言黄口莫啾啾，长尔得成无横死。

同 前 聂夷中

一雀入官仓，所食能损几。所虑往损频，官仓乃害尔。鱼网不在天，鸟网不在水。饮啄要自然，何必空城里。

同 前 刘驾

饥啄空城土，莫近太仓粟。一粒未充肠，却入公子腹。且吊城上骨，几曾害尔族。不闻庄辛语，今日寒芜绿。

车 遥 遥 孟郊

路喜到江尽，江上又通舟。舟车两无阻，何处不得游。丈夫四方志，女子安可留。郎自别日言，无令生远愁。旅雁忽叫月，断猿寒啼秋。此夕梦君梦，君在百城楼。寄泪无因波，寄恨无因辀。愿为驭者手，与郎回马头。

同 前 张籍

征人遥遥出古城，双轮齐动驷马鸣。山川无处无集作不归路，念君长作万里行。野田人稀秋草绿，日暮放马车中宿。惊麕游兔在我

傍,独唱乡歌对僮仆。君家大宅凤城隅,年年道上随行车。愿为玉
銮系华轼,终日有声在君侧。门前旧辙久已平,无由复得君消息。

同　前 张祜

东方皎皎车轧轧,地色不分新去辙。闺门半掩床集作窗半空,斑斑
枕花残泪红。君心若车千万转,妾身如辙遗渐远。碧川迢迢山宛
宛,马蹄在耳轮在眼。桑间女儿情不浅,莫道野蚕能作茧。

同　前 胡曾

自从车马出门朝,便入空房守寂寥。玉枕夜残鱼信绝,金钿秋尽雁
书遥。脸边楚雨临风落,头上春云向日销。芳草又衰还不至,碧天
霜冷转无憀。

自君之出矣 辛弘智

自君之出矣,梁尘静不飞。思君如满月,夜夜减容晖。

同　前 李康成

自君之出矣,弦吹绝无声。思君如百草,撩乱逐春生。

同　前 卢仝

自君之出矣,壁上蜘蛛织。近取见妾心,夜夜无休息。妾有双玉
环,寄君表相忆。环是妾之心,玉是君之德。驰情增悴容,蓄思损
精力。玉簟寒凄凄,延想心恻恻。风含霜月明,水泛碧天色。此水
有尽时,此情无终极。

同　前 雍裕之

自君之出矣，宝镜为谁明。思君如陇水，长闻呜咽声。

同　前 张祜

自君之出矣，万物看成古。千寻荇荇枝，争奈长长苦。

长　相　思 郎大家宋氏

长相思，久离别。关山阻，风烟绝。台上镜文销，袖中书字灭。不见君形影，何曾有欢悦。

同　前 苏颋

君不见天津桥下东流水，东望龙门北朝市。杨柳青青宛地垂，桃红李白花参差。花参差，柳堪结，此时忆君心断绝。

同前三首 李白

长相思，在长安。络纬秋啼金井栏，微霜凄凄簟色寒。孤灯不明思欲绝，卷帷望月空长叹，美人如花一作佳期迢迢隔云端。上有青冥之长天，下有绿水之波澜。天长路远魂飞苦，梦魂不到关山难。长相思，摧心肝。

日色已尽花含烟，月明欲素愁不眠。赵瑟初停凤凰柱，蜀琴欲奏鸳鸯弦。此曲有意无人传，愿随春风寄燕然。忆君迢迢隔青天，昔日横波目，今成流泪泉。不信妾肠断，归来看取明镜前。

美人在时花满堂，美人去后花馀床。床中绣被卷不寝，至今三载犹闻香。香亦竟不灭，人亦竟不来。相思黄叶落，白露点青苔。

同 前 张继

辽阳望河县,白首无由一作人见。海上珊瑚枝,年年寄春燕。

同 前 二 首 令狐楚

君行登陇上,妾梦在闺中。玉箸千行落,银床一半空。

绮席春眠觉,纱窗晓望迷。朦胧残梦里,犹自在辽西。

同 前 白居易

九月西风兴,月冷霜一作露华凝。思君秋夜长,一夜魂九升。二月
东风来,草坼花心开。思君春日迟,一日肠九回。妾住洛桥北,君
住洛桥南。十五即相识,今年二十三。有如女萝草,生在松之侧。
蔓短枝苦高,萦回上不得。人言人有愿,愿至天必成。愿作远方
兽,步步比肩行。愿作深山木,枝枝连理生。

千 里 思 李白

李陵没胡沙,苏武还汉家。迢迢五原关,朔雪乱边集作愁见雪如花。
一去隔绝域集作国,思归但长嗟。鸿雁向西北,飞一作因书报天涯。

同 前 李端

凉州风月美,遥望居延路。泛泛下天云,青青缘塞树。燕山苏武
上,海岛田横住。更是草生时,行人出门去。

行 路 难 卢照邻

君不见长安城北渭桥边,枯木横槎卧古田。昔日含红复含紫,常时
留雾亦留烟。春景春风花似雪,香车玉舆恒阗咽。若个游人不竞

攀，若个倡家不来折。倡家宝袜蛟龙帔，公子银鞍千万骑。黄莺一向花娇春_{集作一一向花娇}，两两三三_{集作青鸟}双双将子戏。千尺长条百尺枝，丹_{集作月}桂青_{集作星}榆相蔽亏。珊瑚叶上鸳鸯鸟，凤凰巢里雏鹓儿。巢倾枝折凤归去，条枯叶落狂_{集作任风吹}。一朝零落无人问，万古摧残君讵知。人生贵贱无终始，倏忽须臾难久恃。谁家能驻西山日，谁家能堰东流水。汉家陵树满秦川，行来行去尽哀怜。自昔公卿二千石，咸拟荣华一万年。不见朱唇将白貌，惟闻素棘与黄泉。金貂有时须换酒，玉尘但摇莫计钱。寄言坐客神仙署，一生一死交情处。苍龙阙下君不来，白鹤山前我应去。云间海上邈难期，赤心会合在何时。但愿尧年一百万，长作_{一作与}巢由也不辞。

同　前　<small>张绂</small>

君不见温家玉镜台，提携抱握九重来。君不见相如绿绮琴，一抚一拍凤凰音。人生意气须及早，莫负当年行乐心。荆王奏曲楚妃叹，曲尽欢终夜将半。朱楼银阁正平生，碧草青苔坐芜漫。当春对酒不须疑，视目相看能几时。春风吹尽燕初至，此时自谓称君意。秋露菱草鸿始归，此时衰暮与君违。人生翻覆何常足，谁保容颜无是非。

同 前 五 首　<small>贺兰进明</small>

君不见岩下井，百尺不及泉。君不见山上蒿_{集作苗}，数寸凌云烟。人生相_{集作赋}命亦如此，何苦太息自忧煎。但愿亲友长含笑，相逢莫吝_{集作乏}杖头钱。寒夜邀欢须秉烛，岂得空_{集作常}思花柳年。

君不见门前柳，荣曜暂时萧索久。君不见陌上花，狂风吹去落谁家。谁_{集作邻}家思妇见之叹，蓬首不梳心历乱。盛年夫婿长别离，岁暮相逢色凋_{集作已}换。

君不见荒_{集作芳}树枝,春花落尽蜂不窥。君不见梁上泥,秋风始高燕不栖。荡子从军事征战,蛾眉婵娟空守闺。独宿自然堪下泪,况复时闻乌夜啼。

君不见云间_{一作中}月,暂盈还复缺。君不见林下风,声远意难穷。亲故平生欲聚散,欢娱未尽尊酒空。自叹青青陵上柏,岁寒能与几人同。

君不见东流水,一去无穷已。君不见西郊云,日夕空氛氲。群雁裴回不能去,一雁悲鸣复失群。人生结交在终始,莫为_{集作以}升沉中路分。

同　前　崔颢

君不见建章宫中金明枝,万万长条拂地垂。二月三月花如霰,九重幽深君不见。艳彩朝含四宝宫,香风吹_{集作旦}入朝云殿。汉家宫女春未阑,爱此芳香朝暮看。看去看来心不忘,攀折将安镜台上。双双素手剪不成,两两红妆笑相向。建章昨夜起春风,一花飞落长信宫。长信丽人见花泣,忆此珍树何嗟及。我昔初在昭阳时,朝折_{集作攀}暮折登玉墀。只言岁岁长相对,不寤今朝遥相思。

同　前　三　首　李白

金尊清酒斗十千,玉盘珍羞直万钱。停杯投箸不能食,拔剑四顾心茫然。欲渡黄河冰塞川,将登太行雪暗天_{集作满山}。闲来垂钓坐_{集作碧溪上},忽复乘舟梦日边。行路难,行路难,多岐路,今安在。长风破浪会有时,直挂云帆济沧海。

大道如青天,我独不得出。羞逐长安社中儿,赤鸡白狗_{一作雉}赌梨栗。弹剑作歌奏苦声,曳裾王门不称情。淮阴市井笑韩信,汉朝公卿_{一作侯}忌贾生。君不见昔时燕家重郭隗,拥篲折腰_{一作节}无嫌猜。

剧辛乐毅感恩分,输肝剖一作割胆效英才。昭王白骨紫蔓集作烂草,谁人更扫黄金台。行路难,归去来。

有耳莫洗颍川水,有口莫食首阳蕨。含光混世贵无名。何用孤高比云月。吾观自古贤达人,功成不退皆殒身。子胥既弃吴江上,屈原终投湘水滨。陆机才多集作雄才岂自保,李斯税驾苦不早。华亭鹤唳讵可闻,上蔡苍鹰何足道。君不见吴中张翰称一作真达士集作生,秋风忽忆江东行。且乐生前一杯酒,何须身后千载名。

同 前 三 首 顾况

君不见古来集作人烧水银,变作北邙山上尘。藕丝挂身在虚空集作在虚空中,欲落不落愁杀人。睢水英雄多血刃,建章宫阙成灰集作煨烬。淮王身死桂枝集作树折,徐氏集作福一去音书绝。行路难,行路难,生死皆由天。秦皇汉武遭下集作不脱,汝独何人学神仙。

君不见担雪塞井徒集作空用力,炊砂作饭岂堪吃集作食。一生肝胆向人尽,相识不如不相识。冬青树上挂凌霄,岁晏花凋树不凋。凡物各自有根本,种禾终不生豆苗。行路难,行路难,何处是平道。中心无事当富贵,今日觉集作看君颜色好。

君不见少年头上如云发,少壮如云老如雪。岂知灌顶有醍醐,能使清凉头不热。吕梁之水挂飞流,鼋鼍蛟龙不敢游。少年恃险若平地,独倚长剑凌清秋。行路难,行路难,昔少年,今已老。前朝竹帛事皆空,日暮牛羊古城草。

同 前 李颀

汉家名臣杨德祖,四代五公享茅土。父兄子弟集作父子兄弟缩银黄,跃马鸣珂朝建章。火浣单衣绣方领,茱萸锦带玉盘囊。宾客填街复满坐,片言出口生辉光。世人逐势争奔走,沥胆隳肝惟恐后。当时一顾生青云，自谓生死长随君。一朝谢病还乡里，穷巷苍茫绝知己。秋风落叶闭重门，昨日论交竟谁是。薄俗嗟嗟难重陈，深山麋鹿下为邻。鲁连所以蹈沧海，古往今来称达人。

同前二首 高适

君不见富家翁，昔时贫贱谁比数。一朝金多结豪贵，万事胜人健如虎。子孙成长 集作行 满眼前，妻能 一作解 管弦妾能舞。自矜一朝 集作 身忽如此，却笑傍人独悲 一作愁 苦。东邻少年安所如，席门穷巷出无车。有才不肯学干谒，何用年年空读书。

长安少年不少钱，能骑骏马鸣金鞭。五侯相逢大道边，美人弦管争留连。黄金如斗不敢惜，片言如山莫弃捐。安知憔悴读书者，暮宿虚 集作灵 台私自怜。

同前 张籍

湘东行人长叹息，十年离家归未得。弊裘羸马苦难行，僮仆饥寒少筋力。君不见床头黄金尽，壮士无颜色。龙蟠泥中未有云，不能生彼升天翼。

同前 聂夷中

莫言行路难，夷狄如中国。谓言骨肉亲，中门如异域。出处全在人，路亦无通塞。门前两条辙，何处去不得。

同前 韦应物

荆山之白玉兮，良工雕琢双环连，月蚀中央镜心穿。故人赠妾初相结，恩在环中寻不绝。人情厚薄苦须臾，昔似连环今似玦。连环可碎不可离，如何物在人自移。上客勿遽欢，听妾歌路难。傍人见环环可怜,不知中有长恨端。

同 前 三 首 柳宗元

君不见夸父逐日窥虞渊,跳踉北海超昆仑。披霄决汉出沆漭,瞥裂左右遗星辰。须臾力尽道渴死,狐鼠蜂蚁争噬吞。北方蹉人长九寸,开口抵掌更笑喧。啾啾饮食滴与粒,生死亦足终天年。睢盱大志少成遂,坐使儿女相悲怜。

虞衡斤斧罗千山,工命采斫杙与橡。深林土剪十取一,百牛连鞅摧双辕。万围千寻妨道路,东西蹶倒山火焚。遗馀毫末不见保,躏跞砢礫何当存。群材未成质已夭,突兀崝豁空岩峦。柏梁天灾武库火,匠石狼顾相愁冤。君不见南山栋梁益稀少,爱材养育谁复论。

飞雪断道冰成梁,侯家炽炭雕玉房。蟠龙吐耀虎嗉张,熊蹲豹掷争低昂。攒峦丛崿射朱光,丹霞翠雾飘奇香。美人四向回明珰,雪山冰谷晞太阳。星躔奔走不得止,奄忽双燕栖虹梁。风台露榭生光饰,死灰弃置参与商。盛时一去贵反贱,桃笙葵扇安可常集作当。

同 　 前 鲍溶

玉堂向夕如无人,丝竹俨然宫商死。细人何言入君耳,尘生金尊酒如水。君今不念岁蹉跎,雁天明明凉露多。华灯青凝久照夜,彩童窈窕虚垂罗。入宫见妒君不察,莫入此地出风波。此时不乐早休息,女颜易老君如何。

同 前 五 首 僧贯休

不会当时一作初作天地,刚有多般愚与智。到头还用真宰心,何如上下皆清气。大道冥冥不知处,那堪顿得羲和辔。义不义兮仁不仁，拟学长生更容易。负心为炉复为火，缘木求鱼应且止。君不见烧金炼石古帝王，鬼火荧荧白杨里。

君不见道傍废井生古木，本是骄奢贵人屋。几度美人照影来，素绠银瓶濯纤玉。云飞雨散今如此，绣闼雕甍作荒谷。沸渭笙歌君莫夸，不应长是西家哭。休说遗编行者几，至竟终须合天理。败他成此亦何功，苏张终作多言鬼。行路难，行路难，不在羊肠里。

九有茫茫共尧日，浪死虚生亦非一。清净玄音竟不闻，花眼酒肠暗如漆。或偶因片言只字登第光二亲，又不能献可替不航要津。口谈羲轩与周孔，履行不及屠沽人。行路难，行路难，日暮途远空悲叹。

君不见道傍树有寄生枝，青青郁郁同荣衰。无情之物尚如此，为人不及还堪悲。父归坟兮未朝夕，已分黄金争田宅。高堂老母头似霜，心作数支泪常滴。我闻忽如负芒刺，不独为君空叹息。古人尺布犹可缝，浔阳义犬令人忆。寄言世上为人子，孝义团圆莫如此。若如此，不遄死兮更何俟。

君不见山高海深人不测，古往今来转青碧。浅近轻浮莫与交，池一作地卑只解生荆棘。谁道黄金如粪土，张耳陈馀断消息。行路难，行路难，君自看。

同前二首 僧齐己

行路难，君好看，惊波不在黤黬间，小人心里藏奔湍。七盘九折寒崛峍，翻车倒盖犹堪出。未似是非唇舌危，暗中潜毁平人骨。君不见楚灵均，千古沉冤湘水滨。又不见李太白，一朝却作江南客。下浸与高盘，不为行路难。是非真险恶，翻覆作峰峦。漆愧同时黑，朱惭巧处丹。令人畏相识，欲画白云看。

同　前 翁绶

行路艰难不复歌，故人荣达我蹉跎。双轮晚上铜梁一作台雪，一叶春浮瘴海波。自古要津皆若此，方今失路欲如何。君看西汉翟丞相，凤沼朝辞暮雀罗。

同　前 薛能

何处力堪殚，人心险万端。藏山难测度，暗水自波澜。对面如千里，回肠似七盘。已经吴坂困，欲向雁门难。南北诚须泣，高深不可干。无因善行止，车辙得平安。

从军中行路难二首 骆宾王

君不见封狐雄虺自成群，冯深负固结妖氛。玉玺分兵征恶少，金坛受律动将军。将军拥旄宣庙略，战士横行静夷落。长驱一息背铜梁，直指三巴逾剑阁。阁道岩嶤上集作起戍楼，剑门遥裔俯灵丘。邛关九折无平路，江水双源有急流。征役无期返，他乡岁华晚。杳杳丘陵出，苍苍林薄远。途危紫盖峰，路涩青泥坂。去去指哀牢，行行入不毛。绝壁千里险，连山四望高。中外分区宇，夷夏殊风土。交趾枕南荒，昆弥临北户。川源饶毒雾，溪谷多淫雨。行潦四时流，崩查千岁古。漂梗飞蓬不自安，扪藤引葛度危峦。昔时闻道从军乐，今日方知行路难。苍江绿水东流驶，炎洲丹徼南中地。南中南斗映星河，秦川秦塞阻烟波。三春边地风光少，五月泸中瘴疠多。朝驱疲斥候，夕息倦谁何。向月弯繁弱，连星转太阿。重义轻生怀一顾，东伐西征凡几度。夜夜朝朝斑鬓新，年年岁岁戎衣故。灞城隅，滇池水，天涯望转积，地际行无已。徒觉炎凉节物非，不知关山千万里。弃置勿重陈，重陈集作征行多苦辛。且悦清箫杨柳曲, 讵忆芳园桃李人。绛节朱旗分白羽, 丹心白刃酬明主。但令一技_{集作被}君王识, 谁惮三边征战苦。行路难, 行路难, 岐路_{集无此二字}几千端。无复归云凭短翰, 望日想长安。

君不见玉关尘色暗边亭, 铜鞮杂虏寇长城。天子按剑征馀勇, 将军受脤事横行。七德龙韬开玉帐, 千里鼍鼓叠金钲。阴山苦雾埋高垒, 交河孤月照连营。连营去去无穷极, 拥旆遥遥过绝国。阵云朝结晦天山, 寒沙夕涨迷疏勒。龙鳞水上开鱼贯, 马首山前振雕翼。长驱万里耆祁连, 分麾三命武功宣。百发乌号遥碎柳, 七尽龙文迥照莲。春来秋去移灰琯, 兰闺柳市芳尘断。雁门迢递尺书稀, 鸳被相思双带缓。行路难_{集重行路难三字}, 誓令氛祲静皋兰。但使封侯龙额贵, 讵随中妇凤楼寒。

变 行 路 难 _{王昌龄}

向晚横吹悲, 风动马嘶合。前驱引旗节, 千重阵云匝。单于下阴山, 砂砾空飒飒。封侯取一战, 岂复念闺阁。

全唐诗卷二六

杂曲歌辞

古 别 离 沈佺期

白水东悠悠,中有西行舟。舟行有返棹,水去无还流。奈何生别者,戚戚怀远游。远游谁当惜,所悲会难收。自君间集作闽芳胿,青阳四五遒。皓月掩兰室,光风虚蕙楼。相思无明晦,长叹累冬秋。离居分迟暮,驾高何淹留。

同 前 孟云卿

朝日上高台,离人怨秋草。但见万里天,不见万里道。君行本遥集作迢远,苦乐良难保。宿昔梦同衾,忧心梦颠集作常倾倒。含酸欲谁诉,转转伤怀抱。结发年已迟,征行去何早。寒暄有时谢,憔悴难再好。人皆算年寿,死者何曾老。少壮无见期,水深风浩浩。

同 前 李益

双剑欲别风一作心凄然,雌沉水底雄上天。江回汉转两不见,云交雨合知何年。古来万事皆由命,何用临岐苦涕涟。

同 前 二 首 于濆

入室少情意,出门多路岐。黄鹤有归日,荡子无还时。人谁无分命,妾身何太奇。君为东南风,妾作西北枝。青楼邻里妇,终年画长眉。自倚对良匹,笑妾空罗帏。

郎本东家儿,妾本西家女。对门中道间,终谓无离阻。岂知中道间,遣作空闺主。自是爱封侯,非关备胡虏。知子去从军,何处无良人。

同 前 二 首 李端

水国叶黄时,洞庭霜落夜。行舟闻商估,宿在枫林下。此地送君还,茫茫似梦间。后期知几日,前路转多山。巫峡通湘浦,迢迢隔云雨。天晴见海樯,月落闻津鼓。人老自多愁。水深难急流。清宵歌一曲,白首对汀洲。

与君桂阳别,令君岳阳待。后事忽差池,前期日空在。木落雁嗷嗷,洞庭波浪高。远山云似盖,极浦树如毫。朝发能几里,暮来风又起。如何两处愁,皆在孤舟里。昨夜天月明,长川寒且清。菊花开欲尽,荠菜拍一作泊来生。下江帆势速,五两遥相逐。欲问去时人,知投何处宿。空令猿啸时,泣对湘潭集作箪竹。

同　前 王缙

下阶欲离别,相对映兰丛。含辞未及吐,泪落兰丛中。高堂静秋日,罗衣飘暮风。谁能待明月,回首见床空。

同　前 僧皎然

太湖三山口,吴王在时道。寂寞千载心,无人见春草。谁堪集作识缄怨者,持此伤怀抱。孤舟畏狂风,一点宿烟岛。望所思兮若何,月荡漾兮空波。云离离兮北断,雁_{集作鸿}眇眇兮南多。身去兮天畔,心折兮湖岸。春山胡为兮塞路,使我归梦兮撩乱。

同 前 _{聂夷中}

欲别牵郎衣,问郎游何处。不恨归日迟,莫向临邛去。

同 前 二 首 _{施肩吾}

古人谩歌西飞燕,十年不见狂夫面。三更风作切梦刀,万转愁成系肠线。所嗟不及牛女星,一年一度得相见。

老母别爱子,少妻送征郎。血流既四面,乃亦断二肠。不愁寒无衣,不怕饥无粮。惟恐征战不还乡,母化为鬼妻为孀。

同 前 _{吴融}

紫燕_{集作鸳}黄鹄虽别离,一举千里何难追。犹闻啼风与叫月,流连断续令人悲。赋情更有深缱绻,碧鹙千寻尚为浅。蟾蜍正向清夜流,蛱蝶须教堕丝罥。莫道断丝不可续,丹穴凤皇胶不远。草草通流水不回,_{集作莫道流水不回波}。海上两潮长不返。

古 离 别 _{王適}

昔岁惊杨柳,高楼悲独守。今年芳树枝,孤栖怨别离。珠帘昼不卷,罗幔晓长垂。苦调琴先觉,愁容镜独知。频来雁度无消息,罢去_{集作却}鸳文何用织。夜还罗帐空有情,春著裙腰自无力。青轩桃李落纷纷,紫庭兰蕙日氛氲。已能憔悴今如此,更复含情一待君。

同　前 常理

君御狐白裘,妾居缃绮帱。粟钿金夹膝,花错玉搔头。离别生庭草,征行断戍楼。蟏蛸网清曙,菡萏落红秋。小胆空房怯,长眉满镜愁。为传儿女意,不用远封侯。

同　前 姚系

凉风已袅袅,露重木兰枝。独上高楼望,行人远不知。轻寒入洞户,明月满秋池。燕去鸿方至,年年是别离。

同　前 张彪

离别无远近,事欢情亦悲。不闻车轮声,后会将何时。去日忘寄书,来日乖前期。纵知明当还,一夕千万思。

同　前 赵微明

违集作为别未几日,一日如三秋。犹疑望可见,日日上高楼。惟见分手处,白蘋满芳洲。寸心宁死别,不忍生离愁。

同 前 二 首 孟郊

松山云缭绕,萍路水分离。云去有归日,水分无合时。春芳役双眼,春色柔四支。杨柳织别愁,千条万条丝。

山川古今路,纵横无断绝。来往天地间,人皆有离别。行衣未束带,中肠已先结。不用看镜中,自知生白发。欲陈去留意,声向言前咽。愁结填心胸,茫茫若为说。荒郊烟莽苍,旷野风凄切。处处得相随,人那不如月。

同　前 顾况

西江上,风动麻姑嫁时浪。西山为水水为尘,不是人间离别人。

同　前 僧贯休

离恨如旨酒,古今饮皆醉。只恐长江水,尽是儿女泪。伊余非此辈,送人空把臂。他日再相逢,清风动天地。

同　前 韦庄

晴烟漠漠柳毿毿,不那离情酒半酣。更把马鞭云外指,断肠春色在江南。

生　别　离 孟云卿

结发生别离,相思复相保。何知集作如何日已久,五变庭中草。眇眇天海途,悠悠吴江岛。但恐不出门,出门无远道。远道行既难,家贫衣服单。严风吹积雪,晨起鼻何酸。人生各有恋一作志,岂不怀所安。分明天上日,生死誓集作愿同欢。

同　前 白居易

食蘗不易食梅难,蘗能苦兮梅能酸。未如生别之为难,苦在心兮酸在肝。晨鸡载鸣残月没,征马重一作连嘶行人出。回看骨肉哭一声,梅酸蘗苦甘如蜜。黄河水白黄云秋,行人河边相对愁。天寒野旷何处宿,棠梨叶战风飕飕。生离别,生离别,忧从中来无断绝。忧积一作极心劳血气衰,未年三十生白发。

远别离 李白

远别离,古有皇英之二女。乃在洞庭之南潇湘之浦。海水直下万里深,谁人不言此离苦。日惨惨兮云冥冥,猩猩啼烟兮鬼啸雨。我纵言之将何补?皇穹窃恐不照余之忠诚,雷冯冯兮欲吼怒。尧舜当之亦禅禹。君失臣兮龙为鱼,权归臣兮鼠变虎。或云集作言尧幽囚,舜野死,九疑联绵皆相似,重瞳孤坟竟何是。帝子泣兮绿云间,随风波兮去无还。恸哭兮远望,见苍梧之深山。苍梧山崩湘水绝,竹上之泪乃可灭。

同前 张籍

莲叶团团杏花拆,长江鲤鱼鳍鬣赤。念君少年弃亲戚,千里万里独为客。谁言远别心不易,天星坠地能为石。几时断得城南陌,勿使居人有行役。

同前二首 令狐楚

杨柳黄金穗,梧桐碧玉枝。春来消息断,早晚是归时集作期。
玳织鸳鸯履,金装悲翠簪。畏人相问著集作借问,不拟到城南。

久别离 李白

别来几春未还家,玉窗五见樱桃花。况有锦字书,开缄使人嗟。至此肠断彼心绝,云鬟绿一作雾鬓罢揽一作梳结,愁如回飙乱白雪。去年寄书报阳台,今年寄书重相催。胡为东风集作东风兮东风为我吹行云,使西来;待来竟不来,落花寂寂一作宴委青苔。

新　别　离 <small>戴叔伦</small>

手把杏花枝,未曾经别离。黄昏掩闺后,寂寞自心<small>集作心自</small>知。

今　别　离 <small>崔国辅</small>

送别未能旋,相望连水口。船行欲映洲,几度急摇手。

暗　别　离 <small>刘氏瑶</small>

槐花结子桐叶焦,单飞越鸟啼青霄。翠轩辗云轻遥遥,燕脂泪迸红线条。瑶草歇芳心耿耿,玉佩无声画屏冷。朱弦暗断不见人,风动花枝月中影。青鸾脉脉西飞去,海阔天高不知处。

潜　别　离 <small>白居易</small>

不得哭,潜别离。不得语,暗相思。两心之外无人知。深笼夜锁独栖鸟,利剑〔春〕<small>(春)</small>断连理枝。河水虽浊有清日,乌头虽黑有白时。惟有潜离与暗别,彼此甘心无后期。

别　离　曲 <small>张籍</small>

行人结束出门去,马蹄几时踏门路。<small>集作几时更踏门前路。</small>忆昔君初纳彩时,不言身属辽阳戍。早知今日当别离,成君家计良为谁。男儿生身自有役,那得误我少年时。不如逐君征战死,谁能独老空闺里。

同　前 <small>陆龟蒙</small>

丈夫非无泪,不洒离别间。仗剑对尊酒,耻为游子颜。蝮蛇一螫手,壮士疾<small>集作即</small>解腕。所思在功名,离别何足叹。

西 洲 曲 温庭筠 一作西州词

悠悠复悠悠,昨日下西洲。西洲风色好,遥见武昌楼。武昌何郁郁,侬家定无匹。小妇被流黄,登楼抚瑶瑟。朱弦繁复轻,素手直凄清。一弹三四解,掩抑似含情。南楼登且望,西江广复平。艇子摇两桨,催过石头城。门前乌臼树,惨澹天将曙。鹍鹜一作鸂鶒飞复还,郎随早帆去。回头语同伴,定复负情侬。去帆不安幅,作抵使西风。他日相寻索,莫作西洲客。西洲人不归,春草年年碧。

荆 州 乐 李白

白帝城边足风波,瞿塘五月谁敢过。荆州麦熟茧成蛾,缲丝忆君头绪多。拨谷飞鸣奈妾何。

同 前 二 首 刘禹锡

渚宫杨柳暗,麦城朝雊飞。可怜踏青伴,乘暖著轻衣。
今日好南风,商旅相催发。沙头樯竿上,始见春江阔。

荆 州 泊 李端

南楼西下时,月里闻来棹。桂水舳舻回,荆州津济闹。移帷望星汉,引带思容貌。今夜一江人,惟应妾身觉。

纪 南 歌 刘禹锡

风烟纪南城,尘土荆门路。天寒猎兽者一作多猎骑,走上樊姬墓。

宜 城 歌 刘禹锡

野水绕空城,行尘起孤驿。花集作荒台侧生树集作柏,石碣阳镌额。

靡靡度行人，温风吹宿麦。

长干曲四首 _{崔颢}

君家定何处_{集作何处住}，妾住在横塘。停舟暂借问，或恐是同乡。

家临九江水，去来九江侧。同是长干人，生小不相识。

下渚多风浪，莲舟渐觉稀。那能不相待，独自逆潮归。

三江潮水急，五湖风浪涌。由来花性轻，莫畏莲舟重。

长干行二首 _{李白}

妾发初覆额，折花门前剧。郎骑竹马来，绕床弄青梅。同居长干
里，两小无嫌猜。十四为君妇，羞颜尚不_{一作未尝}开。低头向暗壁，
千唤不一回。十五始展眉，愿同尘与灰。常存抱柱信，岂_{一作耻}上
望夫台。十六君远行，瞿塘滟滪堆。五月不可触，猿鸣_{一作声}天上
哀。门前迟_{一作旧}行迹，一一生绿苔。苔深不能扫，落叶秋风早。
八月蝴蝶来，双飞西园草。感此伤妾心，坐愁红颜老。早晚下三
巴，预将书报家。相迎不道远，直至长风沙。

忆妾_{一作昔}深闺里，烟尘不曾识。嫁与长干人，沙头候风色。五月
南风兴，思君在_{一作下}巴陵。八月西风起，想君发扬子。去来悲如
何，见少别离多。湘潭几日到，妾梦越风波。昨夜狂风度，吹折江
头树。淼淼暗无边，行人在何处。北客真王公，朱衣满江中。日暮
来投宿，数朝不肯东。_{集无此四句}好乘浮云骢，佳期兰渚东。鸳鸯
绿浦上，翡翠锦屏中。自怜十五馀，颜色桃李红。那作商人妇，愁
水复愁风。

同　前 _{张潮}

婿贫如珠玉，婿富如埃尘。贫时不忘旧，富贵_{集作日}多宠新。妾本

富家女,与君为偶匹。惠好一何深,中门不曾出。妾有绣衣裳,葳蕤金缕光。念君贫且贱,易此从远方。远方三千里,发去悔不已。_{集作思君心未已}日暮情更来,空望去时水。孟夏麦始秀,江上多南风。商贾归欲尽,君今尚巴东。巴东有巫山,窈窕神女颜。常恐游此山_{集作方},果然不知还。

小 长 干 曲 _{崔国辅}

月暗送湖_{集作潮}风,相寻路不通。菱歌唱不辍,知在此塘中。

杞 梁 妻 _{僧贯休}

秦之无道兮四海枯,筑长城兮遮北胡。筑人筑土一万里,杞梁贞妇啼呜呜。上无父兮中无夫,下无子兮孤复孤。一号城崩塞色苦,再号杞梁骨出土。疲魂饥魄相逐归,陌上少年莫相非。

卢 女 曲 _{崔颢}

二月春来半,宫中日渐长。柳垂金屋暖,花覆_{集作发}玉楼香。拂匣先临镜,调笙更炙簧。还将卢女曲_{集作歌舞态},夜夜_{集作只拟}奉君王。

卢 姬 篇 _{崔颢}

卢姬小_{集作少}小魏王家,绿鬓红唇桃李花。魏玉绮楼十二重,水精帘箔绣芙蓉。白玉阑干金作柱,楼上朝朝学歌舞。前堂后堂罗袖人,南窗北窗花发春。翠幌珠帘斗弦_{集作丝}管,一奏一弹云欲断。君王日晚下朝归,鸣环佩玉生光辉。人生今日得骄_{集作娇}贵,谁道卢姬身细微。

邯郸才人嫁为厮养卒妇 李白

妾本丛台女,扬蛾入丹阙。自倚颜如花,宁知有凋歇。一辞玉阶
下,去若朝云没。每忆邯郸城,深宫梦秋月。君王不可见,惆怅至
明发。

杨 白 花 柳宗元

杨白花,风吹度江水。坐令宫树无颜色,摇荡春光千万里。茫茫晓
日下长秋,哀歌未断城鸦起。

茱 萸 女 万楚

山阴柳家女,九日采茱萸。复得东邻伴,双为陌上姝。插花向高
髻,结子置长裾。作性恒集作常迟缓,非关诧丈夫。平明折林树集
作,日入反城隅。侠客邀罗袖,行人挑短书。蛾眉自有主,年少莫
踟蹰。

于 阗 采 花 李白

于阗采花人,自言花相似。明妃一朝西入胡,胡中美女多羞死。乃
知汉地多名姝,胡中无花可方比。丹青能令丑者妍,无盐翻在深宫
里。自古妒蛾眉,胡沙埋皓齿。

秦 女 卷 衣 李白

天子居未央,妾侍一作来卷衣裳。顾无紫宫宠,敢拂黄金床。水至
亦不去,熊来尚可当。微身奉日月,飘若萤火集作之光。愿君采薜
菲,无以下体妨。

爱妾换马 张祜

一面妖桃千里蹄，娇姿骏骨价应齐。乍牵玉勒辞金栈，催整花钿出绣闱。去日岂无沾袂泣，归时还有顿衔嘶。婵娟蹀躞春风里，挥手摇鞭杨柳堤。

绮阁香销华厩空，忍将行雨换追风。休怜柳叶双眉翠，却爱桃花两耳红。侍宴永辞春色里，趁朝休立漏声中。恩劳未尽情先尽，暗泣嘶风两意同。

枯鱼过河泣 李白

白龙改常服，偶被豫且制。谁使尔为鱼，徒劳诉天帝。作书报鲸鲵，勿恃风涛势。涛落归泥沙，翻遭蝼蚁噬。万乘慎出入，柏人以为诫一作识。

饮酒乐 聂夷中　商调曲也

日月似有事，一夜行一周。草木犹须老，人生得无愁。一饮解百结，再饮破百忧。白发欺贫贱，不入醉人头。我愿东海水，尽向杯中流。安得阮步兵，同入醉乡游。

王孙游 崔国辅

自与王孙别，频看黄鸟飞。应由春草误，著处不成归。

发白马 李白

将军发白马，旌节渡黄河。箫鼓聒川岳，沧溟涌洪一作涛波。武安有振瓦，易水无寒歌。铁骑若雪山，饮流涸滹沱。扬兵猎月窟，转战略朝那。倚剑登燕然，边峰列嵯峨。萧条万里外，耕作五原多。

一扫清大漠,包虎戢金戈。

结　袜　子 李白

燕南壮士吴门豪,筑中置铅鱼隐刀。感君恩重许君命,泰山一掷轻
鸿毛。

沐　浴　子 李白

沐芳莫弹冠,浴兰莫振衣。处世忌太洁,志一作至人贵藏辉。沧浪
有钓叟,吾与尔同归。

三　台　二　首 韦应物　天宝中羽调曲

一年一年老去,明日后日花开。未报长安平定,万国岂得衔杯。
冰泮寒塘始绿,雨馀百草皆生。朝来门阁无事,晚下高斋有情。

上　皇　三　台 韦应物

不寐倦长更,披衣出户行。月寒秋竹冷,风切夜窗声。

突　厥　三　台 韦应物

雁门山上雁初飞,马邑阑中马正肥。日旰山西逢驿使,殷勤南北送
征衣。

宫中三台二首 王建

鱼藻池边射鸭,芙蓉园里看花。日色柘袍相似,不著红鸾扇遮。
池北池南草绿,殿前殿后花红。天子千年万岁,未央明月清风。

江南三台四首 王建

扬州桥边小集作少妇，长干市里商人。三集作二年不得消息，各自拜鬼求神。

青草湖边草色，飞猿岭上猿声。万里三湘集作湘江客到，有风有雨人行。

树头花落花开，道上人去人来。朝愁暮愁即老，百年几度三台。

闻身强一作康健且一作早为，头白齿落难追。准拟百年千岁，能得几许多时。

筑 城 曲 张籍

> 筑城曲，以小鼓为节，筑者下杵以和之，谓为睢阳曲。《唐书·乐志》曰：睢阳操用春牍，是也。

筑城去集作处，千人万人齐抱集作把杵。重重土坚试行锥，军吏执鞭催作迟。来时一年深碛里，著尽短衣渴无水。力尽不得抛一作休杵声，杵声未定集作尽人皆死。家家养男当门户，今日作君城下土。

同前五解 元稹

年年塞下丁，长作出塞兵。自从冒顿强，官筑遮虏城。一解。

筑城须努力，城高遮得贼。但恐贼路多，有城遮不得。二解。

丁口传父口，莫问城坚不。平城被虏围，汉剷城墙走。三解。

因兹虏请一作请休和，虏往骑来多集作过。半疑兼半信，筑城犹嵯峨。四解。

筑城安敢烦，愿听丁一言。请筑鸿胪寺，兼愁虏出关。五解。

同　前 陆龟蒙

城上一掊土,手中千万杵。筑城畏不坚,坚城在何处。莫叹筑城劳集作将军逼,将军要却敌。城高功亦高,尔命何处一作足,集作劳。惜。集作二首。

湖　阴　曲 温庭筠

　　序曰:晋王敦举兵至湖阴,明帝微行,视其营伍,由是乐府有湖阴
　　曲。后其词亡,因作而附之。

祖龙黄须珊瑚鞭,铁骢金面青连钱。虎髯拔剑欲成梦,日压贼营如血鲜。海旗风急惊眠起,甲重光摇照湖水。苍黄追骑尘外归,森索妖星阵前死。五陵愁碧春萋萋,灞川玉马空中嘶。羽书如电入青琐,雪腕如捶催画鞞。白虬天子金煌铓,高临帝座回龙章。吴波不动楚山晚,花压阑干春昼长。

无愁果有愁曲 李商隐

　　无愁曲,北齐歌也。天宝十三载,改无愁为长欢。

东有青龙西白虎,中含福皇包世度。玉壶渭水笑清潭,凿天不到牵牛处。骐骥踏云天马狞,牛山撼碎珊瑚声。秋娥点滴不成泪,十二玉楼无故钉。摧烟唾月抛千里,十番红桐一行死。白杨别屋鬼迷人,空留暗记如蚕纸。日暮向风牵短丝,血凝血散今谁是。

起　夜　来 施肩吾

香销连理带,尘覆合欢杯。懒卧相思枕,愁吟起夜来。

起　夜　半 聂夷中

念远心如烧,不觉中夜起。桃花带露泛,立在月明里。

独 不 见 沈佺期

卢家小集作少妇郁金堂，海燕双栖玳瑁梁。九月寒砧催下叶，十年征戍忆辽阳。白狼河北音书断，丹凤城南秋夜长。谁知集作谓含愁独不见，使妾集作教更教明月照流黄。

同 前 王训

日晚宜春暮，风软上林朝。对酒近初节，开楼荡夜娇集作谣。石桥通小涧，竹路上青霄。持底谁见许，长愁成细腰。

同 前 杨巨源

东风艳阳色，柳绿花如霰。竞理同心鬟，争持合欢扇。香传贾娘手，粉离何郎面。最恨卷帘时，含情独不见。

同 前 李白

白马谁家子，黄龙边塞儿。天山三丈雪，岂是远行时。春蕙忽秋草，莎鸡鸣曲集作西池。风催寒棕响，月入霜闺悲。忆与君别年，种桃齐蛾眉。桃今百馀尺，花落成枯枝。终然独不见，流泪空自知。

同 前 戴叔伦

前宫路非远，旧苑春将遍。玉户看早梅，雕梁数归集作飞燕。身轻逐舞袖，香暖传歌扇。自和秋风词，长侍昭阳殿。谁信后庭人，年年独不见。

同 前 胡曾

玉关一自有氛埃，年少从军竟未回。门外尘凝张乐榭，水边香灭按

歌台。窗残夜月人何处,帘卷春风燕复来。万里寂寥音信绝,寸心
争忍不成灰。

携 手 曲 田娥

携手共惜芳菲节,莺啼锦花满城阙。行乐逶迤念容色,色衰只恐君
恩歇。凤笙龙管白日阴,盈亏自感青天月。

大 垂 手 聂夷中 言舞而垂其手也

金刀剪轻云,盘用黄金缕。装束赵飞燕,教来掌上舞。舞罢飞燕
死,片片随风去。

夜 夜 曲

愁人夜独伤,灭烛卧兰房。只恐多情月,旋来照妾床。

同 前 王偃

北斗星移银汉低,班姬愁思凤城西。青槐陌上人行绝,明月楼前乌
夜啼。

同 前 僧贯休

蟋蟀切切风骚骚,芙蓉喷香蟾蜍高。孤灯耿耿征妇劳,更深扑落金
错刀。

秋 夜 长 王勃

秋夜长,殊未央,月明白露澄清光,层城绮阁遥相望。遥相望,川无
梁,北风受节雁南集作南雁翔,崇兰委质时菊芳。鸣环曳履出长廊,
为君秋夜捣衣裳。纤罗对凤皇,丹绮双鸳鸯。调砧乱杵思自伤。

思自伤,征夫万里戍他乡。鹤关音信断,龙门道路长。所集作君在天一方,寒衣徒自香。

同 前 张籍

秋天如水夜未央,天汉东西月色光。愁人不寐畏枕席,暗虫唧唧绕我傍。荒城为村无更声,起看北斗天未明。白露满田风袅袅,千声万声鹘鸟鸣。

秋夜曲二首 王建

天清漏长霜泊泊,兰绿收荣桂膏涸。高楼云鬟弄婵娟,古瑟暗断秋风弦。玉关遥隔万里道,金刀不剪双泪泉。香囊火死香气少,向帷合眼一作谁眠阁何时晓。城乌作营啼野月,秦川少妇生离别。
秋灯向壁掩洞房,良人此夜直明光。天河悠悠漏水长,南楼北斗两相当。

同 前 张仲素

丁丁漏水夜何长,漫漫轻云露月光。秋壁暗虫通夕响,寒衣未寄莫飞霜。

同 前 王涯

桂魄初生秋露微,轻罗已薄未更衣。银筝夜久殷勤弄,心怯空房不忍归。

夜 坐 吟 李白

冬夜夜寒觉夜长,沉吟久坐坐北堂。冰合井泉月入闺,青缸凝明一作金缸青凝照悲啼。青一作金缸灭,啼转多。掩妾泪,听君歌。歌有声,妾有情。情声合,两无违。一语不入意,从君万曲梁尘飞。

同　前 李白

踏踏马头一作啼谁见过,眼看北斗直天河。西风罗幕生翠波,铅华
笑妾鬖青蛾。为君起唱一作舞长相思。帘外严霜皆倒飞,明星烂烂
东方陲。红霞稍出东南涯,陆郎去矣乘斑骓。

夜　寒　吟 鲍溶

九衢金吾夜行行,上宫玉漏遥分明。霜飙乘阴扫地起,旅鸿迷雪绕
枕声,远人归梦既不成。留家惜夜欢心发,罗幕画堂深皎洁。兰烟
对酒客几人,兽火扬光二三月。细腰楚姬丝竹间,白纻长袖歌闲
闲,岂识苦寒损朱颜。

定　情　篇 乔知之

共君结新婚,岁寒心未卜。相与游春园,各随情所逐。君念菖蒲
花,妾感苦寒竹。菖花多艳姿,寒竹有贞叶。此时妾比君,君心不
如妾。簪玉步河堤,妖韶援绿篾集作薆。凫雁将子游,莺燕从双栖。
君念春光好,妾向春光啼。君时不得意,妾弃集作弃妾还金闺。结
言本同心,悲欢何未齐。怨咽前致辞,愿得中所悲。人间丈夫易,
世路妇难为。始经天月照,集作始如经天月。终若流星驰。此下集有天
月相终始,流星无定期二句。长信佳丽人,失意非蛾眉。庐江小吏妇,非
关织作迟。本愿长相对,今已长相思。复有游宦子,结援从梁陈。
燕居崇三朝,去来历九春。誓心妾终始,蚕桑奉所亲。归愿未克
从,黄金赠路人。洁妇怀明义,从泛河之津。于今千万年,谁当问
水滨。更忆倡家楼,夫婿事封侯。去时思集作恩灼灼,去罢心悠悠。
不怜妾岁晏,千载陇西头。以兹常惕惕,百虑恒盈积。由来共结

襹,几人同匪石。故岁雕梁燕,双去今来只。今日玉庭梅,朝红暮成碧。碧荣始芬敷,黄叶已渐沥。何用念芳春,芳春有流易。何用重欢娱,欢娱俄戚戚。家本巫山阳,归去路何长。叙言情未尽,采菉已盈筐。桑榆日映物_{集作及景},草_{集作物色}盈高冈。下有碧流水,上有丹桂香。桂枝不须折,碧流清且洁。赠君比芳菲,受惠常不灭_{集作歇}。赠君泪潺湲,相思无断绝。妾有秦家镜,宝匣装珠玑。鉴来年二八,不记易阴晖。妾无光寂寂,委照影依依。今日持为赠,相识莫相违。

定 情 乐 <small>施肩吾</small>

敢嗟君不怜,自是命不谐。著破三条裙<small>集作裙</small>,却还双股钗。

春 江 曲 <small>郭元振 春江,巴女曲也。</small>

江水春沉沉,上有双竹林。竹叶坏水色,郎亦坏人心。

同 前 <small>张籍</small>

春江无云潮水平,蒲心出水凫雏鸣。长干夫婿爱远行,自染春衣缝已成。妾身生长金陵侧,去年随夫住江北。春来未到父母家,舟小风多渡不得。欲辞舅姑先问人,私向江头祭水神。

同 前 <small>王涯</small>

摇漾越江春,相将看<small>集作采</small>白蘋。归时不觉夜,出浦月随人。

同 前 二 首 <small>张仲素</small>

家寄征江<small>集作河岸</small>,征人几岁游。不知潮水信,每日到沙头。

乘晓南湖去,参差叠浪横。前洲在何处,雾<small>集作霜</small>里雁嘤嘤。

江　上　曲 李嘉祐

江上澹澹芙蓉花,江口蛾眉独浣纱。可怜应是阳台女,坐对鸬鹚娇
不语。掩面羞看北地人,回首集作身忽作空山雨集作语。苍梧秋色
不堪论,千载依依帝子魂。君看峰上斑斑竹,尽是湘妃泣泪痕。

桃　花　曲 顾况

魏帝宫人舞凤楼,隋家天子泛龙舟。君王夜醉春眠晏,不觉桃花逐
水流。

树　中　草 李白

鸟衔野田草,误入枯桑里。客土植危根,逢春犹不死。草木虽无
情,因依尚可生。如何同枝叶,各自有枯荣。

同　　前 张祜

青青树中草,托根非不危。草生树却死,荣枯君可知。

春　游　吟 李章

初春遍芳甸,千里霭盈瞩。美人摘新英,步步玩春绿。所思杳何
处,宛在吴江曲。可怜不得共芳菲,日暮归来泪满衣。

春　游　乐 施肩吾

一年三百六十日,赏心那似春中物。草迷曲坞花满园,东家少年西
家出。

同 前 二 首 _{李端}

游童苏合带_{集作弹}，倡女蒲葵扇。初日映城时，相思忽相见。褰裳
踏露草，理鬓回花面。薄暮不同归，留情此芳甸。

柘弹连钱马，银钩妥堕鬟。采_{集作摘}桑春陌上，踏草夕阳间。意合
辞先露，心诚貌却闲。明朝若相忆，云雨出巫山。

春游曲三首 _{张仲素}

烟柳飞轻絮，风榆落小钱。濛濛百花里，罗绮竞秋千。

骋望登香阁，争高下砌台。林间踏青去，席上意钱_{集作寄笺}来。

行乐三春节，林花百和香。当年重意气，先占斗鸡场。

乐 府 二 首 _{刘言史}

花颔红鬃一向_{集作何}偏，绿槐香陌欲朝天。仍嫌众里娇行疾，傍镫
深藏白玉鞭。

喷珠_{集作沫}团香小桂条，玉鞭兼赐霍嫖姚。弄影便从天禁出，碧蹄
声碎五门桥。

同 前 _{顾况}

暖谷春光至，宸游近甸荣。云随天仗转，风入御帘轻。翠盖浮佳
气，朱楼倚太清。朝臣冠剑退，宫女管弦迎。细草承雕辇，繁花入
幔城。文房开圣藻，武卫宿天营。玉醴随觞至，铜壶逐漏行。五星
含土德，万姓彻中声。亲祀先崇典，躬推示劝耕。国风新正乐，农
器近消兵。道德关河固，刑章日月明。野人同鸟兽，率舞感升平。

同 前 权德舆

光风澹荡百花吐,楼上朝朝学歌舞。身年二八婿侍中,幼妹承恩兄尚主。绿窗珠箔绣鸳鸯,侍婢先焚百和香。莺啼日出不知曙,寂寂罗帏春梦长。

同前三首 孟郊

莲子不可得,荷花生水中。犹胜道傍柳,无事荡春风。

渌萍与荷叶,同此一水中。风吹荷叶在,渌萍西复东。

莲花未开时,苦心终日卷。春水_{一作风}徒荡漾,荷花未开展。

同 前 陆长源

芙蓉初出水,菡萏露中花。风吹著枯木,无奈值空槎。

杂 曲 王勃

智琼神女,来访文君。蛾眉始约,罗袖初薰。歌齐曲韵,舞乱行分_{集作纷}。若向阳台荐枕,何啻得胜朝云。

古曲五首 施肩吾

可怜江北女,惯唱江南曲。摇荡木兰舟,双凫不成浴。

郎为匕上香,妾为_{集作作}笼上灰。归时虽_{集作即}暖热,去罢生尘埃。

夜裁鸳鸯绮,朝织蒲桃绫。欲试一寸心,待缝三尺冰。

怜时鱼得水,怨罢商与参。不如山支子,却解_{集作能}结同心。

红颜感暮花,白日同流水。思君如_{集作若}孤灯,一夜一心死。

高 句 丽 李白

唐亦有高丽曲,李勣破高丽所进,后改夷宾引者是也。

金花折风帽,白马小迟回。翩翩舞广袖,似鸟海东来。

摩 多 楼 子 李贺

玉塞去金人,二万四千里。风吹沙作云,一时渡辽水。天白水如练,甲丝双串断。行行莫苦辛,城月犹残半。晓气朔烟上,趫趫胡马蹄。行人听水别,隔陇长东西。

全唐诗卷二七

杂曲歌辞

　　隋自开皇初,置七部乐。一曰西凉伎,二曰清商伎,三曰高丽伎,四曰天竺伎,五曰安国伎,六曰龟兹伎,七曰文康伎。至大业中,乃立清乐、西凉、龟兹、天笁、康国、疏勒、安国、高丽、礼毕,以为九部。唐武德初,因隋旧制,用九部乐。太宗增高昌乐,又造燕乐,而去礼毕。其著令者十部。一曰燕乐,二曰清商,三曰西凉,四曰天竺,五曰高丽,六曰龟兹,七曰安国,八曰疏勒,九曰高昌,十曰康国,而总谓之燕乐。凡燕乐诸曲,始于武德、贞观,盛于开元、天宝。其著录者十四调,二百二十二曲。又有梨园别教院法歌乐十一曲,云韶乐二十曲。肃代以降,亦有因造。

辽 东 行 王建

辽东万里辽水曲,古戍无城复无屋。黄云盖地雪作山,不惜黄金买衣服。战回各自收弓箭,正西回面家乡远。年年郡县送征人,将与辽东作丘坂。宁为草木乡中生,有身不向辽东行。

渡 辽 水 王建

渡辽水,此去咸阳五千里。来时父母知隔生,重著衣裳如送死。亦有白骨归咸阳,营家各与题本乡。身在应无回渡一作渡辽日,驻马相看辽水傍。

昔 昔 盐 赵嘏

隋薛道衡有昔昔盐,嘏广之为二十章,羽调曲,唐亦为舞曲,昔一所析。

垂柳覆金堤

新年垂柳色,袅袅对空闺。不畏芳菲好,自缘离别啼。因风飘玉户,向日映金堤。驿使何时度,还将赠陇西。

蘼芜叶复齐

提筐红叶下,度日采蘼芜。掬翠香盈袖,看花忆故夫。叶齐谁复见,风暖恨偏孤。一被春光累,容颜与昔殊。

水溢芙蓉沼

渌沼春光后,青青草色浓。绮罗惊翡翠,暗粉妒芙蓉。云遍窗前见,荷翻镜里逢。将心托流水,终日渺无从。

花飞桃李蹊

远期难可托,桃李自依依。花径无容迹,戎裘未下机。随风开又落,度日扫还飞。欲折枝枝赠,那知归不归。

采桑秦氏女

南陌采桑出,谁知妾姓秦。独怜倾国貌,不负早莺春。珠履荡花湿,龙钩折桂新。使君那驻马,自有侍中人。

织锦窦家妻

当年谁不羡,分作窦家妻。锦字行行苦,罗帷日日啼。岂知登陇远,只恨下机迷。直候阳关使,殷勤寄海西。

关山别荡子 赵嘏

那堪闻荡子,迢递涉关山。肠为马嘶断,衣从泪滴斑。愁看塞上路,讵惜镜中颜。傥见征西雁,应传一字还。

风月守空闺

良人犹远戍,耿耿夜闺空。绣户流宵月,罗帷坐晓_{集作晚}风。魂飞沙帐北,肠断玉关中。尚自无消息,锦衾那得同。

恒敛千金笑

玉颜恒自敛,羞出镜台前。早惑阳城客,今悲华锦筵。从军人更远,投喜鹊空传。夫婿交河北,迢迢路几千。

长垂双玉啼

双双红泪堕,度日暗中啼。雁出居延北,人犹辽海西。向灯垂玉枕,对月洒金闺。不惜罗衣湿,惟愁归意迷。

蟠龙随镜隐

鸾镜无由照,蛾眉岂忍看。不知愁发换,空见隐龙蟠。那惬红颜改,偏伤白日残。今朝窥玉匣,双泪落阑干。

彩凤逐帷低

巧绣双飞凤,朝朝伴下帷。春花那见照,暮色已频欺。欲卷思君处,将啼裛泪时。何年征戍客,传语报佳期。

惊魂同夜鹊

万里无人见,众情难与论。思君常入梦,同鹊屡惊魂。孤寝红罗帐,双啼玉箸痕。妾心甘自保,岂复暂忘恩。

倦寝听晨鸡

去去边城骑,愁眠掩夜闺。披衣窥落月,拭泪待鸣鸡。不愤连年别,那堪长夜啼。功成应自恨,早晚发辽西。

暗牖悬蛛网

暗中蛛网织,历乱绮窗前。万里终无信,一条徒自悬。分从珠露滴,愁见隙风牵。妾意何聊赖,看看剧断弦。

空梁落燕泥

春至今朝燕，花时伴独啼。飞斜珠箔隔，语近画梁低。帷卷闲窥户，床空暗落泥。谁能长对此，双去复双栖。

前年过代北

代北几千里，前年又复经。燕山云自合，胡塞草应青。铁马喧鼙鼓，蛾眉怨锦屏。不知羌笛曲，掩泪若为听。

今岁往辽西

万里飞书至，闻君已渡辽。只谙新别苦，忘却旧时娇。烽戍年将老，红颜日向凋。胡沙兼汉苑，相望几迢迢。

一去无还意

良人征绝域，一去不言还。百战攻胡虏，三冬阻玉关。萧萧边马思，猎猎戍旗闲。独把千重恨，连年未解颜。

那能惜马蹄

云中路杳杳，江畔草萋萋。妾久垂珠泪，君何惜马蹄。边风悲晓角，营月怨春鼙。未道休征战，愁眉又复低。

水调歌第一

水调，商调曲也，唐曲凡十一叠。前五叠歌，后六叠为入破。又有新水调，亦商调曲。

平沙落日大荒西，陇上明星高复低。孤山几处看烽火，壮一作战士连营候鼓鼙。

第　二

猛将关西意气多，能骑骏马弄雕戈。金鞍宝铰精神出，笛倚新翻水调歌。

第　三

王孙别上绿珠轮，不羡名公乐此身。户外碧潭春洗马，楼前红烛夜迎人。

第 四

陇头一段气长秋,举目萧条总是愁。只为征人多下泪,年年添作断肠流。

第 五

双带仍分影,同心巧结香。不应须换彩,意欲媚浓妆。

入 破 第 一

细草河边一雁飞,黄龙关里挂戎衣。为受明王恩宠甚,从事经年不复归。

第 二

锦城丝管日纷纷,半入江风半入云。此曲只应天上去,人间能得几回闻。

第 三

昨夜遥欢出建章,今朝缀赏度昭阳。传声莫闭黄金屋,为报先开白玉堂。

第 四

日晚箭声咽戍楼,陇云漫漫水东流。行人万里向西去,满目关山空_{一作无恨一作自愁}。

第 五

千年一遇圣明朝,愿对君王舞细腰。乍可当熊任生死,谁能伴凤上_{一作入云霄}。

第 六 彻

闺烛无人影,罗屏有梦魂。近来音耗绝,终日望君门。

水　调 吴融

凿河千里走黄沙，浮殿西来动日华。可道新声是亡国，且贪
惆怅后庭花。

（注：浮字下小字"集作沙"）

堂　堂 李义府　堂堂，角调曲，本陈后主所作，唐为法曲。

镂月成歌扇，裁云作舞衣。自怜回雪影，好取洛川归。
懒正鸳鸯被，羞褰玳瑁床。春风别有意，密处也寻香。

同　前 李贺

堂堂复堂堂，红脱梅灰。十年粉蠹生画梁，饥
虫不食推碎黄。蕙花已老桃叶长，禁院悬帘隔御光。华清源中矺
石汤，裴回百凤随君王。

（红脱梅灰下小字"集作花香　一作红熟海梅香"；百字下小字"一作白"）

凉州歌第一

凉州，宫调曲。开元中，西凉府都督郭知运进，本在正宫调中，有大
遍、小遍。至贞元初，康昆仑翻入琵琶玉宸宫调，初进曲在玉宸殿，故有
此名。合诸乐，即黄钟宫调也。段和尚善琵琶，自制西凉州，后传康昆
仑，即道调凉州，亦谓之新凉州。

汉家宫里柳如丝，上苑桃花连碧池。圣寿已传千岁酒，天文更赏百
僚诗。

第　二

朔风吹叶雁门秋，万里烟尘昏戍楼。征马长思青海北，胡笳夜听陇
山头。

第　三

开箧泪沾襦，见君前日书。夜台空寂寞，犹见是紫云车。

（犹见下小字"一作"）

排 遍 第 一

三秋陌上早霜飞,羽猎平田浅草齐。锦背苍鹰初出按,五花骢马喂来肥。

第 二

鸳鸯殿里笙歌起,翡翠楼前出舞人。唤上紫微三五夕,圣明方寿一千春。

凉 州 词 耿〔沣〕(纬)

国使翩翩集作翻翻随旆旌,陇西岐路足荒城。毡裘牧马胡雏小,日暮蕃歌三两声。

同 前 张籍

边城暮雨雁飞低,芦笋初生渐欲齐。无数铃声遥过碛,应驮白练到安西。

古镇城门白碛开,胡兵往往傍沙堆。巡边使客行应早,每待集作问平安火到集作无使来。

凤林关里水东流,白草黄榆六十秋。边将皆承主恩泽,无人解道取凉州。

同 前 薛逢

昨夜蕃兵报国仇,沙州都护破凉州。黄河九曲今归汉,塞外纵横战血流。

太 和 第 一 太和,羽调曲也。

国门卿相旧山庄,圣主移来宴绿芳。帘外辇为车马路,花间踏出舞人场。

第　二

国鸟尚含天乐转,寒风犹带御衣香。为报碧潭明月夜,会须留赏待君王。

第　三

庭前鹊绕相思树,井上莺歌争刺桐。含情少妇悲春草,多是良人学转蓬。

第　四

塞北江南共一家,何须泪落怨黄沙。春酒半酣千日醉,庭前一作边庭还有落梅花。

第五彻

我皇膺运太平年,四海朝宗会百川。自古几多明圣主,不如今帝胜尧天。

伊川歌第一　伊州,商调曲,西凉节度盖嘉运所进。

秋风明月独离居,荡子从戎十载馀。征人去日殷勤属,归雁来时数寄书。

第　二

彤闱晓辟万鞍回,玉辂春游薄晚开。渭北清光摇草树,州南嘉景入楼台。

第　三

闻道黄花戍,频年不解兵。可怜闺里月,偏照汉家营。

第　四

千里东归客,无心忆旧游。挂帆游白水,高枕到青州。

第　五

桂殿江乌对,雕屏海燕重。只应多酿酒,醉罢乐高钟。

入 破 第 一

千门今夜晓初晴,万里天河彻帝京。璨璨繁星驾秋色,棱棱霜气韵
钟声。

第 二

长安二月柳依依,西出流沙路渐微。阏氏山上春光少,相府庭边驿
使稀。

第 三

三秋大漠冷溪山,八月严霜变草颜。卷斾风行宵渡碛,衔枚电扫晓
应还。

第 四

行乐三阳早,芳菲二月春。闺中红粉态,陌上看花人。

第 五

君住孤山下,烟深夜径长。辕门渡绿水,游苑绕垂杨。

陆州歌第一

分野中峰变,阴晴众壑殊。欲投人处宿,隔浦问樵夫。

第 二

共得烟霞径,东归山水游。萧萧望林夜,寂寂坐中秋。

第 三

香气传空满,妆花映薄红。歌声天仗外,舞态御楼中。

排 遍 第 一

树发花如锦,莺啼柳若丝。更逢欢宴地,愁见别离时。

第 二

明月照秋叶,西风响夜砧。强言徒自乱,往事不堪寻。

第 三

坐对银钉晓,停留玉箸痕。君门常不见,无处谢前恩。

第 四

曙月当窗满,征人出塞遥。画楼终日闭,清一作丝管为谁调。

簇 拍 陆 州

西去轮台万里馀,故乡音耗日应疏。陇山鹦鹉能言语,为报闺人数寄书。

石 州 商调曲也。又有舞石州。

自从君去远巡边,终日罗帏独自眠。看花情转切,揽镜泪如泉。一自离君后,啼多双脸穿。何时狂房灭,免得更留连。

盖 罗 缝

秦时明月汉时关,万里征人尚未还。但愿龙庭神一作飞将在,不教胡马渡阴山。

音书杜绝白狼西,桃李无颜黄鸟啼。寒鸟春深归去尽,出门肠断草萋萋。

双 带 子

私言切语谁人会,海燕双飞绕画梁。君学秋胡不相识,妾亦无心去采桑。

昆 仑 子

〔扬〕(杨)子谭经去,淮王载酒过。醉来啼鸟唤一作换,坐久落花多。

祓 禊 曲

汉官三月上巳,张乐于流水,晋宋已后皆因之,至唐传以为曲。

昨见春条绿,那知秋叶黄。蝉声犹未断,寒一作塞雁已成行。

金谷园中柳,春来已一作自,一作学。舞腰。那堪好风景,独上洛阳桥。

何处堪愁思,花间长乐宫。君王不重客,泣泪向春一作东风。

上 巳 乐 张祜

猩猩血彩系头标,天上齐声举画桡。却是内人争意切,六宫罗集作红袖一时招。

穆 护 砂 穆护砂曲,犯角。

玉管朝朝弄,清歌日日新。折花当驿路,寄与陇头人。

思 归 乐 商调曲也,后一曲犯角。

晚日催弦管,春风入绮罗。杏花如有意,偏落舞衫多。

万里春应尽,三江雁亦稀。连天汉水广,孤客未言归。

金 殿 乐

入夜秋砧动,千门起四邻。不缘楼上月,应为陇头人。

胡 渭 州 商调曲

亭亭孤月照行舟,寂寂长江万里流。乡国不知何处是,云山漫漫使人愁。

杨柳千寻色,桃花一苑芳。风吹入帘里,惟有惹衣香。

戎　浑

风劲角弓鸣,将军猎渭城。草枯鹰眼疾,雪尽马蹄轻。

墙　头　花

蟋蟀鸣洞房,梧桐落金井。为君裁舞衣,天寒剪刀冷。
妾有罗衣裳,秦王在时作。为舞春风多,秋来不堪著。

采　桑 羽调曲,一云本清商西曲。又有杨下采桑。

自古多征战,由来尚甲兵。长驱千里去,一举两蕃平。按剑从沙
漠,歌谣满帝京。寄言天下将,须立武功名。

杨　下　采　桑

飞丝惹绿尘,软叶对孤轮。今朝入园去,物色强看人。

破　阵　乐

　　　　本商调舞曲,太宗所造。明皇作小破阵乐,亦舞曲也。第一曲失撰
　　　人名,后二曲张说作。

秋来四面足风沙,塞外征人暂别家。千里不辞行路远,时光早晚到
天涯。

汉兵出顿金微,照日明光集作光明铁衣。百里火幡焰焰,千行云骑
靟靟集作霏霏。蹋踏辽河自竭,鼓噪燕山可飞。正属四方朝贺,端
知万舞皇威。

少年胆气凌云,共许骁雄出群。匹马城南集作西挑战,单刀蓟北从
军。一鼓鲜卑送款,五饵单于解纷。誓欲成名报国,羞将开口集作
阁论勋。

战　胜　乐

百战得功名,天兵意气生。三边永不战,此是我皇英。

剑　南　臣

不分君恩断,观妆视镜中。容华尚春日,娇爱已秋风。枕席临窗晓,屏帷对月空。年年后庭树,芳悴在深宫。

征　步　郎

塞外虏尘飞,频年度碛西。死生随玉剑,辛苦向金微。

叹　疆　场　宫调曲

闻道行人至,妆梳对镜台。泪痕犹尚在,笑靥自然开。

塞　姑

昨日卢梅塞口,整见诸人镇守。都护三年不归,折尽江边杨柳。

水　鼓　子

雕弓白羽猎初回,薄夜牛羊复下来。梦水河边秋草合,黑山峰外阵云开。

婆　罗　门

商调曲,开元中西凉府节度杨敬述进,天宝十三年,改为霓裳羽衣。

回乐峰前沙似雪,受降城外月如霜。不知何处吹芦管,一夜征人尽望乡。

浣 沙 女

南陌春风早，东邻去日斜。千花开瑞锦，香扑美人车。
长乐青门外，宜春小苑东。楼开万户上，人向百花中。

镇　西

天边物色更无春，只有羊群与马群。谁家营里吹羌笛，哀怨教人不忍闻。
岁去年来拜圣朝，更无山阙对溪桥。九门杨柳浑无半，犹自千条与万条。

回　纥 商调曲

曾闻瀚海使难通，幽闺少妇罢裁缝。缅想边庭征战苦，谁能对镜治愁容。久戍人将老，须臾变作白头翁。

长 命 女 羽调曲

云送关西雨，风传渭北秋。孤灯然客梦，寒杵捣乡愁。

醉 公 子

昨日春园饮，今朝倒接䍦。谁人扶上马，不省下楼时。

一 片 子

柳色青山映，梨花雪鸟藏。绿窗桃李下，闲坐叹春芳。

甘　州 羽调曲

欲使传消息，空书意不任，寄君明月镜，偏照故人心。

濮阳女 羽调曲

雁来书不至,月照独眠房。贱妾多愁思,不堪秋夜长。

相府莲

　　　王俭为相,所辟皆才名之士,时号莲幕。其后语讹为想夫怜,羽调
曲,又有簇拍相府莲。

夜闻邻妇泣,切切有馀哀。即问缘何事,征人战未一作骨回。

簇拍相府莲

莫以今时宠,宁无旧日恩。看花满眼泪,不共楚王言。闺烛无人
影,罗屏有梦魂。近来音耗绝,终日望应门。

离别难

　　　武后朝,有士人陷冤狱,其妻配入掖庭。善吹觱栗,撰此曲以寄情。
初名大郎神,盖取良人第行也。既畏人知,遂三易其名。曰悲切子。终
号〔怨〕(愁)回鹘。

此别难重陈,花深复变人。来时梅覆雪,去日柳含春。物候催行
客,归途淑气新。剡川今已远,魂梦暗相亲。

同　前 白居易

绿杨陌上送行人,马去车回一望尘。不觉别时红泪尽,归来无泪可
沾巾。

山鹧鸪 羽调曲

玉关征戍久,空闺人独愁。寒露湿青苔,别来蓬鬓秋。

人坐青楼晚,莺语百花时。愁人多自老,肠断君不知。

鹧 鸪 词 李益

湘江斑竹枝,锦翼鹧鸪飞。处处湘阴合,郎从何处归。

同 前 李涉

湘江烟水深,沙岸隔枫林。何处鹧鸪飞,日斜斑竹阴。二女虚_{集作}空垂泪,三闾枉自沉。惟有鹧鸪鸟,独伤行客心。

越冈连越井,越鸟更南飞。何处鹧鸪啼,夕烟东岭归。岭头_{集作外}行人少,天涯北客稀。鹧鸪啼别处,相对泪沾衣。

乐 世 白居易

　　一曰绿腰,即录要也。贞元中乐工进曲,德宗令录出要者,因以为
　　名。后语讹为绿腰,软舞曲也。康昆仑尝于琵琶弹一曲,即新翻羽调绿
　　腰。又有急乐〔世〕。

管急丝_{集作弦}繁拍渐稠,绿腰宛转曲终头。诚知乐世声声乐,老病人听未免愁。

急 乐 世 白居易

正抽碧线绣红罗,忽听黄莺敛翠蛾。秋思冬愁春恨_{集作怅望},大都不得意时多。

何 满 子 白居易

　　开元中沧州歌者,临刑进此曲以赎死,竟不得免。亦舞曲也。

世传满子是人名,临就刑时曲始成。一曲四词_{集作调}歌八叠,从头便是断肠声。

同 前 薛逢

系马宫槐老,持怀店菊黄。故交今不见,流恨满川光。

清 平 调 李白

《唐·礼乐志》曰:清调、平调,房中乐遗声。开元中,禁中重木芍药,
会花方繁开。帝乘照夜白,太真妃以步辇从。李龟年以歌擅一时之名。
帝曰:"赏名花,对妃子,焉用旧乐辞为。"遂命白作清平调词三章,令梨
园弟子略抚丝竹以促歌,帝自调玉笛以倚曲。

云想衣裳花想容,春风拂槛露华浓。若非群玉山头见,会向瑶台月
下逢。

一枝红集作浓艳露凝香,云雨巫山枉断肠。借问汉宫谁得似,可怜
飞燕倚新妆。

名花倾国两相欢,长得君王带笑看。解释春风无限恨,沉香亭北倚
阑干。

回 波 乐 李景伯

商调曲,盖出于曲水引流泛觞。中宗宴侍臣,令各为回波乐,众皆
为诌佞之辞,及自要荣位。次至谏议大夫李景伯,乃歌此辞,后亦为舞
曲。

回波尔时酒卮,微臣职在箴规。侍宴既过三爵,喧哗窃恐非仪。

圣 明 乐 张仲素

开元中,太常乐工马顺儿造,又有大圣明乐,并商调曲。

玉帛殊方至,歌钟比屋闻。华夷今一贯,同贺圣明君。

九陌祥烟合,千春瑞月明。宫花将苑柳,先发凤皇城。

同　前 令狐楚

海浪恬丹徼,边尘靖黑山。从今万里外,不复镇萧关。

大　酺　乐 商调曲

泪滴珠难尽,容残玉易销。傥随明月去,莫道梦魂遥。

同　前 杜审言

圣后乘乾日,皇明御历辰。紫宫初启坐,苍璧正临春。雷雨垂膏泽,金钱赐下人。诏酺欢赏遍,交泰睹惟新。

毗陵震泽九州通,士女欢娱万国同。伐鼓撞钟惊海上,新妆袨服照江东。梅花落处疑残雪,柳叶开时任好风。大集作火德不集作云官逢道泰,天长地久属年丰。

同　前 张祜

车驾东来值太平,大酺三日洛阳城。小儿一伎竿头绝,天下传呼万岁声。

紫陌酺归日欲斜,红尘开路薛王家。双鬟前集作笑说楼前鼓,两伎争轮好结花。

千　秋　乐 张祜

　　开元十七年八月癸亥明皇诞日,宴百僚于花萼楼下,百僚表请以每年八月五日为千秋节。

八月平时花萼楼,万方同乐奏千秋。倾城人看长竿出,一伎初成赵解愁。

火 凤 辞 <small>李百药　羽调曲，又有真火凤。</small>

歌声扇里<small>集作后</small>出，妆影扇<small>集作镜</small>中轻。未能令掩笑，何处欲郭声。
知音自不惑，得念是分明。莫见双喷敛，疑人含笑情。
佳人靓晚妆，清唱动兰房。影入<small>集作出</small>含风扇，声飞照日梁。娇喷
眉际敛，逸韵口中香。自有横陈分<small>集作会</small>，应怜秋夜长。

热 戏 乐 <small>张祜　凡戏辄分两朋以竞勇，谓之热戏。</small>

热戏争心剧火烧，铜槌暗执不相饶。上皇失喜宁王笑，百尺幢竿果
动摇。

春 莺 啭 <small>张祜　大春莺啭，又有小春莺转，并商调曲。</small>

兴庆池南柳未开，太真先把一枝梅。内人已唱春莺啭，花下偬偬软
舞来。

达 摩 支 <small>温庭筠</small>

<small>天宝十三载，改达摩支为泛兰丛。羽调曲，一曰健舞曲也。</small>
捣麝成尘香不灭，拗莲作寸丝难绝。红泪文姬洛水春，白头苏武天
山雪。君不见无愁高纬花漫漫，漳浦宴馀清露寒。一旦臣僚共囚
虏，欲吹羌管先汍澜。旧臣头鬓霜华<small>一作雪</small>早，可惜雄心醉中老。
万古春归梦不归，邺城风雨连天草。

如 意 娘 <small>商调曲，则天皇后作。</small>

看朱成碧思纷纷，憔悴支离为忆君。不信比来长下泪，开箱验取石
榴裙。

雨 霖 铃 张祜

明皇幸蜀，南入斜谷。属霖雨弥旬，于栈道中闻铃声与山相应，因采其声为雨霖铃曲。时独梨园善觱栗工张徽从至蜀，以其曲授之，后入法部。

雨霖铃夜却归秦，犹是 集作见 张徽一曲新。长说上皇垂泪教，月明南内更无人。

桂 花 曲

可怜天上桂花孤，试问姮娥更要无。月宫幸有闲田地，何不中央种两株。

渭 城 曲 王维

渭城一曰阳关，本送人使安西诗，后遂被于歌。

渭城朝雨浥轻尘，客舍青青柳色 集作杨柳 春。劝君更尽一杯酒，西出阳关无故人。

全唐诗卷二八

杂曲歌辞

竹 枝 顾况

竹枝本出于巴渝。唐贞元中,刘禹锡在沅湘,以俚歌鄙陋,乃依骚人九歌,作竹枝新辞九章,教里中儿歌之,由是盛于贞元、元和之间。其音协黄钟羽,末如吴声。含思宛转,有淇濮之艳。

帝子苍梧不复归,洞庭叶下荆云飞。巴人夜唱竹枝后,肠断晓猿声渐稀。

同 前 刘禹锡

白帝城头春草生,白盐山下蜀江清。南人上来歌一曲,北人莫上动乡情。

山桃红花满上头,蜀江春水拍江一作山流。花红易衰似郎意,水流无限似侬愁。

江上朱楼新雨晴,瀼西春水縠文生。桥东桥西好杨柳,人来人去唱歌行。

日出三竿春雾消,江头蜀客驻兰桡。凭寄狂夫书一纸,住在成都万里桥。

两岸山花似雪开,家家春酒满银杯。昭君坊中多女伴,永安宫外踏青来。

瞿塘嘈嘈十二滩，此中集作人言道路古来难。长恨人心不如水，等闲平地起波澜。

巫峡苍苍烟雨时，清猿啼在最高枝。个里愁人肠自断，由来不是此声悲。

城西门前滟滪堆，年年波浪不能摧集作推。懊恼集作恨人心不如石，少时东去复西来。

山上层层桃李花，云间烟火是人家。银钏金钗来负水，长刀短笠去烧畲。

同　前 刘禹锡

杨柳青青江水平，闻郎江上唱歌声。东边日出西边雨，道是无情一作晴还集作却有情一作晴。

楚水巴山江雨多，巴人能唱本乡歌。今朝北客思归去，回入纥那披绿罗。

同　前 白居易

瞿塘峡口冷集作水烟低，白帝城头月向西。唱到竹枝声咽处，寒猿晴集作暗鸟一时啼。

竹枝苦怨怨何人，夜静山空歇又闻。蛮儿巴女齐声唱，愁杀江楼病使君。

巴东船舫上巴西，波面风生雨脚齐。水蓼冷花红簇簇，江蓠湿叶碧萋萋集作凄凄。

江畔谁人唱竹枝，前声断咽后声迟。怪来调苦缘词苦，多是通州司马诗。

同　前 李涉

荆门滩急水潺潺,两岸猿啼烟满山。渡头年少一作少年应官去,月落西陵望不还。

巫峡云开神女祠,绿潭红树影参差。下牢戍口初相问,无义滩头剩别离。

石壁千重树万重,白云斜掩碧芙蓉。昭君溪上年年月,独自集作偏照婵娟色最浓。

十二峰头月欲低,空濛集作聆江上子规啼。孤舟一夜东归客,泣向春集作东风忆建溪。

同　前 孙光宪

门前春水白蘋花,岸上无人小艇斜。商女经过江欲暮,散抛残食饲神鸦。

乱绳千结绊人深,越罗万丈表长寻。杨柳在身垂意绪,藕花落尽见莲心。

杨 柳 枝 白居易

　　　杨柳枝者,古题所谓折杨柳,本白居易洛中所制。宣宗朝,国乐唱是辞,帝问永丰在何处,因取两株植于禁中。居易又作辞一章。

一树春风万万枝,嫩于金色软于丝。永丰西角荒园里,尽日无人属阿谁。

一树衰残委泥土,双枝荣耀植天庭。定知玄象今春后,柳宿光中添两星。

同　前 白居易

六么水调家家唱,白雪梅花处处吹。古歌旧曲君休听,听取新翻杨柳枝。

陶令门前四五树,亚夫营里百千条。何似东都正二月,黄金枝映洛阳桥。

依依袅袅复青青,勾引清^{集作春}风无限情。白雪花繁空扑地,绿丝条弱不胜莺。

红板江桥青酒旗,馆娃宫暖日斜时。可怜雨歇东风定,万树千条各自垂。

苏州杨柳任君夸,更有钱塘胜馆娃。若解多情寻小小,绿杨深处是苏家。

苏家小女旧知名,杨柳风前别有情。剥条盘作银环样,卷叶吹为玉笛声。

叶含浓露如啼眼,枝袅轻风似舞腰。小树不禁攀折苦,乞君留取两三条。

人言柳叶似愁眉,更有愁肠似柳丝。柳丝挽断肠牵断,彼此应无续得期。

同　前 卢贞

一树依依在永丰,两枝飞去杳无踪。玉皇曾采人间曲,应逐歌声入九重。

同　前 刘禹锡

塞北梅花羌笛吹,淮南桂树小山词。请君莫奏前朝曲,听唱新翻杨柳枝。

南陌东城春早时,相逢何处不依依。桃红李白皆夸好,须得垂杨相发辉。

凤阙轻遮翡翠帷,龙墀遥望曲尘丝。御沟春水柳^{集作相}晖映,狂杀长安年少儿。

金谷园中莺乱飞，铜驼陌上好风吹。城东_{集作中}桃李须臾尽，争似垂杨无限时。

花萼楼前初种时，美人楼上斗腰支。如今抛掷上_{一作长}街里，露叶如啼欲恨谁。

炀帝行宫汴水滨，数株残_{集作枝}杨柳不胜春。昨来风起_{集作晚}花如雪，飞入宫墙不见人。

御陌青门拂地垂，千条金缕万条丝。如今绾_作同心结，将赠行人知不知。

城外春风满_{集作吹}酒旗，行人挥袂日西时。长安陌上无穷树，唯有垂杨管别离。

轻盈袅娜占春华，舞榭妆楼处处遮。春尽絮飞_{集作花}留不得，随风好去落谁家。

同　前 _{刘禹锡}

扬子江头烟景迷，隋家宫树拂金堤。嵯峨犹有_{集作是}当时色，半蘸波中水鸟栖。

迎得春光先到来，浅黄轻绿映楼台。只缘袅娜多情思，便被春风长请揉_{集作倩猜}。

巫峡巫山杨柳多，朝云暮雨远相和。因想阳台无限事，为君回唱竹_{集作柳}枝歌。

同　前 _{李商隐}

暂凭樽酒送无憀，莫损愁眉与细腰。人世死前唯有别，春风争拟惜长条。

含烟惹雾每依依，万绪千条拂落晖。为报行人休尽折，半留相送半迎归。

同　前 韩琮

梁苑隋堤事已空, 万条犹舞旧春风。那堪更想千年后, 谁见杨花入汉宫。

同　前 施肩吾

伤见路傍 集作边 杨柳春, 一枝折尽一重新。今年还折去年处, 不送去年离别人。

同　前 温庭筠

宜春苑外最长条, 闲袅春风伴舞腰。正是玉人肠断处, 一渠春水赤栏桥。

南内墙东御路傍, 预知春色柳丝黄。杏花未肯无情思, 何事情人最断肠。

苏小门前柳万条, 毵毵金线拂平桥。黄莺不语东风起, 深闭朱门伴细腰。

金缕毵毵碧瓦沟, 六宫眉黛惹春愁。晚来更带龙池雨, 半拂栏干半入楼。

馆娃宫外邺城西, 远映征帆近拂堤。系得王孙归意切, 不关春草绿萋萋。

两两黄鹂色似金, 袅枝啼露动芳音。春来幸自长如线, 可惜牵缠荡子心。

御柳如丝映九重, 凤凰窗柱绣芙蓉。景阳楼伴千条露, 一面新妆待晓钟。

织锦机边莺语频, 停梭垂泪忆征人。塞门三月犹萧索, 纵有垂杨未觉春。

同　前 皇甫松

春入行宫映翠微，玄宗侍女舞烟丝。如今柳向空城绿，玉笛何人更把吹。

烂熳春归水国时，吴王宫殿柳垂丝。黄莺长叫空闺畔，西子无因更得知。

同　前 僧齐己

凤楼高映绿阴阴，凝碧多含雨露深。莫谓一枝柔软力，几曾牵破别离心。

馆娃宫畔响廊前，依托吴王养翠烟。剑去国亡台榭集作殿毁，却随红树噪秋蝉。

秾低似中陶潜酒，软极如伤宋玉风。多谢将军绕营种，翠中闲卓战旗红。

高僧爱惜遮江寺，游子伤残露野桥。争似著行垂上苑，碧桃红杏对摇摇。

同　前 张祜

莫折宫前杨柳枝，玄宗曾向笛中吹。伤心日暮烟霞起，无限春愁生翠眉。

凝碧池边敛翠眉，景阳台下绾青丝。那胜妃子朝元阁，玉手和烟弄一枝。

同　前 孙鲂

灵和风暖太昌春，舞线摇丝向昔人。何似晓来江雨后，一行如画隔遥津。

彭泽初栽五树时,只应闲看一枝枝。不知天意风流处,要与佳人学画眉。

暖傍离亭静拂桥,入流穿槛绿摇摇。不知落日谁相送,魂断千条与万条。

春来绿树遍天涯,未见垂杨未可夸。晴日万株烟一阵,闲坊兼是莫愁家。

十首当年有旧词,唱青歌翠几无遗。未曾得向行人道,不为离情莫折伊。

同　前 薛能

　　　乾符五年,能为许州刺史,令部伎作杨柳枝健舞,复赋其辞为新声。

华清高树出离宫,南陌柔条带暖风。谁见轻阴是良夜,瀑泉声畔月明中。

洛桥晴影覆江船,羌笛秋声湿塞烟。闲想习池公宴罢,水蒲风絮夕阳天。

嫩绿轻悬似缀旒,路人遥见隔宫楼。谁能更近丹墀种,解播皇风入九州。

暖风晴日断浮埃,废路新条发钓台。处处轻轻集作阴可惆怅,后人攀处古人栽。

潭上江边袅袅垂,日高风静絮相随。青楼一树无人见,正是女郎眠觉时。

汴水高悬百万条,风清两岸一时摇。隋家力尽虚栽得,无限春风属圣朝。

和花烟树九重城,夹路春阴十万营。唯向边头不堪望,一株憔悴少人行。

窗外齐垂旭日初,楼边轻好暖_{集作暖好风徐}。游人莫道栽无益,桃李清阴却不如。

众木犹寒独早青,御沟桥畔曲江亭。陶家旧日应如此,一院春条绿绕厅。

帐偃缨垂细复繁,令人心想石家园。风条月影皆堪重,何事侯门爱树萱。

同　前 _{薛能}

数首新词_{集作诗}带恨成,柳丝牵我我伤情。柔娥幸有腰支稳,试踏吹声作唱声。

高出军营远映桥,贼兵曾斫火曾烧。风流性在终难改,依旧春来万万条。

县依陶令想嫌迟,营伴将军即大粗。此日与君除万恨,数篇风调更应无。

狂似纤腰软胜绵,自多情态更谁怜。游人不折还堪恨,抛向桥边与路边。

朝阳晴照绿杨烟,一别通波十七年。应有旧枝无处觅,万株风里卓旌旆。

晴垂芳态吐牙新,雨摆轻条湿面春。别有出墙高数尺,不知摇动是何人。

暖梳簪朵事登楼,因挂垂杨立地愁。牵断绿丝攀不得,半空悬著玉搔头。

西园高树后庭根,处处寻芳有折痕。终忆旧游桃叶舍,一株斜映竹篱门。

刘白苏台总近时,当初章句是谁推。纤腰舞尽春杨柳,未有侬家一首诗。

同　前 牛峤

解冻风来末上青,解垂罗袖拜卿卿。无端袅娜临官路,舞送行人过一生。

吴王宫里色偏深,一簇纤条万缕金。不愤钱塘苏小小,引郎枝集作松下结同心。

桥北桥南千万条,恨伊张绪不相饶。金羁白马临风望,认得羊家一作娘静婉腰。

狂雪随风扑马飞,惹烟无力被风欹。莫交移入灵和殿,宫女三千又妒伊。

袅翠笼烟拂暖波,舞裙新染麹尘罗。章华台畔隋堤上,倚得春风尔许多。

同　前 和凝

软碧摇烟似送人,映花时把翠眉颦。青青自是风流主,漫飐金丝待洛神。

瑟瑟罗裙金缕腰,黛眉偎破未重描。醉来咬损新花子,拽住仙郎尽放娇。

鹊桥初就咽银河,今夜仙郎自性和。不是昔年攀桂树,岂能月里索姮娥。

同　前 孙光宪

间集作阊门风暖落花干,飞遍江南雪不寒。独有晚来临水驿,闲人多凭赤阑干。

有池有榭即濛濛,浸润翻成长养功。恰似有人长点检,著行排立向春风。

根柢虽然傍浊河，无妨终日近笙歌。骖骖集作毨毨金带谁堪比，还笑黄莺不较多。

万株枯槁怨亡隋，似吊吴台各自垂。好是淮阴明月里，酒楼横笛不胜吹。

浪淘沙 刘禹锡

九曲黄河万里沙，浪淘风簸自天涯。如今直上银河去，同到牵牛织女家。

洛水桥边春日斜，碧流轻集作清浅见琼沙。无端陌上狂风急，惊起鸳鸯出浪花。

汴水东流虎眼文，清淮晓色鸭头春。君看渡口淘沙处，渡却人间多少人。

鹦鹉洲头浪飐沙，青楼春望日将斜。衔泥燕子争归舍，独自狂夫不忆家。

濯锦江边两岸花，春风吹浪正淘沙。女郎剪下鸳鸯锦，将向中流匹晚霞。

日照澄洲江雾开，淘金集作沙女伴满江隈。美人首饰侯王印，尽是沙中浪底来。

八月涛声吼地来，头高数丈触山回。须臾却入海门去，卷起沙堆似雪堆。

莫道谗言如浪深，莫言迁客似沙沉。千淘万漉虽辛苦，吹尽狂沙始到金。

流水淘沙不暂停，前波未灭后波生。令人忽忆潇湘渚，回唱迎神三两声。

同　前 白居易

一泊沙来一泊去，一重浪灭一重生。相搅相淘无歇日，会交山海一时平。

白浪茫茫与海连，平沙浩浩四无边。暮去朝来淘不住，遂令东海变桑田。

青草湖中万里程，黄梅雨里一人行。愁见滩头夜泊处，风翻暗浪打船声。

借问江湖与海水，何似君情与妾心。相恨不如潮有信，相思始觉海非深。

海底飞尘终有日，山头化石岂无时。谁道小郎抛小妇，船头一去没回期。

随波逐浪到天涯，迁客生还有几家。却到帝乡重富贵，请君莫忘浪淘沙。

同　前 皇甫松

滩头细草接疏林，浪恶罾船半欲沉。宿鹭眠洲非旧浦，去年沙觜是江心。

蛮歌豆蔻北人愁，松雨蒲风夜艇秋。浪起鸂鶒眠不得，寒沙细细入江流。

纥　那　曲 刘禹锡

杨柳郁青青，竹枝无限情。同郎一回顾，听唱纥那声。

踏曲兴无穷，调同词不同。愿郎千万寿，长作主人翁。

潇湘神二曲 刘禹锡

湘水流,湘水流,九疑云物至今愁。君问二妃何处所,零陵香草露中秋。

斑竹枝,斑竹枝,泪痕点点寄相思。楚客欲听瑶瑟怨,潇湘深夜月明时。

抛 球 乐 刘禹锡

五彩绣团团,登君玳瑁筵。最宜红烛下,偏称落花前。上客如先起,应须赠一船。

春早见花枝,朝朝恨发迟。及看花落后,却忆未开时。幸有抛球乐,一杯君莫辞。

太 平 乐 白居易　商调曲也

岁丰仍节俭,时泰更销兵。圣念长如此,何忧不太平。

湛露浮尧酒,薰风起舜歌。愿同尧舜意,所乐在人和。

同　前 王涯

风俗今和厚,君王在穆清。行看采花曲,尽是太阶平。

同　前 张仲素

圣德超千古,皇威静四方。苍生今息战,无事觉时长集作良。

升 平 乐 薛能　商调曲也

正集作瑞气绕宫楼,皇居信上游。远冈延集作连圣祚,平地载神州。会合皆重译,潺湲近八流。中兴岂假问,据此自千秋。

寥沈敞延英,朝班立位横。宣传无草动,拜舞有衣声。鸳瓦云消湿,虫丝日照明。辛勤自不到,遥见似前生_{集作程}。

处处足欢声_{集作心},时康岁已深。不同三尺剑,应似五弦琴。寿笑山犹尽,明嫌日有阴。何当怜一物,亦遣断愁吟。

曙质绝埃氛,彤庭列禁军。圣颜初对日,龙尾竞缘云。珮响交成韵,帘阴暖带纹。逍遥岂有事,于此咏南薰。

一物周天至_{一作至周天},洪纤尽晏然。车书无异俗,甲子并丰年。奇技皆归朴,征夫亦服田。君王故不有,台鼎合韦弦_{一作贤}。

日日听歌谣,区中尽祝尧。虫蝗初不害,夷狄近全销。史笔唯书瑞,天台绝见祅。因令匹夫志,转欲事清朝。

品物尽昭苏,神功复帝谟。他时应有寿,当代且无虞。赐历通遐俗,移关入半胡。鹡鸰一何幸,于此寄微躯。

无战复无私,尧时即此时。焚香临极早,待月卷帘迟。端拱乾坤内,何言黈纩垂。君看圣明验,只此是神龟。

旭日上清穹,明堂坐圣聪。衣裳承瑞气,冠冕盖重瞳。花木经宵露,旌旗立_{集作入仗}风。何期于此地,见说似仙_{集作是神}宫。

五帝三皇主,萧曹魏邴臣。文章惟反朴,戈甲尽生尘。谏纸应无用,朝纲自有伦。升平不可纪,所见是闲人。

金缕衣

劝君莫惜金缕衣,劝君惜取少年时。花开堪折直须折,莫待无花空折枝。

凤归云 _{滕潜}

金井栏边见羽仪,梧桐树上宿寒枝。五陵公子怜文彩,画与佳人刺绣衣。

饮啄蓬山最上头，和烟飞下禁城秋。曾将弄玉归云去，金翅斜开十二楼。

拜　新　月　李端

开帘见新月，便即下阶拜。细语人不闻，北风吹裙带。

同　　前　吉中孚妻张氏

拜新月，拜月出堂前，暗魄深_{集作初}笼桂，虚弓未引弦。拜新月，拜月妆楼上，鸾镜未_{集作始}安台，蛾眉已相向。拜新月，拜月不胜情，庭前_{集作花}风露清，月临人自老，望月更_{集作人望月}长生。东家阿母亦拜月，一拜一悲声断绝。昔年拜月逞容仪_{集作辉}。如今拜月双泪垂。回看众女拜新月，却忆红闺年少时。

忆　江　南　白居易

> 一曰《望江南》，本名《谢秋娘》。李德裕镇浙西，为妾谢秋娘制。

江南好，风景旧曾谙。日出江花红胜火，春来江水绿如蓝。能不忆江南。

江南忆，最忆是杭州。山寺月中寻桂子，郡亭枕上看潮头。何日更重游。

江南忆，其次忆吴宫。吴酒一杯春竹叶，吴娃双舞醉芙蓉。早晚复相逢。

同　　前　刘禹锡

春过也，共惜艳阳年。犹有桃花流水上，无辞竹叶醉樽前，惟待见青天。

春去也，多谢洛城人。弱柳从风疑举袂，丛兰裛露似沾巾，独笑亦含颦。

宫 中 调 笑 王建　亦谓之转应词,商调曲也。

团扇,团扇,美人病来遮面。玉颜憔悴三年,谁复商量管弦。弦管,
弦管,春草昭阳路断。

胡蝶,胡蝶,飞上金花枝叶。君前对舞春风,百叶桃花树红。红树,
红树,燕语莺啼日暮。

罗袖,罗袖,暗舞春风依旧。遥看歌舞玉楼,好日新妆坐愁。愁坐,
愁坐,一世虚生虚过。

杨柳,杨柳,日暮白沙渡口。船头江水茫茫,商人少妇断肠。肠断,
肠断,鹧鸪夜飞失伴。

同　　前 韦应物

胡马,胡马,远放燕支山下。咆沙咆雪独嘶,东望西望路迷。迷路,
迷路,边草无穷日暮。

河汉,河汉,晓挂秋城漫漫。愁人起望相思,江南塞北别离。离别,
离别,河汉虽同路绝。

转 应 词 戴叔伦

边草,边草,边草尽来兵老。山南山北雪晴,千里万里月明。明月,
明月,胡笳一声愁绝。

宫中行乐词 李白

小小生金屋,盈盈在紫微。山花插宝髻,石竹绣罗衣。每出深宫
里,常随步辇归。只愁歌舞散一作罢,化作彩云飞。

柳色黄金嫩,梨花白雪香。玉楼巢一作关翡翠,金一作珠殿锁鸳鸯。

选妓随雕一作朝辇，征歌出洞房。宫中谁第一，飞燕在昭阳。

卢橘为秦树，蒲萄出一作是汉宫。烟花宜落日，丝管醉春风。笛奏
龙鸣水，箫吟凤下空。君王多乐事，何必向回中集作还与万方同。

玉树一作殿春归日一作好，金宫乐事多。后庭朝未入，轻辇夜相过。
笑出花间语，娇来烛集作竹下歌。莫教明月去，留著醉姮娥。

绣户香风暖，纱窗曙色新。宫花争笑日，池草暗生春。绿树闻歌
鸟，青楼见舞人。昭阳桃李月，罗绮自一作坐相亲。

今日明光里，还须结伴游。春风开紫殿，天乐下珠楼。艳舞全知
巧，娇歌半欲羞。更怜花月夜，宫女笑藏钩。

寒雪梅中尽，春风柳上归。宫莺娇欲醉，檐燕语还飞。迟日明歌
席，新花艳舞衣。晚来移彩仗，行乐泥光辉。

水绿南薰殿，花红北阙楼。莺歌闻太液，凤吹绕瀛洲。素女鸣珠
佩，天人弄彩球。今朝风日好，宜入未央游。

宫　中　乐 令狐楚

楚塞金陵静，巴山玉垒空。万方无一事，端拱大明宫。

霜霁长杨苑，冰开太液池。宫中行乐日，天下盛明时。

柳色烟相似，梨花雪不如。春风真有意，一一丽皇居。

月上宫花静，烟含苑树深。银台门已闭，仙漏夜沉沉。

九重青锁闼，百尺碧云楼。明月秋风起，珠帘上玉钩。

同　前 张仲素

网户交如绮，纱窗薄似烟。乐吹天上曲，人是月中仙。

翠匣开寒镜，珠钗挂步摇。妆成畏晓，更漏促春宵。

江集作红果瑶池实，金盘露井冰。甘泉将避暑，台殿晓光凝。

月彩浮鸾殿，砧声隔凤楼。笙歌临水槛，红烛乍迎秋。

奇树留寒翠，神池结夕波。黄山一夜雪，渭水雁_{集作泻}声多。

踏　歌　词 崔液

彩女迎金屋，仙姬出画堂。鸳鸯裁锦袖，翡翠帖花黄。歌响舞分行，艳色动流光。

庭际花微落，楼前汉已横。金壶催夜尽，罗袖拂寒轻。乐笑畅欢情，未半著天明。

同　　前 谢偃

春景娇春台，新露泣新梅。春叶参差吐，新花重叠开。花影飞莺去，歌声度鸟来。倩看飘飖雪，何如舞袖回。

逶迤度香阁，顾步出兰闱。欲绕鸳鸯殿，先过桃李蹊。风带舒还卷，簪花举复低。欲问今宵乐，但听歌声齐。

夜久星沉没，更深月影斜。裙轻才动佩，鬟薄不胜花。细风吹宝袜，轻露湿红纱。相看乐未已，兰灯照九华。

同　　前 张说

花萼楼前雨露新，长安城里太平人。龙衔火树千灯_{集作重}艳，鸡踏_{一作上}莲花万岁春。

帝宫三五戏春台，行雨流风莫妒来。西域灯轮千影合，东华金阙万重开。

踏　歌　行 刘禹锡

春江月出大堤平，堤上女郎连袂行。唱尽新词看_{一作欢}不见，红霞影_{集作映}树鹧鸪鸣。

桃蹊柳陌好经过，灯下妆成月下歌。为是襄王故宫地，至今犹自细腰多。

新词宛转递相传,振袖倾鬟风露前。月落乌啼云雨散,游童陌上拾花钿。

日暮江头_{集作南}闻竹枝,南人行乐北人悲。自从雪里唱新曲,直至三春花尽时。

天长地久词 _{卢纶} 其和云,天长久,万年昌。

玉砌红花树,香风不敢吹。春光解天意,偏发殿南枝。

虹桥千步廊,半在水中央。天子方清暑,宫人重暮_{集作娃}起夜妆。

辞辇复当熊,倾心奉上_{集作六宫}。君王若看貌,甘在众妃中。

云日呈祥礼物殊,北庭生献五单于。塞天_{集作垣}万里无飞鸟,可在_{集作是}边城用郢都。

台殿云凉风日_{集作深秋色}微,君王初赐六宫衣。楼船罢泛_{集作泛罢归}犹早,行道_{集作遣}才人斗射飞。

欸 乃 曲 _{元结} 欸乃,棹船声也。

偏_{集作偶}存名迹在人间,顺俗与时未安闲。来谒大官兼问政,扁舟却入九疑山。

湘江二月春水平,满月和风宜夜行。唱桡欲过平阳戍,守吏相呼问姓名。

千里枫林烟雨深,无朝无暮有猿吟。停桡静听曲中意,好是云山韶濩音。

零陵郡北湘水东,浯溪形胜满湘中。溪口石颠堪自逸,谁能相伴作渔翁。

下泷船似入深渊,上泷船似欲升天。泷南始到九疑郡,应绝高人乘兴船。

十二月乐辞 李贺

正 月

上楼迎春新春归一作正月上楼迎春归，暗黄著柳宫漏迟。薄薄淡霭弄野姿，寒绿幽泥集作风生短丝。锦床晓卧玉肌冷，露脸未开对朝暝。官街柳带不堪折，早晚菖蒲胜绾结。

二 月

二月饮酒采桑津，宜男草生兰笑人。蒲如交剑一作绞刀风如薰，劳劳胡燕怨酣春。薇帐逗烟生绿尘一作香绿昏，金翅峨髻愁暮云，沓飒起舞真珠裙。津头送别唱流水，酒客背寒南山死。

三 月

东方风来满眼春，花城柳暗一作禁愁几一作杀人。复宫深殿竹风起，新翠舞襟静集作净如水。光风转蕙百馀里，暖雾驱云扑天地。军装宫妓扫蛾浅，摇摇锦旗夹城暖。曲水飘香去不归，梨花落尽成秋一作愁苑。

四 月

晓凉暮凉树如盖，千山浓绿生云外。依微香雨青氛氲一作过清氛，腻叶蟠花照曲门。金塘闲水摇碧漪，老景沉重一作帖无惊飞，堕红残萼暗参差。

五 月

雕玉押帘上一作雕玉帘押上，轻縠笼虚门。井汲铅华水，扇织鸳鸯文。回雪舞凉殿，甘露洗空绿。罗袖从徊翔一作罗绶从风翔，香汗沾宝粟。

六 月

裁生罗，伐湘竹，帔一本无帔字拂疏霜簟秋玉。炎炎红镜东方开，晕如车轮上徘徊，啾啾赤帝骑龙来。

七　月

星依云渚冷,露滴盘中圆。好花生木末,衰蕙愁空<small>一作故</small>园。夜天
如玉砌,池叶极青钱。仅厌舞衫薄,稍知花簟寒。晓风何拂拂,北
斗光阑干。

八　月

媚<small>一作宫</small>妾怨长夜<small>集作夜长</small>,独客梦归家。傍檐虫缉<small>一作织丝</small>,向壁灯
垂花。檐外月光吐,帘中<small>集作内</small>树影斜。悠悠飞露姿,点缀池中荷。

九　月

离宫散萤天似水,竹黄池冷芙蓉死。月缀金铺光脉脉,凉苑虚庭空
澹白。霜花飞飞风草草,翠锦斓斑满层道。鸡人罢唱晓珑璁,鸦啼
金井下疏桐。

十　月

玉壶银箭稍难倾,钉花夜笑凝幽明。碎霜斜舞上罗幕,烛笼两行照
飞阁。珠帷怨卧不成眠,金凤刺衣著体寒,长眉对月斗弯环。

十 一 月

宫城团回凛严光,白天碎碎堕琼芳。挝钟高饮千日酒,却天凝寒作
君寿。御沟泉<small>一作冰</small>合如环素,火井温水在何处。

十 二 月

日脚淡光红洒洒,薄霜不销桂枝下。依稀和气解冬严,已就长日辞
长夜。

闰　月

帝重光,年重时,七十二候回环推。天官玉琯灰剩飞,今岁何长来
岁迟。王母移桃献天子,羲氏和氏迁龙辔。

桃 花 行

张仁亶自朔方入朝,帝宴之西苑之桃花园,命李峤等各赋绝句。明

日宴承庆殿，令宫中善讴者唱之，乐府号桃花行。

岁去无言忽憔悴，时来含笑吐氛氲。不能拥路迷仙客，故欲开蹊侍圣君。　李峤

绮蓂成蹊遍簶芳，红英扑地满筵香。莫将秋宴传王母，来比春华寿_{集作奉}圣皇。　李乂

源水丛花无数开，丹跗红萼间青梅。从今结子三千岁，预喜仙游复摘来。　徐彦伯

桃花灼灼有光辉，无数成蹊点更飞。为见芳林含笑待，遂同温树不言归。　苏颋

红萼竞妍_{集作然}春苑曙，粉茸新向_{集作吐}御筵开。长年愿奉西王宴_{集作母}，近侍惭无东朔才。　赵彦昭

苏　摩　遮 张说　泼寒胡戏所歌，其和声云亿岁乐。

摩遮本出海西胡，琉璃宝服紫髯胡。闻道皇恩遍宇宙，来时歌舞助欢娱。

绣装帕额宝花冠，夷歌骑舞借人看。自能激水成阴气，不虑今年寒不寒。

腊月凝阴积帝台，豪歌击鼓送寒来。油囊取得天河水，将添上寿万年杯。

寒气宜人最可怜，故将寒水散庭前。惟愿圣君无限寿，长取新年续旧年。

昭成皇后帝家亲，荣乐诸人不比伦。往日霜前花委地，今年雪后树逢春。

舞　马　词 张说

其和声，前二曲云圣代升平乐，后四曲云四海和平乐。

万玉朝宗凤扆，千金率领龙媒。眄鼓凝骄躞蹀，听歌弄影徘徊。
天禄遥征卫叔，日龙上借羲和。将共两骖争舞，来随八骏齐歌。
彩旄八佾成行，时龙五色因方。屈膝衔杯赴节，倾心献寿无疆。
帝皂龙驹沛艾，星兰骥子权奇。腾倚骧洋应节，繁骄接迹不移。
二圣先天合德，群灵率土可封。击石骖驔紫燕，拟金顾步苍龙。
圣君出震应箓，神马浮河献图。足踏天庭鼓舞，心将帝乐踟蹰。

舞马千秋万岁乐府词 张说

金天诞圣千秋节，玉醴还分万寿觞。试听紫骝歌乐府，何如騄骥舞华冈。连骞势出鱼龙变，蹀躞骄生鸟兽行。岁岁相传指树日，翩翩来伴庆云翔。

圣王集作皇至德与天齐，天马来仪自海西。腕足齐行拜两膝，繁骄不进蹈千蹄。髤髵奋鬣时蹲踏，鼓怒骧身忽上跻。更有衔杯终宴曲，垂头掉尾醉如泥。

远听明君爱逸才，玉鞭金翅引龙媒。不因兹白人间有，定是飞黄天上来。影弄日华相照耀，喷含云色且徘徊。莫言阙下桃花舞，别有河中兰叶开。

小曲新词 白居易　小曲及闺怨，并元和中奉敕撰。

霁色鲜宫殿，秋声脆管弦。圣明千岁乐，岁岁似今年。红裙集作裾明月夜，碧殿集作簟早秋时。好向昭阳宿，天凉玉漏迟。

闺怨词 白居易

朝憎莺百啭，夜妒燕双栖。不惯经春别，谁知到晓啼。
珠箔笼寒月，纱窗背晓灯。夜来巾上泪，一半是春冰。
关山征戍远，闺阁别离难。苦战应憔悴，寒衣不要宽。

皇帝感词 卢纶

提剑云_{集作风}雷动，垂衣日月明。禁花呈瑞色，国老见星精。发棹鱼先跃，窥巢鸟不惊。山呼一万岁，直入九重城。

天衣_{集作香}五凤彩，御马六龙文。雨露清驰道，风雷翊上军。高旂花外转，行漏乐前闻。时见金鞭举，空中指瑞云。

妙算干戈止，神谋宇宙清。两阶文物盛，七德武功成。校猎长杨苑，屯军细柳营。归来献明主，歌舞隘_{集作溢}春城。

天乐下天中，云軿俨在空。铅黄艳河汉，语笑合笙镛。已见长随凤，仍闻不避熊。君王亲试舞，阊阖静无风。

全唐诗卷二九

杂歌谣辞 声比于琴瑟曰歌,徒歌曰谣。

渔 父 歌 张志和

西塞山边_{集作前}白鹭飞,桃花流水鳜鱼肥。青箬笠,绿蓑衣,春江_{一作斜}风细雨不须归。

钓台渔父褐为裘,两两三三舴艋舟。能纵棹,惯乘流,长江白浪不曾忧。

雪溪湾里钓渔翁,舴艋为家西复东。江上雪,浦边风,笑著荷衣不叹穷。

松江蟹舍主人欢,菰饭莼羹亦共餐。枫叶落,荻花干,醉宿渔舟不觉寒。

青草湖中月正圆,巴陵渔父棹歌连。钓车子,掘头船,乐在风波不用仙。

同 前 和凝

白芷汀寒立鹭鸶,蘋风轻剪浪花时。烟幂幂,日迟迟,香引芙蓉惹钓丝。

同 前 欧阳炯

风浩寒溪照胆明，小君山上玉蟾生。荷露坠，翠烟轻，拨剌游鱼几处惊。

同 前 李珣

水接衡门十里馀，信船归去卧看书。轻爵禄，慕玄虚，莫道渔人只为鱼。

避世垂纶不记年，官高争得似君闲。倾白酒，对青山，笑指柴门待月还。

棹警鸥飞水溅袍，影侵潭面柳垂绦。终日醉，绝尘劳，曾见钱塘八月涛。

鸡 鸣 曲 王建

鸡初鸣，明星照东屋。鸡再鸣，红霞生海腹。百官待漏双阙前，圣人亦挂山龙服。宝钗命妇灯下起，环珮玲珑晓光里。直内初烧玉案香，司更尚滴铜壶水。金吾卫里直一作更郎妻，到明不睡听晨鸡。天头日月相送迎，夜栖旦鸣人不迷。

同 前 李廓

星稀月没上集作入五更，胶胶角角鸡初鸣。征人牵马出门立，辞妾欲向安西行。再鸣引颈檐头下，月集作楼中角声催上马。才分地色第三鸣，旌旗一作旆红尘已出城。妇人上城乱招手，夫婿不闻遥哭声。长恨鸡鸣别时苦，不遣鸡栖近窗户。

吴楚歌 张籍　一曰燕美人歌

庭前春鸟啄林声,红夹罗襦缝未成。今朝社日停针线,起向朱樱树下行。

李 夫 人 歌 李商隐

一带不结心,两股方安鬌。惭愧白茅人,月没教星替。剩结茱萸枝,多擎秋莲的。独自有波光,彩囊盛不得。蛮丝系条脱,妍眼和香屑。寿宫不惜铸南人,柔肠早被秋波集作眸割。清澄有馀幽素香,鳜鱼渴凤真珠房。不知瘦骨类冰井,更许夜帘通晓霜。土花漠碧集作漠云茫茫,黄河欲尽天苍黄集作苍。

同　前 李贺

紫皇宫殿重重开,夫人飞入琼瑶台。绿香绣帐何时歇,青云无光宫水咽。翩联桂花坠秋月,孤鸾惊啼商丝发。红璧集作壁阑珊悬佩珰,歌台小妓遥相望。玉蟾滴水鸡人唱,露华兰叶参差光。

同　前 鲍溶

璿闺羽帐华烛陈,方士夜降夫人神。葳蕤半露芙蓉色,窈窕将期环珮身。丽如三五月,可望难亲近。颦黛含犀竟不言,春思秋怨谁能问。欲求巧笑如生时,歌尘在空瑟衔丝。神来未及梦相见,帝比初亡心更悲。爱之欲其生又死,东流万代无回水。宫漏丁丁夜向晨,烟销雾散愁方士。

同　前 张祜

延年不语望三星,莫说夫人上涕零。争奈世间惆怅在,甘泉宫夜看图形。

中山孺子妾歌 李白

中山孺子妾，特以色见珍。虽不如延年妹，亦是当时绝世人。桃李出深井，花艳惊上春。一贵复一贱，关天岂由身。芙蓉老秋霜，团扇羞网尘。戚姬髡剪<small>集作发</small>入春市，万古共悲辛。

临江王节士歌 李白

洞庭白波木叶稀，燕鸿始入吴云飞。吴云寒，燕鸿苦，风号沙宿潇湘浦，节士感秋泪如雨。白日当天心，照之可以事明主。壮士愤，雄风生，安得倚天剑，跨海斩长鲸。

司马将军歌 李白　代陇上健儿陈安

狂风吹古月，窃弄章华台。北落明星动光彩，南征猛将如云雷。手中电曳<small>集作击</small>倚天剑，直斩长鲸海水开。我见楼船壮心目，颇似龙骧下三蜀。扬兵习战张虎旗，江中白浪如银屋。身居玉帐临河魁，紫髯若戟冠崔嵬。细柳开营揖天子，始知灞上为婴孩。羌笛横吹阿鄢回，向月楼中吹落梅。将军自起舞长剑，壮士呼声动九垓。功成献凯见明主，丹青画像麒麟台。

郑樱桃歌 李颀

石季龙，僭天禄，擅雄豪，美人姓郑名樱桃。樱桃美颜香且泽，娥娥侍寝专宫掖。后庭卷衣三万人，翠眉清镜不得亲。官<small>集作宫军一作</small>库女骑一十四，紫花照耀漳河春。织成化映红纶巾，红旗掣曳卤簿新。鸣鼙走马接飞鸟，铜驼琴瑟随去尘。凤阳重门如意馆，百尺金梯倚银汉。自言富贵不可量，女为公主男为王。赤花双簟珊瑚床，盘龙斗帐琥珀光。淫昏伪位神所恶，灭石者陵终不误。邺城苍苍白露微，世事翻覆黄云飞。

襄阳歌 李白

落日欲没岘山西，倒著接䍦花下迷。襄阳小儿齐拍手，拦街争唱白铜鞮。傍人借问笑何事，笑杀山公醉似泥。鸬鹚杓，鹦鹉杯，百年三万六千日，一日须倾三百杯。遥看汉水鸭头绿，恰似葡萄初酦醅。此江若变作春酒，垒麹便筑糟丘台。千金骏马换少^{集作小妾}，醉^{集作笑}坐雕鞍歌落梅。车傍侧挂一壶酒，凤笙龙管行相催。咸阳市上叹黄犬，何如月下倾金罍。君不见晋朝羊公一片石^{一作一片古碑材}，龟龙^{集作头}剥落生莓苔。泪亦不能为之堕，心亦不能为之哀。谁能忧彼身后事，金凫银鸭葬死灰^{集无此二句}。清风朗月不用一钱买，玉山自倒非人推。舒州杓，力士铛，李白与尔同死生。襄王云雨今安在，江水东流猿夜声。

襄阳曲 李白

襄阳行乐处，歌舞白铜鞮。江城回渌水，花月使人迷。
山公醉酒时，酩酊襄^{集作高}阳下。头上白接䍦，倒著还骑马。
岘山临汉江，水渌沙如雪^{一作水色如霜雪}。上有堕泪碑，青苔久磨灭。
且醉习家池，莫看堕泪碑。山公欲上马，笑杀襄阳儿。

苏小小歌 李贺

幽兰露，如啼眼。无物结同心，烟花不堪剪。草如茵，松如盖。风为裳，水为佩。油壁车，久^{集作夕}相待。冷翠烛，劳光彩。西陵下，风吹雨。

同 前 温庭筠

买莲莫破券,买酒莫解金。酒里春容抱离恨,水中莲子怀芳心。吴公女儿腰似束,家在钱塘小江曲。一自檀郎逐便风,门前春水年年绿。

同 前 张祜

车轮不可遮,马足不可绊。长怨十字街,使郎心四散。
新人千里去,故人千里来。剪刀横眼底,方觉泪难裁。
登山不愁峻,涉海不愁深。中擘庭前枣,教郎见赤心。

挟 瑟 歌 陆龟蒙

挟瑟为君抚,君嫌声太古。寥寥倚浪丝,嗷嗷沉湘语。赖有秋风知,清泠吹玉柱。

敕 勒 歌

敕勒金陨温庭筠集作帷壁,阴山无岁华。帐外风飘雪,营前月照沙。羌儿吹玉管,胡姬踏锦花。却笑江南客,梅落不归家。

黄 獐 歌

《唐书·五行志》曰:如意初,里中歌黄獐。后契丹李尽忠、孙万荣叛,陷营州。则天令总管曹仁师、王孝杰等将兵百万讨之,大败于硖石黄獐谷而死。朝廷嘉其忠,为造此曲,后亦为舞曲。

黄獐黄獐草里藏,弯弓射尔伤。

得 体 歌

天宝初,韦坚为陕郡太守、水陆转运使,于长安城东浐水傍穿广运

潭,以通吴会数十郡舟楫。先是民间戏唱得体歌,及新潭成,陕县尉崔
成甫乃翻此调为得宝歌,集两县官伎女子唱之。

得体纥那也,纥囊得体那。潭里船车闹,扬州铜器多。三郎当殿
坐,听唱得体歌。

得 宝 歌

得宝弘农野,弘农得宝那。潭里船车闹,扬州铜器多。三郎当殿
坐,听唱得宝歌。

黄 台 瓜 辞 章怀太子

武后杀太子弘,立雍王贤为太子。贤日夜忧惕,乃作此辞,命乐工
歌之,冀后感悟。

种瓜黄台下,瓜熟子离离。一摘使瓜好,再摘令瓜稀。三摘尚_{集作}
犹自可,摘绝抱蔓归。

古 歌 沈佺期

落叶流风向玉台,夜寒秋思洞房开。水精帘外金波下,云母窗前银
汉回。玉阶阴阴苔藓色,君王履綦难再得。璇闺窈窕秋夜长,绣户
徘徊秋_{集作明}月光。燕姬彩帐芙蓉色,秦子_{集作女}金炉兰麝香。北
斗七星横夜半,清歌一曲断君肠。

同 前 薛维翰

美人怨何深,含情倚金阁。不嚬复不语,红泪双双落。
美人闭红烛,烛坐裁新锦。频放剪刀声,夜寒知未寝。

黄 昙 子 歌 温庭筠

参差绿蒲短,摇艳云_{一作春}塘满。红潋荡融融,莺翁鸂鶒暖。姜芊

小城〔集作成〕路，马上修蛾懒。罗衫袅向风，点粉金鹂卵。

邯郸郭公辞 温庭筠

金筒悲故曲，玉座积深尘。言是邯郸伎，不易邺城人。青苔竟埋骨，红粉自伤神。唯有漳河柳，还向旧营春。

箜 篌 谣 李白

攀天莫登龙，走山莫骑虎。贵贱结交心不移，唯有严陵及光武。周公称大圣，管蔡宁相容。汉谣一斗粟，不与淮南春。兄弟尚路人，吾心安所从。它人方寸间，山海几千重。轻言托朋友，对面九疑峰。多〔集作开〕花必早落，桃李不如松。管鲍久已死，何人继其踪。

邺城童子谣 李贺

邺城中，暮尘起。将黑丸，斫文吏。棘为鞭，虎为马。团团走，邺城下。切玉剑，射日弓。献何人，奉相公。扶毂来，关右儿。香扫途，相公归。

大 麦 行 杜甫

大麦干枯小麦黄，妇人行泣夫走藏。东至集壁西梁洋，问谁腰镰胡与羌。岂无蜀兵三千人，部领辛苦江山长。安得如鸟有羽翅，托身白云还故乡。

白 鼍 鸣 张籍

天欲雨，有东风，南溪白鼍鸣窟中。六月人家井无水，夜闻白鼍〔集作鼍声〕人尽起。

步　虚　词 陈羽

汉武清斋读鼎书,内官扶上画云车。坛上月明宫殿闭,仰看星斗礼空虚。

同　前 顾况

迥步游三洞,清心礼七真。飞符超羽翼,禁集作焚火醮星辰。残药沾鸡犬,灵香出凤麟。壶中无窄处,愿得一容身。

同　前 刘禹锡

阿母种桃云海际,花落子成二集作三千岁。海风吹折最繁枝,跪捧琼集作金盘献天帝。

华表千年鹤一集作一鹤归,凝丹为顶雪为衣。星星仙语人听尽,却向五云翻翅飞。

同　前 韦渠牟

玉简真人降,金书道箓通。烟霞方蔽日,云雨已生风。四极威仪异,三天使命同。那将人世恋,不去上清宫。

羽驾正翩翩,云鸿最自然。霞冠将月晓,珠佩与星连。镂玉留新诀,雕金集作龙得旧编。不知飞鸟学,更有几人仙。

上帝求仙使,真符取玉郎。三才闲布象,二景郁生光。骑吏排龙虎,笙歌走凤凰。天高人不见,暗入白云乡。

鸾鹤共徘徊,仙官使者催。香花三洞启,风雨百神来。凤篆文初定,龙泥印已开。何须生羽翼,始得上瑶台。

羽节忽排烟,苏君已得仙。命风驱日月,缩地走山川。几处留丹灶,何时种玉田。一朝骑白虎,直上紫微天。

静发降灵香，思神意智长。虎存时促步，龙想更成章。扣齿风雷响，挑灯日月光。仙云在何处，仿佛满空堂。

几度游三洞，何方召百神。风云皆守一，龙虎亦全真。执节仙童小，烧香玉女春。应须绝岩内，委曲问皇人。

上法杳无营，玄修似有情。道宫琼作想，真帝玉为名。召岳驱旌节，驰雷发吏兵。云车降何处，斋室有仙卿。

羽卫一何鲜，香云起暮烟。方朝太素帝，更向玉清天。凤曲凝犹吹，龙骖俨欲前。真文几时降，知在永和年。

大道何年学，真符此日催。还持金作印，未要玉为台。羽节分明授，霞衣整顿裁。应缘五云使，教上列仙来。

独自授金书，萧条咏紫虚。龙行还当马，云起自成车。九转风烟合，千年井灶馀。参差从太一，寿等混元初。

道学已通神，香花会女真。霞床珠斗帐，金荐玉舆轮。一室心偏静，三天夜正春。灵官竟谁降，仙相有夫人。

上界有黄房，仙家道路长。神来知位次，乐变协宫商。竞把琉璃碗，谁倾白玉浆。霞衣最芬馥，苏合是灵香。

珠佩紫霞缨，夫人会八灵。太霄犹有观，绝宅岂无形。暮雨徘徊降，仙歌宛转听。谁逢玉妃辇，应检九真经。

西海辞金母，东方拜木公。云行疑带雨，星步欲凌风。羽袖挥丹凤，霞巾曳彩虹。飘飘九霄外，下视望仙宫。

玉树杂金花，天河织女家。月邀丹凤舄，风送紫鸾车。雾縠笼绡带，云屏列锦霞。瑶台千万里，不觉往来赊。

舞凤凌天出，歌麟入夜听。云容衣眇眇，风韵曲泠泠。扣齿端金简，焚香检玉经。仙宫知不远，只近太微星。

紫府与玄洲，谁来物外游。无烦骑白鹿，不用驾青牛。金化颜应驻，云飞鬓不秋。仍闻碧海上，更用玉为楼。

箐鹤复骖鸾，全家去不难。鸡声随羽化，犬影入云看。酿玉当成酒，烧金且转丹。何妨五色绶，次第给仙官。

同　前 僧皎然

予因览真诀，遂感西域 集作城 君。玉笙下青冥，人间未曾闻。日华炼魂魄，皎皎无垢氛。谓我有仙骨，且令饵氤氲。俯仰愧灵颜，愿随鸾鹤群。俄然动风驭，缥缈归青云。

同　前 高骈

青溪道士人不识，上天下天鹤一只。洞门深碧窗寒，滴露研朱写周易。

步 虚 引 陈陶

小隐山人十洲客，莓苔为衣双耳白。青编为我忽降书，暮雨虹霓一千尺。赤城门闭六丁直，晓日已烧东海色。朝天半夜闻玉鸡，星斗离离碍龙翼。

全唐诗卷三〇

王　珪

　　王珪,字叔玠,太原祁人。初为太子舍人,太宗知其才,召拜谏议大夫。推诚纳忠,多所献替。迁黄门侍郎,进侍中。与房玄龄、李靖、温彦博、戴胄、魏徵同知国政。尝于上前品藻诸子,多所逊谢;至激浊扬清,嫉恶好善,自谓于数子有一日之长。帝深然之,时人亦服其确论。卒,赠吏部尚书。诗二首。

咏汉高祖

汉祖起丰沛,乘运以跃鳞。手奋三尺剑,西灭无道秦。十月五星聚,七年四海宾。高抗威宇宙,贵有天下人。忆昔与项王,契阔时未伸。鸿门既薄蚀,荥阳亦蒙尘。虮虱生介胄,将卒多苦辛。爪牙驱信越,腹心谋张陈。赫赫西楚国,化为丘与榛。

咏淮阴侯

秦王日凶慝,豪杰争共亡。信亦胡为者,剑歌从项梁。项羽不能用,脱身归汉王。道契君臣合,时来名位彰。北讨燕承命,东驱楚绝粮。斩龙堰濉水,擒豹熠夏阳。功成享大禄,建旗还南昌。千金一作金千答漂母,百钱一作钱百酬下乡。吉凶成纠缠,倚伏难预详。弓藏狡兔尽,慷慨念心伤。

陈叔达

　　陈叔达,字子聪,陈宣帝第十六子也。善容止,有才学,在陈封义阳王。十馀岁侍宴,赋诗十韵,援笔便就,仆射徐陵甚奇之。入隋,为绛郡通守。归款于唐,授丞相府主簿,与记室温大雅同掌机密。军书敕令及禅代文诰,多叔达所为。进黄门侍郎,兼纳言侍中,封江国公。贞观中,拜礼部尚书。集十五卷,今存诗九首。

早春桂林殿应诏

金铺照春色,玉律动年华。朱楼云似盖,丹桂雪如花。水岸衔阶转,风条出柳斜。轻舆临太液,湛一作仙露酌流霞。

后　渚　置　酒

大渚初惊夜,中流沸鼓鼙。寒沙满曲浦,夕雾上邪溪。岸广凫飞急,云深雁度低。严关犹未遂一作达,此夕待晨鸡。

听邻人琵琶

本是龙门桐,因妍入汉宫。香缘罗袖里,声逐朱弦中。虽有相思韵,翻将入塞同。关山临却月,花蕊散回风。为将金谷引,添令曲未终。

州城西园入斋祠社

升坛预洁祀,诘早肃分司。达气风霜积,登光日色迟。农教先八政,阳和秩四时。祈年服垂冕,告币动褰帷。瘗地尊馀奠,人天庶有资。椒兰卒清酌,簠簋彻香萁。折俎分归胙,充庭降受釐。方凭知礼节,况奉化雍熙。

春 首

雪花联玉树,冰彩散瑶池。翔禽遥出没,积翠远参差。

初 年

和风起天路一作表,一作雾,严气消冰井。索索枝未柔,厌厌漏犹永。

咏 菊

霜间开紫蒂,露下发金英。但令逢采摘,宁辞独晚荣。

自君之出矣 一作贾冯吉诗

自君之出矣,红颜转憔悴。思君如明烛,煎心且衔泪。
自君之出矣,明镜罢红妆。思君如夜烛,煎泪几千行。

袁 朗

袁朗,雍州长安人。勤学,好属文。在陈释褐秘书郎,甚为江总所重。尝制千字诗,当时以为盛作。后主召入禁中,使为月赋,染翰立成。迁太子洗马。仕隋,为仪曹郎。入唐,授齐王文学,转给事中。贞观初卒。太宗称其谨厚,悼惜之。集十四卷,今存诗四首。

赋饮马长城窟

朔风动秋草,清跸长安道。长城连一作道不穷,所以隔华戎。规模惟圣作，负荷晓成功。鸟庭已向内，龙荒更凿空。玉关尘卷静，金微_{一作徽}路已通。汤征随北怨，舜咏起南风。画地功初立，绥边事云集。朝服践狼居，凯歌旋马邑。山响传凤吹，霜华藻琼钹。属国拥节归，单于款关入。日落寒风起，惊蓬_{一作沙}被原隰。零落叶已寒，河流清且急。四时徭役尽_{一作静}，千载干戈戢。太平今若斯，汗马竟无施。唯当事笔砚，归去草封禅。

和洗掾登城南坂望京邑

二华连陌塞，九陇统金方。奥区称富贵，重险擅雄强。龙飞灞水上，凤集岐山阳。神皋多瑞迹，列代有兴王。我后膺灵命，爰求宅兹土。宸居法太微，建国资天府。玄风叶_{一作融}黎庶，德泽浸区宇。醒醉各相扶，讴歌从圣主。南登少陵岸，还望帝城中。帝城何郁郁，佳气乃葱葱。金凤凌绮观，璇题敞兰宫。复道东西合，交衢南北通。万国朝前殿，群公议宣室。鸣佩含早风，华蝉曜朝日。柏梁宴初罢，千钟欢未毕。端拱肃岩廊，思贤听琴瑟。逶迤万雉列，隐轸千闾布。飞甍夹御沟，曲台临上路。处处歌钟鸣，喧阗车马度。日落长楸间，含情两相顾。是月冬之季，阴寒昼不开。惊风四面集，飞雪千里回。狐白登廊庙，牛衣出_{一作弃}草莱。讵知韩长孺，无复重然灰。

秋　日　应　诏

玉树凉风举，金塘细草萎。叶落商飙观，鸿归明月池。迎寒桂酒熟，含露_{一作雾}菊花垂。一奉章台宴，千秋长愿斯。

秋夜独坐 _{一作邢邵诗}

危弦断客心，虚弹落惊禽。新秋百虑净_{一作尽}，独夜九愁深。枯蓬唯逐吹,坠叶不归林。如何悲此曲,坐作白头吟。

窦 威

　　窦威,字文蔚,扶风平陵人,太穆皇后从父兄也。初为高祖丞相府司录参军,博物多识,朝章国典,皆其所定。终内史令。集十卷,今存诗一首。

出 塞 曲

匈奴屡不平,汉将欲纵横。看云方结阵,却月始连营。潜军度马邑,扬斾掩龙城。会勒燕然石,方传车骑名。

长孙无忌

　　长孙无忌,字机辅,河南洛阳人,文德皇后之兄。好学,有筹略,佐太宗定天下,以功第一,封齐国公。历尚书仆射、司空。诚惧盈满,固辞不许,复拜司徒。贞观十七年,图功臣二十四人于凌烟阁,无忌为之冠。高宗即位,进册太尉,知门下省。后为许敬宗诬构,贬死黔州。诗三首。

新 曲 二 首

侬阿一本无此二字家住朝歌下,早传名。结伴来游淇水上,旧长情。玉珮金钿随步远一作动,云罗雾縠逐风轻。转目机心悬自许,何须更待听琴声。

回雪凌波游洛浦,遇陈王。婉约娉婷工语笑,侍兰房。芙蓉绮帐还开掩,翡翠珠被烂齐光。长愿今宵奉颜色,不爱吹一作闻箫逐凤皇。

灞桥待李将军

飒飒风叶下,遥遥烟景曛。霸陵无醉尉,谁滞李将军。

颜师古

　　颜师古,字籀,(《旧唐书》云:颜籀,字师古。)雍州万年人,齐黄门侍郎之推之孙。博览群书,尤精训诂。隋末为安养尉,高祖入关,谒见长春宫,授朝散大夫。累迁中书舍人,专掌机密。太宗初,擢中书侍郎。考定五经,多所釐正,颁其书令天下学习。所注班固《汉书》、《急就章》,大行于世。终秘书监、弘文馆学士。集六十卷,今存诗一首。

奉和正日临朝

七府璿衡始,三元宝历新。负扆延百辟,垂旒御九宾。肃肃皆鹓鹭,济济盛簪一作缨绅。天涯致重译,日域献奇珍。

杜　淹

　　杜淹,字执礼。隋时隐太山,文帝恶之,谪戍江表。秦王引为天策府曹参军,文学馆学士,侍宴,赋诗尤工,赐金钟。坐事流巂州。太宗召拜御史大夫,检校吏部尚书,参预朝政。诗三首。

召拜御史大夫赠袁天纲

《纪事》云：淹始见袁天纲于洛。天纲谓曰："兰台成就，学堂宽广。"
又语曰："二十年外，终恐责黜，暂去即还。"武德六年，以善隐太子，配流
巂州。至九年六月召入，天纲曰："公至京，即得三品要职。"果拜御史大
夫，乃赠诗云。

伊吕深可慕，松乔定是虚。系风终不得，脱屣欲安如。且珍纨素
美，当与薜萝疏。既逢杨得意，非复久闲居。

咏寒食斗鸡应秦王教

《唐新语》云：太宗戡内难，以淹为御史大夫，因咏鸡以致意焉。

寒食东郊道一作上，扬韝竞出笼。花冠初一作偏照日，芥羽正生风。
顾敌知心勇，先鸣觉气雄。长翘频扫阵，利爪一作距屡通中。飞毛
遍绿野，洒血渍芳丛。虽然一作言百战一作斗胜，会自不论功。

寄　赠　齐　公

冠盖游梁日，诗书问志年。佩兰长坂上，攀桂小山前。结交澹若
水，履道直如弦。此欢终未极，于兹独播迁。赭衣登蜀道，白首别
秦川。泪随沟水逝，心逐晓旌悬。去去逾千里，悠悠隔九天。郊野
间长薄，城阙隐凝烟。关门共月对，山路与云连。此时寸心里，难
用尺书传。

全唐诗卷三一

魏　徵

　　魏徵,字玄成,魏州曲城人。少孤,落魄有大志。初为太子洗马,太宗即位,拜谏议大夫、秘书监,寻晋检校侍中,封郑国公。以疾辞职,拜特进,仍知门下省事。徵性谅直,知无不言。太宗或引至卧内,访天下事,尝以古名臣称之。校辑秘省群书,及撰齐、梁、陈、周、隋诸史,序论多出其手。卒谥文贞。集二十卷,今编诗一卷。

五郊乐章

　　《唐书·乐志》曰:祀五方上帝五郊乐,祀黄帝降神奏宫音。皇帝行用太和,登歌、奠玉帛用肃和,迎俎用雍和,酌献、饮福用寿和,送文舞出、迎武舞入用舒和,武舞用凯安,送神用豫和。其太和、寿和、凯安、豫和四章,辞同圜丘。祀青帝降神奏角音,祀赤帝降神奏徵音,祀白帝降神奏商音,祀黑帝降神奏羽音。馀同黄帝。

黄帝宫音

黄中正位,含章居贞。既长六律,兼和五声。毕陈万舞,乃荐斯牲。神其下降,永祚休平。

肃　和

眇眇方舆,苍苍圜盖。至哉枢纽,宅中图大。气调四序,风和万籁。

祚我明德,时雍道泰。

雍 和

金悬夕肆,玉俎朝陈。飨荐黄道,芬流紫辰。乃诚乃敬,载享载禋。
崇荐斯在,惟皇是宾。

舒 和

御征乘宫出郊甸,安歌率舞递将迎。自有云门符帝赏,犹持雷鼓答
天成。

青 帝 角 音

鹤云旦起,鸟星昏集。律候新风,阳开初蛰。至德可飨,行潦斯挹。
锡以无疆,烝人乃粒。

肃 和

玄鸟司春,苍龙登岁。节物变柳,光风转蕙。瑶席降神,朱弦飨帝。
诚备祝嘏,礼殚珪币。

雍 和

大乐稀音,至诚简礼。文物棣棣,声名济济。六变有成,三登无体。
乃眷丰絜,恩覃恺悌。

舒 和

笙歌箫舞属年韶,鹭鼓凫钟展时豫。调露初迎绮春节,承云遽践苍
霄驭。

赤 帝 徵 音

青阳告谢,朱明戒序。咸长是祈,敬陈椒醑。博硕斯荐,笙镛备举。
庶尽肃恭,非馨稷黍。

肃 和

离位克明,火中宵见。峰云暮起,景风晨扇。木槿初荣,含桃可荐。
芬馥百品,铿锵三变。

雍　和

昭昭丹陆，帝帝炎方。礼陈牲币，乐备篪簧。琼羞溢俎，玉醑浮觞。
恭惟正直，歆此馨香。

舒　和

千里温风飘降羽，十枝炎景腾朱干。陈觞荐俎歌三献，拊石拟金会
七盘。

白 帝 商 音

白藏应节，天高气清。岁功既阜，庶类收成。万方静谧，九土和平。
馨香是荐，受祚聪明。

肃　和

金行在节，素灵居正。气肃霜严，林凋草劲。豺祭隼击，潦收川镜。
九谷已登，万箱流咏。

雍　和

律应西成，气躔南吕。珪币咸列，笙竽备举。蕊蕊兰羞，芬芬桂醑。
式资宴畏，用调霜序。

舒　和

璿仪气爽惊缇籥，玉吕灰飞含素商。鸣鞞奏管芳羞荐，会舞安歌葆
眊扬。

黑 帝 羽 音

严冬季月，星回风厉。享祀报功，方祚来岁。

肃　和

律周一作回玉琯，星回一作周金度。次极阳乌，纪穷阴兔。火林霰
雪，阳泉凝沍。八蜡已登，三农息务。

雍　和

阳月斯纪，应钟在候。载絜牲牷，爰登俎豆。既高既远，无声无臭。

静言格思,惟神保祐。

舒　和

执籥持羽初终曲,朱干玉戚始分行。七德九功咸已畅,明灵降福具
穰穰。

享太庙乐章

《唐书·乐志》曰:贞观中享太庙乐。迎神用永和,九变,辞同。皇帝
行用太和,登歌、酌豑用肃和,迎俎用雍和,献皇祖宣简公、皇祖懿王同
用长发之舞,景皇帝用大基之舞,元皇帝用大成之舞,高祖用大明之舞,
皇帝饮福用寿和,送文舞出、迎武舞入用舒和,武舞用凯安。彻俎用雍
和,送神用永和。其太和、凯安,辞同《冬至圜丘》。

永　和

於穆烈祖,弘此丕基。永言配命,子孙保之。百神既洽,万国在兹。
是用孝享,神其格思。

肃　和

大哉至德,允兹明圣。格于上下,聿遵诚敬。嘉乐斯登,鸣球以咏。
神其降止,式隆景命。

雍　和

崇兹享祀,诚敬兼至。乐以感灵,礼以昭事。粢盛咸絜,牲牷孔备。
永言孝思,庶几不匮。

长　发　舞

《唐会要》曰:贞观十四年,诏用颜师古、许敬宗议,皇祖宣简公、懿
王庙并奏长发之舞,取诗云"濬哲惟商,长发其祥"也。

濬哲惟唐,长发其祥。帝命斯祐,王业克昌。配天载德,就日重光。
本枝百代,申锡无疆。

大　基　舞

猗与祖业，皇矣帝先。剪商德厚，封唐庆延。在姬犹稷，方晋逾宣。
基我鼎运，于斯万年。

大　成　舞

周穆王季，晋美帝文。明明盛德，穆穆齐芬。藏用四履，屈道参分。
铿锵钟石，载纪鸿勋。

大　明　舞

　　　《唐会要》曰：贞观十四年，诏用颜师古等议，高祖庙奏大明之舞，取
　　《易》曰"大明终始，六位时成"。《诗》有《大明》之篇，称文王有明德也。

五纪更运，三正递升。勋华既没，禹汤勃兴。神武命代，灵眷是膺。
望云彰德，察纬告征。上纽天维，下安地轴。征师涿野，万国咸服。
偃伯灵台，九官允穆。殊域委阠，怀生介福。大礼既饰，大乐已和。
黑章扰囿，赤字浮河。功宣载籍，德被咏歌。克昌厥后，百禄是荷。

寿　和

八音斯奏，三献毕陈。宝祚惟永，晖光日新。

舒　和

圣敬通神光七庙，灵心荐祚和万方。严禋克配鸿基远，明德惟馨凤
历昌。

雍　和

於穆清庙，聿修严祀。四县载陈，三献斯止。笾豆撤荐，人祇介祉。
神惟格思，锡祚不已。

永　和

肃肃清祀，悉悉孝思。荐享昭备，虔恭在兹。雍歌撤俎，祝嘏陈辞。
用光武志，永固鸿基。

赋 西 汉

本传云:太宗幸洛阳,燕群臣积翠池。酒酣,命各赋一事。徵赋西
汉,卒云:"终藉叔孙礼,方知皇帝尊。"帝曰:"徵言未尝不约我以礼。"

受降临轵道,争长趣鸿门。驱传渭桥上,观兵细柳屯。夜宴经柏
谷,朝游出杜原。终藉叔孙礼,方知皇帝尊。

暮 秋 言 怀

首夏别京辅,杪秋滞三河。沉沉蓬莱阁,日夕乡思多。霜剪凉阶
蕙,风捎幽渚荷。岁芳坐沦歇,感此式微歌。

述 怀一作出关

中原初一作还逐鹿,投笔事戎轩。纵横计不就,慷慨志犹存。杖策
谒天子,驱马出关门。请缨系南粤,凭轼下东藩。郁纡陟高岫,出
没望平原。古木鸣寒鸟一作雁,空山啼夜猿。既伤千里目,还惊九
折一作逝魂。岂不惮艰险,深怀国士恩。季布无二诺,侯嬴重一言。
人生感意气,功名谁复论。

奉和正日临朝应诏

百灵侍轩后,万国会涂山。岂如今睿哲,迈古独光前。声教溢四
海,朝宗引百川。锵洋鸣玉珮,灼烁耀金蝉。淑景辉雕辇,高旌扬
翠烟。庭实超王会,广乐盛钧天。既欣东日户一作既倾东户日,复咏
南风篇。愿奉光华庆,从斯亿万年。

全唐诗卷三二

褚　亮

　　褚亮,字希明,杭州钱塘人。博览,工属文。太宗为秦王时,以亮为王府文学。每从征伐,尝预秘谋。贞观中,累迁散骑常侍,封阳翟县侯。卒谥曰康。诗一卷。

祈谷乐章

　　《唐书·乐志》曰:贞观中,正月上辛,祈谷于南郊。降神用豫和,皇帝行用太和,登歌、奠玉帛用肃和,迎俎用雍和,酌献、饮福用寿和,送文舞出、迎武舞入用舒和,武舞用凯安,送神用豫和。其豫和、太和、寿和、凯安五章,词同《冬至圜丘》。

肃　和

履艮斯绳,居中体正。龙运垂祉,昭符启圣。式事严禋,聿怀嘉庆。
惟帝永锡,时皇休命。

雍　和

殷荐乘春,太坛临曙。八簋盈和,六瑚登御。嘉稷匪歆,德馨斯饫。
祝嘏无易,灵心有豫。

舒　和

玉帛牺牲申敬享,金丝戚羽盛音容。庶俾亿龄禔景福,长欣万宇洽
时邕。

明堂乐章

《唐书·乐志》曰:季秋享上帝于明堂。降神用豫和,皇帝行用太和,登歌、奠玉帛用肃和,迎俎用雍和,酌献、饮福用寿和,送文舞出、迎武舞入用舒和,武舞用凯安,送神用豫和。其豫和、太和、寿和、凯安五章,词同《冬至圜丘》。

肃　和

象天御宇,乘时布政。严配申虔,宗禋展敬。樽罍盈列,树羽交映。玉币通诚,祚隆皇圣。

雍　和

八牖晨披,五精朝奠。雾凝璇篚,风清金县。神涤备全,明粢丰衍。载絜彝俎,陈诚以荐。

舒　和

御宸合宫承宝历,席图重馆奉明灵。偃武修文九围泰,沉烽静柝八荒宁。

雩祀乐章

《唐书·乐志》曰:孟夏雩祀上帝于南郊。降神用豫和,皇帝行用太和,登歌、奠玉帛用肃和,迎俎用雍和,酌献、饮福用寿和,送文舞出、迎武舞入用舒和,武舞用凯安,送神用豫和。其豫和、太和、寿和、凯安五章,词同《冬至圜丘》。

肃　和

朱鸟开辰,苍龙启映。大帝昭飨,群生展敬。礼备怀柔,功宣舞咏。旬液应序,年祥叶庆。

雍　和

绀筵分彩,宝图吐绚。凤一作风管晨凝,云歌晓啭。肃事蘋藻一作兰盉,虔申桂奠。百谷斯登,万箱攸荐。

舒　和

凤曲登歌调令序,龙雩集舞泛祥风。彩旂云回昭睿德,朱干电发表
神功。

享先农乐章

《唐书·乐志》曰:贞观中享先农乐。迎神用诚和,皇帝行用太和,登
歌、奠玉帛用肃和,迎俎用雍和,酌献、饮福用寿和,送文舞出、迎武舞入
用舒和,武舞用凯安,送神用诚和。其太和、寿和、凯安,词同《冬至圜
丘》。

诚　和

粒食伊始,农之所先。古今攸赖,是曰人天。耕斯帝籍,播厥公田。
式崇明祀,神其福焉。

肃　和

樽彝既列,瑚簋方荐。歌工载登,币礼斯奠。肃肃享祀,颙颙缨弁。
神之听之,福流寰县。

雍　和

前夕视牲,质明奉俎。沐芳整弁,其仪式序。盛礼毕陈,嘉乐备举。
歆我懿德,非馨稷黍。

舒　和

羽籥低昂文缀已,干戚蹈厉武行初。望岁祈农神所听,延祥介福岂
云虚。

祭神州乐章

《唐书·乐志》曰:贞观中,祭神州于北郊。迎神用顺和,皇帝行用太
和,登歌、奠玉帛用肃和,迎俎用雍和,酌献、饮福用寿和,送文舞出、迎

武舞入用舒和,武舞用凯安,送神用顺和。顺和词同《夏至方丘》,太和、
寿和、凯安词同《冬至圜丘》。并亮等作。

肃　和

大矣坤仪,至哉神县。包含日域,牢笼月窟。露絜三清,风调六变。
皇祇届止,式歆恭荐。

雍　和

泰圻严享,阴郊展敬。礼以导神,乐以和性。黝牲在列,黄琮俯映。
九土既平,万邦一作拜贻庆。

舒　和

坤道降祥和庶品,灵心载德厚群生。水土既调三极泰,文武毕备九
区平。

祭方丘乐章

《唐书·乐志》曰:贞观中,夏至祭皇地祇于方丘。迎神用顺和,皇帝
行用太和,登歌、奠玉帛用肃和,迎俎用雍和,酌献、饮福用寿和,送文舞
出、迎武舞入用舒和,武舞用凯安。其太和、寿和、凯安三章,词同《冬至
圜丘》。

顺　和

万物资以化,交泰属升平。易从业惟简,得一道斯宁。具仪光玉
帛,送舞变咸英。黍稷良非贵,明德信惟馨。

肃　和

至矣坤德,皇哉地祇。开元统纽,合大承规。九宫肃列,六典相仪。
永言配命,长保无亏。

雍　和

柔而能方,直而能敬。厚载以德,大亨以正。有涤斯牷一作牲,有馨
斯盛。介兹景福,祚我休庆。

舒　和

玉币牲牷分荐享，羽旄干戚递成容。一德惟宁两仪泰，三材保合四时邕。

顺　和

阴祇协赞，厚载方贞。牲币具举，箫管备成。其礼惟肃，其德惟明。神之听矣，式鉴虔诚。

临　高—作江台

高台暂俯临，飞翼耸轻音。浮光随日度，漾影逐波深。回瞰周平野，开怀畅远襟。独此三休上，还伤千岁—作里心。

赋 得 蜀 都

列宿光参—作舆井，分芒—作土跨梁岷。沉犀对江浦，驷马入城闉。英图多霸迹，历选有名臣。连骑簪缨满，含章词赋新。得上仙槎路，无待访严遵。

奉和咏日午

曦车日亭午，浮箭未移晖。日光无落照，树影正中围。草萎看稍靡，叶燥望疑稀。昼寝惭经笥，暂解入朝衣。

奉和望月应魏王教

层轩登皎月，流照满中天。色共梁珠远，光随赵璧圆。落影临秋扇，虚轮入夜弦。所欣东馆里，预奉西园篇。

咏　花　烛 —作烛花

兰径香风满，梅梁暖日斜。言是东方骑，来寻南陌车。嶓星临夜烛,眉月隐轻纱。莫言春稍晚,自有镇开花。

在陇头哭潘学一作博士

陇底嗟长别,流襟一恸君。何言幽咽所,更作死生分。转蓬飞不息,悲松断更闻。谁能驻征马,回首望孤坟。

奉和禁苑饯别应令

大藩初锡瑞,出牧迳皇京。暂以绿车重,言承朱传一作邸荣。舒桃临远骑,垂柳映京营。惠化宣千里,威风动百城。禁籥芳嘉一作春节,神襟饯送情。金箛催别景,玉琯一作管切离声。野花开更一作且落,山鸟哢还惊。微臣夙多幸,薄宦奉储明。钓台惭作赋,伊水滥闻笙。怀德良知久,酬恩识命轻。

和御史韦大夫喜霁之作

晴天度旅雁,斜影照残虹。野净馀烟尽,山明一作开远色同。沙平寒水落,叶脆晚枝空。白简光朝幰,彤驺出禁中。息驾游兰坂,雕文折桂丛。无因轻羽扇,徒自仰仁风。

晚别乐记室彦

穷途属岁晚,临水忽分悲。抱影同为客,伤情共一作去此时。雾色侵虚牖,霜氛冷薄帷。举袂惨将别,停怀怅不怡。风严征雁远,雪暗去篷迟。他乡有岐路,游子欲何之。

伤始平李少府正己

劳息本相循,悲欢理自均。谁能免玄夜,惜尔正青春。迈德惟家宝,生才谅国珍。高文缀翡翠,茂学掩麒麟。述作纷无已,言谈妙入神。断肠虽累月,分手未盈旬。辅嗣俄长往,颜生即短辰。声华满昭代,形影委穷尘。禅草回中使,生刍引吊宾。同游秘府日,方驾直城闉。并拜黄图右,分曹清渭滨。风期嵇吕好,存殁范张亲。虚座怜一作怀王述,遗篇劢景纯。精灵与毫翰,千祀寿何人。

秋　雁 一作虞世南诗

日暮霜风急,羽翮转难任。为有传书意,翩翩入上林。

句

神羊既不触,夕鸟欲依人。赠杜侍御　见《诗式》

全唐诗卷三三

于志宁

于志宁,字仲谧,高陵人。隋末有名。高祖入关,礼遇之。为太宗天策府从事中郎,侍从征伐,兼文学馆学士。太宗宴贵臣内殿,志宁以非三品,不至。上怪之,特令预宴,即加散骑常侍,为太子詹事。数有规谏。高宗朝,拜尚书左仆射,兼太子少师。集四十卷,今存诗一首。

冬日宴群公于宅各赋一字得杯

陋巷朱轩拥,衡门缇骑来。俱裁七步咏,同倾三雅杯。色动迎春柳,花发犯寒梅。宾筵未半一作半未醉,骊歌不用催。

令狐德棻

令狐德棻,宜州华原人。博涉文史,早知名。高祖入关,引直记室,转起居舍人,迁秘书丞。与侍中陈叔达等奉诏撰《艺文类聚》。奏请修历代史书,德棻修周史,仍总知类会梁、陈、齐、隋诸史。贞观中,累官礼部侍郎国子祭酒,兼崇贤馆学士。国家凡有修撰,无不参预。集三十卷,今存诗一首。

冬日宴于庶子宅各赋一字得趣

高门聊命赏,群英于此遇。放旷山水情,留连文酒趣。夕烟起林兰,霜枝殒庭树。落景虽已倾,归轩幸能驻。

封行高

　　封行高,观州蓨人,伦之兄子。以文学知名。贞观中,官至礼部郎中。诗一首。

冬日宴于庶子宅各赋一字得色

夫君敬爱重,欢言情不极。雅引发清音,丽藻穷雕饰。水结曲池冰,日暖平亭色。引满既杯倾,终之以弁侧。

杜正伦

　　杜正伦,相州洹水人。隋世重举秀才,天下不十人,而正伦与弟正玄、正藏俱擢第,一门三秀才,为当时称美。太宗召直秦府文学馆。贞观元年,以魏徵荐,擢兵部员外郎,累迁中书侍郎,兼太子左庶子,参典机密。显庆中,拜中书令,贬横州刺史。集十卷,今存诗二首。

冬日宴于庶子宅各赋一字得节

李门余妄进,徐榻君恒设。清论畅玄言,雅琴飞白雪。寒云暧落景,朔风凄暮节。方欣投辖情,且驻当归别。

玄武门侍宴 一作侍宴北门

大君端扆暇，睿赏狎林泉。开轩临禁籞，藉野列芳筵。参差歌管飏，容裔羽旗悬。玉池流若醴，云阁聚非烟。湛露晞尧日，熏风入舜弦。大德侔玄造，微物荷陶甄。谬陪瑶水宴，仍厕柏梁篇。阘名徒上月，邹辩讵谈天。既喜光华旦，还伤迟暮年。犹冀升中日，簪裾奉肃然。

岑文本

　　岑文本，字景仁，邓州人。沉敏有姿仪，博综经史，美谈论，善属文。贞观初，除秘书郎。上《籍田》、《三元》二颂，辞甚工。擢中书舍人，所草诏诰或繁凑，即命书童六七人，随口并写，须臾悉成。时中书侍郎颜师古以谴罢，太宗曰："朕自举一人。"乃以授文本，先与令狐德芬撰周史，史论多出文本。及史成，封江陵县子，后拜中书令。集六十卷，今存诗四首。

奉和正 一作元 日临朝

时雍表昌运，日正叶灵符。德兼三代礼，功包四海图。逾沙纷在列，执玉俨相趋。清跸喧辇道，张乐骇天衢。拂蜺九旗映，仪凤八音殊。佳气浮仙掌，熏风绕帝梧。天文光七政，皇恩被九区。方陪瘗玉礼，珥笔岱山隅。

奉述飞白书势

六文开玉篆，八体曜银书。飞毫列锦绣，拂素起龙鱼。风举崩云绝，鸾惊游雾疏。别有临池草，恩沾垂露馀。

冬日宴于庶子宅各赋一字得平

金兰笃惠好，尊酒畅生平。既欣投辖赏，暂缓望乡情。爱景含霜晦，落照带风轻。于兹欢宴洽，宠辱讵相惊。

安德山池宴集　杨师道封安德公

甲第多清赏，芳辰命羽卮。书帷通行径，琴台枕槿篱。池疑夜壑徙，山似郁洲移。雕楹网萝薜，激濑合埙篪。鸟戏翻新叶，鱼跃动清漪。自得淹留趣一作起，宁劳攀桂枝。

刘　泊

刘泊，字思道，荆州江陵人。初授都督府长史。贞观中，拜给事中，转治书侍御史。性疏峻，敢言。累官散骑常侍。太宗尝宴群臣，赐飞白字，或乘酒争取于帝手。泊登御座，引手得之。帝笑曰："昔闻婕好辞辇，今见常侍登床。"后迁侍中，被谮赐死。集十卷，今存诗一首。

安德山池宴集

平阳擅歌舞，金谷盛招携。何如兼往烈，会赏叶幽栖。已均朝野致，还欣物我齐。春晚花方落，兰深径渐迷。蒲新节尚短，荷小盖犹低。无劳拂长袖，直待夜乌啼。

褚遂良

褚遂良，字登善，亮之子。博涉文史，尤工隶书。贞观中起居郎，召令侍书，迁谏议大夫，累官黄门侍郎，参综朝政。谏奏多所采纳，晋中书令。永徽初，出为同州刺史，征拜吏部尚书，进尚书右仆射。以谏立武昭仪贬卒。集二十卷，今存诗一首。

安德山池宴集

伏栌丹霞外，遮园焕景舒。行云泛层阜，蔽月下清渠。亭中奏赵瑟，席上舞燕裾。花落春莺晚，风光夏叶初。良朋比兰蕙，雕藻迈琼琚。独有狂歌客，来承欢宴馀。

杨　续

杨续，师道之兄。有辞学。贞观中，为郢州刺史。诗一首。

安德山池宴集

狭斜通凤阙，上路抵青楼。簪绂启宾馆，轩盖临御沟。西城多妙舞，主第出名讴。列峰疑宿雾，疏壑拟藏舟。花蝶辞风影，蘋藻含春流。酒阑高宴毕，自反山之幽。

刘孝孙

刘孝孙，荆州人。弱冠知名。与虞世南、蔡君和、孔德绍、庾抱、庾自直、刘斌等登临山水，结为文会。武德初，历虞州录事参军，补文学馆学士。贞观中，迁太子洗马。撰《古今诗苑》

四十卷,集三十卷,今存诗七首。

游清都观寻沈道士得仙字

纷吾因暇豫,行乐极留连。寻真谒紫府,披雾觌青天。缅怀金阙外,遐想玉京前。飞轩俯松柏,抗殿接云烟。滔滔清夏景,嘒嘒早秋蝉。横琴对危石,酌醴临寒泉。聊袪尘俗累,宁希龟鹤年。无劳生羽翼,自可狎神仙。

早发成皋望河

清晨发岩邑,车马走辒辕。回瞰黄河上,恼悗屡飞魂。鸿流遵一作导积石,惊浪下龙门。仙槎不辨处,沉璧想犹存。远近洲渚出,飒沓凫雁喧。怀古空延伫,叹逝将何言。

游 灵 山 寺

吾王游胜地,骖驾历祇园。临风画角愤,耀日采旗翻。永怀筌了义,寂念启玄门。深溪穷地脉,高嶂接云根。信美谐心赏,幽邃一作桂且攀援。曳裾欣扈从,方悟屏尘喧。

冬日宴于庶子宅各赋一字得鲜

解襟游胜地,披云促宴筵。清文振笔妙,高论写言泉。冻柳含风落,寒梅照日鲜。骊歌虽欲奏,归驾且留连。

送刘散员同赋陈思王诗游人
久不归 一作贺朝诗,又作贺朝清。

乡关渺天末,引领怅怀归。羁旅久淹滞,物色屡芳菲。稍觉私意尽,行看蓬鬓衰。如何千里外,伫立沾裳衣。

咏 笛

凉秋夜笛鸣,流风韵一作咏九成。调高时慷慨,曲变或凄清。征客怀离绪,邻人思旧情。幸以知音顾一作故,千载有奇一作高声。

赋得春莺送友人

流莺拂绣羽,二月上林期。待雪消金禁,衔花向玉墀。翅掩飞燕舞,啼恼婕好悲。料取金闺意,因君问所思。一本下四句倒在上,又作贺朝诗,分作二首。

陆 敬

陆敬(一作凌敬),仕窦建德为祭酒。秦王军武牢,敬说建德自太行上党进,乘唐之虚以取山北,建德不从,以及于败。后归唐。集十四卷,今存诗四首。

巫 山 高

巫岫郁岧峣,高高入紫霄。白云抱一作间危一作抱石,玄猿挂迥一作迥挂条。悬崖激巨浪,脆叶陨惊飙。别有阳台处,风雨共飘飖。

游 隋 故 都

洛城聊顾步,长想遂留连。水斗宫初毁,风变鼎将迁。皋陶德不建,汾隅祀忽焉。宗祊旷无象,声朔缅谁传。枌榆何冷落,禾黍郁芊绵。悲歌尽商颂,太息恸周篇。来苏仁圣德,濡足乃乘乾。正始淳风被,人劳用息肩。舞象文思泽,偃伯武功宣。则百昌厥后,于万永斯年。兹辰素商节,灰管变星躔。平原悴秋草,乔木敛寒烟。

翻黄坠疏叶，凝翠积高天。参差海曲雁，寂寞柳门蝉。兴悼今如此，悲愁复在旃。彷徨不忍去，杖策屡回邅。

游清都观寻沈道士得都字

聊排灵琐闼，徐步入清都。青溪冥寂士，思玄徇道枢。十芒生药笥，七焰发丹炉。缥帙桐君录，朱书王母符。宫槐散绿穗，日槿落青树。矫翰雷门鹤，飞来叶县凫。凌风自可御，安事迫中区。方追羽化侣，从此得玄珠。

七夕赋咏成篇

夙驾鸣鸾启闾阖，霓裳遥裔俨天津。五明霜纨开羽扇，百和香车动画轮。婉娈夜分能几许，靓妆冶服为谁新。片时欢娱自有极，已复长望隔年人。

沈叔安

沈叔安，官刑部尚书。武德七年，遣使高丽。后为潭州都督，图形凌烟阁。集二十卷，今存诗一首。

七夕赋咏成篇

皎皎宵月丽秋光，耿耿天津横复长。停梭且复留残纬，拂镜及早更新妆。彩凤齐驾初成辇，雕鹊填河已作梁。虽喜得同今夜枕，还愁重空明日床。

何仲宣宣一作谊

何仲宣，武德、贞观间人。诗一首。

七夕赋咏成篇

日日思归勤理鬓，朝朝伫望懒调梭。凌风宝扇遥临月，映水仙车远渡河。历历珠星疑拖珮，冉冉云衣似曳罗。通宵道意终无尽，向晓离愁已复多。

赵中虚

赵中虚，贞观中人。诗一首。

游清都观寻沈道士得芳字

青溪阻千仞，姑射藐汾阳。未若游兹境，探玄众妙场。鹤来疑羽客，云泛似霓裳。寓目虽灵宇，游神乃帝乡。道存真理得，心灰俗累忘。烟霞凝抗殿，松桂肃长廊。早蝉清暮响，崇兰散晚芳。即此翔寥廓，非复控榆枋。

杨　濬

杨濬，贞观时人。诗一首。

送刘散员赋得陈思王诗明月照高楼

高楼一何绮，素月复流明。重轩望不极，馀晖揽讵盈。镜华当牖照,钩影隔帘生。逆愁异尊酒,对此难为情。

全唐诗卷三四

杨师道

　　杨师道,字景猷,华阴人,隋宗室也。清警有才思。入唐,尚桂阳公主,封安德郡公。贞观中,拜侍中,参豫朝政,迁中书令,罢为吏部尚书。师道善草隶,工诗,每与有名士燕集,歌咏自适。帝每见其诗,必吟讽嗟赏。后赐宴,帝曰:"闻公每酣赏,捉笔赋诗,如宿构者,试为朕为之。"师道再拜,少选辄成,无所窜定,一座嗟伏。卒谥曰懿。集十卷,今编诗一卷。

陇　头　水

陇头秋月明,陇水带关城。笳添离别曲,风送断肠声。映雪峰犹暗,乘冰马屡惊。雾中寒雁至,沙上转蓬轻。天山传羽檄,汉地急征兵。阵开都护道,剑聚伏波营。于兹觉无渡一作度,方共濯胡缨。

中书寓直咏雨简褚起居上官学士

云暗苍龙阙,沉沉殊未开。窗临凤凰沼,飒飒雨声来洪迈以此四句为绝句。电影入飞阁,风威凌吹台。长檐响奔溜,清簟肃浮埃。早荷叶稍没,新篁枝半摧。兹晨怅多绪,怀友自难裁。况复重城内,日暮独裴回。玉阶良史笔,金马揽天才。高甍通散骑,复道驾蓬莱。思君赠桃李,于此冀琼瑰。

阙　题 见《玉台后集》

汉家伊洛九重城，御路浮桥万里平。桂户雕梁连绮翼，虹梁绣柱映丹楹。朝光欲动千门曙，丽日初照百花明。燕赵蛾眉旧倾国，楚宫腰细本传名。二月桑津期结伴，三春淇水逐关情。兰丛有意飞双蝶，柳叶无趣隐啼莺。扇里细妆将夜并，风前独舞共花荣。两鬟百万谁论价，一笑千金判是轻。不为披图来侍寝，非因主第奉身迎。羊车讵畏青门闭，兔月今宵照后庭。

初秋夜坐应诏

玉琯凉初应，金壶夜渐阑。沧池流稍洁，仙掌露方汚。雁声风处断，树影月中寒。爽气长空净，高吟觉思宽。

赋终南山用风字韵应诏

眷一作睿言怀隐逸，辍驾践幽丛。白云飞夏雨，碧岭横一作冠春虹。草绿长杨路，花疏五柞宫。登临日将晚，兰桂起香风。

咏饮马应诏

清晨控龙马，弄影出花林。蹀躞依春涧，联翩度碧浔。苔流染丝络，水洁写雕簪一作调音。一御瑶池驾，讵忆长城阴。

初宵看婚

洛城花烛动，戚里画新蛾。隐扇羞应惯，含情愁已多。轻啼湿红粉，微睇转横波。更笑巫山曲，空传暮雨过。

侍宴赋得起坐弹鸣琴二首 一作杨希道诗

北林鹊夜飞,南轩月初进。调弦发清徵,荡心祛褊吝。变作离鸿声,还入思归引。长叹未终极,秋风飘素鬓。

丝传园客意,曲奏楚妃情。罕有知音者,空劳流水声。

咏 琴 一作杨希道诗

久擅龙门质,孤竦峄阳名。齐娥初发弄,赵女正调声。嘉客勿遽反,繁弦曲未成。

咏 笙 一作杨希道诗

短长插凤翼,洪细摹鸾音。能令楚妃叹,复使荆王吟。切切孤竹管,来应云和琴。

应诏咏巢乌

桂树春晖满,巢乌刷羽仪。朝飞丽城上,夜宿碧林陲。背风藏密叶,向日逐疏枝。仰德还能哺,依仁遂可窥。惊鸣雕辇侧,王吉自相知。

奉和夏日晚景应诏

辇路夹垂杨,离宫通建章。日落横峰影,云归起夕凉。雕轩动流吹,羽盖息回塘。薙草生还绿,残花落一作疏尚香。青岩类姑射,碧涧似汾阳。幸属无为日,欢娱尚一作方未央。

奉和圣制春日望海

春山临渤海,征旅辍晨装。回瞰卢龙塞,斜瞻肃慎乡。洪波回地

轴,孤屿映云光。落日惊涛上,浮天骇浪长。仙台隐螭驾,水府泛
鼋梁。碣石朝烟灭,之罘归雁翔。北巡非汉后,东幸异秦皇。搴旗
一作旌羽林客,跋距少年场。龙一作电击驱辽水,鹏飞出带方。将举
青丘缴,安访白霓裳。

春朝闲步

休一作偃沐乘闲豫,清晨步北林。池塘藉芳草,兰芷袭幽衿。雾中
分晓日,花里弄春禽。野径香恒满,山阶笋屡侵。何须命轻盖,桃
李自成阴。

还山宅

暮春还旧岭,徙倚玩年华。芳草无行径,空山正落花。垂藤扫幽
石,卧柳碍浮槎。鸟散茅檐静,云披涧户斜。依然此泉路,犹是昔
烟霞。

咏马

宝马权奇出未央,雕鞍照曜紫金装。春草初生驰上苑,秋风欲动戏
一作醉长杨。鸣珂屡度章台侧,细蹀经一作径向濯龙傍。徒令汉将
连年去,宛城今已献一作鹹名一作明王。

奉和咏弓

霜重麟胶劲,风高月影圆。乌飞随帝辇,雁落逐鸣弦。

咏砚

圆池类璧水,轻翰染烟华。将军欲定远,见弃不应赊。

奉和正日临朝应诏

皇猷被寰宇,端扆属元辰。九重丽天邑,千门临上春。

咏　舞 一作杨希道诗

二八如回雪,三春类早花。分行向烛转,一种逐风斜。

全唐诗卷三五

许敬宗

　　许敬宗,字延族,杭州新城人,善心子也。隋时官直谒者台奏通事舍人事。入唐,为著作郎,兼修国史。寻贬洪州司马,累转给事中。复修史,迁太子右庶子。高宗即位,擢礼部尚书。历侍中、中书令、右相,卒谥曰缪。集八十卷,今编诗二十七首。

奉和执契静三边应诏

玄塞隔阴戎,朱光分昧谷。地游穷北际,云崖尽西陆。星次绝轩台,风衢乖禹服。寰区无所外,天覆今咸育。窜苗犹有孽,戮负自贻辜。疏网妖鲵漏,盘薮怪禽逋。髦飞尚假息,乳视暂稽诛。乾灵振玉弩,神略运璇枢。日羽廓游气,天阵清华野。升旸光西夜,驰恩溢东泻。挥袂静昆炎,开关纳流赭。锦斿凌右地,华缨羁大夏。清台映罗叶,玄沚控瑶池。驼一作駃鹿输珍贶,树羽飨来仪。辍肴观化宇一作雨,栖箫萃条支。熏风交阆阙,就日泛濛漪。充庭延饮至,绚简敷春藻。迎姜已创图,命力方论道。昔托游河乘,再备商山皓。欣逢德化流,思效登封草。

奉和行经破薛举战地应制

混元分大象,长策挫修鲸。于斯建宸极,由此创鸿名。一戎乾宇泰,千祀德流一作化清。垂衣凝庶绩,端拱铸群生。复整瑶池驾,还临官渡营。周游寻曩迹,旷望动天情。帷宫面丹浦,帐殿瞩宛城。虏场栖九穗,前歌被六英。战地甘泉涌,阵处景云生。普天沾凯泽,相携欣颂平。

奉和入潼关

曦驭循黄道,星陈引翠旗。济潼纡万乘,临河耀六师。前旌弥陆海,后骑发通伊。势逾回地轴,威盛转天机。是节岁穷纪,关树荡凉飔。仙露含灵掌,瑞鼎照川湄。冲襟赏临眺,高咏入京畿。

奉和春日望海

韩夷愆奉赆,凭险乱天常。乃神弘庙略,横海剪吞航。电一作雷野清玄菟,腾笳振白狼。连云飞巨舰,编石架浮梁。周游临大壑,降望极遐荒。桃门通山抃,蓬渚降霓裳。惊涛含蜃阙,骇浪掩晨光。青丘绚春组,丹谷耀华桑。长驱七萃卒,成功百战场。俄且旋戎路,饮至肃岩廊。

奉和元日应制

天正开初节,日观上重轮。百灵滋景祚,万玉一作土庆惟新。待旦敷玄造,韬旒御紫宸。武帐临光宅,文卫象钩陈。广庭扬九奏,大帛丽三辰。发生同化育,播物体陶钧。霜空澄晓气,霞景莹一作荣芳春。德辉覃率土,相贺奉还淳。

奉和初春登楼即目应诏

旭日临重壁,天眷极中京。春晖发芳甸,佳气满层城。去鸟随看没,来云逐望生。歌里非一作霏烟飏,琴上凯风清。文波浮镂槛,摛景焕雕楹。璇玑体宽政,隆栋象端衡。创一作文规虽有作,凝拱遂无营。沐恩空改鬓,将何谢夏一作厦成。

奉和秋日一作月即目应制

玉露交珠网,金风度绮钱。昆明秋景淡,岐岫落霞然。辞燕归寒海,来鸿出远天。叶动罗帷飏,花映绣裳鲜。规空升暗魄,笼野散轻烟。鹊度林光起,凫没水文圆。无机络秋纬,如管奏寒蝉。乃眷情何极,宸襟豫有斒。

奉和秋暮言志应制

秋深桂初发,寒窗菊馀菲。波拥群凫至,秋飘朔雁归。月荚生还落,云枝似复非。凝宸阅栖亩,观文仺少微。圣敬韬前哲,先天谅不违。

奉和喜雪应制

嵥州表奇贶一作观,闼竹应遄巡。何如御京洛,流霰下天津。忽若琼林曙,俄同李径春。姑峰映仙质,郢路杂歌尘。伏槛观花瑞,称觞庆冬积。飘河共泻银,委树还重璧。连山分掩翠,绵霄远韬碧。千里遍浮空,五轫咸沦迹。机前辉裂素,池上伴一作倬凌波。腾华承玉宇,凝照混金娥。是日松筠性,欣奉一作奏柏梁歌。

奉和登陕州城楼应制

挹河澄绿宇,御沟映朱宫。辰旂翻丽景,星盖一作罕曳雕虹。学鞚
齐柳嫩,妍笑发春丛。锦鳞文碧浪,绣羽绚青空。眷念三阶静,遥
想二南风。

游清都观寻沈道士得清字

幽人蹈箕颖,方士访蓬瀛。岂若逢真气,齐契体无名。既诠众妙
理,聊畅远游情。纵心驰贝阙,怡神想玉京。或命馀杭酒,时听洛
滨笙。风衢通阆苑,星使下层城。蕙帐晨飙动,芝房夕露清,方叶
栖迟趣,于此听钟声。

奉和七夕宴悬圃应制二首

牛闺临浅汉,鸾驷涉秋河。两怀萦别绪,一宿庆停梭。星模铅里
靥,月写黛中蛾。奈许今宵度,长婴离恨多。
娈闺期今夕,娥轮泛浅潢。迎秋伴暮雨,待暝合神光。荐寝低云
鬓,呈态解霓裳。喜中愁漏促,别后怨天长。

奉和仪鸾殿早秋应制

睿想追嘉豫,临轩御早秋。斜晖丽粉壁,清吹肃朱楼。高殿凝阴
满,雕窗艳曲流。小臣参广宴,大造谅难酬。

奉和咏雨应诏

舞商初赴节,湘燕远迎秋。飘丝交殿网,乱滴起池沤。激溜分龙
阙,斜飞洒凤楼。崇朝方浃宇,宸盼俯凝旒。

奉和过慈恩寺应制

凤阙邻金地，龙旂拂宝台。云楣将叶并，风牖送花来。月宫清晚桂，虹梁绚早梅。梵境留宸瞩，揆发丽天才。

冬日宴于庶子宅各赋一字得归

倦游嗟落拓，短翮慕追飞。周醴忽同醉，牙弦乃共挥。油云澹寒色，落景霭霜霏。累日方投分，兹夕谅无归。

送刘散员同赋得陈思王诗山树郁苍苍

乔木托危岫，积翠绕连冈。叶疏犹漏影，花少未流芳。风来闻肃肃，雾罢见苍苍。此中饯行迈，不异上河梁。

侍宴莎册宫应制得情字

三星希曙景，万骑翊天行。葆羽翻风队，腾吹掩山楹。暖日晨光浅，飞烟旦彩轻。塞寒桃变色，冰断箭流声。渐奏长安道，神皋动睿情。

奉和过旧宅应制

飞云临紫极，出震表青光。自尔家寰海，今兹返帝乡。情深感代国，乐甚宴谯方。白水浮佳气，黄星聚太常。岐凤鸣层阁，酆雀贺雕梁。桂山犹总翠，蘅薄尚流芳。攀鳞有遗皓，沐德抃称觞。

奉和宴中山应制

飞云旋碧海，解网宥青丘。养贤一作更停八骏，观风驻五牛。张乐临尧野，扬麾历舜州。中山献仙酎，赵媛发清讴。塞门朱雁入，郊薮紫麟游。一举氛霓静,千龄德化流。

奉和圣制登三台言志应制

中天表云榭,载极耸昆楼。圣作规玄造,轩阿复聿修。高门符令
节,形胜总神州。企翼抟禽萃,飞甍燕雀游。缀星罗百拱,缘汉转
三休。旦云生玉舄,初月上银钩。妙管含秦凤,仙姿丽斗牛。形言
防处逸,粹藻发嘉猷。荷生无以谢,尽瘁竟何酬。

安德山池宴集

戚里欢娱地,园林瞩望新。山庭带芳杜,歌吹叶阳春。台榭疑巫
峡,荷蕖似洛滨。风花紫少女,虹梁聚美人。宴游穷至乐,谈笑毕
良辰。独叹高阳晚,归路不知津。

奉和圣制送来济应制

万乘腾镳警岐路,百壶供帐饯离宫。御沟分水声难绝,广宴当歌曲
易终。兴言共伤千里道,俯迹聊示五情同。良哉既深留帝念,沃化
方有赞天聪。

七夕赋咏成篇

一年抱怨嗟长别,七夕含态始言归。飘飘罗袜光天步,灼灼新妆鉴
月辉。情催巧笑开星靥,不惜呈露解云衣。所叹却随更漏尽,掩泣
还弄昨宵机。

拟江令于长安归扬州九日赋

本逐征鸿一作蓬去,还随落叶来。菊花应未满,请一作许待诗人开。

同 前 拟

游人倦蓬转,乡思逐雁来。偏想临潭菊,芳蕊对谁开。

李义府

李义府,瀛州饶阳人。对策擢第,补门下省典仪,寻除监
察御史、太子舍人。与司议郎来济俱以文翰见知,时称来李。
尝献承华箴,预撰《晋书》。高宗嗣位,迁中书舍人,以赞立武
昭仪,擢中书侍郎,晋中书令。怙宠稔恶,长流巂州。存诗八
首。

和边城秋气早

金微凝素节,玉律应清葭。边马秋声急,征鸿晓阵斜。关树凋凉
叶,塞草落寒花。雾暗长川景,云昏大漠沙。溪深路难越,川平望
超忽。极望断烟飘,遥落惊蓬没。霜结龙城吹,水照龟林月。日色
夏犹冷,霜华春未歇。睿作高紫宸,分明映玄阙。

招谕有怀赠同行人 一作李乂诗

远游冒艰阻,深入劳存谕。春去辞国门,秋还在边戍。轩车行未
返,节序催难驻。陌上悲转蓬,园中想芳树。蜀山自纷纠,岷水恒
奔注。临泛多苦怀,登攀寡欢趣。永夕飞淫雨,崇朝蒸毒雾。不求
绥岭桃,宁美邛乡蒟。白狼行欲静,骢马何常驱。唐韵。区遇切,或改
为驻。误。愿接轺斾尘,联翩东北骛。

宣正殿芝草

明王敦孝感，宝殿秀灵芝。色带朝阳净，光涵雨露滋。且标宣德
重，更引国恩施。圣祚今无限，微臣乐未移。

咏　鹦　鹉

牵弋辞重海，触网去层峦。戢翼雕笼际，延思彩霞端。慕侣朝声
切，离群夜影寒。能言殊可贵，相助忆长安。

在巂州遥叙封禅

天齐标巨镇，日观启崇期。岩峣临渤澥，隐嶙控河沂一作湄。眺迥
分吴乘，凌高属汉祠。《纪事》无眺迥二句。建岳诚为长，升功谅在兹。
帝猷符广运，玄范畅文思。飞声总地络，腾一作裁，一作载。化抚乾
维。瑞策开珍凤，祯图荐宝龟。创封超昔夏，修禅掩前姬。《纪事》无
创封二句。东后方肆觐，西都导六师。肃一作返驾移星苑，扬罕驭风
司。沸鼓喧平陆，凝骅静通逵。汶阳驰月羽，蒙阴警一作惊电麾一作
辐。岩花飘曙辇，峰叶荡春旗。石间环藻卫，金坛映黼帷。仙阶溢
秘柜，灵检耀祥芝。张乐分韶濩，观礼纵华夷。佳气浮丹谷，荣光
泛绿坻。《纪事》无张乐以下四句。三始贻遐觌，万岁受重釐。菲一作非
质陶恩奖，趋迹奉轩墀。触网沦幽裔，乘徼限明时。周南昔已叹，
邛西今复悲。

堂堂词二首 《万首绝句》题作题美人

镂月成一作为歌扇，裁云作舞衣。自怜回雪影，好取洛川归。
懒整鸳鸯被，羞褰玳瑁床。春风别有意，密处也寻香。

咏　乌

日里飏朝彩,琴中伴夜啼。上林如许一作多少树,不借一枝栖。《纪事》云:义府初遇,以李大亮、刘洎之荐,太宗召令咏乌云云。帝曰:"与卿全树,何止一枝"。

全唐诗卷三六

虞世南

　　虞世南，字伯施，馀姚人。沉静寡欲，精思读书，至累旬不盥栉。文章婉缛，见称于仆射徐陵，由是有名。在隋，官秘书郎，十年不徙。入唐，为秦府记室参军，迁太子中舍人。太宗践祚，历弘文馆学士、秘书监。卒谥文懿。太宗称其德行、忠直、博学、文词、书翰为五绝。手诏魏王泰曰："世南当代名臣，人伦准的，今其云亡，石渠、东观中无复人矣。"集三十卷，今编诗一卷。

从军行二首 一作拟古

涂山烽候惊一作警，弭节度龙城。冀马楼兰将，燕犀上谷兵。剑寒花不落，弓晓月逾明。凛凛严霜节，冰壮黄河绝。蔽日卷征蓬，浮天散飞雪。全兵值月满，精骑乘胶折。结发早驱驰，辛苦事旌麾。马冻重关冷，轮摧九折危。独有西山将，年年属数奇。

烽一作爟火发金微一作徽，连营出武威。孤城塞云起，绝阵虏尘飞。侠客吸龙剑，恶少缦胡衣。朝摩骨都垒，夜解谷蠡围。萧关远无极，蒲海广难依。沙磴离旌断，晴川候马归。交河梁已毕，燕山旆欲挥一作正飞。方知万里相，侯服见一作有光辉。

拟饮马长城窟

驰马渡河干,流深马渡难。前逢锦车使,都护在楼兰。轻骑犹衔勒,疑兵尚解鞍。温池下绝涧,栈道接危峦。拓地勋未一作方赏,亡城律岂宽。有月关犹暗,经春陇尚寒。云昏无复影,冰合不闻湍。怀君不可遇,聊持报一餐。

出　塞

上将三略远,元戎九命尊。缅怀古人节,思酬明主恩。山西多勇气,塞北有游魂。扬桴一作鞭上陇坂,勒骑下平原。誓将绝沙漠,悠然去玉门。轻赏不遑舍,惊策骛戎轩。凛凛边风急,萧萧征马烦。雪暗天山道,冰塞交河源。雾锋黯无色,霜旗冻不翻。耿介倚长剑,日落风尘昏。

结客少年场行

韩魏多奇节,倜傥遗声利。共矜然诺心一作情,各负纵横志一作意。结交一言重,相期千里至。绿沉明月弦,金络浮云辔。吹箫入吴市,击筑游燕肆。寻源博望侯,结客远相求。少年怀一作垂一顾,长驱背陇头。焰焰戈霜动,耿耿剑虹浮。天山冬夏雪,交河南北流。云一作风起龙沙暗,木落雁门秋。轻生殉知己,非是为身谋。

怨　歌　行

紫殿秋风冷,雕甍落一作白日沉。裁纨凄断曲,织素别一作引离心。掖庭羞一作若改画,长门不惜金。宠移恩稍薄,情疏恨转深。香销翠羽帐,弦断凤皇琴。镜前红粉歇,阶上绿苔侵。谁言掩歌扇,翻作白头吟。

中妇织流黄

寒闺织素锦，含怨敛双蛾。综新交缕涩，经脆断丝多。衣香逐举袖，钏动应鸣梭。还恐裁缝罢，无信达交河。

门有车马客

陈遵一作财雄重交结，田蚡一作戚里擅豪华。曲台临上路，高轩一作门抵狭斜。赭汗千金马，绣轴一作毂五香车。白鹤随飞盖，朱鹭入鸣筇。夏莲开剑水，春桃发绶一作露花。高谈辩飞兔，一作轻裙染回雪。摛藻握灵蛇。一作浮蚁泛流霞。逢恩出毛羽一作借羽翼，失路委泥沙。暖暖风烟晚，路长归骑远。日斜青琐第，尘飞金谷苑。危弦促柱奏巴渝，遗簪堕珥解罗襦。如何守直道，翻使谷名愚。

飞来双白鹤

飞来双白鹤，奋翼远凌烟。俱栖集紫盖，一举背青田。飏影过伊洛，流声入管弦。鸣群一作俦倒景外，刷羽阆风前。映海疑浮雪，拂涧泻飞泉。燕雀宁知去，蜉蝣不识还。何言别俦侣，从此间山川。顾步已相失，裴回各一作反自怜。危心犹警露，哀响讵闻天。无因振六翮，轻举复随仙。

奉和幽山雨后应令

肃城邻上苑，黄山迩桂宫。雨歇连峰翠，烟开竟野通。排虚翔戏鸟，跨水落长虹。日下林全暗，云收岭半空。山泉鸣石涧，地籁响岩风。

赋 得 吴 都

画野通淮泗,星躔应斗牛。玉牒宏图表,黄旗美气浮。三分开霸
业,万里宅神州。高台临茂苑,飞阁跨澄流。江涛如素盖,海气似
朱楼。吴趋自有乐,还似镜中游。

赋 得 慎 罚

帝图光往册,上德表鸿名。道冠二仪始,风高三代英。乐和知化
洽,讼息表刑清。罚轻犹在念,勿喜尚留情。明慎全无枉,哀矜在
好生。五疵过亦察,二辟理弥精。蒙巾示廉耻,嘉石务详平。每削
繁苛性,常深恻隐诚。政宽思济猛,疑罪必从轻。于张惩不滥,陈
郭宪无倾。刑措谅斯在,欢然仰颂声。

奉和咏日午

高天净秋色,长汉转曦车。玉树阴初正,桐圭影未斜。翠盖飞圆
彩,明镜发轻花。再中良表瑞,共仰璧晖赊。

发营逢雨应诏

豫游欣胜地,皇泽乃先一作光天。油云阴御道,膏雨润公田。陇麦
沾逾翠,山花湿更然。稼穑良所重,方复悦丰年。

赋得临池竹应制

葱翠梢云质,垂彩映清池。波泛含风影,流摇防露枝。龙鳞漾嶰
谷,凤翅拂涟漪。欲识凌冬性,唯有岁寒知。

侍宴应诏赋韵得前字

芬芳禁林晚，容与桂舟前。横空一鸟度，照水百花然。绿野明斜日，青山澹晚烟。滥陪终宴赏，握管类窥天。

侍宴归雁堂

歌堂面渌水，舞馆接金塘。竹开霜后翠，梅动雪前香。凫归初命侣，雁起欲分行。刷羽同栖集，怀恩愧稻梁。

凌晨早朝

万瓦宵光曙，重檐夕雾收。玉花停夜烛，金壶送晓筹。日晖青琐殿，霞生结绮楼。重门应启路，通籍引王侯。

奉和咏风应魏王教

逐舞飘轻袖，传歌共绕梁。动枝生乱影，吹花送远香。

初晴应教

初日明燕馆，新溜满梁池。归云半入岭，残滴尚悬枝。

春夜

春苑月裴回，竹堂侵夜开。惊鸟排林度，风花隔一作入水来。

咏舞

繁弦奏渌水，长袖转回鸾。一双俱应节，还似镜中看。

咏　萤

的历流光小,飘飖弱翅轻。恐畏无人识,独自暗中明。

蝉

垂緌饮清露,流响出疏桐。居高声自远,非是藉秋风。

秋　雁 _{一作褚亮诗}

日暮霜风急,羽翮转难任。为有传书意,联翩入上林。

奉和月夜观星应令 _{此以下诗皆在隋时所作}

早秋炎景暮,初弦月彩新。清风涤暑气,零露净嚣尘。薄雾销轻
縠,鲜云卷夕鳞。休光灼前曜,瑞彩接重轮。缘情摛圣藻,并作命
徐陈。宿草诚渝滥,吹嘘偶搢绅。天文岂易述,徒知仰北辰。

和銮舆顿戏下 _{一作追从銮舆夕顿戏下应令}

重轮依紫极,前耀奉丹霄。天经恋宸扆,帝命扈仙镳。乘〔星〕(新)
开鹤禁,带月下虹桥。银书含晓色,金铬转晨飙。雾澈轩营近,尘
暗苑城遥。莲花分秀萼,竹箭下惊潮。抚己惭龙干,承恩集凤条。
瑶山盛风乐,抽简荐徒谣。

奉和至寿春应令 _{一作奉和长春官应令}

瑶山盛风乐,南巡务逸游。如何事巡抚,民瘼谅斯求。文鹤扬轻
盖,苍龙饰桂舟。泛沫萦沙屿,寒澌拥急流。路指八仙馆,途经百
尺楼。眷言昔游践,回驾且淹留。后车喧凤吹,前旌映彩旒。龙骖
驻六马,飞阁上三休。调谐金石奏,欢洽羽觞浮。天文徒可仰,何

以厕琳球。

奉和幸江都应诏

南国行周化，稽山秘夏图。百王岂殊轨，千载协前谟。肆觐遵时豫，顺动悦来苏。安流进玉轴一作画舸，戒道翼金吾。龙旂焕辰象，凤吹溢川涂。封唐昔敷锡，分陕被荆吴。沐道咸知让，慕义久成都。冬律初飞管，阳鸟正衔芦。严飙肃林薄，暖景澹江湖。鸿私浃幽远，厚泽润凋枯。虞琴起歌咏，汉筑动巴歈。多幸沾行苇，无庸类散樗。

奉和献岁宴宫臣

履端初起节，长苑命高筵。肆夏喧金奏，重润响朱弦。春光催柳色，日彩泛槐烟。微臣同滥吹，谬得仰钧天。

奉和出颍至淮应令

良晨喜利涉，解缆入淮浔。寒流泛鹢首，霜吹响哀吟。潜鳞波里跃，水鸟浪前沉。邗沟非复远，怅望悦宸襟。

应诏嘲司花女

《隋遗录》曰：炀帝幸江都，洛阳人献合蒂迎辇花，帝令御车女袁宝儿持之，号司花女。时诏世南草敕于帝侧，宝儿注视久之。帝曰："昔飞燕可掌上舞，今得宝儿，方昭前事，然多憨态，今注目于卿，卿可便嘲之。"世南为绝句。

学画鸦黄半未成，垂肩亸袖太憨生。缘憨却得君王惜，长把花枝傍辇行。

全唐诗卷三七

王 绩

王绩,字无功,绛州龙门人,文中子之弟。隋末,授秘书省正字,不乐在朝,求为六合丞,嗜酒不任事,寻还乡里。唐高祖武德初,以前官待诏门下省。时太乐署史焦革家善酿,绩求为丞。革死,弃官归东皋著书,号东皋子。集五卷,今编诗一卷。

古 意 六 首

幽人在何所,紫岩有仙躅。月下横宝琴,此外将安欲。材抽峄山干,徽点昆丘玉。漆抱蛟龙唇,丝缠凤凰足。前弹广陵罢,后以明光—作光明续。百金买一声,千金传一曲。世无钟子期,谁知心所属。

竹生大夏谿,苍苍富奇质。绿叶吟风劲,翠茎犯霄密。霜霰封其柯,鹓鸾食其实。宁知轩辕后,更有伶伦出。刀斧俄见寻,根株坐相失。裁为十二管,吹作雄雌律。有用虽自伤,无心复招疾。不如山上草,离离保终吉。

宝龟尺二寸,由来宅深水。浮游五湖内,宛转三江里。何不深复深,轻然至溱洧。溱洧源流狭,春秋不濡轨。渔人递往还,网罟相萦藟。一朝失运会,刳肠血流死。丰骨输庙堂,鲜腴藉筶簋。弃置谁怨尤,自我招此否。徐灵寄明卜,复来钦所履。

松生北岩下，由来人径绝。布叶捎云烟，插根拥岩穴。自言生得地，独负凌云洁。何时畏斤斧，几度经霜雪。风惊西北枝，雹陨东南节。不知岁月久，稍觉枝干折。藤萝上下碎，枝干纵横裂。行当糜烂尽，坐共灰尘灭。宁关匠石顾，岂为王孙折。盛衰自有时，圣贤未尝屑。寄言悠悠者，无为嗟大耋。

桂树何苍苍，秋来花更芳。自言岁寒性，不知露与霜。幽人重其德，徙植临前堂。连拳-作蜷八九树，偃蹇二三行。枝枝自相纠，叶叶还相当。去来双鸿鹄，栖息两鸳鸯。荣荫诚不厚，斤斧亦勿伤。赤心许君时，此意那可忘。

彩凤欲将归，提罗出郊访。罗张大泽已，凤入重云飏。朝栖阆木，夕饮蓬壶涨。问凤那远飞，贤君坐相望。凤言荷深德，微禽安足尚。但使雏卵全，无令〔矰〕(缯)缴放。皇臣力牧举，帝乐箫韶畅。自有来巢时，明年阿阁上。

石 竹 咏

萋萋结绿枝，晔晔垂朱英。常恐零露降，不得全其生。叹息聊自思，此生岂我情。昔我未生时，谁者令我萌。弃置勿重陈，委化何足惊。

田一作山家三首 一作王勃诗

阮籍生涯一作年，一作平。懒，嵇康意气疏。相逢一醉饱，独坐数行书。小池聊养鹤，闲田且牧猪。草生元亮径，花暗子云居。倚床看妇织，登垄课儿锄。回头寻仙事，并是一空虚。

家住箕山下，门枕颍川滨。不知今有汉，唯言昔避秦。琴伴前庭月，酒劝后园春。自得中林士，何忝上皇人。

平生唯酒乐，作性不能无。朝朝访乡里，夜夜遣人酤。家贫留客

久,不暇道精粗。抽帘持益炬,拔簧更燃炉。恒闻饮不足,何见有
残壶。

赠李征君大寿

孔淳辞散骑,陆昶谢中郎。幅巾朝帝罢,杖策去官忙。附车还赵
郡,乘船向武昌。九征书未已,十辟誉弥彰。副君迎绮季,天子送
严光。灞陵幽径近,磻谿隐路长。编蓬还作室,绩草更为裳。会稽
置樵处,兰陵卖药行。看书惟道德,开教止农桑。别有幽怀侣,由
来高让王。前年辞厚币,今岁返寒乡。有书横石架,无毡坐土床。
兰英犹足酿,竹实本无粮。涧松寒转直,山菊秋自香。管宁存祭
礼,王霸重朝章。去去相随去,披裘骄盛唐。

山中叙志 一本题上有未婚二字

物外知何事,山中无所有。风鸣静夜琴,月照芳春酒。直置百年
内,谁论千载后。张奉一作凤娉贤妻,老莱藉嘉偶。孟光傥未嫁,梁
鸿正须妇。

赠梁公

我欲图世乐,斯乐难可常。位大招讥嫌,禄极生祸殃。圣莫若周
公,忠岂逾霍光。成王已兴消,宣帝如负芒。范蠡何智哉,单舟戒
轻装。疏广岂不怀,策杖还故乡。朱门虽足悦,赤族亦可伤。履霜
成坚冰,知足胜不祥。我今穷家子,自言此见长。功成皆能退,在
昔一作自古谁灭亡。

薛记室收过庄见寻率题古意以赠

伊昔逢丧乱,历数闰当馀。豺狼塞衢路,桑梓成丘墟。余一作吾及

尔皆亡,东西各异居。尔为背一作培风鸟,我为涸辙鱼。逮承云雷后,欣逢天地初。东川聊下钓,南亩试挥锄。资税幸不及,伏腊常有储。散诞时须酒,萧条懒向书。朽木不可雕,短翮将焉摅。故人有深契,过我蓬蒿庐。曳裾出门迎,握手登前除。相看非旧颜,忽若一作对接形骸疏。追道宿昔事,切切心相於。忆我少年时,携手游东渠。梅李夹两岸,花枝何扶疏。同志亦不多,西庄有姚徐。尝爱陶渊明,酌醴焚枯鱼。尝学公孙弘,策杖牧群猪。追念甫如昨,奄忽成空虚。人生讵能几,岁岁一作蹙迫常不舒。赖有北山僧,教我以真如。使我视听遣,自觉尘累祛。何事须筌蹄,今已得兔鱼。旧游傥多暇,同此释纷挐。

晚年叙志示翟处士 正师

弱龄慕奇调,无事不兼修。望气登重阁,占星上小楼。明经思待诏,学剑觅封侯。弃繻频北上,怀刺几西游。中年逢丧乱,非复昔追求。失路青门隐,藏名白社游。风云私所爱,屠博暗为俦。解纷曾霸越,释难颇存周。晚岁聊长想,生涯太若浮。归来南亩上,更坐北溪头。古岸多磐石,春泉足细流。东隅诚已谢,西景惧难收。无谓退耕近,伏念已经秋。庚桑逢处跪,陶潜见人一作吏羞。三晨宁举火,五月镇披裘。自有居常乐,谁知身世忧。

春 日 一作初春

前旦出园游,林华都未有。今朝下堂来一作望,池冰开已久。雪被一作避南轩梅,风催北庭柳。遥呼灶前妾,却报机中妇。年光恰恰来,满瓮营春酒。

采　药

野情贪药饵,郊居倦蓬荜。青龙护道符,白犬游仙术。腰镰戊己月,负锸庚辛日。时时断嶂遮一作横,往往孤峰出。行披葛仙经,坐检神农一作农皇帙。龟蛇采二苓,赤白寻双术。地冻根难尽,丛枯苗易失。从容肉作名,薯蓣膏成质。家丰松叶酒,器贮参花蜜。且复归去来,刀圭辅衰疾。

在京思故园见乡人问

旅泊多年岁,老去不知回。忽逢门前客,道发故乡来。敛眉俱握手,破涕共衔杯。殷勤访朋旧,屈曲问童孩。衰宗多弟侄,若个赏池台。旧园今在否,新树也应栽。柳行疏密布,茅斋宽窄裁。经移何处竹,别种几株梅。渠当无绝水,石计总生苔。院果谁先熟,林花那后开。羁心只欲问,为报不须猜。行当驱下泽,去剪故园莱。

春桂问答二首

问春桂,桃李正芬一作芳华。年光随处满,何事独无花。
春桂答,春华讵能久。风霜摇落时,独秀君知不。

北　山

旧知山里绝氛埃,登高日暮心悠哉。子平一去何时返,仲叔长游遂不来。幽兰独夜清琴曲,桂树凌云浊酒杯。槁项同枯木,丹心等死灰。

野　望

东皋薄暮望,徙倚欲何依。树树皆秋一作春色,山山唯落晖。牧人驱犊返,猎马带禽归。相顾无相识,长歌怀采薇。

赠程处士

百年长扰扰,万事悉悠悠。日光随意落,河水任情流。礼乐囚姬旦,诗书缚孔丘。不如高枕枕一作上,时取醉消愁。

九月九日赠崔使君善为 一本无下六字

野人迷节候,端坐隔尘埃。忽见黄花吐,方知素节回。映岩千段发,临浦万株开。香气徒盈把,无人送酒来。

独 坐

问君樽酒外,独坐更何须。有客谈名理,无人索地租。三男婚令族,五女嫁贤夫。百年随分了,未羡陟方壶。

游仙四首

暂出东陂路,过访北岩一作皁前。蔡经新学道,王烈旧成仙。驾鹤来无日,乘龙去几年。三山银作地,八洞玉为天。金精飞欲尽,石髓溜应坚。自悲生世促,无暇待桑田。

上月芝兰径,中岩紫翠房。金壶新练乳,玉釜始煎香。六局黄公术,三门赤帝方。吹沙聊作鸟,动石试为羊。缑氏还程促,瀛洲会日长。谁知北岩一作皁下,延首咏霓裳。

结衣寻野路,负杖入山门。道士言无宅,仙人更有村。斜溪横桂渚,小径入桃源。玉床尘稍冷,金炉火尚温。心疑游北极,望似陟西昆。逆愁归旧里,萧条访子孙。

真经知那是,仙骨定何为。许迈心长切,嵇康命似奇。桑疏金阙迥,苔重石梁危。照水然犀角,游山费虎皮。鸭桃闻已种,龙竹未经骑,为向天仙道,栖遑君讵知。

策杖寻隐士

策杖寻隐士,行行路渐赊。石梁横涧断,土室映山斜。孝然纵^{一作}疑有舍,威辇遂无家。置酒烧枯叶,披书坐落花。新垂滋水钓,旧结茂陵罝。岁岁长如此,方知轻世华。

赠学仙者

采药层城远,寻师海路赊。玉壶横日月,金阙断烟霞。仙人何处在,道士未还家。谁知彭泽意,更觅^{一作道}步兵那^{一作邪}。春酿煎松叶,秋杯浸菊花。相逢宁可醉,定不学丹砂。

黄颊山

别有青溪道,斜亘碧岩隈。崩榛横古蔓,荒石拥寒苔。野心长寂寞,山径本幽回。步步攀藤上,朝朝负药来。几看松叶秀,频值菊花开。无人堪作伴,岁晚独悠哉。

建德破后入长安咏秋
蓬示辛学士^{一本无建德破后四字}

遇坎聊知止,逢风或未归。孤根何处断,轻叶强能飞。

过酒家五首^{一作题酒店壁}

洛阳无大宅,长安乏主人。黄金销未尽,只为酒家贫。
此日长昏饮,非关养性灵。眼看人尽醉,何忍独为醒。
竹叶连糟翠,蒲萄带曲红。相逢不令尽,别后为谁空。
对酒但知饮,逢人莫强牵。倚炉便得睡,横瓮足堪眠。

有客须教饮，无钱可别沽。来时长道贳，惭愧酒家胡一作壶。

夜　还　东　溪

石苔应可践，丛枝幸易攀。青溪归路直，乘月夜歌还。

山中别李处士

为向东溪道，人来路渐赊。山中春酒熟，何处得停家。

初　春

春来日渐长，醉客喜年光。稍觉池亭好，偏宜酒瓮香。

醉　后

阮籍醒时少，陶潜醉日多。百年何足度，乘兴且长歌。

题　酒　店　壁

昨夜瓶始尽，今朝瓮即开。梦中占梦罢，还向酒家来。

戏题卜铺壁

旦逐刘伶去，宵随毕卓眠。不应长卖卜，须得杖头钱。

尝　春　酒

野觞浮郑酌，山酒漉陶巾。但令千日醉，何惜两三春。

独　酌

浮一作在生知几日，无状逐空名。不如多酿酒，时向竹林倾。

秋夜喜遇王处士

北场芸藿罢,东皋刈黍归。相逢秋月满,更值夜萤飞。

山 夜 调 琴

促轸乘明月,抽弦对白云。从来山水韵,不使俗人闻。

看 酿 酒

六月调神曲,正朝汲美泉。从来作春酒,未省不经年。

食　后

田家无所有,晚食遂为常。菜剪三秋绿,飧炊百日黄。胡麻山麨样,楚豆野麋方。始暴松皮脯,新添杜若浆。葛花消酒毒,莫蒂发羹香。鼓腹聊乘兴,宁知逢世昌。

过 汉 故 城

大汉昔未定,强秦犹擅场。中原逐鹿罢,高祖郁龙骧。经始谋帝坐,兹焉壮未央。规模穷栋宇,表里浚城隍。群后崇长乐,中朝增建章。钩陈被兰锜,乐府奏芝房。翡翠明珠帐,鸳鸯白玉堂。清晨宝鼎食,闲夜郁金香。天马来东道,佳人倾北方。何其赫隆盛,自谓保灵长。历数有时尽,哀平嗟不昌。冰坚成巨猾,火德遂颓纲。奥位匪虚校,贪天竟速亡。魂神吁社稷,豺虎斗岩廊。金狄移灞岸,铜盘向洛阳。君王无处所,年代几荒凉。宫阙谁家域,蓁芜胃我裳。井田唯有草,海水变为桑。在昔高门内,于今岐路傍。馀基不可识,古墓列成行。狐兔惊魍魉,鸱鸮吓猵狂。空城寒日晚,平野暮云黄。烈烈焚青棘,萧萧吹白杨。千秋并万岁,空使咏歌伤。

益州城西张超亭观妓 一作卢照邻诗 一作王勣诗

落日明歌席，行云逐舞人。江南飞暮雨，梁上下轻尘。冶服看疑画，妆台望似春。高车勿遽返，长袖欲相亲。

咏 妓 一作王勣诗

妖姬饰靓妆，窈窕出兰房。日照当轩影，风吹满路香。早时歌扇薄，今日舞衫长。不应令曲误，持此试周郎。

辛司法宅观妓 一作王勣诗

南国佳人至，北堂罗荐开。长裙随凤管，促柱送鸾杯。云光身后荡，雪态掌中回。到愁金谷晚，不怪玉山颓。

咏 巫 山

电影江前落，雷声峡外长。霁云无处所，台馆晓苍苍。

咏 怀

故乡行云是，虚室坐间同。日落西山暮，方知天下空。

句

琴曲唯留古，书多半是经。 见《周氏涉笔》

横裁桑节杖，直剪竹皮巾。鹤警琴亭夜，莺啼酒瓮春。颜回唯乐道，原宪岂伤贫。 被召谢病 见《西清诗话》

寄身千载下，聊游万物初。欲令无作有，翻觉实成虚。 独坐

双关防易断，只眼畏难全。鱼鳞张九拒，鹤翅拥三边。 围棋长篇 见

《韵语阳秋》

全唐诗卷三八

萧德言

萧德言,字文行,雍州长安人。贞观中著作郎,兼弘文馆学士。博涉经史,晚尤笃志于学。自昼达夜,略无休倦。每开五经,必束带盥濯,危坐对之。为春宫侍读,拜秘书少监。高宗以师傅恩,加银青光禄大夫。集三十卷,今存诗一首。

咏　舞

低身锵玉珮,举袖拂罗衣。对檐疑燕起,映雪似花飞。

郑世翼 一作郑翼

郑世翼,荥阳人。弱冠有盛名。武德中,历万年丞、扬州录事参军,数以言辞忤物。贞观中,坐怨谤,流嶲州卒。集多遗失,今存诗五首。

过严君平古井

严平本高尚,远蹈古人风。卖卜成都市,流名大汉中。旧井改人世,寒泉久不通。年多既罢汲一作渫,无禽乃遂空。如何属秋气,唯见落双桐。

登北邙还望一作至京洛

步登北邙坂,踟蹰聊写望。宛洛盛皇居,规模穷大壮。三河分设
险,两崤资巨防。飞观紫烟中,层台碧云上。青槐夹驰道,迢迢修
且旷。左右多第宅,参差居将相。清晨谒帝返,车马相追访。胥徒
各异流,文物纷殊状。嚣尘暗天起,箫管从风飏。伊余孤一作忠且
直,生平独沦丧。山幽有桂丛,何为坐惆怅。

巫 山 高

巫山凌太清,岩峣类削成。霏霏暮雨合,霭霭朝云生。危峰入鸟
道,深谷写猿声。别有幽栖客,淹留攀桂情。

看 新 婚

初笄梦桃李,新妆应摽梅。疑逐朝云去,翻随暮雨来。杂珮含风
响,丛花隔扇开。姮娥对此夕,何用久裴回。

见佳人负钱出路

独负千金价,应从买笑来。只持难发口,经为几人开。

崔信明

　　崔信明,青州益都人。博闻强记,下笔成章。大业中,令
尧城,窦建德招之,不屈,去隐太行山。贞观中,应诏举。终秦
川令。诗一首。

送金竟陵入蜀

金门去蜀道，玉垒望长安。岂言千里远，方寻九折难。西上君飞盖，东归我挂冠。猿声出峡断，月彩落江寒。从今与君别，花月几新残。

句

枫落吴江冷。《新唐书》云：信明蹇傲自伐，尝谓过李百药，议者不许。郑世翼亦傲倨，数侮轻忤物，过信明江中，谓之曰："闻公有枫落吴江冷，愿见其馀。"信明欣然，多出众篇。世翼览未终，曰："所见不逮所闻。"投诸水，引舟去。

孔绍安

孔绍安，越州山阴人，陈尚书奂之子。少诵古文集数十万言，外兄虞世南叹异之。与词人孙万寿笃忘年好，时人称为孙孔。隋末，为监察御史。归唐，拜内史舍人。恩礼甚厚，尝诏撰梁史，未成而卒。有文集五十卷，今存诗七首。

侍宴咏石榴

本传云：大业末，高祖讨贼河东，绍安以监察御史为监军，深见接遇。及受禅，间行来奔，拜内史舍人。时夐侯端亦尝监高祖军，先绍安归朝，授秘书监。绍安因侍宴，咏石榴诗，时人称之。

可惜庭中树，移根逐汉臣。只为来时晚，花开不及春。

咏天桃

结叶还临影，飞香欲遍空。不意馀花落，翻沉露井中。

赠蔡君

畴昔同幽谷,伊尔迁乔木。赫奕盛青紫,讨论穷简牍。

结客少年场行

结客佩吴钩,横行度陇头。雁在弓前落,云从阵后浮。吴师惊燧象,燕将警奔牛。转蓬飞不息,冰河结未流。若使三边定,当封万户一作里侯。

伤顾学士

迢递双崤道,超忽三川湄。此中俱失路,思君不可思。游人行变橘,逝者遽焚芝。忆昔江湖上,同咏子衿诗。何言陵谷徙,翻惊邻笛悲。陈根非席卉,缫帐异书帷。与善成空说,歼良信在兹。今日严夫子,哀命不哀时。

别徐永元秀才

金汤既失险,玉石乃同焚。坠叶还相覆,落羽更为群。岂谓三秋节,重伤一作阳千里分。远离弦易转,幽咽水难闻。欲识相思处,山川间白云。

落　叶　一作孔德绍诗

早秋惊落叶,飘零似客心。翻飞未肯下,犹言惜故林。

谢　偃

　　谢偃,卫县人,本姓直勒氏。仕隋为散从正员外。贞观

初,应诏对策及第。驾幸东都,诏求直谏,偃极言得失,太宗称
美,引为弘文馆直学士。为尘、影二赋甚工,尝奉诏撰述圣赋,
又献惟皇诚德赋以申讽。时李百药工五言诗,偃善作赋,时人
称为李诗、谢赋。出为湘潭令。集十卷,今存诗四首。

踏歌词三首

春景娇春台,新露泣新梅。春叶参差吐,新花重叠开。花影飞莺
去,歌声度鸟来。倩看飘飖雪,何如舞袖回。

逶迤度香阁,顾步出兰闺。欲绕鸳鸯殿,先过桃李蹊。风带舒还
卷,簪花举复低。欲问今宵乐,但听歌声齐。

夜久星沉没,更深月影斜。裙轻才动珮,鬟薄不胜花。细风吹宝
袂,轻露湿红纱。相看乐未已,兰灯照九华。

乐府新歌应教 郭茂倩乐 府作新曲

青楼绮阁已含春,凝妆艳粉复如神。细细轻裙—作裾全漏影,离离
薄扇讵障尘。樽中酒色恒宜满,曲里歌声不厌新。紫燕欲飞先绕
栋,黄莺始啭即娇人。撩乱垂丝昏柳陌,参差浓叶暗桑津。上客莫
畏斜光晚,自有西园明月轮。

蔡允恭

蔡允恭,荆州江陵人。有风采,善缀文。仕隋,历著作佐
郎,起居舍人。炀帝属词赋,多令讽诵之。入唐,为文学馆学
士。贞观初,除太子洗马。集二十卷,今存诗一首。

奉和出颍至淮应令 在隋时作

久倦川涂曲，忽此望淮圻。波长泛淼淼，眺迥情依依。稍觉金乌
转，渐见锦帆稀。欲知仁化洽，讴歌满路归。

杜之松

　　杜之松，博陵曲阿人。隋起居舍人。贞观中，为河中刺
史。尝答王绩书云：康成道重，不许太守称官；老莱家居，羞与
诸侯为伍。仆岂不能正平公之坐，敬养亥唐；屈文侯之膝，恭
师子夏。其雅尚可知矣。诗一首。

和卫尉寺柳

汉将本屯营，辽河有戍城。大夫曾取姓，先生亦-作曾得名。高枝
拂远雁，疏影度遥星。不辞攀折苦，为入管弦声。

崔善为

　　崔善为，贝州武城人。善历数。仕隋，为文林郎。尝领丁
匠五百人，营仁寿宫。杨素为总监，来按实，善为持簿暗唱，五
百人无一差失，素大惊。稍迁楼烦司户书佐，密劝高祖举义
旗。兵起，署为大将军府司户参军，转尚书左丞。贞观中，历
大理、司农二卿，出为秦州刺史。诗二首。

答王无功冬夜载酒乡馆

颁条忝贵郡，悬榻久相望。处士同杨郑，邦君谢李疆。讵知方拥

彗,逢子敬惟桑。明朝蓬户侧,会自谒任棠。

答王无功九日

秋来菊花气,深山客重寻。露叶疑涵玉,风花似散金。摘来还泛酒,独坐即徐斟。王弘贪自醉,无复觅杨林。

朱仲晦

朱仲晦,王绩乡人。诗一首。

答王无功问故园

我从铜州来,见子上京客。问我故乡事,慰子羁旅色。子问我所知,我对子应015。朋游总强健,童稚各长成。华宗盛文史,连墙富池亭。独子园最古,旧林间新坰。柳行随堤势,茅斋看地形。竹从去年移,梅是今年荣。渠水经夏响,石苔终岁青。院果早晚熟,林花先后明。语罢相叹息,浩然起深情。归哉且五斗,饷子东皋耕。

王 宏

王宏,济南人。与太宗幼日同学问,为八体书。及帝即位,因访乡人,竟传隐去。诗一首。

从 军 行

儿生三日掌上珠,燕颔猿肱称李肤。十五学剑北击胡,羌歌燕筑送城隅。城隅路接伊川驿,河阳渡头邯郸陌。可怜少年把手时,黄鸟双飞梨花白。秦王筑城三千里,西自临洮东辽水。山边叠叠黑云飞,海畔莓莓青草死。从来战斗不求勋,杀身为君君不闻。凤皇楼上吹急管,落日裴回肠先断。

朱子奢

朱子奢,苏州人。善文辞,通《春秋》。贞观时,累官谏议大夫、弘文馆学士。为人乐易,能剧谈,以经义缘饰。每侍宴,帝令与群臣论难,皆莫能及。诗一首。

文德皇后挽歌

神京背紫陌,缟驷结行辀。北去横桥道,西分清渭流。寒光向垄没,霜气入松楸。今日泉台路,非是濯龙游。

张文收

张文收,贝州人。善音律。贞观初,授协律郎。咸宁中,迁太子率更令。撰《新乐书》十二卷,存诗一首。

大 酺 乐

泪滴珠难尽,容残玉易销。倘随明月去,莫道梦魂遥。

毛明素

毛明素,贞观中人。诗一首。

与 琳 法 师 贞观十一年,法师幽系,故致诗焉。

冶长倦缧绁,韩安叹死灰。始验山中木,方知贵不材。

全唐诗卷三九

陈子良

陈子良,吴人。在隋时为杨素记室。入唐,官右卫率府长史,与萧德言、庾抱同为隐太子学士。贞观六年卒。集十卷,今存诗十三首。

上 之 回

承平重游乐,诏跸上之回。属车响流水,清笳转落梅。岭云盖道转,岩花映绶开。下辇便高宴,何如在瑶台。

新成安乐宫 一作新宫词

春色照兰宫,秦女坐窗中。柳叶来眉上,桃花落脸红。拂尘开扇匣,卷帐却薰笼。衫薄偏憎日,裙轻更畏风。

夏晚寻于政世置酒赋韵

聊从嘉遁所,酌醴共抽簪。以兹山水地,留连风月心。长榆落照尽,高柳暮蝉吟。一返桃源路,别后难追寻。

入蜀秋夜宿江渚

我行逢日暮,弭棹独维舟。水雾一边起,风林两岸秋。山阴黑断碛,月影素寒流。故乡千里外,何以慰羁愁。

赋 得 妓

金谷多欢宴,佳丽正芳菲。流霞席上满,回雪掌中飞。明月临歌扇,行云接舞衣。何必桃将李,别有待一作代春晖。

酬萧侍中春园听妓 一作李元操诗

微雨散芳菲,中园照落晖。红树摇一作遮歌扇,绿珠飘舞衣。繁弦调对酒,杂引动思归。愁人当此夕,羞见落花飞。

游侠篇 一作侠客行

洛阳丽春色,游侠骋轻肥。水逐车轮转,尘随马足飞。云影遥临盖,花气近薰衣。东郊斗鸡罢,南皮射雉归。日暮河桥上,扬鞭惜晚晖。

春晚看群公朝还人为八韵

游子惜春暮,策杖出蒿莱。正直康庄晚,群公谒帝回。履度南宫至,车从北阙来。珂影傍明月,笳声动落梅。迎风采旆转,照日绶花开。红尘掩鹤盖,翠柳拂龙媒。绮云临舞阁,丹霞薄吹台。轻肥宁所羡,未若反山隈。

赞德上越国公杨素

君侯称上宰,命世挺才英。本超骐骥足,复蕴风云情。撷藻掞锦绮,育德润瑶琼。已踵四知举,非无三杰名。济世同舟楫,匡政本阿衡。雍容入青琐,肃穆侍丹楹。桂宫擅鸣珮,槐路独飞缨。高门罗虎戟,绮阁丽雕甍。金樽酌湛湛,歌扇掩盈盈。匈奴轶燕蓟,烽火照幽并。天子命薄伐，受脤事专征。七德播雄略，十万骋行兵。雁行蔽虏甸，鱼贯出长城。交河方饮马，瀚海盛扬旌。拔剑倚天外，蒙犀辉日精。弯弧穿伏石，挥戈斩大鲸。鼓鼙朝作气，刁斗夜偏鸣。六郡多壮士，三边岂足平。岭云朝合阵，山月夜临营。胡尘暗马色，芳树动箫声。关云未尽散，塞雾常自生。川长蔓草绿，峰迥杂花明。小人愧王氏，雕文惭马卿。滥此叨书记，何以谢过荣。高山徒仰止，终是恨才轻。

于塞北春日思归

我家吴会青山远，他乡关塞白云深。为许羁愁长下泪，那堪春色更伤心。惊鸟屡飞恒失侣，落花一去不归林。如何此日嗟迟暮，悲来还作白头吟。

送　别

落叶聚还散，征禽去不归。以我穷途泣，沾君出塞衣。

七夕看新妇隔巷停车以下二首，一作陈伯材诗。

隔巷遥停幰，非复为来迟。只言更尚浅，未是渡河时。

咏　春　雪

光映妆楼月，花承歌扇风。欲妒梅将柳，故落早春中。

庾　抱

　　庾抱，润州江宁人。有学术，隋元德太子学士。高祖初起，隐太子引为陇西公府记室，文檄皆出其手。转太子舍人。

集十卷,今存诗五首。

骢　马

枥上浮云骢,本出吴门中。发迹来东道,长鸣起北风。回鞍拂桂白,赪汗类尘红。灭没徒留影,无因图汉宫。

别蔡参军

人世多飘忽,沟水易东西。今日欢娱尽,何年风月同。悲生万里外,恨起一杯中。性灵如未失,南北有征鸿。

赋得胥台露

胥台既落构,荆棘稍侵扉。栋拆连云影,梁摧照日晖。翔鹍逐不及,巢燕反无归。唯有团阶露,承晓共沾衣。

卧痾喜霁开扉望月简宫内知友

秋雨移弦望,疲痾倦苦辛。忽对荆山璧,委照越吟人。高高侵地镜,皎皎彻天津。色丽班姬箧,光润洛川神。轮辉池上动,桂影隙中新。怀贤虽不见,忽似暂参辰。

和乐记室忆江水

遥想观涛处,犹意采莲歌。无因关塞叶,共下洞庭波。

马　周

马周,字宾王,清河茌平人。孤贫好学,尤精诗传。初入关,舍中郎将常何家。贞观中,代为草疏。何武人,上怪其能,对以臣家客马周为之,召见大悦,授监察御史。数言事,无不嘉纳,累迁中书令。太宗尝赐以飞白书曰:鸾凤凌云,必资羽翼。股肱之寄,诚在忠良。集十卷,今存诗一首。

凌朝浮江旅思 一作韦承庆诗

太清一作天晴上初日,春水送孤舟。山远疑无树,潮平似不流。岸花开且落,江鸟没还浮。羁望伤千里,长歌遣四一作客愁。

句

何惜邓林树,不借一枝栖。出《册府元龟》,与李义〔府〕(甫)句相似。

来　济

来济,江都人,隋大将军护儿之子也。宇文化及之难,护儿阖门遇害,济流离艰险。笃志好学,举进士。贞观中,初置太子司议郎,妙选人望,遂以济为之。迁中书舍人,与令狐德棻等同撰《晋书》。永徽中,拜中书令,出为庭州刺史。与突厥战,阵没。集三十卷,今存诗一首。

出玉关

敛辔遵龙汉,衔凄渡玉关。今日流沙外,垂涕念生还。

张文恭

张文恭,贞观时人。与房玄龄、李怀俨、赵弘智、刘祎之、阳仁卿、上官仪、李淳风等同修《晋书》。诗二首。

七　夕

凤律惊秋气,龙梭静夜机。星桥百枝动,云路七香飞。映月回雕扇,凌霞_{一作云}曳绮衣。含情向华幄_{一作帐},流态入重闱。欢馀夕漏尽,怨结晓骖归。谁念分河汉,还忆两心违。

佳 人 照 镜

倦采蘼芜叶,贪怜照胆明。两边俱拭泪,一处有啼声。

薛元超

　　薛元超,收之子。九岁袭父爵。及长,好学,善属文,太宗重之。令尚和静县主,累授太子舍人,与修《晋书》。高宗时,累擢中书舍人,所荐士若任希古、郭正一、崔融等皆以才自名。上元初,同中书门下三品。政出武氏,因阳喑乞骸骨卒。集四十卷,今存诗一首。

奉和同太子监守违恋

　　高宗在东宫时,元超为舍人。太宗征高丽,元超、韩王元嘉同太子监守。赋违恋诗。一本作薛收诗,误。

储禁铜扉启,宸行玉轪_{一作辂}遥。空怀寿街吏,尚隔寝门朝。北首瞻龙戟,尘外想鸾镳。飞文映仙榜_{一作诰},沥思_{一作济惠}叶神飙。帝念纡苍璧_{一作陛},乾文焕紫霄。归_{一作云}塘横笔海,平圃振词条。欲应重轮曲,锵洋韵九韶。

萧　翼

　　萧翼,本名世翼。太宗时,命为监察御史。充使取羲之《兰亭序》真迹于越僧辨才。翼初作北人南游,一见款密留宿,设酒酣乐,探韵赋诗。既而以术取其书以归。诗一首。

答辨才探得招字

邂逅款良宵,殷勤荷胜招。弥天俄若旧,初地岂成遥。酒蚁倾还泛,心猿躁似调。谁怜失群雁,长苦业风飘。

欧阳询

　　欧阳询,字信本,潭州临湘人。博贯经史,工书。仕隋为太常博士。高祖微时,引为宾客。及即位,累迁给事中。武德七年,诏与裴矩、陈叔达撰《艺文类聚》一百卷。贞观初,官至太子率更令。诗一首。

道　失

已惑孔贵嫔,又被辞人侮。花笺一何荣,七字谁曾许。不下结绮阁,空迷江令语。雕戈动地来,误杀陈后主。《统签》云:此首见《戏鸿堂帖》。

阎立本

　　阎立本,雍州万年人。太宗时为主爵郎。显庆中,累官将作大匠,代兄立德为工部尚书。总章初,迁右相,后改中书令。立本有应务才,尤善图画,工于写真。秦府十八学士图及贞观中凌烟阁功臣图,并其迹也。诗一首。

巫山高一作阎复本诗

君不见巫山高高半天起,绝壁千寻尽一作画相似。君不见巫山磕匝翠屏开,湘江碧水绕山来。绿树春娇明月峡,红花朝覆白云台。台上朝云无定所,此中窈窕神仙女。仙女盈盈仙骨飞,清容出没有光辉。欲暮高唐行雨送,今宵定入荆王梦。荆王梦里爱秾华,枕席初开红帐遮。可怜欲晓啼猿处,说道巫山是妾家。

张文琮

张文琮,贝州人,高宗相文瓘之弟。好自写书,笔不释手。贞观中,为侍书御史,三迁亳州刺史,为政清简。永徽中,拜户部侍郎,出为建州刺史。集二十卷,今存诗六首。

同潘屯田冬日早朝

假寐怀古人,夙兴瞻晓月。通晨禁门启,冠盖趋朝谒。霜霭清九衢,霞光照双阙。纷纶文物纪,焕烂声明发。腰剑动陆离,鸣玉和清越。

蜀 道 难

梁山镇地险,积石阻云端。深谷下寥廓,层岩上郁盘。飞梁架绝岭,栈道接一作绕危峦。揽辔独长息,方知斯路难。

昭 君 怨

戒途飞万里，回首望三秦。忽见天山雪，还疑上苑春。玉痕垂粉泪，罗袂拂胡尘。为得胡中曲，还悲远嫁人。

咏 水

标名资上善，流派表灵长。地图罗四渎，天文载五潢。方流涵玉润，圆折动珠光。独有蒙园吏，栖偃玩濠梁。

赋 桥

造舟浮渭日，鞭石表秦初。星文遥写汉，虹势尚凌虚。已授文成履，空题武骑书。别有临濠上，栖偃独观鱼。

和杨舍人咏中书省花树

花一作初萼映芳丛，参差间早红。因风时落砌，杂雨乍浮空。影照凤池水，香飘鸡树风。岂不爱攀折，希君怀袖中。

全唐诗卷四〇

上官仪

上官仪,字游韶,陕州陕人。贞观初,擢进士第,召授弘文馆直学士,迁秘书郎。太宗每属文,遣仪视稿,私宴未尝不预。高宗即位,为秘书少监,进西台侍郎,同东西台三品。麟德元年,坐梁王忠事下狱死。仪工诗,其词绮错婉媚,人多效之,谓为上官体。集三十卷,今编诗一卷。

奉和过旧宅应制

石关清晚夏,璇舆御早秋。神麾飏珠雨,仙吹响飞流。沛水祥云泛,宛郊瑞气浮。大风迎^{一作凝}汉筑,丛烟入舜球。翠梧临凤邸,滋兰带鹤舟。偃伯歌玄化,扈跸颂王游。遗簪谬昭^{一作诏}奖,珥笔荷恩休。

早春桂林殿应诏

步辇出披香,清歌临太液。晓树流莺满,春堤芳草积。风光^{一作色}翻露文,雪华上空碧。花蝶来未已,山光暖将夕。

安德山池宴集

上路抵平津,后堂罗荐陈。缔交开狎赏,丽席展芳辰。密树风烟积,回塘荷芰新。雨霁虹桥晚,花落凤台春。翠钗低舞席,文杏散歌尘。方惜流觞满,夕鸟已城闉。

酬薛舍人万年宫晚景寓直怀友

奕奕九成台,窈窕绝尘埃。苍苍万年树,玲珑下冥雾。池色摇晚空,岩花一作光敛馀煦。清切丹禁静,浩荡文河注。留连穷胜托,凤一作风期暌善谑。东望安仁省,西临子云阁。长啸披烟霞,高步寻兰若。金狄掩通门,雕鞍归骑喧。燕姝对明月,荆艳促芳尊。别有青山路,策杖访王孙。

奉和颍川公秋夜

沉寥空色远,芸黄凄序变。涢浦落遵鸿,长飙送巢燕。千秋流夕景,万籁含宵唤一作转。峻雉聆金柝,层台切银箭。

谢都督挽歌

漠漠佳城幽,苍苍松槚暮。鲁幕飘欲卷,宛骊悲还顾。楚挽一作桡绕庐山,胡笳临武库。怅然郊原静,烟生归鸟度。

八咏应制二首

启重帷,重帷照文杏。翡翠藻轻花,流苏媚浮影。瑶笙燕始归,金堂露初晞。风随少女至,虹共美人归。罗荐已擘鸳鸯被,绮衣复有蒲萄带。残红艳粉映帘中,戏蝶流莺聚窗外。洛滨春雪回,巫峡暮云来。雪花飘玉辇,云光上璧台。共待新妆出,清歌送落梅。
入丛台,丛台裛春露。滴沥间深红,参差散轻素。妆一作粉蝶惊复聚,黄鹂飞且顾。攀折殊未已,复值惊飞起。送影舞衫前,飘香歌扇里。望望惜春晖,行行犹未归。暂得佳游趣,更愁花鸟稀。且学鸟声调凤管,方移花影入鸳机。

和太尉戏赠高阳公

薰炉御史出神仙,云鞍羽盖下芝田。红尘正起浮桥路,青楼遥敞御沟前。倾城比态芳菲节,绝世相娇是六年。惯是洛滨要解珮,本是河间好数钱。翠钗照耀衔云发,玉步逶迤动罗袜。石榴绞带轻花转,桃枝绿扇微风发。无情拂袂欲留宾,讵恨深潭不可越。天津一别九秋长,岂若随闻三日香。南国自然胜掌上,东家复是忆王昌。

王　昭　君

玉关春色晚,金河路几千。琴悲桂条上,笛怨柳花前。雾掩临妆月一作凤,风惊入鬓蝉。缄一作裁书待还使,泪尽白云一作日南天。

咏　雪　应　诏

禁园凝朔气,瑞雪掩晨曦。花明栖凤阁,珠散影娥池。飘素迎歌上,翻光一作花向舞移。幸因千里映,还绕万年枝。

奉和山夜临秋

殿帐清炎气,辇道含秋阴。凄风移汉筑,流水入虞琴。云飞送断雁,月上净疏林。滴沥露枝响,空濛烟壑深。

江王太妃挽歌

黄鹤悲歌绝,椒花清颂馀。埃凝写邻镜,网结和扉鱼。银消风烛尽,珠灭夜轮虚。别有南陵路,幽丛临叶疏。

故北平公挽歌

木落园林旷,庭虚风露寒。北里清音绝,南陔芳草残。远气犹标剑,浮云尚写冠。寂寂琴台晚,秋阴入井干。

高密长公主挽歌

湘渚韬灵迹,娥台静瑞音。凤逐清箫远,鸾随幽镜沉。霜处华芙一作英落,风前银烛侵。寂寞平阳宅一作馆,月冷洞房深。

咏　画　障

芳晨丽日桃花浦,珠帘翠帐凤凰楼。蔡女菱歌移锦缆,燕姬春望上琼钩。新妆漏影浮轻扇,冶袖飘香入浅流。未减行雨一作云荆台下,自比凌波洛浦游。

奉和秋日即目应制

上苑通平乐,神池迩建章。楼台相掩映,城阙互相望。缇油泛行幔,箫吹转浮梁。晚云含朔气,斜照一作阳荡秋光。落叶飘蝉影,平流写雁行。槿散凌风缛,荷销裛露香。仙歌临枌诣,玄豫历长杨。归路乘明月,千门开未央。

入朝洛堤步月

脉脉广川流,驱马历长洲。鹊飞山月曙,蝉噪野风秋。

春　日　一作元万顷诗

花轻蝶乱仙人杏,叶密莺啼一作喧帝女桑。飞云阁上春应至,明月楼中夜未央。

从驾闾山咏马

桂香尘处减，练影月前空。定惑由一作乏函关吏，徒嗟塞上翁。

全唐诗卷四一

卢照邻

卢照邻，字昇之，范阳人。十岁，从曹宪、王义方授苍雅，调邓王府典签。王有书十二车，照邻总披览，略能记忆。王爱重，比之相如。调新都尉，染风疾，去官，居太白山，以服饵为事。又客东龙门山，疾甚，足挛，一手又废。乃去阳翟具茨山下，买园数十亩，疏颖水周舍，复豫为墓。偃卧其中，后不堪其苦，与亲属诀，自投颖水死，年四十。尝著《五悲文》以自明。有集二十卷，又《幽忧子》三卷，今编诗二卷。

中和乐九章

歌登封第一

炎图丧宝，黄历开璿。祖武类帝，宗文配天。玉銮垂日，翠华陵烟。东云干吕，南风入弦。山称万岁，河庆千年。金绳永结，璧丽长悬。

歌明堂第二

穆穆圣皇，雍雍明堂。左平右墄，上圆下方。调均风雨，制度阴阳。四窗八达，五室九房。南通夏火，西瞰秋霜。天子临御，万玉锵锵。

歌东军第三

遹哉庙略，赫矣台臣。横戈碣石，倚剑浮津。风丘拂篲，日域清尘。

岛夷复祀，龙伯来宾。休兵宇县，献馘天闉。旃海凯入，耀辉震震。

歌南郊第四

虔郊上帝，肃事圆丘。龙驾四牡，鸾旗九斿。钟歌晚引，紫炀高浮。
日丽苍璧，云飞鸣球。皇之庆矣，万寿千秋。

歌中宫第五

祥游沙麓，庆洽瑶衣。黄云昼聚，白气宵飞。居中履正，禀和体微。
仪刑赤县，演教椒闱。陶钧万国，丹青四妃。河洲在咏，风化攸归。

歌储宫第六

波澄少海，景丽前星。高禖诞圣，甲观升灵。承规翠所，问寝瑶
庭。宗儒侧席，问道横经。山宾皎皎，国胄青青。黄裳元吉，邦家
以宁。

歌诸王第七

星陈帝子，岳列天孙。义光带砺，象著乾坤。我有明德，利建攸存。
苴以茅社，锡以牺尊。藩屏王室，翼亮尧门。八才两献，夫何足论。

歌公卿第八

蹇蹇三事，师师百僚。群龙在职，振鹭盈朝。丰金辉首，珮玉鸣腰。
青蒲翼翼，丹地翘翘。歌云佐汉，捧日匡尧。天工人代，遹遹昭昭。

总 歌 第 九

明明天子兮圣德扬，穆穆皇后兮阴化康。登若木兮坐明堂，池濛汜
兮家扶桑。武化偃兮文化昌，礼乐昭兮股肱良。君臣已定兮君永
无疆，颜子更生兮徒皇皇。若有人兮天一方，忠为衣兮信为裳。餐
白玉兮饮琼芳，心思荃兮路阻长。

关 山 月

塞垣通碣石，虏障一作阵抵〔祁〕(祈)连。相思在万里，明月正孤悬。

影移金岫北,光断玉门前。寄言闺中妇,时看鸿雁天。

上 之 回

回中道路险,萧关烽候多。五营屯北一作右地,万乘出西河。单于
拜玉玺,天子按雕戈。振旅汾川曲,秋风横大歌。

紫 骝 马

骝马照金鞍,转战入皋兰。塞门风稍急,长城水正寒。雪暗鸣珂
重,山长喷玉难。不辞横绝漠,流血几时干。

战 城 南

将军出紫塞,冒顿在乌贪。笳喧雁门北,阵翼龙城南。雕弓夜宛
转,铁骑晓参驔一作潭。应须驻白日,为待战方酣。

梅 花 落

梅岭花初发,天山雪未开。雪处疑花满,花边似雪回。因风入舞
袖,杂粉向妆台。匈奴几万里,春至不知来。

结客少年场行

长安重游侠,洛阳富财雄。玉剑浮云骑,金鞭一作鞍明月弓。斗鸡
过渭北,走马向关东。孙宾遥见待,郭解暗相通。不受千金爵,谁
论万里功。将军下天上,虏骑入云中。烽火夜似月,兵气晓成虹。
横行徇知己,负羽远从戎。龙旌昏朔雾,鸟阵卷胡风。追奔瀚海
咽,战罢阴山空。归来谢天子,何如马上翁。

咏史四首

季生昔未达，身辱功不成。髡钳为台隶，灌园变姓名。幸逢滕将军，兼遇曹丘生。汉祖广招纳，一朝拜公卿。百金孰云重，一诺良匪轻。廷议斩樊哙，群公寂无声。处身孤且直，遭时坦而平。丈夫当如此，唯唯何足荣。

大汉昔云季，小人道遂振。玉帛委奄一作阉尹，斧锧婴缙绅。邈哉郭先生，卷舒得其真。雍容谢朝廷，谈笑奖人伦。在晦不绝俗，处乱不为亲。诸侯不得友，天子不得臣。冲情甄负甑，重价折角巾。悠悠天下士，相送洛桥津。谁知仙舟上，寂寂无四邻。

公业负奇志，交结尽才雄。良田四百顷，所食常不充。一为侍御史，慷慨说何公。何公何为败，吾谋适不同。仲颖恣残忍，废兴良在躬。死人如乱麻，天子如转蓬。干戈及黄屋，荆棘生紫宫。郑生运其谋，将以清国戎。时来命不遂，脱身归山东。凛凛千载下，穆然一作如怀清风。

昔有平陵男，姓朱名阿游。直发上冲冠，壮气横三秋。愿得一作请斩马剑，先断佞臣头。天子玉槛折，将军丹血流。捐生不肯拜，视死其若休。归来教乡里，童蒙远相求。弟子数百人，散在十二州。三公不敢吏，五鹿何能酬。名与日月悬，义与天壤俦。何必疲执戟，区区在封侯。伟哉旷达士，知命固不忧。

赠李荣道士

锦节衔天使，琼仙驾羽君。投金翠山曲，奠璧清江濆。圆洞开丹鼎，方坛聚绛云。宝一作资觋幽难识，空歌迥易分。风摇十洲影，日乱九江文。敷诚归上帝，应诏在明君。独有南冠客，耿耿泣离群。遥看八会所，真气晓氤氲。

早度分水岭

丁一作千年游蜀道，班鬓一作万里向长安。徒费周王粟，空弹汉吏冠。马蹄穿欲尽，貂裘敝一作故转寒。层冰横九折，积石凌七盘。重溪既下漱，峻峰亦上干。陇头闻戍鼓，岭一作云外咽飞湍。瑟瑟松风急，苍苍山月团。传语后来者，斯路诚独难。

三月曲水宴得尊字

风烟彭泽里，山水仲长园。由来弃铜墨，本自重琴尊。高情邈不嗣，雅道今复存。有美光时彦，养德坐山樊。门开芳杜径，室距一作拒桃花源。公子黄金勒，仙人紫气轩。长怀去城市，高咏狎兰荪。连沙飞白鹭，孤屿啸玄猿。日影岩前落，云花江上翻。兴阑车马散，林塘夕鸟喧。

奉使益州至长安发钟阳驿

跻一作逾险方未夷，乘春聊骋望。落花赴丹谷，奔流下青嶂一作障。葳蕤晓一作杂树滋，淼漾春江涨。平川看钓侣，狭径闻樵唱。蝶戏绿苔前，莺歌白云上。耳目多异赏。风烟有奇状。峻阻将长城，高标吞巨舫一作防。联翩事羁靮，辛苦劳疲恙。夕济几潺湲，晨登每惆怅。谁念复刍狗，山河独偏丧。

和王奭秋夜有所思

寂寂南轩夜，悠然怀所知。长河落雁苑，明月下鲸池。凤台有清曲，此曲何人吹。丹唇间玉齿，妙响入云涯。穷巷秋风叶，空庭寒露枝。劳歌欲有和，星鬓已将垂。

望宅中树有所思

我家有庭树,秋叶正离离。上舞双栖鸟,中秀合欢枝。劳思复劳望,相见不相知。何当共攀折,歌笑此一作北堂垂。

宿晋安亭

闻有弦歌地,穿凿本多奇。游人试一览,临玩果忘疲。窗横暮卷一作落叶,檐卧古生枝。旧石开红藓,新河覆绿池。孤猿稍断绝,宿一作百鸟复参差。泛滟月华晓,裴回星鬓垂。今日删书客,凄惶君讵知。

于时春也慨然有江湖之思寄赠柳九陇

提琴一万里,负书三十年。晨攀偃蹇树,暮宿清泠泉。翔禽鸣我侧,旅兽过我前。无人且无事,独酌还独眠。遥闻彭泽宰,高弄武城弦。形骸寄文墨,意气托神仙。我有壶中要,题为物外篇。将以贻好道,道远莫致旃。相思劳日夜,相望阻风烟。坐惜春华晚,徒令客思悬。水去东南地,气凝西北天。关山悲蜀道,花鸟忆秦川。天子何时问,公卿本亦一作不怜。自哀还自乐,归薮复归田。海屋银为栋,云车电作鞭。倘遇鸾将鹤,谁论貂与蝉。莱洲频度浅,桃实几成圆。寄言飞凫舄,岁〔晏〕(宴)同一作共联翩。

至望喜瞩目言怀贻剑外知己

圣图夷九折,神化掩三分。缄愁赴蜀道,题拙奉虞薰。隐辚度深谷,遥袅上高云。碧流递萦注,青山互纠纷。洞松咽风绪,岩花濯露文。思北常依驭,图南每丧群。一本无洞松四句。无由召宣室,何以答吾君。

赤谷安禅师塔

独坐岩之曲,悠然无俗纷。酌酒呈丹桂,思诗赠白云。烟霞朝晚聚,猿鸟岁一作四时闻。水华竞一作镜秋色,山翠含夕曛。高谈十二部,细核五千文。如如数冥昧,生生理氛一作氤氲。古人有糟粕,轮扁情未分。且当事艺术,从吾所好云。

赠益府裴录事

忽忽岁云暮,相望限风烟。长歌欲对酒,危坐遂停弦。停弦变霜露,对酒怀朋故。朝看桂蟾晚,夜闻鸿雁度。鸿度何时还,桂晚不同攀。浮云映丹壑,明月满青山。青山云路深,丹壑月华临。耿耿离忧积,空令星鬓一作发侵。

赠益府群官

一鸟自北燕,飞来向西蜀。单栖剑门上,独舞岷山足。昂藏多古貌,哀怨有新曲。群凤从之游,问之何所欲。答言寒乡子,飘飘万馀里。不息恶木枝,不饮盗泉水。常思稻粱遇,愿栖梧桐树。智者不我邀,愚夫余不顾。所以成独立,耿耿岁云暮。日夕苦风霜,思归赴洛阳。羽翮毛衣短,关山道路长。明月流客思,白云迷故乡。谁能借风便,一举凌苍苍。

送梓州高参军还京

京洛风尘远,褒斜烟露一作雾深。北游君似智,南飞我异禽。别路琴声断,秋山猿鸟吟。一乖青岩酌,空伫白云心。

大剑送别刘右史

金碧禹山远，关梁蜀道难。相逢属晚岁，相送动征鞍。地咽绵川冷，云凝剑阁寒。倘遇忠孝所，为道忆长安。

同临津纪明府孤雁

三秋违北地一作雁，万里向南翔。河洲花稍白，关塞叶初黄。避缴风霜劲，怀书道路长。水流疑箭动，月照似弓伤。横天无有阵，度海不成行。会刷能鸣羽，还赴上林乡。

失群雁 并序

温县明府以《雁诗》垂示，余以为古之郎官，出宰百里，今之墨绶，入应千官。事止雁行，未宜伤叹。至如羸卧空岩者，乃可为失群恸耳。聊因伏枕多暇，以斯文应之。

三秋北地雪皑皑，万里南翔渡海来。欲随石燕沉湘水，试逐铜乌绕帝台。帝台银阙距金塘，中间鸧鹭已成行。先过上苑传书信，暂下中州戏稻粱。虞人负缴来相及，齐客虚弓忽见伤。毛翎频顿一作憔悴飞无力，羽翮摧颓君不识。唯有庄周解爱鸣，复道郊哥一作歌重奇色。惆怅惊思悲未已，裴回自怜中罔极。传闻有鸟集朝阳，讵胜仙凫迩帝乡。云间海上应鸣舞，远得鹍弦犹独抚。金龟全写中牟印，玉鹄当变莱芜釜。愿君弄影凤皇池，时忆笼中摧折羽。

行路难

君不见长安城北渭桥边，枯木横槎卧古田。昔日含红复含紫，常时留雾亦留烟。春景春风花似雪，香车玉舆恒阗咽。若个游人一作童不竞攀，若个娼家不来折。娼家宝袜蛟龙帔，公子银鞍千万骑。黄莺一一向花娇,青鸟双双将子戏。千尺长条百尺枝,月一作丹桂星一作青榆相蔽亏。珊瑚叶上鸳鸯鸟,凤皇巢里雏鹓儿。巢倾枝折凤归去。一作巢倾折,凤归去。条枯叶落任一作狂风吹。一朝零落无人问,万古摧残君讵知。人生贵贱无终始,倏忽须臾难久恃。谁家能驻西山日,谁家能堰东流水。汉家陵树满秦川,行来行去尽哀怜。自昔公卿二千石,咸拟荣华一万年。不见朱唇将白一作玉貌,唯闻素一作青棘与黄泉。金貂有时换美一作便换酒,玉麈但一作恒摇莫计钱。寄言坐客神仙署,一生一死交情处。苍龙阙下君不来,白鹤山前我应去。云间海上邈难期,赤心会合在何时。但愿尧年一百万,长作巢由也不辞。

长 安 古 意

长安大道连狭斜,青牛白马七香车。玉辇纵横过主第,金鞭络绎向侯家。龙衔宝盖承朝日,凤吐流苏带晚霞。百丈游丝争绕树,一群娇鸟共啼花。啼花戏蝶千门侧,碧树银台万种色。复道交窗作合欢,双阙连甍垂凤翼。梁家画阁天中起,汉帝金茎云外直。楼前相望不相知,陌上相逢讵相识。借问吹箫向紫烟,曾经学舞度芳年。得成比目何辞死,愿作鸳鸯不羡仙。比目鸳鸯真可羡,双去双来君不见。生憎帐额绣孤鸾,好取门帘帖双燕。双燕双飞绕画梁,罗纬翠被郁金香。片片行云著蝉鬓,纤纤初月上鸦黄。鸦黄粉白车中出,含娇含态情非一。妖童宝马铁连钱,娼妇盘龙金屈膝。御史府中乌夜啼,廷尉门前雀欲栖。隐隐朱城临玉道,遥遥翠幰没金堤。挟弹飞鹰杜陵北,探丸借客渭桥西。俱邀侠客芙蓉剑,共宿娼家桃李蹊。娼家日暮紫罗裙,清歌一啭口氛氲。北堂夜夜人如月,南陌朝朝骑似云。南陌北堂连北里,五剧三条控三市。弱柳青槐拂地垂,佳气红尘暗天起。汉代金吾千骑来,翡翠屠苏鹦鹉杯。罗襦宝带为君解，燕歌赵舞为君开。别有豪华称将相，转日回天不相让。意气由来排灌夫，专权判不容萧相。专权意气本豪雄，青虬紫燕坐春一作生风。自言歌舞长千载，自谓骄奢凌五公。节物风光不相待，桑田碧海须臾改。昔时金阶白玉堂，即今唯见青松在。寂寂寥寥扬子居，年年岁岁一床书。独有南山桂花发，飞来飞去袭人裾。

明 月 引

洞庭波起兮鸿雁翔，风瑟瑟兮野苍苍。浮云卷霭，明月流光。荆南兮赵北，碣石兮潇湘。澄清规于万里，照离思于千行。横桂枝于西第，绕菱花于北堂。高楼思妇，飞盖君王。文姬绝域，侍子他乡。见胡鞍之似练，知汉剑之如霜。试登高而骋一作极目，莫不变而回肠。

狱中学骚体

夫何秋夜之无情兮，皎皛悠悠而太长。圜户杳其幽邃兮，愁人披此严霜。见河汉之西落，闻鸿雁之南翔。山有桂兮桂有芳，心思君兮君不将。忧与忧兮相积，欢与欢兮两忘。风袅袅兮木纷纷，凋绿叶兮吹白云。寸步千里兮不相闻，思公子兮日将曛。林已暮兮鸟群飞，重门掩兮人径稀。万族皆有所托兮，蹇独淹留而不归。

怀 仙 引

若有人兮山之曲，驾青虬兮乘白鹿，往从之游愿心足。披涧户，访岩轩。石濑潺湲横石径，松萝幂羃掩松门。下空濛而无鸟，上巉岩而有猿。怀飞阁，度飞梁。休余马于幽谷，挂余冠于夕阳。曲复曲兮烟庄邃，行复行兮天路长。修途杳其未半，飞雨忽以茫茫。山块轧，磴一作嶝连骞。攀旧壁而无据，溯泥溪而不前。向无情之白日，窃有恨于皇天。回行遵故道，通川遍流潦。回首望群峰，白云正溶溶。珠为阙兮玉为楼，青云盖兮紫霜裘。天长地久时相忆，千龄万代一来游。

七日登乐游故墓

四序周缇龠，三正纪璿耀。绿野变初黄，旸山开晓眺。中天擢露掌，匝地分星徼。汉寝眷遗灵，秦江想馀吊。蚁泛青田酎，莺歌紫芝调。柳色摇岁华，冰文荡春照。远迹谢群动，高情符众妙。兰游澹未归，倾光下岩窈。

释疾文三歌

岁将暮兮欢不再，时已晚兮忧来多。东郊绝此麒麟笔，西山秘此凤凰柯。死去死去今如此，生兮生兮奈汝何。

岁去忧来兮东流水，地久天长兮人共死。明镜羞窥兮向十年，骏马停驱兮几千里。麟兮凤兮，自古吞恨无已。

茨山有薇兮颍水有漪，夷为柏兮秋有实。叔为柳兮春向—作雨飞。倏尔而笑，泛沧浪兮不归。

全唐诗卷四二

卢照邻

酬杨比部员外暮宿琴堂朝跻
书阁率尔见赠之作 一作王维诗

闲拂檐尘看,鸣琴候月弹。桃源迷汉姓,松径一作树有秦官。空谷
归人少,青山背日寒。羡君栖隐处,遥望在一作白云端。

刘　生

刘生气不平,抱剑欲专征。报恩为豪侠,死难在横行。翠羽装刀
鞘,黄金饰一作缕马铃一作缨。但令一顾重,不吝百身轻。

陇 头 水

陇阪高无极,征人一望一作望故乡。关河别去水,沙塞断归肠。马
系千年树,旌悬几月霜。从来共呜咽,皆是为勤王。

巫 山 高

巫山望不极,望望下朝氛一作雾。莫辨啼猿树,徒看神女云。惊涛
乱水脉,骤雨暗峰文。沾裳一作衣即此地,况复远思君。

芳　树

芳树本多奇,年华复在斯。结翠成新幄,开红满故一作旧枝。风归花一作声历乱,日度影参差。容色朝朝落,思君君不知。

雨　雪　曲

虏骑三秋入,关云万里平。雪似胡沙暗,冰如汉月明。高阙银为阙,长城玉作城。节旄零落尽,天子不知名。

昭　君　怨

合殿恩中绝,交河使渐稀。肝肠辞玉辇,形影向金微一作徽。汉地草应绿,胡庭沙正飞。愿逐三秋雁,年年一度归。

折　杨　柳

倡楼启曙扉,杨一作园柳正依依。莺啼知岁隔,条变识春归。露叶凝愁黛一作啼脸,风花乱一作落舞衣。攀折聊将一作将安寄,军中音一作书信稀。

十五夜观灯

锦里开芳宴,兰缸艳早年。缛彩遥分地,繁光远缀天。接汉疑星落,依楼似月悬。别有千金笑,来映九枝前。

入　秦　川　界

陇阪长无极,苍山望不穷。石径紫疑断,回流映似空。花开绿野雾,莺啭紫岩风。春芳勿遽尽,留赏故人同。

文 翁 讲 堂

锦里淹中馆,岷山稷下亭。空梁无燕雀,古壁有丹青。槐落犹疑市,苔深不辨铭。良哉二千石,江汉表遗灵。

相 如 琴 台

闻有雍容地,千年无四邻。园院风烟古,池台松槚春。云疑作赋客,月似一作花影听琴人。寂寂啼莺一作乌处,空伤游子神。

石 镜 寺

古墓芙蓉塔,神铭一作明神松柏烟。鸾沉仙镜底,花没梵轮前。铢衣千古佛,宝月两重圆。隐隐香台夜,钟声彻九天。

辛法司一作司法宅观妓

南国佳人至,北堂罗荐开。长裙随凤管,促柱送鸾杯。云光身后落,雪态掌中回。到愁金谷晚,不怪玉山颓。

春晚山庄率题二首

顾步三春晚,田园四望通。游丝横惹树,戏蝶乱依丛。竹懒偏宜水,花狂不待风。唯馀诗酒意,当了一生中。
田家无四邻,独坐一园春。莺啼非选树,鱼戏不惊纶。山水弹琴尽,风花酌酒频。年华已可乐,高兴复留人。

江 中 望 月

江水向涔阳,澄澄写月光。镜圆珠溜彻,弦满箭波长。沉钩摇兔影,浮桂动丹芳。延照相思夕,千里共沾裳。

元日述怀 一作明月引

箓仕无中秩，归耕有外臣。人歌小岁酒，花舞大唐春。草色迷三径，风光动四邻。愿得长如此，年年物候新。

益州城西张超亭观妓

落日明歌席，行云逐舞人。江前飞暮雨，梁上下轻尘。冶服看疑画，妆楼望似春。高车勿遽返，长袖欲相亲。

还京赠别

风月清江夜，山水白云朝。万里同为客，三秋契不凋。戏凫分断岸，归骑别高标。一去仙桥道，还望锦城遥。

至陈仓晓晴望京邑

拂曙驱飞传，初晴带晓凉。雾敛长安树，云归仙帝乡。涧流漂素沫，岩景霭朱光。今朝好风色，延瞰极天庄。

晚渡渭沱敬赠魏大

津谷朝行远，冰川夕望曛。霞明深浅浪，风卷去来云。澄波泛月影，激浪聚沙文。谁忍仙舟上，携手独思君。

和吴侍御被使燕然

春归龙塞北，骑指雁门垂。胡笳折杨柳，汉使采燕 一作条支。戍城聊一望，花雪几参差。关山有新曲，应向笛中吹。

七夕泛舟二首

汀一作河葭肃徂暑,江树起初凉。水疑通织室,舟似泛仙潢。连桡
渡急响,鸣棹下浮光。日晚菱歌唱,风烟满夕阳。

凤杼秋期至,凫舟野望开。微吟翠塘侧,延想白云隈。石似支机
罢,槎疑犯宿来。天潢殊漫漫,日暮独悠哉。

西使兼送孟学士南游

地道巴陵北,天山弱水东。相看万馀里,共倚一作以一征蓬。零雨
悲王粲,清尊别孔融。裴回闻夜鹤,怅望待秋鸿。骨肉胡秦外,风
尘关塞中。唯馀剑锋在,耿耿气成虹。

送郑司仓入蜀

离人丹水北,游客锦城东。别意还一作客恨良无已,离忧自不穷。陇
云朝结阵,江月夜临空。关塞疲征马,霜氛落早鸿。潘年三十外,
蜀道五千中。送君秋水曲,酌酒对清风。

绵州官池赠别同赋湾字

辒轩遵上国,仙佩下灵一作云关。尊酒方无地,联绻喜暂攀。离言
欲赠策,高辨正连环。野径浮云断,荒池春草斑。残花落古树,度
鸟入澄湾。欲叙他乡别,幽谷有绵蛮。

还赴蜀中贻示京邑游好

簌宿花初满,章台柳向一作尚飞。如何正此日,还望一作喜昔多违。
怅别风期阻,将乖云会稀。敛祍辞丹阙,悬旗一作津陟翠微。野禽
喧戍鼓,春草变征衣。回顾长安道,关山起夕霏。

初一作和夏日幽庄

闻有高踪客,耿介坐幽庄。林壑人事少,风烟鸟路长。瀑水含秋气,垂藤引夏凉。苗深全覆陇,荷上半侵塘。钓渚青凫没,村田白鹭翔。知君振奇藻,还嗣海隅芳。

山庄休沐 一作和夏日山庄

兰署乘闲日,蓬扉狎遁栖。龙柯疏玉井,凤叶下金堤。川光摇水箭,山气上云梯。亭幽闻唳鹤,窗晓听鸣鸡。玉轸临风奏,琼浆映月携。田家自有乐,谁肯谢青溪。

山林休日田家

归休乘暇日,馌稼返秋场。径草疏王彗,岩枝落帝桑。耕田虞讼寝,凿井汉机忘。戎葵朝委露,齐枣一作莽草夜含霜。南涧泉初洌,东篱菊正芳。还思北窗下,高卧偃羲皇。

宴梓州南亭得池字

二条开胜迹,大隐叶冲规。亭一作斋阁分危岫,楼台绕曲池。长薄秋烟起,飞梁古蔓垂。水鸟翻荷叶,山虫咬一作交桂枝。游人惜将晚,公子爱忘疲。愿得回三舍,琴尊长若斯。

山行寄刘李二参军

万里烟尘客,三春桃李时。事去纷无限,愁来不自持。狂歌欲叹一作道凤,失路反占龟。草碍人行缓,花繁鸟度迟。彼美参卿事,留连求友诗。安知倦游子,两鬓渐如丝。

首春贻京邑文士

寂寂罢将迎，门无车马声。横琴答山水，披卷阅公卿。忽闻岁云晏，倚仗出檐楹。寒辞杨柳陌，春满一作别凤皇城。梅花扶院吐，兰叶绕阶生。览镜改容色，藏书留姓名。时来不假问，生死任交情。

赠许左丞从驾万年宫

闻道上之回，诏跸下蓬莱。中枢移北斗，左辖去南台。黄山闻凤笛一作吹，清跸侍龙媒。曳日朱旗卷，参云金障开。朝参五城柳，夕宴柏梁杯。汉时光如月，秦祠听似雷。寂寂芸香阁，离思独悠哉。

晚渡渭桥寄示京邑游好

我行背城阙，驱马独悠悠。寥落百年事，裴回万里忧。途遥日向夕，时晚鬓将秋。滔滔俯东逝，耿耿泣西浮。长虹掩钓浦，落雁下星洲。草变黄山曲，花飞清渭流。迸水惊愁鹭，腾沙起狎鸥。一赴清泥道，空思玄灞游。

羁卧山中

卧壑迷时代，行歌任死生。红颜意气尽，白璧故交轻。洞户无人迹，山窗听鸟声。春色缘岩上，寒光入溜平。雪尽松帷暗，云开石路明。夜伴饥鼯宿，朝随驯雉行。度溪犹忆处，寻洞不知名。紫书常日阅，丹药几年成。扣一作撞钟鸣天鼓，烧香厌地精。倘遇一作过浮丘鹤，飘飖凌太清。

酬张少府柬之

昔余与夫子，相遇汉川阴。珠浦龙犹卧，檀溪马正沉。价重瑶山曲,词惊丹凤林。十年睽赏慰,万里隔招寻。毫翰风期阻,荆衡云路深。鹏飞俱望昔,蠖屈共悲今。谁谓青衣道,还叹白头吟。地接神仙洞,江连云雨岑。飞泉如散玉,落日似悬金。重以瑶华赠,空怀舞咏心。

过东山谷口

不知名利险,辛苦滞皇州。始觉飞尘倦,归来事绿畴。桃源迷处所,桂树可淹留。迹异人间俗,禽同海上鸥。古苔依井被,新乳傍崖流。野老堪成鹤,山神或化鸠。泉鸣碧涧底,花落紫岩幽。日暮餐龟壳,开寒御鹿裘。不辨秦将汉,宁知春与秋。多谢青溪客,去去赤松游。

送幽州陈参军赴任寄呈乡曲父一作故老

蓟北三千里,关西二十年。冯唐犹在汉,乐毅不归燕。人同黄鹤远,乡共白云连。郭隗池台处,昭王尊酒前。故人当已老,旧垄几成田。红颜如昨日,衰鬓似秋天。西蜀桥应毁,东周石尚全。灞池水犹绿,榆关月早圆。塞云初上雁,庭树欲销蝉。送君之旧国,挥泪独潸然。

哭金部韦郎中

金曹初受拜,玉地始含香。翻同五日尹,遽见一星亡。贺客犹扶路,哀人遂上堂。歌筵长寂寂,哭位自一作日苍苍。岁时宾径断,朝暮雀罗张。书留魏主阙,魂掩汉家床。徒令永平帝,千载罢撞郎。

哭明堂裴主簿

缔欢三十载,通家数百年。潘杨称代穆,秦晋忝姻连。风云洛阳道,花月茂陵田。相悲共_{一作复}相乐,交骑复_{一作共}交筵。始谓调金鼎,如何掩玉泉。黄公酒垆处,青眼竹林前。故琴无复雪,新树但生烟。遽痛兰襟断,徒令宝剑悬。客散同秋叶,人亡似夜川。送君一长恸,松台路几千。

同崔录事哭郑员外

文学秋天远,郎官星位尊。伊人表时彦,飞誉满司存。楚席光文雅,瑶山侍讨论。凤词凌汉阁,龟辩罩周园。已陪东岳驾,将逝北溟鲲。如何万化尽,空叹九飞魂。白马西京驿,青松北海门。夜台无晓箭,朝奠有虚尊。一代儒风没,千年陇雾昏。梁山送夫子,湘水吊王孙。仆本多悲泪,沾裳不待猿。闻君绝弦曲,吞恨更无言。

登　玉　清

绝顶横临日,孤峰半倚天。裴回拜真老,万里见风烟。

曲　池　荷

浮香绕曲岸,圆影覆华池。常恐秋风早,飘零君不知。

浴　浪　鸟

独舞依磐石,群飞动轻浪。奋迅碧沙前,长怀白云上。

临　阶　竹

封霜连锦砌,防露拂瑶阶。聊将仪凤质,暂与俗人谐。

含　风　蝉

高情临爽月,急响送秋风。独有危冠意,还将衰鬓同。

葭 川 独 泛

倚棹春江上,横舟石岸前。山暝行人断,迢迢独泛仙。

送二兄入蜀

关山客子路,花柳帝王城。此中一分手,相顾怜无声。

宿玄武二首

方池开晓色,圆月下秋阴。已乘千里兴,还抚一弦琴。

庭摇北风柳,院绕南溟禽。累宿恩方重,穷秋叹不深。

九 陇 津 集

落落树阴紫,澄澄水华碧。复有翻飞禽,裴回疑曳舄。

游昌化山精舍

宝地乘峰出,香台接汉高。稍觉真途近,方知人事劳。

登封大酺歌四首

明君封禅日重光,天子垂衣历数长。九州四海常无事,万岁千秋乐未央。

日观仙云随凤辇,天门瑞雪照龙衣。繁弦绮席方终夜,妙舞清歌欢未归。

翠凤逶迤登介丘,仙鹤裴回天上游。借问乾封何所乐,人皆寿命得千秋。

千年圣主应昌期,万国淳风王化基。请比上古无为代,何如今日太平时。

九月九日登玄武山

九月九日眺山川，归心归望积风烟。他乡共酌金花酒，万里同悲鸿雁天。

句

城狐尾独束，山鬼面参覃。《诗式》

全唐诗卷四三

李百药

李百药,字重规,定州安平人。七岁能属文。隋时,袭父德林爵,为太子通事舍人兼学士。炀帝衔之,夺爵还乡里。唐太宗重其名,拜中书舍人,授太子右庶子。卒,谥曰康。百药藻思沉郁,尤长五言。虽樵童牧子,亦皆吟讽。及悬车告老,穿池筑山,文酒谭咏,以尽平生之志。诗一卷。

少 年 行 一作词

少年飞翠盖,上路勒一作动金镳。《纪事》、《文粹》无此二句。始酌文君酒,新吹弄玉箫。少年不欢乐,何以尽芳朝。此二句,一作少年子,欢乐尽今朝。千金笑里面,一搦掌一作抱中腰。挂缨一作冠岂惮宿,落珥一作迎拜不胜娇。寄语一本无此二字少年子,无辞归路遥。

渡 汉 江

东流既弥弥,南纪信滔滔。水激沉碑岸,波骇弄珠皋。含星映浅石,浮盖下奔涛。溜阔霞光近,川长晓气高。樯乌转轻翼,戏鸟落风毛。客心既多绪,长歌且代劳。

秋晚登古城

日落征途远,怅然临古城。颓墉寒雀集,荒堞晚乌惊。萧森灌木上,迢递孤烟生。霞景焕馀照,露气澄晚清。秋风转摇落,此志安可平。

途中述怀

伯喈迁塞北,亭伯之辽东。伊余何为客,独守云台中,途遥已日暮,时泰道斯穷。拔心悲岸草,半死落岩桐。目送衡阳雁,情伤江上枫。福兮良所伏,今也信难通。丈夫自有志,宁伤官不公。

郢 城 怀 古

客心悲暮序,登墉瞰平陆。林泽窅芊绵,山川郁重复。王公一作霸功资设险,名都拒江隩。方城次北门,滨海穷南服。长策挫吴豕,雄图竞周鹿。万乘重沮漳,九鼎轻伊谷。《纪事》无此二句。大蒐云梦掩一作崦,壮观章华筑。人世更盛衰,吉凶良倚伏。遽见邻交断,仍睹贤臣逐。南风忽不竞,西师日侵蹙。运圮属驰驱,时屯恣敲朴。莫救夷陵火,无复秦庭哭。鄢郢遂丘墟,风尘俄惨黷。狐兔时游践,霜露日沾沐。钓渚故一作曲池平,神台层宇覆。阵云埋夏首,穷阴惨荒谷。怅矣舟壑迁,悲哉年祀倏。虽异三春望,终伤千里目。

晚 渡 江 津

寂寂江山晚,苍苍原野暮。秋气怀易悲,长波淼难溯。索索风叶下,离离早鸿度。丘壑列夕阴,葭菼凝寒雾。日落亭皋远,独此怀归慕一作暮。

王师渡汉水经襄阳

导漾疏源远,归海会流长。延波接荆梦,通望迄沮漳。高岸沉碑影,曲溆丽珠光。云昏翠岛没,水广素涛扬。阅川已多叹,遐睇几增伤。临溪犹驻马,望岘欲沾裳。乔木下寒叶,亭林落晓霜。山公不可遇,谁与访高阳。

谒 汉 高 庙

纂尧灵命启,灭楚馀闰一作闰馀终。飞名膺帝箓,沈一作泛迹韫神功。瑞气朝浮砀,祥符夜告丰。抑扬驾人杰,叱咤掩时雄。缔构三灵改,经纶五纬同。干戈革宇内,声教尽寰中。运谢年逾远,魂归道未穷。树碑留故邑,抗殿表祠宫。沐兰祈泗上一作上祀,谒帝动深衷。英威肃如在,文物杳成空。竹皮聚寒径,枌社落霜丛。萧索阴云晚,长川起大风。

登叶县故城谒沈诸梁庙

总辔临秋原,登城望寒日。烟暧共掩映,林野俱萧瑟。楚塞郁不穷,吴山高渐出。客行殊未已,沐澡期终吉。椒桂奠芳樽,风云下虚室。馆宇肃而静,神心康且逸。伊我非真龙,勿惊疲朽质。

安德山池宴集 安德,杨师道封号。

朝宰论思暇,高宴临方塘。云飞凤台管,风动令君香。细草开金埒,流霞泛羽觞。虹桥分水态,镜石引菱光。上才同振藻,小技谬连章。怀音自兰室,徐步返山庄。

和许侍郎游昆明池 一本无许字

神池望不一作北极，沧波接远天。仪星似河汉，落景类虞泉。年深平馆宇，道泰偃戈船。差池下凫雁，掩映生云烟。浪花开已合，风文直且连。税马金堤外，横舟石岸前。羽觞倾绿蚁，飞日落红鲜。积水浮深智，明珠曜雅篇。大鲸方远击，沉灰独未然。知君啸俦侣，短翮徒联翩。

赋 得 魏 都

炎运精华歇，清都宝命开。帝里三方盛，王庭万国来。玄武疏遥磴，金凤上层台。乍进仙童乐，时倾避暑杯。南馆招奇士，西园引上才。还惜刘公干，疲病清漳隈。

赋 礼 记

玉帛资王会，郊丘叶圣情。重广一作典开环堵，至道轶金籯。盘薄依厚地，遥裔腾太清。方悦升中礼，足以慰馀生。

奉和正日临朝应诏

化历昭唐典，承天顺夏正。百灵警朝禁一作轩簨，三辰扬旆旌。充庭富礼乐，高宴齿簪缨。献寿符万岁，移风韵九成。

妾 薄 命

团扇秋风起，长门夜月明。羞闻拊背入，恨说舞腰轻。太常先一作应已醉，刘君恒带酲。横陈每虚设，吉梦竟何成。

火凤词二首

歌声扇后一作里出,妆影镜一作扇中轻。未能令掩笑,何处欲障声。
知音自不惑,得念是分明。莫见双哢敛,疑人含笑情。
佳人靓晚妆,清唱动兰房。影出一作入含风扇,声飞照日梁。娇鬟
眉际敛,逸韵口中香。自有横陈会一作分,应怜秋夜长。

奉和初春出游应令

鸣箫出望苑,飞盖下芝田。水光浮落照,霞彩淡轻烟。柳色迎三
月,梅花隔二年。日斜归骑动,馀兴满山川。

寄　杨　公

公子盛西京,光华早著名。分庭接游士,虚馆待时英。高阁浮香
出,长廊宝钏鸣。面花无隔笑,歌扇不障声。

戏赠潘徐城门迎两新妇

秦晋积旧匹,潘徐有世亲。三星宿已会,四德婉而嫔。云光鬓里
薄,月影扇中新。年华与妆面,共作一芳春。

送　别

眷言一杯酒,凄怆起离忧。夜花飘露气,暗水急还流。雁行遥上
月,虫声迥映一作应秋。明日一作月河梁上,谁与论仙舟。

雨　后

晚来风景丽,晴初物色华。薄云向空尽,轻虹逐望斜。后窗临岸
竹,前阶枕浦沙。寂寥无与晤,尊酒论一作对风花。

文德皇后挽歌

裴回两仪殿,怅望九成台。玉辇终辞宴,瑶筐遂不开。野旷阴风积,川长思鸟来。寒山寂已暮,虞殡有馀哀。

咏　蝉

清心自饮露,哀响乍吟风。未上华冠侧,先惊翳叶中。

咏萤火示情人

窗里怜灯暗,阶前畏月明。不辞逢露湿,只为重宵行。

春　眺

疲痾荷拙患,沦踬合幽襟。栖息在何处,丘中鸣素琴。

句

今日持团扇,非是为秋风。　赋得班去赵姬升　见《诗式》

全唐诗卷四四

刘祎之

刘祎之,字希美,常州晋陵人。少以文藻知名。上元中,为左史,弘文馆直学士,与元万顷等皆召入禁中,论次新书。又密令参决时政,以分宰相权,时谓北门学士。则天时,拜中书侍郎,同中书门下三品。及官名改易,为凤阁侍郎,同凤阁鸾台三品。垂拱中,赐死。集七十卷,今存诗五首。

奉和太子纳妃太平公主出降 时咸享四年

梦梓光青陛,称桃蔼紫宫。德优宸念远,礼备国姻崇。万户声明发,三条骑吹通。香轮送重景,彩斾引仙虹。

奉和别越王

周屏辞金殿,梁骖整玉珂。管声依折柳,琴韵动流波。鹤盖分阴促,龙轩别念多。延襟小山路,还起大风歌。

酬郑沁州

麒阁一代良,熊轩千里躅。缋图昭国典,按部留宸瞩。匪厌承明庐,仁兼司隶局。芸书暂辍载,竹使方临俗。节变风绪高,秋深露华溽。寒山敛轻霭,霁野澄初旭。已切一作觉长年悲,谁堪岐路促。

遥林征马迅,别馆嘶骖踠。雅赠响拟金,索居睽倚玉。凄断离鸿引,劳歌思足曲。

孝敬皇帝挽歌 上元二年,追谥太子弘为孝敬皇帝。

戒奢虚蜃辂,锡号纪鸿名。地叶苍梧野,途经紫聚城。重照掩寒色,晨飙断曙声。一随仙骥远,霜雪愁阴生。

九成宫秋初应诏

帝一作悬圃疏金阙,仙台驻玉銮。野分鸣鷩岫,路接宝鸡坛。林树千霜积,山宫四序寒。蝉急知秋早,莺疏觉夏阑。怡神紫气外,凝眺白云端。舜海词波发,空惊游圣难。

李敬玄

李敬玄,亳州谯人。博览群书,特善五礼。贞观末,高宗在东宫,以马周荐,召入崇贤馆侍读。历西台侍郎,检校司列常伯。典铨有序,选者岁万馀人,每于街衢见之,无不知其姓名,时人服其强记。仪凤中,为中书令,刘仁轨奏镇河西,敬玄自知非边将才,上强遣之,败于湟州,坐贬。集三十卷,今存诗二首。

奉和别鲁王 高祖子灵夔,历五州刺史。

绿车旋楚服,丹跸仵秦川。珠皋转归骑,金岸引行旃。一朝限原隰,丁里间风烟。茑喧上林谷一作谷,凫响御沟泉一作前。断云移暑盖,离歌动舜弦。别念凝神宸,崇恩洽珉筵。顾惟惭叩寂,徒自仰钧天。

奉和别越王 太宗子贞,则天时为豫州刺史。

飞盖回兰坂,宸襟伫柏梁。别馆分泾渭,归路指衡漳。关山通曙色,林箵遍春光。帝念纡千里,词波照五潢。

张大安

张大安,魏州繁水人,公谨之子。上元中,历太子庶子,同中书门下三品。时章怀太子令与刘讷言等同注范晔《后汉书》。后贬普州刺史,终横州司马。诗一首。

奉和别越王

盛藩资右戚,连萼重皇情。离襟怆睢苑,分途指邺城。丽日开芳甸,佳气积神京。何时骖驾入,还见谒承明。

元万顷

元万顷,洛阳人,后魏景穆皇帝之裔,起家通事舍人。乾封中,从英国公李勣征高丽,令作檄文。万顷讥其不知守鸭绿之险。莫离支报曰:"谨闻命矣。"遂移兵守鸭绿,兵不得入。坐流岭外,遇赦还,为北门学士。则天时,迁凤阁侍郎,坐与徐敬业兄弟友善,贬死。诗四首。

奉和太子纳妃太平公主出降

象辂初乘雁,璇宫早结褵。离元应春夕,帝子降秋期。鸣瑜合清一作荐响,冠一作比玉丽秾姿。和声跻凤掖,交影步鸾墀。

奉和春日池台

日影飞花殿,风文积草池。凤楼通夜敞,虬辇望春移。

奉和春日二首

花轻蕊乱仙人杏,叶密莺喧帝女桑。飞云阁上春应至,明月楼中夜
未央。此首一作上官仪诗。

凤辇迎风乘紫阁,鸾车避日转彤闱。中堂促管淹春望,后殿清歌开
夜扉。

郭正一

郭正一,定州彭城人。贞观中,举进士,累转中书舍人,弘
文馆学士。永隆二年,迁秘书少监,检校中书侍郎,与魏玄同、
郭待举并同中书门下平章事。宰相以平章事为名,自正一等
始也。则天时,出为晋州刺史,后为酷吏所陷,窜死岭南。诗
一首。

奉和太子纳妃太平公主出降

桂宫初服冕,兰掖早升笄。礼盛亲迎晋,声芬出降齐。金龟开瑞
钮,宝翟上仙桂一作梯。转扇承宵月,扬旌照夕蜺。

胡元范

胡元范,申州义阳人。介廉有才。则天时,为凤阁侍郎,

坐救裴炎,流死巂州。诗三首。

奉和太子纳妃太平公主出降三首 别本作一首

帝子威仪绝,储妃礼度优。叠鼓陪仙观,凝箫翼画辀。郁郁神香
满,奕奕彩云浮。排空列锦嶂,腾欢溢皇州。

金闺未息火,玉树钟天爱。月路饰还装,星津动归佩。紫极流宸
渥,清规仁慈海。恩波洽九流,光辉轶千载。

列席诏亲贤,式宴坐神仙。圣文飞圣笔,天乐奏钧天。曲池涵瑞
景,文宇孕祥烟。小臣同百兽,率舞悦尧年。

任希古 一作知古 一作奉古

　　任希古,字敬臣,棣州人。五岁丧母,刻志从学。年十六,
刺史崔枢欲举秀才,自以学未广,遁去。后举孝廉,虞世南器
之。永徽初,与郭正一、崔融等同为薛元超所荐。终太子舍
人。诗六首。

奉和太子纳妃太平公主出降

帝子升青陛,王姬降紫宸。星光移杂珮,月彩荐重轮。龙旌翻地
秒,凤管飏天滨。槐阴浮浅濑,葆吹翼轻尘。

和东观群贤七夕临泛昆明池

秋风始摇落,秋水正澄鲜。飞眺牵牛渚,激赏镂鲸川。岸珠沦晓
魄,池灰敛曙烟。泛查分写一作泻汉,仪星别构一作架天。云光波处
动,日影浪中悬。惊鸿绁蒲弋,游鲤入庄筌。萍叶疑江上,菱花似

镜前。长林代轻幄,细草即芳筵。文峰开翠巘,笔海控清涟。不挹
兰樽圣,空仰桂舟仙。

和左仆射燕公春日端居述怀

丰野光三杰,妫庭赞五臣。绵绸歌美誉,丝竹咏芳尘。圣历开环
象,昌年降甫申。高门非舍筑,华构岂垂纶。凤邸抟霄翰,龙池跃
海鳞。玉鼎升黄阁,金章谒紫宸。礼闱通政本,文昌总国均。调风
振薄俗,清教叙彝伦。星回应缇管,日御警寅宾。叶上曾槐变,花
发小堂春。思挂五一作东都冕,言访北山巾。赫赫容台上,千祀耀
平津。

和长孙秘监伏日苦热

玉署三时晓,金羁五日归。北林开逸径,东阁敞闲扉。池镜分天
色,云峰减日辉。游鳞映荷聚,惊翰绕林飞。披襟扬子宅,舒啸仰
重闱。

和李公七夕 谢惠连体

落日照高牖,凉风起庭树。悠悠天宇平,昭昭月华度。开轩卷绡
幕,延首睎云路。层汉有灵妃,仙居无与晤。履化悲流易,临川怨
迟暮。昔从九春徂,方此三秋遇。瑶驾越星河,羽盖凝珠露。便妍
耀井色,窈窕凌波步。始阅故人新,俄见新人故。掩泪收机石,衔
啼襞纨素。惆怅何伤已,裴回劳永慕。无由西北归,空自东南顾。

和长孙秘监七夕

二秋叶神媛,七夕望仙妃。影照河阳妓,色丽平津闱。鹊桥波里
出,龙车霄外飞。露泫低珠佩,云移荐锦衣。更深黄月落,夜久脐

星稀。空接灵台下,方恧辨支机。

裴守真

　　裴守真,绛州人。高宗时,为太常博士。天授中,官司宪府丞令。推究诏狱,多平恕。不称旨,出刺成州,徙宁州卒。诗三首。

奉和太子纳妃太平公主出降三首 别本作一首

瑜珮升青殿,秾华降紫微。还如桃李发,更似凤皇飞。金屋真离象,瑶台起婺徽。彩缨纷碧坐,〔缋〕(绩)羽泛褕衣。

云路移彤辇,天津转明镜。仙珠照乘归,宝月重轮映。望园嘉宴洽,主第欢娱盛。丝竹扬帝熏,簪裾奉宸庆。

丛云霭晓光,湛露晞朝阳。天文天景丽,睿藻睿词芳。玉庭散秋色,银宫生夕凉。太平超邃古,万寿乐无疆。

杨思玄

　　杨思玄,师道兄子。高宗时,为吏部侍郎,国子祭酒。诗二首。

奉和圣制过温汤

丰城观汉迹,温谷幸秦馀。地接幽王垒,涂分郑国渠。风威肃文卫,日彩镜雕舆。远岫凝氛重,寒丛对影疏。回瞻汉章阙,佳气满宸居。

奉和别鲁王

元王诗传博，文后宠灵优。鹤盖动宸眷，龙章送远游。函关疏别道，灞岸引行舟。北林分苑树，东流溢御沟。鸟声含羽碎，骑影曳花浮。圣泽九垓普，天文七曜周。方图献雅乐，簪带奉鸣球。

王德真 一作贞

王德真，武后时，为纳言，又为侍中。后以罪流象州。诗一首。

奉和圣制过温汤

握图开万宇，属圣启千年。骊阜疏缇骑，惊鸿映彩斿。玉霜鸣凤野，金阵藻龙川。祥烟聚危岫，德水溢飞泉。停舆兴睿览，还举大风篇。

郑义真

郑义真，高宗时人。诗一首。

奉和圣制过温汤

洛川方驻跸，丰野暂停銮。汤泉恒独涌，温谷岂知寒。漏鼓依岩畔，相风出树端。岭烟遥聚草，山月迥临鞍。日用诚多幸，天文遂仰观。

萧楚材

萧楚材,高宗时,为太常博士。诗一首。

奉和展礼岱宗涂经濮济

拂汉星旗转,分霄日羽明。将追会阜迹,更勒岱宗铭。林戈咽济岸,兽鼓震河庭。叶箭凌寒矫,乌弓望晓惊。已降汾水作,仍深迎渭情。

薛克构 一作薛尧构

薛克构,天授中,官至麟台监。诗一首。

奉和展礼岱宗涂经濮济

龙图冠胥陆,凤驾指云亭。非烟泛济浦,绿字启河汀。画裳晨应月,文戟曙分星。四田巡揖礼,三驱道契经。行欣奉万岁,窃抃偶千龄。

徐　珩

徐珩,高宗时人。诗一首。

日暮望泾水

导源径陇阪,属汭贯嬴都。下濑波常急,回圻溜亦纡。毒流秦卒毙,泥粪汉田腴。独有迷津客,怀归轸暮途。

贺遂亮

贺遂亮,官御史。诗一首。

赠 韩 思 彦

《唐新语》云:遂亮与思彦同在宪台,钦思彦之风韵,赠诗。

意气百年内,平生一寸心。欲交天下士,未面已虚襟。君子重名义,直道冠衣簪。风云行可托,怀抱自然深。落霞静霜景,坠叶下风林。若上南登岸,希访北山岑。

韩思彦

韩思彦,与贺遂亮同官御史,高宗时,待诏弘文馆。上元中卒。诗一首。

酬 贺 遂 亮

古人一言重,尝谓百年轻。今投欢会面,顾盼尽平生。簪裾非所托,琴酒冀相并。累日同游处,通宵款素诚。霜飘知柳脆,雪冒觉松贞。愿言何所道,幸得岁寒名。

魏求己

魏求己,官御史,谪山阳丞。诗一首。

自御史左授山阳丞

朝升照日槛，夕次下乌台。风竿一眇邈，月树几裴回。翼向高标敛，声随下调哀。怀燕首自白，非是为年催。

刘怀一

　　刘怀一，瀛州司法，拜右台殿中侍御史。诗一首。

赠右台监察邓茂迁左台殿中

惟昔参多士，无双仰异才。鹰鹯同效逐，鸺鹭忝游陪。入仕光三命，迁荣历二台。隔墙钦素躅，对问限清埃。紫署春光早，兰闱曙色催。谁言夕鸟至，空想邓林隈。

全唐诗卷四五

杜易简

杜易简,襄州襄阳人。九岁能属文,及长,博学有高名,姨兄岑文本推重之。登进士第,累转殿中侍御史。咸亨中,为考功员外郎,坐党裴行俭,左迁开州司马。集二十卷,存诗二首。

湘川新曲二首

昭潭深无底,橘洲浅而浮。本欲凌波去,翻为目成一作挑留。愿君稍弭楫,无令贱妾羞。

二八相招携,采菱渡前溪。弱腕随桡起,纤腰向舸低。自解看花笑,憎闻染竹啼。

陈元光

陈元光,字廷炬,光州人。高宗朝,以左郎将戍闽,进岭南行军总管,奏开漳州为郡,世守刺史。诗三首。

落成会咏一首

泉潮天万里,一镇屹天中。篮宅龙钟地,承恩燕翼宫。环堂巍岳秀,带砺大江雄。轮奂云霄望,晶华日月通。凌烟乔木茂,献宝介圭崇。昆俊歌常棣,民和教即戎。盘庚迁美土,陶侃效兼庸。设醴延张老,开轩礼吕蒙。无孤南国仰,庶补圣皇功。

示　珦　元光子也

恩衔枫陛渥,策向桂渊弘。载笔沿儒习,持弓缵祖风。祛灾剿猛虎,溥德翊飞龙。日阅书开士,星言驾劝农。勤劳思命重,戏谑逐时空。百粤雾纷满,诸戎泽普通。愿言加壮努,勿坐鬓霜蓬。

太母魏氏半径题石

乔岳标仙迹,玄扃妥寿姬。乌号非岭海,鹤仰向京师。系牒公侯裔,悬弧将相儿。清贞蜚简籍,规范肃门楣。万里提兵路,三年报母慈。剑埋龙守壤,石卧虎司碑。忧阕情犹结,祥回禫届期。竹符忠介凛,桐杖孝思凄。许史岣嵝篆,曹侯感旧诗。鸿濛山暝启,骏彩德昭垂。华表瑶池冥,清漳玉树枝。昭题盟岳渎,展墓庆重熙。

许天正

许天正,汝南人。为陈元光副使。博学能文,历宣威将军。诗一首。

和陈元光平潮寇诗

元光赠诗云:“参军许天正,是用纪邦勋。”天正和之。

抱磴从天上,驱车返岭东。气昂无丑虏,策妙诎群雄。飞絮随风散,馀氛向日镕。长戈收百甲,聚骑破千重。落剑惟戎首,游绳系胁从。四野无坚壁,群生未化融。龙湖膏泽下,早晚遍枯穷。

许圉师

　　许圉师,安陆人。有器干,博涉艺文,举进士。显庆中,累迁黄门侍郎,同中书门下三品,四迁为左相。坐事,贬刺史。吏有犯赃,圉师赐《清白诗》以激之,遂改节为廉士,其宽厚如此。诗一首。

咏 牛 应 制

逸足还同骥,奇毛自偶麟。欲知花迹远,云影入天津。

赵谦光

　　赵谦光,咸亨中,登进士第,自彭州司马入为大理正,迁户部郎中。诗一首。

答户部员外贺遂涉戏赠

　　唐时,郎中不自员外拜者,谓之土山头。故遂涉戏谦光曰:“员外由来美,郎中望亦优。宁知粉署里,翻作土山头。”谦光答之。
锦帐随情设,金炉任意熏。惟愁员外署,不应列星文。

郑惟忠

　　郑惟忠,宋州人。仪凤中,举进士。则天召见,称旨,授青曹参军,再迁凤阁舍人。中宗即位,拜黄门侍郎,守大理卿。

推断大狱,多所全活。开元初,为礼部尚书,太子宾客。诗一首。

送苏尚书赴益州

离忧将岁尽,归望逐春来。庭花如有意,留艳待人一作君开。

张　鷟

　　张鷟,字文成,深州深泽人。儿时梦紫色大鸟,五彩成文,降于家庭。其祖谓之曰:"五色赤文,凤也;紫文,鷟鷟也,为凤之佐。吾儿当以文章瑞于明廷。"因以为名字。调露中,登进士第,八中制科,四参选判。员半千谓人曰:"张子之文,如青钱万简选中,未闻退时。"因号青钱学士。开元中,历司门员外郎。其文远播外夷,撰《朝野金载》及《龙筋凤髓判》百道。诗一首。

咏　燕

变石身犹重,衔泥力尚微。从来赴甲第,两起一双飞。按《唐新语》:此是末章,非全篇也。

李福业

　　李福业,调露二年进士,登第后为侍御史。五王诛二张,亦与谋。及败,放于番禺,匿志州参军敬元礼家,吏获之,就刑。诗一首。

岭外守岁 一作李德裕诗

冬去更筹尽,春随斗柄回。寒暄一夜隔,客鬓两年催。

薛眘惑

　　薛眘惑,善投壶,背后投之,龙跃隼飞,百发百中,时推为绝艺。诗一首。

奉和进船洛水应制 一作孙逖诗

禁园纡睿览,仙棹叶宸一作时游。洛北风花树,江南彩画舟。荣一作芳生兰蕙草,春入凤皇楼。兴尽离宫暮,烟光起夕流。

贺　敳

　　贺敳,山阴人。历官率更令,崇文馆学士。诗一首。

奉和九月九日应制

商飙凝素篇,玄览贲黄图。晓霜惊断雁,晨吹结栖一作相乌。寒花低岸菊,凉叶下庭梧。泽宫申旧典,相圃叶前模。玉砌分雕戟,金沟转镂衢。带星飞夏箭,映月上轩弧。庆展簪裾洽,恩融雨露濡。天文发丹篆,宝思掩玄珠。承欢徒抃舞,负弛窃忘躯。

全唐诗卷四六

狄仁杰

狄仁杰,字怀英,并州太原人。举明经,授汴州判佐。仪凤中,为大理丞,断滞狱万馀人。迁侍御史,历冬官侍郎,充江南巡抚使,奏毁淫祠。天授初,转地官侍郎判尚书,同凤阁鸾台平章事。后为河北道元帅,还授内史。卒,赠文昌右相。仁杰急于举贤,所引拔桓彦范、姚崇等至公卿者数十人。又尝荐张柬之于武后,以为有宰相才,卒用为相。果能迎归中宗,兴复唐室,仁杰之功也。睿宗时,追封梁国公。诗一首。

奉和圣制夏日游石淙山

石淙山,在今河南登封县东南三十里,有天后及群臣侍宴诗并序刻北崖上。其序云:石淙者,即平乐涧。其诗天后自制七言一首,侍游应制皇太子显、右奉裕率兼检校安北大都护相王旦、太子宾客上柱国梁王三思、内史狄仁杰、奉宸令张易之、麟台监中山县开国男张昌宗、鸾台侍郎李峤、凤阁侍郎苏味道、夏官侍郎姚元崇、给事中阎朝隐、凤阁舍人崔融、奉宸大夫汾阴县开国男薛曜、守给事中徐彦伯、右玉钤卫郎将左奉宸内供奉杨敬述、司封员外于季子、通事舍人沈佺期各七言一首,薛曜奉敕正书刻石,时久视元年五月十九日也。按此事新旧《唐书》俱未之载,世所传诗,亦缺而不全,今从碑刻补入各集中。

宸晖降望金舆转，仙路峥嵘碧涧幽。羽仗遥临鸾鹤驾，帷宫直坐凤麟洲。飞泉洒液恒疑雨，密树含凉镇似秋。老臣预陪悬圃宴，馀年方共赤松游。

魏元忠

魏元忠，宋州人。初为太学生，累举不调。时有左史盩厔人江融撰《九州设险图》，备载古今用兵成败之事，元忠就传其术。仪凤中，上封事驳吐蕃，授秘书正字。则天时，以平徐敬业功擢司刑，后拜凤阁侍郎，同平章事，独不附二张。中宗朝，迁中书令。以预节愍太子诛武三思谋，贬渠州司马。诗二首。

修书院学士奉敕宴梁王宅 赋得门字

大君敦宴赏，万乘下梁园。酒助间平乐，人沾雨露恩。荣光开帐殿，佳气满旌门。愿陪南岳寿，长奉北宸樽。

银潢 一作汉宫侍宴应制 得枝字

别殿秋云上，离宫夏景移。寒风生玉树，凉气下瑶池。堇花仍吐叶，岩木 一作菌 尚抽枝。愿奉南山寿，千秋长若斯。

韦承庆

韦承庆，字延休，郑州阳武人。事继母以孝闻。举进士，官太子司议，屡有谏纳。长寿中，累迁凤阁侍郎，三掌天官选事，铨授平允，寻知政事。神龙初，坐附张易之，流岭表。起为秘书少监，授黄门侍郎，未拜卒。集六十卷，今存诗七首。

折 杨 柳

万里边城地，三春杨柳节。叶似镜中眉，花如关外雪。征人远乡思，倡妇高楼别。不忍掷年华，含情寄攀折。

寒 食 应 制

凤城春色晚一作满，龙禁早晖通。旧火收槐燧，馀寒入桂宫。莺啼正隐叶，鸡斗始开笼。蔼蔼瑶山满，仙歌始乐风。

凌朝浮江旅思 一作马周诗

天晴上初日，春水送孤舟。山远疑无树，潮平似不流。岸花开且落，江鸟没还浮。羁望伤千里，长歌遣四一作客愁。

直 中 书 省

清切凤皇池，扶疏鸡树枝。唯应集鸾鹭，何为宿羁雌。大造乾坤辟，深恩雨露垂。昆蚊皆含养，驽骀亦驱驰。木偶翻为用，芝泥忽滥窥。九思空自勉，五字本无施。徒喜逢千载，何阶答二仪。萤光向日尽，蚊力负山疲。禁宇庭除阔，闲宵钟箭移。暗花临户发，残月下帘敧。白发随年改，丹心为主披。命将时共泰，言与行俱危。寄谢巢由客，尧年正一作复在斯。

南 行 别 弟

澹澹长江水，悠悠远客情。落花相与恨，到地一无声。

南中咏雁诗 一作于季子诗　题作南行别弟

万里人南去，三春一作秋雁北飞。不知何岁月，得与尔一作汝同归。

江 楼

独酌芳春酒,登楼已半曛。谁惊一行雁,冲断过江云。

李怀远

李怀远,邢州柏仁人。擢四科第,累除司礼少卿。则天时,为鸾台侍郎。神龙初,兵部尚书同中书门下三品。集八卷,今存诗一首。

凝碧池侍宴看竞渡应制

上苑清銮路,高居重豫游。前对芙蓉沼,傍临杜若洲。地如玄扈望,波似洞庭秋。列筵飞翠罕,分曹戏鹢舟。湍高棹影没,岸近榜歌遒。舞曲依鸾殿,箫声下凤楼。忽闻天上乐,疑逐海查流。

崔日用

崔日用,滑州灵昌人。举进士。大足元年,为宗楚客称荐,擢新丰尉。神龙中,附楚客、三思,骤迁兵部侍郎,兼修文馆学士。复预讨韦庶人谋,授黄门侍郎,参知机务。开元中,拜吏部尚书,终并州大都督长史。诗九首。

奉和九月九日登慈恩寺浮图应制

紫宸欢每洽,绀殿法初隆。菊泛延龄酒,兰吹解愠风。咸英调正乐,香梵遍秋空。临幸浮天瑞,重阳日再中。

奉和圣制送张说巡边

轩相推风后,周官重夏卿。庙谋能允迪,韬略又纵横。吉日四黄马,宣王六月兵。拟清鸡鹿塞,先指朔方城。列将怀威抚,匈奴畏盛名。去当推毂送,来仁出郊迎。绝漠蓬将断,华筵槿正荣。壮心看舞剑,别绪应悬旌。睿锡承优旨,乾文复宠行。暂劳期永逸,赫矣振天声。

奉和立春游苑迎春应制

乘时迎气正璇衡,灞浐烟氛向晚一作晓清。剪绮裁红妙春色,宫梅殿柳识天情。瑶筐彩燕先呈瑞,金缕晨鸡未学一作欲鸣。圣泽阳和宜宴乐,年年捧日向东城。

奉和圣制春日幸望春宫应制

东郊风一作草物正熏馨,素浐鸟鷖戏绿汀。凤阁斜通平一作长乐观,龙旂直逼望春亭。光风摇动一作遍艳兰英紫,淑气一作景依迟柳色青。渭浦明晨修禊事,群公倾贺水心铭。

奉和人日重宴大明宫恩赐
彩缕人胜应制 一作正月七日宴大明殿

新年宴乐坐一作正东朝,钟鼓铿锽大乐调。金屋瑶筐开宝胜,花笺彩笔颂春椒。曲池一作江苔色冰前液,上苑梅香雪里娇一作飘。宸极此时飞圣藻,微臣窃抃预闻韶。

奉和圣制龙池篇

龙兴白水汉兴符,圣主时乘运斗枢。岸上荪茸五花树,波中的皪千金珠。操环昔闻迎夏启,发匣先来瑞有虞。风色云光随隐见,赤云神化象江湖。

夜宴安乐公主宅

银烛金屏坐碧堂,只言河汉动神光。主家盛时一作明欢不极,才子能歌夜未央。

饯 唐 永 昌

洛阳桴鼓今不鸣,朝野咸推重太平。冬至冰霜俱怨别,春来花鸟若为情。

奉和送金城公主适西蕃

圣后经纶远,谋臣计画多。受降追汉策,筑馆计戎和。俗化乌孙垒,春生积石河。六龙今出饯,双鹤愿为歌。

句

彼名流兮左氏癖,意玄远兮冠今夕。 赠武平一

宗楚客

宗楚客,字子敖,蒲州河东人,则天从父姊之子也。累迁夏官侍郎,同凤阁鸾台平章事。神龙中,武三思引为兵部尚书,同知政事,拜中书令,与侍中纪处讷共为朋党,后伏诛。诗六首。

奉和人日清晖阁宴群臣遇雪应制 _{景龙三年}

窈窕神仙阁，参差云汉间。九重中叶一作禁启，七日早春还。太液
天为水，蓬莱雪作山。今朝上林树，无处不堪攀。

安乐公主移入新宅侍
宴应制 _{景龙三年十一月一日}

星桥他日创，仙榜此时开。马向铺钱埒，箫闻弄玉台。人同一作疑
卫叔美，客似一作是，一作有。长卿才。借问游天汉，谁能取一作带石
回。

正月晦日侍宴浐水应制赋得长字 _{景龙四年}

御辇出明光，乘流一作舟泛羽觞。珠胎随月减，玉漏与年长。寒尽
梅犹白，风迟柳未黄。日斜旌骑转，休气满一作展林塘。

奉和幸上阳宫侍宴应制

紫庭金凤阙，丹禁玉鸡川。似立蓬瀛上，疑游昆阆前。鸟将歌合
转，花共锦争鲜。湛露飞尧酒，熏风入舜弦。水光摇落日，树色带
晴烟。向夕回雕辇，佳气满岩泉。

奉和幸安乐公主山庄一作西园应制

玉楼银榜枕严城，翠盖红旍列禁营。日映层岩图画色，风摇杂树管
弦声。水边重阁含飞动，云里孤峰类一作似削成。幸睹八龙游阆
苑，一作幸陪七圣游昆阆。无劳万里访蓬瀛。

奉和圣制喜雪应制

飘飘瑞雪下山川,散漫轻飞集九埏。似絮还飞垂柳陌,如花更绕落梅前。影随明月团纨扇,声将流水杂鸣弦。共荷神功万庾积,终朝圣寿百千年。

句

竹町罗千卫,兰莛降两宫。以下关应制 《海录碎事》
七萃銮舆动,千年瑞检开。
彩旗临凤阙,翠幕绕龟津。

苏 瓌

　　苏瓌,字昌容,京兆武功人。弱冠举进士,初授豫王府录事参军,为王德真、刘祎之所器重。长安中,累迁扬州大都督长史。神龙初,入为尚书右丞,再迁户部尚书,寻加侍中,充西京留守,拜尚书右仆射,同中书门下三品,进封许国公。睿宗立,转左仆射,以正立朝,独申谠论。开元中,诏与刘幽求配享睿宗庙庭。集十卷,今存诗二首。

奉和九日幸临渭亭登高应制得晖字

重阳早露晞,睿赏瞰秋矶。菊气先熏酒,萸香更袭衣。清切丝桐会,纵横文雅飞。恩深答效浅,留醉奉宸晖。

兴庆池侍宴应制

金阙平明宿雾收,瑶池式宴俯清流。瑞凤飞来随帝辇,祥鱼出戏跃

王舟。帷齐绿树当筵密,盖转缃荷接岸浮。如临窃比微臣惧,若济
叨陪圣主游。

全唐诗卷四七

张九龄

张九龄，字子寿，韶州曲江人。七岁知属文。擢进士，始调校书郎，以道侔伊吕科为左拾遗，进中书舍人，出为冀州刺史。以母不肯去乡里，表换洪州都督，徙桂州兼岭南按察选补使。以张说荐，为集贤院学士，俄拜中书侍郎，同平章事，迁中书令。为李林甫所忮，改尚书右丞相，罢政事，贬荆州长史，请归还展墓。卒，谥文献。九龄风度酝藉，在相位，有謇谔匡躬之诚，以直道黜，不戚戚婴望，惟文史自娱。尝识安禄山必反，请诛，不许。后明皇在蜀思其言，遣使致祭，恤其家。集二十卷，今编诗三卷。

奉和圣制烛龙斋祭

上帝临下，鉴亦有光。赩云阴骘，惟圣克彰。六月徂暑，四郊愆阳。我后其勤，告于坛场。精意允溢，群灵鼓舞。蔚兮朝云，沛然时雨。雨我原田，亦既有年。烛龙煌煌，明宗报祀。于以助之，天人帝子。闻诗有训，国风兹始。

奉和圣制喜雨

艰我稼穑，载育载亭。随物应之，曷圣与灵。谓我何凭，惟德之馨。

谁云天远，以诚必至。太清无云，羲和顿辔。于斯烝人，瞻彼非觊。
阴冥倏忽，沛泽咸洎。何以致之，我后之感。无皋无隰，黍稷黯黯。
无卉无木，敷芬黭黮。黄龙勿来，鸣鸟不思。人和年丰，皇心则怡。
岂与周宣，云汉徒诗。

南郊文武出入舒和之乐

祝史辞正，人神庆叶。福以德昭，享以诚接。六变云备，百礼斯浃。
祀事孔明，祚流万叶。

奉和圣制幸晋阳宫

隋季失天策，万方罹凶残。皇祖称义旗，三灵皆获安。圣期将^{一作}
^{朝特}申锡，王业成艰难。盗移未改命，历在终履端。彼汾惟帝乡，雄
都信郁盘。一月朔巡狩，群后陪清銮。霸迹在沛庭，旧仪睹汉官。
唐风思何深，舜典敷更宽。户蒙枌榆复，邑争牛酒欢。缅惟翦商
后，岂独微禹叹。三后既在天，万年斯不刊。尊祖实我皇，天文皆
仰观。

奉和圣制次成皋先圣擒建德之所

天命诚有集，王业初惟艰。翦商自文祖，夷项在兹山。地识斩蛇
处，河临饮马间。威加昔运往，泽流今圣还。尊祖颂先烈，赓歌安
用攀。绍成即我后，封岱出天关。

奉和圣制赐诸州刺史以题座右

圣人合天德，洪覆在元元。每劳苍生念，不以黄屋尊。兴化俟群
辟，择贤守列藩。得人此为盛，咨岳今复存。降鉴引君道，殷勤启
政门。容光无不照，有象必为言。成宪知所奉，致理归其根。肃肃

禀玄猷,煌煌戒朱轩。岂徒任遇重,兼尔宴锡繁。载闻励臣节,持答明主恩。

奉和圣制送十道采访使及朝集使

三年一上计,万国趋河洛。课最力已陈,赏延恩复博。垂衣深共理,改瑟其咸若。首路回竹符,分镳扬木铎。戒程有攸往,诏饯无淹泊。昭晰动天文,殷勤在人瘼。持久望兹念,克终期所托。行矣当自强,春耕庶秋获。

奉和圣制谒玄元皇帝庙斋

兴运昔有感,建祠北山巅。云雷初缔构,日月今悠然。紫气尚葐郁,玄元如在焉。迨兹事追远,轮奂复增鲜。洞府香林处,斋坛清汉边。吾君乃尊祖,凤驾此留连。乐动人神会,钟成律度圆。笙歌下鸾鹤,艺术萃灵仙。曾是福黎庶,岂唯味虚玄。赓歌徒有作,微薄谢昭宣。

巫 山 高

巫山与天近,烟景长青荧。此中楚王梦,梦得神女灵。神女去已久,云雨空冥冥。唯有巴猿啸,哀音不可听。

和黄门卢监望秦始皇陵

秦帝始求仙,骊山何遽卜。中年既无效,兹地所宜复。徒役如雷奔,珍怪亦云蓄。黔首无寄命,赭衣相追逐。人怨神亦怒,身死宗遂覆。土崩失天下,龙斗入函谷。国为项籍屠,君同华元戮。始掘既由楚,终焚乃因牧。上宰议扬贤,中阿感桓速。一闻过秦论,载怀空杼轴。

酬周判官巡至始兴会改秘书
少监见贻之作兼呈耿广州

惟昔迁乐土,迨今已重世。阴庆荷先德,素风惭后裔。唯益梓桑恭,岂禀山川丽。于时初自勉,揆己无兼济。瘠土资劳力,良书启蒙蔽。一探石室文,再擢金门第。既起南宫草,复掌西掖制。过举及小人,便蓄在中岁。亚司河海秩,转牧江湖澨。勿谓符竹轻,但觉涓尘细。一麾尚云忝,十驾宜求税。心息已如灰,迹牵且为赘。忽捧天书委,将革海隅弊。朝闻循诚节,夕饮蒙瘴疠。义疾耻无勇,盗憎攻亦锐。葵藿是倾心,豺狼何反噬。履险甘所受,劳贤恶相曳。揽辔但荒服,循陔便私第。嘉庆始获申,恩华复相继。无庸我先举,同事君犹滞。当推奉使绩,且结拜亲契。更延怀安旨,曾是虑危际。善谋虽若兹,至理焉可替。所仗有神道,况承明主惠。

和吏部李侍郎见示秋夜望月忆诸侍郎
之什其卒章有前后行之戏因命仆继作

清秋发高兴,凉月复闲宵。光逐露华满,情因水镜摇。同时亦所见,异路无相招。美景向空尽,欢言随事销。忽听金华作,诚如玉律调。南宫尚为后,东观何其辽。名数虽云隔,风期幸未遥。今来重馀论,怀此更终朝。

登南岳事毕谒司马道士

将命祈灵岳,回策诣真士。绝迹寻一径,异香闻数里。分庭八桂树,肃容两童子。入室希把袖,登床愿启齿。诱我弃智诀,迨兹长生理。吸精反自然,炼药求不死。斯言眇霄汉,顾余婴纷滓。相去九牛毛,惭叹知何已。

九月九日登龙山

郡庭常窘束,凉野求昭旷。楚客凛秋时,桓公旧台上。清明风日
好,历落江山望。极远何萧条,中留坐惆怅。东弥夏首阔,西拒荆
门壮。夷险虽异时,古今岂殊状。先贤杳不接,故老犹可访。投吊
伤昔人,挥斤感前匠。自为本疏散,未始忘幽尚。际会非有欲,往
来是无妄。为邦复多幸,去国殊迁放。且泛篱下菊,还聆郢中唱。
灌园亦何为,於陵乃逃相。

登郡城南楼

闭阁幸无事,登楼聊永日。云霞千里开,洲渚万形出。澹澹澄江
漫,飞飞度鸟疾。邑人半舻舰,津树多枫橘。感别时已屡,凭眺情
非一。远怀不我同,孤兴与谁悉。平生本单绪,邂逅承优秩。谬忝
为邦寄,多惭理人术。驽铅虽自勉,仓廪素非实。陈力倘无效,谢
病从艺术。

岁初巡属县登高安南楼言怀

山城本孤峻,凭高结层轩。江气偏宜早,林英粲已繁。馀滋含宿
霁,众妍在朝暾。拂衣释簿领,伏槛遗纷喧。深俯东溪澳,远延南
山樊。归云纳前岭,去鸟投遥村。目尽有馀意,心恻不可谖。揭来
彭蠡泽,载经敷浅原。春及但生思,时哉无与言。不才叨过举,唯
力酬明恩。美化犹寂蔑,迅节徒飞奔。虽无成立效,庶以去思论。
行复徇孤迹,亦云吾道存。

秋晚登楼望南江入始兴郡路

潦收沙衍出,霜降天宇晶。伏槛一长眺,津途多远情。思来江山

外,望尽烟云生。滔滔不自辨,役役且何成。我来飒衰鬓,孰云飘华缨。枥马苦踌躇,笼禽念遐征。岁阴向晼晚,日夕空屏营。物生贵得性,身累由近名。内顾觉今是,追叹何时平。

登古阳云台

庭树日衰飒,风霜未云已。驾言遣忧思,乘兴求相似。楚国兹故都,兰台有馀址。传闻襄王世,仍立巫山祀。方此全盛时,岂无婵娟子。色荒神女至,魂荡宫观启。蔓草今如积,朝云为谁起。

与生公寻幽居处

同方久厌俗,相与事退讨。及此云山去,窅然岩径好。疑入武陵源,如逢汉阴老。清谐欣有得,幽闲欻盈抱。我本玉阶侍,偶访金仙道。兹焉求卜筑,所过皆神造。岁晚林始敷,日晏崖方杲。不种缘岭竹,岂植临潭草。即途可淹留,随日成黼藻。期为静者说,曾是终焉保。今为简书畏,只令归思浩。

与生公游石窟山

探秘孰云远,忘怀复尔同。日寻高深意,宛是神仙中。跻险构灵室,诡制非人功。潜洞黝无底,殊庭忽似梦。岂如武安凿,自若茅山通。造物良有寄,嬉游乃惬衷。犹希咽玉液,从此升云空。咄咄共携手,泠然且驭风。

郡舍南有园畦杂树聊以永日

为郡久无补,越乡空复深。苟能秉素节,安用叨华簪。却步园畦里,追吾野逸心。形骸拘俗吏,光景赖闲林。内讼诚知止,外言犹匪忱。成蹊谢李径,卫足感葵阴。荣达岂不伟,孤生非所任。江城何寂历,秋树亦萧森。下有北流水,上有南飞禽。我愿从归翼,无然坐自沉。

临泛东湖 时任洪州

郡庭日休暇,湖曲邀胜践。乐职在中和,灵一作虚心抱上善。乘流坐清旷,举目眺悠缅。林与西山重,云因北风卷。晶明画不逮,阴影镜无辨。晚秀复芬敷,秋光更遥衍。万族纷可佳,一游岂能展。羁孤忝邦牧,顾己非时选。梁一作长公世不容,长孺心亦褊。永念出笼絷,常思退疲蹇。岁徂风露严,日恐兰苕一作若剪。佳辰不可得,良会何其鲜。罢兴还江城,闭关聊自遣。

始兴南山下有林泉尝
卜居焉荆州卧病有怀此地

出处各有在,何者为陆沉。幸无迫贱事,聊可祛迷襟。世路少夷坦,孟门未岖嵚。多惭入火术,常惕履冰心。一跌不自保,万全焉可寻。行行念归路,眇眇惜光阴。浮生如过隙,先达已吾箴。敢忘丘山施,亦云年病侵。力衰在所养,时谢良不任。但忆旧栖息,愿言遂窥临。云间日孤秀,山下面清深。萝茑自为幄,风泉何必琴。归此老吾老,还当日千金。

晨坐斋中偶而成咏

寒露洁秋空,遥山纷在瞩。孤顶乍修耸,微云复相续。人兹赏地偏,鸟亦爱林旭。结念凭幽远,抚躬曷羁束。仰霄谢逸翰,临路嗟疲足。徂岁方暌携,归心亟踯躅。休闲倘有素,岂负南山曲。

咏　史

大德始无颇，中智是所是。居然已不一，况乃务相诡。小道致泥
难，巧言因萋毁。穰侯或见迟，苏生得阴揣。轻既长沙傅，重亦边
郡徙。势倾不幸然，迹在胡宁尔。沧溟所为大，江汉日来委。沣一
作澄水虽复清，鱼鳖岂游此。贤哉有小白，仇中有管氏。若人不世
生，悠悠多如彼。

龙门旬宴得月字韵

恩华逐芳岁，形胜兼韶月。中席傍鱼潭，前山倚龙阙。花迎妙妓
至，鸟避仙舟发。宴赏一作衍良在兹，再来情不歇。

骊山下逍遥公旧居游集

君子体清尚，归处有兼资。虽然经济日，无忘幽栖时。卜居旧何
所，休浣尝来兹。岑寂罕人至，幽一作高深获我思。松涧聆遗风，兰
林览馀滋。往事诚已矣，道存犹可追。遗子后黄金，作歌先紫芝。
明德有自来，奕世皆秉彝。岂与磻溪老，崛起周太师。我心希硕
人，逮此问元龟。怊怅既怀远，沉吟亦省私。已云宠禄过，况在华
发衰。轩盖有迷复，丘壑无磷缁。感物重所怀，何但止足斯。

杂诗五首

孤桐亦胡为，百尺傍无枝。疏阴不自覆，修干欲何施。高冈地复
迥，弱植风屡吹。凡鸟已相噪，凤皇安得知。

萝茑必有托，风霜不能落。酷在兰将蕙，甘从葵与藿。运命虽为
宰，寒暑自回薄。悠悠天地间，委顺无不乐。

良辰不可遇，心赏更蹉跎。终日块然坐，有时劳者歌。庭前揽芳

蕙,江上托微波。路远无能达,忧情空复多。

湘水吊灵妃,斑竹为情绪。汉水访游女,解佩欲谁与。同心不可见,异路空延伫。浦上青枫林,津傍白沙渚。行吟至落日,坐望只愁予。神物亦岂孤,佳期竟何许。

木直几自寇,石坚亦他攻。何言为用薄,而与火膏同。物类_{一作累}有固然,谁能取径通。纤纤良田草,靡靡唯从风。日夜沐甘泽,春秋等芳丛。生性苟不夭,香臭谁为中。道家贵至柔,儒生何固穷。终始行一意,无乃过愚公。

感遇十二首

兰叶_{一作蕊}春葳蕤,桂华秋皎洁。欣欣此生意,自尔为佳节。谁知林栖者,闻风坐相_{一作见}悦。草木有本_{一作本无}心,何求美人折。

幽林归独卧,滞虑洗孤清。持此谢高鸟,因之传远情。日夕怀空意,人谁感至精。飞沉理自隔,何所慰吾诚。

鱼游乐深池,鸟栖欲高枝。嗟尔蜉蝣羽,薨薨亦何为。有生岂不化,所感奚若斯。神理日微灭,吾心安得知。浩叹杨朱子,徒然泣路岐。

孤鸿海上来,池潢不敢顾。侧见双翠鸟,巢在三珠树。矫矫珍木巅,得无金丸惧。美服患人指,高明逼神恶。今我游冥冥,弋者何所慕。

吴越数千里,梦寐今夕见。形骸非我亲,衾枕即乡县。化蝶犹不识,川鱼安可羡。海上有仙山,归期觉神变。

西日下山隐,北风乘夕流。燕雀感昏旦,檐楹呼匹俦。鸿鹄虽自远,哀音非所求。贵人弃疵贱,下士尝殷忧。众情累外物,恕己忘内修。感叹长如此,使我心悠悠。

江南有丹橘,经冬犹绿林。岂伊地气暖,自有岁寒心。可以荐嘉客,奈何阻重深。运命唯所遇,循环不可寻。徒言树桃李,此木岂无阴。

永日徒离忧,临风怀蹇修。美人何处所,孤客空悠悠。青鸟跂不至,朱鳖谁云浮。夜分起踯躅,时逝曷淹留。

抱影吟中夜,谁闻此叹息。美人适异方,庭树含幽色。白云愁不见,沧海飞无翼。凤皇一朝来,竹花斯可食。

汉上有游女,求思安可得。袖中一札书,欲寄双飞翼。冥冥愁不见,耿耿徒缄忆。紫兰秀空蹊,皓露夺幽色。馨香岁欲晚,感叹情何极。白云在南山,日暮长太息。

我有异乡忆,宛在云溶溶。凭此目不觏,要之心所钟。但欲附高鸟,安敢攀飞龙。至精无感遇,悲惋填心胸。归来扣寂寞,人愿天岂从。

闭门迹群化,凭林结所思。啸叹此寒木,畴昔乃芳蕤。朝阳凤安在,日暮蝉独悲。浩思极中夜,深嗟欲待谁。所怀诚已矣,既往不可追。鼎食非吾事,云仙尝我期。胡越方杳杳,车马何迟迟。天壤一何异,幽嘿卧帘帷。

江上遇疾风

疾风江上起,鼓怒扬烟埃。白昼晦如夕,洪涛声若雷。投林鸟铩羽,入浦鱼曝鳃。瓦飞屋且发,帆快樯已摧。不知天地气,何为此喧豗。

南阳道中作

登郢属岁阴,及宛懵所适。复闻东汉主,遗此南都迹。佳气蔼厥初,霸图纷在昔。兹邦称贵近,与世尝薰赫。遭遇感风云,变衰空草泽。不识邓公树,犹传阴后石。驱马历圜阓,荆榛翳阡陌。事去物无象,感来心不怿。怀古对穷秋,兴言伤远客。眇默遵岐路,辛勤弊行役。云雁号相呼,林麕走自索。顾忆徇书剑,未尝安枕席。岂暇墨突黔,空持辽豕白。迷复期非远,归欤赏农隙。

湘 中 作

湘流绕南岳,绝目转青青。怀禄未能已,瞻途屡所经。烟屿宜春望,林猿莫夜听。永路日多绪,孤舟天复冥。浮没从此去,嗟嗟劳我形。

彭 蠡 湖 上

沿涉经大湖,湖流多行洫。决晨趋北渚,逗浦已西日。所适虽淹旷,中流且闲逸。瑰诡良复多,感见乃非一。庐山直阳浒,孤石当阴术。一水云际飞,数峰湖心出。象类何交纠,形言岂深悉。且知皆自然,高下无相恤。

入庐山仰望瀑布水

绝顶有悬泉,喧喧出烟杪。不知几时岁,但见无昏晓。闪闪青崖落,鲜鲜白日皎。洒流湿行云,溅沫惊飞鸟。雷吼何喷薄,箭驰入窈窱。昔闻山下蒙,今乃林峦表。物情有诡激,坤元曷纷矫。默然置此去,变化谁能了。

出为豫章郡途次庐山东岩下

兹山镇何所,乃在澄湖阴。下有蛟螭伏,上与虹蜺寻。灵仙未始旷,窟宅何其深。双阙出云峙,三宫入烟沉。攀崖犹昔境,种杏非旧林。想像终古迹,惆怅独往心。纷吾婴世网,数载忝朝簪。孤根自靡托,量力况不任。多谢周身防,常恐横议侵。岂匪鹓鸿列,惕如泉鬶临。迨兹刺江郡,来此涤尘襟。有趣逢樵客,忘怀狎野禽。栖闲义未果,用拙欢在今。愿言答休命,归事丘中琴。

巡属县道中作

春令凤所奉,驾言遵此行。途中却郡掾,林下招村氓。至邑无纷剧,来人但欢迎。岂伊念邦政,尔实在时清。短才滥符竹,弱岁起柴荆。再入江村道,永怀山薮情。矧逢阳节献,默听时禽鸣。迹与素心别,感从幽思盈。流芳日不待,凤志蹇无成。知命且何欲,所图唯退耕。华簪极身泰,衰鬓惭木荣。苟得不可遂,吾其谢世婴。

夏日奉使南海在道中作

缅然万里路,赫曦三伏时。飞走逃深林,流烁恐生疵。行李岂无苦,而我方自怡。肃事诚在公,拜庆遂及私。展力惭浅效,衔恩感深慈。且欲汤火蹈,况无鬼神欺。朝发高山阿,夕济长江湄。秋瘴宁我毒,夏水胡不夷。信知道存者,但问心所之。吕梁有出入,乃觉非虚词。

巡按自漓水南行

理棹虽云远,饮冰宁有惜。况乃佳山川,怡然傲潭石。奇峰岌前转,茂树隈中积。猿鸟声自呼,风泉气相激。目因诡容逆,心与清晖涤。纷吾谬执简,行郡将移檄。即事聊独欢,素怀岂兼适。悠悠咏靡盐,庶以穷日夕。

使还都湘东作

仓庚昨归候,阳鸟今去时。感物遽如此,劳生安可思。养真无上格,图进岂前期。清节往来苦,壮容离别衰。盛明非不遇,弱操自云私。孤楫清川泊，征衣寒露滋。风朝津树落，日夕岭猿悲。牵役而无悔，坐愁只自怡。当须报恩已，终尔谢尘缁。

冬中至玉泉山寺属穷阴冰闭崖谷无色及仲春行县复往焉故有此作

灵境信幽绝，芳时重暄妍。再来及兹胜，一遇非无缘。万木柔可结，千花敷欲然。松间鸣好鸟，竹下流清泉。石壁开精舍，金光照法筵。真空本自寂，假有聊相宣。复此灰心者，仍追巢顶禅。简书虽有畏，身世亦相一作俱捐。

郢城西北有大古冢数十观其封域多是楚时诸王而年代久远不复可识唯直西有樊妃冢因后人为植松柏故行路尽知之

蘋藻生南涧，蕙兰秀中林。嘉名有所在，芳气无幽深。楚子初逞志，樊妃尝献箴。能令更择士，非直罢从禽。旧国皆湮灭，先王亦莫寻。唯传贤媛陇，犹结后人心。牢落山川意，萧疏松柏阴。破墙时直上，荒径或斜侵。惠问终不绝，风流独至今。千春思窈窕，黄鸟复哀音。

荆州作二首

先达志其大，求意不约文。士伸在知己，已况仕于君。微诚夙所尚，细故不足云。时来忽易失，事往良难分。顾念凡近姿，焉欲殊常勋。亦以行则是，岂必素有闻。千虑且犹失，万绪何其纷。进士苟非党，免相安得群。众口金可铄，孤心丝共棼。意忠仗朋信，语勇同败军。古剑徒有气，幽兰只自薰。高秩向所忝，于义如浮云。

千载一遭遇,往贤所至难。问余奚为者,无阶忽上抟。明圣不世
出,翼亮非苟安。崇高自有配,孤陋何足干。遇恩一时来,窃位三
岁寒。谁谓诚不尽,知穷力亦殚。虽至负乘寇,初无挟术钻。浩荡
出江湖,翻覆如波澜。心伤不材树,自念独飞翰。徇义在匹夫,报
恩犹一餐。况乃山海泽,效无毫发端。内讼已惭沮,积毁今摧残。
胡为复惕息,伤鸟畏虚弹。

在郡秋怀二首

秋风入前林,萧瑟鸣高一作寒枝。寂寞游子思,寤叹何人知。宦成
名不立,志存岁已驰。五十而无闻,古人深所疵。平生去外饰,直
道如不羁。未得操割效,忽复寒暑移。物情自古然,身退毁亦随。
悠悠沧江渚,望望白云涯。露下霜且降,泽中草离披。兰艾若不
分,安用馨香为。

庭芜生白露,岁候感遐心。策蹇惭远途,巢枝思故林。小人恐致
寇,终日如临深。鱼鸟好自逸,池笼安所钦。挂冠东都门,采蕨南
山岑。议道诚愧昔,览分还惬今。怃然忧成老,空尔白头吟。

忝官二十年尽在内职
及为郡尝积恋因赋诗焉

江流去朝宗,昼夜兹不舍。仲尼在川上,子牟存阙下。圣达有由
然,孰是无心者。一郡苟能化,百城岂云寡。爱礼谁为羊,恋主吾
犹马。感初时不载,思奋翼无假。闲宇常自闭,沉心何用写。揽衣
步前庭,登埤临旷野。白水生迢递,清风寄潇洒。愿言采芳泽,终
朝不盈把。

二弟宰邑南海见群雁南飞因成咏以寄

鸿雁自北来,嗷嗷度烟景。常怀稻粱惠,岂惮江山永。小大每相从,羽毛当自整。双凫侣晨泛,独鹤参宵警。为我更南飞,因书至梅岭。

将发还乡示诸弟

岁阳亦颓止,林意日萧摵。云胡当此时,缅迈复为客。至爱孰能舍,名义来相迫。负德良不赀,输诚靡所惜。一木逢厦构,纤尘愿山益。无力主君恩,宁利客卿璧。去去荣归养,怆然叹行役。

叙 怀 二 首

弱岁读群史,抗迹追古人。被褐有怀玉,佩印从负薪。志合岂兄弟,道行无贱贫。孤根亦何赖,感激此为邻。

晚节从卑秩,岐路良非一。既闻持两端,复见挟三术。木瓜诚有报,玉楮论无实。已矣直躬者,平生壮图失。去去勿重陈,归来茹芝术。

题画山水障

心累犹不尽,果为物外牵。偶因耳目好,复假丹青妍。尝抱野间意,而迫区中缘。尘事固已矣,秉意终不迁。良工适我愿,妙墨挥岩泉。变化合群有,高深侔自然。置陈北堂上,仿像南山前。静无户庭出,行已兹地偏。萱草忧可树,合欢忿益蠲。所因本微物,况乃凭幽筌。言象会自泯,意色聊自宣。对玩有佳趣,使我心渺绵。

奉和圣制瑞雪篇

万年春，三朝日，上御明台旅庭实。初瑞雪兮霏微，俄同云兮蒙密。
此时骚切阴风生，先过金殿有馀清。信宿婵娟飞雪度，能使玉人俱
掩嫭。皓皓楼前月初白，纷纷陌上尘皆素。昨讶骄阳积数旬，始
知和气待迎新。匪惟在人利，曾是扶一作占天意。天意岂云遥，雪
下不崇朝。皇情玩无歝，雪委方盈尺。草树纷早荣，京坻宛先积。
君恩诚谓何，岁稔复人和。预数斯箱庆，应如此雪多。朝冕旒兮载
悦，想笞笭兮农节。倚瑶琴兮或歌，续薰风兮瑞雪。福浸昌，应尤
盛，瑞雪年年常感圣。愿以柏梁作，长为柳花咏。

奉和圣制温泉歌

有时神物待圣人，去后汤还冷，来时树亦春。今兹十月自东归，羽
旆逶迤上翠微。温谷葱葱佳气色，离宫奕奕叶光辉。临渭川，近天
邑，浴日温泉复在兹，群仙洞府那相及。吾君利物心，玄泽浸苍黔。
渐渍神汤无疾苦，薰歌一曲感人深。

南郊太尉酌献武舞作凯安之乐

馨香惟后德，明命光天保。肃祀崇圣灵，陈信表黄道。玉戚初蹈
厉，金匏既静好。介福何穰穰，精诚格穹昊。

全唐诗卷四八

张九龄

奉和圣制经孔子旧宅

孔门太山下,不见登封时。徒有先王法,今为明主思。恩加万乘幸,礼致一牢祠。旧宅千年外,光华空在兹。

奉和圣制次琼岳韵

山祇亦望幸,云雨见灵心。岳馆逢朝霁,关门解宿阴。咸京天上近,清渭日边临。我武因冬狩,何言是即禽。

奉和圣制送李尚书入蜀

眷言感忠义,何有间山川。徇节今如此,离情空复然。皇心在勤恤,德泽委昭宣。周月成功后,明年或劳还。

奉和圣制初出洛城

东土淹龙驾,西人望翠华。山川只询物,宫观岂为家。十月回星斗,千官捧日车。洛阳无怨思,巡幸更非赊。

奉和圣制途次陕州作

驰道当河陕, 陈诗问国风。川原三晋别, 襟带两京同。后殿函关
尽, 前旌阙塞通。行看洛阳陌, 光景丽天中。

敕赐宁王池宴

贤王有池馆, 明主赐春游。淑气林间发, 恩光水上浮。徒惭一作参
和鼎地, 终谢巨一作济川舟。皇泽空如此, 轻生莫可酬。

天津桥东旬宴得歌字韵

清洛象天河, 东流形胜多。朝来逢宴喜, 春尽却妍和。泉鲔欢时
跃, 林莺醉里歌。赐恩频若此, 为乐奈人何。

上阳水窗旬宴得移字韵

河汉非应到, 汀洲忽在斯。仍逢帝乐下, 如逐海槎窥。春赏时将
换, 皇恩岁不移。今朝游宴所, 莫比天泉池。

折 杨 柳

纤纤折杨柳, 持此寄情人。一枝何足贵, 怜是故园春。迟景那能
久, 芳菲不及新。更愁征戍客, 容鬓老边尘。

剪 彩

姹女矜容色, 为花不让春。既争芳意早, 谁待物华真。叶作参差
发, 枝从点缀新。自然无限态, 长在艳阳晨。

和崔黄门寓直夜听蝉之作

蝉嘶玉树枝,向夕惠风吹。幸入连宵听,应缘饮露知。思深秋欲近,声静夜相宜。不是黄金饰,清香徒尔为。

和姚令公从幸温汤喜雪

万乘飞黄马,千金狐白裘。正逢银霰积,如向玉京游。瑞色铺驰道,花文拂彩旒。还闻吉甫颂,不共郢歌俦。

立春日晨起对积雪

忽对林亭雪,瑶华处处开。今年迎气始,昨夜伴春回。玉润窗前竹,花繁院里梅。东郊斋祭所,应见五神来。

三月三日申王园亭宴集

稽亭追往事,睢苑胜前闻。飞阁凌芳树,华池落彩云。藉草人留酌,衔花鸟赴群。向来同赏处,惟恨碧林曛。

三月三日登龙山

伊川与瀍津,今日被除人。岂似龙山上,还同湘水滨。衰颜忧更老,淑景望非春。禊饮岂吾事,聊将偶俗尘。

和王司马折梅寄京邑昆弟

离别念同嬉,芬荣欲共持。独攀南国树,遥寄北风时。林惜迎春早,花愁去日迟。还闻折梅处,更有棣华诗。

晚霁登王六东阁

试上江楼望，初逢山雨晴。连空青嶂合，向晚白云生。彼美要殊观，萧条见远情。情来不可极，日暮水流清。

苏侍郎紫薇庭各赋一物得芍药

仙禁生红药，微芳不自持。幸因清切地，还遇艳阳时。名见桐君箓，香闻郑国诗。孤根若可用，非直爱华滋。

和黄门卢侍御咏竹

清切紫庭垂，葳蕤防露枝。色无玄月变，声有惠风吹。高节人相重，虚心世所知。凤皇佳可食，一去一来仪。

和韦尚书答梓州兄南亭宴集

棠棣闻馀兴，乌衣有旧游。门前杜城陌，池上曲江流。暇日尝繁会，清风咏阻修。始知西崄岳，同气此相求。陆平原赠弟，有"子为东崄岳"之句。

答陈拾遗赠竹簪

与君尝此志，因物复知心。遗我龙钟节，非无玳瑁簪。幽素宜相重，雕华岂所任。为君安首饰，怀此代兼金。

赠澧阳韦明府

君有百炼刃，堪断七重犀。谁开太阿匣，持割武城鸡。竟与尚书佩，遥应天子提。何时遇操宰，当使玉如泥。

在洪州答綦毋学士

旬雨不愆期，由来自若时。尔无言郡政，吾岂欲天欺。常念涓尘益，惟欢草树滋。课成非所拟，人望在东菑。

酬王六霁后书怀见示

云雨俱行罢，江天已洞开。炎氛霁后灭，边绪望中来。作骥君垂耳，为鱼我曝鳃。更怜湘水赋，还是洛阳才。

酬王六寒朝见诒

贾生流寓日，扬子寂寥时。在物多相背，唯君独见思。渔为江上曲，雪作郢中词。忽枉兼金讯，长怀伐木诗。

林　亭　咏

穿筑非求丽，幽闲欲寄情。偶怀因壤石，真意在蓬瀛。苔益山文古，池添竹气清。从兹果萧散，无事亦无营。

晨出郡舍林下

晨兴步北林，萧散一开襟。复见林上月，娟娟犹未沉。片云自孤远，丛筱亦清深。无事由来贵，方知物外心。

园中时蔬尽皆锄理唯秋兰数本委
而不顾彼虽一物有足悲者遂赋二章

场藿已成岁，园葵亦向阳。兰时独不偶，露节渐无芳。旨异菁为蓄，甘非蔗有浆。人多利一饱，谁复惜馨香。
幸得不锄去，孤苗守旧根。无心羡旨蓄，岂欲近名园。遇赏宁充佩,为生莫碍门。幽林芳意在,非是为人论。

林亭寓言

林居逢岁晏,遇物使情多。蘅茝不时与,芬荣奈汝何。更怜篱下菊,无如松上萝。因依自有命,非是隔阳和。

送使广州

家在湘源住,君今海峤行。经过正中道,相送倍为情。心逐书邮去,形随世网婴。因声谢远别,缘义不缘名。

送姚评事入蜀各赋一物得卜肆

蜀严化已久,沉冥空所思。尝闻卖卜处,犹忆下帘时。驱传应经此,怀贤倘问之。归来说往事,历历偶心期。

送窦校书见饯得云中辨江树

江水天连色,无涯净野氛。微明岸傍树,凌乱渚前云。举棹形徐一作随转,登舻意渐分。渺茫从此去,空复惜离群。

饯王司马入计同用洲字

元僚行上计,举饯出林丘。忽望题舆远,空思解榻游。别筵铺柳岸,征棹倚芦洲。独叹湘江水,朝宗向北流。

东湖临泛饯王司马

南土秋虽半,东湖草未黄。聊乘风日好,来泛芰荷香。兰棹无劳速,菱歌不厌长。忽怀京洛去,难与共清光。

饯济阴梁明府各探一物得荷叶

荷叶生幽渚，芳华信在兹。朝朝空此地，采采欲因谁。但恐星霜改，还将蒲稗衰。怀君美人别，聊以赠心期。

饯陈学士还江南同用征字

荷荼旋江澳，衔杯饯霸陵。别前林鸟息，归处海烟凝。风土乡情接，云山客念凭。圣朝岩穴选，应待鹤书征。

通化门外送别

屡别容华改，长愁意绪微。义将私爱隔，情与故人归。薄宦无时赏，劳生有事机。离魂今夕梦，先绕旧林飞。

送杨道士往天台

鬼谷还成道，天台去学仙。行应松子化，留与世人传。此地烟波远，何时羽驾旋。当须一把袂，城郭共依然。

送杨府李功曹

平生属良友，结绶望光辉。何知人事拙，相与宦情非。别路穿林尽，征帆际海归。居然已多意，况复两乡违。

送宛句赵少府

解巾行作吏，尊酒谢离居。修竹含清景，华池澹碧虚。地将幽兴惬，人与旧游疏。林下纷相送，多逢长者车。

送韦城李少府

送客南昌尉，离亭西候春。野花看欲尽，林鸟听犹新。别酒青门路，归轩白马津。相知无远近，万里尚为邻。

送苏主簿赴偃师

我与文雄别，胡然邑吏一作使归。贤人安下位，鸷鸟欲卑飞。激节轻华冕，移官徇彩衣。羡君行乐处，从此拜庭闱。

送广州周判官

海郡雄蛮落，津亭壮越台。城隅百雉映，水曲万家开。里树桃榔出，时禽翡翠来。观风犹未尽，早晚使车回。

郡江南上别孙侍御

云嶂天涯尽，川途海县穷。何言此地僻，忽与故人同。身负邦君弩，情纤御史骢。王程不我驻，离思逐秋风。

道逢北使题赠京邑亲知

征骖稍靡靡，去国方迟迟。路绕南登岸，情摇北上旗。故人怜别日，旅雁逐归时。岁晏无芳草，将何寄所思。

江上使风呈裴宣州耀卿

江路与天连，风帆何淼然。遥林浪出没，孤舫鸟联翩。常爱千钧重，深思万事捐。报恩非徇禄，还逐贾人船。

溪行寄王震

山气朝来爽，溪流日向清。远心何处惬，闲棹此中行。一作转逢空阔处，聊洗滞留情。丛桂林间待，群鸥水上迎。徒然适我愿，幽独为谁情。

自豫章南还江上作

归去南江水，磷磷见底清。转逢空阔处，聊洗滞留情。浦树遥如待，江鸥近若迎。津途别有趣，况乃濯吾缨。

将至岳阳有怀赵二

湘岸一作浦多深林，青冥昼结阴。独无谢客赏，况复贾生心。草色虽云发，天光或未临。江潭非所遇，为尔白头吟。

使还湘水

归舟宛何处，正值楚江平。夕逗烟村宿，朝缘浦树行。于役已弥岁，言旋今惬情。乡郊尚千里，流目夏云生。

初发道中寄远

日夜乡山远，秋风复此时。旧闻胡马思，今听楚猿悲。念别朝昏苦，怀归岁月迟。壮图空不息，常恐发如丝。

自湘水南行

落日催行舫，逶迤洲渚间。虽云有物役，乘此更休闲。暝色生前浦，清晖发近山。中流澹容与，唯爱鸟飞还。

初入湘中有喜

征鞍穷郢路,归棹入湘流。望鸟唯贪疾,闻猿亦罢愁。两边枫作岸,数处橘为洲。却记从来意,翻疑梦里游。

耒阳溪夜行

乘夕棹归舟,缘源路转幽。月明看岭树,风静听溪流。岚气船间入,霜华衣上浮。猿声虽此夜,不是别家愁。

江　上

长林何缭绕,远水复悠悠。尽日馀无见,为心那不愁。忆将亲爱别,行为主恩酬。感激空如此,芳时屡已遒。

自彭蠡湖初入江

江岫殊空阔,云烟处处浮。上来群噪鸟,中去独行舟。牢落谁相顾,逶迤日自愁。更将心问影,于役复何求。

赴使泷峡

溪路日幽深,寒空入两嶔。霜清百丈水,风落万重林。夕鸟联归翼,秋猿断去心。别离多远思,况乃岁方阴。

湖口望庐山瀑布泉

万丈洪一作红泉落,迢迢半紫氛。奔飞流一作下杂树,洒落出重云。日照虹蜺似,天清风雨闻。灵山多秀色,空水共氤氲。

浈 阳 峡

行舟傍越岑，窈窕越溪深。水暗先秋冷，山晴当昼阴。重林间五色，对壁耸千寻。惜此生遐远，谁知造化心。

使 至 广 州

昔年尝不调，兹地亦遭回。本谓双凫少，何知驷马来。人非汉使橐，郡是越王台。去去虽殊事，山川长在哉。

春 江 晚 景

江林多一作皆秀发，云日复相鲜。征路那逢此，春一作乡心益渺然。兴来只自得，佳气莫能传。薄暮津亭下，馀花满客船。

与王六履震广州津亭晓望

明发临前渚，寒一作潮来净远空。水纹天上碧，日气海边红。景物纷为异，人情赖此同。乘槎一作桴自有适，非欲破长风。

初发曲江溪中

溪流清且深，松石复阴临。正尔可嘉处，胡为无赏心。我由不忍别，物亦有缘侵。白匪常行迈，谁能知此音。

旅宿淮阳亭口号 一作宋之问诗

日暮荒亭上，悠悠旅思多。故乡临桂水，今夜渺星河。暗草霜华发，空亭雁影过。兴来谁与晤，劳者自为歌。

望月怀远

海上生明月，天涯共此时。情人怨遥夜，竟夕起相思。灭烛怜光满，披衣觉露滋。不堪盈手赠，还寝梦佳期。

秋夕望月

清迥江城月，流光万里同。所思如梦里，相望在庭中。皎洁青苔露，萧条黄叶风。含情不得语，频使桂华空。

咏　燕

海燕何微眇，乘春亦暂来。岂知泥滓贱，只见玉堂开。绣户时双入，华轩日几回。无心与物竞，鹰隼莫相猜。

故刑部李尚书荆谷山集会

尝闻继老聃，身退道弥耽。结宇倚青壁，疏泉喷碧潭。苔石随人古，烟花寄酒酣。山光纷向夕，归兴杜城南。

戏题春意

一作江南守，江林三四春。相鸣不及鸟，相乐喜关人。日守朱丝直，年催华发新。淮阳只有卧，持此度芳辰。

庭梅咏

芳意何能早，孤荣亦自危。更怜花蒂弱，不受岁寒移。朝雪那相妒，阴风已屡吹。馨香虽尚尔，飘荡复谁知。

听　筝

端居正无绪，那复发秦筝。纤指传新意，繁弦起怨情。悠扬思欲绝，掩抑态还生。岂是声能感，人心自不平。

初秋忆金均两弟

江渚秋风至，他乡离别心。孤云愁自远，一叶感何深。忧喜尝同域，飞鸣忽异林。青山西北望，堪作白头吟。

秋　怀

感惜芳时换，谁知客思悬。忆随鸿向暖，愁学马思边。留滞机还息，纷挐网自牵。东南起归望，何处是江天。

故刑部李尚书挽词三首

仙宗出赵北，相业起山东。明德尝为礼，嘉谋屡作忠。论经白虎殿，献赋甘泉宫。与善今何在，苍生望已空。
宿昔三台践，荣华驷马归。印从青琐拜，翰入紫宸挥。题剑恩方重，藏舟事已非。龙门不可望，感激涕沾衣。
永叹常山宝，沉埋京兆阡。同盟会五月，华表记千年。渺漫野中卓，微茫空里烟。共悲人事绝，唯对杜陵田。

故徐州刺史赠吏部侍郎苏公挽歌词三首

韦玄方继相，荀爽复齐名。在贵兼天爵，能贤出世卿。学闻金马诏，神见玉人清。藏壑今如此，为山遂不成。
相如只谢病，子敬忽云亡。岂悟瑶台雪，分雕玉树行。清规留草议，故事在封章。本谓山公启，而今殁始扬。

返葬长安陌，秋风箫鼓悲。奈何相送者，不是平生时。寒影催年急，哀歌助晚迟。宁知建旟罢，丹旐向京师。

故荥阳君苏氏挽歌词三首

门绪公侯列，嫔风诗礼行。松萝方有寄，桃李忽无成。剑去双龙别，雏哀九凤鸣。何言峄山树，还似半心生。

永叹芳魂断，行看草露滋。二宗荣盛日，千古别离时。竟罢生刍一作香赠，空留画扇悲。容车候晓发，何岁是归期。

缟服纷相送，玄扃窅不开。更悲泉火灭，徒见柳车回。旧室容衣奠，新茔拱树栽。唯应月照篔，潘岳此时哀。

眉州康司马挽歌词

家受专门学，人称入室贤。刘桢徒有气，管辂独无年。谪去长沙国，魂归京兆阡。从兹匣中剑，埋没罢冲天。

奉和圣制早发三乡山行

羽卫森森西向秦，山川历历在清晨。晴云稍卷寒岩树，宿雨能一作微销御路尘。圣德由来合天道，灵符即此应时巡。遗贤一一皆羁致，犹欲高深访隐沦。

奉和圣制龙池篇

天启神龙生碧泉，泉水灵源浸迤延。飞龙已向珠潭出，积水仍将银汉连。岸傍花柳看胜画，浦上楼台问是仙。我后元符从此得，方为万岁寿图川。

全唐诗卷四九

张九龄

奉和圣制南郊礼毕酺宴

配天昭圣业,率土庆辉光。春发三条路,酺开百戏场。流恩均庶品,纵观聚康庄。妙舞来平乐,新声出建章。分曹日抱戴,赴节凤归昌。幸奏承云乐,同晞湛露阳。气和皆有感,泽厚自无疆。饱德君臣醉,连歌奉柏梁。

奉和圣制早渡蒲津关

魏武中流处,轩皇问道回。长堤春树发,高掌曙云开。龙负王舟渡,人占仙气来。河津会日月,天仗役风雷。东顾重关尽,西驰万国陪。还闻股肱郡,元首咏康哉。

奉和圣制同二相南出雀鼠谷

设险诸侯地,承平圣主巡。东君朝二月,南旆拥三辰。寒出重关尽,年随行漏新。瑞云丛捧日,芳树曲迎春。舞咏先驰道,恩华及从臣。汾川花鸟意,并奉属车尘。

奉和圣制经河上公庙

昔者河边叟,谁知隐与仙。姓名终不识,章句此空传。迹为坐忘晦,言犹强著诠。精灵竟何所,祠宇独依然。道在纤宸眷,风行动睿篇。从兹化天下,清净复何先。

奉和圣制送尚书燕国公赴朔方

宗臣事有征,庙算在休兵。天与三台座,人当万里城。朔南方偃革,河右一作北暂扬旌。宠锡从仙禁,光华出汉京。山川勤远略,原隰轸皇情。为奏薰琴唱,仍题宝剑名。闻风六郡伏,计日五戎平。山甫归应疾,留侯功复成。歌钟旋可望,衽席岂难行。四牡何时入,吾君忆履声。

奉和圣制途经华山

万乘华山下,千岩云汉中。灵居虽窅密,睿览忽玄同。日月临高掌,神仙仰大风。攒峰势岌岌,翊辇气雄雄。揆物知幽赞,铭勋表圣衷。会应陪玉检,来此告成功。

奉和圣制早登太行山率尔言志

孟月摄提贞,乘时我后征。晨严九折度,暮戒六军行。日御驰中道,风师卷太清。戈鋋林表出,组练雪间明。动植希皇豫,高深奉睿情。陪游七圣列,望幸百神迎。气色烟犹喜,恩光草尚荣。之罘称万岁,今此复同声。

奉和圣制登封礼毕洛城酺宴

大君毕能事,端扆乐成功。运与千龄合,欢将万国同。汉酺歌圣酒，韶乐舞薰风，河洛荣光遍，云烟喜气通。春华顿觉早，天泽倍知崇。草木皆沾被，犹言不在躬。

恩赐乐游园宴应制

宝筵延厚—作锡命，供帐序群公。形胜宜春接，威仪建礼同。晞阳人似露，解愠物从风。朝庆千龄始，年华二月中。辉光遍草木，和气发丝桐。岁岁无为化，宁知乐九功。

奉和圣制过王濬墓

汉王思巨鹿，晋将在弘农。入蜀举长算，平吴成大功。与浑虽不协，归皓实为雄。孤绩沦千载，流名感圣衷。万乘度荒陇，一顾凛生风。古节犹不弃，今人争效忠。

奉和吏部崔尚书雨后大明朝堂望南山

迢递终南顶，朝朝闉阖前。揭来青绮外，高在翠微先。双凤褰为阙，群龙俨若仙。还知到玄圃，更是谒甘泉。夜雨尘初灭，秋空月正悬。诡容纷入望，霁色宛成妍。东极华阴践，西弥嶓冢连。奔峰出岭外，瀑水落云边。汉帝宫将苑，商君陌与阡。林华铺近甸，烟霭绕晴川。既庶仁斯及，分忧政已宣。山公启事罢，吉甫颂声传。济济金门步，洋洋玉树篇。徒歌虽有属，清越岂同年。

和崔尚书喜雨

积阳虽有晦，经月未为灾。上念人天重，先祈云汉回。仁心及草木，号令起风雷。照烂阴霞止，交纷瑞雨来。三辰皴黍稷，四达屏氛埃。池溜因添满，林芳为洒开。听中声滴沥，望处影徘徊。惠泽成丰岁，昌言发上才。无论验石鼓，不是御云台。直颂皇恩浃，崇朝遍九垓。

和许给事中直夜简诸公

未央钟漏晚，仙宇蔼沉沉。武卫千庐合，严扃万户深。左掖知天近，南窗见月临。树摇金掌露，庭徙玉楼阴。他日闻更直，中宵属所钦。声华大国宝，凤夜近臣心。逸兴乘高阁，雄飞在禁林。宁思窃抃者，情发为知音。

和苏侍郎小园夕霁寄诸弟

清风阊阖至，轩盖承明归。云月爱秋景，林堂开夜扉。何言兼济日，尚与宴私违。兴逐兼葭变，文因棠棣飞。人伦用忠孝，帝德已光辉。赠弟今为贵，方知陆氏微。

酬宋使君见赠之作

时来不自意，宿昔谬枢衡。翊圣负明主，妨贤愧友生。罢归犹右职，待罪尚南荆。政有留棠旧，风因继组成〔一作清〕。高轩〔一作轩车〕问疾苦，羔〔一作黎〕庶荷仁明。衰废时所薄，只言僚故〔一作旧〕情。

酬宋使君见诒

陟邻初禀训，献策幸逢时。朝列且云忝，君恩复若兹。庭闱际海曲，韶传荷天慈。顾己欢乌鸟，闻君泣素丝。才明应主召，福善岂神欺。但愿白心在，终然涅不淄。

酬通事舍人寓直见示
篇中兼起居陆舍人景献

轩掖殊清秘，才华固在斯。兴因膏泽洒，情与惠风吹。所美应人誉,何私亦我仪。同声感乔木,比翼谢长离。价以陆生减,贤惭鲍叔知。薄游尝独愧,芳讯乃兼施。此夜金闺籍,伊人琼树枝。飞鸣复何远,相顾幸媞媞。

与袁补阙寻蔡拾遗会此公出
行后蔡有五韵诗见赠以此篇答焉

辙迹陈家巷,诗书孟子邻。偶来乘兴者,不值草玄人。契是忘年合,情非累日申。闻君还薄暮,见眷及兹辰。赠我如琼玖,将何报所亲。

酬赵二侍御使西军赠两省旧僚之作

石室先鸣者,金门待制同。操刀尝愿割,持斧竟称雄。应敌兵初起,缘边虏欲空。使车经陇月,征旆绕河风。忽枉兼金讯,非徒秣马功。气清一作凌蒲海曲,声满柏台中。顾己尘华省,欣君震远戎。明时独匪报,尝欲退微躬。

武司功初有幽庭春暄
见贻夏首获见以诗报焉

芳月尽离居,幽怀重起予。虽言春事晚,尚想物华初。迟日瞰方照,高斋澹复虚。笋成林向密,花落树应疏。赠鲤情无间,求莺思有馀。暄妍不相待,含叹欲焉如。

酬王履震游园林见贻

宅生惟海县,素业守郊园。中览霸王说,上徼明主恩。一行罢兰径,数载历金门。既负潘生拙,俄从周任言。逶迤恋轩陛,萧散反丘樊。旧径稀人迹,前池耗水痕。并看芳树老,唯觉敝庐存。自我栖幽谷,逢君翳覆盆。孟轲应有命,贾谊得无冤。江上行伤远,林间偶避喧。地偏人事绝,时霁鸟声繁。独善心俱闭,穷居道共尊。乐因南涧藻,忧岂北堂萱。幽意加投漆,新诗重赠轩。平生徇知己,穷达与君论。

饯王尚书出边

汉相推人杰,殷宗伐鬼方。还闻出将重,坐见即戎良。上策应为豫,中权且用光。令申兵气倍,威慑一作慑虏魂亡。树比公孙大,城如道济长。夏云登陇首,秋露泫辽阳。武德舒宸眷,文思饯乐章。感恩身既许,激节胆犹尝。祖帐倾朝列,军麾驻道傍。诗人何所咏,尚父欲鹰扬。

送赵都护赴安西

将相有更践,简心良独难。远图尝画地,超拜乃登坛。戎即昆山序,车同渤海单。义无中国费,情必远人安。他日文兼武,而今栗且宽。自然来月窟,何用刺楼兰。南至三冬晚,西驰万里寒。封侯自有处,征马去啴啴。

奉使自蓝田玉山南行

征骖入云壑,始忆步金门。通籍微躯幸,归途明主恩。匪唯徇行役,兼得慰晨昏。是节暑云炽,纷吾心所尊。海县且悠缅,山邮日骏奔。徒知恶嚣事,未暇息阴论。峣武经陈迹,衡湘指故园。水闻南涧险,烟望北林繁。远霭千岩合,幽声百籁喧。阴泉夏犹冻,阳景昼方暾。懿此高深极,徒令梦想存。盛明期有报,长往复奚言。

贺给事尝诣蔡起居郊馆有诗因命同作

记言闻直史，筑室面层阿。岂不承明入，终云幽意多。沉冥高士致，休浣故人过。前岭游氛灭，中林芳气和。兹辰阻佳趣，望美独如何。

南山下旧居闲放

祇役已云久，乘闲返服初。块然屏尘事，幽独坐林间。清旷前山远，纷喧此地疏。乔木凌青霭，修篁媚绿渠。耳和绣翼鸟，目畅锦鳞鱼。寂寞心还间一作闲，飘飖体自虚。兴来命旨酒，临罢阅仙书。但乐多幽意，宁知有毁誉。尚想争名者，谁云要路居。都忘下流叹，倾夺竟何如。

高斋闲望言怀

高斋复晴景，延眺属清秋。风物动归思，烟林生远愁。纷吾自穷海，薄宦此中州。取路无高足，随波适下流。岁华空冉冉，心曲且悠悠。坐惜芳时歇，胡然久滞留。

别乡人南还

橘柚南中暖，桑榆北地阴。何言荣落异，因见别离心。吾亦江乡子，思归梦寐深。闻君去水宿，结思渺云林。牵缀从浮事，迟回谢所钦。东南行舫远，秋浦念猿吟。

初发江陵有怀

极望浐阳浦，江天渺不分。扁舟从此去，鸥鸟自为群。他日怀真赏，中年负俗纷。适来果微尚，倏尔会斯文。复想金闺籍，何如梦渚云。我行多胜寄,浩思独氛氲。

同綦毋学士月夜闻雁

栖宿岂无意,飞飞更远寻。长途未及半,中夜有遗音。月思关山
笛,风号流水琴。空声两相应,幽感一何深。避缴归南浦,离群叫
北林。联翩俱不定,怜尔越乡心。

登总持寺阁

香阁起崔嵬,高高沙版开。攀跻千仞上,纷诡万形来。草间商君
陌,云重汉后台。山从函谷断,川向斗城回。林里春容变,天边客
思催。登临信为美,怀远独悠哉。

晚憩王少府东阁

披轩肆流览,云壑见深重。空水秋弥净,林烟晚更浓。坐隅分洞
府,檐际列群峰。窈窕生幽意,参差多异容。还惭大隐迹,空想列
仙踪。赖此升攀处,萧条得所从。

登城楼望西山作

城楼枕南浦,日夕顾西山。宛宛鸾鹤处,高高烟雾间。仙井今犹
在,洪厓久不还。金编莫我授,羽驾亦难攀。檐际千峰出,云中一
鸟闲。纵观穷水国,游思遍人寰。勿复尘埃事,归来且闭关。

祠紫盖山经玉泉山寺

指途跻楚望,策马傍荆岑。稍稍松篁入,泠泠涧谷深。观奇逐幽
映,历险忘岖嵚。上界投佛影,中天扬梵音。焚香忏在昔,礼足誓
来今。灵异若有对,神仙真可寻。高僧闻逝者,远一作绝俗是初心。

藓驳经行处,猿啼燕坐林。归真已寂灭,留迹岂湮沉。法地自兹广,何云千万金。

洪州西山祈雨是日辄应因赋诗言事

兹山蕴灵异,走望良有归。丘祷虽已久,氓心难重违。迟明申藻荐,先夕旅岩扉。独宿云峰下,萧条人吏稀。我来不外适,幽抱自中微。静入风泉奏,凉生松栝围。穷年滞远想,寸晷阅清晖。虚美怅无属,素情缄所依。诡随嫌弱操,羁束谢贞肥。义济亦吾道,诚存为物祈。灵心倏已应,甘液幸而飞。闭阁且无责,随车安敢希。多惭德不感,知复是耶非。

经江宁览旧迹至玄武湖

南国更数世,北湖方十洲。天清华林苑,日晏景阳楼。果下回仙骑,津傍驻彩斿。一作旒凫鹥喧凤管,荷芰斗一作暗龙舟。七子陪诗赋,千人和棹讴。应言在镐乐,不让横汾秋。风俗因纾慢,江山成易由。驹王信不武,孙叔是无谋。佳气日将歇,霸功谁与修。桑田东海变,麋鹿姑苏游。否运争三国,康时劣九州。山虽幕府在,馆岂豫章留。水淀还相阅,菱歌亦故遒。雄图不足问,唯想事风流。

登襄阳岘山 一本岘山上有岘字

昔年呕攀践,征马复来过。信若山川旧,谁如岁月何。蜀相吟安在,羊公碣已磨。令图犹寂寞,嘉会亦蹉跎。宛宛樊城岸,悠悠汉水波。逶迤春日远,感寄客情多。地本原林秀,朝来烟景和。同心不同赏,留叹此岩阿。

登荆州城楼

天宇何其旷，江城坐自拘。层楼百馀尺，迢递在西隅。暇日时登眺，荒郊临故都。累累见陈迹，寂寂想雄图。古往山川在，今来郡邑殊。北疆虽入郑，东距岂防吴。几代传荆国，当时敌陕郛。上流空有处，中土复何虞。枕席夷三峡，关梁豁五湖。承平无异境，守隘莫论夫。自罢金门籍，来参竹使符。端居向林薮，微尚在桑榆。直似王陵戆，非如宁武愚。今兹对南浦，乘雁与双凫。

登乐游原春望书怀

城隅有乐游，表里见皇州。策马既长远，云山亦悠悠。万壑清光满，千门喜气浮。花间直城路，草际曲江流。凭眺兹为美，离居方独愁。已惊玄发换，空度绿荑柔。奋翼笼中鸟，归心海上鸥。既伤日月逝，且欲桑榆收。豹变焉能及，莺鸣非可求。愿言从所好，初服返林丘。

候使登石头驿楼作

山槛凭南一作高望，川途眇北流。远林天翠合，前浦日华浮。万井缘津渚，千艘咽渡头。渔商多末事，耕稼少良畴。自守陈蕃榻，尝登王粲楼。徒然骋目处，岂是获心游。向迹虽愚谷，求名异盗丘。息阴芳木所，空复越乡忧。

登 临 沮 楼

高深不可厌，巡属复来过。本与众山绝，况兹韶景和。危楼入水倒，飞槛向空摩。杂树缘青壁，樛枝挂绿萝。潭清能彻底，鱼乐好跳波。有象言虽一作难具，无端思转多。同怀不在此，孤赏欲如何。

陪王司马登薛公逍遥台

尝闻薛公泪，非直雍门琴。宷逐留遗迹，悲凉见此心。府中因暇豫，江上幸招寻。人事已成古，风流独至今。闲情多感叹，清景暂登临。无复甘棠在，空馀蔓草深。晴光送远目，胜气入幽襟。水去朝沧海，春来换碧林。赋怀湘浦吊，碑想汉川沉。曾是陪游日，徒为梁父吟。

尝与大理丞袁公太府丞田公偶诣一所林沼尤胜因并坐其次相得甚欢遂赋诗焉以咏其事

方驾与吾友，同怀不异寻。偶逢池竹处，便会江湖心。夏近林方密，春馀水更深。清华两辉映，闲步亦窥临。蘋藻复佳色，凫鹥亦好音。韶芳媚洲渚，蕙气袭衣襟。萧散皆为乐，裴回从所钦。谓予成夙志，岁晚共抽簪。

与弟游家园

定省荣君赐，来归是昼游。林乌飞旧里，园果让新秋。枝长南庭树，池临一作连北涧流。星霜屡尔别，兰麝为谁幽。善积家方庆，恩深国未酬。栖栖将义动，安得久情留。

郡 内 闲 斋

郡阁昼常掩，庭芜日复滋。檐风落鸟毳，窗叶挂虫丝。拙病宦情少，羁闲秋气悲。理人无异绩，为郡但经时。唯有江湖意，沉冥空在兹。

城南隅山池春中田袁二公盛
称其美夏首获赏果会夙言故有此咏

忆昨闻佳境,驾言寻昔蹊。非惟初物变,亦与旧游暌。幽渚为君说,清晨即我携。途深独睥睨,历险共攀跻。林笋苞青箨,津杨委绿荑。荷香初出浦,草色复缘堤。乐处将鸥狎,谭端用马齐。且言临海郡,兼话武陵溪。异壤风烟绝,空山岩径迷。如何际朝野,从此待金闺。

西江夜行

遥夜人何在,澄潭月里行。悠悠天宇旷,切切故乡情。外物寂无扰,中流澹自清。念归林叶一作春服换,愁坐露华生。犹有汀洲鹤,宵分乍一鸣。

南还湘水言怀

拙宦今何有,劳歌念不成。十年乖夙志,一别悔前行。归去田园老,倘来轩冕轻。江间稻正熟,林里桂初荣。鱼意思在藻,鹿心怀食苹。时哉苟不达,取乐遂吾情。

商洛山行怀古

园绮值秦末,嘉遁此山阿。陈迹向千古,荒途始一过。硕人久沦谢,乔木自森罗。故事昔尝览,遗风今岂讹。泌泉空活活,樵臾独皤皤。是处清晖满,从中幽兴多。长怀赤松意,复忆紫芝歌。避世辞轩冕,逢时解薜萝。盛明今在运,吾道竟如何。

南还以诗代书赠京师旧僚

薄宦晨昏阙，尊一作遵尊义取斯。穷愁年貌改，寂历尔胡为。不谄
词多忤，无容礼益卑。微生尚何有，远迹固其宜。思扰梁山曲，情
遥越鸟枝。故园从海上，良友邈天涯。云雨叹一别，川原劳载驰。
上惭伯乐顾，中负叔牙知。去国诚寥落，经途弊险巇。岁逢霜雪
苦，林属蕙兰萎。欲赠幽芳歇，行悲旧赏移。一从关作限，两见月
成规。苒苒穷年籥，行行尽路岐。征鞍税北渚，归帆指南垂。树晚
犹葱蒨，江寒尚渺弥。土风从楚别，山水入湘奇。石濑相奔触，烟
林更蔽亏。层崖夹洞浦，轻舸泛澄漪。松筱行皆傍，禽鱼动辄随。
惜哉边地隔，不与故人窥。畴昔陪鹓鹭，朝阳振羽仪。来音虽寂
寞，接景每逶迤。朝罢冥尘事，宾来话酒卮。邀欢逐芳草，结兴选
华池。及此风成叹，何时雾可披。自怜无用者，谁念有情离。望美
音容阔，怀贤梦想疲。因声达霄汉，持拙守东陂。

初发道中赠王司马兼寄诸公

昔岁尝陈力，中年退屏居。承颜方弄鸟，放性或观鱼。曾是安疵
拙，诚非议卷舒。林园事益简，烟月赏恒馀。不意栖愚谷，无阶奉
诏书。湛恩均大造，弱植愧空虚。肃命趋仙阙，侨装抚传车。念行
开祖帐，怜别降题舆。谁谓风期许，叨延礼数殊。义沾投分末，情
及解携初。追饯扶江介，光辉烛里闾。子云应寂寞，公叔一作绪为
吹嘘。景物春来异，音容日向疏。川原行稍稳，钟鼓听犹徐。林隔
王公舆，云迷班氏庐。恋亲唯委咽，思德更踌躇。徇义当由此，怀
安乃阙如。愿酬明主惠，行矣岂徒欤。

自始兴溪夜上赴岭

尝蓄名山意，兹为世网牵。征途屡及此，初服已非然。日落青岩
际，溪行绿筱边。去舟乘月后，归鸟息人前。数曲迷幽嶂，连圻触
暗泉。深林风绪结，遥夜客情悬。非梗胡为泛，无膏亦自煎。不知
于役者，相乐在何年。

当涂界寄裴宣州

故人宣城守，亦在江南偏。如何分虎竹，相与间山川。章绶胡为
者，形骸非自然。含情津渡阔，倚望脰空延。远近闻佳政，平生仰
大贤。推心徒有属，会面良无缘。日夕遵前渚，江村投暮烟。念行
祗意默，怀远岂言宣。委曲风波事，难为尺素传。

郡中每晨兴辄见群鹤东飞至暮又
行列而返嘐唳云路甚和乐焉予愧
独处江城常目送此意有所羡遂赋以诗

云间有数鹤，抚翼意无违。晓日东田去，烟霄北渚归。欢呼良自
适，罗列好相依。远集长江静，高翔众鸟稀。岂烦仙子驭，何畏野
人机。却念乘轩者，拘留不得飞。

和裴侍中承恩拜扫旋辔途中
有怀寄州县官僚乡国亲故 后缺

嵩岳神惟降，汾川鼎气雄。生才作霖雨，继代有清通。天下称贤
相，朝端挹至公。自家来佐国，移孝入为忠。霜露多前感，丘园想
旧风。扈巡过晋北，问俗到河东。便道恩华降，还乡礼教崇。野尊

延故老,朝服见儿童。

和姚令公哭李尚书乂

贵贱虽殊等,平生窃下风。云泥势已绝,山海纳还通。忽叹登龙者,翻将吊鹤同。琴诗犹可托,剑履独成空。畴昔尝论礼,兴言每匪躬。人思崔琰议,朝掩祭遵公。作善神何酷,依仁命不融。天文虚北斗,人事罢南宫。上宰既伤旧,下流弥感衷。无恩报国士,徒欲问玄穹。

奉和圣制经函谷关作

函谷虽云险,黄河已复清。圣心无所隔,空此置关城。

奉和圣制度潼关口号

嶙嶙故城垒,荒凉空戍楼。在德不在险,方知王道休。

答太常靳博士见赠一绝

上苑春先入,中园花尽开。唯馀幽径草,尚待日光催。

登荆州城望江二首 《统签》作一首

滔滔大江水,天地相终始。经阅几世人,复叹谁家子。
东望何悠悠,西来昼夜流。岁月既如此,为心那不愁。

赋得自君之出矣

自君之出矣,不复理残机。思君如满月,夜夜减清辉。

答　陆　澧

松叶堪为酒,春来酿几多。不辞山路远,踏雪也相过。

全唐诗卷五〇

杨　炯

　　杨炯，华阴人。幼聪敏博学，善属文。年十一，举神童，授校书郎，为崇文馆学士，迁詹事司直。恃才简倨，人不容之。武后时，左转梓州司法参军。秩满，迁婺州盈川令，卒于官。中宗即位，以旧僚赠著作郎。炯闻时人以四杰称，乃自言曰："吾愧在卢前，耻居王后。"张说曰："杨盈川文思如悬河注水，酌之不竭，既优于卢，亦不减王也。"有《盈川集》三十卷，今存诗一卷。

奉和上元酺宴应诏

甲乙遇灾年，周隋送上弦。妖一作祆星六丈出，沴气七重悬。赤县空无主，苍生欲问天。龟龙开宝命，云火昭灵庆。万物睹真人，千秋逢圣政。祖宗玄泽远，文武休光盛。大号域中平，皇威天下惊。参辰昭文物，宇宙浃声名。汉后三章令，周王五伐兵。匈奴穷地角，本自远正朔。骄子起天街，由来亏礼乐。一衣扫风雨，再战夷屯剥。清明日月旦，萧索烟云涣。寒暑既平分，阴阳复贞观。惟神谐妙物，乃圣符幽赞。下武发祯祥，平阶属会昌。金泥封日观，璧水匝明堂。业盛勋华德，兴一作舆包天地皇。孝思义罔极，易礼光前式。天焕三辰辉，灵书五云色。敬时穷发敛，卜代盈千亿。五纬

聚华轩,重光入望园。公卿论至道,天子拜昌言。雷解初开出,星
空即便元。瑶台凉景荐,银阙秋阴遍。百戏骋鱼龙,千门壮宫殿。
深仁洽蛮徼一作貊,恺乐周寰县。宣室召群臣,明庭礼百神。仰德
还符日,沾恩更似春。襄城非牧竖,楚国有巴人。

广 溪 峡

广溪三峡首,旷望兼川陆。山路绕羊肠,江城镇鱼腹。乔林百丈
偃,飞水千寻瀑。惊浪回高天,盘涡转深谷。汉氏昔云季,中原争
逐鹿。天下有英雄,襄阳有龙伏。常山集军旅,永安兴版筑。池台
忽已倾,邦家遽沦覆。庸才若刘禅,忠佐为心腹。设险犹可存,当
无贾生哭。

巫 峡

三峡七百里,唯言巫峡长。重岩窅不极,叠嶂凌苍苍。绝壁横天
险,莓苔烂锦章。入夜分明见,无风波浪狂。忠信吾所蹈,泛舟亦
何伤。可以涉砥柱,可以浮吕梁。美人今何在,灵芝徒有一作自芳。
山空夜猿啸,征客泪沾裳。

西 陵 峡

绝壁耸万仞,长波射千里。盘薄荆之门,滔滔南国纪。楚都昔全
盛,高丘烜望祀。秦兵一旦侵,夷陵火潜起。四维不复设,关塞良
难恃。洞庭且忽焉一作然,孟门终已矣。自古天地辟,流为峡中水。
行旅相赠言,风涛无极已。及余践斯地,瑰奇信为美。江山若有
灵,千载伸知己。

从 军 行

烽火照西京,心中自不平。牙璋辞凤阙,铁骑绕龙城。雪暗凋旗画,风多杂鼓声。宁为百夫长,胜作一书生。

刘 生

卿一作乡家本六郡,年长入三秦。白璧酬知己,黄金谢主人。剑锋生赤电,马足起红尘。日暮歌钟发,喧喧动四邻。

骢 马

骢马铁连钱,长安侠少年。帝畿平若水,官路直如弦。夜玉妆车轴,秋金一作风铸马鞭。风霜但自保,穷达任皇天。

出 塞

塞外欲纷纭一作纷,雌雄犹未分。明堂占气色,华盖辨星文。二月河魁将,三千太乙军。丈夫皆有志,会见一作是立功勋。

有 所 思

贱妾留南楚,征夫向北燕。三秋方一日,少别比千年。不掩嚬红缕,无论一作能数绿钱。相思明月夜,迢递白云天。

梅 花 落

窗外一株梅,寒花五出开。影随朝日远,香逐便风来。泣对铜钩障,愁看玉镜台。行人断消息,春恨几裴回。

折　杨　柳

边地遥一作迷无极，征人去不还。秋容凋翠羽，别泪损红颜。望断流星驿，心驰明月关。藁砧何处在，杨柳自堪攀。

紫　骝　马

侠客重周游，金鞭控紫骝。蛇弓白羽箭，鹤辔赤茸鞦。发迹来南海，长鸣向北州。匈奴今未灭，画地取封侯。

战　城　南

塞北途辽远，城南战苦辛。幡一作幢旗如鸟翼，甲胄似鱼鳞。冻水寒伤马，悲风愁杀人。寸心明白日，千里暗黄尘。

送临津房少府

岐路三秋别，江津万里长。烟霞驻征盖，弦奏促飞觞。阶树含斜日，池风泛早凉。赠言未终竟，流涕忽沾裳。

送丰城王少府

愁结乱如麻，长天照落霞。离亭隐乔树，沟水浸平沙。左尉才何屈，东关望渐赊。行看转牛斗，持此报张华。

送郑州周司空 一作司功

汉国临清渭，京城枕浊河。居人下珠泪一作泣，宾御促骊歌。望极关山远，秋深烟雾多。唯馀三五夕，明月暂经过。

送梓州周司功

御沟一相送,征马屡盘桓。言笑方无日,离忧独未宽。举杯聊劝酒,破涕暂为欢。别后风清夜,思君蜀路难。

送杨处士反初卜居曲江

雁门归去远,垂老脱袈裟。萧寺休为客一作梩,曹溪便寄家。绿琪千岁树,黄槿四时花。别怨应无限,门前桂水斜。

途　中

悠悠辞鼎邑,去去指一作拒金墉。途路盈千里,山川亘百重。风行常有地一作队,云出本多峰。郁郁园中柳,亭亭山上松。客心殊不一作未乐,乡泪独无从。

送刘校书从军

天将下三宫,星门召一作启五戎。坐谋资庙略,飞檄仁文雄。赤土流星剑,乌号明月弓。秋阴生蜀道,杀气绕湟中。风雨何年别,琴尊此日同。离亭不可望,沟水自西东。

游　废　观

青幛倚丹田,荒凉数百年。独知小山桂,尚识大罗天。药败金炉火,苔昏玉女泉。岁时无壁画,朝夕有阶烟。花柳三春节,江山四望悬。悠然出尘网,从此狎神仙。

和石侍御山庄

烟霞非俗宇一作排俗累,岩壑只幽居。水浸何曾畎,荒郊不复锄。影

浓山树密,香浅泽花疏。阔堑防斜径,平堤夹小渠。莲房若个实,
竹节几重一作竿虚。萧然隔城市,酌醴焚枯鱼。

送李庶子致仕还洛

此地倾城日,由来供帐华。亭逢李广骑,门接邵平瓜。原野烟氛
匝,关河游望赊。白云断岩岫,绿草覆江沙。诏赐扶阳宅,人荣御
史车。灞池一相送,流涕向烟霞。

早　行

敞朗东方彻,阑干北斗斜。地气俄成雾,天云渐作霞。河流才辨
马,岩路不容车。阡陌经三岁,间阎对五家。露文沾细草,风影转
高花。日月从来惜,关山犹自赊。

和崔司空伤姬人

昔时南浦别,鹤怨宝琴弦。今日东方至,鸾销珠镜前。水流衔砌
咽,月影向窗悬。妆一作粉匣凄馀粉一作泪,熏炉灭一作减旧烟。晚庭
摧玉树,寒帐委金莲。佳人不再得,云一作白日几千年。

和骞右丞省中暮望

故事闲台阁,仙门蔼已深。旧章窥复道,云幄肃重阴。玄律葭灰
变,青阳斗柄临。年光摇树色,春气绕兰心。风响高窗度,流痕曲
岸侵。天门一作民总枢辖,人镜辨衣簪。日暮南宫静,瑶华振雅音。

和酬虢州李司法

唇齿标形胜,关河壮邑居。寒山抵方伯,秋水面鸿胪。君子从游
宦,忘情任卷舒。风霜下刀笔,轩盖拥门闾。平野芸黄遍,长洲鸿

雁初。菊花宜泛酒,浦叶好裁书。昔我芝兰契,悠然云雨疏。非君
重千里,谁肯惠双鱼。

和郑雠校内省眺瞩思乡怀友

铜门初下辟,石馆始沉研。游雾千金字,飞云五色笺。楼台横紫极
一作气,城阙俯青田。暗入瑶房里,春回一作过玉宇前。霞文埋落
照,风物一作色澹归烟。翰墨三馀隙,关山四望悬。颓峰一作风暧酌
羽,流水旷鸣弦。虽欣承白雪,终恨隔青天。

和旻上人伤果禅师

净业初中日,浮生大小年。无人本无我,非后亦非前。箫鼓旁喧
地,龙蛇直映一作真应天。法门摧栋宇,觉海破舟船。书镇秦王饷,
经文宋国传。声华周百亿,风烈被一作破三千。芜没青园寺,荒凉
紫陌田。德音殊未远,拱木已生烟。

和刘侍郎入隆唐观

福地阴阳合,仙都日月开。山川临四险,城树隐三台。伏槛排云
出,飞轩绕涧回。参差凌倒影,潇洒轶浮埃。百果珠为实,群峰锦
作苔。悬萝暗疑一作凝雾,瀑布响成雷。方士烧丹液,真人泛玉杯。
还如问桃水,更似得蓬莱。汉帝求仙日,相如作赋才。自然金石
奏,何必上天台。

和辅先入昊天观星瞻 一作占

遁甲爱皇里,星占太乙宫。天门开奕奕,佳气郁葱葱。碧落三乾
外,黄图四海中。邑居环若水,城阙抵新丰。玉槛昆仑侧,金枢地
轴东。上真朝北斗,元始咏南风。汉君祠五帝,淮王礼八公。道书

编一作藏竹简，灵液一作药灌梧桐。草茂一作蔓琼阶绿，花繁宝树红。
石楼纷似画，地镜淼如空。桑海年一作中应积，桃源路不穷。黄轩
若有问，三月住一作往崆峒。

和刘长史答十九兄

帝尧平百姓，高祖宅三秦。子弟分河岳，衣冠动缙绅。盛名恒不
陨，历代几相因。街巷涂山曲，门闾洛水滨。五龙金作友，一子玉
为人。宝剑丰城气，明珠魏国珍。风标自落落，文质且彬彬。共许
刁元一作陶玄亮，同推周伯仁。石城俯天阙，钟阜对江津。骥足方
遄骋一作驶，狼心独未驯。鼓鼙鸣九域，风火集重闉。城势馀三板
一作版，兵威乏四邻。居然混玉石，直置保松筠。耿介酬天子，危言
数贼臣。钟仪琴未奏，苏武节犹新。受禄宁辞死，扬名不顾身。精
诚动天地，忠义感明神。怪鸟俄一作来垂翼，修蛇竟暴鳞。来朝拜
一作报休命，述职下梁一作良岷。善政驰金马，嘉声绕玉轮。三荆忽
有赠，四海更相亲。宫徵谐鸣石，光辉掩烛银。山川遥满目，零露
坐沾巾。友爱光天下，恩波浃后尘。懦夫仰高节，下里继阳春。

夜 送 赵 纵

赵氏连城璧，由来天下传。送君还旧府，明月满一作照前川。

全唐诗卷五一

宋之问

　　宋之问，一名少连。字延清，虢州弘农人。弱冠知名。初征，令与杨炯分直内教。俄授雒州参军，累转尚方监丞，预修三教珠英。后坐附张易之，左迁泷州参军。武三思用事，起为鸿胪丞。景龙中，再转考功员外郎。时中宗增置修文馆学士，之问与薛稷、杜审言首膺其选，转越州长史。睿宗即位，徙钦州，寻赐死。集十卷，今编诗三卷。

息 夫 人

可怜楚破息，肠断息夫人。仍为泉下骨，不作楚王嫔。楚王宠莫盛，息君情更亲。情亲怨生别，一朝俱杀身。

初到陆浑山庄

授衣感穷节，策马凌伊关。归齐逸人趣，日觉秋琴闲。寒露衰北阜，夕阳破东山。浩歌步一作岑榛樾，栖鸟随我还。

夜 饮 东 亭

春泉一作水鸣大壑，皓月吐层岑。岑壑景色佳，慰我远游心。暗芳足幽气，惊栖一作嘶多众音。高兴南山一作女曲，长谣横素琴。

芳　树 一作沈佺期诗

何地早芳菲,宛在长门殿。夭桃色若绶,秾李光如练。啼鸟弄花疏,游蜂饮香遍。叹息春风起,飘零君不见。

送赵六贞固

目断南浦云,心醉东郊柳。怨别此何时,春一作青芳来已久。与君共时物,尽此盈樽酒。始愿今不从,春风恋携手。

题张老松树

岁晚东岩下,周顾何凄恻。日落西山阴,众草起寒色。中有乔松树,使我长叹息。百尺无寸枝,一生自孤直。

别之望后独宿蓝田山庄

鹡鸰有旧曲,调苦不成歌。自叹兄弟少,常嗟离别多。尔寻北京路,予卧南山阿。泉晚更幽咽,云秋尚嵯峨。药栏听蝉噪,书幌见禽过。愁至愿甘寝,其如乡梦何。

浣纱篇赠陆上人

越女颜如花,越王闻浣纱。国微不自宠,献作吴宫娃。山薮半潜匿,苎萝更蒙遮。一行霸句践,再笑一作顾倾夫差。艳色夺人目一作常人,斆嚬亦相夸。一朝还旧都,靓妆寻若耶。鸟惊入松网一作林鸟惊入松,鱼畏沉荷花一作网鱼畏沉花。始觉冶容妄,方悟群一作君心邪一作斜。钦子秉幽意,世人共称嗟。愿言托君怀,倘类蓬生麻。家住雷门曲,高阁凌飞霞。淋漓翠羽帐,旖旎采一作绿云军。春风艳楚舞,秋月缠一作绵胡笳。自昔专娇爱,袭玩唯矜奢。达本知空寂,弃

彼犹泥沙。永割偏执性,自长薰修芽。携妾不障道,来一作愿止妾
西家。

雨从箕山来

雨从箕山来,倏与飘风度。晴明西峰日,绿缛南溪树。此时客精
庐,幸蒙真僧顾。深入清净理,妙断往来趣。意得两契如,言尽共
忘喻。观花寂不动,闻鸟悬可悟。向夕闻天香,淹留不能去。

初 至 崖 口

崖口众山断,嵚崟耸天壁。气冲落日红,影入春潭碧。锦缋织苔
藓,丹青画松石。水禽泛容与,岩花飞的皪。微路从此深,我来限
于役。惆怅情未已,群峰暗将夕。

自湘源至潭州衡山县

浮湘沿迅湍,逗浦凝远盼。渐见江势阔,行嗟水流漫。赤岸杂云
霞,绿竹缘溪涧。向背群山转,应接良景晏。沓障连夜猿,平沙覆
阳雁。纷吾望阙客一作容,归桡速已惯。中道方溯洄,迟念自兹撰。
赖欣衡阳美,持以蠲忧患。

入崖口五渡寄李适

抱琴登绝巘,伐木溯清川。路极意谓尽,势回趣转绵。人远草木
秀,山深云景鲜。余负海峤情,自昔微尚然。弥旷十馀载,今来宛
仍前一作全。未窥仙源极,独进野人船。时攀乳窦憩,屡薄天窗眠。
夜弦响松月,朝楫弄苔泉。因冥象外理,永谢区中缘。碧潭可遗
老,丹砂堪学仙。莫使驰光暮,空令归鹤怜。

洞庭湖

地尽天水合，朝及洞庭湖。初日当中涌，莫辨东西隅。晶耀目何
在，滢荧心欲无。灵光晏海若，游气耿天吴一作枢。张乐轩皇至，征
苗夏禹徂。楚臣悲落叶，尧女泣苍梧。野积九江润，山通五岳图。
风恬鱼自跃，云夕雁相呼。独此临泛漾，浩将人代殊。永言洗氛
浊，卒岁为清娱。要使功成退，徒劳越大夫。

景龙四年春祠海

肃事祠春溟，宵斋洗蒙虑。鸡鸣见日出，鹭下惊涛鹜。地阔八荒
近，天回百川澍。筵端接空曲，目外唯雰雾。暖气物象来，周游晦
明互。致牲匪玄享，禋涤期灵煦。的的波际禽，沄沄岛间树。安期
今何在，方丈蔑寻路。仙事与世隔，冥搜徒已屡。四明背群山，遗
老莫辨处。抚中一作内抚良自慨，弱龄忝恩遇。三入文史林，两拜
神仙署。虽叹出关远，始知临海趣。赏来空自多，理胜孰能喻。留
楫竟何待，徙倚忽云暮。

温泉庄卧病寄杨七炯

移疾一作多病卧兹岭，寥寥倦幽独。赖有嵩丘山，高枕长在目。兹
山栖灵异，朝夜翳云族。是日濛雨晴，返景入岩谷。幂幂涧畔草，
青青山下木。此意方无穷，环顾怅林麓。伊洛何悠漫，川原信重
复。夏馀鸟兽蕃，秋末禾黍熟。秉愿守樊圃，归闲欣艺牧。惜无载
酒人，徒把凉泉一作潭掬。

答田征君 一作敬答田征君游岩

家临清溪水，溪水绕盘石。绿萝四面垂，袅袅百馀尺。风泉度丝

管,苔藓铺茵席。传闻颍阳人,霞外漱灵液。忽枉岩中翰,吟望一作
卧朝复夕。何当遂远游,物色候逋客。

自衡阳至韶州谒能禅师

谪居窜炎壑,孤帆淼不系。别家万里馀,流目三春际。猿啼山馆
晓,虹饮江皋霁。湘岸竹泉幽,衡峰石囷闭。岭嶂穷攀越,风涛极
沿济。吾师在韶一作衡阳,欣此得躬诣。洗虑宾空寂,焚香结精誓。
愿以有漏躯,聿一作幸薰无生慧。物用益一作一冲旷,心源日闲细。
伊我获此途,游道回一作悔晚计。宗师信舍法,摈落文史艺。坐禅
罗浮中,寻异穷一作南海裔。何辞御魑魅,自可乘炎疠。回首望旧
一作故乡,云林浩亏蔽。不作离别苦,归期多年岁。

见南山夕阳召监师不至

夕阳黯晴碧,山翠互明灭。此中意无限,要与开士说。徒郁仲举
思,讵回道林辙。孤兴欲待谁,待此湖上月。

游 法 华 寺

薄游京都日,遥羡稽山名。分刺江海郡,揭来征素情。松露洗心
眷,象筵敷念诚。薄云界青嶂,皎日鹥朱甍。苔洞深不测,竹房闲
且清。感真六象见,垂兆二鸟一作乌鸣。古今信灵迹,中州莫与京。
林巇永栖业,岂伊佐一作在一生。浮悟虽已久,事试去来成。观念
幸相续,庶几最后明。

宿 云 门 寺

云门若邪里,泛鹢路才通。黉缘绿筱岸,遂得青莲宫。天香众壑
满,夜梵前山空。漾漾潭际月,飔飔一作飘飘杉上风。兹焉多嘉遁,

数子今莫同。凤归慨处士，鹿化闻仙公。樵路郑州北，举一作学井阿岩东。永夜岂云寐，曙华忽葱茏。谷鸟啭尚涩，源桃惊未红。再来期春暮，当造林端穷。庶几踪谢客，开山投剡中。

春　湖　古　意

院梅发向尺，园鸟复成曲。落日游南湖，果掷颜如玉。含情不得语，转盼知所属。惆怅未可归，宁关须采一作林箓。

游陆浑南山自歇马岭到枫香
林以诗代书答李舍人适

晨登歇马岭，遥望伏牛山。孤出群峰首，熊熊元气间。太和亦崔嵬，石扇一作扉横闪倐。细岑互攒倚，浮巘竞奔蹙。白云遥入怀，青霭一作云近可掬。徒寻灵异迹一作我从寻灵异，周顾惬心目。晨拂鸟路行，暮投人烟宿。粳稻远弥秀，栗芋秋新熟。石髓非一岩，药苗乃万族。间关踏云雨，缭绕缘水木。西见商山芝，南到楚乡竹。楚竹幽且深，半杂枫香林。浩歌清潭曲，寄尔桃源心。

早发大庾岭

晨跻大庾险，驿鞍驰复息。雾露昼未开，浩途不可测。嶻起华夷界，信为造化力。歇鞍问徒旅，乡关在西北。出门怨别家，登岭恨辞国。自惟勖一作最忠孝，斯罪懵所得。皇明颇照一作昭洗，廷议日纷惑。兄弟远沦居，妻子成异域。羽翮伤已毁，童幼怜未识。踟蹰恋北顾，亭午晞霁色。春暖阴梅花，瘴回阳鸟翼。含沙缘涧聚，吻草依林植。适蛮悲疾首，怀巩泪沾臆。感谢鹓鹭朝，勤修魑魅职。生还倘非远，誓拟酬恩德。

自洪府舟行直书其事

仲春辞国门，畏途横万里。越淮乘楚嶂，造江泛吴汜。严程无休隙，日夜涉风水。昔闻垂堂言，将诚千金子。问余何奇刺，迁窜极炎鄙。揆己道德馀，幼闻虚白旨。贵身贱外物，抗迹远尘轨。朝游伊水湄，夕卧箕山趾。妙年拙自晦，皎洁弄文史。谬辱紫泥书，挥翰青云里。事往每增伤，宠来常誓止。铭骨怀报称^{一作林丘}，逆鳞让金紫。安位衅潜构，退耕祸犹起。栖岩实吾策，触藩诚内耻。济济同时人，台庭鸣剑履。愚^{一作思}以卑自卫，兀坐去沉滓。迨兹理已极，窃位申知己。群议负宿心，获戾光华始。黄金忽销铄，素业坐沦毁。浩叹诬平生，何独恋枌梓。浦树浮郁郁，皋兰覆靡靡。百越去魂断，九疑望心死。未尽匡阜游，远欣罗浮美。周旋本师训，佩服无生^{一作心}理。异国多灵仙，幽探忘年纪^{一作祀}。敝庐嵩山下，空谷茂兰芷。悠悠南溟远，采掇长已矣。

下桂江县黎壁

放溜觌前溆，连山分^{一作纷}上干。江回云壁转，天小雾峰攒。吼沫跳急浪，合流环峻滩。敧离^{一作杂}出漩划，缭绕避涡盘。舟子怯桂水，最言斯路难。吾生抱忠信，吟啸自安闲。且别已千岁，夜愁劳万端。企予见夜月，委曲破林峦。潭旷竹烟尽，洲香橘露团。岂傲凫所好，对之与俱欢。思君罢琴酌，泣此夜漫漫。

奉使嵩山途经缑岭

侵星发洛城，城中歌吹声。毕景至缑岭，岭上烟霞生。草树饶野意，山川多古情。大隐德所薄，归来可退耕。

伤王七秘书监寄呈扬州陆长史通
简府僚广陵以广好事 一本无以广好事四字

王氏贵先宗，衡门栖道风。传一作得心晤有物，秉化游无穷。学奥
九流异，机玄三语同。书乃墨场绝，文称词伯雄。白屋藩魏主，苍
生期谢公。一祗贤良诏，遂谒承明宫。补衮望奚塞，尊儒位未充。
罢官七门里，归老一丘中。尝忝长者辙，微言私谓通。我行会稽
郡，路出广陵东。物在人已矣，都疑淮海空。

使至嵩山寻杜四不遇慨然复
伤田洗马韩观主因以题壁赠杜侯杜四

洛桥瞻太室，期子在云烟。归来不相见，孤赏弄寒泉。与君阔松
石，于兹二十年。田公谢昭世，韩子秘幽埏。忆昔同携手，山栖接
二贤。笙歌入玄地，诗酒坐寥天。旧友悉零落，罢琴私自怜。逝一
作游者非药误，餐霞意可全。为余理还策，相与事灵仙。

玩郡斋海榴

泽国韶气早，开帘延霁天。野禽宵未啭，山虿昼仍眠。目兹海榴
发，列映岩楹前。熠爚御风静，葳蕤含景鲜。清晨绿堪佩，亭午丹
欲然。昔忝金闺籍，尝见玉池莲。未若宗族地，更逢荣耀全。南金
虽自贵，贺一作贸，又作质赏讵能迁。抚躬万里绝，岂染一朝妍。徒缘
一作从禄滞遐郡，常是惜流年。越俗鄙章甫，扪心空自怜。

长安路 一作沈佺期诗

秦地平如掌，层城出云汉。楼阁九衢春，车马千门旦。绿柳开复
合，红尘聚还散。日晚斗鸡场，经过狭斜看。

折杨柳 一作沈佺期诗

玉树朝日映,罗帐春风吹。拭泪攀杨柳,长条宛地垂。白花飞历乱,黄鸟思参差。妾自肝肠断,傍人那得知。

有所思 一作沈佺期诗

君子事行役,再空芳岁期。美人旷遥伫,万里浮云思。园桃—作槿绽红艳,效叶—作桑柔绿滋。坐看长夏晚,秋月生—作照罗帷。

军中人日登高赠房明府

幽郊昨夜阴风断,顿觉朝来阳吹暖。泾水桥南柳欲黄,杜陵城北花应满。长安昨夜寄春衣,短翮登兹一望归。闻道凯旋乘骑入,看君走马见芳菲。

寒食还陆浑别业

洛阳城里花如雪,陆浑山中今始发。旦别河桥杨柳风,夕卧伊川桃李月。伊川桃李正芳新,寒食山中酒复春。野老不知尧舜力,酣歌一曲太平人。

寒食江州满—作蒲塘驿

去年上巳洛桥边,今年寒食庐山曲。遥怜巩树花应满,复见吴洲草新绿。吴洲春草兰杜芳,感物思归怀故乡。驿骑明朝宿何处,猿声今夜断君肠。

至端州驿见杜五审言沈三佺
期阎五朝隐王二无竞题壁慨然成咏

逐臣北地承严谴,谓到南中每相见。岂意南中岐路多,千山万水一
作千里万里分乡县。云摇雨散各翻飞,海阔天长音信稀。处处山川
同瘴疠,自怜能得几人归。

绿 竹 引

青溪绿潭潭水侧,修竹婵娟同一色。徒生仙实凤不游,老死空山人
诓识。妙年秉愿逃俗纷,归卧嵩丘弄白云。含情傲睨乐府诗无睨字
慰心目,何可一日无此君。

明 河 篇

《纪事》云:武后时,之问求为北门学士,不许,乃作此篇以见意。后
见之,谓崔融曰:"非不知之问有奇才,但恨有口过耳。"之问终身耻之。

八月凉风天气晶一作清,万里无云河汉明。昏见南楼清且浅,晓落
西山纵复横。洛阳城阙天中起,长河夜夜千门里。复道连甍共蔽
亏,画堂琼户特相宜。云母帐前初泛滥,水精帘外转逶迤。倬彼昭
回如练白,复出东城接南陌。南陌征人去不归,谁家今夜捣寒衣。
鸳鸯机上疏萤度,乌鹊桥边一雁飞。雁飞萤度愁难歇,坐见明河渐
微没。已能舒卷任浮云,不惜光辉让流月。明河可望不可亲,愿得
乘槎一问津。更将织女支机石,还访成都卖卜人。

龙 门 应 制

宿雨霁氛埃,流云度城阙。河堤柳新翠,苑树花先发。洛阳花柳此
时浓,山水楼台映几重。群公拂雾朝翔凤,天子乘春幸凿龙。凿龙

近出王城外,羽从琳琅拥轩盖。云罕才临御水桥,天衣已入香山会。山壁崭岩断复连,清流澄澈俯伊川。雁塔遥遥绿波上,星龛奕奕翠微边。层峦旧长千寻木,远壑初飞百丈泉。彩仗蜺一作虹旌绕香阁,下辇登高望河洛。东城宫阙拟昭回,南阳沟塍殊绮错。林下天香七宝台,山中春酒万年杯。微风一起祥花落,仙乐初鸣瑞鸟来。鸟来花落纷无已,称觞献寿烟一作香霞里。歌舞淹留景欲斜,石关一作间犹驻五云车。鸟旗翼翼留芳草,龙骑骎骎映晚花。千乘万骑銮舆出,水静山空严警跸。郊外喧喧引看人,倾都南望属车尘。嚣声引飐闻黄道,佳气周回一作旋入紫宸。先王定鼎山河固,宝命乘周万物新。吾皇不事瑶池乐,时雨来观农扈春。《纪事》云:武后游龙门,命群官赋诗,先成者赐以锦袍。左史东方虬诗成,拜赐。坐未安,之问诗成,文理兼美,左右称善,乃就夺锦袍衣之。

初宿淮口

孤舟汴河水,去国情无已。晚泊投楚乡,明月清淮里。汴河东泻路穷兹,洛阳西顾日增悲。夜闻楚歌思欲断,况值淮南木落时。

王子乔

王子乔,爱神仙,七月七日上宾天。白虎摇瑟凤吹笙,乘骑云气吸日精。吸日精,长不归,遗庙今在而人非。空望山头草,草露湿人衣。

放白鹇篇

故人赠我绿绮琴,兼致白鹇鸟。琴是峄山桐,鸟出吴溪中。我心松石清霞里,弄此幽弦不能已。我心河海白云垂,怜此珍禽空自知。著书晚下麒麟阁,幼稚骄痴候门乐。乃言物性不可违,白鹇愁慕刷毛衣。玉徽闭匣留为念,六翮开笼任尔飞。

桂州三月三日 一作桂阳三日述怀

代业京华里,远投魑魅乡。登高望不极,云海四茫茫。伊昔承休盼,曾为人所羡。两朝赐颜色,二纪陪欢宴。昆明御宿侍龙媒,伊阙天泉复几回。西夏黄河水心剑,东周清洛羽觞杯。苑中落花扫还合,河畔垂杨拨不开。千春万寿多行乐,柏梁和歌攀睿作。赐金分帛奉恩辉,风举云摇入紫微。晨趋北阙鸣珂至,夜出南宫把烛归。载笔儒林多岁月,褫被文昌佐吴越。越中山海高且深,兴来无处不登临。永和九年刺海郡,暮春三月醉山阴。愚谓嬉游长似昔,不言流寓欻成今。始安繁华旧风俗,帐饮倾城沸江曲。主人丝管清且悲,客子肝肠断还续。荔浦蘅皋万里馀,洛阳音信绝能疏。故园今日应愁思,曲水何能更祓除。逐伴谁怜合浦叶,思归岂食桂江鱼。不求汉使金囊赠,愿得佳人锦字书。

下 山 歌

下嵩山兮多所思,携佳人兮步迟迟。松间明月长如此,君再游兮复何时。

冬宵引赠司马承祯

河有冰兮山有雪,北户墐兮行人绝。独坐山中兮对松月,怀美人兮屡盈缺。明月的的寒潭中,青松幽幽吟劲风。此情不向俗人说,爱而不见恨无穷。

高 山 引

攀云窈窕兮上跻悬峰,长路浩浩兮此去何从。水一曲兮肠一曲,山一重兮悲一作愁一重。松槚邈已远,友于何日逢。况满室兮童稚,攒众虑于心胸。天高难诉兮远负明德,却望咸京兮挥涕龙钟。

嵩山天门歌

登天门兮坐盘石之磷峋,前汯汯兮未半,下漠漠兮无垠。纷窈窕兮岩倚披以鹏翅,洞胶葛兮峰棱层以龙鳞。松移岫转,左变而右易;风生云起,出鬼而入神。吾亦不知其灵怪如此,愿游杳冥兮见羽人。重曰,天门兮穿崇,回合兮攒丛。松万接兮柱日,石千寻兮倚空。晚阴兮足风,夕阳兮艳红。试一望兮夺魄,况众妙之无穷。

有所思 一作刘希夷诗 题云代悲白头翁

洛阳城东桃李花,飞来飞去落谁家。幽闺女儿惜颜色,坐见落花长叹息。今年花落颜色改,明年花开复谁在。已见松柏摧为薪,更闻桑田变成海。古人无复洛城东,今人还对落花风。年年岁岁花相似,岁岁年年人不同。寄言全盛红颜子,须怜半死白头翁。此翁白头真可怜,伊昔红颜美少年。公子王孙芳树下,清歌妙舞落花前。光禄池台交锦绣,将军楼阁画神仙。一朝卧病无相识,三春行乐在谁边。婉转蛾眉能几时,须臾鹤发乱如丝。但看古来歌舞地,唯有黄昏鸟雀飞。

全唐诗卷五二

宋之问

奉和立春日侍宴内出剪彩花应制

金阁妆新一作仙杏,琼筵弄绮梅。人间都未识,天上忽先开。蝶绕香丝住,蜂怜艳粉一作彩艳回。今年春色早,应为剪刀催。

春日芙蓉园侍宴应制

芙蓉秦地沼,卢橘汉家园。谷转斜盘径,川回曲抱原。风来花自舞,春入鸟能言。侍宴瑶池夕,归途笳一作骑吹繁。

夏日仙萼亭应制

高岭逼星河,乘舆此日过。野含时雨润,山杂夏云多。睿藻光岩穴,宸襟洽薜萝。悠然小天下,归路满笙歌。

奉和九月九日登慈恩寺浮屠应制

凤刹侵云半,虹旌倚日边。散花多宝塔,张乐布金田。时菊芳仙酝,秋兰动睿篇。香街稍欲晚,清跸扈归天。

奉和九日幸临渭亭登高应制得欢字

令节三秋晚，重阳九日欢。仙杯还泛菊，宝馔且调兰。御气云霄近，乘高宇宙宽。今朝万寿引，宜向曲中弹。

奉和圣制闰九月九日登庄严总持二寺阁

闰月再重阳，仙舆历宝坊。帝歌云稍白，御酒菊犹黄。风铎喧行漏，天花拂舞行。豫游多景福，梵宇日生光。

麟趾殿侍宴应制

北阙层城峻，西宫复道悬。乘舆历万户，置酒望三川。花柳含丹日，山河入绮筵。欲知陪赏处，空外有飞烟。

上阳宫侍宴应制得林字 一本题上有"九月晦日"四字

广乐张前殿，重裘感圣心。砌蓂霜月尽，庭树雪云深。旧渥骖宸御，慈恩忝翰林。微臣一何幸，再得听瑶琴。

幸少林寺应制

绀宇横天室，回銮指帝休。曙阴迎日尽，春气抱岩流。空乐繁行漏，香烟薄彩斿。玉膏从此泛，仙驭接浮丘。

幸岳寺应制

暂幸珠筵地，俱怜石濑清。泛流张翠幕，拂迥挂红旌。雅曲龙调管，芳樽蚁泛觥。陪欢玉座晚，复得听金一作钟声。

扈从登封途中作

帐殿郁崔嵬,仙游实壮哉。晓云连幕卷,夜火杂星回。谷暗千旗出,山鸣万乘来。扈从良可赋,终乏揽天才。

扈从登封告成颂

复道开行殿,钩陈列禁兵。和风吹鼓角,佳气动旗旌。后骑回天苑,前山入御营。万方俱下拜,相与乐升平。

松山岭应制

翼翼高旌转,锵锵凤辇飞。尘销清跸路,云湿从臣衣。白羽摇丹壑,天营一作宫逼翠微。芳声耀今古,四海警宸威。

缑山庙

王子宾仙去,飘飖笙鹤飞。徒闻沧海变,不见白云归。天路何其远,人间此会稀。空歌日云幕,霜月渐微微。

奉和梁王宴龙泓应教得微字

水府沦幽壑,星轺下紫微。鸟惊司仆驭,花落侍臣衣。芳树摇春晚,晴云绕座飞。淮王正留客,不醉莫言归。

寿阳王花烛图 一作沈佺期诗

仙媛乘龙日一作夕,天孙捧雁来。可怜桃李树一作径,更绕凤皇台。烛照香车入,花临宝扇开。莫令银箭一作漏晓,为尽合欢杯。

江 南 曲

妾住越城南,离居不自堪。采花惊曙鸟,摘叶喂春蚕。懒结茱萸带,愁安玳瑁簪。待君消瘦尽,日暮碧江潭。

牛 女 一作沈佺期诗

粉席秋期缓,针楼别怨多。奔龙争渡月,飞鹊乱填河。失喜先临镜,含羞未解罗。谁能留夜色,来夕倍还梭。

冬夜寓直麟阁 一作王维诗

直事披三省,重关闭七门。广庭怜雪净,深屋喜炉温。月幌花虚馥,风窗竹暗喧。东山白云意,兹夕寄琴尊。

登禅定寺阁 一作登总持寺阁

梵宇出三天,登临望八川。开襟坐霄汉,挥手拂一作拍云烟。函谷青一作春山外,昆池落日边。东京杨柳陌,少别已一作几经年。

陆 浑 山 庄

归来物外情,负杖阅岩耕。源水看花入,幽林采药行。野人相问姓,山鸟自呼名。去去独吾乐,无然一作能愧此生。

蓝 田 山 庄

宦游非吏隐,心事好幽偏。考室先依地,为农且用天。辋川朝伐木,蓝水暮浇田。独与秦山老,相欢春酒前。

春日山家 一作春泉洗药

今日游何处,春泉洗药归。悠然紫芝曲,昼掩白云扉。鱼乐偏寻藻,人闲屡采薇。丘中无俗事,身世两相违。

春日宴宋主簿山亭得寒字

公子正邀欢,林亭春未兰。攀岩践苔易,迷路出花难。窗覆垂杨暖,阶侵瀑水寒。帝城归路直,留兴接鹓鸾。

江 亭 晚 望

浩渺浸云根,烟岚出远村。鸟归沙有迹,帆过浪无痕。望水知柔性,看山欲断魂。纵情犹未已,回马欲黄昏。

秋晚游普耀寺

薄暮曲江头,仁祠暂可留。山形无隐霁,野色遍呈秋。荷覆香泉密,藤缘宝树幽。平生厌尘事,过一作遇此忽悠悠。

答李司户夔

远方来下客,轺轩摄一作揖使臣。弄琴宜在夜,倾酒贵逢春。驷马留孤馆,双鱼赠故人。明朝散云一作行雨,遥仰德为邻。

寄天台司马道士

卧来生白发,览镜忽成丝。远愧餐霞子,童颜且自持。旧游惜疏旷,微尚日磷缁。不寄西山药,何由东海期。

使往天平军马约与陈子昂新乡为期及还而不相遇

入卫期之子,吁嗟不少留。情人去何处,淇水日悠悠。恒碣青云断,衡漳白露秋。知君心许国,不是爱封侯。

过函谷关

二百四十载,海内何纷纷。六国兵同合,七雄势未分。纵成拒秦帝,策决问苏君。鸡鸣将狗盗,论德不论勋。

送朔方何侍郎 一作御

闻道云中使,乘骢往复还。河兵守阳月,塞虏失阴山。拜职尝随骠,方回云:汉有随骠,今骑候。铭功不让班。旋闻受降日,歌舞入萧关。

送田道士使蜀投龙

风驭忽泠然,云台路几千。蜀门峰势断,巴字水形连。人隔壶中地,龙游洞里天。赠言回驭日,图画彼山川。

送许州宋司马赴任

颍郡水东流,荀陈兄弟游。偏伤兹日远,独向聚星州。河润在明德,人康非外求。当闻力为政,遥慰我心愁。

送赵司马赴蜀州

饯子西南望,烟绵剑道微。桥寒金雁落一作并,林曙碧鸡飞。职拜舆方远,仙成履会归。定知和氏璧,遥掩玉轮辉。

送永昌萧赞府

柳变曲江头,送君函谷游。弄琴宽别意,酌醴醉春愁。恋本亦何极,赠言微所求。莫令金谷水,不入故园流。

送 李 侍 御

行李恋庭闱,乘轺振彩衣。南登指吴服,北走出秦畿。去国夏云断,还乡秋雁飞。旋闻郡计入,更有使臣归。

饯湖州薛司马

别驾促严程,离筵多故情。交深季作友,义重伯为兄。镇静移吴俗,风流在汉京。会看一作逢陈仲举,从此拜公卿。

送 杜 审 言

卧病人事绝,嗟君万里行。河桥不相送,江树远含情。别路追孙楚,维舟吊屈平。可惜龙泉剑,流落在丰城。

送武进郑明府

弦歌试宰日,城阙赏心违。北谢苍龙去,南随黄鹄飞。夏云海中出,吴山江上微。氓谣一作歌岂云远,从此庆缟衣。

送姚侍御出使江东

帝忧河朔郡,南发海陵仓。坐叹青春别,逶迤碧水长。饮冰朝受命,衣锦昼还乡。为问东山桂,无人何自芳。

留别之望舍弟

同气有三人,分飞在此晨。西驰巴岭徼,东去洛_{一作汶}阳滨。强饮离前酒,终伤别后神。谁_{一作虽}怜散花萼,独赴日南春。

汉江宴别

汉广不分天,舟移杳若仙。秋_{一作林}虹映晚日,江鹤弄晴烟。积水浮冠盖,遥风逐管弦。嬉游不可极,留恨此山川。

初发荆府赠长史_{首联缺}

□□□□□,□□□□□。仍随五马谪,载与两禽奔。明主无由见,群公莫与言。幸君逢圣日,何惜理虞翻。

晚泊湘江

五岭恓惶客,三湘憔悴颜。况复秋雨霁,表里见衡山。路逐鹏_{一作}江南转,心依雁北还。唯馀望乡泪,更染竹成斑。

过蛮洞

越岭千重合,蛮溪十里斜。竹迷樵子径,萍匝钓人家。林暗交枫叶,园香覆橘花。谁怜在荒外,孤赏足云霞。

经梧州

南国无霜霰,连年见物华。青林暗换叶,红蕊续开花。春去闻山鸟,秋来见海槎。流芳虽可悦,会自泣长沙。

渡吴江别王长史

倚棹望兹川,销魂独黯然。乡连江北树,云断日南天。剑别龙初没,书成雁不传。离舟意无限,催渡复催年。

泛镜湖南溪

乘兴入幽栖,舟行日向低。岩花候冬发,谷鸟作春啼。杳嶂开天小,丛篁夹路迷。犹闻可怜处,更在若邪溪。

途中寒食题黄梅临江驿寄崔融一作初到黄梅临江驿

马上逢寒食,愁中属暮春。可怜江浦望,不见洛阳人。北极怀明主,南溟作逐臣。故园肠断处,日夜柳条新。

游韶州广界一作果寺

影殿临丹壑,香台隐翠霞。巢飞衔象鸟,砌蹋雨空花。宝铎摇初霁,金池映晚沙。莫愁归路远,门外有三车。

宿清远峡山寺

香岫悬金刹,飞泉届一作界石门。空山唯习静,中夜寂无喧。说法初闻鸟,看心欲定猿。寥寥隔尘市一作事,何异武陵源。

题大庾岭北驿

阳月南飞雁,传闻至此回。我行殊未已,何日复归来。江静潮初落,林昏瘴不开。明朝望乡处,应见陇头梅。

度大庾岭

度岭方辞国，停轺一望家。魂随南翥鸟，泪尽北枝花。山雨初含霁，江云欲变霞。但令归有日，不敢恨长沙。

端州别袁侍郎

合浦途未极，端溪行暂临。泪来空泣脸，愁至不知心。客醉山月静，猿啼江树深。明朝共分手，之子爱千金。

过史正议宅

旧交此零落，雨泣访遗尘。剑几传好事，池台伤故人。国香兰已歇，里树橘犹新。不见吴中隐，空馀江海滨。

梁宣王挽词三首

贵藩尧母族，外戚汉家亲。业重兴王际，功高复辟辰。爱贤唯报国，乐善不防身。今日衣冠送，空伤置醴人。

金精何日闭，玉匣此时开。东望连吾子，南瞻近帝台。地形龟食报，坟土燕衔来。可叹虞歌夕，纷纷骑吹回。

像设千年在，平生万事违。彩旌翻葆吹，圭翣奠灵衣。垅日寒无影，郊云冻不飞。君王留此地，驷马欲何归。

鲁忠王挽词三首

同盟会五月，归葬出三条。日惨咸阳树，天寒渭水桥。稍看朱鹭转，尚识紫骝骄。寂寂泉台恨，从兹罢玉箫。

邦家锡宠光，存没贵忠良。遂裂山河地，追尊父子王。人悲槐里月，马踏槿原霜。别向天京北，悠悠此路长。

树羽迎朝日,撞钟望早霞。故人悲宿草,中使惨晨箙。气有冲天剑,星无犯斗槎。唯馀孔公宅,长接鲁王家。

范阳王挽词二首

贤相称邦杰,清流举代推。公才掩诸夏,文体变当时。宾吊翻成鹤,人亡惜喻龟。洛阳今纸贵,犹写太冲词。

赠秩一作衮徽章洽,求书秘草成。客随朝露尽,人逐夜舟惊。蒿里衣冠送,松门印绶迎。谁知杨伯起,今日重哀荣。

故赵王属赠黄门侍郎上官公挽词二首

韦门旌旧德,班氏业前书。谪去因丞相,归来为婕妤。周原乌相冢,越岭雁随车。冥漠辞昭代,空怜赋子虚。

绿车随帝子,青琐翊宸机。昔枉朝歌骑,今虚夕拜闱。柳河凄挽曲,薤露湿灵衣。一厝穷泉闭,双鸾遂不飞。

药

有卉秘神仙,君臣有礼焉。忻当苦口喻,不畏入肠偏。扁鹊功成日,神农定品年。丹成如可待,鸡犬自闻天。

奉和九日登慈恩寺浮图应制

瑞塔千寻起,仙舆九日来。萸房陈宝席,菊蕊散花台。御气鹏霄近,升高凤野开。天歌将梵乐,空里共裴回。

送沙门泓景道俊玄奘还荆州应制

三乘归净域,万骑饯通庄。就日离亭近,弥天别路长。荆南旋杖钵,渭北限津梁。何日纡真果,还来入帝乡。

春日芙蓉园侍宴应制

年光竹里遍,春色杏间遥。烟气笼青阁,流文荡画桥。飞花随蝶舞,艳曲伴莺娇。今日陪欢豫,还疑陟紫霄。

咏 笛

羌笛写龙声,长吟入夜清。关山孤月下,来向陇头鸣。逐吹梅花落,含春柳色惊。行观向子赋,坐忆旧邻情。

咏 钟

既接南邻磬,还随北里笙。平陵通曙响,长乐警宵声。秋至含霜动,春归应律鸣。岂惟恒待扣,金虡有馀清。

花 落 一作沈佺期诗 题云梅花落

铁骑几时回,金闺怨早梅。雪寒花已落,风暖叶还开。夕逐新春管,香迎小岁杯。盛时何足贵,书里报轮台。

旅宿淮阳亭口号

日暮风亭上,悠悠旅思多。故乡临桂水,今夜渺星河。暗草霜华发,空亭雁影过。兴来谁与语,劳者自为歌。

内题赋得巫山雨 一作沈佺期诗 题云巫山高

神女向高唐,巫山下夕阳。裴回作行雨,婉恋逐荆王。电影江前落,雷声峡外长。霁云无处所,台馆晓苍苍。

王昭君 一作沈佺期诗

非君惜鸾殿，非妾妒娥眉。薄命由骄虏，无情是画师。嫁来胡地日，不并汉宫时。辛苦无聊赖，何堪上马辞。

铜雀台 一作沈佺期诗

昔年分鼎地，今日望陵台。一旦雄图尽，千秋遗令开。绮罗君不见，歌舞妾空来。恩共漳河水，东流无重回。

巫山高 一作沈佺期诗

巫山峰十二，环合象—作合沓隐昭回。俯听—作眺琵琶峡，平看云雨台。古槎天外落—作倚，瀑水日边来。何忍猿啼夜，荆王枕席开。

望月有怀 一作康庭芝诗　一作沈佺期诗

天使下西楼，含光万里秋。台前似挂镜，帘外如悬钩。张尹将眉学，班姬取扇俦。佳期应借问，为报大刀头。

驾出长安 一作王昌龄诗

圣德超千古，皇风扇九围。天回万象出，驾动六龙飞。淑气来黄道，祥云覆紫微。太平多扈从，文物有光辉。

饯中书侍郎来济 一作太宗诗

暧暧去尘昏灞岸，飞飞轻盖指河梁。云峰衣结千重叶，雪岫花开几树妆。深悲黄鹤孤舟远，独对青山别路长。却将分手沾襟泪，还用持添离席觞。

奉和春初幸太平公主南庄应制

青门路接凤凰台,素浐宸游龙骑来。涧草自迎香辇合,岩花应待御
筵开。文移北斗成天象,酒递一作近南山作寿杯。此日侍臣将石
去,共欢明主赐金回。

三阳宫侍宴应制得幽字

离宫秘苑胜瀛洲,别有仙人洞壑幽。岩边树色含风冷,石上泉声带
雨秋。鸟向歌筵来度曲,云依帐殿结为楼。微臣昔忝方明御,今日
还陪八骏游。

全唐诗卷五三

宋之问

奉和晦日幸昆明池应制

春豫灵池会，沧波帐殿开。舟凌石鲸度，槎拂斗牛回。节晦蓂全落，春迟柳暗催。象溟看浴景，烧劫辨沉灰。镐饮周文乐，汾歌汉武才。不愁明月尽，自有夜珠来。《纪事》云：中宗正月晦日，幸昆明池赋诗。群臣应制百馀篇，帐殿前结彩楼，命上官昭容选一首为新翻御制曲，从臣悉集其下。须臾，纸落如飞，唯沈、宋二诗不下。又移时，一纸飞坠，乃沈诗也。及闻其评曰："二诗工力悉敌，沈诗落句云：'微臣雕朽质，羞睹豫章材。'盖词气已竭。宋诗云：'不愁明月尽，自有夜珠来。'犹陡健骞举。"沈乃伏，不敢复争。

奉和幸大荐福寺 寺即中宗旧宅

香刹中天起，宸游满路辉。乘龙太子去，驾象法王归。殿饰金人影，窗摇玉女扉。稍迷新草木，遍识旧庭闱。水入禅心定，云从宝思飞。欲知皇劫远，初拂六铢衣。

奉和幸三会寺应制 传是仓颉造书台

六飞回玉辇，双树谒金仙。瑞鸟呈书字，神龙吐浴泉。净心遥证果，睿想独超禅。塔涌香花地，山围日月天。梵音迎漏一作雨彻，空乐倚云悬。今日登仁寿,长看法镜圆。

奉和荐福寺应制

梵筵光圣邸,游豫览宏规。不改灵光殿,因开功德池。莲生新步叶,桂长昔攀枝。涌塔庭—作花中见,飞楼海上移。闻韶三月幸,观象七星危。欲识龙归处,朝朝—作来云气随。

奉和幸神皋亭应制

清跸喧黄道,乘舆降紫宸。霜戈凝晓日,云管发阳春。台古全疑汉,林馀半识秦。宴酣诗布泽,节改令行仁。昔恃山河险,今依道德淳。多惭献嘉颂,空累属车尘。

奉和幸长安故城未央宫应制

汉王未息战,萧相乃营宫。壮丽一朝尽,威灵千载空。皇明怅前迹,置酒宴群公。寒轻彩仗外,春发幔城中。乐思回斜日,歌词继大风。今朝天子贵,不假叔孙通。

奉和幸韦嗣立山庄侍宴应制 —作李义诗

枢掖调梅暇,林园艺槿初。入朝荣剑履,退食偶—作乐琴书。地隐东岩室,天回北斗车。旌门临窈窕,辇道属扶疏。云罕明丹壑,霜笳彻紫虚。水疑投石处,溪似钓璜馀。帝泽颁卮酒,人欢颂里闾。一承黄竹咏,长奉白茅居。

扈从登封告成颂应制

御路回中岳,天营接下都。百灵无后至,万国竞前驱。文卫严清跸,幽仙读宝符。贝花明汉果,芝草入尧厨。济济衣冠会,喧喧夷

夏俱。宗禋仰神理,刊木望川途。抚己贫非病,时来本不愚。愿陪
丹凤辇,率舞白云衢。一作凯乐望仙途。

宴安乐公主宅得空字

英藩筑外馆,爱主出王宫。宾至星槎落,仙来月宇空。玳梁翻贺
燕,金埒倚晴虹。箫奏秦台里,书开鲁壁中。短歌能驻日,艳舞欲
娇风。闻有淹留处,山阿满桂<u>丛</u>。

春日郑协律山亭陪宴饯郑卿同用楼字

潘园枕郊郭,爱客坐相求。尊酒东城外,骖骓南陌头。池平分洛
水,林缺见嵩丘。暗竹侵山径,垂杨拂妓楼。彩云歌处断,迟日舞
前留。此地何年别,兰芳空自幽。

和姚给事寓直之作

清论满朝阳,高才拜夕郎。还从避马路,来接珥貂行。宠就黄扉
日,威回白简霜。柏台迁鸟茂,兰署得人芳。禁静钟初彻,更疏漏
渐长。晓河低武库,流火度文昌。寓直恩徽一作光辉重,乘秋藻翰
扬。暗投空欲报,下调不成章。

和库部李员外秋夜寓直之作

相庭贻庆远,才子拜郎初。起草徯一作仪仙阁,焚香卧直庐。更深
河欲断,节劲柳偏疏。气耿凌云笔,心摇待漏车。叨荣厕俦侣,省
己恧空虚。徒斐阳春和,难参丽曲馀。

酬李丹徒见赠之作

镇吴称奥里,试剧仰通才。近把人披雾,遥闻境震雷。一朝逢解

榻，累日共衔杯。连辔登山尽，浮舟望海回。以予惭拙宦，期子遇良媒。赠曲南凫断，征途北雁催。更怜江上月，还入镜中开。

使过襄阳登凤林寺阁

香阁临清汉，丹梯隐翠微。林篁天际密，人世谷中违。苔石衔仙洞，莲舟泊钓矶。山云浮栋起，江雨入庭飞。信美虽南国，严程限北归。幽寻不可再，留步惜芳菲。

宋公宅送宁谏议

宋公爱创宅，庾氏更诛茅。间出人三秀，平临楚四郊。汉臣来绛节，荆牧动金铙。尊溢宜城酒，笙裁曲沃匏。露荷秋变节，风柳夕鸣梢。一散阳台雨，方随越鸟巢。

送合宫苏明府颋

铉府诞英规，公才天下知。谓乘羔雁族，继入凤皇池。赤县求人隐，青门起路岐。翟回车少别，凫化舄遥驰。神哭周南境，童歌渭北垂。贤哉荀奉倩，衮职仁来仪。

送杨六望赴金水

借问梁山道，嵌岑几万重。遥州刀作字，绝壁剑为峰。惜别路穷此，留欢意不从。忧来生白发，时晚爱青松。勿以西南远，夷歌寝盛容。台阶有高位，宁复久临邛。

下桂江龙目滩

停午出滩险，轻舟容易前。峰攒入云树，崖喷落江泉。巨石潜山怪，深篁隐洞仙。鸟游溪寂寂，猿啸岭娟娟。挥袂日凡几，我行途已千。暝投苍梧郡,愁枕白云眠。

入泷州江

孤舟泛盈盈,江流日纵横。夜杂蛟螭寝,晨披瘴疠行。潭蒸水沫起,山热火云生。猿躩时能啸,鸢飞莫敢鸣。海穷南徼尽,乡远北魂惊。泣向文身国,悲看凿齿氓。地偏多育蛊,风恶好相鲸。余本岩栖客,悠哉慕玉京。厚恩尝愿答,薄宦不祈成。违隐乖求志,披荒为近名。镜愁玄发改,心负紫芝荣。运启中兴历,时逢外域清。只应保忠信,延促付神明。

始安秋日

桂林风景异,秋似洛阳春。晚霁江天好,分明愁杀人。卷云山觚觚,碎石水磷磷。世业事黄老,妙年孤隐沦。归欤卧沧海,何物贵吾身。

桂州黄潭舜祠

虞世巡百越,相传葬九疑。精灵游此地,祠树日光辉。禋祭忽群望,丹青图二妃。神来兽率舞,仙去凤还飞。日暝山气落,江空潭霭微。帝乡三万里,乘彼白云归。

登粤王台

江上粤王台,登高望几回。南溟天外合,北户日边开。地湿烟尝起,山晴雨半来。冬花采卢橘,夏果摘杨梅。迹类虞翻枉,人非贾谊才。归心不可见一作度,白发重相催。

早发始兴江口至虚氏—作灵长村作

候晓逾闽峤—作障，乘春望越台。宿云鹏际落，残月蚌中开。薜荔摇青气，桄榔翳碧苔。桂香多露裛，石响细泉回。抱叶玄猿啸，衔花翡翠来。南中虽可悦，北思日悠哉。鬓发俄成素，丹心已作灰。何当首归路，行剪故园莱。

发　藤　州

朝夕苦遄征，孤魂长自惊。泛舟依雁渚—作宿，投馆听猿鸣。石发缘溪蔓，林衣扫—作拂地轻。云峰刻不似，苔藓—作壁画难成。露裛千花气，泉和万籁声。攀幽红处歇，跻险绿中行。恋切芝兰砌，悲缠松柏茔。丹心江北死，白发岭南生。魑魅天边国，穷愁海上城。劳歌意无限，今日为谁明。

游　称　心　寺

释事怀三隐，清襟谒四禅。江鸣潮未落，林晓日初悬。宝叶交香雨，金沙吐细泉。望谐舟客趣，思发海人烟。顾枥仍留马，乘杯久弃船。未忧龟负岳，且识鸟耘田。理契都无象，心冥不寄筌。安期庶可揖，天地得齐年。

游　法　华　寺

高岫拟耆阇，真乘引妙车。空中结楼殿，意表出云霞。后果缠三足—作尺，前因感—作取六牙。宴林薰宝树，水溜滴金沙。寒谷梅犹浅，温庭橘未华。台香红药乱，塔影绿篁遮。果渐轮王族，缘超梵帝家。晨行踏忍草，夜诵得灵花。江郡将何匹，天都亦未加。朝来沿泛所，应是逐仙槎。

夜渡吴松江怀古

宿帆震泽口，晓渡松江濆。棹发鱼龙气，舟冲鸿雁群。寒潮顿觉满，暗浦稍将分。气出一作赤海生日，光清湖起云。水乡尽天卫，叹息为吴君。谋士伏剑死，至今悲所闻。

谒禹庙

夏王乘四载，兹地发金符。峻命终不易，报功畴敢渝。先驱总昌会，后至伏灵诛。玉帛空天下，衣冠照海隅。旋闻厌黄屋，更道出苍梧。林表祠转茂，山阿井讵枯。舟迁龙负壑，田变鸟芸芜。旧物森如在，天威肃未殊。玄夷届瑶席，玉女侍清都。奕奕扃闱一作闺阃邃，轩轩仗卫趋。气青连曙海，云白洗春湖。猿啸有时答，禽言常自呼。灵歆异蒸糈，至乐匪笙竽。茅殿今文袭，梅梁古制无。运遥日崇丽，业盛答昭苏。伊昔力云尽，而今功尚敷。揆材非美箭，精享愧生刍。郡职昧为理，邦空宁自诬。下车霰已积，摄事露行濡。人隐冀多祐，曷唯沾薄躯。

游禹穴回出若邪

禹穴今朝到，邪溪此路通。著书闻太史，炼药有仙翁。鹤往笼犹挂，龙飞剑已空。石帆摇海上，天镜落湖中。水低寒云白，山边坠叶红。归舟何虑晚，日暮使樵风。

灵隐寺

《纪事》云：之问贬黜放还，至江南，游灵隐寺。夜月极明，长廊行吟曰："鹫岭郁岧峣，龙宫锁寂寥。"久不能续。有老僧点长明灯，问曰："少年夜久不寐，何耶？"之问曰："偶欲题此寺，而兴思不属。"即曰："何不云

'楼观沧海日,门对浙江潮。'"之问愕然,讶其遒丽。迟明更访之,则不复见。寺僧有知者曰:"此骆宾王也。"

鹫岭郁岧峣,龙宫锁寂寥。楼观沧海日,门对浙江潮。桂子月中落,天香云外飘。扪萝登塔远,刳木取泉遥。霜薄花更发,冰轻叶未凋。夙龄尚遐异,搜对涤烦嚣。待入天台路,看余度石桥。

游云门寺

维舟探静域,作礼事尊经。投迹一萧散,为心自杳冥。龛依大禹穴,楼倚少微星。杳嶂围兰若,回溪抱竹庭。觉花涂砌白,甘露洗山青。雁塔鹜金地,虹桥转翠屏。人天宵现景,神鬼昼潜形。理胜常虚寂,缘空自感灵。入禅从鸽绕,说法有龙听。劫累终期灭,尘躬且未宁。摇摇不安寐,待月咏岩扃。

早发韶州

炎徼行应尽,回瞻乡路遥。珠厓天外郡,铜柱海南标。日夜清明少,春冬雾雨饶。身经大火—作火山热,颜入瘴江消。触影含沙怒,逢人女—作毒草摇。露浓看菌湿,风飐—作漾觉船飘。直御魑将魅,宁论鸥与鹨。虞翻思报国,许靖愿归朝。绿树秦京道,青云洛水桥。故园长在目,魂去不须招。

早入清远峡　·作下桂江龙月滩

传闻峡山好,旭日棹前沂。雨色摇丹嶂,泉声聒翠微。两岩天作带,万壑树披衣。秋菊迎霜序,春藤碍日辉。翳潭花似织,缘岭竹成围。寂历环沙浦,葱茏转石圻。露馀江未热,风落瘴初稀。猿饮排虚上,禽惊掠水飞。榜童夷唱合,樵女越吟归。良候斯为美,边愁自有违。谁言望乡国,流涕失芳菲。

发端州初入西江

问我将何去,清晨溯越溪。翠微悬宿雨,丹壑饮晴霓。树影捎云密,藤阴覆水低。潮回出浦驶,洲转望乡迷。人意长怀北,江行日向西。破颜看鹊喜,拭泪听猿啼。骨肉初分爱,亲朋忽解携。路遥魂欲断,身辱理能齐。畴日三山意,于兹万绪暌。金陵有仙馆,即事寻丹梯。

渡　汉　江

岭外音书断,经冬复历春。近乡情更怯,不敢问来人。

嵩　山　夜　还

家住一作在嵩山下,好采旧山薇。自省游泉石,何曾不夜归。

湖中别鉴上人

愿与道林近,在意逍遥篇。自有灵佳寺,何用沃洲禅。

题鉴上人房二首

落花双树积,芳草一庭春。玩之堪兴异一作尽,何必见幽人。
晚入应真理,经行尚未回。房中无俗物,林下有青苔。

答　田　征　君

山游杳何处,迟回伊洛间。归寝忽成梦,宛在嵩丘山。

伤曹娘二首

凤飞楼伎绝,鸾死镜台空。独怜脂粉气,犹著舞衣中。

河伯怜娇态,冯夷要姝妓。寄言游戏人,莫弄黄河水。

河 阳 一作伤曹娘

昔日河阳县,氛氲香气多。曹娘娇态尽,春树不堪过。

燕 巢 军 幕

非关怜翠幕,不是厌朱楼。故来呈燕颔,报道欲封侯。

苑中遇雪应制

紫禁仙舆诘旦来,青旂遥倚望春台。不知庭霰今朝落,疑是林花昨夜开。

送司马道士游天台

羽客笙歌此地违,离筵数处白云飞。蓬莱阙下长相忆,桐柏山头去不归。

登 逍 遥 楼

逍遥楼上望乡关,绿水泓澄云雾间。北去衡阳二千里,无因雁足系书还。

奉和春日玩雪应制

北阙彤云掩曙霞,东风吹雪舞山家。琼章定少千人和,银树长芳六出花。

伤曹娘二首

可怜冥漠去何之,独立丰茸无见期。君看水上芙蓉色,恰似生前歌舞时。

前溪妙舞今应尽，子夜新歌遂不传。无复绮罗娇白日，直将珠玉闭黄泉。

郡宅中斋 _{以下集不载}

郡宅枕层岭，春湖绕芳甸。云甍出万家，卧览皆已遍。渔商汗成雨，廛邑明若练。越俗镜中行，夏祠云表见。兹都信盘郁，英远常栖眄。王子事黄老，独乐恣游衍。谢公念苍生，同忧感推荐。灵越多秀士，运阔无由面。神理翳青山，风流满黄卷。揆予谬承奖，自昔从缨弁。瑶水执仙靮，金闺负时选。晨趋博望苑，夜直明光殿。一朝罢台阁，万里违乡县。风土足慰心，况悦年芳变。淮凛忙滋_{一作兹}实，沂歌非所羡。讼寝归四明，龄颓亲九转。微尚本江海，少留岂交战。唯馀后凋色，窃比东南箭。

称 心 寺

步陟招提宫，北极山海观。千岩递紫绕，万壑殊悠漫。乔木转夕阳，文轩划清涣。泄云多表里，惊潮每昏旦。问予金门客，何事沧洲畔。谬以三署资，来刺百城半。人隐尚未弭，岁华岂兼玩。东山桂枝芳，明发坐盈叹。

新 年 作

乡心新岁切，天畔独潸然。老至居人下，春归在客先。岭猿同旦暮，江柳共风烟。已似长沙傅，从今又几年。

剪 彩

驻想持金错，居然作管灰。绮罗纤手制，桃李向春开。拾藻蜂初泊,衔花鸟未回。不言将巧笑,翻逐美人来。

七 夕

传道仙星媛,年年会水隅。停梭借蟋蟀,留巧付蜘蛛。去昼从云
请,归轮伫日输。莫言相见阔,天上日应殊。

桂州陪王都督晦日宴逍遥楼

晦节高楼望,山川一半春。意随萋叶尽,愁共柳条新。投刺登龙
日,开怀纳鸟晨。兀然心似醉,不觉有吾身。

和赵员外桂阳桥遇佳人

江雨朝飞湿细尘,阳桥花柳不胜春。金鞍白马来从赵,玉面红妆本
姓秦。妒女犹怜镜中发,侍儿堪感路傍人。荡舟为乐非吾事,自叹
空闺梦寐频。

函谷关 首句缺二字

至人□□识仙风,瑞霭丹光远郁葱。灵迹才辞周柱下,祥氛已入函
关中。不从紫气台端候,何得青华观里逢。欲访乘牛求宝箓,愿随
鹤驾遍瑶空。

咏省壁画鹤

粉壁图仙鹤,昂藏真气多。鸾飞竟不去,当是恋恩波。

广州朱长史座观妓

歌舞须连夜,神仙莫放归。参差随暮雨,前路湿人衣。

谒二妃庙

还以金屋贵,留兹宝席尊。江皋啸风雨,山鬼泣朝昏。

赠严侍御

受脤清边服,乘骢历塞尘。当闻汉雪耻,羞共虏和亲。

在荆州重赴岭南

梦泽三秋日,苍梧一片云。还将鸂鶒羽,重入鹧鸪群。

则天皇后挽歌

象物行周礼,衣冠集汉都。谁怜事虞舜,下里泣苍梧。

邓国太夫人挽歌

鸾死铅妆歇,人亡锦字空。悲端若能减,渭水亦应穷。

杨将军挽歌

亭寒照苦月,陇暗积愁云。今日山门树,何处有将军。

全唐诗卷五四

崔湜

　　崔湜,字澄澜,定州人。擢进士第,累转左补阙。预修三教珠英,附武三思、上官昭容,由考功员外郎骤迁中书舍人,兵部侍郎。俄拜中书侍郎,检校吏部侍郎,同中书门下平章事。为御史劾奏,贬江州司马。安乐公主从中申护,改襄州刺史。韦氏称制,复同中书门下三品。睿宗立,出为华州刺史,除太子詹事。景云中,太平公主引为中书令。明皇立,流岭外。以尝预逆谋,追及荆州,赐死。湜执政时,年三十八,常暮出端门,缓辔赋诗。张说见之,叹曰:"文与位固可致,其年不可及也。"诗三十八首。

塞垣行 一作崔融诗

疾风卷溟海,万里扬砂砾。仰望不见天,昏昏竟朝夕。是时军两进,东拒复西敌一作摘。蔽山张旗鼓,间道潜锋镝。精骑突晓围,奇兵袭暗壁。十月边塞寒,四山沍阴积。雨雪雁南飞,风尘景西迫。昔我事讨论,未尝怠经籍。一朝弃笔砚,十年操矛戟。岂要黄河誓,须勒燕然石。可嗟牧羊臣,海上久为客。

送梁卿王郎中使东蕃吊册

梁侯上卿秀，王子中台杰。赠册绥九夷，旌旐下双阙。西堂礼乐
送，南陌轩车别。征路入海云，行舟溯江月。兹邦久钦化，历载归
朝谒。皇心谅所嘉，寄尔宣风烈。

饯唐州高使君赴任

芳春桃李时，京都一作东物华好。为岳岂不贵，所悲涉远道。远道
不可思，宿昔梦见之。赠君双佩刀，日夕视来期一作有亲期。

冀北春望 一作崔液诗

回首览燕赵，春生两河间。旷然万里馀，际海不见山。雨歇青林
润，烟空绿野闲。问乡何处所，目送白云还。

景龙二年余自门下平章事削阶授江州员外司马寻拜襄州刺史春日赴襄阳途中言志

余本燕赵人，秉心愚且直。群籍备所见，孤贞每自饬。徇禄期代
耕，受任亦量力。幸逢休明时，朝野两荐推。一朝趋金门，十载奉
瑶墀。入掌迁固笔，出参枚马词。吏部既三践，中书亦五期。进无
负鼎说，退惭补衮诗。常恐婴悔吝，不得少酬私。嗷嗷路傍子，纳
谤纷无已。上动明主疑，下贻大臣耻。毫发顾无累，冰壶邈自持。
天道何期平，幽冤终见明。始佐庐陵郡，寻牧襄阳城。彤帏荷新
宠，朱黻蒙旧荣。力薄惭任重，恩深知命轻。饬徒留前路，行子悲
且慕。犹闻长乐钟，尚辨青门树。慈亲不忍诀，昆弟默相顾。去去

勿重陈,川长日云暮。

大漠行 一作胡皓诗

单于犯蓟壖,骠骑略萧边。南山木叶飞下地,北海蓬根乱上天。科斗连营太原道,鱼丽合阵武威川。三军遥倚仗,万里相驰逐。旌旆悠悠静瀚源,鼙鼓喧喧动卢谷。穷徼上幽陵,吁嗟倦寝兴。马蹄冻溜石,胡毳暖生冰。云沙泱漭天光闭,河塞阴沉海色凝。崆峒异国谁能托,萧索边心常不乐。近见行人畏白龙,遥闻公主愁黄鹤。阳春半,岐路间,瑶台苑,玉门关。百花芳树红将歇,二月兰皋绿未还。阵云不散鱼龙水,雨雪犹飞鸿雁山。山嶂连绵不可极,路远辛勤梦颜色。北堂萱草不寄来,东园桃李长相忆。汉将纷纭攻战盈,胡寇萧条幽朔清。韩君拜节偏知远,郑吉驱旌坐见迎。火绝烟沉右西极,谷静山空左北平。但使将军能百战,不须天子筑长城。

奉和登骊山高顶寓目应制

名山何壮哉,玄览一徘徊。御路穿林转,旌门倚石开。烟霞肘后发,河塞掌中来。不学蓬壶远,经年犹未回。

侍宴长宁公主东庄应制

沁园东郭外,鸾驾一游盘。水榭宜时陟,山楼向晚看。席临天女贵,杯接近臣欢。圣藻悬宸象,微臣窃仰观。

奉和送金城公主适西蕃应制

怀戎前策备,降女旧因修。箫鼓辞家怨,旌旃出塞愁。尚孩中念切,方远御慈留一作流。顾乏谋臣用,仍劳圣主忧。

幸白鹿观应制 一作郑愔诗

御旗探紫箓,仙仗辟丹丘。捧药芝童下,焚香桂女留。鸾歌无岁月,鹤语记春秋。臣朔真何幸,常陪汉武游。

幸梨园亭观打球应制 一作梨园亭子侍宴应制

年光陌上发,香辇禁中游。草绿鸳鸯殿,花明翡翠楼。宝一作天杯承露酌,仙管杂风流。今日陪欢豫,皇恩不可酬。

慈恩寺九日应制

帝里重阳节,香园万乘来。却邪萸结佩,献寿菊传杯。塔类承天涌,门疑待佛开。睿词悬日月,长得仰昭回。

折 杨 柳

二月风光半,三边戍不还。年华妾自惜,杨柳为君攀。落絮萦一作缘衫袖,垂条拂鬓鬟。那堪音信断,流涕望阳关。

边 愁

九月蓬根断,三边草叶腓。风尘马变色,霜雪剑生衣。客思愁阴晚,边书驿骑归。殷勤凤楼上,还袂及春晖。

婕 妤 怨

不分君恩断,新妆视镜中。容华尚一作向春日,娇爱已一作似秋风。枕席临窗一作灯晓,帷屏一作屏帷,又作屏帐。向月空。年年后庭树,荣落在深宫。

酬杜麟台春思

春还上林苑,花满洛阳城。鸳衾夜凝思,龙镜晓含情。忆梦残灯落,离魂暗马惊。可怜朝与暮,楼上独盈盈。

寄天台司马先生

闻有三元客,祈仙九转成。人间白云返,天上赤龙迎。尚惜金芝晚,仍攀琪树荣。何年猴岭上,一谢洛阳城。

唐都尉山池

曲渚飏轻舟,前溪钓晚流。雁翻蒲叶起,鱼拨荇花游。金子悬湘柚,珠房折海榴。幽寻惜未已,清月半西楼。

江楼夕望

试陟江楼望,悠悠去国情。楚山霞外断,汉水月中平。公子留遗邑,夫人有旧城。苍苍烟雾里,何处是咸京。

襄城即事 一作江楼有怀

子牟怀魏阙,元凯滞襄城。冠盖仍为里,沙台尚识名。山光晴后绿,江色晚来清。为问东流水,何时到玉京。

秦州薛都督挽词

十里绛山幽,千年汾水流。碑传门客见,剑是故人留。陇树烟含夕,山门月照秋。古来钟鼎盛,共尽一蒿丘。

奉和春日幸望春宫 一作立春内出彩花应制

澹荡春光满晓空,逍遥御辇入离宫。山河眺望云天外,台榭参差烟雾中。庭际花飞锦绣合,枝间鸟啭一作语管弦同。即此欢娱齐镐宴,唯应率舞一作土乐薰风。

奉和幸韦嗣立山庄侍宴应制

丞相登前府,尚书启旧林。式间明主睿一作意,荣族圣嫔心。川狭旌门抵,岩高蔽帐临。闲窗凭柳暗,小径入松深。云卷千峰色,泉和万籁吟。兰迎天女佩,竹碍侍臣簪。宸翰三光烛,朝荣四海钦。还嗟绝机叟,白首汉川阴。

同李员外春闺 一作园

落日啼连夜,孤灯坐彻明。卷帘双燕入,披幌百花惊。陇上寒应晚,闺中织未成。管弦愁不意一作记,梳洗懒无情。去岁闻西伐,今年送北征。容颜离别尽,流恨满长城。

襄阳早秋寄岑侍郎

江城秋气早,旭旦坐南闱。落叶惊衰鬓,清霜换旅衣。时来矜早达,事往觉前非。体道徒推理,防身终昧微。故人金华省,肃穆秉天机。谁念江汉广,蹉跎心事违。

赠苏少府赴任江南余时还京

丈夫不叹别,达士自安卑。揽泣固无趣,衔杯空尔为。流云春窈窕,去水暮逶迤。行舟忽东泛,归骑亦西驰。秦地多芳草,江潭有桂枝。谁言阻迢阔,所贵在相知。

登总持寺阁

宿雨清龙界,晨晖满凤城。升攀重阁迥,凭览四郊明。井邑周秦地,山河今古情。纡馀一水合,寥落五陵平。处处风烟起,欣欣草木荣。故人不可见,冠盖满东京。

早春边城怀归

大漠羽书飞,长城未解围。山川凌玉嶂,旌节下金微。路向南庭远,书因北雁稀。乡关摇别思,风雪散戎衣。岁尽仍为客,春还尚未归。明年征骑返,歌舞及芳菲。

至桃林塞作

去国未千里,离家已再旬。丹心恒恋阙,白首更辞亲。怀璧常贻训,捐金讵得邻。抱冤非忤物,罹谤岂由人。不滥辞终辨,无瑕理竟伸。黻还中省旧,符与外台新。塞上同迁客,江潭异逐臣。泪垂非属岘,肠断固由秦。岁月行遒尽,山川难重陈。始知亭伯去,还是拙谋身。

襄 阳 作

庙堂初解印,郡邸忽腰章。按节巡河右,鸣驺入汉阳。城临南岘出,树绕北津长。好学风犹扇,夸才俗未忘。江山跨七泽,烟雨接三湘。蛟浦菱荷净,渔舟橘柚香。醉中求习氏,梦里忆襄王。宅坏仍思凤,碑存更忆羊。下车惭政美,闭阁幸时康。多谢南征术,于今尚不亡。

喜 入 长 安

云日能催晓,风光不惜年。赖逢征客一作路尽,归在落花前。

奉和幸韦嗣立山庄应制

竹径桃源本出尘,松轩茅栋别惊新。御跸何须林下驻,山公不是俗中人。

崔　液

　　崔液,字润甫,湜之弟。工五言诗,擢进士第一人。湜常呼其小字曰:"海子,我家龟龙也。"官至殿中侍御史。友人裴耀卿纂其遗文为集十卷。今存诗十二首。

踏歌词二首

彩女迎金屋,仙姬出画堂。鸳鸯裁锦袖,翡翠贴花黄。歌响舞分行,艳色动流光。

庭际花微落,楼前汉已横。金台催夜尽,罗袖拂一作舞寒轻。乐笑畅欢情,未半著天明。

代 春 闺

江南日暖鸿始来,柳条初碧叶半开。玉关遥遥戍未回,金闺日夕生绿苔。寂寂春花烟色暮,檐燕双双落花度。青楼明镜昼无光,红帐罗衣徒自香。妾恨十年长独守,君情一作怜万里在渔阳。

上元夜六首 一作夜游诗

玉漏银一作铜壶且莫催,铁关金锁彻明开。谁家见月能闲坐,何处闻一作逢灯不看来。

神灯佛火百轮张,刻像图形七宝装。影里如闻一作开金口说,空中似散一作放玉毫光。

今年春色胜常年,此夜风光最可怜。鸡鹊楼前新月满,凤皇台上宝灯燃。

金勒银鞍控紫骝,玉轮珠幰驾青牛。骖骟始散东城曲,倏忽还来南陌头。

公子王孙意气骄,不论相识也相邀。最怜长袖风前弱,更赏新弦暗里调。

星移汉转月将微,露洒烟飘灯渐稀。犹惜路一作道傍歌舞处,踌躇相顾不能归。

冀北春望 一作崔湜诗

回首览燕赵,春生两河间。旷然馀万里,际海不见山。雨歇青林润,烟空绿野闲。问乡无处所,目送白云关。

拟古神女宛转歌二首 一作郎大家诗

风已清,月朗琴复明。掩抑悲千态,殷勤是一声。歌宛转,宛转和更一作且长。愿为双鸿鹄,比翼共翱翔。

日已暮,长檐鸟应度。此时望君君不来,此时思君君不顾。歌宛转,宛转那能异栖宿。愿为形与影,出入恒相逐。

崔　涤

　　崔涤，液之弟。多辩智，善谐谑。明皇素与款密，用为秘
书监，出入禁中。后赐名澄，从东封，加金紫光禄大夫。存诗
一首。

望 韩 公 堆

韩公堆上望秦川，渺渺关山西接连。孤客一身千里外，未知归日是
何年。